LE
RÉPUBLIQUE
MONDIALE
DES LETTRES

세계문학공화국

저자

파스칼 카자노바 Pascale Casanova

투르의 프랑수아 라블레대학에서 문학 석사 과정을 졸업한 후에 1997년 파리의 사회과학고등연구원(EHESS)에서 피에르 부르디외의 지도를 받아 '국제문학 공간'으로 박사학위를 받았다. 이 박사논문이 1999년 쇠이유출판사에서 『세계문학공화국』으로 출간되었다. 2004년에는 영어 번역본이 출간되었으며 그 이후로 10여 개 언어로 번역·소개되었다. 사회과학 고등연구원 예술·언어연구센터의 객원 연구원, 유럽 저자·번역가협회의 후원자, 라디오 〈프랑스 퀼튀르의 문학 아틀리에 프로그램〉 진행자(1997~2010), '로르 바타용상'의 심사위원, 듀크대학의 로맨스연구학과의 방문 교수(2010~2011)를 역임하고 2018년 59세의 나이로 세상을 떴다. 저서로 『세계문학공화국』 외에 『치밀한 추상주의자 베케트. 어느 문학 혁명의 해부』(1997), 『분노한 카프카』(2011), 『세계어』(2015)가 있다.

옮긴이

이규현 Lee Kyu-Hyun, 李珪鉉

서울대학교 불어불문학과와 동 대학원을 졸업하고 프랑스 부르고뉴대학에서 철학 D.E.A. 과정을 수료했다. 서울대학교, 덕성여자대학교, 가톨릭대학교 등에서 강의했다. 지은 책으로 『미셸 푸코, 말과 사물』, 『검은, 그러나 어둡지 않은 아프리카』(공저)가 있고, 옮긴 책으로 『기호의 정치경제학 비판』, 『헤르메스』, 『알코올』, 『카뮈를 추억하며』, 『광기의 역사』, 『유럽의 탄생』(공역), 『성의 역사 I—지식의 의지』, 『삼총사』, 『말과 사물』, 『들짐승들의 투표를 기다리며』, 『오렐리앵』 등이 있다.

세계문학공화국

초판발행 2024년 7월 20일

지은이 파스칼 카자노바
옮긴이 이규현

펴낸이 박성모
펴낸곳 소명출판
출판등록 제1998-000017호
주소 서울시 서초구 사임당로14길 15 서광빌딩 2층
전화 02-585-7840
팩스 02-585-7848
이메일 somyungbooks@daum.net
홈페이지 www.somyong.co.kr

ISBN 979-11-5905-907-0 93860
정가 38,000원

LE RÉPUBLIQUE MONDIALE DES LETTRES

세계문학공화국

파스칼 카자노바 지음 | 이규현 옮김

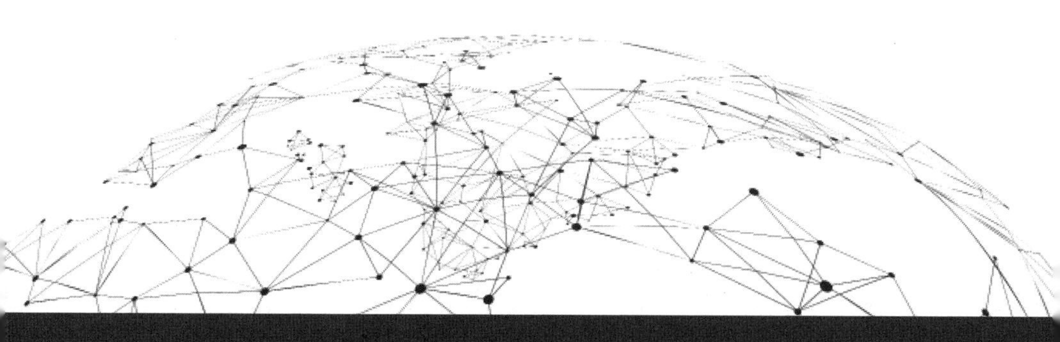

아버지를 기억하며

"그렇지만 내게는 전 세계가 하나의 조국이다."

단테

이 책이 여러 언어로 번역되면서 내가 이야기하는 똑같은 일이 내게도 일어났다. 내게는 이상하고 당혹스러운 극중극의 상황이었다.

나는 세계문학 공간의 작동을 구상했다. 이에 따라 머리로(머리를 쥐어뜯으면서), 도식으로, 연속적인 일반화로, 사변적인 확언과 반론으로 포괄적인 모델을 고안할 필요가 있었다. 그리고 아무리 내가 파노라마촬영과 클로즈업, 광각렌즈와 프루스트가 『찾아서』의 끝부분에서 말하는 "돋보기"[1]를 갈마들게 해도 모델은 여전히 모델일 뿐이었다. 다시 말해서 조감도의 방식으로 일반화하는 것일 뿐이었다.

그런데 우리가 묘사한 영역에 접근하기, 다시 말해서 국제 공간으로 들어가기의 의미가 무엇인지를 문학 텍스트와 관련된 일이 아니므로 위상은 다를지언정 감정, 모순, 뜻밖의 오해와 반론에 의해 이해할 때, 요컨대 실제의 경험으로써 파악할 때 우리의 작업을 다른 방식으로 받아들일 여지가 생겨난다. 들뢰즈처럼 말하건대[2] 나는 이를테면 개념에서 지각 대상으로 넘어갔다. 그리고 책들의 국제화를 대상으로 하는 책의 국제화에 힘입어 그때까지 내게 지적 이해의 대상일 뿐이었던 메커니즘을 실제로 이해할 수 있게 되었다. 요컨대 내 책의 주제, 즉 텍스트가 국가와 언어의 경계 밖으로 나감으로써 불러일으키는 효과를 바로 내 책의 경우에서 확인하면서야 비로소 진정으로 이해했다.

---

1 Marcel Proust, *Le Temps retrouvé, À la recherche du temps perdu*, Paris : Gallimard, 1954, t. VIII, p.425.

2 Gilles Deleuze, Félix Guattari, *Qu'est-ce que la philosophie?*, Paris : Minuit, 1991, 특히 le chapitre 7, pp.154~188.

동시에 내가 이 책에서 제안하는 대립 체계는 내게 더 이상 가설의 모델로서가 아니라 실제적 현실 이해의 수단으로 활용될 수 있었다. 가령 효과, 반론, 요컨대 이 책을 수입한 몇몇 공간에서 이 책에 대해 이루어진 독서 유형을 파악하는 (심지어는 때때로 예측하는) 데 소용되었다. 달리 말하자면 내 책이 이제부터는 내가 모르거나 내 이해의 범위를 벗어난 문학 세계를 이해하기 위한 수단으로 내게 다가왔다. 이는 내 책이 국경을 넘기 전에는 나도 몰랐던 내 책의 용도이다.

이런 곡절로 나는 여기저기로 초대받아 이런저런 가설을 재검토하면서 언뜻 보아 순환적인 성격 때문에 전달하기 어려운 묘한 경험을 여러 번 했다. 이 책을 쓰면서 일종의 문학 지리를 염두에 두었는데, 내게는 이것이 내 주위에서 펼쳐지는 논의의 쟁점을 이해하는 데 불가결했다는 것이다. 달리 말하자면 다양한 사람에게서 의견 표명의 원칙은 대부분 내가 그리려고 시도한 세계문학 지도에서 각자가 놓여 있는 위치에 있다는 점을 내 책의 수출이라는 사실 하나만으로 확실히 알아보았다.

문학과 출판의 지구화, 세계적인 관점에서 고찰된 문학 자료체에 관한 이론과 규율의 쟁점, 정치 또는 식민지 차원에서 찾아볼 수 있는 종속 상황들 사이의 관계, 문학 차원에 고유한 의존 관계 등을 곧장 대상으로 하여 영어권 세계에서 내게 제기되는 문제나 반론은 상파울루나 카이로 또는 부쿠레슈티에서 똑같은 모델에 관해 지적되는 문제와 완전히 다른데, 왜 그런지를 나는 달리 설명할 수 없다. 이 지역들에서 내 책은 자연스럽게 "실용적인" 방식으로 이용되는 편이다. 특히 세계의 다른 지역들에서 특수한 유효성이 입증된 만큼 이를테면 전용이 가능한 잠재적인 문학 전략들의 목록으로 사실상 여겨지고 있다. 그런 만큼 정체성과 전략에 관한 성찰의 기회이다. (개인이나 집단의) 서로 같은 입장 또는 근접한 구조에 입각한 작품들 사이의 가능한 비교는 적어도 가장 명석한 게임 참여자에게는 추상적인 가설이 아니라 반대로 자연스러운 실상임이 이러한 종류의 여러 적용 사례에 힘입어 이론적이지 않은 방식으로, 다시 말해서 정확히 구조의 객관적인 효과에 의해 입증된다는 점에서 이 적용 사례들은 내게 커다란 흥미를 불러일으킨다.

나는 또한 세계의 몇몇 부분에 대해 내가 말하려고 시도했듯이 문학 현상이 정치화되거나 국유화될 뿐 아니라 집단적이고 국가적이며 이에 따라 심지어 본질적인 일종의 자기규정을 내포하고 있다는 점도 감지할 수 있었다. 이 지역들에서는 어느 한 고유명사의 언급에 사실상 모든 이의 명예가 걸려 있다는 점, 집단의 명성, 그러므로 집단에 속하는 각 구성원의 명성이 어느 정도 이런저런 국가 고전에 관한 외국인의 판단에 달려 있다는 점, 어느 한 국가의 문학에 관해 말할 때마다 매우 신중해야 한다는 점, 작가와 마찬가지로 독자도 대개 내부로부터 표명된 문제 제기만 묵인하는 특수한 과민증이 심해졌다는 점을 깨달았다.[3] 가령 "작은 국가의 문학"[4]에 관한 카프카의 유명한 성찰이 세계의 매우 다양한 지역에 거의 그대로 적용될 수 있다는 점을 입증할 수 있었다. 더군다나 만약 내가 제안한 모델의 영향을 전부 고려하기를 바란다면 이 집단적 성향의 논리와 (달리 말하자면 존재 이유와) 정당성을 인정해야 한다고 생각하게 되었다. 그래서 에르빈 파노프스키의 말을 풀이하건대 내가 속하는 공간의 "문학적 관례"[5]인 나의 무의식적이고 반사적인 생각을 되풀이하는 것에 그칠

3 많은 이 중에서도 특히 밀란 쿤데라가 *Les Testaments trahis*, Paris : Gallimard, 1993, pp. 213~231에서 이러한 점들을 훌륭하게 환기했다.

4 Franz Kafka, *Journaux* in *Oeuvres complètes* vol.III, Paris : Gallimard, 1984, pp.194~198.

5 habitudes littéraires. 에르빈 파노프스키는 "정신적 관례(habitudes mentales)"라 한다. *Architecture gothique et Pensée scholatique*, Paris : Minuit, 1967, 특히 pp.83~113.

수 없었다. 어떤 "순수" 문학예술의 실천을 통해서만 문학예술의 절정에 다다를 수 있다는 확신, 이 "관례"를 거슬러 두 가지 커다란 종속 형태, 즉 상업적 종속과 국가적 종속으로부터 (물론 상대적으로) 풀려나야 했다는 뜻이다. 달리 말하자면 이 책에서 도달한 결론을 다시 생각해 보면서 분할과 불평등 형태 그리고 심미적 차이가 고려될 다른 비평 수단과 다른 평가(다시 말해서 이해) 도구를 만들어 내야 한다는 점을 받아들였다. 이 도구를 통해 비평의 자민족중심주의, 다시 말해서 대개 중심 공간의 비평을 특징짓는 그러한 동일자 탐색을 아무쪼록 피하려고 애써야 할 것이다.

이 책의 초국가적 유통으로 말미암아 나는 또한 중요성이나 유효성 또는 타당성이 없다고 여기면서 끊임없이 은폐하거나 부인한 어떤 정체성, 즉 나의 국가정체성에 몇 번이고 되풀이해서 직면했다. 그렇지만 나의 외국인 대화자들은 이 사실을 강조했고 내 계획의 필수적인 구성 요소로 여겼다. 그런 만큼 외국에서는 나의 『공화국』이 프랑스적인 것으로 보일 수밖에 없었고, 이는 내게 많은 성찰의 계기가 되고 있다. 사람들은 디드로가 말했듯이 발견의 범주는 설명의 범주가 아니라는 점, 그리고 내가 '귀납적으로'만, 다시 말해서 매우 많은 텍스트에서 이 구조를 끈질기게 거듭하여 발견한 후에야 특히 파리가 런던과의 경쟁 속에서 오랫동안 문학 세계의 수도였으리라는 사실을 포함하여 이 책의 가설을 세웠다는 점을 망각하고서 나에 대해 의식적이거나 무의식적인 국가주의를 비난하든가, 아니면 나 자신이 제공하는 수단에 의존하여 이 책을 프랑스의 여러 부문이 문학 세계에 행사하는 (물론 쇠퇴하는) 지배의 수많은 표시 가운데 하나로 제시하든가 했다. 하지만 나 또한 스스로 작품 이해의 '필요불가결한' 조건으로 표명한 법칙에 기꺼이 순응하면서 자신을 프랑스인으로 규정했고 그럴 때마다 이것의 영향을 없애야 했다. 그러므로 세계문학 공간의 특수한 기준이라는 관점에서 나는 오랫동안 지배하고 오늘날 쇠퇴하는 공간 출신인 셈이다. 그러면 거기에서 어떤 유형의 구조적-국가적 내막을 추론할 수 있을까?

내가 보기에 이 책은 우선 문학을 총체적인 성찰의 중심에 놓는다는 점에서 매우 "프랑스적"인 듯하다. 이 관점에서 볼 때 민족문학의 전통을 특징짓는 그러한 종류의 "문학-중심주의"에 완전히 부합한다. 그리고 특히 게임 참여자들이 이른 시기에 국제 무대로 들어선 사실로 인해 내가 프랑스의 공간을 문학 분야로의 집단적인 투자가 가장 큰 규모로 이루어지고 믿음이 가장 확고하게 뿌리를 내리고 있는 공간들 가운데 하나로 제시할 수 있었던 이유는 또한 이 나라에서 문학이 변함없이 공동의 중심적인 쟁점, 많은 점에서 과도하고 격정적이며 세계에서 아마도 동등한 것이 별로 없을 정도로 위력적인 쟁점이기 때문이기도 하다. 프랑스에서 끊임없이 문학은 가장 정당하고 가장 고상한 야망의 형태들 가운데 하나를 사회적으로 구현하고 있으며 가장 훌륭하고 가장 바람직한 자기실현들 가운데 하나로 여겨지고 있다. 그리고 이 점에서 나는 국가의 자국이 매우 뚜렷한 어떤 확신의 형태를 영속화했다는 점을 의식하고 있다.

게다가 프랑스문학 공간의 (독일인들에 의해 그토록 논박된) 순진하게 보편화하는 전통은 대략 150년 동안 번역 텍스트에 "보편성의 증서"가 발급될 수 있게 해준다. 이 전통에 힘입어 나는 세계문학의 모델을 고안할 수 있었다. 달리 말하자면 오늘날 나 자신이 나에 의해 제시된 구조의 순수한 산물이었음을 알아차린다. 어떻게 내가 거기에서 벗어난다고 주장할 수 있었겠는가? 오로지 프랑스인으로서의 내 정체성으로 인해 나는 자발적으로 결연히 문학적 보편의 문제에 끼어드는 경향이 있다는 의미이다.

반대로 (공인 권력의 측면에서만큼 텍스트 생산의 측면에서) 파리가 갖는 위력의 객관적인 쇠퇴와 아울러 부인할 수 없는 영어의 점진적인 지배로 인해 나는 때마침 이것들을 경험했기 때문에 나의 생각이지만 문학 차원에 고유한 종속의 메커니즘을 어느 정도 분별할 수 있었다. 이와 아울러 파리의 권력과 동시에 쇠퇴, 보편화하는 힘과 동시에 구조적 자민족중심주의에 대해 진술할 수 있었다.

따라서 이 책은 목적과 유통 공간이 일치하는 까닭에 유통에서 주장이 추인될 수 있었고, 이를테면 예측이 실현되는 그만큼 더 잘 유통될 수 있었다. 그렇긴 해도 국제화의 효과는 문학의 세계성에 대한 여러 가지 다른 이해 방식과 마주치는 가운데 드러났다. 실제로 몇 년 전부터 세계문학의 관념 자체를 둘러싸고 초국가 공간이 확장됨과 동시에 세계문학의 용어, 도구, 쟁점이 고안되는 중이다. 그래서 이제부터는 이 책을 또한 문학의 국제성이 갖는 본질에 관한 이 토론 공간에서 표명된 여러 의견 가운데 하나로 읽을 수 있다.

2008년 6월, 파리

P. C.

들어가며

양탄자의 무늬

작가텍스트와 평론가 사이의 관계는 한없이 까다로운 문제다. 이 문제를 문학 작품의 무대에 올린 작가는 별로 없다. 그런데 「양탄자의 무늬」[1]에서 헨리 제임스는 과감하게 이 문제에 접근했다. 헨리 제임스의 이 단편에서 평론가는 틀림없이 자신의 이해에서 벗어날, 문학을 구성하는 도달 불가능한 것에 열중한다. 하지만 제임스는 단순한 좌절의 확인으로 그치지 않는다. 그렇기는커녕 문학예술의 통상적인 이미지와 상반되는 두 가지 원칙을 천명한다. 한편으로 각 작품에서는 간파해야 할 대상이 분명히 있는데, 그것을 알아차리는 것이 비평의 마땅한 책무이며, 다른 한편으로 그 "비밀"은 말로 표현할 수 없는 것 또는 무언의 황홀경을 불러일으키는 어떤 우월하고 초월적인 본질이 아니라는 것이다. 양탄자의 무늬또는 모양라는 제임스의 은유는 매우 구체적이다. (그가 끈질기게 말하길 "새장 안의 새, 낚싯바늘에 끼워 놓은 미끼, 쥐덫 안의 치즈 조각만큼 구체적이다")[2] 그것은 탐색해야 할 것, 아직 묘사되지 않은 어떤 것이 문학에 있다는 생각을 불러일으킨다.

조금 전에 작가가 평론가에게 당신은 세련된 해석자로서 온갖 섬세함을 갖추고 있는데도 끊임없이 "사소한 주제를 놓치고" 문학적 시도의 의미 자체를 결코 이해하지 못한다고 지적했다. 이에 낙담한 평론가가 작가

---

1 Hery James, trad. par E. Vialleton, *Le Motif dans le tapis*, Arles : Actes Sud, 1997.

2 Ibid., p.26.

에게 묻는다. "그 힘겨운 탄생을 촉진하기 위해 내게 작은 실마리를 제시할 수 없나요?" 작가가 대답한다. "이는 오로지 당신이 결코 그것을 알아보지 못했기 때문입니다. 그것 없이는 문제가 되는 요소 이외의 다른 어떤 것도 당신은 거의 알아차리지 못했을 거예요. 나로 말하자면 그것은 정확히 이 벽난로의 대리석만큼 분명해요."[3] 전문가로서 체면을 구긴 평론가가 끈질기게 말을 잇는다. 이용할 수 있는 온갖 비평 가설을 하나씩 아주 열심히 진술한다. "그것은 신비로운 메시지 같은 것 (…중략…) 또는 일종의 철학인가요?" 그가 묻는다. 그는 명백한 의미를 넘어 어떤 심오한 것의 표현을 텍스트에서 찾아야 한다고 확신한다. "문체에 있는 것인가요 아니면 사상에 있는 것인가요? 형식과 관계가 있는 것인가요 아니면 감정과 관련된 것인가요?" 그가 덧붙인다. 그는 내용과 형식의 질긴 이분법을 답습한다. "당신이 문체를 가지고 몰두하는 놀이 같은 것, 당신이 언어에서 탐색하는 어떤 것이 아니라면 말이죠. 어쩌면 문자 P에 대한 선호겠죠! 아빠, 사과, 자두.[4] 그런 종류의 것이죠?" 그가 궁여지책으로 외쳤다. 이제 그는 순수한 형식주의의 가설을 떠올린다. 이에 소설가가 대답한다. "내 작품에는 하나의 착상이 있어요. 그것이 없었다면 나는 창작 작업에 대한 어떤 흥미도 느끼지 못했을 거예요. 그것은 가장 치밀하고 가장 완벽에 가까운 구상이에요.[5] (…중략…) 애초의 계획과 관련이 있는 어떤 것이죠, 페르시아 양탄자의 복잡한 무늬 같은 것 말입니다."[6] 무늬에 들어있는 "화려할 정도로 몹시 복잡한" 문양들의 "멋진 조합"은 그때까지도 도

3 Ibid., p.24.

4 [역주] 원어로 papa, pomme, prune로 모두 첫 글자가 P이다.

5 Ibid., p.22.

6 Ibid., p.34.

둑맞은 편지처럼 모든 이의 눈에 띄지만 보이지 않는 상태였다. 제임스의 작가[7]가 강조한다. "나는 비밀에 부치려는 어떠한 노력도 하지 않았을 뿐 아니라 더 나아가 그러한 일이 일어나리라고 상상한 적도 없어요."

「양탄자의 무늬」는 비평 및 비평의 통상적인 전제에 대한 비판으로서 비평의 관점과 이 관점을 떠받치는 밑바탕의 문제 전체를 재고하도록 이끈다. 제임스의 작품에 등장하는 비평가는 열에 들떠 작품의 비밀을 찾는다. 그러면서도 자신이 텍스트에 던지는 질문의 성격을 문제시하거나 자신이 맹목적으로 따르는 주요한 선입견, 즉 문학 작품이란 절대적인 예외, 예측 불능의 특수한 돌출로 묘사되어야 한다는 생각, 이론의 여지가 없는 비평의 전제 조건 같은 것을 바꿀 생각은 조금도 없다. 이런 점에서 문학 비평은 급진적인 단자론의 실천이다. 즉 특이하고 환원 불가능한 작품은 완벽한 단일체일 것이고 자기 자신 이외의 다른 척도를 갖지 않을 것이며 따라서 해석자는 우연한 연속 속에서만 "문학사"라 불리는 것을 형성하는 텍스트들 전체를 파악해야 한다.

제임스가 평론가에게 제시하는 해결책의 의미, "양탄자의 무늬", 복잡하게 뒤얽힌 외형의 명백한 무질서에서 형식과 일관성이 갑자기 솟아오를 때 비로소 드러나는 그 모양또는 그 구성은 필시 다른 곳에서나 텍스트 밖에서가 아니라 양탄자나 작품에 관한 다른 관점으로부터 모색할 수 있을 것이다. 그러므로 비평의 관점을 바꿔, 양탄자의 전체 구성을 관찰하고 반복되는 형태, 유사점, 상이점을 다른 형태들과 비교하기 위해 텍스트 자체에 대해 얼마간 거리를 두고자 한다면, 그리고 양탄자 전체를 일관성 있는 모양으로 파악하려고 애쓴다면, 보려고 하는 특수한 무늬의 특성을

7 [역주] 헨리 제임스의 「양탄자의 무늬」에 나오는 작가 휴 베테커. 이와 동시에 헨리 제임스 자신이라 해도 무방하다.

이해할 다소의 기회가 생긴다. 텍스트가 기본적으로 섬처럼 고립된 것이라는 편견으로 말미암아 미셸 푸코의 용어를 다시 취하건대 텍스트가 속해 있는 형세 전체, 다시 말하자면 텍스트와 공명하고 관계를 맺으며 텍스트의 진정한 특이성, 텍스트의 실질적인 독창성을 구성하는 여러 텍스트, 작품, 문학 논쟁을 고려하기가 어려워진다.

작품「양탄자의 무늬」에 관한 관점을 바꾸는 것은 관찰이 이루어지는 지점의 변경을 전제한다. 그래서 헨리 제임스의 은유를 이어받건대 수수께끼 같은 작품의 "찬란한 복잡성"은 비가시적으로 제시되는 모든 문학 텍스트 전체에 근원이 있다. 이 전체를 가로지르고 거슬러서 구축되고 존재할 수 있었다. 그리고 세상에 나오는 각각의 책은 이 전체를 구성하는 요소들 가운데 하나일 것이다. 글로 쓰이는 모든 것, 번역되고 발표되고 이론화되고 해설되고 기념되는 모든 것은 이러한 구성의 요소들 가운데 하나일 것이다. 그러므로 구성의 전체를 출발점으로 해서만 "무늬"로서의 각 작품이 해독될 수 있을 것이고, 문학 세계 전체와 연관해서만 각 작품의 되찾은 일관성이 떠오를 것이다. 문학 작품의 분출을 가능하게 만든 구조의 총체성으로부터만 문학 작품의 특이성이 드러날 것이다. 세계에서 쓰이고 문학이라 표명된 각각의 책은 세계문학 전체라는 방대한 "조합"의 미미한 부분일 것이다.

따라서 작품에, 작품의 창작과 형식 그리고 미적 특이성에 가장 낯설게 보일 수 있는 것은 사실 텍스트 자체를 낳는 것, 텍스트의 출현을 허용하는 것이다. 그것은 양탄자 전체의 형세 또는 구성, 문학의 영역으로 한정하여 다시 말하자면 유일하게 텍스트들의 형식에 의미와 일관성을 부여할 수 있을 "세계문학 공간"의 총체성이다. 이 공간은 추상적이고 이론적인 구축물이 아니라 비록 비가시적이지만 구체적인 세계이다. 즉 문학의 드넓은 나라, 문학적이라고 표명되는 것, 문학적이라고 여겨질 만하다고 판단되는 것이 생겨나는 세계, 문학예술의 고안에 특유한 수단과 방법이 논의되는 세계이다.

그러니까 정치의 지도와 무관한 문학의 영토와 국경, 은밀하지만 모든 이에 의해, 특히 가장 궁핍한 이들에 의해 감지될 수 있는 세계가 있을 것이다. 유일한 가치와 유일한 방편이 문학인 나라, 암묵적이지만 세계에서 쓰이고 오가는 텍스트들의 형식을 좌우할 세력 관계가 지배하는 공간, 스스로 수도와 지방 그리고 변방을 구성했을 것이고 언어가 권력 수단이 될 중앙집권 세계. 이 장소들에서는 각자가 작가로 공인되기 위해 투쟁할 것이고, 특유한 규범이 만들어졌을 것이며, 적어도 가장 독립적인 영역들에서는 문학이 이처럼 정치와 국가의 독단으로부터 풀려날 것이다. 경쟁하는 언어들 사이에 대결이 벌어질 것이며, 혁명이 언제나 문학적이고 동시에 정치적일 것이다. 이런 이야기는 문학과 관련된 시간의 척도, 문학 세계에 고유한 "속도"뿐만 아니라 특수한 현재의 위치 결정, 즉 문학의 "그리니치 자오선"에 입각해서만 해독될 수 있을 것이다.

세계문학공화국 분석의 목적은 문학 세계의 총체성을 묘사하는 것도 세계문학의 철저한 검토라는 불가능한 작업을 열망하는 것도 아니다. 그것은 관점을 바꾸는 것, 브로델의 용어에 의하면 "어떤 관측소로부터"[8] 문학 세계를 묘사하는 것이다. 그렇게 해서 통상적인 비평의 시각을 바꾸고 작가 자신이 언제나 모르는 체해온 세계를 묘사하는 것이다. 그리고 적대관계, 불평등, 특수한 투쟁의 이 이상하고 거대한 공화국을 지배하는 규범이 가장 많이 해설되는 작품, 특히 20세기의 가장 위대한 문학 혁

8 Fernand Braudel, *Civilisation matérielle, économie et capitalisme*, t. 3, *Le Temps du Monde*, Paris : Armand Colin, 1979, p.9.

명가들 가운데 몇 명, 즉 조이스, 베케트와 카프카뿐 아니라 앙리 미쇼, 헨리크 입센, 시오랑, 네이폴, 다닐로 키슈, 아르노 슈미트, 윌리엄 포크너, 그리고 몇몇 다른 작가의 작품을 참신하고 흔히 완전히 새로운 방식으로 조명하는 데 이바지한다는 것을 보여주는 것이다.

세계문학 공간은 역사로서, 그리고 지리로서 윤곽과 경계가 결코 그려지지도 묘사되지도 않았다. 그것은 작가 자신 속에서 구현된다. 즉 작가가 문학사이고 문학사를 형성한다. 따라서 국제문학 비평의 야망은 텍스트에 관한 전형적으로 문학적이면서도 역사적인 해석을 가능하게 하는 것이다. 다시 말해서 텍스트가 갖는 의미의 근원을 텍스트 자체에서만 찾아내는 내적 비평과 텍스트 생산의 역사적 조건을 묘사하나 문학 연구자들로부터 텍스트의 문학성과 특이성을 설명할 수 없다고 언제나 비난받는 외적 비평 사이의 넘을 수 없는 것으로 여겨지는 이율배반을 해소하는 것이다. 그러므로 작가[그리고 작품]를 이를테면 공간화된 역사인 이 광활한 공간 안에 위치시키는 데 이르는 것이게 된다.

페르낭 브로델은 15세기와 18세기 사이의 세계 경제사에 접근할 때, 이 문제에 결부된 모든 일반적인 저작물이 어김없이 "유럽의 테두리에서 벗어나지" 못했다고 개탄하면서 이렇게 덧붙였다. "그런데 내가 확신하는 바에 의하면 역사는 유일하게 유효한 차원인 세계의 차원에서 비교를 통해 따지는 것이 대단히 좋다. (…중략…) 세계의 경제사는 유럽만의 경제사보다 사실상 더 이해하기 쉽다."[9] 하지만 이와 동시에 세계의 층위에서 현상을 분석하는 데에는 "가장 대담한 사람과 심지어 가장 순진한 사람을 낙담시키는 뭔가"[10]가 있다고 실토했다. 그러므로 이 책에서 우리는

9 Ibid., p.9.

10 Ibid., p.8.

페르낭 브로델의 조언을 따를 것이다. 즉 신중성과 겸손에 대한 그의 당부를 존중하면서, 현상들의 세계성과 상호의존을 해명하기 위해, 세계의 등급을 채택할 것이다.

그렇지만 잊어서는 안 되는 것이 있는데, 이는 그토록 엄청난 복잡성의 영역을 설명하기 위해, 어느 정도 우리의 분할된 세계관을 정당화하는 것이지만 역사, 언어, 문화의 전문지식과 관련된 모든 관례, 전공 분야들 사이의 모든 구분을 버려야 했다는 점이다. 왜냐하면 이러한 위반에 힘입어서만 강제된 틀을 벗어나 사유하고 문학 공간을 전 세계의 현실로 생각할 수가 있기 때문이다.

발레리 라르보는 "국제지식인조직"[11]이 도래하기를 최초로 바랐고 아주 대담하게 국제문학 비평의 탄생을 촉구했다. 그에게 이는 단일성과 특수성 그리고 고립성의 환상을 만들어내는 국가의 관습과 단절하고 무엇보다 문학 국가주의로 말미암아 생겨난 한계를 끝장내는 것이었다. 오늘날까지 세계문학을 서술하려는 유일한 시도는 "서로 다른 민족문학들에 관한 교본들의 단순한 병치"[12]로 축소되고 있다고 그가 『성 제롬의 가호 아래』에서 지적한다. 하지만 그가 말을 잇는다. "실제로 누구나 분명히 느끼듯이 문학에 관한 미래의 학문은 재현적인 것 이외의 다른 모든 비평을 그만둘 것인 만큼, 언제나 증가하는 어떤 전체의 구성에만 다다를 수 있을 것인데, 이 전체는 '역사'와 '국제 조직'이라는 그 두 항목과 일치할

---

11 Valery Larbaud, "Paris de France", *Jaune, bleu, blanc*, Paris : Gallimard, 1927, p.15.

12 V. Larbaud, "Vers l'Internationale", *Sous l'invocation de saint Jérôme*, Paris : Gallimard, 1946, p.147. 이 글은 유명한 비교 연구가 폴 반 티겜(Paul Van Tieghem)의 *Précis d'histoire littéraire de l'Europe depuis la Renaissance*를 상찬한 글이다. 폴 반 티겜은 라르보의 친구로 프랑스에서 국제 문학사의 토대를 놓은 최초의 사람들 가운데 하나였다.

것이다."[13] 그리고 헨리 제임스는 텍스트가 갖는 의미의 참신하고 동시에 명백한 지각을 이런 시도의 보상으로 표명했다. "우리가 그것을 놓쳤을 이유는 전혀 없었어요. 그것은 웅대했지요. 그렇지만 아주 단순했어요. 단순하지만 아주 웅대했죠. 요컨대 그것을 알게 된 것은 완전히 다른 경험이었어요."[14] 그러므로 이 책에서 우리는 헨리 제임스와 발레리 라르보의 이중 가호 아래 놓일 것이다.

---

13 Ibid., p.151.

14 H. James, op. cit., p.53.

차례

제2부 문학의 반란과 혁명

제1부

문학 세계

이러한 역사 탐구에서는 예언자의 책에 관해 우리가 기억하는 모든 특별한 상황, 거듭 밝히지만, 각 책을 쓴 저자의 삶, 품행, 그가 정한 목적, 그가 어떤 사람이었는가, 그가 어떤 계기로, 어떤 시대에, 누구를 위해, 끝으로 어떤 언어로 썼는가가 이야기되게 마련이다. 또한 각 책에 고유한 운명, 즉 어떻게 그것이 애초에 기록되었는가, 누구의 손에 그것이 쥐어졌는가, 그것의 본문에서 얼마나 많은 갖가지 교훈이 알려져 있는가, 어떤 사람들이 그것을 본보기에 끼워 넣기로 했는가, 끝으로 어떻게 모든 이에 의해 본보기로 인정된 모든 책이 하나의 문집으로 묶였는지도 틀림없이 이야기될 것이다. 성서에 관한 역사 탐구는 정말이지 이 모든 것을 포함하게 되어 있다.

스피노자, 『신학-정치론』

제1장 세계문학사의 원칙

문명은 여러 세기 동안 계속해서 증가할 수 있는 자본이다.

폴 발레리, 「정신의 자유」

나는 우리의 좋은 작품을 더 풍부하게 보여주는 목록을 펼쳐놓을 수 없어서 유감스럽게 생각한다. 그렇다고 우리나라를 탓하지는 않는다. 국가는 정신도 천성도 없다. 하지만 여러 원인으로 말미암아 뒤처졌고, 이웃 나라와 동시에 높아지기가 어려웠다. (…중략…) 우리는 몇몇 장르에서 우리의 이웃 나라에 필적할 수 없는 것이 부끄럽다. 우리의 파탄으로 인해 잃어버린 시간을 지칠 줄 모르는 작업으로 만회하기를 바란다. (…중략…) 그러므로 부자로 보이고 싶어 하는 빈민을 모방하지 말자. 우리의 궁핍을 성의껏 정정당당히 인정하자. 그럼으로써 오히려 우리는 용기를 내서 문학의 보배를 우리의 작업으로 획득하고, 이것의 소유에 힘입어 국가의 영광을 절정에 올려놓게 될 것이다.

프로이센의 프리드리히 2세, 『독일문학에 관하여』

오래전에 작가는 문학 영역에서 자신이 차지하는 위치와 관련된 난점과 자신이 해결해야 하는 특수한 문제, 특히 문학 공간을 지배하는 특수한 경제체제의 기이한 규칙을 물론 부분적으로, 그리고 매우 다양한 방식으로 언급했다. 그러나 이 영역에서 부정과 거부의 힘이 너무 커서 문학의 질서를 침해하는 이와 같은 위험한 문제에 다소간이라도 접근한 모든 텍스트는 즉각 무력화되었다. 뒤 벨레 이래 자신의 생애와 특수한 투쟁을 이끄는 폭력과 쟁점을 자기 작품에서 밝히려고 시도한 작가는 수없이 많다. 사람들이 문학 영역의 현실주의적 기능을 생각해내고부터, 어떤 생각지도 않은 세계가 묘사되는 것을 보기 위해서는 대개 텍스트를 있는 그대로 해석하는 것으로 충분하다. 그러나 각 경제 용어, 흘렙니코프[1]에게서 나타나는 "언어 시장"과 "보이지 않는 전쟁"의 실재에 관한 각 문학적 고백, 괴테에게서 찾아볼 수 있는 "지적 자산의 세계 시장" 또는 발레리의 경우와 같은 "비물질적인 부"나 "문화 자본"의 실재에 대한 각 환기는 은유적이고 "시적인" 해석을 위해 비평에 의해 강력하게 부정되고 거부된다. 그렇지만 이 문학 게임의 가장 명망 높은 주역들 가운데 몇몇이 서로 매우 다른 시대와 장소에서 문학 영역의 구조를 밑받침하는 것, 폴 발레리의 용어에 의하면 "정신의 경제체제"를 명백히 냉철한 용어로 묘사했다. 문학에 고유한 경제체제와 관련하여 그들은 대단한 전략가로서 이 경제체제의 규칙을 비록 부분적으로지만 정확하게 묘사할 줄 알았고 자신들의 문학적 실천을 분석하기 위해 완전히 참신한, 그리고 매혹된 사용과 상반되므로 과감한 도구를 만들어낼 수 있었다. 몇몇 작품을 이것들의 고유하게 문학적인 제작에도, 또한 이와 불가분하게 이것들과 이것들이 자리하는 문학 영역에 관해 이것들로부터 제시되는 유력한 분석에도 관련지을 수 있다. 그렇긴 해도 각 창작자는 가장 지배받는 창작자, 다시 말해서 가장 명석한 창작자라 할지라도 자기 자신이 이 영역에서 차지하는 위치를 이해하고 언급한다 해도, 구조를 개별적인 경우로 서술할 뿐이지 구조의 일반적인 발생 원칙은 알지 못한다. 개별적인 관점에 얽매어 문학 영역의 전체가 아니라 구조의 한 부분을 언뜻 볼 뿐이다. 왜냐하면 문학

1 [역주] Khlebnikov(1885~1922). 러시아의 시인, 극작가, 작가. 상징주의에 맞서 미래주의를 표방한다.

에 대한 지배의 원칙을 은폐하는 것이 문학에 대한 확신의 고유한 효과이기 때문이다. 그러므로 국제문학공화국의 면모를 드러내기 위해서는 작가에게 기대야 할 뿐 아니라 이와 동시에 작가의 가장 전복적인 직관과 견해 가운데 몇 가지를 첨예화하고 체계화해야 한다.

발레리 라르보가 말하듯이, "문학의 정치"에는 고유한 경로와 근거가 있는데, 정치에서는 이것들이 무시된다. "세계의 정치 지도와 지성 지도 사이에는 커다란 차이가 있다. 자의적이고 불확실한 분할투성이인 전자는 50년마다 양상이 바뀌고 지배의 중심이 매우 가변적이다. 반대로 지성 지도는 서서히 변하고 경계가 대단히 안정적이다. (…중략…) 이로부터 경제 정책과 거의 아무런 관계도 없는 지성 정책이 유래한다."[2] 페르낭 브로델 또한 경제정치 공간에 대한 예술 공간의 상대적 독립을 확인한다. 그의 설명에 따르면, 16세기에 베네치아는 경제 수도이지만 지적으로 우세한 것은 피렌체와 토스카나 토착어이고, 17세기에 암스테르담은 유럽 무역의 주요한 중심이 되었으나 예술과 문학에서는 로마와 마드리드가 두각을 나타내며, 18세기에 런던은 세계의 중심이 되었으나 문화 패권을 구가하는 것은 파리다. "19세기 말과 20세기 초에 프랑스는 유럽에서 다분히 경제가 낙후되었으나 서양문학과 미술의 확실한 중심이다." 그가 쓴다. "그리고 이탈리아와 뒤이어 독일의 음악이 우월한 시대에 이탈리아도 독일도 유럽을 경제적으로 지배하지 않았고, 오늘날에도 미국의 엄청난 경제 발전이 문학이나 예술의 영역에서 미국을 선두로 끌어올린 것은 아니다."[3] 이러한 문학 영역의 작동을 이해하기는 어렵다. 실제로 문학 영역과 관련하여 경계, 수도, 소통의 경로와 형태가 정치 및 경제의

2 V. Larbaud, *Ce vice impuni, la lecture. Domaine anglais*, Gallimard, 1936, pp.33~34.

3 F. Braudel, *Civilisation matérielle, économie et capitalisme, XVe-XVIIIe siècle*, p.54.

경우와 완전히 겹칠 수는 없기 때문이다.

국제문학 공간은 16세기에 문학이 투쟁의 쟁점으로 재발견됨과 동시에 생겨났고 그때부터 끊임없이 확장되었다. 즉 유럽 국가들이 출현하고 건설되는 시기에 준거와 인정 그리고 이를 통해 경쟁도 확립되었다. 우선 서로 패권을 다투는 지역들 전체에서 문학은 공동의 쟁점으로 떠올랐다. 르네상스시대에 라틴 유산으로 힘을 얻은 이탈리아가 첫 번째 문학 대국으로 인정되었고, 다음으로 플레이아데스가 등장하는 시기에 프랑스가 이탈리아의 우위와 동시에 라틴어의 패권에 제동을 걸면서 최초로 초국가적 문학 공간이 어렴풋이 나타나게 되었으며, 스페인과 영국 그리고 유럽의 나라들 전체가 서로 다른 문학 "자산"과 전통에 기반하여 점차로 경쟁에 뛰어들었다. 19세기 동안 중앙 유럽에서 나타난 민족주의운동에 힘입어 문학적 삶의 권리에 대한 새로운 요구가 분출했다. 북아메리카와 라틴아메리카 또한 19세기 동안 점진적으로 경쟁에 합류했으며, 끝으로 탈식민지화가 이루어지면서 그때까지 (아프리카, 인도, 아시아에서) 고유문학의 관념 자체를 갖지 못한 모든 나라가 때를 만난 듯 문학의 정당성과 문학 활동에 대한 접근을 요구했다.

이러한 세계문학공화국은 자체의 작동 방식, 위계와 열의를 유발하는 경제체제, 그리고 특히 국가그러니까 정치에 의한 문학적 위업의 거의 체계적인 전유에 가려져 아직은 정말로 서술된 적이 결코 없는 역사를 지니고 있다. 세계문학공화국의 지리는 문학 분야그러니까 모든 분야의 수도와 (문학 분야에서) 수도에 의존하고 수도에 대한 미적 거리로 규정되는 지방 사이의 대립으로부터 구성되었다. 마침내 세계문학공화국은 특수한 공인의 요청, 문학의 인정과 관련하여 유일하게 정당하고 문학적으로 규칙을 정할 책임이 있는 권한을 갖추었다. 즉 민족주의의 편견에서 풀려난 몇몇 예외적인 발견자 덕분으로 국제문학 규범, 강요나 편견 또는 정치적 이익에 전혀 기대지 않는 특수한 인정 방식이 성립되었다.

그러나 이 거대한 기구, 매우 자주 측량되고 언제나 무시되는 이 영토는 게임의 모든 주역이 받아들이는 허구에 근거하기 때문에 여전히 눈에 잘 띄지 않았다. 즉 마법의 영역, 순수한 창조의 왕국, 문학의 보편성이 자유와 평등 속에서 실현되는 여러 세계 가운데 가장 나은 것에 관한 터무니없는 이야기였다. 오늘날까지 문학 영역의 구조가 갖는 현실성을 가린 것은 다름 아닌 이 허구, 세계 전체로 퍼진 기본 신조이다. 문학 영역은 중앙집권화되어 페르낭 브로델의 용어를 다시 취하건대 "불평등 구조"와 특수한 경제체제가 실제로 작동하는데도 그렇다는 것을 순수하고 자유롭고 보편적이라고 표명된 문학의 이름으로도 고백하려 들지 않는다. 그런데 문학적으로 가장 불리한 나라에서 나온 작품은 또한 가장 있을 법하지 않은 것이자 가장 강요하기 어려운 것이기도 하다. 그것은 거의 기적적으로 출현하고 인정받기에 이른다. 그러므로 국제문학공화국이라는 이 모델은 여기저기에서 세계화또는 '지구화'라는 이름으로 지칭되는 세계의 평온한 재현과 대립한다. 여기에서 우리가 이해하는 그러한 문학사는 (문학의 경제체제처럼) 반대로 문학을 쟁점으로 갖고 거부, 선언, 실력행사, 특수한 혁명, 노선 전환, 문학운동에 힘입어 세계문학을 형성한 경쟁의 역사이다.

1. 문학적 가치의 거래소

발레리는 1939년 "정신의 경제체제"라는 정확한 용어로 지적 교환의 실제 구조를 묘사하고자 했을 때 경제의 어휘를 원용해야 한다고 주장했다. "보다시피 나는 증권거래소의 언어를 빌려다 쓰고 있다. 그것을 정신적인 것에 맞추는 일이 이상하게 보일지도 모른다. 하지만 더 나은 언어가 결코 없다고 추정한다. '아마도 이러한 종류의 관계를 표현하기 위한 다른 언어는 없을 것이다.'[4] 왜냐하면 정신의 경제체제와 물질의 경제체제는 곰곰이 생각해볼 때 둘 다 단순한 평가의 충돌로 아주 잘 요약된다."[5] 그가 말을 이어나갔다.

> 나는 '석유'나 '밀' 또는 '금'이라는 가치가 있는 것처럼 '정신'이라 명명된 가치가 있다는 점을 강조하고 싶다. 내가 가치라는 말을 사용한 것은 평가, 중요성 판단이 있기 때문이다. 그리고 이 가치, 즉 '정신'에 치를 의향이 있는 값에 관한 논의도 있기 때문이다. 이 가치에 대한 투자가 실행되었을지도 모른다. 증권거래인들이 말하듯이 그것을 '지켜볼' 수 있고, 그것에 관한 세상 사람들의 견해인 내가 모르는 시세표에서 그것의 등락을 들여다볼 수 있다. 어떻게 그것이 여기저기에서 다른 가치와 경합하는지 신문의 모든 면에 기재되어 있는 이 시세표에서 살펴볼 수 있다. 실제로 경쟁 가치들이 있다. (…중략…) 올라가고 내려가는 이 모든 가치가 인간사의 큰 시장을 이룬다.[6]

4 작은따옴표는 저자 강조.

5 Paul Valéry, "La liberté de l'esprit", *Regards sur le monde actuel, Oeuvres*(*Bibl. de la Pléiade* t. II), Paris : Gallimard, 1960, p. 1081(édition établie et annotée par Jean Hytier).

6 Ibid..

뒷부분에서 그가 쓴다. "문명은 자본이다. 문명의 확대는 몇몇 자본의 경우처럼 여러 세기 동안 계속될 수 있다. 문명은 복리로 쌓여가는 자본이다."[7] 그에 따르면 문명은 "순자산처럼 축적되기 마련인 부, 정신 속에서 층층이 형성될 것이 틀림없는 그러한 자본이다."[8]

발레리의 성찰을 이어받아 문학 영역의 특수한 경제체제에 적용한다면, 작가들이 끌려드는 경쟁을 일단의 교환으로 묘사할 수 있다. 이 교환의 쟁점은 세계문학 공간에서 통용되는 특수한 가치, 모든 이에 의해 요구되고 수긍되는 공동 자산이다. 즉 그가 "'문화' 또는 '문명' 자본"이라 부르는 것이다. 그것은 또한 문학 자본이기도 하다. 발레리는 그 "인간사의 큰 시장"에서만 통용될 이 특수한 가치를 분석할 수 있다고 생각한다. 그것은 문화 영역에 고유한 표준에 따라 평가할 수 있다. "경제학의 경제체제"와는 공통의 척도가 없다. 하지만 그것을 인정하게 되면, 결코 그 자체로서는 명명되지 않은 공간, 특수한 교환이 조직될 지적 영역의 존재를 확연히 받아들일 것이다.

그러므로 문학의 경제체제가 드러나는 현장은 발레리의 용어를 다시 취하건대 "시장"일 것이다. 다시 말해서 모든 참여자에 의해 인정된 유일한 가치가 유통되고 교환될 공간이다. 하지만 발레리가 이 명백히 반문학적인 형태 아래에서 문학 세계의 작동을 알아본 유일한 사람은 아니다. 발레리 이전에 괴테 또한 새로운 경제법칙에 의해 지배되는 문학 영역의 그림을 개략적으로 그렸고 "모든 국가가 자산을 내놓는 시장"이나 "넓은 의미에서의 지적 거래"[9]를 이야기했다. 앙투안 베르만[10]에 의하면 "'세

7 Ibid., p.1082.

8 Ibid., p.1090.

9 Antoine Berman, *L'Épreuve de l'étranger. Culture et traduction dans l'Allemagne roman-*

계문학'의 등장은 '세계 시장'의 등장과 시대를 같이한다."[11] 이 텍스트들에서 상업 및 경제 용어의 의도적인 사용은 발레리에게서처럼 괴테에게서도 전혀 은유적이지 않다. 괴테는 "국가들 사이의 사상 거래"[12]라는 구체적인 개념에 매달려 "보편적인 세계 교환 시장"[13]을 그려 냈다. 이와 동시에, 매혹적인 전제를 떨쳐버린 문학 교환의 특수한 시각에 토대를 놓았다. 국가 공간들 사이에 맺어지는 관계의 현실성이 그러한 전제로 가려지긴 하지만, 그렇다고 해서 이 교환이 경제나 국가주의의 순수한 이익으로 축소되지는 않는다. 그래서 그는 번역가에게서 이 영역의 중심적인 활동가를 보았다. 번역가를 매개자로뿐만 아니라 문학적 '가치'의 창조자로 여겼다. "이처럼 각 번역가를 중개자로 간주할 필요가 있다." 괴테가 쓴다. "번역가는 이 보편적인 정신의 교환을 증진하려고 노력하며 이 일반화된 교역의 진전을 책무로 삼기 때문이다. 번역의 불충분에 관해 무슨 말을 할 수 있건, 그래도 이 활동은 여전히 보편적인 세계 교환 시장의 가장 중요하고 가장 존중할 만한 임무들 가운데 하나이다."[14]

"이 '문화' 또는 '문명' 자본은 무엇으로 구성되는가?" 발레리가 말을 잇는다. "우선 개연적인 지속성과 취약성 그리고 일시성을 지닌 사물, 물질적 대상, 예컨대 책, 그림, 도구 등으로 이루어진다."[15] 정확히 문학의 경우

---

tique, Paris : Gallimard, 1984, pp.92~93에 인용된 J. W. von Goethe가 Carlyle에게 보낸 편지, 1827.

10 **[역주]** Antoine Berman(1942~1991). 프랑스의 언어학자, 번역 이론가, 독일어와 스페인어의 번역가.

11 A. Berman, op. cit., p.90.

12 Fritz Strich, *Goethe und die Weltliteratur*, Berne : Francke Verlag, 1946, p.17.

13 Ibid., p.18.

14 Ibid..

15 P. Valéry, loc. cit., p.1090.

에 이 "물질적 대상"은 우선 국가의 소유물로 등록되고 선언되어 목록에 기록된 텍스트, 국가의 역사로 편입된 문학 텍스트이다. 문학이 오래되면 오래될수록, 점점 더 국유 재산이 막대해지고, 점점 더 학교와 국가의 판테온을 "국가 고전"의 형태로 구성하는 정전 텍스트가 많아진다. 오랜 전통은 문학 자본의 결정적인 요소이다.[16] 즉 텍스트의 수라는 의미에서의 "풍요"뿐만 아니라 무엇보다도 민족문학의 "기품"과 민족의 다른 전통에 대해 민족문학이 갖는다고 추정되거나 확인된 선행성, 따라서 "고전다시 말해서 일시적인 경쟁에서 벗어나는" 또는 "보편다시 말해서 모든 개별성에서 해방된"이라는 수식어가 붙는 텍스트의 수를 나타낸다. 셰익스피어나 단테 또는 세르반테스의 이름은 과거의 민족문학이 갖는 위대성, 이러한 이름이 민족문학에 부여하는 역사적이고 문학적인 합법성과 동시에 그들의 위대성에 대한 보편적인 인정, 따라서 기품 있게 하고 문학의 민족주의적이지 않은 이데올로기에 부합하는 인정을 포괄한다. "고전"은 가장 유구한 문학 국가의 특권이다. 이러한 국가는 토대가 되는 국가 텍스트를 영원한 것으로 확립하고 이런 식으로 문학 자본을 국가적이지도 않고 역사적이지도 않은 것으로 규정한 만큼, 무엇이 반드시 문학이게 되어 있는가에 관해 스스로 내린 정의에 정확히 부응한다. "고전"은 문학의 정당성 자체를 구현한다. 다시 말해서 '만인주지의' 문학으로 인정받는 것이다. 이것으로부터 문학으로 인정될 것, 특수한 계량 단위의 구실을 할 것의 경계가 그어질 것이다.

"문학의 위엄"은 또한 다소간 많은 수로 구성된 직업 집단, 제한된 수의

16 발레리가 사용하는 '문화 자본' 또는 문학 자본의 개념을 명확히 하기 위해 당연하게도 나는 피에르 부르디외가 창안한 '상징 자본'의 개념(특히 "Le marché des biens symboliques", *L'Année sociologique*, vol.22, 1971, pp.49~126 참조)과 특히 *Les Règles de l'art*, Paris : Éditions du Seuil, 1992에서 제안한 '문학 자본'의 개념을 근거로 삼았다.

교양 있는 독자, 귀족 또는 식견을 갖춘 부르주아지, 살롱, 전문화된 언론, 경쟁하고 명망이 높은 문학 총서, 인기 있는 출판사, 국가적이거나 국제적인 명성과 권위를 지니고 있을 수 있는 유명한 창안자, 그리고 물론 글쓰기에 전적으로 헌신하는 저명하고 존경스러운 작가로부터 싹튼다. 즉 문학적으로 매우 풍요로운 나라에서 위대한 작가는 문학의 "전문가"가 될 수 있다. "이 두 조건에 유의하라." 발레리가 쓴다. "또한 문화의 설비가 자본이 되기 위해서는 그것을 필요로 하고 사용할 수 있으며 (…중략…) 다른 한편으로 여러 세기 동안 축적된 숱한 문서와 도구를 활용하는 데 필요한 관습, 지적 규율, 규약, 관행을 습득하거나 실행할 줄 아는 사람들의 존재가 요구된다."[17] 그러므로 이 자본은 또한 그것을 전달하고 차지하고 변형하고 재활성화하는 모든 이에게서 구현된다. 아카데미, 심사위원회, 잡지, 비평계, 문학 유파가 문학 제도의 형태로 존재한다. 이것들의 정당성은 구성원의 수와 오랜 전통 그리고 이것들이 포고하는 인정의 실효성으로 평가된다. 위대한 문학 전통을 자랑하는 나라는 거기에 참여하는 이들이나 그것에 대해 스스로 책임이 있다고 믿는 이들을 통해 매 순간 문학 유산을 재활성화한다.

프리실라 파커스트 클라크[18]가 여러 나라의 문학적 관행을 비교하고 자국 자본 용량의 객관적인 지표로 활용하기 위해 개발한 "문화 지표"를 이용해서 발레리의 분석을 명확히 밝힐 수 있다. 가령 그녀는 매년 간행된 책의 수,[19] 책의 판매량, 주민별 독서 시간, 작가 보조금뿐 아니라 출판

---

17 P. Valéry, loc. cit., p.1090.

18 **[역주]** Priscilla Parkhurst Clark(1940~2018). 컬럼비아대학의 프랑스어 및 사회학 교수. 저서로 *Literary France*(1987), *Paris as Revolution*(1994), *Word of Mouth*(2014) 등이 있다.

19 1973년 프랑스에서 주민 십만 명당 52.2권이 출판되었고, 미국에서 출판된 책은 주민

사 및 서점의 수, 지폐와 우표에 도안으로 들어간 작가의 수, 유명한 작가의 이름을 붙인 길의 수, 언론에서 책을 다루는 전용 공간, 텔레비전 프로그램에서 책에 할애된 시간을 분석한다.[20] 물론 번역의 수를 여기에 덧붙여야 할 것이다. 그리고 특히 폴 발레리가 다른 곳에서 말하듯이 "사상 생산 및 발표의 집중화"는 문학적일 뿐 아니라 작가와 음악가 그리고 화가 사이의 만남, 다시 말해서 여러 유형의 예술 자본이 서로 협력함으로써 풍요로워지는 현상에 많이 좌우된다는 것을 지적할 필요가 있을 것이다.

'반대로' 문학 자본이 거의 없는 나라에서 문학 자본의 부재 또는 빈약을 헤아려볼 수도 있다. 가령 브라질의 문학 비평가 안토니우 칸디두[21]는 자신이 라틴아메리카의 "문화 빈약성"이라 부르는 것을 묘사하면서 그것을 우리가 방금 언급한 모든 특수한 자원에 거의 항목별로 연관시킨다. 우선 칸디두가 쓰듯이 "실제 독자의 수가 적기 때문에 문학으로 쏠릴 수 있는 독자의 비존재, 분산, 불안정"을 함축하는 높은 문맹률, 다음으로 "소통 및 확산 수단출판사, 도서관, 잡지, 신문의 결여, 작가들이 문학 작업으로 전문화될 수 없고 일반적으로 그들의 작업이 부차적인 일이거나 심지어 아

십만 명당 39.7권이었다. 81개국에서 행해진 조사에서 주민 십만 명당 출판된 책은 9권에서 100권 사이였고 절반 이상(51개국)이 주민 십만 명당 20권 이하의 책을 출판했다. Priscilla Parkhurst Clark, *Literary France. The Making of a Culture*, Berkeley and Los Angeles, University of California Press, 1987, p. 217.

20 이 지표들 각각은 유럽 여러 나라와 미국에서 조사되고 비교되었다. 그리고 각 사례에서 프랑스는 단연 가장 '문학적인' 나라, 다시 말해서 자본 용량이 가장 많은 나라인 것으로 보인다.

21 **[역주]** Antônio Cândido(1918~2017). 브라질의 비교문학 전문 대학 교수, 문학 비평가. *Formação da literatura brasileira : momentos decisivos*(브라질문학의 형성–결정적인 계기들)(1959), *Literatura e sociedade : estudos de teoria e história literária*(문학과 사회–문학 이론 및 문학사 연구)(1965), *O discurso e a cidade*(담론과 도시)(1993) 등 많은 저서가 있다.

마추어리즘인 것처럼 이루어지는 상황."[22]

문학 자본은 상대적인 오랜 전통과 용량 이외의 다른 특징이 있다. 그것은 문학 자본이 판단과 재현에 달려 있다는 점이다. 엄청난 "비물질적인 부"를 갖춘 공간에 부여된 "신용" 전체는 발레리가 말하듯이 "세상 사람들의 의견"에 의해, 다시 말해서 세상 사람들의 의견이 갖는 인정의 정도와 정당성에 의해 좌우된다. 파운드가 『칸토스』에서 경제에 부여한 자리는 잘 알려져 있다. 그는 또한 『독서의 기초』에서 사상 및 문학 내부에 경제체제가 존재한다고 단언했다.

> 모든 일반 관념은 은행이 발행한 수표와 유사하다. 그것의 가치는 받는 사람에게 달려 있다. 만일 록펠러 씨가 백만 달러의 수표에 서명한다면, 이는 유효하다. 만일 내가 백만 달러의 수표를 끊는다면, 이는 허풍이나 속임수이고, 그 수표는 어떤 가치도 없다. (…중략…) 지식에 쓰는 수표도 마찬가지다. (…중략…) 준거 없는 외국인의 수표는 받아들여지지 않는다. 문학에서 준거는 글을 쓰는 사람의 '이름'이다. 얼마만큼의 시간이 지나면 사람들이 그를 신용한다.[23]

파운드가 개괄적으로 기술하는 것과 같은 문학적 "신용"[24]의 관념은 문학 영역에서 어떻게 가치가 믿음과 직접적으로 연결되어 있는지를 이해할 수 있게 해준다. 작가가 "준거"로 떠오를 때, 문학 시장에서 그의 이름

---

22 Antonio Candido, *Littérature et Sous-développement. L'endroit et l'envers. Essais de littérature et de sociologie*, Paris ; Métailié-Unesco, 1995, pp.236~237. 뒷부분에서 우리는 '비주류문학'의 특수한 빈곤을 카프카에 관한 서술에서 분석할 것이다.

23 Ezra Pound, trad. par D. Roche, *ABC de la lecture*, Paris : L'Herne, 1966, p.25.

24 라틴어 'credere(믿다)'에서 파생한 '신용'이란 단어는 '권력', '역량', '경의', '위세'의 동의어다.

이 가치로 확립되었을 때, 다시 말해서 그가 만드는 것에 문학적 가치가 있다고 사람들이 생각할 때, 그가 작가로 공인될 때, 사람들은 그를 "신용한다." 신용, 파운드의 "준거"는 사람들이 갖는 믿음의 명목 아래 작가, 심급, 장소 또는 "이름"에 허락되는 권력과 가치다. 따라서 그가 갖는다고 생각하는 것, 그가 지니고 있다고 사람들이 생각하는 것, 그리고 사람들이 그를 믿으면서 그에게 인정해주는 권력이다. (발레리가 말하길 "우리는 우리가 우리 자신이라고 생각하는 것이자 사람들이 우리라고 생각하는 것이다".)[25]

그러므로 문학 자본, 발레리 라르보가 명명하는 바에 따르면 이 "정신적 재산"의 구체적이고 동시에 추상적인 존재는 그것을 유지하는 믿음과 이 믿음의 실제적이고 구체적인 효과 속에서만 가능하다. 이 믿음은 문학 영역 전체의 작동을 밑받침한다. 즉 모든 참여자는 모든 이가 소유하지는 않거나 같은 정도로 소유하지 않지만 모든 이가 소유하기 위해 곧 투쟁할 그 똑같은 쟁점에 대한 믿음을 공유한다. 모든 이에 의해 인정된 문학 자본은 사람들이 획득하려고 애쓰는 것임과 동시에 세계문학의 게임으로 들어가기 위한 필요충분조건으로 인정하는 것이며, 모든 이가 정당하다고 인정하는 규범을 척도로 문학의 실천을 평가할 수 있게 해주는 것이다. 문학 자본이 자체의 비물질적 성격에도 불구하고 그토록 분명히 존재하는 이유는 게임에 관여하는 모든 이와 특히 문학 자본을 갖추고 있지 못한 이들에게 믿음을 영속화하는 객관적으로 측정이 가능한 효과를 내기 때문이다. 궁핍한 처지의 작가가 중심부에서 작품을 출판하고 인정받음으로써 얻었고 여전히 얻고 있는 막대한 이익, 가령 번역의 중시, 문학적 탁월성의 지표가 된 몇몇 총서에 의해 또는 심지어 문학 제도에 의

25 P. Valéry, "Fonction et mystère de l'Académie", *Regards sur le monde actuel*, p.1120.

해 부여된 영예, 몇몇 서문에 의해 보장된 높아진 품격 등은 문학에 대한 믿음의 몇 가지 구체적인 효과이다.

1) 문학성

언어는 문학 자본의 주요한 구성 요소들 가운데 하나이다. 알다시피 언어의 정치사회학은 정치경제 공간에서만 언어의 사용그리고 상대적 "가치"을 연구하는 까닭에 고유한 문학 공간에서 언어의 언어-문학 자본을 규정하는 것, 내가 "문학성"[26]이라고 명명하기를 제안하는 것을 무시한다. 몇몇 언어로 쓰인 텍스트의 위세 때문에, 문학 영역에는 다른 언어보다 더 문학적이라고 여겨지고 문학 자체를 구현한다고 추정되는 언어가 있다. "문학 언어"라신의 언어" 또는 "셰익스피어의 언어""를 문학 자체와 동일시하는 경향이 있을 정도로 문학은 언어와 밀접하게 연관되어 있다. 언어에 결부된 높은 문학성은 언어가 갖는 형식적이고 미적인 가능성의 전체 범위, 각각의 세대마다 다듬고 바꾸고 넓히는 오랜 전통을 전제로 하며, 그 자체로 문학의 "보증"이 되는 만큼 그 언어로 쓰인 것이 현저하게 문학적이라는 사실의 자명성을 확증하고 보장한다.

그러므로 특히 번역과 관계가 깊고 어떤 언어에 결부된 본질적으로 언어적인 자본으로, 학교나 정치 또는 경제 영역에서의 언어 사용과 관련된 위세로 축소할 수 없는 정확히 문학적인 효과가 있는 것처럼, 몇몇 언어에 결부된 문학적인 가치가 있다. 이 특수한 가치는 "세계 언어 체계"[27]의

---

26 나는 이 개념을 야콥슨의 경우와 매우 가까운 용법으로, 즉 언어나 텍스트를 문학적이거나 문학적이라고 말해질 수 있도록 하는 것의 의미로 사용한다.

27 Abram de Swaan, "The Emergent World Langage System", *International Political Science Review*, vol.14, no.3, juillet, 1993을 볼 것.

정치적 분석가들이 오늘날 어떤 언어의 중심성 지표로 제시하는 것과 근본적으로 구별되어야 한다. 언어의 역사, 국가의 정치, 그리고 또 문학과 문학의 공간에 의존하는 언어-문학 유산은 또한 문학사의 흐름을 따라 고안되어 문학의 전방위적 가능성을 풍요롭게 하는 기법, 형식 탐구, 시나 이야기의 형식 및 제약, 이론 논쟁 그리고 문체 창안 전부와도 관계가 깊다. 그래서 문학과 언어의 "풍요"는 재현과 사물에, 믿음과 텍스트에 동시적으로 효력을 미친다.

바로 이 점에서 왜 "비주류" 언어로 글을 쓰는 저자가 문학적이라는 평판이 높은 언어의 기법뿐만 아니라 음향을 자신의 모국어로 끌어들이려 시도하는지 이해할 수 있다. 1780년 프로이센의 왕 프리드리히 2세는 『독일문학에 관하여, 비난할 수 있는 결점, 이것의 원인이 무엇인지, 어떻게 바로잡을 수 있는지』[28]라는 제목의 간략한 연구서를 베를린에서 프랑스어로 출판한다이 텍스트는 얼마 후에 프로이센의 관리에 의해 편집된 독일어 번역본이 나온다. 그럼으로써 선택된 언어와 책의 목적이 놀랍도록 일치하는 가운데 이 독일 군주는 18세기 말에 프랑스어가 독일 식자층에 행사하는 유난히 문학적인 영향력을 지적한다.[29] 그러니까 프랑스어의 이 우월성을 당연하게 여기며 클롭스톡,[30] 레싱, 비란트,[31] 헤르더, 렌츠 같은 시인과 작가의 중요한 독일어 텍스트를 배척하고 무시하는 식으로, 일종의 독일어 개혁 계

---

28 Frédéric II de Prusse, *De la littérature allemande*(Promeneur), Paris : Gallimard, coll., 1994.

29 3년 후(1783년)에 리바롤은 베를린 아카데미가 개최한 학술경연에서 「프랑스어의 보편성에 관하여」로 우승자가 된다. 프리드리히 2세는 그에게 베를린 아카데미의 회원 자격을 부여하게 된다.

30 **[역주]** Klopstock(1724~1803). 독일의 시인. '스트룸 운트 드랑'운동의 선구자.

31 **[역주]** Wieland(1733~1813). 프랑스문학의 영향을 받아 '독일의 볼테르'라 불린 독일의 작가. 괴테를 비롯한 독일 작가들에게 깊은 영향을 끼쳤다.

획, 독일 고전문학의 탄생 조건을 실현하기에 집착한다. 독일어, 그가 말하길 "우아"하고 "세련"된 언어들과는 반대로 "장황하고 다루기 어렵고 별로 낭랑하지 않은" 언어를 위한 자신의 "개선" 프로그램을 관철하기 위해, 프리드리히 2세는 그저 독일어에 이탈리아풍또는 라틴풍을 가미하자고 제안할 뿐이다. "게다가 우리는 다수의 조동사와 능동사를 갖고 있는데, 그것은 마지막 음절이 'sagen'이나 'geben' 또는 'nehmen'처럼 잘 울리지 않고 불쾌하다." 그가 단언한다. "이 어미들의 끝에 a를 덧붙여 'sagena'나 'gebena' 또는 'nehmena'를 만들어라. 그러면 소리가 귀에 거슬리지 않을 것이다."[32]

똑같은 원리에 따라, 니카라과 시인이자 "모데르니스모"[33]의 개척자인 루벤 다리오는 19세기 말에 프랑스어를 카스티야어로 들여오기를, 달리 말하자면 프랑스어의 문학적 역량을 에스파냐어로 옮기기를 꾀했다. 위고, 졸라, 바르베 도르비이, 카튈 멘데스……. 자기 시대의 프랑스문학 전체에 대한 매우 큰 감탄으로 말미암아, 자신이 "정신적 프랑스어 어법"이라 명명하는 것을 실행하려고 부추겨지게 된다. "프랑스에 대해 내가 느끼는 열렬한 사랑은 나의 정신적 첫걸음부터 넓고 깊었다." 1895년 부에노스아이레스의 『라 나시온』에 발표된 글에서 그가 설명한다.

> 나의 꿈은 프랑스어로 글을 쓰는 것이었다. (…중략…) 그리하여 나는 프랑스어로 사유하고 에스파냐 아카데미 회원들이 순수성을 공인한 카스티야어로 글을 쓰면서, 틀림없이 오늘날의 아메리카문학운동을 시작되게 했을 작은 책을 펴냈다.[34]

32 Frédéric II de Prusse, op. cit., p.47.

33 이 책의 159~161쪽을 볼 것.

가령 1910년대의 러시아에서 러시아의 언어와 시가 보편적으로 인정받게 하려고 애쓴[35] 시인 벨리미르 흘렙니코프는 자신이 매우 명확하게 "언어 시장"이라 부른 것에서 언어들이 문학적으로 불평등한 현실을 말했다. 현실주의의 경이로운 경제적 유추를 통해 언어 및 문학 거래의 불평등을 현실주의적인 만큼이나 통찰력 있는 안목으로 표명하면서 그가 이렇게 쓴다.

> 언어들은 반목의 원리를 떠받친다. 그리고 특이한 교환 음성으로서 지적 상품의 교환을 위해, 다언어 인류를 관세 투쟁의 진영들로, 일련의 언어 시장들로 나누는데, 하나의 언어가 각 진영 또는 시장의 경계를 넘어 패권을 열망한다. 그런 방식으로 언어들은 온전히 인류의 불화를 조장하고 '보이지 않는 전쟁'을 수행한다.[36]

문학이라는 "큰 게임"의 모든 관계자와 모든 참여자가 단지 어느 언어권에 속해 있다는 이유만으로 텍스트, 번역, 문학적 공인과 배격을 통해 알지도 못하면서 몰두하는 이 언어 투쟁을 설명하게 해줄 수 있는 문학적 권위의 지표를 명확히 설명할 필요가 있을 것이다. 이 지표에서는 오랜 전통, "기품", 그 언어로 쓰인 문학 텍스트의 수, 보편적으로 인정된 텍스트의 수, 번역의 수 등이 고려될 것이다. 이런 식으로 "큰 문화"의 언어,

---

34 Gérard de Cortanze, trad. par D. Daireaux, "Rubén Darío ou le gallicisme mental", *Azul*···, Paris : La Différence, 1991, p.15에서 재인용.

35 그의 미학은 '서양'과 서양 문화에 대한 공언된 반대, 그리고 양도할 수 없는 '슬라브 민족성'의 단언을 토대로 세워졌다.

36 Vélimir Khlebnikov, présentation, traduction et notes J.-C. Lanne, "Peintres du Monde!", *Nouvelles du Je et du Monde*, Paris : Imprimerie nationale, 1994, p.128. 작은따옴표는 저자 강조한 말임.

다시 말해서 강한 문학성을 갖는 언어를 "광범위한 순환"의 언어에 맞세워야 할 것이다. 전자는 말하는 이들에 의해서뿐만 아니라 글을 쓰거나 번역되는 사람에 대해 읽을 만하다고 생각하는 이들에 의해서도 읽히는 언어이다. 이 언어는 문학의 "중심"에 속함을 입증하는 까닭에 그 자체로 문학적 순환의 "허가증"이다.

이 지표를 명확히 하고 한 언어의 고유한 문학 역량을 평가하기 위한 수단의 하나는 정치사회학에서 활용하는 기준을 문학의 영역에 적용하는 것일지도 모른다. 예컨대 아브람 더 스반[37]이 "출현하는 중인 세계언어 체계"[38]라 부르는 것에서 하나의 언어가 차지하는 자리를 헤아려볼 수 있게 해주는 객관적인 기준이 실제로 있다. 이처럼 그는 세계의 언어들 전체를 다언어 구사에 의해 다양한 요소가 긴밀하게 결합하는 형성 중인 체계로 본다. 그에 의하면 한 언어를 말하는 다중언어 화자의 수로 그 언어의 (정치적) 중심성다시 말해서 그것의 고유한 언어 자본 용량을 평가할 수 있다. 한 언어를 실제로 사용하는 다언어 구사자가 많을수록 더욱더 그 언어는 중심적이다. 다시 말해서 지배적이다.[39] 달리 말하자면 정치 공간에서도 한 언어를 말하는 화자의 수는 "꽃 모양의 형상화", 다시 말해서 주변의 모든 언어가 다언어 구사자에 의해 중심과 연결되는 언어 형세로 묘사된 체계에서 언어의 중심적 성격을 확립하기에 충분하지 않다. "잠재적인 소통" 자체다시 말해서 도식적으로 언어 영토의 범위는 여전히 더 스반에 의하면 "(하부) 체계의 화자들 전체에서 한 언어의 화자가 차지하는 부분과 (하부) 체계의 다

37 **[역주]** Abram de Swaan(1942~). 네덜란드의 평론가, 사회학자, 암스테르담 대학의 명예교수. *Words of World*(2001)이란 저서에서 '세계 언어체계'의 개념을 제시했다.

38 A. de Swaan, "The Emergent World Language System", loc. cit를 볼 것.

39 Ibid., p.219.

중언어 화자 전체에서 그 언어의 화자가 차지하는 부분의 산물"[40]이다. 문학의 영역에서 언어의 공간이 또한 "꽃 모양의 형상화", 다시 말해서 주변의 언어들이 다언어 사용자와 번역가에 의해 중심과 연결된다면 한 언어의 문학성언어-문학 자본의 역량, 위세, 용량을 그 언어로 글을 쓰거나 읽는 작가 또는 독자의 수가 아니라 그 언어를 실제로 사용하는 문학적 다언어 구사자의 수와 텍스트들을 이 문학 언어로부터나 이것 쪽으로 순환하게, 내보내거나 받아들이게[41] 하는 문학 번역가의 수로 측정할 수 있을 것이다.

2) 세계인과 다언어 사용자

대단한 초국가적 중개인과 뛰어난 교양인 그리고 세련된 비평가의 수가 많음은 달리 말하자면 문학 역량의 주요한 지표이다. (흔히 여러 언어에 능통한) 다수의 세계인은 실제로 여러 부류의 주식중개인, 텍스트를 한 공간에서 다른 공간으로 전파하는 일을 맡고 그럼으로써 텍스트의 문학적 가치를 결정짓는 "환전상"이다. 위대한 세계인이자 뛰어난 번역가였던 발레리 라르보는 전 세계의 교양인을 어떤 비가시적 사회의 구성원, 문학 공화국의 이를테면 "입법자"로 묘사했다.

모든 이에게 열려 있으나 결코 어느 시대에도 많은 적이 없는 엘리트층, 비가

40 "The product of the proportion of speakers of a language among all speakers in the (sub) system and the proportion of speakers of that language among the multilingual speakers in the (sub)system, that is, the product of its 'plurality' and its 'centrality', indicationg respectively its size and its position within the (sub)system", A. de Swaan, loc. cit., p.222.

41 Valéry Ganne et Marc Minon, "Géographie de la traduction", *Traduire l'Europe*, F. Barret-Ducrocq (éd.), Paris : Payot, 1992, pp.55~95. 그들은 '국어로의 번역', 다시 말해서 외국문학 텍스트를 국어로 반입하는 작업을 '외국어로의 번역', 다시 말해서 국내 문학 텍스트의 반출과 구별한다.

시적이고 분산되고 외적 표시가 없고 공식적으로 인정된 생활방식도 자격증도 면허장도 없지만 다른 어떤 엘리트층보다 더 명석하고 세속 권력은 없지만 세계를 이끌고 미래를 좌우할 만큼의 상당한 역량을 보유하는 엘리트층이 있다. 바로 이 계층에서 역사상 가장 진정으로 최고 권한을 가진 우두머리들, 죽은 후 여러 해 동안, 어떤 경우에는 여러 세기 동안 많은 사람의 행위에 영향을 미치는 독특한 우두머리들이 나왔다.[42]

그러므로 이 예술적 엘리트층의 특수한 권력은 문학의 관점에서만 측정된다. 이 계층의 "상당한 역량"은 이 계층에게 무엇이 문학적인지 결정하고 이 계층이 위대한 작가로 지칭하는 모든 이를 확실히 공인할 수 있게 해주는 아주 특수한 것이다. 이 계층은 세계문학의 높은 기념비를 세우고 "권위 있는 세계적 작가"가 될 이들, 즉 엄밀하게 말하자면 문학을 "만드는" 이들을 가리키는 최고 권력을 부여받는다. 따라서 그들의 작품은 "어떤 경우에는 사후 여러 세기 동안" 문학적 위대성 자체를 구현하고 문학적이고 문학적일 것의 한계와 표준을 나타내며 문자 그대로 미래 문학 전체의 "본보기"가 된다.

이 교양인 사회는 라르보가 이어 말하길

경계에도 불구하고 유일 불가분한 것이며, 이 사회에서 문학과 그림 그리고 음악의 아름다움은 대다수의 정신에 유클리드 기하학이 참된 만큼이나 참된 어떤 것이다. 이 사회는 각 나라에 있는 가장 국가적이고 동시에 가장 국제적인 것이기 때문에 유일하고 불가분한 것이다. 국가를 규합하고 형성하는 문화를

42 V. Larbaud, *Ce vice impuni, la lecture. Domaine anglais*, p.11.

구현하므로 가장 국가적이고 다른 국가의 엘리트들 사이에서만 유사한 사회, 동등한 수준, 똑같은 환경을 찾아낼 수 있으므로 가장 국제적이다. (…중략…) 바로 이런 곡절로 프랑스문학 언어를 알 정도로 충분한 교양을 갖춘 독일인의 견해는 아마도 어떤 프랑스 책에 관해 교양이 없는 프랑스인의 판단이 아니라 프랑스 엘리트의 견해와 일치하게 될 것이다.[43]

이 대단한 중개인들의 막대한 공인 권력은 그들의 독립성으로만 측정된다. 그들의 권위는 그들이 국가에 속한다는 사실에 기인하는데, 이러한 소속은 또한 역설적으로 그들의 문학적 자율성을 보장하는 것이기도 하다. 그들은 라르보가 서술한 바에 의하면 정치, 언어, 국가의 구분에 무관심한 사회를 형성하므로 정치와 언어의 분할을 거슬러 구축된 문학적 자율성의 법칙을 따르고유일하고 "경계에도 불구하고 불가분한" 사회라고 라르보가 단언한다 문학의 불가분한 단일성이라는 똑같은 원칙에 따라 텍스트를 공인한다. 즉 텍스트를 문학의 울타리와 칸막이에서 빼내고 문학의 정당성에 관한 기준의 자율적인다시 말해서 국가적이지 않고 국제적인 결정을 받아들이게 한다.

바로 그런 까닭에 비평의 역할을 문학적 가치의 창조로 이해할 수 있다. 폴 발레리는 텍스트에 대한 평가에 종사하는 전문가의 역할을 비평가에게 부여하면서 "재판관"[44]이라는 용어를 사용한다. 그는 "작품 자체를 창작하지 않았을지라도 작품의 진정한 가치를 창조한 그 감정가들, 그 미미한 애호가들"을 환기한다.

그들은 열렬하지만 청렴한 재판관이었다. 그들에게 찬성하거나 반대하여 일하

43 Ibid., pp. 22~23.

44 이것은 또한 콕토가 연극 비평에 관해 분개하여 말하기 위해 사용한 용어이기도 하다.

는 것은 멋있었다. 그들은 읽을 줄 알았다. 이는 상실된 미덕이다. 그들은 들을 줄 알았고 심지어 귀를 기울일 줄도 알았다. 그들은 볼 줄 알았다. 달리 말하자면 그들은 뭔가를 줄기차게 다시 읽었거나 다시 들었거나 다시 보았는데, 그러한 반복을 통해 그것이 '견고한 가치'로 구성되었다. 보편적인 자본이 그만큼 증가했다.[45]

비평의 능력이 문학 영역의 모든 주역여기에는 발레리처럼 가장 명망 높은 사람들과 가장 공인된 사람들이 포함된다에 의해 인정되기 때문에, 비평이 선고하는 판단과 평결공인 또는 배격에는 측정할 수 있는 객관적인 효과가 뒤따른다. 제임스 조이스는 문학 영역의 가장 높은 심급에서 인정받음으로써 단번에 창시자의 자리로 올라섰고 문학적 현대성에 대한 일종의 "측정 단위"가 되었으며 이것을 기준으로 나머지 작품이 "평가"되었다. 반대로 라뮈[46]는 (셀린 이전에 아마 소설의 서술에서 구전을 중시한 "창안자들" 가운데 하나일 터인데도) 공연히 배격된 까닭에 프랑스어문학의 부차적이고 지방적인 역할이라는 지옥으로 밀려났다. 무엇이 문학적이고 무엇이 문학적이지 않은지를 말하고 문학 예술의 한계를 긋는 막대한 권력은 오로지 문학 입법권을 스스로 갖거나 부여받는 이들의 것이다.

비평처럼 번역도 그 자체로 가치 부여 또는 공인이거나 라르보가 말했듯이 "풍부화"이다. "번역가는 자신의 지적인 풍요를 늘림과 동시에 민족문학을 풍요롭게 하고 자신의 이름을 드높인다. 다른 문학의 중요한 작품을 어떤 언어와 문학으로 넘어가게 하려는 기도는 모호하고 시시한 기도

---

45 P. Valéry, "Liberté de l'esprit", loc. cit., p.1091. 작은따옴표는 저자 강조.

46 [역주] Charles Ferdinand Ramuz(1878~1947). 스위스의 작가, 시인. *La Grande Peur dans la montagne*(1926), *Si le soleil ne revenait pas*(1937) 등 많은 작품이 있다.

가 아니다."[47] 발레리의 단언에 따르면, 진정한 비평의 인정을 통해 구성되는 "견고한 (문학적) 가치"에 힘입어 "보편적인 (문학) 자본"을 늘릴 수 있고 인정받은 작품이 작품을 인정하는 사람의 자본에 쉽게 병합된다. 이처럼 비평도 번역도 문학 자본을 위한, 문학 자본에 의한 투쟁의 무기이다. 그렇긴 해도 이 대단한 중개인들은 발레리 라르보의 사례가 보여주듯이 문학의 가장 순수한, 가장 탈역사화되고 "비국유화"되고 탈정치화된 재현에 가장 순진하게 집착하는 사람, 그들이 작품을 평가하는 수단인 미적 범주의 보편성을 가장 굳건하게 확신하는 사람이다. 달리 말하자면 그들은 중심의 (그리고 나중에 알게 될 터이지만 특히 파리의) 공인을 특징짓는 오해와 비상식, 중심의 자민족중심주의적 몰지각이 빚어내는 효과일 뿐인 비상식의 첫 번째 책임자이다.

3) 파리, 문학 도시

문학 영역의 지리와 고유한 분할은 정치적 신념을 낳는 국경그리고 국가주의을 거슬러 형성된다. 문학의 영토는 문학의 "제작"과 공인 대신에 이 영토의 미적 거리에 따라 규정되고 경계가 설정된다. 문학 자원이 집중되고 축적되는 도시는 믿음, 달리 말하자면 여러 종류의 신용 센터, 특수한 "중앙은행"이 구현되는 장소가 된다. 가령 라뮈는 파리를 문학적 "환전과 교환의 종합 은행"[48]으로 규정한다. 문학 수도, 다시 말해서 문학의 가장 높은 위세와 문학에 대한 가장 큰 믿음이 동시에 모이는 장소의 조성과 인정은 이 믿음이 산출하고 불러일으키는 실제의 효과에 기인한다. 그러므

47 V. Larbaud, *Sous l'invocation de saint Jérôme*, pp.76~77.

48 Charles Ferdinand Ramuz, *Paris. Notes d'un Vaudois*(1938), réédité, Lausanne : Éditions de l'Aire, 1978, p.65.

로 문학 수도는 두 차례, 즉 재현 속에, 그리고 이 믿음이 낳는 측정할 수 있는 효과의 현실 속에 존재한다.

이렇게 파리는 문학 영역의 수도, 세계의 가장 큰 문학적 위세를 부여받은 도시가 되었다. 파리는 발레리가 말하듯이 문학 구조의 불가결한 "기능"이다.[49] 실제로 프랑스의 수도는 기이하게 자유의 모든 역사적 재현을 갖추는 만큼 '선험적으로' 상반된 속성들을 아우르고, 대혁명과 군주제의 전복 그리고 인권의 발견을 상징하며, 외국인에 대한 관용과 정치적 망명자를 위한 피난처라는 커다란 명성을 프랑스에 가져다준다. 또한 파리는 문학, 예술, 호사, 그리고 패션의 수도이기도 하고, 따라서 지적 수도, 멋이 무엇인지 정해지는 곳임과 동시에 정치적 민주주의의 토대를 다진 장소이며, 예술의 자유가 선언될 수 있는 이상화된 도시이다.

정치적 자유와 운치 그리고 지성으로 말미암아 일종의 독특한 형세, 역사와 신화의 조합이 드러나는데, 이것에 힘입어 실제로 예술과 예술가의 자유를 생각해내고 영속화할 수 있게 되었다. 『파리 가이드』에서 빅토르 위고는 프랑스 대혁명을 이 도시의 주요한 "상징 자본"으로, 이 도시의 실제적인 특수성으로 만들었다. 그가 말하길 1789년이 없다면 파리의 우위는 수수께끼다.

> 로마는 더 많은 위엄이 있고 트리어는 더 오랜 전통이 있고 베네치아는 더 많은 아름다움이 있고 나폴리는 더 많은 매력이 있고 런던은 더 많은 부가 있다. 파리는 도대체 무엇이 있는가? 대혁명 (…중략…) 파리는 전 세계에서 진보의 막대한 비가시적 돛이 나부끼는 소리를 가장 잘 들을 수 있는 장소이다.[50]

---

49 P. Valéry, "Fonction de Paris", loc. cit., pp.1007~1010.

50 Victor Hugo, "Introduction", *Paris Guide, par les principaux écrivains et artistes de la*

많은 외국인에게 실제로 매우 오랫동안, 적어도 20세기의 1960년대까지는 이 수도의 이미지가 프랑스 대혁명, 1830, 1848, 1870~1871년의 봉기에 대한 기억, 인권의 쟁취, 불가침권의 원칙에 대한 충실성, 또한 문학의 위대한 "영웅들"과 뒤섞였다. 게오르크 K. 글라저[51]는 이렇게 쓴다.

> 나의 고향에서 '파리'라는 이름은 전설이라는 말처럼 울렸다. 나중에 나의 독서와 경험에도 불구하고 파리에서 이러한 광채는 박탈되지 않았다. 그곳은 하인리히 하이네의 도시, 장크리스토프의 도시, 위고와 발자크 그리고 졸라의 도시, 마라와 로베스피에르 그리고 당통의 도시, 영원한 바리케이드와 코뮌의 도시, 사랑과 빛 그리고 가벼운 공기, 웃음, 향락의 도시였다.[52]

다른 도시들, 그리고 특히 프랑코 장군 치하에 정치적 관용의 상대적인 평판을 쌓고 커다란 지적 자본을 축적하는 바르셀로나가 파리의 경우와 유사한 특징을 갖출지 모른다. 그러나 카탈루냐의 수도는 엄밀한 국가 차원에서 문학 수도나 더 넓게는 라틴아메리카의 스페인어권을 포함한다면 언어 수도로서 역할을 한다. 반대로 파리는 유럽에서 유례를 찾아볼 수 없는 막대한 문학 자원과 프랑스 대혁명의 이례적인 성격 때문에, 세계문학 공간의 구성에서 또한 독특한 역할을 한다. 발터 벤야민은 『파리, 19세기의 수도』에서 문학적 현대성의 창안과 직접적으로 섞인 정치

France, 1867, pp.18~19. 이 저서는 루이 울바흐의 지도하에 출간된다. 125명의 남녀 교양인이 거기에 참여한다. 이 저서의 출간은 두 번째 파리만국박람회의 개막 직후에 이루어진다.

51 **[역주]** Georg K. Glaser(1910~1995). 무정부주의를 신봉한 독일의 노동자 작가. 결혼을 통해 프랑스 시민권을 획득하고 대부분의 생애를 프랑스에서 보냈다.

52 Georges Glaser, *Secret et Violence*, Paris, 1951, p.157.

적 자유의 요구가 파리의 역사적 특징이라고 지적한다.

> 사회 차원에서의 파리는 지리 차원에서의 베수비오산과 동등한 것이다. 그곳은 폭발하려 하는 위험한 산괴, 언제나 활기찬 혁명의 온상이다. 하지만 베수비오산의 비탈이 용암층으로 뒤덮여 있는 덕분에 낙원 같은 과수원으로 변한 것처럼 혁명의 용암 위에서 예술과 사교계 생활 그리고 패션이 다른 어떤 곳보다 더 꽃핀다.[53]

벤야민은 또한 자신의 편지에서 보들레르와 블랑키[54]의 "저주받은 커플"을 환기하는데, 이것은 문학과 혁명 사이의 전형적이고 의인화된 것 같은 마주침을 상징한다.

이 독특한 형세는 문학 자체에 의해 강화되고 드러났다. 파리의 문학적 재현이 꾸준히 이어지면서, 18세기와 특히 19세기에 파리를 묘사한 수많은 소설과 시는 실제로 이 도시의 "문학성"을 드러내기에 이르렀다. 로제 카유아는 이렇게 쓴다. "파리에 관한 엄청난 재현이 있는데, 외젠 쉬와 퐁송 뒤 테라유의 소설처럼 발자크의 소설도 파리의 재현을 유포하는 데 특히 이바지했다."[55] 실제로 파리는 소설의 준準 작중인물, 소설의 전형적인 장소로 변모함으로써『파리의 배』,『파리의 우울』,『파리의 불가사의』,『파리의 노트르담』,『고리오 영감』,『창녀의 영화와 비참』,『잃어버린 환상』,『전리품』 등, 소설과 시에 의한 환기를 통해 문

53 Walter Benjamin, trad. par J. Lacoste, *Paris capitale du XIXe siècle. Le Livre des Passages*, Paris : Édition du Cerf, 1989, p.108.

54 [역주] Louis Auguste Blanqui(1805~1881). 프랑스의 사회주의 혁명가. 워낙 여러 차례 투옥된 관계로 '유폐자'라는 별명이 붙었다.

55 Roger Caillois, "Puissance du roman. Un exemple : Balzac", *Approches de l'Imaginaire*, Paris : Gallimard, 1974, p.234.

학 자체로 여겨질 정도가 되었다. 꾸준히 문학적으로 묘사되고 형상화되고 재현된 파리는 '만인주지'의 문학이 되었다. 파리에 대한 문학적 묘사는 파리의 유일성을 특수하고 반론의 여지가 없는 방식으로 이를테면 객관화하고 거의 "입증하기" 때문에, 파리의 신용을 높이고 특히 선포하고 과시했다. 발자크 자신의 표현에 의하면 "십만 소설의 도시"는 문학을 문학적으로 구현한다. 그리고 파리의 특수한 역량을 밑받침하는 불가분하게 문학적이고 정치적인 형세의 귀결로서 파리의 전형적인 재현은 혁명적 파리의 재현이다. (『감정 교육』, 『1793년』, 『레미제라블』, 『반란자』 등에서) 민중 봉기의 문학적 묘사는 파리의 전설에 토대가 되는 모든 재현을 이를테면 압축한다. 마치 정치 영역에서 신기원을 이루는 사건을 문학의 도시가 문학적으로 변환시키기에 이르고 이러한 변모를 통해 파리에 대한 믿음과 파리가 갖는 자본을 더욱더 강화하는 듯이 모든 일이 일어난다.

18세기에 시작된 문학 장르, 파리에 대한 그 수많은 묘사는 점차로 체계화되고 다니엘 오스터[56]의 말에 의하면 파리에 대한 "낭송"이 되었다. 그것은 형식과 내용에서 필수적인 불변의 라이트 모티프로서, 파리를 세계의 축소된 형상으로 제시하면서 이 도시의 영광과 미덕을 찬양했다.[57] 파리에 관한 이 과장된 담론의 예사롭지 않은 되풀이를 이 도시에 고유한 문학적이고 지적인 유산의 유구하면서도 확실한 축적으로 이해할 수 있다. 왜냐하면 이 상징 '자원'의 특성은 증가한다는 점이기 때문이다. 또한 그러한 것이라고 선포될 때, 믿는 사람이 많아질 때, 그리고 이러한

56 [역주] Daniel Oster(1938~1999). 프랑스의 작가. 현대문학 교수자격 취득자로서 문학사 연구자, 특히 19~20세기 전문가이다.

57 가령 발자크는 파리를 '엄청난 경이'와 '세계의 머리' 그리고 '도시들의 유동적인 여왕'으로 만들었다. R. Caillois, op. cit., p.237 참조.

"낭송"이 자명한 사실로 반복된 나머지 이를테면 현실로 드러날 때 비로소 존재한다는 점이기 때문이다.[58]

그래서 프랑스에서건 외국에서건 파리의 핵심을 묘사하고 이해하며 규정하려고 시도한 모든 문학 텍스트는 파리의 유일성과 보편성에 관한 후렴을 한마디도 바꾸지 않고 그것도 거의 완벽한 역사적 연속성 속에서 한없이 되풀이했다. 이러한 문체 연습이 19세기 동안 내내, 그리고 적어도 20세기의 1960년대까지 작가의 지위를 요구하는 모든 이에게 부과되는 주제로 설정되었다.[59] 가령 유명한 『파리의 풍경』1852에 붙인 서문에서 파리를 "세계의 축소판", "도시가 된 인류", "범세계적 포럼", "커다란 복마전", "백과사전적이고 보편적인 도시"[60] 등으로 규정하는 에드몽 텍시에[61]는 파리에 관해 설정된 상투적인 표현을 되풀이하기만 한다. 세계사에 등장하는 주요한 수도들과의 비교 또한 파리를 돋보이게 하기에 가장 유익한그리고 가장 진부한 '일반적 논거'의 하나이다. 파리를 발레리는 아테네에, 알베르토 사비뇨[62]는 세계의 배꼽 델포이와[63] 비교한다. 독일의 로망

58 나중에 나는 프랑스와 파리에 고유한 문학 자본 축적의 역사적 과정이 실로 19세기 전에 시작된다는 것을 밝힐 것이다. 이 장에서 나는 16세기에 시작되고 뒤에서 명확하게 밝혀질 오랜 역사의 귀결만을 환기한다.

59 Daniel Oster et Jean-Marie Goulemot, *La Vie parisienne. Anthologie des moeurs du XIXe siècle*, Paris : Sand-Conti, 1989, pp.19~21을 볼 것.

60 D, Oster, loc. cit., p.108에서 재인용.

61 **[역주]** Edmond Texier(1815~1887). 프랑스의 언론인, 시인, 소설가.

62 **[역주]** Alberto Savinio(1891~1952). 이탈리아의 작가, 화가, 작곡가. 초현실주의운동에 발상을 제공한 이들 가운데 하나이다.

63 알베르토 사비뇨는 반어적이고 동시에 공손한 방식으로 이렇게 쓴다. "아니, 그리스 신들은 퇴화하지 않았다. (…중략…) 바로 여기로(파리로) — 발칸 반도 전체의 이상적인 중심 겸 매력 포인트로 — 바로 여기로 신성한 장소 델포이의 신비, 산신들의 분노에 대한 델포이의 진정 작용, 그리고 델포이를 세계의 배꼽이라는 이름에 걸맞게 만든 그 유명한 옴팔로스가 옮아갔다." *Souvenir*, Paris : Fayard, 1986, pp.200~201.

어 학자 에른스트 쿠르티우스는 『프랑스에 관한 평론』에서 파리보다 로마를 선호하게 된다. "고대의 로마와 현대의 파리는 한 가지 독특한 현상의 단 두 가지 예이다. 우선 이 도시들은 큰 국가의 수도로서 국민의 지적 생활을 흡수했다. 다음으로 나라의 위엄을 높임으로써 급기야 문명 세계 전체를 위한 국제 문화의 중심이 되었다."[64] 파리의 묵시록적 파괴에 관한 반복되는 담론, 19세기 동안 내내 파리에 관한 온갖 연대기와 언급의 필수적인 단원들 가운데 하나까지도 파리에 예고되었을 비극적 운명을 통해 이 도시를 니네베, 바빌론, 테베 등 모든 주요한 신화적 도시의 등급으로 올릴 수 있게 해준다. "모든 큰 도시가 격렬하게 소멸했다." 막심 뒤캉[65]이 쓴다. "세계사는 커다란 수도들의 파괴에 관한 이야기이다. 물뇌증에 걸린 다혈질의 그 육체들은 대재앙 속으로 사라지게 마련인 것 같다."[66] 이처럼 파리의 소멸을 언급하는 것은 이 도시를 크게 보이게 하고 역사에서 빼내 보편적 신화의 등급으로 올려놓는 방식일 뿐이다.[67]

가령 로제 카유아는 발자크에 관한 연구에서 파리를 문학에 근거하여 만들어진 현대의 신화로 규정한다.[68] 그런 까닭에 역사적 연표는 여기에서 거의 중요하지 않다. 파리 묘사의 일반적인 논거는 초국가적이고 초역

---

64 Ernst Curtius, *Essai sur la France*(Paris : Grasset, 1932) réédité, La Tour d'Aigus, Éditions de l'Aube, 1990, p.247.

65 **[역주]** Maxime Du Camp(1822~1894). 프랑스의 자유기고 작가, 사진작가, 아카데미 프랑세스 회원.

66 Maxime du Camp, *Paris, ses organes, ses fonctions et sa vie dans la seconde moitié du XIXe siècle*, 1869. D. Oster, p.25에서 재인용.

67 이 주제에 관해서는 또한 Giovanni Macchia, trad. par P. Bédarida, *Paris en ruines*, Paris : Flammarion, 1988, 특히 제3부, "Les ruines de Paris", pp.360~412. "파리 또한 로마, 아테네, 멤피스, 또는 바빌론 같은 고대 도시가 되어, 파괴의 광경을 통해 위대성을 증언하게 되어 있는 듯했다"(p.363).

68 R. Caillois, op. cit., "La ville fabuleuse", p.234.

사적이다. 문학에 대한 믿음의 형식 및 확산을 가늠하는 척도이다. 파리의 문학적 재현은 단연코 프랑스 작가만의 특권이 아니다. 반대로 파리의 특수한 최고 권세에 대한 믿음은 세계 전체에 문학적으로 퍼진다. 외국인들에 의해 행해지고 그들의 나라에 도입된 파리 묘사는 파리의 문학성에 대한 믿음의 매개체가 된다. 가령 유고슬라비아 작가 다닐로 키슈 1935~1989[69]는 1959년에 쓴 텍스트에서 젊은 시절 동안 내내 자기 몸에 배어든 파리의 전설이 프랑스문학과 시의 진상이라기보다는, 자신은 프랑스문학과 시를 완벽하게 알고 있었지만, 유고슬라비아나 헝가리 시인들로부터 온 것이었다고 이야기한다.

> 나는 내 꿈의 파리를 프랑스인에게서 끌어와서 구축하지 않았다는 것이 갑자기 내게 분명하게 드러난다. 역설적인 방식으로 내게 그리움의 독을 주입한 것은 외국인이다. (…중략…) 나는 파리라는 구원의 항구에 닻을 내린 그 모든 희망과 꿈의 난파자, 예컨대 마토슈, 틴 우제비치, 보라 스탄코비치, 크른얀스키 (…중략…) 등을 생각한다. 하지만 아디[70]는 도상 앞에처럼 파리 앞에 엎드린 시인의 그 모든 그리움, 모든 꿈을 표현하고 운문으로 쓰기에 성공한 유일한 사람이었다.

---

69 **[역주]** Danilo Kiš. 세르비아의 작가로 1935년 수보티카에서 태어나 1989년 파리에서 죽었다. 『죽은 자들의 백과전서(*Enciklopedija mrtvih*)』(1983)로 이보 아드리치상을 받았다. 1980년에는 작품 전체로 니스의 그랑 애글르 도르(큰 황금독수리)상을 받기도 했다.

70 엔드레 아디(Endre Ady). 헝가리 시인(1877~1919), 잡지 『뉴가트』의 문학운동을 이끈 우두머리들 가운데 하나. 그는 파리에 여러 해 동안 체류하면서 프랑스 상징주의 시인들과 친해졌다. 여러 헝가리 신문의 프랑스 통신원, 벨 에포크의 파리에 관한 칼럼니스트, 그리고 헝가리 사상과 시의 뛰어난 혁신가들 가운데 하나였다. 그의 시를 번역한 키슈는 그의 시를 출판하려고 다년간 출판사를 찾아다녔다고 말했다.

다닐로 키슈는 아마 파리로 처음 여행했을 때 쓴 이 텍스트에서 그 문학화된 시각 전체, 다시 말해서 문학의 장소 자체에 접근하려는 그 열의를 가장 잘 환기한 사람일 것이다.

> 나는 외국인으로서가 아니라 자기 꿈의 내밀한 풍경 속으로, 어떤 테라 노스탈지아[71]로 순례를 떠나는 사람으로서 파리에 도착했다. (…중략…) 발자크의 파노라마와 도피처, 졸라의 자연주의적 '파리의 배', 『작은 산문시』의 보들레르다운 파리의 우울 그리고 또 노파와 혼혈 여자, 『악의 꽃』의 씁쓸한 향기에 잠긴 도둑과 창녀, 프루스트의 살롱과 삯마차, 아폴리네르의 미라보 다리, (…중략…) 몽마르트르, 피갈, 콩코르드 광장, 생미셸 신작로, 샹젤리제, 센강, (…중략…) 이 모든 것은 햇빛으로 가득하고 이름으로 내 꿈을 북돋우는 순수한 인상파 그림이었다. (…중략…) 내가 파리의 땅에 발을 내딛기 훨씬 전에 내 머릿속에서 위고의 『레미제라블』, 혁명, 바리케이드, 웅성대는 역사, 시, 문학, 영화, 음악, 이 모든 것이 이글거림 속에서 어지러이 움직이고는 끓어올랐다.[72]

옥타비오 파스 또한 『인도의 빛』에서 1940년대 말에 일어난 자신의 파리 발견을 환기하고 그때까지 순전히 문학의 범주에 속했던 것이 이를테면 물질화되었다는 것을 제시한다. "나의 탐색은 흔히 재인식이었다." 그가 쓴다. "유람과 산책 중에 나는 미지의 장소, 동네를 발견했다. 하지만 결코 본 적이 없었으나 소설과 시에서 '읽었던' 다른 곳을 알아보았다. 내게 파리는 발견된 곳이라기보다는 기억과 상상력으로 재구성된 곳이었다."[73] 에스파냐인 후안 베네트[74]는 똑같은 유혹을 자기 방식대로 증언한다.

---

71 [역주] Terra nostalgia. '동경의 땅'이라는 뜻이다.

72 Danilo Kiš, trad. par p.Delpech, "Excursion à Paris", *NRF*, no.525, 1996, pp.88~115.

> 나는 1945년과 1960년 사이에 파리가 여전히 [마드리드의] 창작자와 학생의 관심을 거의 전부 양극화했다고 단언할 수 있을 것 같다. (…중략…) 두 전쟁 사이 문화의 메아리만이 은밀히 들렸다. 하지만 파리는 여전히 파리였다. 패배에도 불구하고 프랑스 문화는 에스파냐 자유주의자들이 전통적으로 파리에만 부여했던 특권적인 자리를 아직도 차지하고 있었다. (…중략…) 파리는 공부할 수 있는 유일한 곳으로서뿐 아니라 순진한 에스파냐 좌파에 만족할 수 없는 사교계 인사를 위한 대체할 수 없는 학교로서 1900년부터 행사하는 그 복합적인 매혹을 어느 정도 간직하고 있었다.

그가 파리의 두 가지 특징, 말하자면 정치와 지성을 요약하면서 덧붙인다. "게다가 한편으로는 반프랑코파에 대한 환대와 거기서 독재에 대한 이데올로기 전쟁을 수행할 가능성, 다른 한편으로는 필적할 만한 것이 없어서 틀림없이 대학의 반순응주의 전체를 오랫동안 독점했을 실존주의에서 찾아볼 수 있는 야행성의 맹렬한 현대성이라는 새로운 매력이 전후에 덧붙여졌다."[75]

이 일어날 법하지 않은 조합에 힘입어 프랑스에서, 그리고 세계 여기저기에서 장기적으로 파리는 경계도 한계도 없는 그 공화국의 수도, 모든 민족주의에서 벗어난 보편적인 조국, 국가의 보통법을 거슬러 조직되는 문학의 왕국, 예술과 문학이 유일하게 명령하는 초국가적 장소, 요컨대

---

73 Octavio Paz, trad. par J.-C. Masson, *Lueurs de l'Inde*, Paris : Gallimard, 1997, p.8.

74 **[역주]** Juan Benet(1927~1993). 스페인의 작가. 『너는 레지온으로 돌아오지 못할 것이다(*Volverás a Región*)』(1967), 『작센의 기사(*El caballero de Sajonia*)』(1992) 등의 소설, 『어떤 무덤(*Una tumba*)』(1971), 『열세 개 반의 우화들(*Trece fábulas y media*)』(1981) 등의 단편집을 펴냈다.

75 Juan Benet, trad. par M. de Lope, *L'Automne à Madrid vers 1950*, Paris : Noël Blandin, 1989, pp.66~67.

만인의 문학공화국으로 성립한다. 파리에서 문학적 공인의 고상한 장소들 가운데 하나였던 아드리엔 모니에 서점에 관해 앙리 미쇼가 쓴다. "여기는 조국을 발견하지 못한 이들의 조국, 자유롭게 떠도는 영혼의 머리털이다."[76] 그러므로 파리는 국가가 없다고, 정치법을 넘어서 있다고 스스로 공언하는 이들, 즉 예술가들의 수도가 된다. 1922년 클로즈리 데 릴라[77]에서 회합이 있었을 때 브랑쿠시가 자라에게 말했다. "예술에서는 외국인이 없다." 파리에 대한 언급에서 보편성의 주제가 거의 체계적으로 나타나는 현상은 파리가 문학 수도의 지위를 보편적으로 인정받았다는 방증의 하나이다. 현실에 대해 괄목할 만한 효과를 미치는 보편적 공인의 힘을 파리가 부여받는 것은 누구나 공통적으로 이러한 보편성을 신용하기 때문이다. 발레리 라르보는 「프랑스의 파리」에서 이상적인 세계인의 초상을 그렸다1914~1918년 전쟁으로 폐쇄적 민족주의가 대세로 떠오른 후에 세계인의 자율성을 다시 확언할 수 있었다. 그 초상은 아래와 같다.

> 자기 도시를 훌쩍 넘어 지평이 확장되는, 세계를 알고 세계의 다양성을 아는, 최소한 자기 대륙, 이웃 섬들을 아는, (…중략…) 파리에 속함에 만족하지 않는 (…중략…) 파리 사람이다. 이 모든 것은 파리의 가장 큰 영광을 위해서이다. 어떤 것도 파리에 낯설지 않도록, 파리가 세계의 활동 전체와 영속적으로 접촉하고 이 접촉을 의식하도록, 그리고 파리가 감정적이거나 경제적인 '국지의' 모든 정책을 넘어 이런 식으로 어떤 지적 인터내셔널의 수도로 변하도록 하기

---

76 Henri Michaux, "Lieux lointains", *Mercure de France*, no.1109 (*Le Souvenir d'Adrienne Monnier*), 1(er) 1956, p.52.

77 **[역주]** La Closerie des Lilas. 파리 6구 몽파르나스 대로의 카페(오늘날에는 레스토랑). 20세기 전반기에 돔, 로통드, 셀렉트, 쿠폴과 함께 ('몽파르노'라 불린) 예술가와 지식인이 자주 드나든 카페들 가운데 하나이다.

위해서이다.[78]

그러므로 파리의 문학과 정치적 자유주의에 대한 믿음에 파리의 예술적 국제주의에 대한 믿음이 덧붙여진다. 끊임없이 부르짖어진 보편적인 것은 결과와 원인의 어떤 순환과 전염 속에서 파리를 보편적 사유의 보편적 장소로 만드는 두 가지 유형의 귀결을 산출한다. 한 가지 유형은 상상적인 것으로서 파리 신화를 구축하고 강화하는 데 이바지한다. 다른 유형은 현실적인 것으로서 외국 예술가나 정치적 난민 또는 파리로 수업받으러 오는 외로운 예술가의 쇄도이다. 어떤 것이 다른 것의 귀결인지는 말할 수 없다. 각 현상이 다른 현상을 밑받침하고 다른 현상에 대해 필요한 보증을 하는 데 이바지하는 가운데 두 현상이 누적되고 서로에게 파급된다. 파리는 두 배로, 파리의 보편성에 대한 믿음의 측면에서와 이 믿음이 낳는 실제적 효과의 측면에서 보편적이다.

파리의 역량과 단일성에 대한 믿음은 실제로 타국으로부터의 대대적인 이주를 유발했다. 그리고 이 도시를 세계의 축도로 보는 시각오늘날 이것은 파리에 관해 형성된 이러한 담론의 가장 상투적인 측면으로 나타난다은 또한 파리가 갖는 실제적 국제성의 증거이기도 하다. 폴란드인, 이탈리아인, 체코인과 슬로바키아인, 타이인, 독일인, 아르메니아인, 아프리카인, 라틴아메리카인, 일본인, 러시아인, 미국인 등 1830년에서 1945년까지 파리에 정착한 수많은 외국인 사회, 정치적 피난처와 예술적 공인의 일어날 법하지 않은 종합을 매우 정확히 보여주는 모든 방면의 정치적 난민과 전 세계에서 프랑스의 전위적 역량을 접하러 온 예술가의 현존으로 말미암아 파리는 실질적으로 새

78 Valery Larbaud, "Paris de France", *Jaune, bleu, blanc*, p.15.

로운 "바벨"이나 "국제도시" 또는 예술 영역의 세계적인 교차로가 된다.

문학 자본과 일체가 된 자유는 "보헤미안 생활"이라 불린 것의 특수한 차원에서 구현된다. 예술가 생활에 대한 관용은 "파리 생활"의 흔히 고상한 특징들 가운데 하나이다. 가령 나치 독일을 피해 파리를 거쳐 1935년 취리히에 도착하는 아르투르 쾨스틀러[79]는 이 두 도시를 비교하고서 자신의 자서전에 다음과 같이 쓴다.

> 우리는 파리에서보다 취리히에서 가난하기가 더 어렵다고 생각했다. 취리히가 스위스에서 가장 큰 도시일지라도, 거기에는 호사와 미덕으로 충만한데도 심한 지방 분위기가 퍼져 있었다. 몽파르나스에서는 가난이 농담으로, '보헤미아풍의' 기벽으로 여겨질 수 있었다. 하지만 취리히는 몽파르나스도 값싼 술집도 그러한 형태의 유머도 없었다. 그 깨끗하고 속물적이고 질서정연한 도시에서는 가난이 그저 상스러웠다. 그리고 우리는 더 이상 배고프지 않았음에도 불구하고 매우 가난했다.[80]

취리히 생활과의 이러한 비교는 전 세계의 예술가에게 파리가 주는 커다란 매력들 가운데 하나를 이해할 수 있게 해준다. 특수한 자본의 독특한 집중, 그리고 정치적, 성적, 미적 자유 사이의 예외적인 결합으로 말미암아 파리는 정당하게 예술가 생활이라 불리는 것, 다시 말해서 우아한 가난의 선택 가능성을 제공한다.

---

79 **[역주]** Arthur Koestler(1905~1983). 영국으로 귀화한 헝가리의 소설가, 언론인, 평론가. 『검투사(*The Gladiators*)』(1939), 『도착과 출발(*Arrival and Departure*)』(1943), 『콜걸(*The Call Girls*)』(1972) 등의 소설을 썼다.

80 Arthur Koestler, *The Invisible Writing : an Autobiography*, New York : Macmillan, 1954, p.277. 저자가 번역.

매우 일찍 여러 국가에서 사람들이 문학 및 예술의 막을 열면서 정치적 민족주의를 요구하고 부르짖기 위해 파리에 온다. 파리는 1830년의 "대이동" 이후 폴란드인들의 정치적 수도가 된다. 1915년부터는 망명 중인 체코 민족주의자들의 정치적 수도가 된다. 국가적 성격을 띤 언론이 급격히 늘어난다. 스페인어권 라틴아메리카의 국가주의를 표방하는 1872년의 『엘 아메리카노』, 『라 에스트렐라 델 칠레』, 1896년 설립되어 파리에 자리 잡은 쿠바 공화 정부의 기관지 『라 레푸블리카 쿠바나』처럼 국가의 독립을 요구하는 기관지가 번성한다. 체코 이주민 집단은 1914년에 국가주의 신문 『나즈다르』를, 다음으로 1915년에는 체코 공식 기관지 『체코슬로바키아의 독립』을 창간한다. 1950년대에 미국의 미술비평가 해럴드 로젠버그는 이렇게 단언한다. 역설적으로 "파리가 예술 분야에서 민족주의의 대척점에 있었기 때문에 각 국가의 예술이 파리에서 명확히 드러났다". 이런 곡절로 그는 자신이 파리에 대한 미국의 부채로 간주하는 것을 약간 거트루드 스타인의 방식으로 열거한다. "파리에서 아메리카 언어가 갖는 시와 웅변의 정확한 진가가 발견되었다. 바로 거기에서 미국의 대중 미술과 음악을 이해하기에 이른 비평, 그리피스의 영화 기법, 뉴잉글랜드 실내 장식과 중요한 미국 기계의 설계도, 나바호족의 모래그림, 시카고와 '이스트 사이드'의 뒤뜰 풍경이 생겨났다."[81] 이를테면 파리의 "중립성" 또는 "비국유화"로 인해 가능하게 되는 이러한 국가의 재등장은 또한 어떻게 라틴아메리카 나라들의 지식인이 파리에서, 더 넓게는 유럽에서 자기 국가를 발견했는지 보여준 라틴아메리카의 역사가들에 의해 강조되기도 한다. 브라질 시인 오스왈드 지 안드라지[82]는 1924년에 파울

81 Harold Rosenberg, trad. par A. Marchand, *La Tradition du nouveau*, Paris : Éditions de Minuit, 1962 , pp. 209~210.

로 프라도가 쓰길[83] "세계의 배꼽 클리쉬 광장의 아틀리에로 올라가 자신의 조국을 발견하고 경탄했다." 한편 페루 시인 세자르 바예호는 부르짖는다. "나는 유럽으로 떠났고 페루 인식하기를 배웠다."[84]

아담 미키에비치1798~1855[85]가 오늘날 폴란드의 민족 서사시로 여겨지는 『판 타데우스』를 쓴 것은 바로 파리에서다. 1960년대까지 헝가리에서 가장 널리 읽힌 헝가리 작가들 가운데 하나인 모르 요카이1825~1904[86]는 자신의 회고록에서 다음과 같이 썼다. "우리는 모두 프랑스인이었다. 우리는 라마르틴, 미슐레, 루이 블랑, 쉬, 빅토르 위고, 베랑제 이외의 어떤 것도 읽지 않았다. 우리의 눈에 든 영국이나 독일 시인은 셸리나 하이네뿐이었다. 그들은 둘 다 자기 국가에 의해 퇴짜를 맞았으며 언어로는 영국인이나 독일인이었으나 영혼으로는 프랑스인이었다."[87] 미국 시인 윌리엄 카를로스 윌리엄스는 파리를 "예술의 메카"로 만든다. 일본 시인이자 작가인 나

---

82 [역주] Oswald de Andrade(1890~1954). 브라질의 시인, 소설가, 평론가, 극작가. 브라질 현대주의의 토대를 놓은 작가들 가운데 하나이자 브라질에서 현대주의운동을 시작한 5인 그룹의 구성원이었다.

83 Mario Carelli, "Les Brésiliens à Paris de la naissance du romantisme aux avant-gardes", *Le Paris des étrangers*, p. 290.

84 Claude Cymerman et Claude Fell, *Histoire de la littérature hispano-américaine de 1940 à nos jours*, Paris : Nathan, 1997, p. 11.

85 [역주] Adam Mickiewicz(1798~1855). 자기 민족의 문화적 정체성을 구체화한 폴란드의 시인, 작가로 가장 위대한 낭만주의 시인들 가운데 하나로 여겨진다. 폴란드인에게 미키에비치는 이탈리아인에게 단테, 독일인들에게 괴테와 같은 인물이다. 그의 문학은 사라진 조국을 이를테면 대체했다. 그는 프랑스에서 대부분의 생애를 보냈다. 쥘 미슐레 및 에드가 키네와 같은 시기에 콜레주 드 프랑스에서 교수를 역임하기도 했다.

86 [역주] Mór Jókai(1825~1904). 헝가리의 소설가, 극작가. 200편의 장편소설을 쓴 다작가로 유명하다.

87 Anna Wessely, "The Status of Authors in XIXe Century Hungary : The Influence of the French Model", *Écrire en France au XIXe siècle*, Graziella Pagliano · Antonio Gomez-Moriana (éds.), Montréal : Éditions du Préambule, 1989, p. 204. 저자가 번역.

가이 가후1879~1959는 1907년 파리에 도착했을 때 모파상의 무덤 앞에 엎드려 절했다. 마리네티가 서명한 이탈리아 "미래주의 선언"은 이탈리아어로 번역되어 밀라노의 잡지 『포에지아』에 실리기 전에 1909년 2월 20일 『르 피가로』에 발표된다. 1907년에서 1914년까지 파리에 체류한 마누엘 데 파야는 자신의 편지에서 이렇게 선언한다. "내 직업과 관련된 전부로 말하자면 나의 조국은 파리다."[88] 1920년대에 프랑스의 수도에 도착하는 최초의 아프리카와 서인도제도 지식인들에게 파리는 "검은 바벨"이다.[89]

"믿음"이 그토록 커서 세계의 몇몇 군데에서는 작가가 프랑스어로 글을 쓰기 시작한다. 1910년 브라질인 조아킴 나부쿠1849~1910[90]는 1870년 전쟁 후에 한 알자스 사람의 의식 문제를 다루는 12음절의 운문 희곡『선택』을 프랑스어로 썼다. 벤투라 가르시아 칼데론, 카스트로 알베스노예제 폐지를 주장한 브라질 시인, 세자르 모로, 알프레도 간고테나파리에서 오랫동안 생활한 에콰도르 시인, 미쇼의 친구도 있었다. 브라질 소설가 마샤두 지 아시스[91]는 프랑스인을 "세계에서 가장 민주적인 국민"으로 형언했고 라마르틴과 알렉상드르 뒤마를 브라질에 소개했다.

라틴아메리카에서 파리에 대한 동경은 19세기 말에 절정으로 치달았다. "나는 아주 어린 시절부터 신에게 나를 파리에 가보지 못하고 죽게 내

---

88 Lettre au peintre Zuloaga, Grenade, 12 février 1923, Danièle Pistone, "Les musiciens étrangers à Paris au XIX*e* siècle", *Le Paris des étrangers*, p.249에서 재인용.

89 Philippe Dewitte, "Le Paris noir de l'entre-deux-guerres", *Le Paris des étrangers*, pp.157~181을 볼 것.

90 **[역주]** Joaquim Nabuco(1849~1910). 노예제 폐지와 종교의 자유를 주창한 브라질의 정치가, 외교관, 역사가, 법률가, 언론인으로 브라질문학 아카데미의 창설자들 가운데 하나이다.

91 **[역주]** Machado de Assis(1839~1908). 브라질의 작가, 언론인. 브라질문학의 가장 위대한 인물들 가운데 하나로 여겨지고 있다. 수많은 장편소설, 단편집, 시집, 희곡집 등을 남겼다.

버려 두지 말라고 기도하고 요구했을 만큼이나 파리를 꿈꾸었다." 다리오가 쓴다. "나에게 파리는 지상에서 행복의 정수를 들이마실 수 있는 낙원 같은 곳이었다."[92] 일본 시인 하기와라 사쿠타로1886~1942가 다음과 같이 쓸 때 환기하는 것도 똑같은 그리움, 파리에 대한 그 놀라운 국제적 믿음의 산물이다.

아! 프랑스에 가고 싶어
하지만 프랑스는 너무 멀지
적어도 새 저고리 입고서
자유로운 방황을 향해 떠나자.
기차가 산속을 지날 때
하늘빛 창가에 기대어
홀로 반가운 것들 생각에 젖으리
오월 아침의 여명
마음의 변덕, 돋아나는 풀포기를 좇아.[93]

루실라 고도이가 가브리엘라 미스트랄이라는 필명을 선택한 것은 바로 시인 미스트랄에 대한 존경심 때문이다. 1945년 그녀는 유럽이 온통 모델이고 심지어 "강물과 매미로 기진맥진한 론강 유역의 마을들"을 노래한 작품으로 라틴아메리카 최초의 노벨문학상 수상자가 되었다. 휘트먼은 1870년에 패배한 프랑스에 대한 송가를 1871년에 썼다. 『풀잎』에

92 Rubén Dario, *Oeuvres complètes*, Madrid : A. Aguado, 1950~1955, t. 1, p.102.
93 Haruhisa Kato, "L'image culturelle de la France au Japon", *Dialogues et Cultures*, revue de la Fédération internationale des professeurs de français, no.36, 1992, p.39에서 재인용.

「오 프랑스의 별」이라는 제목으로 실린 이 송가에는 파리의 모든 신화적 재현, 자유의 상징이 들어 있다.

> 투쟁과 대담성, 자유를 지향하는 숭고한 정렬,
> 아련한 이상에 대한 열망과 동지애의 열의에 찬 꿈
> 폭군과 사제를 겨냥한 공포의 상징 (…중략…)
> 열렬하고 빈정거리고 경망스러운 이상한 나라.[94]

파리에 대해 표명된 경탄의 이러한 누적은 자민족중심주의나 더 나쁘게는 국가주의의 하찮은 형태에 의해 방향이 정해진 침잠의 소산이 아니라 파리가 갖는 위세의 효과를 설명하기 위해 내가 마지못해 할 수밖에 없었던 흔히 당혹스러운 확인의 결과이다. 게다가 파리의 이러한 지배적인 위치로 말미암아 특히 중심에서 가장 멀리 떨어진 나라의 텍스트에서 특수한 몰지각이 자주 초래된다는 점은 분명하다. 역사의 방법을 통한 문학의 이해에 대한 무지 또는 더 정확히는 거부, "순수한" 범주, 다시 말해서 역사와 국가에 대한 모든 참조를 걸러낸 범주에 따라서만 텍스트를 해석하려는 의지는 파리에 바쳐진 텍스트의 이해와 확산에 흔히 재앙적 영향을 미친다. 나중에 알게 되겠지만, 파리를 특별한 장소로 공인하는 사람들의 형식주의적 결점이라 분명히 명명할 필요가 있는 것은 베케트와 카프카의 사례에서 입증되듯이[95] 때때로 비평 담론을 구성하는 엄청난 오해의 소산이다.

---

94 Walt Whitman, trad. par R. Asselineau, *Leaves of Grass-Feuilles d'herbe*, Paris : Aubier, 1972, p.417. '경망스럽다'라는 형용사에서 방종과 동시에 자유의 수도인 파리의 재현에서 찾아볼 수 있는 양면성 전체를 알아볼 수 있다.

다른 한편으로 프랑스에서는 문학 자본이 정치와 국가에 변함없이 활용된다. 프랑스와 프랑스인은 특히 식민지 경영에서, 또한 국제관계에서 "보편적인 것의 제국주의프랑스 예술의 어머니 등"[96]를 끊임없이 실천하고 강요했다. 비국유화된 자본이 국가에 의해 이처럼 사용된다는 것은 국가의 전통으로 가장 급격하게 기울어진 작가에게서처럼 국가주의의 가장 간단한 형태에 받침대의 구실을 하기도 했다.

2. 문학과 민족 그리고 정치

파리의 특별한 사례, 즉 문학 영역의 비국유화된 보편적 문학 자본에도 불구하고 잊어서는 안 되는 사실은 문학 자본이 민족적이라는 것이다. 필연적으로 "국유화"되므로, 다시 말해서 민족의 심급에서 정체성의 상징으로 확보되므로 언제나 민족과 관계되는 언어와의 본질적인 관계를 매개로 문학 유산은 민족의 심급과 관련되어 있다.[97] 언어는 국가의 일민족어, 따라서 정치의 대상이자 동시에 문학의 "재료"인 만큼, 적어도 문학 자원의 토대가 마련되는 단계에서는 필연적으로 민족의 울타리 안에서 문학 자원의 집중이 일어난다. 언어와 문학은 서로를 고상하게 하는 데 이바지하는 가운데 둘 다 "정치 이성"의 토대로 활용되었다.

---

95 이 책의 246~251쪽을 볼 것.

96 P. Bourdieu, "Deux impérialismes de l'universel", C. Fauré · T. Bishop(éds.), *L'Amérique des Français*, Paris : François Bourin, 1992, p.149~155.

97 여기에서 '민족'와 '민족적'이라는 단어는 (통제된) 시대착오의 위험이 있지만 편의상 사용하겠다.

1) 문학의 민족적 토대

우선 국가와 문학 사이에 맺어지는 관계를 이해하기 위해서는 국가와 문학이 언어를 통해 서로를 강화하면서 서로의 토대를 놓는 데 이바지한다는 사실을 강조할 필요가 있다. 역사가들은 초기 유럽 국가의 출현과 (뒤이어 "민족어"가 될)[98] "공통어"의 형성 사이의 직접적인 관계를 실제로 확립했다. 베네딕트 앤더슨[99]은 통속어가 15세기 말과 16세기 초에 출현하는 유럽 국가의 행정적, 외교적, 지적 받침대로서 확산한다는 사실에서 국가의 출현을 설명하는 중심적인 현상을 보기도 한다. 민족국가의 출현, (당시에 "공통어"가 되는) 통속어의 확산, 그리고 통속어로 쓰인 새로운 문학의 상관적 성립 사이에 유기적 관계 또는 상호의존성이 존재한다. 따라서 문학 자원의 축적은 필연적으로 국가의 정치사에 뿌리를 내린다.

더 정확히 말해서 이 두 현상, 국가의 형성과 새로운 언어로 된 문학의 출현은 똑같은 "분화" 원리에서 생겨난다고 생각할 수 있다. 유럽 국가들이 서로 구별되면서, 다시 말해서 경쟁과 투쟁을 통해 차이를 단언하면서 점차로 출현함과 동시에 국제 정치권의 초기 형태가 16세기부터 나타난다. 언어학자들이 언어를 음성적 차이 체계라 하는 의미에서 차이 체계로 묘사할 수 있는 언어는 이 형성 중인 정치 영역에서 명백히 차이를 "표시하는" 중심적인 역할을 한다. 언어 또한 투쟁의 쟁점으로서 탄생하는 정치 공간과 형성 중인 문학 공간의 교차점에 위치하게 된다.[100] 그래서 문

98 특히 Daniel Baggioni, *Langues et Nations en Europe*, Paris : Payot, 1997, pp.74~77을 볼 것. 그는 온갖 혼동과 시대착오를 피하려고 '공통어'와 '국어'를 구분했다.

99 Benedict Anderson, trad. par p.E. Dauzat, *L'imaginaire national. Réflexion sur l'origine et l'essor du nationalisme*, Paris : La Découverte, 1996.

100 가령 자크 르벨은 어떻게 언어가 (지도를 가로질러) '언어 경계'에 의해 한정된 공간과 점차로 매우 서서히 일체화되었는지를 밝힐 수 있었다. Daniel Nordman, Jacques Revel, "La formation de l'espace français", *Histoire de la France*, André Burguière · Jacques

학 탄생의 역설적 과정은 국가의 정치사에 뿌리를 내린다.

르네상스시대에 교양 세계의 주요한 저자들에 의한 통속어의 특수한다시 말해서 전형적으로 문학적인 옹호[101]는 그 "새로운교양인들의 시장에서 새로운" 언어들 사이의 경쟁 형태를 매우 일찍 띠는 것으로서, 문학적 방식으로『프랑스어의 옹호와 현양』, 그리고 이것과 불가분하게 정치적 방식으로 이루어지게 된다. 이 점에서 르네상스시대의 유럽 지성계에서 나타나는 특수한 경쟁은 정치 투쟁 속에서 구축되고 정당화될 수 있다고 말할 수 있다. 마찬가지로 19세기에 "민족"의 관념이 널리 퍼질 때 민족의 심급은 문학 공간 창시의 이를테면 초석의 구실을 하게 된다. 그러므로 세계문학 공간 또한 구조적 의존성이 있는 까닭에 불가분하게 문학적이고 정치적인 국제 경쟁을 통해 구축된다.

문학 공간의 일원화를 위한 전제부터, 민족의 문학 자산은 민족이 갖는 "정수"의 폐쇄성과 "당연한" 환원 불가능성 속에서 구성되기는커녕, 새로운 민족을 국제문학 경쟁 안으로 들어갈 수 있게 해주는 무기 겸 쟁점이었다. 서로 더 잘 대적하기 위해 중심 민족은 문학의 정의와 특수성을 촉진하려고 애쓰는데, 대체로 이것들 또한 구조적 대립이나 분화를 통해 구성된 특징이다. 매우 자주 중심 민족의 지배적인 특징은 프랑스에 맞서는 독일과 영국의 사례에서처럼 우세한 민족 문화의 인정된 특징에 대한 의심할 여지가 없는 대립을 통해서만 이해될 수 있다. 그러므로 문학은 민족 정체성의 발현이 아니라, 문학의 언제나 국제적인 (언제나 부인되는) 경쟁 및 투쟁 속에서 구축된다.

Revel (éds.), vol.1, sous la direction de J. Revel, *L'Espace français*, Paris : Éditions du Seuil, 1989, pp.155~162.

101 이탈리아 시인 벰보, 프랑스의 뒤 벨래와 롱사르, 영국의 토머스 모어, 독일의 세바스티안 브란트는 모두 고대 문학으로 돌아가는 인본주의운동과 동시에 자신의 '영광스러운 속어'를 지키는 운동에 참여한다.

따라서 문학 자본이 민족적이라는, 또는 국가와 더 나아가 민족에 대한 의존 관계 속에서 존재한다는 단언은 문학 영역에 고유한 경제체제의 관념과 문학 지정학의 관념을 연결할 수 있게 해준다. 실제로 어떤 "민족적" 실체도 그 자체로 홀로 존재하지 않는다. 어떤 관점에서 보면 민족국가보다 더 국제적인 것은 없다. 민족국가는 다른 국가와 연관되고 흔히 맞서서만 건설된다. 달리 말하자면 어떤 국가도, 찰스 틸리가 "분할"된, 다시 말해서 형성 중인 국가라고 부르는 것도, 1750년부터는 "공고해진"[102] 국가또는 민족국가, 다시 말해서 근대적 의미에서의 국가도 존재와 일관성의 원리를 스스로에게서 찾아내는 별개의 자율적인 실체로 묘사할 수 없다. 반대로 각 국가는 다른 국가와의 관계를 통해, 다시 말해서 다른 국가와의 경쟁, 필수 불가결한 경합 속에서 세워진다. 국가는 관계의 현실이고, 민족은 국제적이다.

그러므로 나중에 특히 19세기 동안 내내 민족 정체성의 구축또는 재구축과 민족의 정치적 정의는 비교할 수도 없고 공통의 척도도 없는 역사의 울타리 안에서 전개되는 순수하고 자율적인 역사의 산물이 아니게 된다. 민족 집단들 사이의 관계 속에서만 실제로 기록되는 현상을 특이한 자급자족 체제로 (사후에야 가장 유구한 민족의 경우에서) 재구성하려고 시도하는 것이 바로 민족주의 신화이다. 가령 미카엘 야이스만[103]은 프랑스-독일의 대립, 진정한 "적들의 대화"에 힘입어 두 민족주의의 성립이 가능해졌다는 점을 밝힐 수 있었다. 그에 의하면 민족은 "본성"을 구성하는 적과의

102 Charles Tilly, trad. par p.Chemla, *Les Révolutions européennes. 1492~1992*, Paris : Éditions du Seuil, 1993, 특히 "Des États segmentés aux États consolidés", pp.60~71.

103 Michael Jeismann, *Das Vaterland der Feinde. Studien zum nationalen Feindbegriff und Selbstverständnis in Deutschland und Frankreich. 1792~1918*(La patrie des ennemis), Stuttgart : Klett-Cotta, 1992.

연관과 대립을 통해 구축될 것이다. 마찬가지로 린다 콜리는 자신의 책 『영국인. 민족을 구축하기. 1707~1837』[104]에서 영국 민족이 프랑스에 맞서 고스란히 구축되었다고 밝힌다.

그러나 이 이중 형세의 소묘는 투쟁 및 전쟁 관계로부터만 민족주의의 출현을 고찰할 뿐이다. 그런데 세계에서 민족 투쟁의 구조는 훨씬 더 복잡한 경쟁 및 경합의 공간, 다양한 쟁점과 자본을 대상으로 벌어질 수 있는 일단의 투쟁을 소묘할 수 있게 해준다. 즉 투쟁은 문학, 정치, 경제 등 여러 차원에서 일어난다. 세계의 정치 공간 전체는 정치적 경쟁과 투쟁의 소산이다. 다닐로 키슈가 『해부학 강의』에서 묘사한 세르비아와 크로아티아 사이의 관계처럼[105] 역사상의 적들이 대결한 투쟁 관계는 정치 차원의 경쟁과 투쟁에서 찾아볼 수 있는 가장 케케묵고 가장 단순한 형태일 뿐이다.[106]

2) 탈정치화

그러나 문학은 정치와 민족의 심급을 설립하고 정당화하는 데 이바지했으면서도 점차로 이 심급들의 기묘한 영향력에서 빠져나온다. 기법, 문

---

104 Linda Colley, Britons. *Forging the Nation. 1707~1837*, New Haven, Yale University Press, 1992.

105 Danilo Kiš, trad. par D. Delpech, *La Leçon d'anatomie*, Paris : Fayard, 1993.

106 이러한 관점에서 미셸 에스파뉴는 프랑스와 독일 사이의 문화 관계를 이해하고 너무 단순한 반대 명제의 사용을 피하려면 다면적 비교를 북돋워야 한다는 점을 제시하고 이 투쟁 관계가 흔히 중재국, 일종의 제3항 또는 '중립적인 제3국'을 매개로 성립한다는 것을 밝힐 수 있었다. 가령 프랑스와 러시아의 관계에서 독일은 '제3의 문화 중재권'의 역할을 할 수 있다. 특히 "Le miroir allemand", *Revue germanique internationale*, no. 4, 1995, 그리고 "Le train de Saint-Pétersbourg. Les relations culturelles franco-germano-russes après 1870", *Philologiques IV. Transferts culturels triangulaires France-Allemagne-Russie*, K. Dmitrieva-M. Espagne (éds.), Paris : Éditions de la Maison des sciences de l'homme, 1996, pp. 311~335 참조.

학의 형식, 미적 가능성, 서사적 또는 형식적 해결러시아 형식주의자들이 "방식"이라 명명하는 것 전체의 창안과 축적이기도 한 특수한 문학 자원의 집합, 요컨대 (민족사와 다소간 구별되고 민족사에서 연역해낼 수도 없는) 그 특수한 역사로 말미암아, 정치적으로 규정된 민족 안에서 문학 공간이 점차로 자율화되고 독립성과 고유한 작동 법칙을 획득할 수 있게 된다. 문학은 정치에 대한 의존성을 버릴 때 비로소 스스로 자율화된다.

그럴 때 작가들, 적어도 일부의 작가들은 문학에 대한 민족적이고 정치적인 규정에 순응하기를 집단적으로와 동시에 개인적으로 거부할 수 있다. 이 단절의 전형적인 예는 아마 졸라의 「나는 고발한다」일 것이다. 동시에 초국가적 쟁점과 경합 또한 엄밀히 민족적이고 정치적인 경쟁에서 빠져나오면서 자율성을 얻는다. 따라서 세계문학 공간 전체에서 자유의 쟁취는 각 민족문학의 장이 자율화됨으로써 실현된다. 즉 투쟁과 투쟁의 쟁점이 정치적 강요에서 풀려나 문학의 특수한 법칙만 따르기에 이른다.

가령 제시된 가설에 겉으로는 가장 불리해 보이는 예를 들건대 18세기 말 독일의 문학 부흥은 민족의 쟁점과 굳게 연결되어 있다. 즉 민족의 정치적이고 동시에 문학적인 토대가 놓이는 방식이다. 독일에서 민족문학이라는 관념의 형성은 우선 유럽에서 문화적으로 지배적인 위치를 차지하는 프랑스와의 정치적 알력으로 설명된다. 특히 이자야 베를린[107]은 독일 민족주의의 특수한 형식이 독일의 굴욕에 뿌리를 두고 있다는 점을 지적했다.

> 프랑스인은 서구 세계를 정치적으로, 문화적으로, 그리고 군사적으로 지배했다. 굴욕과 패배를 당한 (…중략…) 독일인은 굳세게 맞서고 이른바 열등감을 거부하면서 반발했다. 자신의 깊은 정신 생활, 대단한 겸손, 참된 가치의 사심

없는, 말하자면 순박하고 고상하고 숭고한 추구를 부유하고 세속적이고 행복하고 세련되고 매정하고 정신적으로 공허한 프랑스인과 비교했다. 이러한 기질은 나폴레옹에 대한 민족적 저항의 시기 동안 열기로까지 치달았다. 이것은 사실 뒤떨어지고 착취당하고 어쨌든 후견 아래 놓이고 명백히 열등한 지위에 상처받아 과거에 대한 실제적이거나 상상적인 승리를 향해 나아가고 민족 문화에 열광하는 사회가 본래 내보이는 반발의 사례였다.[108]

그러므로 18세기 후반기부터 독일에서 이룩된 문학적 교양의 경이로운 발전은 우선 직접적으로 정치적인 쟁점과 관계가 깊다. 독일 민족의 경우에서 문화의 위대성을 강조하는 것은 또한 정치적 불화를 넘어서서 단일성을 단언하는 방식이다. 하지만 채택된 수단, 토론의 쟁점, 토론이 띠는 형식 자체, 가장 위대한 독일 시인들과 지식인들의 영향력, 유럽 전체와 프랑스문학 자체에 대해 혁명적인 시 및 철학의 창작 덕분으로 독일 민족은 예외적인 독립성과 고유한 역량을 점차로 부여받는다. 낭만주의는 민족적이고 민족적이지 않다. 더 정확히 말해서 무엇보다도 민족의 모든 명령에서 더 잘 떨어져 나가기 위해 민족적이다. 프랑스와의 구조적 갈등은 이 두 문학 공간의 역사로부터만 이해될 수 있는 완곡해지고 엄격하게 지적인 형식을 낳는다.

비슷한 논리에 따라 시간과 장소의 차이를 넘어 라틴아메리카 작가들

107 [역주] Isaiah Berlin(1909~1997). 서양의 사회-정치사상에 관한 정치 및 역사 철학자. 라트비아에서 태어난 유대인으로서 영국과 미국 국적을 차례로 얻는다. 『자유의 두 가지 개념』(1958), 『칼 맑스』(1962), 『자유 예찬』(1994) 등 수많은 저서를 남겼다.

108 Isaiah Berlin, trad. par G. Delannoy, "Le retour de bâton. Sur la montée du nationalisme", sous la direction de Gil Delannoi · Pierre-André Taguieff, *Théories du nationalisme*, Paris : Kimé, 1991, p. 307.

이 국제적 존재와 공인을 획득했다. 이로 말미암아 국제 정치 공간에서 상응하는 정치 집단에 부여되는 것과는 비교가 되지 않는 인정과 중요성이 문학 영역에서 그들의 국가 문학 공간그리고 심지어 더 넓게는 라틴아메리카의 공간에 부여되었다. 축적된 문학 유산"위대하다"고 지칭되는 작가들의 작품, 보편적 인정, 국제적 공인 덕분으로 창작자가 정치-국가의 영향력에서 벗어날 수 있으면서부터 문학 현상의 상대적 자율성이 생겨난다. 그래서 발레리 라르보가 강조하듯이 문학사가 (지리처럼) 정치사로 환원될 수 없는 만큼 문학과 지성의 지도는 정치의 지도와 겹칠 수 없다. 하지만 특히 문학 자원이 별로 없는 나라에서는 정치의 지도에 대해 꽤 종속적이다.

이처럼 세계문학 공간은 나중에 드러날 것이지만 이 영역의 두 대립하는 극점에 맞춰 정연하게 진행되는 이중의 움직임에 따라 구축되고 단일화된다. 한편으로 세계의 다양한 부분이 민족의 독립에 접근하는 과정을 동반하는 점진적인 확장의 움직임에 따라. 그리고 다른 한편으로 자율화, 다시 말해서 강요된 정치그리고 민족에 직면하여 일어나는 문학 해방의 움직임에 따라.

민족에 대한 문학의 본원적 의존은 문학 영역을 구조화하는 불평등의 원칙에 부합한다. (정치, 경제, 군사, 외교, 지리 등의 분야에서) 민족사들이 서로 다를 뿐 아니라 불균등하므로따라서 경합적이므로, 언제나 국가의 도장이 찍히는 문학 자원 자체도 불균등하고 민족의 영역들 사이에 불균등하게 배분된다. 이 구조의 효력은 모든 민족문학과 모든 작가를 짓누른다. 어느 문학 민족에서건 통용되는 관행과 전통, 형식과 미의식은 세계의 구조에서 국가 문학 공간이 차지하는 정확한 위치에 결부될 때만 진정한 의미가 발견될 수 있다. 그러므로 문학 영역의 위계가 문학 자체의 틀을 잡는다. 언제나 부인되는 구조적 경쟁만을 매우 자주 공유하는 작가들을 함께 모아놓는 이 기묘한 조직은 특수한 갈등, 강요된 형식과 비평에 대한 이의 제기를 통해서만 점차로 구축된다. 따라서 문학 영역은 똑같은 쟁점을 위해 투쟁하기를 공유하는 새로운 참여자들의 등장으로 단일화된다. 문학 자본은 이러한 투쟁의 수단이자 쟁점이다. 각각의 새로운 "참여자"는 국가 유산정당하고 이 활동 영역에서 허용되는 유일한 수단을 경합 속으로 밀어 넣으면서, 국제 공간을 "만드는" 데, 이것을 단일화하는 데, 다시 말해서 문학 경쟁의 공간을 확장하는 데 이바지한다. 게임으로, 다시 말해서 경합으로 들어가기 위해서는 쟁점의 가치를 믿고 쟁점을 인식하고 인정해야 한다. 그러므로 믿음은 문학 공간의 기초가 되는 암묵적 위계에도 불구하고, 그리고 이 위계 때문에, 문학 공간이 구성되고 기능할 수 있게 해주는 것이다.

따라서 우리가 이 책에서 묘사할 작정인 국제화는 대략 "세계화"라는 중립적 용어로 보통 이해되는 것의 반대를 의미하는데, 여기저기에 적용할 수 있는 똑같은 모델의 일반화처럼 전체를 사유하는 것이 이 용어로 말미암아 가능하다고들 생각한다. 하지만 문학 영역에서는 공간의 한계 자체를 가리키면서 게임을 규정하고 단일화하는 것이 바로 경합이다. 모든 이가 같은 일을 행하지는 않는다. 하지만 모든 이가 싸운다. 모든 이가 똑같은 경주'콘쿠르수스'를 시작하고 불균등한 수단으로 같은 목적, 즉 문학의 정당성에 도달하려고 시도한다.

그렇게 해서 독일이 국제문학 공간 안으로 들어가는 시기에 '세계문학'의 개념이 괴테에 의해 고안되었다. 게임 속으로 새로 들어와서 프랑스의 지적 및 문학적 패권에 이의를 제기하는 민족의 구성원으로서 괴테는 모든 새내기가 공통으로 지니는 그 명석한 통찰력을 발휘하여 자신이 들어가는 공간의 현실에 날카로운 관심을 내보였다. 그 영역에서 지배받는 사람으로서 문학의 국제적 성격, 다시 말해서 국경 밖으로 문학이 전개된다는 점을 알아차렸을 뿐만 아니라, 문학의 경합적 본질과 이로부터 나오는 역설적인 단일성을 단번에 이해했다.

3) 새로운 해석 방법

정치와 언어 그리고 문학의 이 구체적이고 동시에 추상적이며 민족적이고 동시에 국제적인 자원은 세계의 모든 작가에게 천부적으로 귀속되는 특수한 유산이다. 세계문학 영역의 단일화 과정이 시작되고부터 각 작가는 문학적 "과거" 전체가 있는또는 없는 권역에 끼어든다. (특히 민족, 다시 말해서 언어에 입각한) 문학사 전체를 구현하고 최신화한다. 그리고 언어 동조대역과 민족 집단에 속한다는 이유 하나만으로 명확하게 의식하지도 않고서 그 "문학시대"를 짊어지고 간다. 그러므로 민족 및 국제문학사 전체에 의해 "형성되는" 데다가 언제나 이 문학사를 계승한다. 일종의 "운명"처럼 작용하는 이 유산의 본원적 중요성을 통해 드러나듯이 스페인 작가 후안 베네트나 유고슬라비아 작가 다닐로 키슈의 작품처럼 가장 국제적인 작품일지라도 우선, 적어도 반작용으로 본래의 민족 공간과 관련된다. 그리고 사무엘 베케트에 관해서도 똑같은 말을 해야 할 것이다. 그는 아마 모든 역사성에서 명백히 가장 먼 작가들 가운데 하나일 터인데도 민족문학 공간, 즉 아일랜드 공간의 역사를 통해서만 더블린에서 파리로 이르는 그의 여정이 이해될 수 있다.

이는 문학 작품의 전개에 대한 민족 문화의 "영향"을 내세우려는 것도 민족문학사를 되살리려는 것도 아니다. 오히려 정반대이다. 즉 작가가 자신의 자유를 찾아내는 방식, 다시 말해서 자기 민족의 문학그리고 언어 유산을 영속시키거나 변모시키거나 거부하거나 늘리거나 버리거나 무시하거나 배반하는 방식으로부터야 비로소 작가의 노정 전체와 문학적 계획 자체, 작가가 실제의 자기 자신이 되기 위해 접어들 방향, 경로를 이해할 수 있게 된다는 것이다. 민족의 문학 및 언어의 유산은 작가에 대한 일종의 기본적이고 '선험적'이며 거의 불가피한 정의, 작가가 자기 작품과 경로를 통해 (필요한 경우 거부하거나 베케트처럼 자신을 구성하기 위해 거스름으로써) 변모시키는 정의이다. 달리 말하자면 우선 필연적으로 각 작가는 자신을 배출한 문학 공간이 세계 공간에서 차지하는 위치를 통해 세계 공간에 자리 잡는다. 하지만 각 작가의 위치는 또한 각 작가가 그 불가피한 민족 유산을 물려받는 방식, 각 작가가 실행하기에 이르고 이 공간에서 각 작가의 위치를 정하는 미, 언어, 형식의 선택에 달려 있기도 하다. 각 작가는 베케트와 미쇼가 그렇게 했듯이 더 풍부한 문학 자원을 갖춘 다른 세계에 합류하기 위해 유산을 거부하고 해체할 수 있다. 또한 아일랜드라는 국가의 미적 실천과 규범을 거부하고 국가 기능주의에서 풀려난 아일랜드문학의 토대를 다지려고 애쓴 조이스처럼 자기 유산을 물려받아 개조하고 자율화하기 위해 투쟁할 수도 있으며, 나중에 알게 되겠지만 카프카처럼, 더 나아가 W. B. 예이츠나 카텝 야신 등처럼 자기 민족 문화의 차이와 중요성을 단언할 수도 있다. 그래서 한 작가를 특징지으려고 애쓰게 될 때는 그의 위치를 두 차례, 즉 그가 자리하는 민족문학 공간이 세계문학 영역에서 차지하는 위치에 따라, 그리고 이 똑같은 공간에서 그가 차지하는 위치에 따라 설정해야 할 것이다.

어떤 작가에 관한 이 위치 결정은 진부하게 그를 민족의 맥락 속에 집어넣는 것과 아무 관계가 없다. 한편으로 출신 민족그리고 모국어은 세계문학 공간의 위계 구조 전체와 관련되고 다른 한편으로 각 작가는 자신의 문학적 과거를 똑같은 방식으로 물려받지 않는다. 그런데 문학 비평은 특이성과 독창성의 이름으로 언제나 이 구조적 관계를 가리는 변수를 중시한다. 예컨대 페미니즘 비평, 특히 미국의 페미니즘 비평은 거트루드 스타인의 경우를 연구할 때 그녀의 특수성 가운데 하나, 즉 그녀가 여성이고 레즈비언이라는 사실에 분석의 초점을 맞춘다. 그녀가 미국인이라는 사실은 문제시되지 않은 일종의 명증성으로 여겨져[109] 무시된다. 그렇기는 하지만 1920년대에 미국은 파리를 이용하여 부족한 자원을 축적하려고 시도하는 문학적으로 매우 지배받는 나라이다. 그렇지만 당시의 세계문학 구조와 이 영역에서 파리와 미국이 차지하는 각각의 자리에 대한 분석은 스타인이 전위 문학의 창조를 통해 현대 미국문학을 공들여 만드는 데 기울인 오랜 심려, 미국의 역사와 그녀의 놀라운 시도, 『미국인의 형성』[110]에서 아마 가장 확실한 징후를 찾아볼 수 있을 미국인의 문학적 재현에 대한 그녀의 관심을 이해하기 위한 대체할 수 없는 수단을 제공할 것이다. 파리에 망명한 미국 지식인의 공간에서 그녀가 여성이라는 사실은 물론 그녀의 전복 의지와 미적 시도의 형식 자체를 이해하는 데에 지극히 중요하다. 그러나 무엇보다 중요한 것은 구조적 역사 관계이다. 그렇지만 비평의 전통은 언제나 구조적 역사 관계를 은폐한다. 일반적으로 문학적 지배 구조의 도면을 감추는 확실히 중요하나 부차적인 특수성이 항상 있다.

이러한 이중의 역사화는 문학사를 구성하는 아포리아, 하부의 역할로 내몰리고 문학의 본질 자체를 파악하는 데에 효과가 없는 것으로 알려진 아포리아에서 빠져나올 수 있게 해줄 뿐만이 아니다. 그것에 힘입어 특히 이 문학 영역에서 찾아볼 수 있는 속박 및 위계 구조의 묘사가 가능해진

109 그리고 문학에서 작가의 '심리'에 늘 부여되는 우위 때문에.

110 Contact Éditions, Paris를 위해 Maurce Darantière, Dijon, 1925에 의해 인쇄된 초판본 500부.

다. 각자의 믿음을 강화하고 언제나 부인되는 실제 작동의 연속성을 보장하는 보편적이고 누그러진 해석을 문학 영역이 스스로 제시하기 때문에 거기에서 일어나는 교환의 불균등은 실제로 늘 눈에 띄지 않거나 완화되거나 부정된다. 문학 세계를 지배하는 순수 문학의 순수한 관념은 거기에 퍼져 있는 비가시적인 폭력의 온갖 흔적을 없애는 데에, 특수한 세력 관계와 문학 논쟁을 부인하는 데에 유리하게 작용한다. 합법적인 문학 영역의 유일한 문학적 재현은 화해로운 국제성, 문학과 인정에 대한 모든 이의 자유롭고 평등한 접근, 갈등과 역사에서 벗어나는 시공간 밖의 황홀한 세계의 재현이다. 역사와 정치의 온갖 굴레에서 해방된 문학의 허구, 그리고 역사, 세계, 민족, 정치 및 민족 투쟁, 경제의 종속, 언어의 지배와의 모든 관계가 차단된 문학의 순수한 정의에 대한 믿음, 민족적이지도 독립주의적이지도 않고 정치나 언어의 분할에서 자유로운 보편문학의 관념이 고안되는 것은 이를테면 정치적 속박에서 해방된 가장 자율적인 나라에서다. 세계문학의 구조를 생각해본 적이 있는 중심의 작가는 거의 없다. 즉 중심의 작가는 자신이 결코 있는 그대로 인정하지 않는 핵심적인 속박과 규범에만 맞설 뿐이다. 왜냐하면 그것들을 "당연한" 것으로 통합했기 때문이다. 중심의 작가는 본래 맹목적인 듯하다. 즉 세계에 대한 자신의 관점으로 인해 세계를 못 보고 자신이 보는 것으로 세계가 귀착한다고 생각한다.

합법적인 문학 세계와 이 세계의 변두리 사이에 생겨나는 단절의 비가역성과 폭력성은 외곽의 작가들에게만 지각될 수 있다. 그들은 옥타비오 파스가 말했듯이 "입구를 찾아내기" 위해 매우 구체적으로 투쟁하고 중심들에 의해 인정받아야 하므로 문학적 세력 관계의 본질과 형태에 관해 더 냉철하다. 자신들에게는 어울리지 않는 이 장애물을 무릅쓰고, 문학에 대한 엄청난 믿음을 그토록 강력하게 부정하므로, 예술가의 자유를 생각해내기에 이른다. 그래서 문학 영역의 불평등 구조에 새겨진 특수한 법칙과 힘에 맞서기를 오래전부터 터득했고 작가로 살아남을 다소의 기회를 얻기 위해서는 그 중심에서 공인되어야 한다는 것을 의식하므로, 최근에 이루어진 국제문학의 미적 "고안"에, 세계적인 문화동화를 촉진하기 위한 영어권 작가의 최근 시도에, 라틴아메리카 소설에 의한 새로운 해결책에, 요컨대 특수한 혁신에 가장 열려 있는 사람은 역설적으로 오늘날 세계의 이 경계에 자리한 저자들이다. 문학의 질서에 맞서는 통찰력과 반란은 그들의 창작에서 찾아볼 수 있는 취지 자체에 부합한다.

그래서 프랑스의 패권이 절정에 이른 시대부터, 즉 18세기 말부터 세계문학 질서에 대한 철저한 이의제기의 형태는 문학 공간이 가장 빈약한 나라에서 나타났으며 세계 공간의 구조, 다시 말해서 문학의 형태 자체를 계속해서 형성하고 변경했다. 특히 헤르더 덕분으로 문학의 합법성을 프랑스가 독점하는 상황에 대한 이의제기가 그토록 성공적으로 이루어진 덕분으로 대체 극점이 성립될 수 있었다. 하지만 문학적 피지배자는 여전히 자신이 갖는 통찰력 자체의 취지에 흔히 눈을 감는다. 자신의 특별한 위치와 자신이 붙들려 있는 종속의 특수한 형태를 분명히 감지할지라도, 통찰력이 여전히 부분적이어서 자신이 사로잡혀 있는 지구적이고 세계적인 구조를 볼 수 없다.

제2장 문학의 창안

어떻게 로마인은 언어를 풍요롭게 했는가. 가장 훌륭한 그리스 저자들을 모방함으로써, 자신을 그들로 변화시킴으로써, 그들을 뜯어먹고 잘 소화한 후에 피와 양식으로 변환함으로써, 각자 자신의 성격과 자신이 선택하고자 한 논거에 따라 가장 훌륭한 저자를 정해 그의 희귀하고 세련된 모든 미덕을 부지런히 살피고, 눈접 같은 미덕을 자신의 언어에 접붙이고 응용함으로써.

조아솅 뒤 벨레, 『프랑스어의 옹호와 현양』

[브라질에서] 우리는 모방합니다. 확실해요. 하지만 우리는 모방에 그치지 않아요. (…중략…) 해야 할 다른 일이 분명히 있지요. (…중략…) 우리는 프랑스 정신의 지배를 청산하는 중이에요. 우리는 포르투갈어의 문법적 지배를 끝장내는 중이죠.

마리우 지 안드라지, 알베르투 지 올리베이라에게 보낸 편지

문학의 문제는 매우 복잡한 끈으로지만 명백히 언어의 문제와 직접적으로 연결되어 있다. 작가는 (언제나 자신의 모국어나 민족어이지는 않은) 자신의 언어와 대단히 특이하고 긴밀한 관계를 유지한다. 하지만 언어가 갖는 지위의 양면성 자체로 인해 언어와 문학 사이의 관계는 사유하기가 어렵다. 언어는 명백히 정치적으로 이용되고[1] 이와 동시에 작가의 특수한 "원

1 프랑스에서는 17세기 후반기부터 국가가 프랑스어만 사용할 것을 강요한다. Michel de Certeau · Dominique Julia · Jacques Revel, *Une politique de la langue. La Révolution*

료"이다. 확실히 문학은 "정치적 의무"에서 천천히 떨어져나오면서 점진적으로 발견되어간다. 작가는 우선 언어를 통해 "민족적정치적, 국가적 등" 목표에 봉사하도록 강요받는 가운데 전형적인 문학 언어의 창안을 통해 문학적 자유의 상황을 점차로 만들어낸다. 각 창작자의 특이성, 단일성, 독창성은 문학 자원 수집 및 집중의 아주 오랜 과정 끝에서만 쟁취할 수 있다. 이 과정은 일종의 연속된 집단 창작으로서, 이 책에서 고찰될 그러한 문학사가 전혀 아니다.

그러므로 이 역사는 국가의 연대기 또는 작품들이 나란히 놓이는 배열이 아니라 작가로 하여금 언어에 대한 축소할 수 없는 의존 관계에도 불구하고 정치적 기능주의에서 벗어난 자율적이고 순수한 문학의 상황을 만들어내기에 이르도록 해주는 반란과 해방의 연속에 기초를 두고 있다. 그것은 유럽에서 생겨나 믿음과 경쟁의 대상이 되는 그 문학적 부의 출현, 다음으로 축적, 집중, (불평등한) 분배, 전파, 돌려쓰기에 관한 역사이다. 따라서 문학적 비현실감과 매혹에서 최대로 멀리 떨어진 표현이지만 문학 자본의 초기 축적이 일어나는 시기에 시작된다. 이 창시의 시기는 뒤 벨레의 『프랑스어의 옹호와 현양』이 출판된 시기이다.

나는 (적어도 겉보기에) 그만큼 프랑스에 국한된 문학적 사건을 세계문학사, 더 낫게는 세계문학공화국의 출발점으로 간주하는 것이 역설적이거나 자의적으로, 심지어 짐짓 갈리아 중심주의적으로 보일 수 있다는 점을 잘 알고 있다. 역사가들은 언제나 기원을 더 멀리 거슬러 올라가게 하려고 들므로, 왜 똑같은 민족 전통에서 장 르메르 드 벨쥬[2]의 『두 언어의 화

française et les patois : L'enquête de Grégoire, Paris : Gallimard, 1975 참조.

2 **[역주]** Jean Lemaire de Belges(1473~1524). 벨기에에서 태어난 프랑스어로 글을 쓴 시인, 칼럼니스트.

합』1513처럼 더 오래된 사건을 환기하지 않을 것인가? 또는 다른 전통에서, 예컨대 이탈리아 전통에서, 1929년 조이스와 베케트가 조이스의 『피네간의 경야』의 창시 시도에 영예와 정당성을 부여하고 할 때[3] 참조한 단테의 『데 불가리 엘로켄티아』를? 실제로 뒤 벨레의 주도권은 분명히 민족적이고 동시에 국제적인 그 창시 행위이다. 이를 통해 최초의 민족문학이 다른 민족에 대한, 이를 통해 지배적이고 겉보기에 뛰어넘을 수 없는 다른 언어, 즉 라틴어에 대한 복잡한 관계 속에서 설립된다. 국제문학공화국의 본보기를 제공하는 주도적인 패러다임. 이 책에서 우리는 오랜 역사에 걸쳐 끝없이 재생산된 이 본보기를 간추려서 되짚어볼 것이다. 마찬가지로 파리가 문학 수도라는 단언은 갈리아 중심주의의 결과가 아니라 오랜 역사 분석의 귀결이다. 파리에서 산출된 문학 자원의 이례적인 집중 현상으로 인해 어떻게 파리가 점차로 문학 영역의 중심으로 지정되었는지를 이 분석의 끝에서 제시할 수 있을 것이다.

이 역사는 현재까지 그토록 눈에 잘 띄지 않았다. 그런 만큼 뒤 벨레, 말레르브, 리바롤 또는 헤르더의 작품처럼 수없이 해설된 작품을 재론하더라도 이 역사를 완벽하게 재구성할 필요가 있다. 여태까지 그들의 작품은 문학사의 통상적인 관례에 따라 오로지 그 자체로 분석되었다. 결코 그것이 서로 유지하는 은밀한 (구조적) 관계로부터가 아니었다. 몇몇 역사가, 특히 마르크 퓌마롤리는 유럽문학에서 민족들 사이, 특히 프랑스와 이탈리아 사이의 관계에 주목하여 16세기와 17세기에 걸쳐 있는 몇 가지

---

3 조이스가 '진행 중인 작품'이라는 일반적인 제목으로 당시의 다양한 잡지에 단편적으로 게재한 소설에 대한 앵글로색슨인들의 격렬한 비판에 대한 대답으로 여러 사람이 쓴 비평을 모아엮은 책 *Our Exagmination Round His Factification for Incamination of Work in Progress*(1929) 중 Samuel Beckett의 텍스트 "Dante··· Bruno··· Vico··· Joyce" 참조. 이 책의 440~442쪽을 볼 것.

초기 단계를 환기했다. 하지만 이 역사는 세계적인 차원의 조화 속에서 새로운 문학, 언제나 새로운 문학 민족, 언제나 새로운 국제적 작가의 출현에 힘입어 오늘날까지 이어진다. 하지만 모두 뒤 벨레가 패러다임을 제공한 단절의 움직임에서 생겨난다.

그러므로 이 역사는 반쯤 알려지고 제대로 인정받지 못한 역사이다. 브로델이 "장기지속"이라 부르는 것에서 전개되는 역사 서술의 내재적 난점과 위험에도 불구하고, 하지만 틀에 박힌 문학사가 정립한 거짓된 친숙성의 반쯤 자명한 사실로 가려진 통상적인 과정과 기제에 주목하면서 이 역사를 신속히 훑어볼 필요가 있을 것이다. 게다가 문학사가 거의 언제나 특히 프랑스문학 같은 주요한 문학의 경우에 어느덧 들어앉는 정치와 언어의 경계에서 빠져나오고 또한 못지않게 넘어서기 어려운 학문 분야들 사이의 경계를 뛰어넘는다는 조건에서만 이 역사를 재구성하는 것이 가능하다.

세계문학 공간의 생성에서 세 중요한 단계를 구분할 수 있다. 첫 번째는 프랑스 플레이아데스가 등장하고 1549년 처음으로 간행된 뒤 벨레의 『프랑스어의 옹호와 현양』이라는 선언이 나오는 시기에 놓을 수 있는 초기 형성의 단계로서, 베네딕트 앤더슨이 "토착어 혁명"[4]이라고 부르는 것, 15세기와 16세기에 나타나고 교양인들 사이에서 라틴어가 독점적으로 사용되다가 통속어의 지적 사용이 요구되고 그러고 나서 고대의 위엄과 경쟁한다고 주장하는 문학이 성립하는 시기로 넘어가는 격변의 시대이다. 두 번째 중요한 단계는 문학 세계의 확대로서 베네딕트 앤더슨이

4 B. Anderson, op. cit., pp.77~91. 사회언어학자 D. 바지오니는 똑같은 현상을 '서유럽 최초의 생태언어학 혁명'으로 지칭한다. D. Baggioni, *Langues et Nations en Europe*, pp.73~94.

"사전학또는 문헌학 혁명"으로 묘사하는 것, 18세기부터 시작되어 19세기 동안 전개되는 혁명과 일치한다. 이 시기에 에릭 홉스봄[5]의 용어를 다시 사용컨대 민족어로 선포된 언어의 "발견" 또는 재발견에 결부되어 유럽에서 새로운 민족주의가 출현한다. 이른바 "대중"문학이 그때 민족 이념에 이바지하고 민족 이념에 결핍된 상징적 토대를 다지도록 호출되었다. 끝으로 탈식민화 과정에 의해 문학 영역의 확대라는 마지막 중요한 단계가 열리고 그때까지 문학의 관념 자체에서 배제된 주역들의 국제적 경합이 시작된다.

1. 어떻게 라틴어를 "집어삼킬" 것인가

『옹호와 현양』의 출판 시기에 문단의 핵심적인 논쟁은 프랑스어에 관한 것이다. (유럽 전역에서 제기되고 토론되는) 통속어 문제 전체는 라틴어 문제와 맞물린다. 당시에는 통속어와 라틴어 사이에 마르크 퓌마롤리의 표현에 의하면 "엄청난 상징적 고도 차이"[6]가 있다. 라틴어는 인문주의 학자에 의해 재도입된 그리스어와 함께 당시에 존재하는 문학 자본과 더 넓게는 문화 자본을 거의 전부 아우른다. 또한 로마와 종교 제도 전체가 독점하는 언어이기도 하다. 이는 세속의 지식인 세계에 강요되는 지배의 전체 형태를 유일하게 집약하는 이중의 권한, 즉 신앙의 사태를 의미하는

5 Eric Hobsbawm et Terence Ranger, *The Invention of Tradition*, Cambridge : Cambridge University Press, 1983.

6 Marc Fumaroli, "Le génie de la langue française", P. Nora (éd.), *Les Lieux de mémoire*, III, *Les France*, t. 3, *De l'archive à l'emblème*, Paris : Gallimard, 1992, p.914.

'사케르도티움'에 대한 권한과 지식과 연구 그리고 지적 상황에 관련되는 모든 것인 '스투디움'에 대한 권한이 교황에게 부여되기 때문이다. 그러므로 라틴어는 지식과 신앙의 언어로서, 실재하는 지적 자원을 거의 전부 독차지하고 마르크 퓌마롤리의 표현에 의하면 진정한 "언어 지배권"[7]을 행사한다.

그래서 인문주의 기획을 적어도 부분적으로는 지적 자율성을 창출하고 스콜라학에 의한 라틴어 사용에 반대하여 속화된 라틴어 유산을 다시 취하기 위해 라틴어에 정통한 성직자와 대적하는 "평신도"의 시도로 이해할 수 있다. 인문주의자는 자신이 벌이는 투쟁의 성격을 명백하게 밝히면서 이렇게 스콜라학 성직자의 "미개한" 라틴어에 재발견된 "키케로풍" 라틴어의 세련된 실용성을 맞세운다. 독창적인 라틴어 텍스트 자료, 이것에 대한 문법 및 수사학 저작, 특히 키케로와 쿠인틸리아누스의 저작뿐만 아니라 "고전"으로의 회귀에 힘입은 번역과 주석의 실천을 재도입하고, 고대의 유산을 세속화함으로써, 다시 말하자면 가톨릭교회의 독점권에 이의를 제기함으로써 고대의 유산을 자신의 것으로 취한다. 그만큼 유럽의 인문주의는 가톨릭교회의 영향력과 지배를 거스르는 최초의 해방 형태들 가운데 하나이다.[8]

그런데 페르낭 브로델이 오랜 논쟁 끝에 확증했듯이 이탈리아가 이 "지적"[9] 공간에 군림한다.[10] 유럽에서 통속어로 마침내 인정받기에 성공

---

7 Ibid., p.915.

8 인문주의는 또한 고대 언어들, 즉 그리스어와 히브리어로의 회귀이기도 하다. 거기로부터 '나쁜' 중세 라틴어를 바로잡고 성직자보다 더 고대인들과 가깝다고 자칭할 수 있다. 그리스어를 읽음으로써 마침내 라틴어역 성서를 넘어 성서를 다시 읽을 수 있게 된다.

9 여기에서 이 단어는 시대착오적이지만 대학과 문학의 장을 똑같은 용어 아래로 끌어들이기 위해 사용된다.

10 F. Braudel, *Le Modèle italien*, Paris : Arthaud, 1989, pp.42~47.

한 "근대" 시인은 세 명의 토스카나 시인, 즉 단테1265~1321와 페트라르카1304~1374 그리고 보카치오1313~1375뿐이다. 그들은 16세기에도 여전히 유럽 전역에서 막대한 위세를 누린다. 그러므로 바로 토스카나에서 문화유산이 축적될 수 있었다. 15세기 후반기에 "유럽의 중심, 프랑스가 황폐해졌다". 브로델이 쓴다. "반대로 이탈리아는 안전했다. 페트라르카에서 살루타티를 '거쳐' 브루니까지 (…중략…) 연속된 인문주의자 세대는 실수하지 않고 앎의 진보, 축적을 북돋는다."[11] 그리고 그가 단언한다. 물론 "인문주의 전체는 이중적이다. 우선 민족적이고 다음으로 유럽적이다".[12] 따라서 이 학자와 교양인의 영역 내부에 경쟁이 자리 잡고 입장이 다양하게 갈리며 토론이 확립된다. 이처럼 키케로풍의 라틴어로 돌아가기를 권장하는 이 인문주의자들은 또한 "널리 알려진 통속어"를 장려하게 된다. 더 정확히 말해서 이 선택에 관해 의견이 갈린다.

통속어의 재평가를 위한 싸움은 실제로 인문주의에 의한 세속화 시도의 논리적 귀결이다. 하지만 프랑스 인문주의자의 경우에는 이 기획이 이를테면 이중의 이득을 약속한다. 그것은 토스카나어와 경쟁할 수 있는 언어를 받아들이게 함으로써 이탈리아의 시인만큼이나 학자가 갖는 위력과 우위에 맞서 경쟁하는 것과 새로운 경로로 스콜라학적인 만큼이나 키케로풍인 라틴어에 대한 복종을 거부하는 것이다. 그러므로 프랑스어 사용의 요구는 이탈리아 인문주의자의 패권에 맞서 투쟁하면서 가톨릭교회의 영향력에 맞서 교양인의 해방을 이어가는 방식이다.[13]

---

11 Ibid., p.45.

12 Ibid., p.46.

13 Françoise Waquet, *Le Modèle français et l'Italie savante. Conscience de soi et perception de l'autre dans la République des Lettres. 1660~1750*, Rome : École française de Rome, 1989 참조.

북유럽에서 또한 종교개혁의 확산으로 말미암아 라틴어의 독점권과 가톨릭교회의 그때까지 확정적인 절대권력이 흔들린다. 명백히 이 맥락에서 1534년 루터에 의한 성서의 독일어 번역은 가톨릭교회에 의한 의무 부과와의 특수한 엄청난 단절 행위이다.[14] 성서 텍스트의 이 새로운 번역본은 곧 근대 독일어가 될 단일화된 규범 문어의 기초를 제공한다.[15] 유럽의 개신교 지역 전체에서 이 똑같은 움직임에 힘입어 통속어의 비상이 가능해지고 성서 읽기를 통해 통속어가 곧 평민층에 대대적으로 퍼지게 된다.[16] (통일되지 않은 정치 집단으로 오랫동안 머물러 있는) 독일의 특별한 경우는 별도로 치고 루터파 개신교나 다른 개신교성공회, 칼뱅주의, 감리교를 채택하는 모든 나라에서 통속어의 비약적 확산은 북부에서처럼 국가 구조의 발전과 연결되어 있다. 성서의 다른 번역에 힘입어 핀란드, 노르웨이, 스웨덴 등에서 진정한 민족 통일의 확립이 곧 이루어지게 된다.[17]

이처럼 서유럽에서 종교개혁과 더불어 생겨나는 광범위한 단층 여기저기에서 가톨릭교회와 라틴어의 전면적인 지배의 문제시는 통속어 비상의 원동력이다.[18] 하지만 적어도 1520~1530년의 종파 투쟁 및 대결 이후에는 종교개혁의 본질적으로 종교적인 요인이 인문주의로 야기된 움직임에서 점차로 자취를 감춘다. 인문주의자 집단의 분산, 그리고 문헌학자와 가톨릭교회 개혁가 사이의 흔히 강제된 분열이 목격된다. 동시에 마치 1530년대부터 북유럽과 남유럽 사이의 분리가 일종의 분업에 부합

---

14 루터는 성서를 처음으로 번역한 사람이 아니다. 동시에 또는 직전에 다른 이들이 내부의 가톨릭교회를 개혁하기 위해 (비록 부분적으로지만) 성서를 번역했다.

15 D. Baggioni, op. cit., p.109.

16 Ibid., p.109.

17 Ibid., pp.103~111.

18 Ibid., pp.102~104.

하는 듯이 모든 일이 진행된다. 앞에서 이미 말했듯이 가톨릭교회가 이중의 권위, 즉 '사케르도티움'과 '스투디움'에 대한, 신앙과 지식에 대한 권한을 행사했을 때, 종교개혁은 '사케르티움'에 대한 교회의 독점권, 따라서 엄밀한 의미에서의 종교 실천 및 제도와 관련되는 모든 것을 의심하는 반면, 인문주의는 '스투디움'에 대한, 다시 말해서 지적 상황, 연구, 시 또는 수사학에 대한 독점권에 이의를 제기한다.[19] 나중에 알게 될 터이지만 권력이 구분되지 않아서 '스투디움'에 대한 독점권에 이의가 제기되지 않는 영국과는 반대로 프랑스에서는 권력의 구분이 점점 뚜렷해지면서 프랑스어 성서의 독서와 확산에 대한 요구[20] 또는 평신도의 신학 접근에 대한 요구의 포기가 이 구부늬 전제로 작용한다비주류로 남아 있게 되는 칼뱅주의의 경우를 제외하고. 라틴어 옹호자와 통속어 장려자 사이의 싸움이 한창일 때조차 프랑스어가 학자의 라틴어를 대체한다거나 전례 또는 신학 라틴어와 특권을 다툰다는 것은 이제 있을 수 없는 일이다. 그러므로 "국왕의 언어"를 편드는 싸움에 힘입어 가톨릭교회에 대한 왕국의 구조적 의존에도 불구하고 독특한 "세속화" 과정이 시작될 수 있다.[21]

인문주의 내에서 실제로 특수한 경쟁이 곧 정치적 형태를 띠게 된다. 로마와 이탈리아 교양인의 영향력에 맞서 프랑스의 플레이아데스는 국왕의 언어이기도 한 프랑스어의 사용을 제안한다. 프랑스 교양인은 로마의 역량에 직면하여 왕의 주권 및 권위를 드높이기 위해 국왕을 편들면서 라틴어에 정통한 인문주의자의 보편주의에 맞선다. 이 보편주의는 이탈리아의 지배에 정당성을 부여하기 때문이다. 하지만 프랑스 국왕의 언

19 M. Fumaroli, loc. cit., p.917.
20 Ibid., p.918
21 Ibid.

어가 "근대인의 라틴어"라는 지위를 요구할 수 있으려면, 이 언어의 옹호자가 감히 자신의 통속어를 교황과 성직자의 언어에 공개적으로 맞세울 수 있으려면, 또한 오크어에 대한, 그리고 오일어의 다른 사투리에 대한 이 언어의 우월성이 문학적으로나 정치적으로나 보장되어야 했다.[22] 그런데 매우 일찍 일드프랑스의 언어는 왕의 근본과 일체가 되었다. 마르크 퓌마롤리가 분명히 밝히듯이 프랑스는 "국왕-언어"[23]를 중심으로 세워진다. 16세기까지 왕립 기관들의 하나인 프랑스 상서국과 모두 평신도로서 이 기관에서 관장하는 공증인과 서생 집단을 통해 "국왕의 언어와 문체에 익숙한 고관"[24]의 끊임없는 전통이 곧 굳건히 세워지게 된다. 그들은 이를테면 어용 작가 집단이 된다. 그들에게는 국왕 언어의 정치적이고 외교적인 위엄을 높이고 동시에 뒤 벨레가 말하듯이 (법률 문구, 역사 연대기 등의 작성을 통해) 이 언어의 문체적, 문학적, 시적 풍요로움을 "증대시키기" 위해 애쓸 책임이 있다.[25] 따라서 16세기에 이 통속어는 문학 차원에서만큼이나 정치 차원에서 명백한 합법성을 획득하기 시작한다. 법원의 판결을 라틴어가 아니라 프랑스어로 내리라고 명하는 유명한 빌리에코트리 칙령은 이것의 한 가지 증거이다. 바로 그때 문법서와 어휘집 그리고 철자법 개론이 나타난다.[26]

플레이아드 시인들은 왕의 궁정 쪽에 가담한다. 그들의 첫 번째 승리는 이 새로운 유파의 지도자 도라가 앙리 2세의 자식들을 가르치는 선생으로 선택된 일이다. 그들에게 이것은 미적인 만큼이나 정치적인 선택이다.

---

22 Ibid., pp.915~917.

23 Ibid., p.917.

24 Ibid., p.921.

25 Ibid., pp.920~921.

26 Baggioni, op.cit., pp.120~127.

뒤 벨레가 『프랑스어의 옹호와 현양』에서 찾아볼 수 있듯이 "우리말의 세련미를 망가뜨리고 우리의 무지를 입증하는 데에만 소용되는 론도, 발라드, 단시, 왕실 시가, 노랫말, 그 밖의 이런저런 향신료 같은 그 모든 낡아빠진 프랑스 시는 툴루즈의 죄 플로로 아카데미에, 그리고 루앙의 퓌이협회에 맡겨라"[27] 프랑스 왕국의 강력한 봉건 궁정에서 인정받고 준수되는 시적 취향에 대한 이러한 반대는 정치 차원에서 봉건 지방자치에 대해, 그리고 문학 차원에서 통속어의 시적이지만 일단의 체계화된 시적 형식으로 이해된 사용을 지지하는 축에 드는 "제2의 수사학" 옹호자에 대해 명백히 반대하는 선언이다.[28] 당시에 왕의 궁정은 '프리무스 인데르 파레스'[29]의 지위로 인해서만 다른 궁정과 구별되었다. 그런데 바로 그 시기에 프랑스 국왕은 봉건 지방자치에 대한 결정적인 승리를 쟁취한다. 봉건 궁정이 문화 분야에서 행사하고 있던 주도권을 봉건 궁정으로부터 빼앗는다. 1530년 프랑수아 1세는 왕립교수단을 설립한다. 도서관을 건립하고 그림을 사들이라고 명하고 이탈리아의 인문주의적 궁정을 본보기로 삼아 고대 작품의 번역을 지시한다.[30]

이러한 언어 정책을 통해 정치, 언어, 문학 자원의 초기 축적 과정이 시작될 수 있다. 이 과정 덕분으로 이제 (프랑스) "국왕의 언어"와 로마의 이중으로 신성한 언어 그리고 (매우 문학적인) 토스카나어 사이에 "경쟁"이

---

27 Joachim du Bellay, *Deffence et Illustration de la langue francoyse*, Henri Chamard (éd. crit.), Paris : Librairie Marcel Didier, 1970, pp.108~109.

28 Joseph Jurt, "Autonomie ou hétéronomie : Le champ littéraire en France et en Allemagne", *Regards sociologiques*, no.4, 1992, p.12 참조. 제2의 수사학 또는 부차적인 수사학은 라틴어 수사학과 대조적인 "통속어" 수사학이다.

29 Ibid., p.914.
[역주] 집단이나 모임 등을 주재하는 사람이라는 의미의 라틴어.

30 R.Anthony Lodge, trod.par C. Veken Le Fransais, *Historie d'um dialecte devenu langue*, Paris : iayard, 1997, pp.166~186.

자리잡을 수 있다. 당시에는 과도하고 성취할 수 없는 것처럼 보일 수 있었던 이 계획을 '트란스라티오 임페리이 에트 느투디이'[31]의 학설이 북돋우기도 했다는 점을 덧붙일 필요가 있다. 프랑스인의 이러한 확신에 따르면 프랑스와 프랑스 왕은 상속자가 없는 상황에서 샤를마뉴에 의해 다시 세워진 로마가 남긴 '임페리움'을 행사하도록 운명지어졌다.[32]

(이탈리아인 스페로네 스페로니가 쓴 대화의 여러 대목이 번역되어 실린) 『프랑스어의 옹호와 현양』은 이 공공연한 투쟁의 명백한 증언들 가운데 하나이다. 더 정확히 말해서 라틴어의 지배에 대항하는 특수한 전쟁의 선포이다. 물론 "통속어"의 문제, 어느 한 통속어의 우수성, 라틴어와 통속어 사이의 복잡한 갈등 관계에 관한 논쟁은 새롭지 않다. 12세기 토스카나에서 (두고 보면 알겠지만, 자신의 시도에서 실패를 맛본) 단테에 의해 시작되어 특히 크리스토프 드 롱괘유, 다음으로 『두 언어의 화합』1513에서의 장 르메르 드 벨쥬에 의해 속행된다. 하지만 르메르 드 벨쥬의 논설은 프랑스와 라틴어 그리고 토스카나어 사이의 경합을 촉발하기는커녕 두 자매 통속어, 즉 프랑스어와 토스카나어를 마르크 뒤마롤리의 용어를 다시 취하건대 "행복한 평등" 속으로 끌어들인다. 이 저자는 선택하기를 거부하고 이 두 언어 사이의 대립을 화해로 마무리한다. 그러므로 『옹호』가 이 역사에서 단절의 표시인 것은 그것이 언어들 사이의 화합과 평온이 아니라 라틴어와의 공공연한 투쟁, 경쟁이 시작되는 새로운 기원이기 때문이다.

흔히 뒤 벨레의 "혁명적인" 텍스트는 팸플릿으로 축소되고 인문주의 주제에서의 연속과 불연속, 인용의 탐지, 라틴어와 이탈리아의 영향과 관련하여서만 연구된다. 다른 문학 장르들보다 더 강하게 민족 전통과 연결

---

31 [역주] 권력과 지식의 이동이라는 의미이다.

32 Colette Beaune, *Naissance de la nation France*, Paris : Gallimard, 1985, p.300.

된 시는 흔히 역사적으로조차 국가의 궁극 목적론이라는 자명한 사실에 따라 고찰된다. 시적 "사건"이 초국가적 역사에 관련되지 않는다.

그런데『옹호와 현양』은 언어의 힘에 대한 단언이고 특히 언어의 "풍부화" 계획이다. 무엇보다 새로운 문학을 위한 선언이자 위대한 라틴어와 라틴어의 뒤를 잇는 토스카나어에 맞서 경쟁할 수 있게 해주는 수단을 시인에게 주기 위한 실천 계획이다. 과거로의 회귀도 아니고 고대인을 단순히 모방하자는 호소도 아니다. 일종의 특수한 선전포고이다. 뒤 벨레는 자신의 선구자들처럼 찬란한 라틴어와 그리스어의 뒤를 이으려고 애쓸 뿐만이 아니라 언어, 수사학, 시그리고 정치를 덧붙여야 할 것이다의 층위에서 라틴어와 동시에 토스카나어를 뛰어넘으려고 한다.

라틴어가 지배하는 그 영역에서 논리적인 귀결로서 라틴어는 탁월성의 유일한 측정 수단으로 구실을 한다. 하지만 교회 라틴어와 이탈리아인에 의해 장려된 키케로풍 라틴어에 의한 이중의 지배에서 성공적으로 빠져나오기 위해 뒤 벨레는 '자본 돌려쓰기'라 명명해야 하는 것을 실행하자고 제안한다. 그가 권장하는 해결책은 일종의 기대치 않은 기막힌 "제3의 길"이다. 즉 그는 라틴어에 정통한 인문주의자의 지식, 라틴어 텍스트에 관한 엄청난 인식, 번역, 주해의 집합을 보존하면서도 그가 말하길 덜 "풍부한" 언어에 유리하도록, 그것도 매우 단순한 방법으로 그것을 돌려쓴다. 우선 그가 설정한 범주에서 어떤 전유도, 다시 말해서 어떤 "풍부화"도 가능하지 않은 상태에서 그리스어와 라틴어 텍스트를 한없이 복제하는 "맹목적인" 모방일 뿐인 번역을 격렬하게 거부한다.

> 밤낮으로 모방하려고 머리를 쥐어짜는 그 성벽 표백일꾼들은 도대체 무엇을 할, 아니 모방할 생각일까? 베르길리우스와 키케로의 작품을 베껴 쓸 생각일

까? 한 사람의 반구로 자신의 시를 지으면서, 그리고 자신의 산문에서 다른 이의 말과 문장에 악담을 퍼부으면서. (…중략…) 그러므로 모방자들, 모방의 무리여, 그대들의 우수한 수준에 이른다고 생각하지 말라.[33]

"자신의 언어를 풍부하게 만들기"[34] 위해 뒤 벨레는 "외국어로부터 문장과 단어를 '빌려오고' 그것을 자신의 언어에 '적응시킬' 것"을 제안한다.

그러므로 (오, 그대의 언어가 '성장'하기를 갈망하고 언어로서 탁월하기를 바라는 그대여) 그대에게 나는 우리 프랑스 시인 대부분이 예사로 그렇게 하듯이 외국어의 가장 유명한 저자들을 (…중략…) 즉흥적으로 모방하는 일, 물론 우리의 통속어에 '어떤 이익'도 없는 그만큼 고약한 일을 하지 말라고 경고한다.[35]

그는 적응시키기에 대한 자신의 의지를 이해시키기 위해 집어삼킴의 은유[36]를 사용하기까지 하고 이 활동을 로마인들이 했던 것에 견준다. "가장 훌륭한 그리스 저자들을 모방하고 자신을 그들로 변화시키고 그들을 '집어삼키고' 그들을 잘 소화시킨 후에 피와 양식으로 '변환'시키면서"[37] 명

---

33 J. du Bellay, op. cit., pp.76~77·82.

34 Ibid., p.45.

35 Ibid., p.47. 작은따옴표는 저자 강조.

36 '번역 계획'을 실행할 시기의 독일 낭만주의 작가들에게서, 그리고 1920년대 브라질 모더니즘 작가들의 '식인' 선언에서 거의 똑같은 용어로 재발견될 은유. Pierre Rivas, "Modernisme et primitivisme dans Macounaïma", Mário de Andrade, *Macounaïma*(Littératures latino-américaines du XXe siècle), édition critique P. Rivas (éd.), Paris : Stock-Unesco, coll, 1996. 민족학자 로제 바스티드는 플레이아데스의 시도를 브라질 모더니즘의 식인 시도에 견주었다. "Macounaïma visto por um francês", *Revista do Arquivo Municipal*, no.106, São Paulo, janvier 1946.

37 J. du Bellay, op. cit., p.42. 작은따옴표는 저자 강조.

백히 이 전환 활동을 부인된 경제적 의미로 받아들일 필요가 있다. 즉 뒤 벨레는 시인들에게 고대의 유산을 낚아채고 집어삼키고 소화해서 프랑스의 문학 "자산"으로 변환시키라고 조언한다. 그가 제안하는 모방은 라틴어 수사학의 막대한 지식을 프랑스어로 옮겨적고 프랑스어에 맞추는 것이다. 바로 이러한 이유로 그는 라틴어와 그리스어의 지배적인 위치를 이어받을 후보 언어로 제시하고 "프랑스 시인들"에게 그들의 우월성, 다시 말해서 유럽 시에 대한 그들의 지배를 주장할 수단을 제안한다. "낡은 프랑스 시"를 거부함으로써 프랑스 왕국의 한계 안에서만 통용되었을 뿐인 시적 규범, 특히 인문주의의 현대성에 대한다시 말해서 역설적으로 라틴어 시에 대한 참조의 부재로 말미암아 유럽에서의 경합에 들어간다고 주장할 수 없었던 형식을 과거로 돌려보내고 시대에 뒤진 것으로 매도한다.

따라서 뒤 벨레는 『프랑스어의 옹호와 현양』으로 유럽문학 공간의 기초를 놓는다. 그가 정립하는 국제적 경합은 국제 공간의 단일화 과정이 시작되는 지점을 가리킨다. 그는 자신이 창시하는 경쟁을 통해 초국가적 문학판에 대한 최초의 밑그림을 만들어낸다. 이 밑그림은 마르크 퓌마롤리가 "대유럽 선수권전"이라 부르는 것, "고대인이 감독 겸 심판이고 프랑스인이 모든 시합에서 연승할 의무가 있는 선수권전이다. (…중략…) 이 열의는 [프랑스어에] 경쟁 로망스어들, 이탈리아어와 스페인어에 대한 승리를 선사할 것이다. 영어의 지원은 아직 고려될 여지가 거의 없다".[38] 자신이 지배받는 이 공간에서 뒤 벨레는, 그와 함께 플레이아드 유파 전체는 "프랑스어를 풍부하게 만들기" 위해, 실재하는 자본인 프랑스어를 투쟁 수단으로 내건다. 그가 실행하는 "유산 돌려쓰기"로 인해 한 세기 반

38 M. Fumaroli, loc. cit., p.929.

걸려서 세력 관계가 뒤집힐 수 있게 된다. 특수한 "풍부화" 덕분으로 프랑스어문학 공간은 곧 유럽의 문학 투쟁 공간에서 오랫동안 우위를 확보하게 된다.

토스카나-프랑스라는 이 첫 번째 핵심부에 점차로 에스파냐, 다음으로 영국이 더해질 것이다. 이 나라들은 우선 "위대한" 문학 "언어"와 동시에 중요한 문학 유산을 갖춘 세 강대국을 형성하게 된다. 하지만 황금 세기의 대단한 창조성 후에 에스파냐는 17세기 중엽부터 불가분하게 문학적이고 동시에 정치적인 완만한 쇠퇴의 시기에 접어든다. 에스파냐의 "그 붕괴, 그 매우 오랜 난파"로 말미암아,[39] 곧 실격하고 "뒤떨어진" 에스파냐 문학 공간과 유럽의 가장 강력한 중심적 문학 영역이 될 문학 공간, 즉 프랑스 문학 공간과 영국 문학 공간 사이의 간격이 점점 더 넓게 벌어지게 된다.

'이탈리아' —반대 '증거'

이탈리아의 경우는 국가의 수립과 "공통어다음으로 문학"의 형성 사이의 필연적인 관계에 대한 '반대' 증거들 가운데 하나이다. 국가의 출현 과정이 없는 곳에서는 정당화되는 중인 통속어도 없고 실행될 수 있는 특수한 문학도 없다. 토스카나에서 14세기부터 단테는 알다시피 언어 해방의 환경을 조성하고자 했다. 최초로 그는 『일 콘비비오』1304~1307에서 더 폭넓은 독자와 접하기 위해 통속어를 선택했다. 『데 불가리 엘로쿠엔티아』에서는 "이름난 통속어"의 정립을 제안했다. 시, 문학, 과학의 언어가 여러 토스카나 방언으로부터 창안되었을 것이다. 그는 프랑스에서플레이아드 시인들에게, 그리고 에스파냐에서 통속어를 문학과 따라서 국가의 표현 수단으로

---

39 François Lopez, "Le retard de l'Espagne. La fin du Siècle d'or", *Histoire de la littérature espagnole*, t.2, *XVIIIe siècle – XIXe siècle*, Jean Canavaggio (éd.), Paris : Fayard, 1994, p.14.

내세우는 데에 결정적인 영향을 미쳤다.[40]

단테의 입장은 그토록 혁신적이고 선구적이어서 훨씬 나중에 구조적으로 유사한 입장인 몇몇 작가에 의해 다시 취해졌다. 가령 1920년대 말에 조이스와 베케트는 영어의 영향력이 영국의 식민지 지배로 말미암아 '유사성과 차이를 가감해서' 단테시대의 라틴어에 비교될 수 있는 시기에 단테를 본보기 겸 선구자로 요구했다. 『피네건의 경야』에서 조이스가 내보인 문학과 언어에 관한 기획을 옹호하기에 몰두한 베케트는 이 토스카나 시인을 고결한 선구자로 명백하게 내세우면서 아일랜드에서 영어의 독점에 맞서 싸우기를 제안했다.[41]

이탈리아, 특히 토스카나는 통속어에 의한 문학의 생산이 가장 올되고 동시에 가장 놀랄 만한 나라이다. 살아 있는 때에도 권위 있는 작가로 공인된 토스카나인 세 사람, 즉 단테와 페트라르카 그리고 보카치오는 이탈리아에서뿐만 아니라 유럽 전역에서 가장 큰 문학적 부의 축적 시기를 대표한다. 그들의 작품은 기원과 완벽성이라는 이중의 위엄으로 둘러싸인다. 하지만 이 막대한 최초의 문학 자본은 중앙집권화된 국가, 통일된 이탈리아 왕국의 출현이 동시에 이루어지지 않기 때문에, 그리고 다른 곳보다 더 강하게 행사되는 가톨릭교회의 영향력으로 인해 문학 공간의 구성을 허용하지 않는다. 이탈리아의 궁정은 분할되고 어떤 궁정도 단테가 권장하는 "이름난 통속어" 또는 완전히 다른 언어의 사용을 채택하고 완전히 가능케 할 만큼 강력하지는 않다. 라틴어가 계속해서 지배적인 공통어로 구실을 한다. 마르크 퓌마롤리가 설명하듯이, 페트라르카는 "그의 제자 보카치오가 그렇게 될 터이듯이, 16세기에 그의 먼 계승자 벰보가

40 M. Fumaroli, loc. cit., pp.924~926; D. Baggiomni, op. cit., p.100을 볼 것.
41 이 책의 502~504쪽을 볼 것.

그렇게 될 터이듯이, 로마 교황권을 통해 이탈리아와 기독교 유럽에 위압적으로 퍼져 있는 라틴문학과 중앙의 확정된 정치적 지주가 없는 이탈리아 문학 사이에서"[42] 분열된다.

16세기의 이탈리아에서 중심적인 논쟁은 "통속어 옹호자"와 "라틴어 옹호자"가 서로 맞서는 "언어의 문제"이게 된다.[43] 14세기의 토스카나 문학 및 언어 전통으로 돌아가기를 주장하는 『통속어에 관한 산문』1525에 힘입어 피에트로 벰보1470~1547가 곧 우세하게 된다. 엄격한 순수주의가 눈에 띄고 "시대에 뒤떨어진" 이 선택으로 인해 문학의 역동성이 없어지고 가처분 문학 자본의 구성 과정, 다시 말해서 창조, 갱신이 중단되며 (인문주의적 라틴어 전문가를 본보기로 한) 불모화하는 모방의 본보기가 강요된다. 문학 본보기와 동시에 문법 규범으로 세워진 페트라르카풍은 이탈리아의 문학 논쟁 및 혁신을 정체시키는 데에 일조한다.[44] 매우 오랫동안 시인들이 신화적 3인조의 모방에 빠져든다. 공통어의 안정화와 "문법성 획득"[45]에 이바지할 수 있었을 어떤 중앙집권화된 국가 구조도 없으므로, 언어 질서의 수호자 겸 모든 문학 상황의 척도 역할은 완벽성을 밑받침하고 구현하는 역할을 한다고 신화화되는 시에 부여된다. 그리고 19세기에 이탈리아의 정치적 단일성이 실현될 때까지 시와 수사학 그리고 미의 문제는 언제나 언어 규범 논쟁에 종속되었다. 공통어의 문법화 및 안정화와 국가 정치력의 받침대를 통해 특수한 부를 축적할 역량이 없는 상황

42 M. Fumaroli, loc. cit., p.925.

43 Vittorio Coletti, *L'Éloguence de la chalre. Victoires et détaites du latin entre Mogen Âge et Renaissance*, Paris : Éditions du Cerf, 1987, 특히 le chapitre VIII, pp.147~198 참조.

44 D. Baggioni, op. cit., pp. 129~133 참조.

45 D. 바지오니는 '문법성 획득'과 '문법화'를 구별하고 S. 오루가 제시한 '문법성 획득'의 정의, 즉 문법과 사전이라는 두 기술을 토대로 언어를 묘사하고 언어에 설비를 갖추어 주는 과정이라는 정의를 채택한다. op. cit., p.93.

에서 이탈리아 문학 공간은 매우 늦게야 성립된다. 19세기에, 이탈리아의 단일성이 형성되는 시기에 비로소 특히 단테가 민족시인으로 승격되면서 문학 유산이 국유 재산의 명목으로 재획득되었다.

독일에 대해서도 다른 언어, 정치, 문학의 맥락과 역사로부터 똑같은 분석을 다시 실행할 수 있을 것이다. 독일은 언어 및 문학 자원의 올된 초기 축적에도 불구하고 정치적 분열 때문에 18세기 말, 최초의 민족 각성 덕분에 독일어로 된 문학 자원을 국가 유산의 명목으로 재획득하게 되는 시대 이전에 유럽 차원의 경합에 끼어든다고 주장할 만큼 충분한 문학 자원을 모을 수 없었다. 러시아로 말하자면 19세기 초 이전에는 문학 자산의 축적 과정이 시작되지 않을 것이다.[46]

2. 프랑스어의 싸움

플레이아드는 적어도 세 세기 동안 시의 이론과 실천에 자국을 남기게 되는 최초의 대혁신이다.[47] 새로운 운율법과 새로운 작시법의 채택8음절 또는 6음절 시행과 특히 고전주의 전체의 규범으로 일반화될 "보격의 왕" 12음절 시행은 곧 기본적인 보격이 된다 또는 문학 공간 전체에 의해 일반화되고 채택되는 시구詩句 체계의 관점에서만큼 우대받는 장르론도와 발라드 형식 그리고 제2의 수사학을 통해 승격된 장르들이 점차로 사라질 것이고 말라르메와 아폴리네르 이전에는 정말로 재발견되지 않을 것이다의 관점에서도 그렇다. 물론 고대에의 불가피한 참조를 잊어서는 안 된다.[48]

하지만 언어와 프랑스어로 된 시는 특히 라틴어와의 경합이 시작되고

46 D. Baggioni, op. cit., pp.62~65.

47 Fransois Rigolot, *Poésie et Renaissance*, Paris : Éditions Du Seuil, 2002, pp.171~223 참조.

이 경합에서 이처럼 최초로 쾌거를 이룬 후에, 라틴어의 막대한 상징적, 종교적, 정치적, 지적, 문학적, 수사학적 역량과 믿음에서만큼이나 실제로도 결코 경쟁한다고 주장할 수 없었다. 그리고 16세기 후반기와 17세기 내내 프랑스문학과 문법 그리고 수사학의 역사는 똑같은 쟁점을 위한 똑같은 투쟁, 라틴어와의 관계에서 프랑스어를 우선 동등성에, 다음으로 우월성에 접근시키기 위한 암묵적이고 동시에 편재하는 투쟁의 연속으로 이야기될 수 있다.[49] "고전주의"[50]라고 불러야 하는 것의 성립은 이 역동적인 축적의 절정이다. 특수한 자원에 대한 일련의 연속된 구성 전략들과 다름없다. 이 전략들은 한 세기에 약간 못 미치는 기간에 걸쳐 프랑스를 세계에서 가장 강력한 언어와 문화, 라틴어와 라틴문화에 맞서 경쟁한다는 주장, 이를테면 『옹호』에서 뒤 벨레가 최초로 시작한 행위에서 "루이 14세시대"에 절정으로 치달은 라틴어에 대한 확정적이고 완연한 승리로, 다시 말해서 유럽 전역에서 "현대 작가들의 라틴어"[51]가 된 프랑스에 이제부터 서슴없이 부여된 라틴어에 대한 우월성으로 이끌게 된다.

그러므로 언어 역사가들이 언어의 코드화 또는 표준화 과정이라고 명명하는 것,[52] 다시 말해서 문법과 수사학 개론 그리고 '알맞은 사용법'이 고안되기 시작하는 현상을 프랑스 언어 및 문학의 "부"에 대한 막대한 집단적 증대 작업으로 해독할 필요가 있기라도 한 듯이 모든 일이 진행된

---

48 Jean-Pierre Chauveau, *Poésie française du XVIIe siècle*, Paris : Gallimard, 1987, p.19 참조; J. Ceard et L. G. Tins(éd.), *Anthologie de la poésie Fransaise du XVIe siècle*, Paris : Gallimard, 2005, pp.16~34를 볼 것.

49 J. Chaurand(éd.), *Nouvelle Histoire de la langue fransaise*, Paris : Éditions du Seuil, 1999, 특히 제3부, pp.147~224.

50 '고전적'이라는 말의 기본적인 의미들 가운데 하나는 '모방할 만한'이다.

51 M. Fumaroli, loc. cit., p.938 참조.

52 R. A. Lodge, op. cit., pp.205~247 참조.

다.[53] 그러므로 언어와 '알맞은 사용법'의 문제에 대한 극단적인 관심, 17세기 동안 내내 프랑스 왕국에서 찾아볼 수 있는 이 특징은 유럽 전체에서의 우월적 지위를 라틴어로부터 박탈하고 여러 세기 동안 라틴어에 부여된 그 유명한 '임페리움'을 행사하겠다는 전형적으로 프랑스다운 주장의 증거일 것이다. 물론 프랑스 왕국에 정치와 문화의 영향력을 부여하기 위해 세대에서 세대로 전해진 명백한 집단적 의지도 기획도 관련되어 있지 않다. 다만 프랑스에서 학자와 세속인, 문법학자와 작가 사이의 투쟁이 취하는 특수한 형태, 그 문학 영역에 내재하는 투쟁이 암묵과 동시에 부인의 방식으로 전개되는 지평일 뿐이다. 게다가 이 본원적 경쟁은 프랑스문학 공간에 기본적인 쟁점을 제공하고 플레이아드 이후에 프랑스문학 공간이 "끈질기게 존재하고" 문학 자원의 특수한 형태를 낳게 되는 특별한 방식을 규정한다. 이 본원적 경쟁과 주장은 언어에 관한 논쟁에 부여된 문학적인 만큼이나 정치적인 중요성을 곧 설명해주게 된다. 그래서 프랑스문학 및 정치 공간의 제한된 한계 안에서는 프랑스문학사와 문법사가 전혀 이해될 수 없다. 유럽어 전부뿐 아니라 죽었으나 압도적인 언어와의 경쟁은 매우 오랫동안 여전히 언어와 문학에 관련된 혁신과 논쟁의 "동력"으로 구실을 한다.

1) 학교 라틴어

프랑스어를 합법적인 언어로 만들기에 조금씩 이바지하는 프랑스어 사용에 관한 논쟁의 증대하는 영향에도 불구하고 라틴어는 특히 교육 제도와 가톨릭교회를 통해 계속해서 중심적인 자리를 차지한다. 토마스 파

53 D. Baggioni, op. cit., pp.134~137.

벨[54]은 고전주의시대의 콜레주 생활을 이렇게 묘사한다. 학생들이 라틴어로 교육받고 그들끼리만 모여 있을 때조차 이 언어를 말해야 한다. 그들의 손에는 오로지 가장 추천할 만한 고전 저자들의 책이 들려 있다. 그들은 백인대와 십인대로 구분되고 성공에 대해 원로원 의원과 집정관의 칭호로 보상받는다. 교과목 학습은 풍부한 역사 지식, 이를테면 고대의 이름난 남녀 일생, 유명한 말, 본보기가 되는 체력 및 미덕의 습득과 다름없다. "이러한 울타리들로 세계의 나머지에서 철저하게 고립된 콜레주에서 (…중략…) 수사학 연마의 상상적 질서는 (…중략…) 학생들을 위해 쓰인 파생 라틴어 비극의 공연으로 해마다 상찬되었다."[55]

같은 맥락에서 뒤르켐은 『프랑스 교육학의 변화』를 통해 다음과 같이 말한다.

어린이들이 살아가는 그리스-로마의 환경은 그리스와 로마에 속한다고 할 만한 요소가 전혀 없었다. 역사적으로 실재했지만 그렇게 제시되는 까닭에 더 이상 역사성이 전혀 없는 인물들로 아마 가득 찼을 일종의 비현실적이고 이상적인 환경이 되었다. 그들은 인간의 미덕, 악습, 모든 강한 정념을 표상하는 몇몇 상징적 인물일 뿐이었다. (…중략…) 그렇게 일반적이고 그렇게 불명확한 유

54 **[역주]** Thomas Pavel(1941~). 루마니아 부쿠레슈티에서 태어난 문학비평가, 문학자. 시카고 대학 등에서 가르치다가 2005~2006년 콜레주 드 프랑스에서 '어떻게 문학에 귀를 기울일 것인가'라는 주제로 강의하고 2023년에는 아카데미 프랑세즈의 프랑코포니 상을 받았다. 『언어의 신기루(*Le Mirage linguistique*)』(1988), 『소설에 관한 생각(*La Paensé du roman*)』(2003, 2014 재출간) 등의 저서가 있다.

55 Thomas Pavel, *L'Art de l'éloignement. Essai sur l'imagination classique*, Paris : Gallimard, 1996, pp.152~155; Georges Snyders, *La Pédagogie en France aux XVIIe et XVIIIe siècles*, Paris : PUF, 1965, chap. III, "Le rôle de l'Antiquité : le monde latin comme clôture", pp.67~83을 볼 것.

형들은 기독교 도덕의 가르침에 예시의 구실을 할 수 있었다.[56]

18세기 후반기까지 교육학의 유일한 혁신은 (1643년 포르루아얄에서, 그리고 1646년 파리에서 문을 연) 포르루아얄 소학교에서 비롯하게 된다. 이를 통해 중등 교육에 처음으로 프랑스어가 들어가게 된다. "포르루아얄은 프랑스어에 타격을 가하는 절대적인 금기에 항의하는 것으로 만족하지 않고 그때까지 르네상스시대 동안 내내 만장일치로 라틴어와 그리스어가 갖는 것으로 여겨진 우월성을 문제시했다."[57] 그리고 아카데미 프랑세즈의 역사가 겸 국왕의 사료편찬관 펠리송 자신이 "학자" 양성에 대한 라틴어의 이러한 영향력을 증언한다. "내가 콜레주를 나올 때 사람들이 내게 얼마나 많은 새로운 소설과 희곡을 추천했는지 모른다. 나는 비록 아주 어린 나이였지만 그것을 조롱하지 않을 수 없었다. 나의 키케로와 나의 테렌티우스를 훨씬 더 합리적이라고 생각하여 늘 그들에게로 되돌아갔다."[58]

라틴어 교육에 맞선 "현대인"의 투쟁은 꽤 일찍 시작된다. 왜냐하면 머리가 라틴어와 그리스어로 가득 차 프랑스어를 정확하게 구사할 능력이 없을 "현학자"에 르 그랑 나리[59]가 1657년부터 맞서기 때문이다.

지적 활동에서 그리스어와 라틴어를 맡고 자신의 언어에 무용한 모든 것을 알며 자신의 말을 유식한 체하는 횡설수설과 비유적인 현학으로 짓누르는 사람

56 Émile Durkheim, *L'Évolution pédagogique en France*, préface de M. Halbwachs, Paris, 1938, rééd. PUF, 1990, p.287.

57 Ibid., pp.306~307.

58 M. Fumaroli, loc. cit., p.961에서 재인용.

59 **[역주]** M. Le Grand. 왕실 마구간 시종을 가리킨다. 1657년에 이 직위를 맡은 사람은 아르쿠르 백작 앙리 드 로렌(1601~1666)이었다.

들은 아마 참으로 프랑스적인 말과 글을 형성하는 데에 중요하고 필요한 그 자연스러운 순수성과 그 순진한 표현을 결코 획득할 수 없을 것이다. 그렇게 많은 다양한 문법, 그렇게 많은 갖가지 어법이 그들의 머릿속에서 서로 충돌하고 관용어와 방언의 혼돈이 생긴다. 한 문장의 구문이 다른 문장의 통사법과 상반된다. 그리스어가 라틴어를 더럽히고 라틴어가 그리스어를 더럽힌다. 그리고 그리스어와 라틴어가 뒤섞여 프랑스어를 오염시킨다. (…중략…) 그들은 죽은 언어를 사용하는 습관이 있고, 살아 있는 언어는 사용하지 않는다.[60]

1667년 루이 르 라부뢰르[61]는 『라틴어에 대한 프랑스어의 우월성』이라는 제목의 개론서에서 루이 14세의 맏아들, 프랑스 황태자의 처음 몇 년이 "라틴 뮤즈"에게 바쳐져야 할지 아니면 "프랑스 뮤즈"에게 바쳐져야 할지 알아야 하는 문제에 접근한다.[62] 하지만 교육 제도를 통한 라틴어 교육은 실질적인 두 언어 병용의 상황을 유발한다. 그리고 라틴 문화는 프랑스어의 합법화 과정에도 불구하고, 프랑스어로 쓰인 문학의 양식이 될 본보기와 주제의 목록을 매우 오랫동안 계속해서 제공하게 된다.[63]

2) 구어의 사용

언어와 시를 최초로 코드화한 위대한 사람은 물론 프랑수아 드 말레르브1555~1628이다. 따라서 그는 또한 프랑스어에서만 찾아볼 수 있는 두 번

---

60 M. Le Grand, "Discours", précédant René Bary, *Rhétorique françoise*, Paris, 1653, M. Fumaroli, loc. cit., pp.960~961에서 재인용.

61 [역주] Louis Le Laboureur(1615~1679). 프랑스의 작가, 대법관.

62 Ibid., pp.948~949.

63 Fransoise waguet, *Le latin ou l'Empire d'um signe. XVIe~XXe siècles*, Paris : Albin Michel, 1998, pp.17~55 참조.

째 위대한 혁명가이며, 비록 플레이아드의 미의식과 롱사르의 제자들 가운데 하나인 데포르트의 시풍에 맞설지라도, 프랑스어의 "풍부화"라는 똑같은 시도를 다른 경로로 추구한다는 점에서, 정확히 뒤 벨레의 기획을 계속한다고 말할 수 있다. 하지만 말레르브는 라틴어에 대한 모방의 문제의식을 쇄신하고 이 문제의식에서 빠져나올 수 있게 해준다. 일단 라틴어가 최초로 유입되었다 하면 진정한 차이가 확연히 드러날 수 있다.

알다시피 말레르브는 세련된 구어의 사용을 확립하고 "구어적 산문"[64]을 창안할 필요성을 내세웠다. 구어적 산문은 프랑스어에 고유한 "매력"과 "부드러움" 그리고 "자연스러움"을 재건할 수 있게 해주고 쓰기에만 사용되고 그런 까닭에 죽은 언어, 즉 라틴어의 추상성과는 대조적으로 "잘 말하기"의 규범을 세우는 데 이바지할 수 있으리라는 것이다. 말레르브 또한 뒤 벨레처럼 이중의 거부를 실행함으로써 문학의 영역에 혁명을 일으킨다. 궁정인의 속물적이고 재치 부린 시에 맞서, 파생 라틴어 학자 및 시인의 시에 맞서(그의 제자 라캉이 쓰길 "라틴어로 시를 짓는 이들을 조롱하기 위해 그는 베르길리우스와 호라티우스가 살아난다면 부르봉과 시르몽을 회초리로 때렸을 것이라고 말했다"),[65] 그리고 수많은 방언 어투, 기교가 지나친 통사법을 서로 다투어 사용하고 일부러 난해성을 추구하는 플레이아드 계승자들에 맞서 말레르브는 프랑스어의 축소할 수 없는 "아름다움"을 단언하고 코드화하자고, 프랑스어가 살아 있는 언어로서 갖는 특수성으로부터 흐뭇한 '알맞은 사용법'을 확립하자고 제안한다. 이는 결코 라틴어 대가들에 대한 모방을 무시하자는 것이 아니다. 반대로 말레르브는 플레이아드

64 M. Fumaroli, loc. cit., p.941.

65 Racan, *Vie de monsieur de Malherbe*(*Le Promeneur*), Paris : Gallimard, coll., 1991, pp.42~43.

에 의해 도입된 혁신, 즉 키케로의 산문에서 물려받은 불가결한 "명료성"과 "정확성" 그리고 베르길리우스의 우아한 시풍이 그에 의해 추가되는 라틴어 기법을 프랑스어로 들여온 것에다 생생하고 다채로운 구어의 사용을 통해 라틴어 본보기에 대한 모방의 압박감에서 벗어나려는 의지를 조화롭게 결부시키려고 애쓴다. (그를 배출한 대수롭지 않은 엘리트층, 교양인과 사법관부터 궁정 귀족까지) 지도층 전체로 빠르게 퍼진 이 명령을 통해 말레르브는 플레이아드에 의해 시작된 문학 자원의 축적 과정을 프랑스 언어 및 시에 허용한다.[66] 하지만 이 축적 과정은 (이탈리아의 경우처럼) 고대의 본보기에 대한 모방의 너무 "충실한" 원용으로 인해 유연성을 잃을 위험이 있었다.

그러므로 (겉멋 부리는 "의고주의"와는 대조적으로) 사용과 "자연스러움"에 대한 호소, 쓰인 본보기 속에서 굳어버릴 위험이 있는 구어 사용의 원용은 머지않아 프랑스에 특유한 언어 및 문학 자산을 확립하는 두 번째 촉매이게 된다. "포르오푸앵의 짐꾼"[67]에 대한 언급은 박식한 본보기의 무기력과 결별하려는 말레르브의 의지를 분명히 보여주는 증거이다.[68] 구어 사용법을 생각해낼 가능성은 고대와 르네상스시대의 정전들이 고정되는 사태에서 멀리 떨어져 프랑스문학 공간을 송두리째 혁신할 수 있게 해주고 프랑스어 어휘 및 문법의 코드화에도 불구하고 시인들에게 일신할 자유를 준다.

놀랍게도 다수의 피지배문학 공간에서 시대와 맥락이 매우 다른데도

---

66 R. A. Lodge, op. cit., pp.230~231 참조.

67 **[역주]** 건초를 하역하고 짊어 나르는 인부들. 말레르브가 구어의 사용을 주장하기 위해 등장시킨 하층민.

68 M. Fumaroli, loc. cit., pp.937~944.

똑같은 유형의 전략을 다시 발견하게 된다. 1920년대의 브라질에서 모더니스트들이 "구어적 산문"의 똑같은 고안으로부터 "브라질어"의 문학적 사용과 코드화를 요구한다. 동시에 포르투갈어, "카몬에스의 언어"는 사어와 동일시되고 경직된 규범으로 인해 과거의 유물로 여겨진다. 19세기 말의 아메리카에서 마크 트웨인은 대중적인 구어의 도입에 미국 소설의 토대를 두고, 이를 통해 문어적인 영어의 규범에 대한 거부를 단언한다. 이처럼 구어의 실행, 다시 말해서 언어 실행의 영속적인 발전과 변화를 끌어옴으로써 언제나 새로운 문학 자원을 축적하고 언어의 유동적이고 불완전한 성격에 문학 실천의 토대를 두며 경직화된 모델에서 이런 식으로 멀어지는 것이 가능해진다.

1647년 출간된 『프랑스어 고찰』로 보쥴라[69]는 말레르브에 의해 시작된 과업을 이어받는다. 그것은 일종의 "올바른 언어생활"[70]을 위한 교과서, "사교계"의 대화 규칙과 가장 훌륭한 "저자들"의 문학 실천에 근거하는 구어의 '선용'을 규정하기 위한 권고이다.

> 바로 여기에서 선용의 규정이라 할 만한 것을 찾아볼 수 있다. (…중략…) 그것은 궁정의 가장 건전한 일부가 갖는 말하기 방식으로서, 우리 시대의 저자들 가운데 가장 건전한 일부의 글쓰기 방식에 부합한다. 내가 말하는 궁정에는 궁정인과 갖는 소통을 통해 궁정의 예의를 함께하는 남자와 여자, 그리고 이 도시의 여러 사람이나 상주 왕족을 포함한다.[71]

69 **[역주]** Vaugelas(1585~1650). 프랑스 사부아의 문법학자, 아카데미 프랑세즈의 초기 회원들 가운데 하나.

70 R. Lodge, op. cit., p.232.

그러므로 궁정인의 대화를 통해 결정되는 사회적 '선용'은 가장 훌륭한 "저자들"의 문학적 관행 및 실천과 전적으로 일치한다. 이처럼 "사교계"의 대화는 구어 선용의 결정 요소와 좋은 글쓰기의 본보기가 된다. 이 대화에 부여된 중요성은 축적의 과정을 계속 밟아가는 프랑스의 언어 자본이 갖는 특수성의 명백한 징후이다. 즉 살아 있는 구어의 사용을 결정하고 조절하려고 노력이 목격되고, 이러한 구어의 성격에 대한 강조에 힘입어 혁신의 도입이 곧 가능해지는데, 이는 우선 문학 장르 및 언어의 코드화 내부에서 시작된다. 문어가 구어에 종속되기 때문에, 특히 고대의 본보기에 결부된 일반적으로 더 경직되고 더 둔해진 문학 형식 또한 이탈리아처럼 케케묵은 본보기글로 인해 정체된 다른 나라에서보다 훨씬 더 빠르게 변화할 수 있게 된다. 거꾸로 공통어는 이 본보기글에서 구어 사용을 위한 모범을 찾는다.

3. 언어 숭배

16세기 말 왕과 그의 측근이 거의 결정적으로 파리에 자리한다. 다음으로 17세기 내내 중앙집권화와 군주제 권력의 강화가 이루어지고 루이 14세 치하에서 절정에 이른다. 이때부터 지적 활동의 거의 전부가 파리로 옮겨가는 현상이 동시에 목격된다. 파리의 이러한 우위로 말미암아 궁정의 증대하는 영향력과 살롱의 눈부신 발전이 초래된다. 바로 이 사교 생활의 장소에서 문인 세계의 다양한 구성원, 이를테면 박식자, 사교계

71 Claude Favre Vaugelas, *Remarques sur la langue française*(1647), J. Streicher(éd. crit.), Genève, Statkine Reprints, 1970, II, p.3.

인사, 새로운 처세술과 대화술의 확산에서 필수적인 역할을 했다고 무척 강조되는 사교계의 여자, 학자, 시인 등이 서로 만난다. 그리고 이러한 살롱을 통해 언어의 문제가 지도층의 구성원 전체로 퍼지고 확장된다. 언어와 '선용' 그리고 똑같은 시대에 아마도 세계의 어느 곳에 못지않게 문학적 대화와 문학예술이 고등교육기관과 박식자의 서재 밖으로 나오고 처세술과 대화술의 대상으로 떠오른다. "교양 있는 대화에서 왕과 파리의 프랑스어는 특이성, 독창성, 자연스러움에 비추어 가장 빈틈없고 동시에 인문주의 문헌학이 키케로의 산문에서 현양한 문체의 특징을 자기 것으로 삼는 데에 대해 가장 세심한 살아 있는 언어가 되는 중이다."[72]

프랑스에서 17세기 내내 전개되는 강력한 코드화의 움직임은 오랫동안 문법학자들의 "미적 감수성" 덕분이라고 여겨졌다. 말하자면 16세기가 상당한 "언어의 무질서"를 남겼으므로, 언어의 질서와 균형 그리고 조화를 "재확립할" 필요가 있었을 것이다.[73] 바르트부르크[74]는 문법학자들의 걱정거리를 정치 심급의 관점으로 설명한다. 즉 프랑스가 이전 시대의 혼란과 무질서 후에 더 나은 사회적 소통을 확립하기 위해서는 단일하고 한결같은 언어를 소유할 필요가 있었다는 것이다. 그는 가령 집단의 장기적 이익을 옹호하기 위한 통합된 지도층을 묘사한다.[75] 반대로 문법학자와 "사교계 인사", 상서국의 관리, 법률가 사이, "문인"과 "사교계 사람" 사이의 연속적인 연합 및 대립 체계로부터 프랑스어의 코드화와 '선용'의 고안 그리고 이것을 밑받침하는 원칙에 관한 이론화, 시적 글쓰기의 규칙

72 M. Fumaroli, loc. cit., p.943.

73 R. A. Lodge, op. cit., p.228.

74 **[역주]** Walther von Wartburg(1888~1971). 스위스의 문헌학자, 사전학자.

75 W. von Wartburg, *Évolution et Structure de la langue française*, Berne, Franke, 1962.

과 역방향으로 언어 교정의 기준을 확립하기 위한 가장 명망 높은 저자들의 활용이 기획된다고 생각할 수도 있다. 문인, 문법학자와 궁정인, '학자'와 '사 인사'가 맞서는 경쟁[76]은 이윽고 언어를 아주 새로운 특별한 사회적 성찰의 대상, 유럽에서 유일하고 매우 중요한 사회적 쟁점으로 만드는 데에 이바지하게 된다.[77] 가령 페르디낭 브뤼노[78]는 프랑스어의 언어적이고 문학적인 특수성을 완벽하게 규정하면서 이렇게 쓸 수 있었다. "프랑스에서 문법의 지배는 (…중략…) 어떤 나라에서보다도 더 위압적이었고 더 길었다."[79] 어휘, 문법, 맞춤법, 발음에 관한 규정집이 유럽의 다른 나라 대부분에서보다 더 많다.[80] 언어에 결부된 이 규정과 이 경쟁에 중요한 사실 하나를 덧붙일 필요가 있는데, 그것은 데카르트가 1637년에 그때까지 철학의 언어였던 라틴어를 포기하고이 관점에서 데카르트와 "스콜라 철학자" 사이의 대립을 더 분명히들 이해하게 된다 『방법서설』을 프랑스어로 집필하기를 이성의 이름으로 선택했다는 점이다. 아르노와 랑슬로는 이른바 포르루아얄의 『체계적 일반문법』을 집필할 때 "체계적" 문법 학설의 관념을 알리기 위해 데카르트의 방법에 기대게 된다.[81]

달리 말하자면 17세기 내내 프랑스에서 계속해서 목격되는 프랑스어의 "표준화"[82] 과정을 단순히 정치적 중앙집권화에 필요한 "소통"의 요청

---

76 P. Bourdieu, *Ce que parler veut dire*, Paris : Fayard, 1982, 특히 pp.47~49; Alain Viala, *Naissance de l'écrivain*, "Le nom d'écrivain", Paris : Éditions de Minuit, 1985, p.270 sq.

77 R. Bray, *La Formation de la doctrine classique en France*, Paris : Nizet, 1951.

78 [역주] Ferdinand Brunot(1860~1938). 프랑스의 언어학자, 문헌학자. 『기원에서 1900년까지 프랑스어의 역사』라는 방대한 저서로 유명하다. 소르본대학에서 프랑스어 역사라는 강좌를 개설한 프랑스 언어학 연구의 선구자이다.

79 Ferdinand Brunot, *Histoire de la langue française*, vol.13, Paris : Colin, 1966, t. III, p.4.

80 R. A. Lodge, op. cit., p.213.

81 Ibid., p.241; M. Fumaroli, loc.cit., p.947을 볼 것.

82 D. 바지오니는 '16·17·18세기 동안 진행된 공통어들의 표준화 과정'을 ① 언어생활의

으로만 축소할 수 없다.[83] 그것은 오히려 이론, 논리, 미학, 수사학과 관련된 자원 구성의 독특한 과정인데, 이 과정을 통해 본질적으로 문학적인 가치일종의 상징적 "잉여가치", "프랑스어"가 문학적 언어로 변모하는 현상, 다시 말해서 프랑스어의 '문학성'이 생기게 된다. 불가분하게 언어와 동시에 문학 형식의 고안을 통해 작동하는 이 메커니즘에 힘입어 언어 자체의 자율화가 가능해지고 언어는 점차로 문학과 미학의 자료가 된다. 프랑스어가 문학 언어로 세워지는 집단적 과정은 일종의 미화 과정, 구어가 점진적으로 문어로 다듬어지는 과정인데, 이는 프랑스어가 조금 나중에 문학 언어로 올라설 수 있었다는 사실을 설명해준다. 앤서니 로지[84]는 이렇게 쓴다. "언어의 상징적 가치와 언어 규범의 가장 치밀한 정련은 언어의 아름다움이 브뤼노에 의하면 주요한 품격들 가운데 하나인 사회에서 상부 계층의 중심적인 관심사이다."[85] 그러므로 언어는 어떤 독특한 믿음의 대상 겸 관건이 된다.

1637년 랑부예 저택이 "car"라는 단어에 관한 "문법 논쟁"에 참여했다. 이 접속사는 말레르브의 마음에 들지 않는 결점이 있었고, 공베르빌은 『폴렉상드르』 다섯 권에서 이 접속사의 사용을 피했다고 자랑했다. 아카데미는 이 문제를 제출받아 조사하는 데에 생테브르몽이 조롱했던『아카데미 회원들의 희극』 열의를 내보였다. 아카데미는 "pour ce que"를 선호했다. 이

도구, 즉 맞춤법, 문법, 사전 등, ② 이론(논리학, 수사학, 시학)과 실천(준거 텍스트, 명성이 높은 문학 자료집)을 통한 언어의 도구화, ③ 언어에 대한 확산 및 통제의 제도와 수단(학교, 아카데미 등)의 결합으로 규정한다. op. cit., p.125.

83 Ibid., p.187.

84 **[역주]** Anthony Lodge(1940~). 미국의 언어학자, 세인트 앤드류스 대학의 프랑스어-언어학과 교수. 『프랑스어－방언에서 표준어로』(1993), 『파리 프랑스어의 사회언어학적 역사』(2004) 등의 저서가 있다.

85 R. A. Lodge, op. cit., p.230.

로부터 팸플릿 싸움이 벌어졌다. 랑부예 양이 (사교계 진영의 지도자들 가운데 하나인) 부아튀르의 도움을 요구했다. 그는 "고상한" 문체를 풍자적으로 모방하는 변론으로 응답했다.

운명이 유럽의 모든 장소에서 비극을 공연하는 때에 사람들이 이 군주국을 그토록 유익하게 섬기고 왕국의 모든 사소한 불화에서 언제나 정확한 프랑스어의 모습을 보인 단어를 기꺼이 내쫓고 비난하려 들다니 이보다 더 한탄스러운 일이 어디 있겠습니까. (…중략…) 무슨 이익을 위해 그들은 'car'에 속하는 것을 그것에게서 빼앗아 'pour ce que'에 주는지, 왜 그들은 세 글자의 한 낱말로 말할 수 있는 바를 세 단어로 말하고자 하는지 모르겠습니다. 가장 두려워해야 하는 것은, 아가씨, 이 부당행위 이후에 다른 부당행위가 저질러지리라는 점입니다. 그들에게 'mais'를 공격하는 일은 일도 아닐 것이니, 'si'가 안전할지도 장담할 수 없겠네요. 그래서 재기 넘치는 사람들은 다른 말들을 잇는 모든 말을 우리에게서 빼앗은 후에 우리를 천사의 언어로 몰아넣고자 할 것이거나 이것이 가능하지 않다면 적어도 몸짓으로만 말하도록 강제할 것입니다. (…중략…) 그렇지만 천사의 언어는 힘과 신망에 넘쳐 천백 년 산 후에, 가장 중요한 논설들에서 사용되고 언제나 명예롭게 국왕 참사회에 출석한 후에 갑자기 인기를 잃고 드센 결말을 맞이하는 일이 벌어집니다. 나는 '위대한 카르가 죽었다'고 말할 애통한 목소리를 공중에서 들을 때만을 기다립니다. 위대한 '캉'[86]의 죽음도 위대한 목신의 죽음도 내게는 그렇게 중요하거나 그렇게 이상한 것처럼 보이지 않을 것입니다.[87]

86 **[역주]** Cam. 바로 뒤에 나오는 목신 Pam과 각운을 맞춘 우스꽝스러운 조어로 보인다.

87 Voiture, *Poésies*, H. Lafay (éd. crit.), Paris : Société des textes français modernes, 1971.

(1661년에) 루이 14세의 통치가 시작되고부터 축적된 자본이 매우 막대하고 이 언어의 역량에 대한 믿음이 몹시 강해서 이 언어에 대해 사람들은 라틴어에 대한 승리와 유럽에서의 대성공을 상찬하기 시작한다. 1667년에도 마치 프랑스어의 우위를 또다시 단언해야 할 필요가 있기라도 한 듯이 루이 르 라부뢰르가 『라틴어에 대한 프랑스어의 장점』이라는 제목의 개론을 펴낸다. 더군다나 1671년에는 부우르 신부의 『아리스트와 외젠의 대담』이 출간되는데,[88] 이 책에서 저자는 프랑스어가 현대의 다른 언어들에 대해서뿐만 아니라 "초기 황제들의 시대에 도달한 완벽성을 갖춘"[89] 라틴어에 대해서도 우월성을 갖는다고 예찬한다. 그리고 1676년에 프랑수아 샤르팡티에는 『개선문의 문구를 위한 프랑스어의 옹호』에서 "학자"의 파생 라틴어는 말할 것도 없이 로마 제국의 지배력이 절정에 이른 시대의 라틴어보다 프랑스어가 더 "보편적"이라고 단언한다. 그런 만큼 자기 군주를 "제2의 아우구스투스"로 만든다. "아우구스투스처럼 그는 백성에 대한 사랑, 국가의 중흥조, 법과 공공복지의 창시자 (…중략…) 이다. 다른 모든 조형예술은 이 경이로운 진보의 영향을 계속해서 받는다. 시, 웅변술, 음악, 모든 것이 여태껏 오르지 못한 탁월성의 수준에 이르렀다."[90]

1687년부터 신구논쟁[91]은 특히 「루이 대왕의 시대」1687라는 시에서 아우구스투스시대에 대한 루이 14세시대의 우월성을 단언하는 (아카데미 회원들이 지지한) "신파"의 선봉 샤를 페로를 "구파"의 옹호자 부알로또한 라 브뤼

88 G. Doncieux, *Un jésuite homme de lettres au XVIIe siècle. Le père Bouhours*, Paris : Hachette, 1886 참조.

89 M. Fumaroli, loc. cit., p.959.

90 François Charpentier, *Défense de la langue française…*, Paris, 1676, M. fumaroli, loc. cit., p.955.

91 Bernard Magné, *La Crise de la littérature française sous Louis XIV. Humanisme et rationalisme*, Lille, 1976, vol.2 참조.

에르, 라 퐁텐 등에 맞세운다. 신파의 압승은 1549년 뒤 벨레에 의해 열린 시대의 종언을 나타내게 된다. 뒤 벨레에 의해 창시된 구파의 흉내 내기 및 돌려쓰기 전략은 고대의 우위를 끝장내려는 17세기 말 신파의 요구로 말미암아 마감된다. 신파가 진영을 바꾸었다. 즉 이제부터 모방은 불필요하다. 유입 및 해방 과정이 마무리된다. (1688년과 1692년 사이에 출간된) 『구파와 신파의 평행선』에서 페로는 모든 장르에서의 신파 우위를 단언한다. 이는 "우리 시대에 모든 예술은 고대인들 사이에서보다 더 높은 수준의 완벽성에 이르렀다"[92]는 주장이다. 정확하게 "고전주의 작가"로 불리고 고대에서 문학의 준거 및 본보기를 빌려오는 이들로 인해 페로의 선언이 가능해진다. 즉 그들은 문학 자원의 "증대" 과정에서 최종점, 정점을 나타내기 때문에 "루이 14세시대"의 절정과 문학의 압승 그리고 프랑스어의 역량을 가리킨다고 여겨진다. 그들의 작품과 그들이 사용하는 언어에서 라틴어에 대한 프랑스어의 승리가 구현된다. 이 모든 작가가 모방 과정을 극단까지 밀어붙이면서 끝장냈기 때문에만 페로는 고대인들에 대한 모방을 큰소리로 반대하고 라틴어의 지배가 끝났음을 공언할 수 있다. 신파의 단언은 "고전주의 작가들"이 쟁취한 자유의 이론화와 한계일 따름이다. 페로가 코르네유, 몰리에르, 파스칼, 라 퐁텐, 라 브뤼에르뿐만 아니라 부아튀르, 사라쟁, 생타망 등에게 고대인들에 대한 우월성을 부여하는 이유는 그가 이들을 "이를테면 완벽성의 극치에 이른"[93] 작가로 여기기 때문이다.

그래서 역사에 대한 공공연히 시대착오적인 이해 방식의 이름으로 구

92 Charles Perrault, H. R. Jauss et M. Imdahl(éd.), *Parallèle des Anciens et des Modernes* (éditions fac-similé), Munuch : Eidos Verlag, 1964, dialogue IV.

93 Ch. Perrault, op.cit..

파를 절대왕정의 지지자로, 신파를 더 자유주의적인 정부 형태의 옹호자로 만드는 전통적인 문학사에서 그러듯이 이 논쟁을 단순한 정치적 입장에 대한 표명으로 축소할 수 없다.[94] 실제로 이 경우에 페로의 「루이 대왕의 시대」에서 찾아볼 수 있는 루이 14세 치세에 대한 비타협적인 변호를 어떻게 이해할 것인가? 프랑스문학 공간 안에서 이루어진 문학 자본의 역사적 축적 과정에 대한 분석만이 이 논쟁, 다시 말해서 라틴어에 대한 세력 관계 형세의 암묵적이고 자율적인, 다시 말해서 전형적으로 문학적인 실제에서 엿볼 수 있는 쟁점과 동시에 이 갈등, 다시 말해서 라틴어의 퇴조하고 흔들리는 패권에 맞서 프랑스의 언어 및 왕국이 갖는 지위와 역량의 정치적 쟁점을 설명할 수 있게 해준다.

4. 프랑스어의 절대적 권위

프랑스에서와 유럽의 나머지 지역에서 프랑스어의 압승이 그토록 전반적이고 프랑스어의 위세가 그토록 명백해서 프랑스어의 우월성에 대한 믿음은 관념적으로도 사실적으로도 부정할 수 없게 된다. 더 정확하게 말하자면 각자 이 믿음을 자명한 것으로 공유하기 때문에 이 믿음이 정말로 실재하기 시작한다. 프랑스인은 라틴어에 대해, 그것도 유럽의 모든 엘리트가 이 언어에 의해 행사된 "권위"에 관해 공통으로 갖는 표상에 따라 라틴어의 패권을 본보기로 프랑스어가 거둔 결정적인 승리를 믿고 믿

94 이 논쟁에 관한 전통적인 견해의 비판에 대해서는 J.-M. Goulemot, *Le Règne de l'Histoire. Discours historiques et révolutions, XVIIe-XVIIIe siècles*, Paris : Albin Michel, 1996, pp.164~172 참조.

게 하는 데 그토록 성공했기에 프랑스어의 사용이 매우 빨리 유럽 전역으로 퍼진다. 루이 14세가 전쟁을 벌이고 맺는 협정으로 인해 점차로 프랑스어는 외교 언어, 국제 문서의 언어가 된다. 프랑스를 비롯하여 유럽 전체를 라틴어에 종속시키는 지배 관계를 프랑스어가 한 세기 반에 걸친 투쟁과 특수한 자원의 축적 끝에 뒤집은 까닭에 리바롤[95]이 말하듯이[96] 이제부터 이러한 초국가적 사용은 프랑스어가 "당연히" 행사하는 이 "절대적 권위"로 말미암아서만 강요된다.

프랑스어는 독일이나 러시아의 귀족 사회에서 거의 제2의 모국어가 되고, 다른 곳에서는 대화와 "예의"를 위한 일종의 제2언어가 된다. 이 믿음은 독일의 작은 국가들에서 가장 강하다. 18세기 동안 내내, 특히 1740년에서 1770년까지 독일의 공국들은 사교계에서의 프랑스어 사용을 가장 강하게 고집한다. 중앙 유럽과 동유럽에서, 심지어는 이탈리아에서도 프랑스어가 본보기로 맹렬하게 채택된다. 프랑스어에 부여되는 문학적 가치의 명백한 징후로서 많은 작가, 가령 독일 작가 그림과 홀바흐, 이탈리아 작가 갈리아니와 카사노바, 에카테리나 2세와 프레데릭 2세, 영국 작가 해밀턴, 다음으로 프랑스어를 위해 독일어를 포기하는 점점 더 많은 러시아인 등이 문학 작품을 집필하기 위해 프랑스어를 채택한다.

프랑스어라는 보편성의 본보기, 라틴어의 본보기를 그대로 모방한 이 본보기의 특성은 프랑스의 지배, 다시 말해서 프랑스를 위해 조직된 체계를 강요하지 않는다는 점이다. 프랑스어는 어떤 정치적 권위도 쟁취하려

---

95 [역주] Rivarol. 프랑스의 작가(1753~1801). 볼테르의 제자로 프랑스 대혁명 동안 왕정을 옹호한 것으로 유명하다.

96 Rivarol, *De l'umiversalité de la langue fransaise*(édition de 1797), Paris : Obsidiane, 1991, 특히 pp.7·34.

들지 않으려는 입장에서 모든 이를 위한, 모든 이에게 도움이 되는, 모든 이의 언어, 유럽 전역에서 권한을 갖게 되는 예의와 세련된 대화의 언어로서 모든 이에게 받아들여진다. 범세계주의의 주제가 프랑스어의 이 기묘한 (적어도 표면상의) "비국유화"를 분명히 가리킨다.[97] 그것은 국가적인 것으로 오해된, 그리고 보편적인 것으로 인정된 지배이다. 정치권력도 국력을 위한 문화적 영향력도 아니다. 특히 파리가 세계 전체에 빅토르 위고의 말에 의하면[98] "지배권"을 행사하면서 보편적인 문학 수도로 떠오른 시기에 사람들이 곧 중요성을 오랫동안 알아보게 되는 상징적 지배이다. 데퐁텐 사제[99]는 루이 15세 치하에서 이렇게 썼다.

> 국가에 대한 반감에 덧붙여진, 언어에 마음이 쏠리는 이 성향의 원천은 무엇인가? 그것은 프랑스어를 말하고 자연스럽게 프랑스어로 글을 쓰는 이들의 고아한 정취이고 그들이 지은 작품의 탁월성이다. 그것은 경향이고 상황이다. 세련미와 호화롭고 향락적인 꾸밈새에서 프랑스인이 뛰어나다는 점으로 인해 우리의 언어가 이동하게 되었다. 그들은 우리의 패션과 함께 우리의 용어를 채택하고, 우리의 장신구에 대해 대단히 많은 호기심을 내보인다.[100]

따라서 몇 년 후에 독일인들이 말하게 되듯이 "문명" 언어로서의 프랑

---

97 J. Jurt, "Sprache, Literatur, Nation, Kosmopoltismus, Internationalismus. Historische Bedingungen des deutsch-französischen Kulturaustausches", *Le Français aujourd'hui : une langue à comprendre*, Gilles Dorion, Franz-Joseph Meissner, Janos Riesz, Ulf Wielandt (éds.), Francfort, Diesterweg, 1992, pp.230~241 참조.

98 이 책의 150쪽을 볼 것.

99 **[역주]** Pierre-François Guyot Desfontaines(1685~1745). 프랑스의 성직자, 언론인, 비평가. 오늘날 프랑스에서 새로운 문학 비평의 창시자로 알려져 있다.

100 M. Fumaroli, loc. cit., p.964에서 재인용.

스어[101]를 위한 문화적 지배의 이 반전은 유럽의 새로운 질서, 즉 "세속적 국제 질서"[102]를 밑받침한다. 유럽 정치 및 문학 공간의 이 세속화는 프랑스어의 절대적 권위를 구성하는 특징들 가운데 하나로서, 라틴어의 절대적 권위에 맞선 뒤 벨레와 인문주의를 통해 시작된 기획의 궁극적인 귀결이다. 이 관점에서 가톨릭교회의 절대적 권위와 지배로부터 이런 식으로 벗어난 유럽문학 공간 전체의 첫 번째 자율화운동으로 이해될 수 있다. 작가에게는 우선 왕의 절대적 권위와 왕에 대한 의존 관계, 다음으로 국가적 명분에의 종속을 청산해야 하는 일이 남았는데, 이것은 18세기와 특히 19세기의 작업이 될 것이다.

왕실 언어의 "완벽성"이 추정된다는, 그리고 볼테르에 의해 "루이 14세 시대"라고 불리게 되는 시기가 위대하다는 이 놀라운 믿음은 자본의 막대함과 프랑스 문인에 의해 시작된 투쟁의 독특한 성격에 의해 강요되기 때문에만 프랑스문학 세계 전체뿐만 아니라 모든 유럽 엘리트에 의해 그 자체로 받아들여질 수 있었다는 점이 확실하다면, 이 믿음은 또한 오늘날에도 여전히 효과를 가늠해볼 수 있는 문학-문체론-언어학의 재현 체계를 낳게 된다.

나중에 볼테르는 프랑스 고전주의시대가 필적할 것 없고 비길 데 없는 위대성을 갖는다는 가설을 세우고 입증한 뛰어난 구상자들 가운데 하나가 된다. 정치와 동시에 문학의 황금시대라는 신화를 온갖 조각으로 구성하면서, 고전주의의 영원성을 "만들어냈고" 루이 14세의 "영광"이라는 행복한 시대에 대한 동경을 창시했으며 특히 이른바 고전주의 작가를 문학 예술의 도달할 수 없는 정점에서 문학 자체를 구현하는 인물로 지정했다.

---

101 특히 Norbert Elias, *La Civilisation des moeurs*, Paris : Calmann-Lévy, 1973 참조.

102 M. Fumaroli, loc. cit., p.965.

그는 이 믿음이 전제하는 역사의 신화적 재현에 역사성의 겉모습을 부여하는 데 이바지했다. 이러한 종류의 시대구분으로 인해 루이 14세의 치세가 이처럼 재현하거나 모방할 수 없는 "완벽한" 시대로 구성된다. 그는 『루이 14세의 세기』1751에서 다음과 같이 쓴다.

> 내가 보기에 어느 한 세기에 고전의 반열에 오른 상당한 수의 훌륭한 작가들이 있었을 때는 그들의 것 이외의 다른 표현을 사용하는 것이 더 이상 허용되지 않는 듯하고 그것에 똑같은 의미를 부여할 필요가 있는 듯하다. 그렇지 않으면 조만간 현 세기가 지난 세기를 더 이상 이해하지 못할 것이다. (…중략…) 코르네유와 라신의 주인공, 몰리에르의 등장인물, 륄리의 교향곡, 그리고 (여기에서는 예술만이 관련되므로) 보쉬에와 부르달루 같은 이들의 목소리가 루이 14세, 취향 때문에 대단히 유명한 마담, 콩데 같은 사람, 튀렌 같은 사람, 콜베르 같은 사람, 그리고 온갖 장르에서 나타난 그 많은 우월한 사람에게 들리는 시대는 다가올 시대의 관심을 받아 마땅한 시대였다. 『격언집』의 저자 라 로슈푸코 같은 사람이 파스칼 같은 사람 및 아르노 같은 사람과 대화하고 나와서 코르네유의 연극을 보러 가는 그러한 시대를 다시는 볼 수 없을 것이다.[103]

어느 한 역사적 시기에 어느 한 나라에 의해 구현되고 경쟁하려고 노력할 필요가 있는 "완벽성"의 이러한 표상으로부터만 프랑스 "고전주의"에 대한 특히 독일의 믿음과 이 본보기를 넘어서려는 작가와 지식인의 공공연한 의지를 실제로 이해할 수 있다. 이는 언어와 문학의 비길 데 없는 완벽성의 상태에 대한 믿음, 독일이 물려준 이 믿음으로부터가 아니라

103 Fransois-Marie Arouet, dit Voltaire, *Le Siècle de Louis XIV*, Francfort : Vve Knoch et J. G. Eslinger, 1753, t. III, p.81.

면, 우리와 더 가까운 예로, 프랑스 "고전주의"의 언어에 대한 에밀 시오랑의 심취와 이것의 재현에 대한 그의 의지를 파악할 수 없는 것과 마찬가지다.

프로이센의 왕이 1780년 프랑스어로 펴낸 『독일문학에 관하여』[104]라는 개론서에서 프랑스 고전주의의 완벽성에 관한 견해가 고스란히 재발견된다.[105] 이 텍스트가 프랑스어가 행사하는 전적인 지배의 경이로운 지표라는 점은 이미 살펴본 바 있다. 하지만 이 책의 기반이 되고 프로이센의 왕이 다음 세대의 독일 지식인 및 예술가와 함께 공유하게 되는 역사그리고 예술사의 표상 자체는 고전주의가 갖는 일종의 불연속적 영속성, 플라톤과 데모스테네스의 그리스, 키케로와 아우구스투스의 로마, 르네상스 시대의 이탈리아, 루이 14세의 프랑스라는 표상임을 또한 덧붙일 필요가 있다. 그러므로 "세기들"의 연속으로 이해된 보편적 문화사에서 자리를 차지하는 운명보다 더 빛나는 운명을 독일에 대해 바랄 수 없었다. 거기에서 각 국가는 제 차례에 불변의 이상을 구현하다가 쇠퇴기에 접어들어 다른 국가가 성숙기에 이르기를 기다리면서 사라진다.

따라서 프레데릭 2세에게는 프랑스어를 본보기로 삼아 독일의 "지체"를 만회하고 새로운 독일 "고전"의 출현에 이바지하는 일이 중요하다.

> 루이 14세의 치하에 프랑스어는 유럽 전역으로 퍼져 나갔다. 그것도 부분적으로는 당시에 번창한 훌륭한 저자들의 사랑 때문이었고 심지어는 고대 저자들

104 Frédéric II de Prusse, op. cit.

105 누구나 알다시피 프로이센의 프리드리히 2세는 왕위에 오르기 전에 볼테르와 서신교환을 했고 볼테르는 1750년과 1753년 사이에 프리드리히 2세의 초청을 받아 베를린에서 살았다. 정확히 이 시기 동안 볼테르는 『루이 14세의 시대』를 썼다.

을 대상으로 좋은 번역이 나왔기 때문이다. 그리고 이제 이 언어는 여러분을 온갖 집과 온갖 도시로 안내하는 만능열쇠가 되었다. 프랑스어를 말하면서 리스본에서 페테르스부르그로, 스톡홀름에서 나폴리로 여행하라, 그러면 어디서나 여러분의 말을 이해할 것이다. 이 유일한 방언으로 여러분은 많은 언어를 알지 못해도 되고 여러분의 기억력이 많은 언어의 단어로 과부하에 걸리지도 않을 것이다.

그가 계속한다.

우리는 우리의 고전들을 갖게 될 것이고, 각자 그것을 이용하기 위해 그것을 읽고 싶어 할 것이며, 우리의 이웃이 독일어를 배울 것이다. 궁정에서 마음껏 독일어를 말할 것이다. 그리고 우리의 세련되고 나무랄 데 없는 언어가 우리의 훌륭한 작가들에 힘입어 유럽의 곳곳으로 퍼져 나가는 일도 일어날 수 있을 것이다.[106]

헤르더는 바로 프레데릭 2세가 추인한 이 볼테르의 본보기와 필연적으로 결별하게 된다.

리바롤의 유명한 『프랑스어의 보편성에 관한 담론』1784은 베를린 아카데미가 공모한 문제, 즉 "무엇이 프랑스어를 보편어로 만들었나? 왜 프랑스어는 이 특권을 누릴 만한가? 프랑스어는 이 특권을 유지하리라고 추정할 수 있는가?"에 대한 대답이다. 문제가 이런 용어로 제기될 수 있다는 사실 자체에서 리바롤의 『담론』은 우선 프랑스어의 유럽 지배에 관한

106 Frédéric II de Prusse, op. cit., pp.81~82.

최종적인 증언이고 이 지배의 쇠퇴 국면이 이미 시작되었다는 점을 드러낸다. 헤르더는 약 12년 전에1772 똑같은 베를린 아카데미 앞에서 최초의 반보편주의적, 다시 말해서 반프랑스어적 주장을 폈었고, 알다시피 이 첫 번째 의견서『언어의 기원에 관한 개론』는 프랑스어의 패권에 맞서 투쟁의 수단을 새로 만들어내고 유럽 전역으로 퍼져 나가는 민족의 새로운 관념에 대해 깃발의 구실을 하게 된다. 달리 말하자면 리바롤은 찬사보다는 오히려 일종의 추도사를 한다.

하지만 그것은 프랑스문학 유산의 구성에 관한 역사에서 핵심적인 시기이다. 이 시기에 한편으로는 유럽 전역에서 인정되고 받아들여진 그러한 문화적 지배의 기원을 설명하고 이해할 수 있게 해주는 믿음의 일반적인 논거 전체가 분명하게 주제화되면서 되찾아지고 모이기 때문이며, 다른 한편으로는 프랑스어의 지배력을 문제시하는 새로운 강대국, 즉 영국이 세력을 떨치기 때문이다. 이제부터 19세기 내내 유럽의 문학 공간을 구조화하게 되는 두 전선에서, 즉 독일과 영국에서 프랑스어의 "절대적 권위"에 대한 이의제기가 이뤄지게 된다.

『담론』의 첫 문장부터 리바롤은 로마 제국과 비교한다. "예전의 '로마 세계'처럼 '프랑스 세계'라고 말하는 때가 온 듯하다. 그리고 사람들이 언제나 정치의 다양한 이익 때문에 분열되는 상황에 싫증이 난 철학은 이제 사람들이 '똑같은 언어의 지배 아래'에서 공화국으로 형성되는 현상을 보고 기뻐한다."[107] 이는 프랑스에서 이해되는 (그리고 헤르더가 의문시하게 되는) 그러한 보편성의 정의를 환기한다. 그것은 정치적 분열을 넘어 세계의 단일성을 다시 확립하는 일이다. 달리 말하자면 각자 개인이나 민족의

107 Rivarol, op. cit., p. 9. 작은따옴표는 저자 강조.

모든 파당적 이익 위에 자리하는 그 지배를 받아들인다. 즉 "그것은 이제 프랑스의 언어가 아니라 인간의 언어이다". 흔히 프랑스어의 교만을 보여주는 증거로 인용되는 이 문장은 사실 프랑스어가 명백한 지배 때문에 프랑스의 언어로 (다시 말해서 민족어로, 따라서 프랑스와 프랑스인의 특별한 이익에 소용될 수 있는 언어로) 인식되지 않고 보편적인 언어로, 다시 말해서 모든 이에게 속하고 특별한 이익 위에 자리하는 언어로 인정된다고 말하는 또 다른 방식이다. 프랑스는 "절대적 권위"를 행사하는데, 그것은 어떠한 군사적 승리도 결코 가져다줄 수 없는 권력, 상징적 지배이다. 뒷부분에서 리바롤이 설명한다.

> 이 폭발부터 프랑스는 연극, 의복, 취향, 예의범절, 언어, 새로운 처세술, 그리고 주변국에 알려지지 않은 즐거움을 계속해서 주었고, 어떠한 민족도 결코 행사하지 못한 일종의 절대적 권위를 누렸다. 이를 로마인의 경우와 비교해보라. 로마인 역시 자기 언어와 속박 상태를 여기저기에 퍼뜨렸고 다른 이들의 피로 살쪘으며 자신이 파괴될 때까지 파괴를 일삼았다![108]

달리 말하자면 프랑스어의 권력은 예의와 세련미에서 라틴어의 권력을 웃돈다.

이 보편성은 리바롤이 "민족들의 원형경기장"이라고 부르는 것, 다시 말해서 민족들 사이의 경합, 경쟁에 토대를 두고 있다. 그런데 모든 다른 언어의 매우 세련되고 매우 매우 교양 있는 방식으로 내보여진 장점에도 불구하고 프랑스와 프랑스어가 거두는 승리는 리바롤이 설명하듯이 "명

108 Ibid., p.34.

확성"의 승리이다. 그는 다른 언어들에 대한 프랑스어의 내재적 우월성을 뒷받침한다고 여겨지는 일반적 논거가 된 것을 다시 취하고 지배자에 고유한 놀라운 교만을 내보이면서 그것을 재표명한다. "명확하지 않은 것은 프랑스어가 아니고, 명확하지 않은 것은 아직도 영어, 이탈리아어, 그리스어 또는 라틴어다."[109]

이 『담론』은 또한 그 영원한 "국가들의 원형경기장" 안에서 프랑스의 가장 위험한 경쟁국, 보편적인 프랑스어의 보편적인 지배를 당시에 가장 격렬하게 부인하는 경쟁국, 즉 영국에 맞서 싸우기 위해 고안된 진정한 전쟁 기계이기도 하다. 영국인과 프랑스인은 리바롤이 말하듯이 "3백 년 동안 서로 앞다투어 지배력을 가지려 하기보다는 존재하려고 겨루어 온 후에도 여전히 서로 문학의 영광을 다투고 한 세기 전부터 세계의 시선을 나누어 갖는 이웃의 경쟁" 민족들이다. 영국에 제기되는 문제 전체는 영국의 강력한 무역에 대한 위협이다. 런던은 유럽에서 가장 중요하고 가장 풍요로운 경제 중심지가 되었다. 그런데 리바롤은 자신이 영국인의 "막대한 사업적 '신용'"이라 부르는 것을 문학에서 추정된 영국인의 역량과 혼동하지 않으려고 무척 신경을 쓴다. 반대로 그는 경제적 역량에서 상징적 역량을 추론할 수 없다고 전제하면서 이것들을 분리하여 프랑스에 문학적 지배력을 영속화할 기회를 주려고 시도한다. "사업의 면에서 갖는 막대한 신용에 익숙한 영국인은 이 허구적 역량을 문학으로 옮기는 듯하고, 영국인의 문학은 세련미에 맞선 과장의 성격을 띠었다."[110] 달리 말하자면 리바롤은 경제 부문과 문학 부문 사이의 구분을 개괄적으로 그려 내지만, 여전히 문학의 자율성이라는 문제를 진정으로 생각할 수 없

109 Ibid., p.39.
110 Ibid., p.37.

고, 따라서 두 세기 후에 발레리 라르보가 하게 되듯이 정치 지도와는 별개로 문학 지도를 상상할 수 없다.

영국의 이의제기

그러므로 18세기 말부터 영국은 프랑스 중심의 질서에 대한 커다란 비판 국가이다. 루이 레오가 쓰길 "영국인은 루이 14세에 대한 승리로 오만해지고 드라이든, 에디슨, 포프, 스위프트가 예증한 영문학의 새로운 도약이 자랑스러운 나머지 보편성에 대한 프랑스어의 주장을 초조하게 감내한다".[111] 실제로 영국의 경제적-정치적 상승은 언어에 대한, 그리고 특수한 문학 자본의 요구에 대한 코드화를 수반한다. 가령 영어의 근대적 형태를 결정하는 일이 문학인과 문법학자 그리고 사전학자에 의해 마무리된다.[112]

노르만인들이 영국을 정복한 시기1066에 프랑스어가 공식어로 강요된 후 15세기에 표준 영어가 출현한다는 점을 말할 필요가 있다. 영국사의 특성은 16세기에 로마 권력으로부터의 해방으로 인해 모든 권력이 왕에게 양도되는 결과를 유발하게 된다는 점이다. 즉 헨리 8세는 수장령1534을 통해 자기 자신을 영국 교회의 수장으로 선포하면서 정치에서와 똑같이 종교에서도 절대권력을 장악한다.[113] 이처럼 언어의 단일화가 종교의 단일화에 연결된다. 『대성서』1539와 『일반 기도서』1548가 전국적으로 주일 예배에서 읽힌다.[114] 하지만 통속어의 적법화는 상당히 늦게 이루어진

---

111 Louis Réau, *L'Europe française au siècle des Lumières*, Paris, 1938, rééd. Albin Michel, 1971, p.291.

112 D. Baggioni, op. cit., pp.150~155 참조.

113 Philippe Chassaigne, *Histoire de l'Angleterre*, Paris : Aubier, 1996, pp.89~94.

114 John Sommerville, *The Secularigation of Early Modern England From Religious culture*

다. 아마도 독일의 경우처럼 종교 부분에서 로마의 우위에 대해 이의가 제기된 탓으로 오히려 지식, 연구, 시의 영역에서 라틴어의 지배를 문제시하기가 활동에 어려웠을 것이다. 앞에서 내가 보여주려고 시도한 것처럼, 개정된 예배의 채택으로 인해 문학과 언어에 관한 이의제기의 모든 "세속화다시 말해서 자율화"가 방해받기라도 하는 듯이 모든 일이 진행된다. 아마 그래서 교회 분리에도 불구하고 영국에서 라틴어는 본질적으로 문학과 관련하여 매우 오랫동안 위세를 온전히 보전하고, 문법학자들의 작업에도 불구하고 "공통어"가 그리스-로마의 본보기에서 아주 늦게야 풀려나게 된다. 에라스무스와 토마스 모어의 친구 존 콜레트와 윌리엄 릴리의 문법서1510에서 똑같은 격과 소사, 똑같은 동사 변화와 똑같은 구문이 식별될 정도로 라틴어와 지방어 사이의 엄격한 비교론이 전개되었다. 1540년 헨리 8세에 의해 공식화된 이 문법서는 18세기 말까지 대학생과 문법학자에게 전범의 구실을 하게 된다.[115]

18세기에야 비로소 코드화의 활동이 명확히 드러난다. 하지만 아카데미 프랑세즈와 같은 유형의 어떠한 중앙 입법 기관도 설립되지 않는다. "규범의 통제는 기존의 위계를 존중하는 사회적 합의를 통해 문법학자, 문인, 교육자의 일로 인정되었다."[116] 이러한 표면상의 자율성으로 인해 국가에 의한 문학의 전유 과정이 가려진다. 영국에서 이 과정은 알맞은 것이 아니면서도 아마 유난히 큰 흔적을 남길 것이다. 사람들은 으레 "영문학"에서 민족성의 가장 독특한 표현, 다시 말해서 민족 정체성의 주요

---

to Religious Faith, NewYork · Oxford : Oxford university Press, 1992, 특히 제4장, pp.44~54 참조.

115 D. Baggioni, op. cit., p.153 참조.

116 Ibid., p.154.

한 구현을 보는데, 이는 스테판 콜리니에 의하면[117] 영국의 일반적인 특징이다. 문학은 아마 다른 어느 곳에서보다도 민족 정체성에 관한 단언과 규정의 주요한 매개 수단들 가운데 하나가 되었을 것이다. 그런데 이러한 문학의 정의는 프랑스와의 경쟁에 크게 기인한다. 실제로, 영국 국가주의가 유럽의 나머지 지역에서와 똑같은 형태를 띠지는 않았지만,[118] 18세기 말에 프랑스의 지배력에 대한 반발로 민족 정체성의 규정이 무엇보다 먼저 구상되었다고 생각할 수 있다. 프랑스의 패권에 대한 이와 같은 이의제기는 흔히 과장된 프랑스 혐오증을 통해 표현되었는데, 이는 아마도 프랑스의 오만과 전능에 대한 프랑스의 단언에 상응했을 것이다. 국가건설작업은 특히 적대적이고 "압제적"이며 가톨릭적이라고 여겨지는 프랑스에 맞서 이루어졌고, 개신교를 통해 성립될 "차이"에 입각하여 짜여졌다.[119] 똑같은 논리에서 문학이 점차로 "국유화"되어, 다시 말해서 "영국의 것"으로, 국유 재산으로 지정되어 프랑스의 우위에 확연히 맞섰다.

영국민의 특징으로 여겨지는 "상투적인 표현들"이 특히 문학을 통해 주제화되었다. 그것 또한 프랑스의 지배에 반대하기 위해 설정되었다.[120] 예컨대 개인주의와 솔직성에 끌리는 "타고난" 특성의 관념이 프랑스의 경우에 대립하는 정치적 "자기규정"과 강하게 관련되어 있다. (독재와 혁명 사이의) 정치적 변증법으로 기우는 프랑스인의 경향은 형식적 인위성, 유명한 '프랑스 니스' 및 프랑스인의 문학이 내보이는 의심스러운 도덕성과 관계가 있다.[121] 자유와 대의 정부에 대한 영국의 "소질"이라는 관념은

117 Stefan Collini, *Public Moralists, Political Thought and Intellectual Life in Britain, 1850~1930*, Oxford : Clarendon Press, 1991, 특히 p.347.

118 이것이 영국이라는 "예외"에 대한 이해의 핵심이다.

119 L. Colley, *Britons. Forging the Nation, 1707~1837* 참조.

120 S. Collini, op. cit..

또한 프랑스의 정치 신화가 번지는 현상에 맞서 형성된 관념이기도 하다. 영국의 이러한 자질은 체계적인 추상적 사유의 발전에 대한 영국인의 (추정되고 몹시 요구된) 부적격과 관련된다. 따라서 민족문학의 재능은 삶의 풍요로움과 복합성에 충실하고 체계의 추상적 범주와 타협하지 않는 태도일 것이다.[122] 그러므로 프랑스 어문학의 패권에 맞서는 이 구조적 대립으로 말미암아 영국은 프랑스와 경쟁하는 첫 번째 문학 강국이 된다.

5. 헤르더의 혁명

1820년과 1920년 사이 유럽에서 민족주의운동이 벌어짐과 동시에 베네딕트 앤더슨에 의해 "문헌-사전학 혁명"이라 명명된 사건이 일어난다.[123] 18세기 말부터 생겨나 유럽 전역으로 빠르게 퍼져 나간 헤르더의 이론은 곧장 프랑스의 지배력에 맞선 공공연한 반대를 통해 최초로 문학 공간이 유럽 전체로 확장되는 움직임을 촉발하게 된다. 실제로 헤르더는 프랑스의 패권에 이의를 제기하는 독일에만 유효한 새로운 방식을 제시할 뿐 아니라, 정치적 피지배 영토 전체가 의존 관계에 맞서 싸우기 위한 해결책을 생각해내게 해줄 이론적 모태의 역할을 한다. 국가와 언어 사이에 필연적인 관계를 확립하면서, 정치와 문화의 차원에서 아직 인정받지 못한 모든 민족에게 평등 속에서 (문학적으로, 그리고 정치적으로) 생존할 권리를 허용한다.

121 Ibid., pp.357~361.

122 Ibid., pp.348~351.

123 B. Anderson, op. cit., p.93.

프랑스의 역사와 문학이라는 본보기의 절대적 권위와 프랑스 문화가 암묵적이나 강력한 방식으로 전달하는 역사철학의 명증성은 헤르더가 완전히 새로운 재료의 이론과 개념을 주조해야 할 정도로 굳건했다. 그가 1774년에 집필하는 작품, 『인류의 교육에 이바지하기 위한 또 다른 역사철학』은 볼테르의 철학에 맞선, 그리고 계몽주의의 "밝은" 시대가 역사의 어떤 시기보다도 우월하다는 볼테르의 명료한 믿음에 맞선 전쟁 기계이다. 반대로 헤르더는 각 시대, 각 국가가 특이성을 지니고 있으며 고유한 기준에 따라 판단되어야 한다고, 따라서 다른 문화와 무관한 각 문화의 자리와 가치가 있다고 주장하면서, 지난 시대, 특히 중세[124]의 가치 동등성을 강조한다.[125] "프랑스 취향"을 거슬러 괴테 및 뫼저와 함께 『독일 양식과 예술에 관하여』1773를 펴내, 민중가요와 오시안 그리고 셰익스피어에 대한 감탄을 표명한다.[126] 그에게 이것들은 문학에서 찾아볼 수 있는 자연스러움과 힘의 세 가지 사례이다. 또한 프랑스 보편주의의 귀족적이고 범세계적인 역량에 맞서 고안된 세 가지 "무기"이기도 하다. 다시 말해서 우선 민족이고, 다음으로 그리스-로마의 고대에서 생겨나지 않은 문학 전통이다. 헤르더는 프랑스 문화와 동일시된 "기교"와 "윤색"에 맞서 "본심에서 우러나오고", "직접적으로 대중적인" 시에 대한 격찬을 선택한다.[127] 끝으로 영국이다. 구성 중인 세계문학 영역의 구조에 대한 이 일반

124 하겐 슐체(Hagen Schulze)는 중세사에 대한 19세기 독일의 전국적 열정이 가져다준 막대한 문화적 결과, 특히 신고딕 양식 건축의 증진을 특기하는데, 독일인들은 "이 양식에 대해 '재검토할' 필요가 있는 전형적으로 독일적인 유일한 양식이라고 확신"했다는 것이다. trad. par D. A. Canal, *État et Nation dans l'Histoire de l'Europe*, Paris : Éditions du Seuil, 1996, pp.198~199.

125 Pierre Pénnisson, *Johann Gottfries Herder. La raison dans les peuples*, Paris : Éditions du Cerf, 1992, p.96.

126 Ibid., pp.155~158.

적인 밑그림은 왜 독일인이 늘 영국과 영국의 주요하고 명백한 자본, 즉 셰익스피어에 기댔는지를 더 잘 이해할 수 있게 해준다. 프랑스의 역량에 대한 두 대립축이 머지않아 서로 기대리라는 점에서 세력 관계의 형세를 추정할 수 있다. 영국인들은 독일 낭만주의자들에 의한 셰익스피어 재평가를 고스란히 이용해서 역방향으로 셰익스피어를 자신의 대단히 풍요로운 민족문학으로 내세웠다.

또한 헤르더는 왜 독일이 보편적으로 인정된 문학을 아직 지니고 있지 않은가를 설명하려고 애쓴다. 그가 보기에, 생명체와 동일시된 각 "민족"은 고유한 "넋"을 발전시키게 되어 있는데, 독일은 아직 "완숙기"에 이르지 못했으리라는 것이다. 그는 "통속" 언어로의 회귀를 제안하면서, 그에게 이르기까지 전혀 알려지지 않은 새로운 문학 축적 방식을 창안한다. 문자 그대로 "혁명적인" 이 이론에 힘입어 독일은 "후발국"임에도 불구하고 문학의 영역에서 국제적으로 경합을 벌일 수 있게 된다. 헤르더는 민족 문화 전체와 이것의 역사적 발전에 대해 기원의 구실을 할 "민간 전승"의 이름으로, 다른 나라와 민족의 경우와 대등한 '선험적' 존재와 품격의 원칙을 각 나라와 각 민족에 부여하고 민족의 "혼"이나 심지어 "넋"을 예술적 다산성 전체의 원천으로 지칭함으로써,[128] 문학적 "귀족계급"을 구성하고 그에게 이르기까지 신성하다고 여겨진 모든 문학적 위계, 모든 전제를 그것도 매우 오랜 기간에 걸쳐 뒤집어엎는다.

그가 언어와 문학에 대해 제안하는 새로운 정의, 즉 "민족의 거울"이라는 정의와 1767년의 『단장』에서 이미 썼듯이 "언어는 문학의 저장고이자 알맹이"[129]라는 정의는 지배적인 프랑스의 귀족적인 정의와 대립하는 것

127 Ibid., pp.141~147.
128 Ibid., pp.39~50.

으로서, 문학의 정당성이라는 개념과 바로 이를 통해 국제문학 게임의 규칙을 뒤집어엎는다. 이 새로운 정의는 민족 자체가 문학의 보관소 겸 모태라는 점, 따라서 이제부터는 민간 전승의 비중과 진정성에 따라 문학의 "위대성"을 헤아릴 수 있다는 점을 전제한다. 문학에 대한 이와 같은 다른 민족적이고 통속적인 정당성의 창안으로 말미암아 문학의 영역에서 그때까지 알려지지 않은 또 다른 유형의 자원이 축적될 수 있게 되는데, 이러한 자원은 문학과 정치를 더욱더 연결하게 된다. 즉 유럽 및 다른 곳의 모든 작은 나라 또한 민족에 의한 기품 향상으로 인해 정치와 동시에 문학의 영역에서 독립적인 존재를 주장할 수 있게 된다.

헤르더 효과

독일에서 헤르더의 역할은 핵심적이었다. 낭만주의 작가들이 그의 사상에 깊은 영향을 받았다. 그들은 헤르더로부터 역사철학, 중세와 동방 그리고 언어에 대한 관심, 비교문학 연구, 시를 민족 "교육"의 주요한 매개물로 여기는 견해를 계승했다. 횔덜린, 요한 파울, 노발리스, 슐레겔 형제, 셸링, 헤겔, 슐라이어마허, 훔볼트는 전부 헤르더의 열렬한 독자였다.[130] "현대"라는 의미를 띠는 "낭만주의"는 "고전주의" 또는 "고대"와 대립하는 것으로서 헤르더가 쓰기 시작한 개념이다. 이를 통해 프랑스의 문화 패권에 맞서 투쟁하는 독일인의 현대성 표방이 밑받침된다. 뫼저와 헤르더의 등장에 힘입어 독일에서 "프랑스인들에게는 피상성, 경박성, 비도덕성의 질책"을 가하는 데 반해 "독일에 대해서는 견실성, 성실성, 충실성을 주장하기"[131] 시작했다.

---

129 Ibid., p.26. note 47에서 재인용.

130 Ibid., p.207.

유럽의 나머지 지역으로 말하자면, 헤르더 사유의 본질적으로 이론적이고 정치적인 고안보다는 헤르더의 몇 가지 핵심 견해를 적용한 실제적 결과와 더 관련됨에 따라, 아마 일종의 "헤르더 효과"가 미친 영향에 관해 말하는 편이 더 나을 것이다. 아마도 헤르더의 가장 유명한 작품일 『인류의 역사철학에 대한 이념』1784~1791은 출간되자마자 독일어로 읽힌 헝가리에서 대성공을 거두었다.[132] 또한 『이념』에서 슬라브족에 바쳐진 짧은 장이 결정적인 효과를 낳았다는 점은 널리 알려져 있다. 헤르더는 "크로아티아인의 스승"으로, "최초로 슬라브족을 옹호하고 치켜세운 사람"[133]으로 여겨졌다. 헝가리인, 루마니아인, 폴란드인, 체코인, 세르비아인, 크로아티아인이 끊임없이 이어받은 주요한 동기는 모국어로 글을 쓸 권리와 필요성이다. 러시아에서 그는 키네에 의한 번역을 통해 알려졌다. 아르헨티나에서는 19세기 말에 그의 정치적 영향력이 컸다.[134] 미국에서는 여전히 헤르더 제자들의 가르침을 받은 괴팅겐의 미국 대학생 15명 가운데 하나인 조지 반크로프트의 텍스트를 통해 "문학, 국가, 인류"라는 주제의 별자리가 미국 헤르더 사상의 주요한 교리를 구성했다. "민족의 문학은 민족적이다." 반크로프트가 쓴다.[135] "각 국가는 모든 비교와 전적으로 무관한 완벽성의 정도를 자체적으로 지니고 있다."[136]

헤르더에 의해 전개된 사유 체계는 언어와 민족 사이의 등가성을 상정했다. 그래서 19세기 동안 유럽 전역에서 나타난 민족적 요구는 언어적

---

131 J. Jurt, loc. cit., p.12.

132 Pierre Pénisson, op. cit., p.200.

133 Ibid., p.201.

134 Ibid., pp.199~203.

135 이 표현의 사용은 동어반복이 아니라 새로운 관념이 관건임을 보여준다.

136 P. Pénisson, ibid., pp.204~205에서 재인용. 저자가 번역.

요구와 불가분의 것이었다. 강요하고자 하는 새로운 민족어는 헝가리어, 체코어, 게일어, 불가리아어, 그리스어 등처럼 정치적 지배의 시기 동안 거의 사용되지 않았거나 슬로베니아어, 루마니아어, 노르웨이어, 슬로바키아어, 우크라이나어, 라트비아어, 리투아니아어, 핀란드어 등처럼 방언이나 농민 언어의 구어 형태로만 존재했거나 할 수 있었다.[137] 민족 문화에 대한 긍정의 시기에 민족 해방 및 특수성의 수단으로 선언된 언어는 매우 빠르게 재평가되고, 코드화와 쓰기 그리고 학습을 조직하는 문법학자와 사전학자 그리고 언어학자를 (다시) 찾아낸다. 모든 시대에 작가와 더 넓게는 지식인이 민족 건설에서 맡는 중대한 역할은 민족 규범에 대한 지적 저작물의 종속을 어느 정도 설명해준다.[138]

헤르더 자신에 의한 시와 민간 전승의 모음집은 그림 형제의 유명한 동화 이전에 출간되어, 유럽 전역에서 나올 민담과 민간 전설 모음집에 대해 본보기의 구실을 하게 된다. 체코인 프란티셰크 첼라코프스키는 1822년에서 1827년까지 세 권의 슬라브 민요집, 다음으로 만 오천 슬라브 속담 및 격언의 모음집을 펴내며, 슬로베니아인 스탄코 브라즈는 일리리아어 시를 출판하고, 부크 카라드지치는 야콥 그림과의 서신교환 후에 세르비아 민요를 수집한다.[139] 알다시피 노르웨이에서 젊은 입센은 약간 나중에 커다란 국가부흥운동에 참여했고 농부들 사이에서 노르웨이의

137 E. Hobsbawm, *Nations et nationalisme depuis 1780*, Paris : Gallimard, 1992, p.73 sq. 참조; B. Anderson, *L'Imaginaire nationale*, pp.82~85, 그리고 William M. Johnston, L'Esprit viennois. Une histoire intellectuelle et sociale 1848~1938, Paris : PUF, 1985, pp.313~322·402~411을 볼 것.

138 베네딕트 앤더슨은 *L'Imagnaire national*에서 입증했듯이 "9세기 유럽 민족주의의 형성에서 핵심적이었던 것은 사전학자와 문헌학자 그리고 문학인 등의" 역할이다(B. Anderson, op. cit., p.69).

139 D. Baggioni, op. cit., p.286 참조.

"혼"이 발현되는 양상을 조사하러 떠났다.

요컨대 유럽 전역에서 (심지어는 보다시피 유럽을 넘어) 속행된 이른바 "통속" 언어 및 문학의 이러한 "발견"은 전적인 것으로 여겨진 라틴어의 지배에 맞서 싸우기 위한 새로운 수단의 창안을 유럽의 신흥국에 허용했던 16세기와 17세기의 문법화 움직임과 정확히 대칭을 이룬다. 그러므로 문학공화국 자체에서 헤르더 이론그리고 효과이 실행하는 전복은 여기에서 대충 소개된 이 영역의 역사로부터만, 다시 말해서 국제문학 공간의 생성이라는 논리 속에서만 이해될 수 있다. 문학 공간으로 들어가는 것은 경합으로 들어가는 것이기 때문에, 이 공간은 거기에 나타나는 경합과 경쟁으로부터만 형성되고 단일화되기 때문에, 새로운 이론적 개념, 철학 그리고 / 또는 문학 부문에서의 혁명은 문학의 정당성을 위한 투쟁에 필요한 그만큼 많은 수단으로 묘사되고 이해될 필요가 있다. 따라서 이 시기 동안 언어와 문학의 이러한 "국유화" 과정이 시작되는 곳은 주로 정치적 해방이 진행되는 중인 유럽의 나라들이다.

대략 제2차 세계대전 후에 시작되는 (그리고 아직 완결되지 않은) 탈식민화의 시기는 국제문학 공간의 세 번째 중대한 형성 단계를 나타내며, 이 관점에서 헤르더 혁명의 연속과 확장일 따름이다. 즉 새로운 독립국 또한 똑같은 정치-문화적 메커니즘을 따라 언어와 문화 그리고 문학에 대한 요구를 표명하게 된다. 문학의 영역에서 탈식민화의 결과는 19세기에 유럽의 국가와 문학에서 일어난 혁명의 연속선상에 놓인다. 헤르더 혁명 다른 형태로 계속된다. "민족" 개념의 갖가지 정치적 변형을 통해, 통속의 정당화는 이러한 신생국에 언어와 문학에 의한 구원의 길을 제공한다.

19세기에 유럽에서처럼 민담과 민간 전설의 재수집에 힘입어 구술에 의한 생산을 (기록) 문학으로 변환시키는 일이 가능해진다. 민족의 "정수"

와 "영혼"에 대한 낭만주의적 믿음과 연결된 민간 이야기의 수집을 유럽 전역에서 부추긴 최초의 민속학적 시도가 약간 나중에 민족학으로 교대된다. 재확보된 문화적 특수성을 강조하는 쪽으로 "방향을 전환한" 이 식민지 학문은 특히 시골풍의 민간 "기원"에 대한 믿음을 영속화하면서, 특수하고 민족적이라고 선언할 수 있게 되는 구전 유산의 수집과 조사를 갱신할 수 있게 해주기도 한다. 서로 다른 시대에 갖가지 맥락에서 이는 통속적인 본래의 정체성과 특수성에 대한 똑같은 믿음의 두 국면이다. 그러므로 마그레브와 라틴아메리카 그리고 흑아프리카에서 탈식민화 과정의 결과로 생겨난 나라의 작가도 부족한 문학적이고 지적인 부의 똑같은 축적 논리에 따라, 이번에는 민족학의 본보기를 출발점으로 삼아, 똑같은 과정을 시작했다.

언어 문제 또한 매우 유사한 용어로 제기된다. 19세기에 많은 유럽국에서처럼, 탈식민화로 생겨난 나라는 흔히 진정한 문어가 존재하지 않고 무엇보다 중대한 구비 전승으로 특징되는 언어를 갖추고 있다. 이러한 나라의 지식인은 국가와 문학을 선택해야 하는 상황, 식민지화의 언어를 채택하거나 고유한 언어 및 문학 유산을 구성해야 하는 상황에 놓이게 되는데, 이 선택은 명백히 이 언어들의 풍요로움, 문학성뿐 아니라 경제 발전의 수준에 따라 달라진다. 다니엘 바지오니가 정확하게 특기하듯이, 19세기 말에 "남유럽과 발칸반도에서 폴란드, 루마니아, 불가리아, 유고슬라비아, 알바니아, 심지어 그리스처럼 대부분 농업 중심인 후진적 경제, 광범위한 문맹, 불안정한 최근의 국가 단일성, 낮은 기술 수준, 외국의 지적 산물에 쏠리는 제한된 엘리트 등의 악조건이 누적된 신생 민족국가에 대해"[140] 제기된 문맹 퇴치 문제는 아프리카와 아시아의 신흥국들에서도 똑같은 용어로 제기된다.

하지만 탈식민주의 상황의 특성들 가운데 하나는 식민지화된 영토에서 유럽어가 체계적이고 주제화된 방식으로 강요된 사실로 말미암은 것이다. 이 상황은 또한 의존 관계의 복잡한 형태, 따라서 이로부터 벗어나기 위한 전략에 의해 특징된다. 민족문학의 공간은 실제로 민족이 진정한 정치적 독립을 달성하는 것을 전제해서만 온전히 존재하게 된다. 그런데 가장 최근에 생겨난 국가는 또한 정치와 경제의 면에서 가장 많이 지배받는다. 문학 공간은 정치 구조에 꽤 달려 있으므로, 국제간의 문학적 의존 관계는 일정 부분 국제간의 정치적 지배 구조와 관련된다. 그래서 탈식민주의 세계의 중심축에서 벗어난 작가는 가장 부유한 공간의 작가처럼 국가의 정치적 지배에 대해서뿐만 아니라 정치와 동시에 문학의 양 측면에서 실행될 수 있는 국제간의 지배에 대해서도 맞서 싸워야 한다.

오늘날 빈곤한 문학 공간에서 행사되는 국제 정치력은 완화된 형태를 띤다. 특히 (매우 강력한) 언어 강요와 경제 지배예컨대 논설 조직의 장악와 관련이 있다. 그래서 민족의 독립이 선언되었는데도 정치의 면에서는 물론이고 문화, 언어, 문학의 면에서 지배가 영속화될 수 있다. 이처럼 문학적 세력 관계는 일정 부분 정치적 세력 관계를 가로지른다.

---

140 D. Baggioni, op. cit., p.298.

제3장 세계문학의 공간

1미터라고도 1미터가 아니라고도 말할 수 없는 사물이 있는데, 그것은 파리의 미터원기다. 물론 그것에 특별한 속성을 부여하는 것이 아니라 다만 미터원기를 이용해서 측정하는 데 있는 언어 게임에서 그것이 맡는 특별한 역할에 주의를 환기하는 것이 중요하다.

루트비히 비트겐슈타인, 『철학적 탐구』

주변인, 역사의 변두리에 거주하는 우리 라틴아메리카인은 초대받지 못하고 서양의 하인 출입구로 들어간 손님, 조명이 곧 꺼질 무렵에 현대성의 공연을 보려고 도착하는 불청객이다. 여기저기에서 뒤늦게, 역사에서 이미 매우 늦었을 때 우리는 태어난다. 우리는 과거가 없거나 과거가 있을지라도 과거의 잔재에 침을 뱉었다.

옥타비오 파스, 『고독의 미로』

문학 영역의 질서를 바로잡는 위계 구조는 여기에서 방금 환기된 그러한 문학사의 직접적인 산물일 뿐만 아니라 이 역사에 포함되는 것이기도 하다. 실제로 역사의 진정한 동력이 되는 문학 영역의 구조 속에서 역사가 구현되고 형태를 띠는 듯이 모든 일이 일어난다. 즉 문학 영역의 사건을 산출하고 그것에 형태를 부여하는 이 구조 속에서 그것이 의미를 얻는다. 그러므로 이 역사는 문학을 쟁점과 자원 그리고 믿음으로 "창안하는" 역사이다.

세계문학공화국에서 가장 부유한 공간은 또한 가장 오래된 공간, 다시 말해서 최초로 경합에 참여했고 국가의 "고전"이 보편적인 "고전"이기도 하는 공간이다. 그러므로 유럽에서 16세기부터 희미하게 드러나는 문학 지도를 (문학 형식이나 작품의 "전파"나 "행운" 또는 심지어 "광휘"라는 공통의 이미지에 따라) 문학에 대한 믿음이나 관념이 점진적으로 확장되는 단순한 과정의 산물로 상상해서는 안 된다. 그것은 문학 공간에서, 다시 말해서 민족문학 공간들 사이에서 이루어지는 문학 자원의 불균등한 분배에서 찾아볼 수 있는, 페르낭 브로델의 용어를 다시 취하건대, "불균등한 구조"의 소묘이다. 서로 힘을 겨루는 이 문학 공간들은 시간 속에서 변할 수 있지만 지속적인 형세를 드러내는 위계와 의존 관계를 점차로 확립했다. "이처럼 과거는 언제나 나름의 의견을 표출하고자 한다. 세계의 불균형은 구조적 현실에 의해 지배받는데, 구조적 현실은 매우 느리게 자리 잡고 매우 느리게 사라진다." 페르낭 브로델이 특기한다. "경제, 사회, 문명 또는 심지어 정치 집단에서 의존의 과거는 일단 경험되면 단절하기가 어려운 것으로 드러난다."[1] 이 구조는 특히 정치의 면에서 눈에 띄는 변화를 넘어 장기적으로 존속한다.

그러므로 문학 세계는 비교적 단일화된 공간이다. 이 공간은 가장 오래된 공간, 다시 말해서 가장 부유한 공간이기도 한 큰 민족문학 공간과 가장 최근에 나타나고 그다지 부유하지 않은 문학 공간 사이의 대립에 따라 정돈된다. 헨리 제임스는 영국 국적을 택했다. 마치 그것이 자신에게는 문학적 "구원"이라도 되는 듯했다. 그리고 정확히 미국과 유럽의 문학 영역 사이에 벌어진 간격을 대부분의 자기 작품에서 주제로 삼았고 19세

1 F. Braudel, *Civilisation matérielle, économie et capitalisme*, t. 3, *Le Temps du Monde*, pp. 36~38.

기 말에 창작 활동을 하면서 미국문학의 궁핍을 느꼈다. 따라서 그는 아주 명석하게 다음과 같이 쓸 수 있었다. "예술의 꽃은 두꺼운 부식토에서만 피어날 수 있을 뿐이다. (…중략…) 약간의 문학을 낳는 데에도 많은 역사가 필요하다."

하지만 이는 지배문학 공간과 피지배 공간 사이의 단순한 이항대립이 아니다. '연속체'라고 하는 것이 더 낫다. 대립, 경합, 다양한 지배 형태로 인해 단선적 위계의 밑그림이 방해받는다. 모든 문학적 피지배자 공간이 명백히 유사한 상황에 놓여 있지는 않다. 특수한 의존 상태가 일반적으로 발견된다고 해서 똑같은 범주로 묘사할 수는 없다. 예컨대 가장 부유한 문학의 계열, 다시 말해서 초국가적 경합으로 맨 처음 들어온 유럽의 공간 안에서 피지배문학 자체를 묘사할 필요가 있다. 중앙 유럽과 동유럽의 나라처럼 오랫동안 정치적 지배 아래 또는 더 일반적으로 아일랜드처럼 식민 지배 아래 줄곧 머물러 있던 지역의 경우에 특히 그렇다. 벨기에, 프랑스어권 스위스, 독일어권 스위스, 오스트리아 등처럼 정치가 아니라 언어와 문화를 통해 정치적으로가 아니라 문학적으로 지배를 받는 모든 고장 또한 이 전체[2]에 집어넣어야 할 것이다. 유럽의 이 피지배 공간에서 커다란 문학 혁명이 일어난다. 즉 이러한 공간은 국가주의가 요구되는 시기에 문학 자산을 이미 축적했고, 언어나 문화 전통을 통해 가장 중요한 세계문학 유산을 이어받으며, 그러므로 기존의 문학 질서와 게임의 위계 규칙을 물리치면서도 중심에서 인정된 전복의 실행에 충분한 특수 자원을 지니고 있다. 뒤에서 상세히 밝힐 것이지만 이는 "아일랜드의 기적"을 이해할 수 있게 해주는 것이다. 즉 1890년과 1930년 사이에 식민 지배를

2 '중심 바깥의 중심' 문학 공간이라 부를 수 있는 것 전체를 의미한다.

받고 문학적으로 궁핍한 지역에서 가장 위대한 문학 혁명들 가운데 하나가 일어나고 20세기의 가장 중요한 작가들 가운데 서너 명이 출현한다. 마찬가지로 카프카는 출현 중인 체코문학 공간에 속하면서 유대 민족주의 투쟁에 열중할 때 독일 문화 전체와 독일어의 부정된 전복적 계승자로서 20세기의 가장 난해하고 가장 혁신적인 작품들 가운데 하나를 창작하기에 이른다.

정확히 똑같은 논리에 따라 아메리카문학의 경우를 이해할 필요가 있다. 18세기 말과 19세기 초의 새로운 아메리카 국가들은 헤르더의 모델에 따라 해석되지 않는다. 실제로 이 지역에서 최초의 탈식민화는 베네딕트 앤더슨이 "크레올-개척자"라고 부르는 이들, 다시 말해서 아메리카 대륙에서 태어난 유럽 조상의 후예들에 의해 실현되었다. "언어는 그들을 각각의 본국으로부터 구별하는 요소가 아니었다." 앤더슨이 상기시킨다. "심지어 언어는 결코 이 최초의 민족 해방 투쟁에서 관건도 아니었다."[3] 1760년과 1830년 사이에 스페인 식민지와 브라질에서 전개되는, 마르크 페로의 용어를 빌리건대, "식민자 독립운동"[4]은 헤르더 혁명의 결과가 아니다. 반대로 이 운동을 프랑스 계몽사상 확산의 결과로 분석하는 일이 빈번했다.[5] 이 분리독립의 주장은 제국의 "구체제"에 대한 비판에 근거했고, 국가와 민족 그리고 언어에 토대를 둔 헤르더의 통속적인 믿음을 전적으로 무시했다. 베네수엘라 작가 아르투로 우슬라르 페에트리는 라틴아메리카 역사의 특수성을 분석하면서 식민화된 다른 지역과 비교되

---

3 B. Anderson, *L'Imaginaire national*, p.59.

4 Marc Ferro, *Histoire des colonisations. Des conquêtes aux indépendances. XIIIe-XXe siècles*, Paris : Éditions du Seuil, 1994, 특히 제7장, "Les mouvements d'indépendance-colon".

5 B. Anerson, *L'Imaginaire national*, op cit., pp.62~75.

는 아메리카의 독창성을 제시했다. "우리의 경우는 다르고 독창적이다." 그가 쓴다. "이는 무엇보다도 유럽의 다른 확장 지대에서는 결코 일어난 적이 없는 서양 문화로의 통합을 아메리카 대륙이 단번에, 그리고 언어와 종교라는 가장 민감한 문화적 감성에 의해 경험한 탓이다. 라틴아메리카는 독특하게 형성된 서양이라는 이 전체의 살아 있는 창조적 일부분이고, 어떤 근대 제국도 낳은 적이 없는 독특한 징후를 지니고 있으므로, 왜 극서라 불리지 않겠는가?"[6] 그러므로 라틴아메리카문학만큼 북아메리카문학도 독립을 요구한 식민자들을 통해 유럽의 출신 국가를 직접 이어받는다. 그래서 스페인이나 포르투갈 또는 영국의 문학 유산에 기댐과 동시에 전례 없는 문학 혁명과 전복포크너, 가르시아 마르케스, 구이마라에스 로사의 작품은 이것의 몇 가지 예일 뿐이다을 실행할 수 있었다. 이러한 지역의 작가는 일종의 유산 연속성 속에서 유럽 국가가 갖는 문학 및 언어 자산의 상속을 주장했고 이 자산을 자기 것으로 취했다. "나의 고전은 내 언어의 고전이다." 옥타비오 파스가 분명하게 쓴다. "모든 스페인 작가처럼 나도 로페 지 베가와 쿠에베도의 후예라고 느낀다. (…중략…) 하지만 스페인인은 아니다. 나는 영국과 포르투갈 그리고 프랑스의 전통과 마주한 미국이나 브라질 또는 프랑스어권 캐나다의 작가에 대해서와 마찬가지로 대다수의 라틴아메리카 작가에 관해서도 똑같이 말할 수 있을 것이고 생각한다."[7]

---

6 Arturo Uslar Pietri, trad. par p.Dessommes Florez, *Insurgés et Visionnaires d'Amérique latine*, Paris : Criterion, 1995, pp.7~8 .

7 Octavio Paz, trad. par J.-C. Masson, *La Quête du présent. Discours de Stockholm*, Paris : Gallimard, 1991, p.11.

1. 자유의 길

민족문학 공간은 이미 살펴보았듯이 민족의 정치 공간과 밀접한 관계 속에서 구축되고 역방향으로 민족을 우뚝 서게 하는 데 이바지한다. 하지만 가장 부유한 문학 공간에서 자본은 오래됨이 고결함, 위세, 용량, 국제적 인정을 동시에 전제하는 요소인데, 이 요소에 힘입어 공간 전체의 점진적 자율화가 가능하게 된다. 가장 오래된 문학판은 가장 자율적인 권역, 다시 말해서 그 자체로서와 대상으로서의 문학이 가장 온전히 구현되는 권역이기도 하다. 거기에서는 문학 자원 자체로 말미암아 국가와 국가의 엄밀하게 정치적이거나 정치-국가주의적인 이익에 맞서 특수한 역사, 정치로 축소될 수 없는 고유한 논리를 구상할 수단이 주어진다. 문학 공간은 정치와 국가의 쟁점을 자체의 특수한, 이를테면 미적이고 형식적이고 서술적이고 시적인 용어로 재해석한다. 즉 단언하고 동시에 부정한다. 문학의 논리는 정치의 의무와 무관하지 않지만, 자체의 고유한 게임과 쟁점을 지니고 있고, 이로 말미암아 여차하면 자체의 의존성을 거부할 수 있다. 이 과정으로 말미암아 문학에 관한 문제의식이 창안되고 민족과 민족주의를 '거슬러' 문학이 구성될 수 있다. 이런 식으로 문학은 특수한 영역이 된다. 거기에서는 외적인, 말하자면 역사, 정치, 민족과 관련된 문제의식이 문학의 수단과 함께 문학의 용어로 굴절되고 변형되고 재해석된 형태로만 제시될 뿐이다. 즉 가장 자율적인 현장에서는 정치 및 / 또는 민족에 의한 축소와 수단화에 맞서 문학이 구축된다. 바로 거기에서 문학의 독립적인 규칙이 창안되고 이제부터 문학의 자율적인 국제 공간이라 불러야 하는 것이 놀랍게도 불가능해 보이는 가운데 구축된다.

거꾸로 자율성이 쟁취되고 문학 자본이 구성되는[8] 이 매우 긴 역사 과정으로 인해 문학의 "정치적" 기원이 가려진다. 즉 이 과정은 민족의 토대가 다져지는 시기에 문학과 민족을 맺어주는 매우 강력한 역사와의 관련성을 잊어버리게, 따라서 역사에서 풀려난 완전히 순수한 문학의 존재를 믿게 만들 수 있다. 그럴 때 문학은 시간에서 해방되고 역사에서 벗어나 있을 실천으로 생각된다. 하지만 오늘날에도, 심지어 가장 "자유로운" 현장에서조차 문학이 여전히 가장 보수적인 예술, 다시 말해서 재현의 가장 전통적인 관습과 규범, 이를테면 화가와 조형 예술가가 특히 추상 기법의 혁명을 통해 오래전부터 과격하게 떨쳐버린 규범에 가장 순종하는 예술인 이유는 정치적일 수밖에 없는 민족과의 부인된 관련성이 언어의 완화된 형태 아래에서 여전히 매우 강력하기 때문이다.[9]

그러므로 언제나 상대적인 자율성은 세계문학 공간의 질서를 바로잡는 원칙들 가운데 하나가 된다. 자율성으로 말미암아 문학 영역의 가장 독립적인 영토에서는 자체의 규칙을 명기하고 내부 위계의 특수한 기준과 원칙을 확립하고 자율성의 이름으로 정치나 민족에 의한 분할의 강요에 맞서 판단과 평가를 공언하는 일이 가능하게 된다. 자율성에 대한 절대적인 요청은 문학 민족주의의 원리에 대한 거리낌 없는 반대, 다시 말해서 문학 영역에 대한 정치의 침범에 맞선 투쟁이다. 가장 문학적인 지역에서는 구조적 국제주의 덕분으로 자율성이 보장된다.

특히 프랑스의 경우에는 축적된 자본 용량이 막대하고 18세기부터 유

---

8 P. Bourdieu, "La conquête de l'autonomie", *Les Règles de l'art*, pp.75~164.

9 특히 맞춤법 개혁을 둘러싼 논쟁에 대한 작가들의 참여에서 이것의 증거가 발견된다. 가장 보수적인 작가는 민족어를 문단의 특수한 수단으로뿐만 아니라 자신이 지켜내야 하는 국유재산으로 옹호하는데, 여기에서 명백히 드러나는 사실은 작가 자신이 정확히 문학의 특수성이란 이름으로 참여한다고 주장하는 순간에조차 정치에 종속되어 있다는 점이다.

럽 전체에 대해 행사되는 문학적 지배가 그토록 부인되지 않고 명백해서 민족문학 공간이 가장 자율적이게, 다시 말해서 정치-민족의 심급에 대해 가장 자유로워진다. 실제로 문학의 해방은 일종의 "비국유화"라 부를 수 있을 경향을 부추긴다. 다시 말해서 문학의 원칙과 심급이 문학 공간 자체와 무관한 관심사에서 떨어져 나온다. 이미 보편적인 것으로다시 말해서 독립주의적 규정에서 벗어나는 비국가적인 것으로 구성된 프랑스의 공간이 그때부터 본보기로, 프랑스적인 것으로서가 아니라 자율적인 것으로, 다시 말해서 순수하게 문학적인 것으로, 다시 말해서 보편적인 본보기로 인정받게 된다. "프랑스"문학 자본의 특성은 '그만큼' 보편적인 유산, 다시 말해서 민족적이지 않고 보편적인 문학을 구성하는프랑스의 경우에는 창시하는 유산이라는 점이다. 보편화가 가능하다는, 비국유화된다는 이 특성에 비추어 심지어는 (비교적) 자율적인 공간을 식별할 수 있게 된다. 민족적 요구와 관련하여 문학 유산은 자유의 수단이다. 라르보가 주요한 중심들의 문학에 대한 믿음을 본질적인 신조로 표명할 수 있는 이유는 그가 프랑스문학 공간의 가장 뛰어난 주역들 가운데 하나이자 세계문학을 파리로 도입한 인물들 가운데 하나이기 때문이다. "모든 프랑스 작가는 국제적이다. 유럽 전체와 더구나 일부분의 아메리카를 위한 시인, 작가이다. (…중략…) 모든 '민족적'인 것은 어리석고 케케묵고 저급하게 애국적이다. (…중략…) 그것은 특별한 상황에서 유효했으나 이는 이미 지난 일이다. 하나의 유럽국이 있다."

파리는 이미 살펴보았듯이 그 똑같은 해방의 움직임 덕분으로 19세기 동안 세계의 문학 수도가 된다. 동시에 그 움직임은 특수성에서 벗어나는 것이기도 하다. 프랑스는 가장 민족적이지 않은 문학 국가이며, 이런 이유로 문학 세계에 대해 대체로 확정적인 지배를 실행하고 중심 바깥의 공간에서 온 텍스트를 공인하면서 보편적인 문학을 빚어낼 수 있다. 실제로 멀리 떨어진 지평에서 프랑스로 다다르는 텍스트를 비국유화하고, 특수성에서 벗어나게 하며, 따라서 그것에 문학성을 부여하여 자기 권한 아래 놓여 있는 문학 영역 전체로 끌어들이며 그것에 대해 유효하고 타당하다고 선언할 수 있다. 프랑스는 민족의 심급에 대한 단절에 힘입어 문학의 영역에서 민족과 민족주의의 정치적 법칙에 맞서, 민족의 보통법에 맞서 문학적 보편의 규칙, 즉 자율성을 촉진하는 방향으로 이끌린다. 이 현상의 출현에서 가장 "앞선" 프랑스문학판은 이런 식으로 자율성을 갈망하는 다른 모든 권역의 작가에게 본보기와 동시에 방책이 될 것이다.

2. 그리니치 자오선 또는 문학의 시간

경합 속에서 경합을 통해 이루어지는 문학 공간의 단일화는 시간에 대한 공통된 척도의 확립을 전제한다. 저마다 절대적인 기준점, 측정에 필요한 표준을 두말없이 곧바로 인정한다. 그것은 경합자조차 자신의 경합 자체에 걸쳐 중심으로 받드는 데 동의하는 모든 중심의 중심, 공간에 설정할 수 있는 어떤 장소이자 문학에 고유한 시간이 측정되는 출발점이다. 피에르 부르디외의 표현에 의하면,[10] 문학 영역에서 "새 시내의 획을 그을" 수 있는 사건에 고유한 "빠르기"가 있는데, 그것은 문학 영역에만 속하고 공식적이고 적법하다고 강요된 역사다시 말해서 정치의 시간에 대한 측정과 "동기화同期化되어" 있지 않다. 또는 반드시 동시적이지는 않다. 문학 공

10 P. Bourdieu, *Homo academicus*, Paris : Édition de Minuit, 1984, p.226.

간은 어떤 현재를 설정하는데, 이것으로부터 모든 위치가 측정될 것이고 이것과 관련하여 다른 모든 시점이 정해지게 된다. 경도의 결정을 위해 임의로 선택된 '허구적인' 선, "그리니치 자오선"이라고도 하는 선이 세계의 '실제적인' 조직에 이바지하고 지구 표면에서의 거리 측정과 위치 계산을 가능하게 한다. 이와 마찬가지로 "문학의 그리니치 자오선"이라 부를 수 있을 것에 힘입어, 문학 공간에 속하는 모든 이가 중심으로부터 떨어진 거리를 산정할 수 있다. 또한 미적 거리가 시간의 견지에서 측정될 수 있다. 즉 그리니치 자오선은 현재를, 다시 말해서 문학 창조의 영역에서 현대성을 설정한다. 이처럼 작품이나 작품집을 대상으로 평가의 시기에 문학의 현재를 규정하는 규준에 대한 시간적 간격에 따라 중심과의 거리를 측정할 수 있다. 그 자리에서 어떤 작품을 두고 우리와 동시대적이라고, ("낡은"과는 대조적으로) "세상 움직임을 따라가는" 작품이라고, "현대적" 또는 "전위적"이라거나 전통 고수라고, 다시 말해서 시대에 뒤진 본보기에 토대를 두었다거나 과거의 문학에 속한다거나 고려된 시기에 현재를 결정하는 기준에 부합하지 않다고 말하게 된다. 현대성의 기준에 대한 미적 근접성만큼 시간적 은유가 넘쳐난다.

현대성의 소재지에 관한 문제를 간결한 표현으로 요약하는 이는 아마 거트루드 스타인일 것이다. 그녀가 『파리-프랑스』에서 이렇게 쓴다. "파리는 20세기가 존재하는 곳이었다."[11] 문학의 현재가 자리하는 장소이자 현대성의 수도인 파리가 예술의 현재와 일치하는 이유는 어느 정도 파리가 현대성의 전형적인 양태인 패션의 발생 장소라는 사실에 기인한다.

11 G. Stein, trad. par la baronne d'Aiguy, *Paris-France*, Alger, Charlot, 1945, p.23. 발터 벤야민이 『파리, 19세기의 수도』라는 저작물의 제목으로 실행하는 것 또한 명백히 시간의 공간화이다.

1867년에 출판된 유명한 『파리 길잡이』에서 빅토르 위고는 정치적이고 지적인 분야에서뿐만 아니라 취향과 세련미, 다시 말해서 패션과 현대풍의 영역에서도 이 빛의 도시가 갖는 신망을 강조했다. "감히 말하건대 당신은 파리의 모자 이외의 다른 모자를 쓸 수 없을 것이다." 그가 공언한다. "지나가는 이 여자의 리본이 판친다. 이 리본을 매는 방식이 모든 나라에서 규범의 힘을 갖는다."[12] 그가 파리의 "지배권"이라고 부르는 것은 바로 이런 식으로 작동한다.

> 파리는 하나의 지배권이다. 이 점에 특히 유의하자. 이 지배권은 재판관도 경찰도 군인도 대사도 없다. 그것은 침투, 다시 말해서 전능이다. 그것은 인류에게로 한 방울씩 떨어져 깊이 스며든다. 권한이라는 공식적인 자질을 지닌 이의 바깥에, 그 위에, 그 아래에, 더 낮게, 더 높이 파리가 존재하고, 파리의 존재 방식이 퍼진다. 파리에서 찾아볼 수 있는 책, 신문, 극장, 산업, 예술, 과학, 철학, 과학에 속하는 평범한 일상의 되풀이, 철학에 속하는 패션, 좋은 점과 나쁜 점, 선과 악, 이 모든 것이 민족들을 휘두르고 이끈다.[13]

고급 의상의 분야뿐만 아니라 다른 분야들에서 "유행인" 것과 아닌 것을 이의 없이 널리 표명할 수 있다는 것은 이를테면 현대성으로 접근하는 주요 경로들 가운데 하나를 통제한다는 것이다. 가령 거트루드 스타인은 패션과 현대성 사이의 관련성을 사실과는 달리 순진하고 과연 빈정거리는 방식으로 환기한다.

---

12 V. Hugo, op. cit., p.29.

13 Ibid., p.30.

20세기 초에 새로운 방향을 찾아야 했을 때, 당연히 프랑스가 필요했다. (…중략…) 파리에서 패션이 창안되었다는 점 또한 중요했다. 그러므로 패션을 끊임없이 창안한 파리는 마땅히 모든 이가 1900년에 가는 곳이었다. (…중략…) 신기하게도 예술과 문학 그리고 패션이 서로 굳게 연결되어 있었다. 2년 전만 해도 프랑스는 끝났다고, 몰락했다고, 평범한 열강의 등급으로 떨어졌다고 하는 등등 말이 많았다. 그리고 나 역시 그러한 대열에 합류했다. 하지만 지금은 그렇게 생각하지 않는다. 몇 년 전부터, 전쟁 이후로 모자가 지금처럼 다양하고 매혹적이고 프랑스다운 적은 없었기 때문이다. (…중략…) 나로서도 어떤 나라가 독특한 예술과 문학의 활기와 생기로 가득할 때 쇠퇴기에 접어들었다고는 생각하지 않는다. (…중략…) 그만큼 파리는 우리 중에서 20세기의 예술과 문학을 새로 만들어내야 하는 이들에게 적격인 곳이었다. 이는 지극히 당연하다.[14]

이처럼 파리는 구조적 요소들을 배합하기에 이르고 이것들에 힘입어 적어도 1960년대까지 파리는 문학의 시간 체계에서 핵심이 된다.

문학 영역의 시간 법칙은 이렇게 표명될 수 있다. 즉 '현대적이거나 현대성을 선언할 어떤 기회를 얻기 위해서는 오래될 필요가 있다.' 현재에 한껏 인정된 문학의 존재를 열망하기 위해서는 민족의 오랜 과거가 있어야 한다. 이는 이미 뒤 벨레가 『옹호와 현양』에서 이미 설명한 것이다. 거기에서 그는 자신이 프랑스어의 "지체"라고 부르는 형세가 라틴어에 맞선 싸움에서 프랑스어가 맞이한 "악조건"임을 인정했다. 모두 오래됨의 특권을 누리는 중심들 사이에서 대결의 쟁점은 시간그리고 공간의 이와 같은 측정에 관한 제어, 문학의 정당한 현재와 공인 권력에 대한 전유이다. 모

14 G. Stein, *Paris-France*, op. cit., pp.20~25.

든 "중대한" 장소 중에서, 오래됨과 고결함을 다투는 모든 공간 사이에서 문학의 시간을 낳는 그리니치 자오선이 문학의 수도, 더 정확히 말해서 수도 중의 수도라는 칭호를 보유한다.

끊임없이 재규정되는 이 현재는 실현된 동시대성, 예술가가 문학적으로 정당해지길 바란다면 따라야 하는 보편적인 예술 시계이다. "현대성"이 예술의 유일한 현재, 시간 측정을 창출할 수 있게 해주는 것이라면, 그리니치 자오선은 어떤 실천을 평가할 수 있게, 인정하거나 반대로 시대착오 또는 "지방성"으로 결론지을 수 있게 해준다. (문학 영역의 법칙은 문학적 재능과 인정의 보편적인 무상성이므로) 결코 그 자체로서 표명되지도 설명되지도 않은 구조의 상태로 모든 작가가 염두에 두는 미적 "지체" 또는 "진전"의 상대적인 평가는 여기에서 현물로 고정된 불변의 어떤 '선험적' 정의로 명백히 표명되지 않는다. 이 평가는 실천의 규범을 구성한다. 이 평가는 확인이 중요하다. 이 평가를 가치 판단으로나 분석에 힘입어 그 자체로 공언된 규범적인 관점의 표명으로 설정해서는 안 된다.

프로이센의 왕 프레데릭 2세는 이미 말했듯이 자기 백성을 유럽문학 영역으로 접근시키고자 했다. 1780년에 스스로 독일의 "지체"에 관한 해석과 문학 공간의 형성에 관한 연대기를 제시했다. "짐은 우리의 훌륭한 작품에 관한 더 풍부한 목록을 여러분에게 보여줄 수 없어서 유감스럽게 생각한다. 그렇다고 민족을 비난하지는 않는다. 민족은 정신도 혼도 없지 않다. 하지만 몇 가지 원인 때문에 지체되어 이웃 국가 동시에 높아지기가 어려웠다."[15] 따라서 그에게는 시간 경합의 논리 속에서 문학의 "시간을 다시 얻어" 지체를 만회하는 것이 중요하다. "우리가 몇몇 장르에서

15 Frédéric II de Prusse, *De la littérature allemande*, p. 28.

우리의 이웃과 필적할 수 없다는 점은 낯부끄러운 일이다." 그가 단언한다. "우리는 몇 차례의 대실패로 인해 잃어버린 시간을 지칠 줄 모르는 작업으로 회복하기를 원하고 (…중략…) 무사이가 이번에는 우리를 영광의 신전으로 들어가게 하리라는 점은 이러한 준비에 비추어 보아 거의 명백하다."[16] 이 이상한 지체는 프로이센의 왕에 의해 특수한 궁핍으로 묘사된다. 그는 이 궁핍을 묵과하려고 하지 않고, "시장"과 문학적 불평등의 자명성을 이렇게 강조한다. "그러므로 부국으로 여겨지는 빈국을 모방하지 말자. 우리의 궁핍을 정정당당히 인정하자. 그럼으로써 오히려 우리의 작업을 통해 문학의 보물을 얻는 길로 매진하자. 이것의 소유에 힘입어 국가의 영광이 절정에 이르리라."[17]

1) 현대성이란 무엇인가?

현대성은 본래 "불안정한" 원칙이다. 이것이 패션과 유사성이 있다는 점은 이것의 정의가 언제나 확정되지 않는다는 방증이다. 현대풍은 언제나 새로우므로, 다시 말해서 자기 정의의 이름 자체로 분류될 수 없으므로, 현대성은 전형적으로 경쟁의 관건이다. 문학 공간에서 정말로 현대적일 유일한 방법은 더 실효성 있는, 다시 말해서 미지의 현재를 통해 현재에 대해 시대에 뒤진다고 이의를 제기하는 것, 그리고 이렇게 해서 최후의 현대풍으로 확증되는 것이다. 이처럼 문학의 공간과 시간에 새로 등장한 작가와 궁극적인 현대성의 정의를 위한 투쟁에 참여한 옛 현대 작가 사이의 차이는 일정 부분 최신의 특수한 혁신을 인식하느냐에서 비롯된다.

특수한 공인을 받기 위해 이러한 시간성에 접근할 필요는 이탈리아의

16 Ibid., p.33.
17 Ibid., p.49.

"미래주의"와 심지어 ("후세주의"라고도 번역된)[18] 흘렙니코프의 "미래지향주의"[19]는 물론이고 보들레르식 현대성의 전제로부터 "절대적으로 현대적일 필요"가 있다는 랭보의 구호 또는 19세기 말에 루벤 다리오에 의해 창설된 스페인어의 "현대주의"나 1920년대의 브라질 "현대주의"를 거쳐 사르트르에 의해 창간된 잡지 『현대』의 이름 자체까지, 문학의 혁신이라는 요청을 열망하는 모든 문학운동 및 선언에 "현대성"이라는 용어가 영속적이고도 지속적인 양태로 등장하는 현상을 설명해준다. 잃어버린 시간에 대한 되찾기 경쟁, 현재에 대한 열정적인 탐색, 옥타비오 파스가 말하듯이 "모든 사람과 동시대적"[20]이 되려는 맹렬한 위세는 우리 시대의 문학에 대한 놀라운 믿음을 간직하고서 예술에 의한 구원의 유일한 약속인 문학의 시간 속으로 들어가려고 애쓰는 작가들을 부추긴다. 다닐로 키슈는 이 문학적 현대성의 중요성을 다음과 같이 완벽하게 설명했다.

> 무엇보다 먼저 나는 현대적이기를 계속해서 바란다. 이는 유행처럼 우리가 뒤쫓아야 하는 끊임없이 점점 더 현대적인 것이 존재한다는 의미가 아니다. 내가 말하고자 하는 것은 (…중략…) 어떤 책을 우리 시대에 속하게 하는 뭔가가 있다는 점이다.[21]

---

18 J.-C. Marcadé, "Alexis Kroutchonykh et Vélimir Khlebnikov. Le mot comme tel", in *L'Année 1913. Les formes esthétiques de l'oeuvre d'art à la veille de la Première Guerre*, L. Brion-Guerry (éd.), Paris, 1973, t. 3, pp.359~361.

19 V. Khlebnikov, *Nouvelles du Je et du Monde*.

20 O. Paz, trad. par J.-C. Lambert, *Le Labyrinthe de la solitude*, Paris : Gallimard, 1972, p.165.

21 D. Kiš, "La conscience d'une Europe inconnue", entretien avec L. Tenorio da Motta, *Folhetim*, São Paulo, 28-11-86; trad. par p.Delpech, *Le Résidu amer de l'expérience*, Paris : Fayard, 1995, p.223.

현대 작품은 "고전"의 범주에 접근하지 않는 한 무효가 되도록 선고받는다. 몇몇 공인된 작품은 이 범주에 듦으로써 "변동"과 "논쟁"에서 벗어나기에 이른다. ("우리는 취향과 색깔에 관해 언쟁하면서 시간을 보낸다." 발레리가 쓴다. "증권거래소에서도 그렇고 수많은 심사위원회에서도 그렇고 아카데미에서도 그렇다. 사정이 그럴 수밖에 없다")[22] 시간에서 벗어나는 것, 경합과 시간상의 고조된 경쟁에서 빠져나오는 것이 문학적으로 말해서 고전이다. 그래서 현대 작품은 노후화를 모면하고 시간을 초월한 불멸의 것이라 선언된다.[23] 고전은 문학의 정당성 자체, 다시 말해서 '문학'으로 인정되는 것, 문학으로 인정될 최소조건의 경계선이 그어지기 시작하는 지점, 특수한 측정 단위의 구실을 하게 되는 것을 구현한다.

문학 자본에서 멀리 떨어진 나라 출신의 모든 작가는 문학의 시간을 재는 척도를 의식적으로건 무의식적으로건 참조하는데, 이 척도에서는 정당한, 다시 말해서 우리 시대의 책을 정당화하는 가장 높은 비평 심급에서 결정되고 그 자체로 주제화할 필요조차 없는 "현재"의 자명성이 고려된다. 가령 옥타비오 파스는 『고독의 미로』에서 다음과 같이 쓴다.

> 주변인, 역사의 변두리에 거주하는 우리 라틴아메리카인은 초대받지 못하고 서양의 하인 출입구로 들어간 손님, 조명이 곧 꺼질 무렵에 현대성의 공연을 보려고 도착하는 불청객이다. 여기저기에서 뒤늦게, 역사에서 이미 매우 늦었을 때 우리는 태어난다. 우리는 과거가 없거나 과거가 있을지라도 과거의 잔재에 침을 뱉었다.[24]

22 P. Valéry, "La liberté de l'esprit", loc. cit., p.1083.

23 '불멸'로 자칭하는 아카데미 프랑세즈 회원들은 똑같은 유형의 전략을 되풀이하려고 애쓴다. 하지만 스스로 규칙을 정해 '고전 작가'가 되기를 바라고 실제의 자율적 문학

1990년 똑같은 옥타비오 파스의 노벨상 수상 연설은 (예술에서만큼 역사에서도) 버성긴 세계 시간의 지각을 거의 투박한 용어로 환기한다. 의미심장하게도 '현재의 탐색'이라는 제목이 붙은 연설문에서 매우 젊었을 때 경험했다고 하는 어떤 이상한 시간 간격의 발견, 그리고 유럽과의 분리, 그가 쓰듯이 "우리의 정신사가 갖는 항구적인 특징"[25]으로 인해 박탈된 어떤 현재의 시적, 역사적, 미학적 탐구를 회상한다.

> 틀림없이 제가 여섯 살 때였을 것입니다. 제 사촌누이 가운데 약간 손위의 한 명이 어느 날 제게 어떤 북아메리카 잡지를 보여주었어요. 아마도 뉴욕에서일 텐데 넓은 길을 줄지어 지나가는 병사 사진이 거기에 실려 있었죠. '전쟁에서 돌아온 군인들이야.' 그녀가 내게 말했죠. (…중략…) 내게 그 전쟁은 여기도 지금도 아닌 어떤 다른 시간 속에서 일어났던 것입니다. 나는 문자 그대로 현재에서 내쫓긴 느낌이었어요. 그리고 시간이 점점 더 부서지기 시작했습니다. 공간, 공간들처럼요. 저는 세계가 분열된다고 느꼈습니다. 이를테면 저는 더 이상 현재에 거주하지 않는 셈이었죠. 저의 지금이 무너져내렸습니다. 즉 진정한 시간은 다른 곳에 있었어요. (…중략…) 제 시간은 허구의 시간이었습니다. (…중략…) 이렇게 제가 현재에서 축출되기 시작했습니다. 우리 스페인계 아메리카인에게는 그 실제의 현재가 우리나라에 머물러 있지 않았어요. 그것은 다른 이들, 영국인, 프랑스인, 독일인에 의해 체험된 시간이었습니다. 뉴욕, 파리, 런던의 시간이었던 것이죠.[26]

공간이 그들에게 거부하는 공인 과정을 모방하는 까닭에 가장 먼저 잊힐 운명을 선고받는다.

24 O. Paz, op. cit., p.185.

25 O. Paz, *La Quête du présent*, p.15.

26 Ibid., pp.18~20.

여기에서 파스는 그저 중심의 시간, 다시 말해서 자신의 중심 이탈, (부정적인) 주변성에 대한 자신의 발견을 이야기하고 있다. (정치적, 역사적, 예술적) 단일화로 말미암아, 모든 이가 어떤 절대의 시간이라는 공통의 척도를 강요받는데, 이 척도는 (민족, 가족, 내면 등의) 다른 시간성을 공간의 외부로 쫓아낸다. 파스는 우선 자신이 실제의 시간과 역사 바깥에 있음을 알아차린다"그 실제의 현재가 우리나라에 머물러 있지 않았어요". 다음으로 세계의 분열에 대한 그 자각으로 인해 현재를 찾아 떠날 욕구가 명령처럼 솟구친다. "현재의 탐색은 지상낙원에 대한 추구도 날짜가 없는 영원성의 추구도 아닙니다. 그것은 진정한 현실의 탐색입니다. (…중략…) 현재를 찾아 떠나 우리의 땅으로 갖고 돌아올 필요가 있었어요." 이러한 '현재의 탐색'은 국가공간에 귀속된 "허구의 시간" 밖으로의 탈출이자 국제 경합으로의 진입이다.

하지만 어떤 다른 현재의 척도로 말미암아 어쩔 수 없이 그는 자신의 "지체"를 알아차리게 된다. 중심에 문학의 특수한 시간, 문학의 현대성에 대한 척도가 존재한다는 사실을 깨닫는다.

> 그 몇 년은 또한 제가 문학을 발견한 시기이기도 합니다. 저는 시를 쓰기 시작했어요. (…중략…) 제가 현재로부터의 축출이라 부른 경험과 시를 창작한다는 사실 사이에 은밀한 관계가 있다는 것을 이제 막 이해했을 뿐입니다. (…중략…) '저는 현재의 입구를 모색했습니다.'[27] 즉 제 시대와 제 세기에 속하고 싶었어요. 약간 나중에 그것은 하나의 고정관념이 되었습니다. 즉 저는 현대 시인이 되고 싶었죠. 현대성에 대한 제 탐색은 이렇게 시작되었습니다.[28]

27 작은따옴표는 저자 강조.

28 O. Paz, op. cit., pp.20~21.

시적 현재를 모색하면서 그는 '사실상' "경주"에 참가하고 따라서 경주의 규칙과 쟁점을 받아들이며 이런 식으로 국제성에 다가선다. 멕시코에는 알려지지 않았으나 문학과 미학에서 어떤 가능한 일 전체가 시작됨을 보면서 보편적 시인의 지위에 지원한다. 반대로 그는 불가피하게 자신이 이 경쟁에서 뒤졌음을 알아차린다. 중심의 시간을 정치와 예술의 시간에 대해 유일하게 정당한 척도로 인정함은 유력자가 행사하는 지배, 하지만 자신이 특히 시간의 산출 자체와 역사 측정의 단위를 또한 강요한다는 점을 알지 못하는 중심 거주자에게는 생소한, 인정되고 수락된 지배의 결과이다. "참된 현재"를 들여오기로 결심한 시인은 자신의 시도에서 성공하게 된다. 왜냐하면 노벨상을 받음으로써 "멕시코인의 정체성"에 대한 분석가로서 가장 큰 문학적 인정에 접근하게 되기 때문이다.

이 전형적인 문학의 시간성은 문학적 주변의 작가들 가운데 파스처럼 국제문학적 삶으로 열려 스스로 발견하는 자신의 문학적 "유배" 또는 문학으로부터의 격리 같은 것과 단절하려고 애쓰는 이만 지각할 수 있을 뿐이다. 반대로 "민족주의자"는 중심 민족의 구성원이건 중심에서 벗어난 민족의 구성원이건 모두 세계적 경합, 따라서 문학에 관한 시간의 척도를 무시하고 문학의 실천에 할당된 민족의 규범과 한계만을 고려한다. 그래서 현재의 문학을 유일하게 (다시) 인식하는 참된 "현대 작가"는 이 문학 시계의 존재를 알고 따라서 국제법이나 세계문학 공간에서 신기원을 이루는 미학 혁명을 준거로 삼는다.

문학적 거리에 대한 공간적 이해와 시간적 이해는 문학적 주변의 수많은 작가에게서 매우 일반적인 "지방"[29]의 이미지로 압축된다. 예컨대 페

---

29 예컨대 Leon Edel, trad. par A. Müller, *Henry James, une vie*, Paris : Éditions du Seuil, 1990, p.226 참조. "헨리 제임스는 지방성과 범세계주의라는 두 세계, 두 극점 사이에

루 작가 마리오 바르가스 요사는 1950년대 사르트르의 발견에 관해 이렇게 쓴다.

> [사르트르의] 작품이 한 라틴아메리카 청소년에게 무엇을 가져다줄 수 있었을까? 그것은 그를 지방에서 구출하고, 토속적 사고방식에 대해 그를 면역시키고, 여전히 본보기의 구실을 하고 한 세기 전에 수입된 유럽 자연주의의 주제와 문체를 은연중에 되풀이하며 로물로 갈레고스, 에우스타시오 리베라, 호르헤 이카자, 시로 알레그리아 (…중략…) 등처럼 마니교의 도식과 너무 단순한 기법을 내보이는 그 다채로우나 피상적인 문학에서 그를 깨어나게 할 수 있었다.[30]

1973년 다닐로 키슈는 베오그라드의 한 기자가 제기한 질문에 대답하면서 자기 나라의 문학을 매우 유사한 용어로 환기했다.

> 우리나라에서는 사람들이 표현과 주제에서 시대착오적이고 19세기의 전통에 전적으로 기댄 나쁜 산문을 계속해서 쓰고 있어요. 실험이 과감하지 않고 지역적인 지방 특유의 산문이죠. 사실 이러한 향토색은 이 산문의 핵심으로서 대개 민족 정체성을 보존하려고 시도하는 수단일 뿐이에요.[31]

같은 시기에 그가 쓴 텍스트들 가운데 하나가 이 성찰에 메아리친다.

서 정기적으로 왕복하고 (…중략…) 자주 돌아다니게 되었을 것이다."

30 Mario Vargas Llosa, trad. par A. Bensoussan, *Contre vents et marée*, Paris : Gallimard, 1989, p.93.

31 D. Kiš, *Le Résidu amer de l'expérience*, p.71.

나는 (따라서 지방이라는) 이 테두리에서 나 자신의 작품을, 나 자신의 패배를 본다. 거기에서 그것은 우리가 당한 패배의 행렬에서 분명히 찾아볼 수 있는 하나의 작은 패배로서, 신화와 주제 그리고 상투화된 방법을 통해 이 지방 정신에서 빠져나오려는 지속적이고 일관된 시도로서 전개되었고 전개될 기회가 주어졌다.[32]

이 문학적 "지방"의 주제, 엄밀하게 말하자면 일종의 "상속권 없는" 지방의 주제가 반복되는 현상은 문학 세계에 대한 불평등한 재현의 자명성, 세계의 정치 지리와 결코 완전히는 중첩될 수 없는 문학 지리의 이해를 전제한다. "수도"와 "지방" 사이다시 말해서 과거와 현재 사이, 고풍과 현대풍 사이의 분리는 불가피한 여건, 완전히 "옛날에" 머물러 있지 않은 이들에 의해서만 지각될 뿐인 시공간 그리고 미학의 구조이다. "지방" 출신의 작가가 한결같이 인정하는 추상적이고 동시에 현실적인, 자의적이고 필연적인 유일한 경계는 그리니치 자오선으로 표시된 시간의 경계이다. 수도와 지방 사이의 차이는 불가분하게 시간적이고 미학적이다. 즉 미학은 그저 문학의 시간을 명명하는 다른 방식이다.

(조이스 같은) 1900년 무렵 아일랜드인의 경우에, 1930년 무렵 미국인의 경우에 런던의 문학 규범을 인정하지 않을또는 그것의 비판과 무관심을 거부할 유일한 방식, (루벤 다리오 같은) 1890년 무렵 니카라과인의 경우에 스페인의 구태의연한 문학 규범에서 멀어질, (다닐로 키슈 같은) 1970년 무렵 유고슬라비아인의 경우에 모스크바가 강요하는 문학 규범의 전제적 지배를 거부할, 1995년 무렵 (안토니우 로부 안투네스 같은) 포르투갈인의 경우에 강

32 D. Kiš, "Nous prêchons dans le désert", *Homo poeticus*, p. 11.

압적인 국가 공간에서 빠져나올 유일한 수단은 파리 쪽으로 돌아서는 것이다. 파리의 평결은 문학 영역에서 가장 자율적이고가장 덜 민족적이고 따라서 최후의 방책이다. 그래서 예컨대 조이스는 파리에서의 치외법권을 요구한다. 이런 식으로 그는 런던으로의 망명이 나타냈을 식민지 권력에 대한 복종의 거부뿐만 아니라 아일랜드의 민족문학 규범에 대한 동조의 거부라는 이중 거부의 전략을 써서 자율적인 문학의 시도를 성공적으로 수행할 수 있게 된다.

파리는 문학적 신용만으로도 현대성에 관한 지식과 수완을 모색하고 더 나아가 혁신을 수입함으로써 출신 민족 공간에 변혁을 일으킨다. 중심 공간에서 신기원을 이룬 몇몇 문학 혁신가는 실제로 "지체된" 공간의 출신자를 위해 민족 "문학의 시간을 가속할 기계"의 구실을 할 수 있다. 나중에 보게 되겠지만 이는 특히 포크너의 경우인데, 케케묵은 세계를 환기하기 위해 파리에서 인정받고 공인된 새로운 소설 형식을 창조한 그는 똑같은 구조적 위치에 놓인 수많은 작가에게 일종의 구원자 모델로 떠오르게 된다.

이러한 논리에 따라 두 모범적인 사례를 여기에서 분석할 수 있는데, 하나는 라틴아메리카와 스페인문학사의 중심적인 인물 루벤 다리오의 경우로서, 그는 파리에 의해 공인되지는 않았을지라도, 파리에서 전파된 문학적 현대성을 들여옴으로써, 스페인 세계의 모든 문학적 실천과 가능성을 뒤엎었고, 다른 하나는 게오르그 브라네스의 경우로서, 그는 19세기 말에 "현대의 돌파구"라 불린 것을 모든 스칸디나비아 나라에 들여옴으로써, 파리에서 발견된 자연주의의 원칙으로부터, 스칸디나비아 국가의 문학적이고 미학적인 전제를 혁신했다. 그들이 문학 혁명을 자기 문화권으로 들여오고 자기 문화권의 "지체된" 미의식을 벌충한다는 점은 그들을 자기 문화권에서 공인받게 할 만한 가치가 있다. 현대성의 혁신과 에 대한 이와 같은 권유는 또한 그들로 하여금 그때까지 정치적 (민족적) 문학에 귀속된 공간에서 자율성의 극점을 설정할 수 있게 해준다.

1888년 발파라이소에서 출판된 시집 『푸름』, 다음으로 1896년 부에노스아이레스에서 나온 『세속 산문』에서 루벤 다리오1967~1916는 스페인어의 시적 전통 전체와 단절한다.[33] 프랑스 시를 통해 다리오는 "현대주의"의 이름으로 스페인 세계에 시적 혁명을 촉구한다. 이 니카라과 시인은 당시의 프랑스문학에 대해 찬탄하면서 실제로 프랑스어에 고유한 형식과 억양을 스페인 언어와 운율법으로 들여오기에 이른다. "나는 '황금기' 스페인의 영원한 상투적 표현과 불확실한 현대 시에 익숙했던 탓에, 프랑스인들에게서 (…중략…) '개척할 문학의 보고'를 찾아냈다."[34] 그가 "정신적 프랑스어 어법"이라 부르는 것, 다시 말해서 프랑스어의 어투와 억양을 카스티야어로 들여오는 활동은 스페인문학 세계와 따라서 라틴아메리카의 시적 관례에 대한 반란의 극단적이고 문학적으로 받아들일 만한 형태나 다름없다. 다리오는 프랑스으로부터 문학적 위세와 역량을 이용하여 스페인에서 벌어진 미학 논쟁의 용어를 뒤엎고 프랑스에서 들여온 이 현대성의 확실성을 라틴아메리카에, 뒤이어 식민지 예속의 전복 덕분으로 스페인에 부과하는 데 성공한다. 가령 그는 1895년 부에노스아이레스의 『라 나시온』지에 실린 기사에서 이렇게 단언한다. "내 꿈은 프랑스어로 글을 쓰는 것이었다. (…중략…) 스페인어를 이러한 부흥으로 이끌 변화

33 Max Daireaux, *Littérature hispano-américaine. Panorama des littératures contemporaines*, Paris : Kra, 1930, pp.95~106 참조.

34 R. Darío, *Hisoire de mes livres*, G. de Cortanze, "Rubén Darío ou le gallicisme mental", R. Darío, *Azul*…, p.16에서 재인용. 작은따옴표는 저자 강조.

는 스페인에서 언어가 전통에 갇혀 스페인 어법으로 둘러싸이고 덮이는 순간부터 아메리카에서 일어나지 않게 되어 있었다."[35] 여러 비평에서 루벤 다리오는 스페인의 식민지화 권력을 교묘히 피해 가고 스페인이 아메리카 식민지에 강요한 모든 상투적인 표현에 맞서 아메리카의 문학 혁명을 밑받침하려는 자신의 의지를 상당히 명쾌하게 단언한다. 그는 현대주의적 "새로움"의 명증성을 더 잘 받아들이게 하려고 "전통에 갇힌" 스페인 시의 지체를 강조한다. "나의 성공은 새로움에 의한 것이었다. 이 점을 전혀 고백하지 않는다면 터무니없을 것이다. 그런데 그 새로움이란 무엇이었을까? 그것은 정신적 프랑스어 어법이었다."[36] 1986년 아르헨티나에서 출간된 대담에서 호르헤 루이스 보르헤스도 이 놀라운 혁명적 모험을 환기한다.

> 나는 스페인 시가 황금기부터 쇠퇴기로 접어들었다고 깊이 확신해요. (…중략…) 모든 것이 엄격해졌어요. 매우 빈약했던 18세기와 19세기에 관해서는 말하지 말죠. 그런데 갑자기 루벤 다리오가 솟아나요. 그에 의해 모든 것이 쇄신됩니다! 아메리카에 이어 스페인에서 일어나 세 명만 들건대 마차도 형제와 후안 히메네스 같은 위대한 시인에게 영감을 주는 혁신이죠. 하지만 아마 이로부터 영감을 받는 다른 이들도 있을 거예요. (…중략…) 그는 정확히 최초의 혁신가였어요. 물론 에드가 앨런 포의 영향 아래에서죠. 정말 이상한 일입니다. 포는 미국인이고 보스턴에서 태어나 볼티모어에서 죽지만, 그를 번역한 프랑스인 보들레르 덕분으로 우리의 시로 이르죠. 그런 만큼 사실상 이것은 무엇보다 프랑스의 영향이에요.[37]

35 Ibid., p.15.

36 Ibid..

스칸디나비아 나라에서 파리의 우위를 주장하기로 선택한 이들은 19세기 내내 자기 국가를 전적으로 지배하고 독일의 단순한 심미적 지방으로 변화시킨 독일 문화의 영향력에 맞서 싸우고자 했다. 여러 해 동안 파리에서 살았던 덴마크의 위대한 문학 평론가 게오르그 브라네스1842~1927는 거기에서 자연주의와 텐의 저서를 발견하고 들여와서 18세기 말 "현대의 돌파구"를 의미하는 이른바 '게놈브로트'운동의 형태로 모든 스칸디나비아 나라의 문학에 매우 깊은 변화를 불러일으킨다. 브라네스의 구호는 "문제를 논의하기"이다. 이를 통해 그는 독일의 전통에 의해 옹호된 이상주의와는 대조적으로 프랑스 자연주의의 본보기에 따라 사회와 정치 그리고 미의식 문제의 표현, 기존 가치에 대한 비판으로서의 문학을 촉진하고자 했다. 그가 1871년에 시작하여 1890년에 끝내는 일련의 강연, 『19세기 문학의 주요한 흐름』은 스칸디나비아 문학의 분위기를 뒤흔들고 홀거 드라흐만[38]과 J. P. 야콥센 그리고 다른 몇 명이 그와 동조하는 덴마크에서뿐 아니라 비요른손[39]과 입센의 노르웨이에서, 그리고 스트린드베리[40]의 스웨덴에서 결정적인 영향을 끼친다.[41] 그가 1883년에 펴낸 책

37 Jorge Luis Borges, trad. par C. Couffon, *Nouveaux Dialogues avec Oswaldo Ferrari*, Paris : Édtions de L'Aube-Éditions Zoé, 1990, pp.89~90.

38 **[역주]** Holger Drachmann(1846~1908). 덴마크의 시인, 극작가, 화가, 언론인.

39 **[역주]** Björnson(1832~1910). 노르웨이의 소실가. 극삭가 헨리크 입센, 크누트 함순, 요나스 리에, 알렉산더 케엘란드와 더불어 노르웨이 문학사에서 다섯 명의 가장 위대한 작가들 가운데 하나로 소개된다. 그는 노르웨이 국가의 가사를 썼다. 1903년에 노벨문학상을 받는다.

40 **[역주]** Johan August Strindberg(1849~1912). 스웨덴의 작가, 극작가, 화가. 가장 중요한 스웨덴 저자들 가운데 하나, 현대 연극의 아버지들 가운데 하나이다. 그의 작품은 자연주의와 표현주의 사이에 속하는 것으로 분류된다.

41 Régis Boyer, *Histoire des littératures scandinaves*, Paris : Fayard, 1996, 특히 5장 "Le Genombrott, 1870 à 1890 environ", pp.135~195 참조.

『현대의 돌파구를 연 사람들』로 말미암아 이러한 문학 및 문화운동 전체에 그의 이름이 각인되었다. 이 운동의 영향은 정치적으로도 결정적이었다. 왜냐하면 "정치적 급진주의, 프랑스의 현실주의와 자연주의, 여성 해방,[42] 무신론과 종교 자유주의 (…중략…) 국민 교육의 출현"이 특히 스웨덴에서 역사적으로 "현대의 돌파구"와 연결된 것으로 여겨지기 때문이다.[43] 그런데 역설적인 것은 독일의 전제적 지배로부터 풀려나기 위해 파리의 특수한 지배를 받아들인다는 점이다. 하지만 "현대의 돌파구"는 파리에서 발견된 이론 및 문학 혁명에 부합하는 모방이 아니라, 파리에서 들여온 혁신으로 가능해진 해방이다. 파리는 혁신을 강요하지도 부추기지도, 혁신의 형식을 건네주지도 않는다. 다만 혁신의 본보기를 제공할 뿐이다.

오늘날 덴마크 소설가 헨리크 스탄게룹[44]은 스웨덴 지식인 대부분이 친독일파인 시대에 반독일의 입장으로 물의를 일으켰던 자기 할아버지, 스웨덴에서 매우 유명한 작가 히알마르 쇠더보리[45]의 모습[46]을 떠올린다.

처음부터 그는 드레퓌스파인 게오르그 브라네스와 가까웠어요. 브라네스의 신문은 졸라의 「나는 고발한다」를 게재한 세계 최초의 신문이었죠. 그리고 쇠더

42 게오르그 브라네스는 1869년 스튜어트 밀의 『여성의 종속에 관하여(*On the Subjection of Woman*)』를 번역했다.

43 Thure Stenström, *Les Relations culturelles franco-suédoises de 1870 à 1900. Une amitié millénaire. Les Relations entre la France et la Suède à travers les âges*, M. et J.-F. Battail (éds.), Paris : Beauchesne, 1993, pp.295~296.

44 **[역주]** Henrik Stangerup(1937~1998). 덴마크의 작가, 영화감독.

45 **[역주]** Hjalmar Söderberg(1869~1941). 스웨덴의 소설가, 극작가, 시인, 신문기자.

46 프랑스어로 trad. par E. Balzamo, *Égarements*, Paris : Viviane Hamy, 1992 ; trad. par E. Balzamo, *La Jeunesse de Martin Birck*, Paris : Viviane Hamy, 1993; trad. par E. Balzamo, *Le Jeu sérieux*, Paris : Viviane Hamy, 1995.

보리는 유럽에서의 유대인 배척주의에 관한 기사로 경력을 시작했어요. 그는 1941년에 죽었죠. 스테판 츠바이크의 경우와 매우 유사한 정신 상태에서 자살했지요. 즉 코펜하겐으로 망명하여 1907년부터 거기에 살았는데, 히틀러가 전쟁에 이기리라고 확신했습니다. (…중략…) 나의 아버지는 문학비평가였어요. 역시 친프랑스적이었고 많은 프랑스 작가를 번역했어요. 그의 프랑스는 오히려 모리아크와 모루아의 프랑스였지요. 그리고 나는 1956년에 파리에 도착하는데, 나의 프랑스는 사르트르와 카뮈의 프랑스였죠. 나는 신학을 공부했고 키에르케고르의 나라에서 왔으므로, 나에게 실존주의는 최초의 지적 모험이었습니다. 그렇게 내 머릿속에는 세 프랑스, 즉 세기의 전환점에서 드레퓌스파 프랑스인 할아버지의 프랑스, 더 보수적인 내 아버지의 프랑스, 그리고 나의 프랑스가 있습니다.[47]

헨리크 스탄게룹의 소설은 이러한 지식인 및 국가 차원의 이분법이 두드러진다.

『라고아 산타』[48]에서 독일 문화는 큰 역할을 합니다. 역사적으로 우리는 언제나 독일에 마음이 끌렸어요. 독일은 '큰형'이죠. 키에르케고르는 독일로부터 영감을 받고 동시에 헤겔과 독일 철학에 대항해요. 내 소설에서 덴마크의 박물학자 룬드는 독일 문화를 이어받은 실증주의에 회의적인 시선을 던집니다. 그는 브라질인이 되죠. 그렇지만 19세기에 덴마크 문화는 무엇보다 신학 문화입니다. 목사들이 덴마크에서 지식층을 형성했어요. 그리고 또 대다수가 독일인처

47 저자와의 미간행 대담, 1993년 가을.

48 Henrik Stangerup, trad. par E. M. Jacquet-Tisseau, *Lagoa santa*, Paris : Mazarine, 1985.

럼 루터파입니다. 1840년대 덴마크의 위대한 문학비평가, 내가 『유혹자』[49]에 등장시킨 묄러에 힘입어 처음으로 프랑스가 덴마크문학에 들어왔지요. (…중략…) 한두 차례 베를린 여행을 했을 뿐인 키에르케고르처럼 내부 망명을 선택한 이들을 제외하고 덴마크문학을 만든 모든 작가는 대단한 여행자였어요. 가장 대단한 여행자는 아마 한스 크리스티안 안데르센일 터인데, 그의 여행기는 프랑스에서 전혀 진가를 인정받지 못했어요. 안데르센의 꿈, 게오르그 브라네스의 꿈은 바로 프랑스어로 번역되는 것이었습니다.[50]

다리오와 브라네스가 자신의 문학 공간과 동시에 언어-문화 공간으로 들여온 변화는 문학의 혁신보다는 오히려 시간의 가속이라는 범주에 속한다. 그것은 혁명이라기보다는 오히려 업데이트이다. 또는 유행 따라잡기라 해도 무방하다. 그들은 중심에서 이미 일어났고 특수한 시간을 측정할 수 있게 해주는 문학적 전복을 그리니치 자오선에서 그때까지 멀리 떨어진 지역으로 도입한다. 그들은 막대한 자본 돌려쓰기를 통해 최신의 미적 쇄신을 이러한 지역에 제공하면서 시간의 늦어짐 없이 세계적 게임에 들어가기 위한 으뜸 패를 민족의 "게임 참여자들"에게 건네준다. 이에 따라 그들은 파리에 의해 혁신가, 다시 말해서 문학의 시계추를 다시 제시간에 맞출 수 있는 창작자로 공인받을 수 있으며, 더 나아가 파리의 현대성을 본보기로 자율적인 입장을 내세우면서 문학 공간을 단일화하는 데 크게 이바지한다.

그들은 중심의 세계주의자와 이를테면 구조적으로 동등한데, "중심에서 멀리 떨어져 있는" 이 세계주의자들도 중심의 세계주의자처럼 라뮈의

49 Henrik Stangerup, trad. par E. Eydoux, *Le Séducteur*, Paris : Mazarine, 1987.

50 대담, 1993.9.

표현을 다시 취하건대 "환과 교역의 일반 은행"[51] 안에서 문학적 가치의 생산에 참여한다. 그들에 대한 번역은 문학 공간의 단일화를 위한 핵심적인 수단이다. 즉 중심에서 공인된 커다란 혁명의 반출과 확산을 가능하게 해준다. 따라서 그들은 이와 같은 국제적 지위 상승을 통해 이 특수한 쇄신의 보편적인 "신용"를 나누어 갖는다.

2) 시대착오

시대착오는 그리니치 자오선에서 멀리 떨어진 문학 공간의 특성이다. 가령 브라질의 문학비평가 안토니우 칸디두는 자신이 문학의 "지체와 시대착오"라 부르는 것을 라틴아메리카의 "문화적 약점"이 초래하는 결과들 가운데 하나로 묘사한다.[52] "라틴아메리카에서 충격적인 점은 미학적으로 시대착오적인 작품이 살아 있는 것으로 여겨진다는 사실이다." 그가 쓴다. "그것은 소설에서 자연주의와 관련하여 일어나는 일인데, 자연주의는 약간 늦게 우리에게 이르렀고, 양태가 변모했지만, 연속성에 관한 본질적인 해결책 없이 오늘날까지 이어졌다. (…중략…) 유럽에서 자연주의가 유물이었을 때, 우리에게는 자연주의가 여전히 1930년대와 1940년대의 사회 소설처럼 정당한 문학 방식의 요소일 수 있었다."[53]

(후안 베네트가 말하듯이 "스페인의 유행에 적응되고" 바르가스 요사가 말하듯이 "한 세기 전에 도입된") 자연주의는 "정경" 묘사의 수단으로 평가절하된 까닭에 국제적인 이국풍의 전형적인 도구였다. 민속주의 또는 지방주의나 이국풍은 미적 수단을 창안하지 않고 오래전에 무효가 된 미적 수단을 이

51 C. F. Ramuz, *Paris. Notes d'un Vaudois*, p.65.
52 Antonio Candido, op. cit., p.244.
53 Ibid., p.245.

를테면 자연적으로 재발견된 헤르더 사상에 따라 마리오 바르가스 요사가 말하듯이 "의식하지 못한 채" 사용하면서 모두 독창성, 지역민족, 대륙의 특성을 묘사하고자 한다. 이처럼 바르가스 요사는 1950년대와 1960년대 라틴아메리카 소설의 "지방색"에 관해, "민속적 시각"에 관해 말한다. 그리고 후안 베네트는 1950년대 스페인 소설에 관하여 거의 똑같은 용어를 사용한다. "소설이 정경으로 축소되었어요. 선술집, 거리, 하숙집, 작은 레스토랑, 경제적으로 어려운 소가족의 묘사가 전부였죠."[54] "정경"과 지방색은 가장 보편화되고 가장 진부한 미적 수단으로 특별한 현실을 묘사하기 위한 시도이다.

특수한 "지체"나 "궁핍"의 개념은 물론 경쟁과 투쟁, 거부, 반란, 그리고 단절의 대상이다. 여기에서 제안된 세계문학 공간의 모델은 진화론의 원칙에 따라 구축되지 않는다. 중심의 작가 모두가 반드시 "현대적"이지 않은 것과 마찬가지로 "중심에서 멀리 떨어져 있는" 모든 작가가 본질적인 지체를 "선고받은" 것은 아니다. 반대로 민족 공간 자체에는 서로 매우 다른 여러 시간성따라서 미학과 이론이 발견되는데 이로 말미암아, 명백한 (연대기적) 동시대성에도 불구하고, 자국민보다 지리 공간에서 멀리 떨어진 작가와 더 가까울 수 있는 작가들이 공존한다. 문학 세계의 특수한 논리는 통상적인 지리를 무시하고 정치적 노선도와 아주 다른 영토와 경계를 설정하므로, 예컨대 아일랜드 작가 제임스 조이스를 독일 작가 아르노 슈미트에, 유고슬라비아 작가 다닐로 키슈를 아르헨티나 작가 호르헤 루이스 보르헤스에, 또는 반대로 이탈리아 작가 움베르토 에코를 스페인 작가 페레스 레베르테 또는 세르비아 작가 밀로라드 파비치에 접근시킬 수 있게

54 저자와의 미간행 대담, 1991.7.

해준다. 역으로 문학 자원이 가장 풍부한 공간 내에도 서로 몇 광년 떨어져 작업하는 사람들이 (적어도 겉으로는) 공존한다. 전 세계의 관학파흔히 아카데미 회원들는 오래전에 한물가고 시대에 뒤진 미적 형식의 영원성을 믿기 때문에, 시대에 뒤떨어져 구식이 된 문학 모델을 재생산하는 많은 무리를 형성한다. 현대 작가는 문학의 (재)창안을 끊임없이 추구한다.

이처럼 시기에 차이가 있기 때문에, 비교문학 전문가에게 초국가적 시대구분의 확립은 어려운 일로 드러난다. 하지만 모든 주역이 문학적으로 동시대적이지는 않을지라도, 시간의 똑같은 척도, 민족사가 요컨대 여전히 갇혀 있는 정치의 연대기와 비교적 무관한 척도로 그들을 헤아려볼 수는 있다. 그래서 (문학사의 어느 시기에 "현재"를 표시하는) 중심에서 시작된 이런저런 문체 격변의 세계적인 확산은 문학판의 구조를 공간과 시간으로, 공간이 된 어떤 시간으로 소묘할 수 있게 해준다. 진정한 문학 혁명이었던 것, 자연주의 소설의 국제적 확대와 성공은 이 특수한 시간의 측정과 자연주의 소설의 확산으로부터 확립 가능한 지도 작성법을 이해하게 해줄 수 있다. 알다시피 독일에서 졸라가 열렬히 환영받는 시기는 프랑스에서 졸라의 성공이 내리막길로 접어드는 1883년과 1888년 사이이다. 요제프 유르트[55]는 번역의 지체와 "프랑스의 문학 공간과 독일의 문학 공간을 갈라놓는 시간의 간격"을 강조한다. 프랑스에서 "자연주의가 성공하는 위대한 시기는 1877년『목로주점』과 1880년『실험소설』 사이이다".[56] 그러므로 독일에서 일어나는 일과는 반대로 1880년대 파리에서는 졸라의 시

55 [역주] Joseph Jurt(1940~). 현재 프라이부르크대학의 프랑스문학 명예교수.

56 J. Jurt, "The Reception of Naturalism in Germany", Brian Nelson (ed.), *Naturalism in the European Novel. New Critical Persepectives*, New York · Oxford : Berg Publishers, 1992, pp.99~119.

도와 경쟁 관계에 있는 시도가 나타난다. 즉 심리 소설의 유파가 등장하고1883년 부르제의 『현시대의 심리학 시론』이 출간됨과 함께, 1884년 위스망스의 『거꾸로』가 출간되며, 제2의 자연주의 그룹으로 인한 불화가 일어난다. 하지만 독일에서는 헤르만 바르의 『자연주의 넘어서기』가 1891년 나오면서 1890년대 초에야 자연주의에 이의를 제기하는 똑같은 시도가 출현한다. 그러므로 보다시피 그리니치 자오선에 신기원을 이루는 사건의 확산에서 프랑스와 독일 사이의 시간 간격은 변함이 없다.

스페인에서 1880년대에 "정치적"인 만큼 형식적인 문학 혁명으로 여겨진 프랑스 자연주의는 오랜 토론과 커다란 논쟁의 대상이다. 프랑스에서 들여온 자연주의는 후기 낭만주의와 관련된 소설적 재현의 도덕주의와 순응주의에 대한 비판의 수단이다. 또한 사회 비판의 도구이기도 하다. 졸라의 묘사에서 찾아볼 수 있는 그토록 비난받은 "조잡성"은 모든 관습과 사회적이고도 미적인 보수주의를 문학적으로 뒤엎는 방법이다. 졸라를 스페인에 소개하고 번역한 레오폴도 알라스, 일명 클라린1852~1901[57]은 이론가로서2천여 편의 기사를 발표했다, 그리고 실천가로서다시 말해서 소설가로서 자연주의를 가장 치열하게 옹호한 자들 가운데 하나이다. 그는 투사 지식인이다. 그에게 문학 저널리즘은 진보의 이름으로 수행된 "위생" 투쟁이다. 같은 시대에 에밀리아 파르도 바잔1852~1921은 프랑스 현실주의 소설 및 자연주의의 문제에 관한 논문집 『흥미로운 문제』1883를 펴낸다. 그러므로 이 들여온 도구 덕분에 이와 같은 스페인 "현대 작가들"은 민족문학의 연대기에 결정적인 단절을 도입한다. 그들은 국가의 문학적 관습을 과거로 돌리면서 이것에 맞서 싸우기 위해, 당시에 자연주의 문학으로 구현된 문

57 **[역주]** Leopoldo Alas(1852~1901). 스페인의 소설가. 일명 클라린(Clarín)이라 불린다. *La Regenta*(1884~1885)라는 대하소설로 유명하다.

학의 현재에 호소한다.

세계 여기 저기에서 자연주의는 전통 고수와 보수주의다시 말해서 문학적 과거의 굴레에서 해방되고자 하는 이들에게 현대성으로의 접근을 가능하게 했다. 이와 마찬가지로 제임스 조이스의 작품이 갖가지 언어 및 민족 영역으로 도입되고 요구되는 시기는 문학의 영역 내에서 갖가지 민족의 시간성에 대한 또 다른 척도가 될 수 있을 것이다. 라르보의 프랑스어 번역을 통해 공인받고부터 문학적 현대성의 기본 텍스트가 된 『율리시스』와 『피네건의 경야』는 졸라, 초현실주의, 포크너 등과 함께 그리니치 자오선에서 떨어진 위대한 표지들 가운데 하나이다.

따라서 문학을 단일화된또는 단일화의 도상에 있는 국제 영역으로 규정하는 데 집착한다면, (자연주의 또는 낭만주의 같은) 특수한 대혁신의 순환과 전파를 "영향"의 언어로도 "수용"의 언어로도 더 이상 묘사할 수 없다. 비평의 반응, 번역의 수효, 기사와 잡지의 내용, 책의 발행 부수만을 참조하여 새로운 미적 규범의 도입을 이해하는 것은 동기同期적이고 동등한 두 문학 영역의 존재를 전제하는 것이기도 하다. 문학의 특수한 지리와 문학이 갖는 시간의 미적 척도로부터, 다시 말해서 문학판을 조직하는 경합과 투쟁 그리고 세력 관계의 도면으로부터, 따라서 여기에서 묘사하려고 시도하는 "시간 지리학"으로부터 이 현상을 파악할 때만 어떻게 외국 작품이 "수용"되고 "받아들여"지고 "통합"되는지를 정말로 이해할 수 있다.

3. 문학의 민족주의

19세기 초에 여러 자율화된 문학판이 이미 출현했을 때 정치와 문학의 관계가 헤르더의 이론을 통해 명백한 형태로 다시 천명된다. 이 새로운 문학적 이의제기의 형태를 가로질러 문학 영역의 두 번째 극점이 성립되었다. 그때부터 민족에 대한 문학의 관계는 이제 단순히 문학 공간의 구성에 필요한 단계를 넘어섰다. 그것이 결말로서 요구되었다. 헤르더 "효과"에 의해 실행된 혁명에도 불구하고 문학[그리고 언어]을 민족에 연결하는 구조적 관계의 성격은 변하지 않는다. 반대로 헤르더는 이 관계를 명백하게 드러내어 강화하기만 한다. 이 역사적 의존 관계를 숨기기는커녕, 그것을 자신이 생각하는 민족적 요구의 토대들 가운데 하나로 만든다. 이미 제시했듯이 정치-민족의 심급과 투쟁에 대한 구조적 의존 관계는 이미 유럽에서 16세기와 18세기 사이에 최초로 출현한 문학 공간들의 실상이었다. 15~16세기의 전환기부터 유럽 정치 공간의 "분화" 원칙은 대체로 통속어의 특수성 주장에 토대를 두고 있었다. 즉 언어가 "차이의 표지"라는 중심적인 역할을 했다. 달리 말하자면 르네상스시대의 유럽 지식계에서 나타난 특수한 경쟁은 그 시대부터 정치 투쟁 속에서 성립되고 정당화될 수 있었다. 일찍이 언어를 강요하고 문학을 존재하게 하기 위한 싸움은 새로운 주권국의 정당성을 받아들이게 하기 위한 싸움과 똑같은 것이다. 동시에 헤르더 "효과"는 뒤 벨레에 의해 명확하게 규명된 도식을 근본적으로 뒤엎지 않는다. 다만 문학이라는 큰 게임에 대한 접근 방식을 변화시키게 된다. 문학의 경합에서 자신이 "지체되었음"을 알아차리는 모든 이에게 "대중적" 기준에 기초를 두는 정당성의 대안적 규정은 일종의 "비상구"를 제공한다. 달리 말하자면 일반적인 도식에, 그리고 『옹호와 현양』에서 뒤 벨레의 전략을 통해 명확하게 규명된 법칙에 문학적으로 가장 빈약한 전략을 덧붙일 필요가 있다. 이러한 전략으로 말미암아 20세기의 탈식민화 시기 전체 동안만큼이나 19세기 동안에도 문학에서의 대중적 기준은 새로운 문학을 발견하고 새로운 주역을 문학이라는 게임에 참여시키는 핵심적인 도구가 된다.

"작은" 문학의 경우에는 새로운 문학의 출현이 새로운 "민족"의 등장과 분리될 수 없다. 실제로 헤르더 이전의 유럽에서 문학이 국가와 직접적으로 연결되어 있을지라도, 19세기의 유럽에서 "민족 층위의" 기준이 퍼지는 시대부터야 문학에 대한 요구가 "국가 층위의" 형태를 띠게 된다. 그래서 19세기 말의 아일랜드, 오늘날의 카탈루냐나 마르티니크 또는 퀘벡, 그리고 정치적이고 문학적인 민족주의운동이 나타나는 다른 지역들에서처럼 설립된 국가가 없는 가운데에서도 민족문학 공간의 출현을 관측할 수 있게 된다.

문학에 대한 자율적인 규정에 맞서 명확히 드러나는 새로운 논리로 말미암아 문학 영역이 확대되고 새로운 주역들이 문학적 경합으로 들어서지만 특수하지 않은 기준이 이 영역으로 도입된다. 문학 저작물에 관해 헤르더에 의해 제시된 "국민성"이나 "대중성"이라는 기준은 명백히 정치성을 쉽게 띨 수 있다. 이 기준으로 말미암아 언어와 국가, 시와 "민족의 정수"가 동일시되는 만큼, 이러한 이해 방식은 서로 분리될 수 없는 문학 및 정치 투쟁의 수단이 된다. 이는 그것을 요구하는 모든 문학 공간이 또한 가장 "타율적인", 다시 말해서 민족그리고/또는 정치의 심급에 의존적인 이유이다. 자율의 논리와는 대조적으로 성립되는 이 정치-문학의 극점은 이제부터 "민족문학"이라 선언된 모든 문학 자본에 대한 필연적인 국유화의 관념과 실행을 강요하는 데 일조하게 된다. 문학의 심급이 정치에 의한 재단에 종속하는 이 명백한 현상은 국제문학 공간 전체에 대해 가장 정치적인 극점이 갖는 영향력의 특징들 가운데 하나로서 수많은 결과를 낳는다. 문학이 갖는 정당성의 새로운 형태는 프랑스 모델과 대조를 이루게 되고 세계문학의 공간 전체를 구조화할 정반대의 극점을 구성하게 된다.

민족에 관한 독일 이론가들의 본질주의적 이해 방식의 중심에 놓인 이러한 종류의 "대단히 특별한 어떤 것"은 뒤이어 민족주의의 궤변을 정당화하는 데 소용되었다. 즉 지적 저작물은 언어와 지적 저작물을 낳은 민족에 의존하지만, 텍스트는 제 차례가 되어 "민족에서 유래한 원칙"[58]을 표출한다. 문학 제도, 아카데미, 판테온, 교과과정, 영국적 의미에서의 '정전'은 모두 민족적인 것이 되어 정확히 정치적 분할을 본보기로 민족문학을 마름질한다는 관념을 정착시키는 데 이바지했다. 그래서 문학의 민족적 조직은 국가들 사이에 벌어지는 경합의 본질적인 쟁점이 된다. 민족문학 판테온의 설립과 지적 "광휘"와 역량을 상징하는 (민족 "자산"으로 이해된) 위대한 작가들의 미화된 전기가 국력의 표명에 필요해진다.

헤르더 혁명 이래로 모든 문학이 이처럼 민족적인 것이라고 선언되었고, 민족에 의한 마름질에 종속되었다. 그리고 모든 문학 자료체가 국경으로 제한되었다. 서로 분리된 문학들이 자체에서만 인과관계의 원칙을 찾아내는 단자로 성립되었다. 특수하다고 선언된 일련의 특징을 통해 문학의 민족적 성격이 고정되었다. 전통적으로 문학의 (넘을 수 없는) 본래 지평으로 파악된 민족문학사들이 자리를 잡았고 자기 안에 갇혔으며, 공

58 J. Jurt, "Sprache, Literatur, Nation, Kosmopolitismus, Internationalismus. Historische Bedingungen des deutsch-französischen Kulturaustausches", *Le Français auhourd'hui : une langue à comprendre*, p.235.

통의 척도가 없다고 여겨진 예술 전통의 결론을 끌어내면서 서로 환원될 수 없게 되었다.[59] 시대구분 자체로 인해 비교 및 평가가 불가능하게 되었다. 알다시피 프랑스문학사는 세기들의 연속처럼 전개되고, 영국 문학사는 군주의 치세를 준거로 하며엘리자베스문학, 빅토리아문학, 스페인인은 문학의 시간을 "세대"98세대, 27세대로 구분하는 성향이 있다. 문학 전통의 "국유화"로 인해 문학 전통의 자폐가 정착되고 크게 부추겨진다.

동시에 문학 전통의 국유화는 민족문학의 실천 및 특수성에 실제적인 영향을 미쳤다. 민족 판테온의 텍스트와 국유화된 문학사의 위대한 시기에 대한 인식으로 인해 이러한 인위적 구축이 공유된 지식과 믿음의 대상으로 변모되었다. 인정되고 분석될 수 있는 문화적 차별, 연출되고 길러진 민족적 배타주의가 이와 같은 종결과 이러한 민족 구별 및 정착 작업 속에서 조성되었다. 즉 민족문학의 과거에 대한 참조나 인용 또는 암시를 인식하고 이용하는 원주민에 의해서만 이해될 수 있는 내부의 게임 규칙이 바로 거기에서 재현된다. 특히 학교 교육의 주입을 통해 민족의 모든 구성원에게 공통적이게 된 이러한 특성은 현실성을 획득하고 제 차례가 되어 민족적이라고 선언된 범주에 부합하는 문학을 실제로 산출하는 데 이바지한다.

그렇게 해서 19세기 동안 가장 강력하고 민족과 정치에 대한 믿음으로부터 가장 자유로운 문학 영역에서조차 민족에 의한 문학의 재정의가 목격되었다. 스테판 콜리니[60]는 영국에서 문학이 "민족의 자기 인식"[61]에 대해 기본적인 매개 수단으로 성립되었다는 점을 제시할 수 있었고 대중을

59 Michel Espagne et Michael Werner(éds.), *Qu'est-ce qu'une littérature nationale? Approches pour une théorie interculturelle du champ littéraire. Philologiques III*, Paris : Éditions de la Maison des sciences de l'homme, 1994 참조.

위해 『영국 문인들』 같은 선집을 펴냄으로써 19세기 동안 이루어진 문화, 특히 문학 국유화의 단계를 분석했다. 예컨대 "영어의 정수"를 설명하겠다는 『옥스퍼드 영어 사전』의 공공연한 야망을 강조하고 민족적이라고 선언된 문학의 정의를 구성하는 동어반복을 명백하게 밝힌다. "추정된 자질을 내보이는 저자들만이 확실히 영국 작가로 인정받는다. 이 범주의 규정은 이 똑같은 저자들이 쓴 텍스트에서 끌어온 예에 달려 있다."[62]

가장 자기 안에 갇혀 있고 자기를 규정하는 데 몰두하는 문학 국가는 외부와의 접촉 없이 자체의 규범을 '한없이' 재생산하면서 이것을 민족적이라고, 따라서 민족 영토의 자급자족 시장에서 필요충분하다고 선언한다. 이런 민족에서는 문학의 폐쇄가 특수성의 재현이다. 가령 일본은 매우 오랫동안 국제문학 공간에 부재했지만, 불가결한 준거, 민족적 경외심의 대상으로 지정된 본보기를 모태로 하여 세대마다 다시 현재성을 부여받는 매우 강력한 문학 전통을 형성했다. 비원주민들에게는 필연적으로 모호하며 국경 바깥에서는 거의 들여올 수 없고 거의 이해될 수 없는 이 가용 문화 자본에 힘입어 문학에 대한 민족적 믿음이 북돋워진다.

그래서 자율적인 문학 영역에서 일어나는 일과는 반대로 가장 폐쇄적인 문학 공간이 인정받는데, 그것은 번역되지도 않고 국제문학의 혁신과 문학적 현대성의 기준이 알려지지 않아서 자율적인 극점이 형성되어 있지 않은 문학 공간이다. 스페인 작가 후안 베네트1927~1993는 번역에 대한 전후 스페인의 무관심을 이렇게 지적한다.

---

60 **[역주]** Stefan Collini(1947~). 영국의 문학비평가. 케임브리지대학의 영문학 및 지성사 교수이다.

61 Stefan Collini, *Public Moralists Political Thought and Intellectual life in Britain, 1850~1930*, p.357. 저자가 번역.

62 Ibid., p.357.

카프카의 「변신」은 전쟁 전에 번역되었어요. 하지만 아주 얇은 책이어서 거의 주목받지 못했죠. 게다가 카프카의 위대한 장편소설은 아는 사람이 없었어요. 남아메리카에서 출판된 책을 사야 했습니다. 프루스트는 1930~1931년에 위대한 시인 페드로 살리나스[63]가 『잃어버린 시간을 찾아서』의 처음 두 권을 번역한 덕분으로 약간 더 알려졌죠. 그 책들은 커다란 성공을 거두었으나, 곧바로 일어난 전쟁 때문에 프루스트의 영향이 자리를 잡을 수 없었어요. 카프카, 토마스 만, 포크너 (…중략…) 에 관한 말은 전혀 또는 거의 들려오지 않았지요. 어떤 작가도 20세기의 이 위대한 작가들로부터 영향을 받지 않았어요. 연극에서도 시에서도, 소설에서도 평론에서도 마찬가지였지요. 외국에서 나온 그들의 책은 거의 접할 수 없었습니다. 금지되지는 않았지만, 수입 자체가 이루어지지 않았어요. 포크너의 『성역』만이 1935년에 번역되었지만 아무도 관심을 기울이지 않았죠.[64]

이러한 문학 국유화의 움직임은 몹시 성공적이어서 프랑스문학 공간 자체도 부분적으로 이 논리를 따랐다. "지방 민속"과 특수한 민중문화의 육성, 그리고 언어학과 문헌학이 프랑스로 들어와 관심사로 떠오른 점은 독일 모델의 점증하는 무게를 입증한다. 그렇지만 미셸 에스파뉴는 문학에 대한 이 민족적 시각이 프랑스에 매우 특수하게 재적응되었다는 점을 제시할 수 있었다. 1830년부터 외국문학 강좌가 개설되었다고 말하면

63 페드로 살리나스는 '27세대' 그룹의 구성원들 가운데 하나이다. 초기에 미래주의의 영향을 받은 세계주의자, 번역가로서 1939년 망명하여 미국에 정착하고는 1951년 보스턴에서 죽는다.

64 후안 베네트, 저자와의 미간행 대담. 나는 후안 베네트가 스페인문학의 무대에 느닷없이 등장한 사실과 그가 거기에서 차지하는 자리를 이해할 의도로 1987년 10월(A)과 1991년 7월(B) 후안 베네트와 두 차례 대담했다. 대담 B.

서, 독일로부터 수입된 이론의 성공을 예시하지만, 이러한 수입의 역설적인 성격을 설명한다. 실제로 그 시기에 프랑스에서는 "민족 문화"라는 용어가 무엇보다 먼저 외국 문화에 적용되는 듯하다. 따라서 놀라운 반전을 통해 민족주의의 물결이 뒤집히고, 문헌학은 프랑스에 전혀 또는 거의 알려지지 않은 수많은 문학을 강연과 민담집, 그리스나 프로방스 또는 슬라브 문학 등 다양한 민족문학에 관한 이야기의 형태로 도입한다는 점에서 서로 달라진 민족성들 각각에 대한 표방의 수단이라기보다는 보편화의 수단이 된다. 지적 도구가 상당한 정도로 독일에서 수입된 것일지라도, 이상하게도 프랑스는 이러한 지적 재적응을 통해 보편화하는 이해 방식을 되찾는다.[65]

4. 민족 작가와 국제 작가

이처럼 헤르더 혁명으로부터 국제문학 공간은 문학 자원의 용량과 오래된 연륜에 따라, 이와 동시에 각 국가 공간의 상대적인 자율성의 (상관적) 정도에 따라 지속적인 방식으로 구조화된다. 그러므로 국제문학 공간은 이제부터 한편으로는 자율적인 극점에서 문학 자원이 가장 풍부하고 자율성의 지위를 요구하는 형성 중인 공간의 모든 작가에게 본보기와 방책의 구실을 하는 문학 공간바로 여기에서 파리가 "비국유화된" 보편적인 문학 수도로 설립되고 문학의 시간을 재는 특수한 척도가 설정된다과 다른 한편으로는 궁핍하거나 형성 중이고 대개 민족의 정치 심급에 종속된 문학 공간 사이의 대립에 따라 조직된다.

---

65 Michel Espagne, *Le Paradigme de l'étranger. Les chaires de littérature étrangère au XIXe siècle*, Paris : Éditions du Cerf, 1993.

그런데 각 민족 공간과 국제문학 영역은 내부 형세가 동등하다. 즉 가장 문학적인 (그리고 가장 덜 민족적인) 부문과 정치적으로 가장 의존적인 지대 사이의 대립에 따라, 다시 말해서 자율적이고 세계주의적인 극점과 타율적이고 민족적이며 정치적인 극점 사이의 대립에 따라 그렇게 조직된다. 이 대립은 특히 "민족주의" 작가와 "국제주의" 작가[66] 사이의 경쟁 속에서 구현된다. 달리 말하자면 각 국가 영역과 국제문학 영역 사이에는 구조의 동등성이 있다. 세계의 구조 속에서 각 국가 공간은 두 극점 가운데 하나에 대한 근접, 다시 말해서 자본 용량, 다시 말해서 상대적 자율성, 다시 말해서 오래된 연륜에 달려 있다. 그러므로 세계문학 영역을 민족문학 공간들 전부로 형성된 집합으로 상상할 필요가 있는데, 민족문학 공간들 자체가 세계 구조에서 국제적인 극점과 국가적인 (그리고 국가주의적인) 극점이 보유하는 상대적인 무게에 따라 양극화되고 거기에 차등적으로 위치한다.

하지만 이는 단순한 구조적 유비가 아니다. 각 민족 공간은 실제로 세계 영역의 자율적인 극점에 기대고 따르면서 우선 출현하고 다음으로 자율화되기에 이른다. 국제문학 공간과 각 민족 공간 사이의 동등성은 세계 영역이 띠는 형태 자체의 소산일 뿐 아니라 세계 영역이 단일화되는 과정의 소산이다. 각 민족 공간은 본보기에 따라, 그리고 국제적 작가들에게 그들이 국가 차원에서 차지하는 위치를 정당화하게 해주는 특수한 공인의 요청 덕분으로 나타나고 단일화된다. 따라서 각 영역은 본보기로부

66 크리스토프 샤를도 19세기 유럽의 지적 권역에서 똑같은 이분법을 내보였다. "유럽에서 서로 맞서는 지식인들에 대한 여러 이해 방식은"— 그가 쓴다. —"경계를 넘어가는 자와 경계를 고수하는 자 사이의 대립으로 귀착될 수 있다", "Pour une histoire comparée des intellectuels en Europe", *Liber, Revue internationale des livres*, no.26, mars 1996, p.11.

터, 그리고 자율적인 공인의 요청 덕분으로 성립될 뿐만 아니라, 세계 영역 자체는 각 민족 공간에서 자율적인 극점의 구성을 통해 자율화되는 경향이 있다.

달리 말하자면 (더) 자율적인 입장을 표방하는 작가는 세계문학 공간의 법칙을 알고 자신의 민족 영역 내에서 투쟁하고 지배 규범을 뒤엎기 위해 이 법칙을 이용한다. 그러므로 세계의 자율적인 극점은 공간 전체의 구성에, 다시 말해서 "문학화"와 점진적인 "비국유화"에 불가결하다. 즉 중심에서 벗어난 전 세계 작가에게 제공할 수 있는 이론적이고 미적인 모델 때문뿐만 아니라 보편문학의 실제 제조를 밑받침하는 논설 및 비평의 구조 때문에 방책의 구실을 한다. 자율성의 기적은 없다. 즉 거의 빈곤한 민족 공간에서 생겨나 문학의 지위를 열망하는 각 작품은 가장 자율적인 장소들의 조직망 및 공인권과 연관되어서만 존재할 뿐이다. 창작의 고독이라는 관념을 강제하는 것도 역시 문학 이데올로기의 토대가 되는 특이성의 재현이다. 문학의 위대한 영웅은 자율적이고 국제적인 문학 자본이 갖는 특수한 역량과의 관계 속에서만 솟아오를 따름이다. 더블린에서 퇴짜맞고 런던에서 무시당하고 뉴욕에서 금지되고 파리에서 공인된 조이스의 경우는 아마 이것의 가장 좋은 예일 것이다.

이처럼 문학 세계는 힘들이 대립하는 장소이며, 점진적인 자율화의 단선적 논리에 따라서만 설명될 수는 없다. 즉 모든 주역에게 문학의 가치에 대한 공통의 척도와 이 가치를 측정하게 되는 출발점인 "문학적으로 절대적인" 기준점문학의 그리니치 자오선에 관해 의견의 일치를 이룰 수 있게 하는 자율적인 단일화의 극점 쪽으로 향하는 구심력에 각 민족 공간의 민족적 극점에서 생겨나는 원심력, 다시 말해서 구분하고 특수화하고 차이를 본질화하고 과거의 본보기를 흉내 내고 문학 저작물을 국유화하고 상업화하는 데 이바지하는 관성력이 대립한다.

그러므로 왜 앞선 명제와는 반대로 국제 공간의 단일화 투쟁이 민족 영역 내에서 경쟁의 형태로 벌어지는지를 더 잘 이해할 수 있다. 이 투쟁으로 인해 똑같은 민족문학 공간 내에서 민족 작가민족과 "대중"에 입각한 문학의 정의를 따르는 작가가 국제 작가문학의 자율적인 본보기에 호소하는 작가에 맞선다. 이런 까닭에 공간이 단일화되고부터 구조적 대립의 체계가 점점 뚜렷해진다. 가령 스페인에서 후안 베네트에 대한 미겔 델리베스[67]와 카밀로 호세 셀라의 관계는 (옛) 유고슬라비아에서 다닐로 키슈에 대한 드라간 에레미치[68]의 관계, 또는 인도와 영국에서 살만 루슈디에 대한 V. S. 네이폴, 전후 독일에서 아르노 슈미트에 대한 47그룹 전체, 나이지리아에서 월레 소잉카에 대한 치누아 아체베의 관계 등과 같다. 동시에 세계의 공간을 구조화하는 이 이분법이 형식주의자를 전통주의자에또는 출현 중인 공간에서 정치인에, 고대인을 현대인에, 세계주의자를 지방주의자에, 중심인을 지방민 또는 주변인에 (…중략…) 맞세우는 이분법과 똑같은 것이다. 라르보는 (문학 세계가 거의 유럽으로 축소되는 시기에) 『영미권』에서 꽤 유사한 유형론을 어렴풋이 내보였다.

> 자기 나라의 엘리트와 다른 나라의 엘리트가 읽는 작가는 유럽 작가이다. 토마스 하디, 마르셀 프루스트, 피란델로 등은 유럽 작가이다. 자기 출신국에서 많이 팔리지만 자기 나라의 엘리트가 더 이상 읽지 않고 다른 나라들의 엘리트가 무시하는 작가는 이를테면 민족 작가로서 유럽 작가와 지방 또는 방언 작가 사이의 중간 범주에 속한다.[69]

67 [역주] Miguel Delibes(1920~2010). 스페인의 36세대 작가. 1993년 세르반테스상을 받는다.

망명은 "국유화된" 공간 출신의 작가를 위해 자율성의 지위를 거의 확립한다. 위대하고 특유한 혁명가들, 키슈, 미쇼, 베케트, 조이스는 자신의 출신 문학 공간과의 그러한 결별로 어느 정도 기울고 중심에서 작용 중인 문학 규범과 그토록 대단히 친숙해서 자기 민족의 영역 밖에서만 출구를 발견할 수 있을 뿐이다. 조이스가 『젊은 예술가의 초상』1916에서 선언하는 세 가지 "무기"는 이런 의미로 이해되어야 한다. 실제로 자주 해석된 간결한 문구에 따라 이 소설의 작중인물 스티븐 디덜러스는 가능한 한 "자유롭게" 그리고 "마음껏" 살며 창조하려고 노력하리라고 표명한다. 그가 계속한다. "나 자신을 지키기 위해 내가 스스로에게 허용하는 유일한 무기, 즉 침묵과 망명 그리고 계략을 사용해서."[70] 망명은 아마 위협받는 자율성을 반드시 보존하고자 하는 작가의 주요한 "무기"일 것이다.

1950년대와 1960년대의 스페인 및 1970년대의 유고슬라비아는 피지배 공간에서 "민족 작가"와 국제 작가 사이에 벌어지는 싸움의 쟁점을 이해할 수 있게 해주는 두 가지 예인데, 전자에게 정치적 문제의식과 긴밀하게 연관된 문학의 미학은 필연적으로 신자연주의적인 반면, 세계주의적이고 다언어 능통자인 후자는 문학 영역의 가장 자유로운 지역에서 일어나는 특수한 혁명에 관심을 두면서 새로운 규범을 들여오려고 시도한다.

후안 베네트는 1950년대와 1960년대에 스페인문학 정전을 시간적이고 미적인 시대착오에 대한 의식 때문에 거부한 사실에 관해 설명한다. "현시대의 스페인문학은 없었어요. 1900년과 1970년 사이의 모든 작가

---

68 [역주] Dragan Jeremić(1925~1986). 세르비아의 작가.

69 V. Larbaud, *Ce vice impuni, la lecture. Domaine anglais*, pp.407~408.

70 James Joyce, *A Portrait of the Artist as a Young Man*, New York : The Viking Press, 1964, pp.246~247.

는 스페인의 유행, 카스티야어에 적응된 자연주의에 경도되어 1898년 세대의 방식으로 글을 썼지요, 모두, 모두, 모두. 그것은 이미 망한 문학이었어요. 쓰이기 전에 이미 과거에 속했죠."[71] 이처럼 후안 베네트는 1950년대 말부터 당시에 프랑코의 독재에 지배되고 통제된 스페인문학 공간에서 최초의 국제적 입장을 홀로 표방했다. 미국 소설, 특히 그에게 비밀리에 당도하는 『현대』지 덕분으로 발견하는 포크너의 모델로부터만 그는 국제적 혁신에 대해 완전히 폐쇄적인 문학 영역에서 홀로 스페인 소설에 변혁을 일으킨다.

프랑코 장군 치하의 스페인이 처한 정치적이고 지적인 폐쇄[72]는 고립주의에 대한 이 나라의 유혹을 가장 잘 나타내는 표현들 가운데 하나이다. 그것은 민족의 관습을 강화하는 적극적이고 동시에 소극적인_{다시 말해서 민족 차원에서 결정되고 국제 차원에서 감수된} 고립이다. 내전으로 인해 스페인문학에 깊고 전면적인 균열이 생겼다. 1910년대와 1920년대의 아방가르드에 의해, 다음으로 1927년 세대에 의해 시작된 운동이 매우 급격하게 중단되었고 식자층이 무수히 죽어 나갔다. 그리고 1940년대와 1950년대에 검열의 통제 아래 쓰이는 국내의 문학이 엄청나게 약해지고 메마르게 된다.

1950년대에 마드리드에 도착하는 후안 베네트는 정치적으로 종속된 문학의 상황을 묘사한다. 하지만 의무적이고 고뇌 없는 현실주의, 오로지 내부적인 용도의 문제 제기로 말미암아 사실은 소설 미학에서 정확히 어

71 J. Benet, 대담 B.

72 스페인은 1945년과 1949년 사이에 대사 없는 나라였고 프랑스와 맞댄 국경은 3년 동안 폐쇄되었다. 내전 직후에는 친독일의 정서에도 불구하고 세계적인 갈등과 거리를 두었다. 그러고 나서 1946년 12월 12일부터 국제연합이 프랑코에 의해 확립된 체제를 비난하는 결의안을 채택했다. 프랑스는 국제연합과 공조하여 스페인과 접한 국경을 폐쇄했다.

떤 모방의 전통 전체가 계속된다. "나는 특히 모든 스페인 소설가의 문학적 초라함에 화가 났어요. (…중략…) 그들은 자연주의 소설이라는 위대한 전통의 수단, 체계, 문체로써 스페인의 현실을 모사했는데, 나는 그것을 받아들일 수 없었지요."[73] 이 기능주의적이고 현실주의적인 미학은 이미 살펴보았듯이 타율성, 달리 말하자면 스페인문학 공간 전체의 커다란 정치적 종속의 가장 확실한 방증들 가운데 하나이다. 즉 1960년대 초의 스페인문학은 실로 유럽에서 가장 보수적이고 가장 덜 자율적인 공간들 가운데 하나처럼 보인다. (문학과 정치의) 역사가 멈춰버린 듯하고 세계의 온갖 격동이 무시된다.

이 경직된 상황에서 베네트는 민족 문제와 단절하고 정치의 경계에서 벗어나 참으로 현시대적이어야 하는 문학의 필요성을 역설한다. 그는 파리에서 발표되는 것에 대한 예외적이고 은밀한 읽[74] 덕분으로 전 세계의 문학적 혁신에 눈을 뜰 수 있었다.

> 나는 갈리마르에서 펴낸 쿠앵드로 씨의 모든 번역을 받았고, 그렇게 포크너를 프랑스어 번역으로 읽었어요. 프랑스는 아주 아주 중요했지요. 거기에서 모든 것이 왔으니까요. 나는 『현대』지를 출간된 지 한 달 후에 받았어요. 아직도 내 집에는 1945년에서 1952년까지의 모든 호가 보관되어 있는데, 내가 미국 범죄소설을 발견한 것은 바로 거기에서입니다.[75]

---

73 J. Benet, 대담 B.

74 *L'Automne à Madrid vers 1950* 참조. 파리에 거주하는 형제 덕분으로 외교 행낭을 통해 프랑스 책들이 그에게 은밀히 도착했다.

75 J. Benet, 대담 B.

본보기와 특히 국제적으로 공인된 텍스트의 확산은 자율적인 극점의 은밀하기까지 한 출현을 가능하게 해준다. 즉 문화적 고립의 거의 실험적인 상황에 놓인또는 자기를 그렇게 보는 사람이 1940년대와 1950년대에 유럽과 미국에서 일어나는 소설 미학과 기법의 격변을 발견하고, 그가 자기 나라를 지배하는 문학과 미학의 실천 전체에 이의를 제기하는 데 필요한 수단을 바로 이러한 본보기가 그에게 제공한다. 이 측면에서 한편으로는 한 나라의 전통과 관련된 문제에서의 보수주의와 (넓은 의미에서의) 민족의 위치 사이에 맺어지는 관계, 다른 한편으로는 문학의 혁신과 국제 문화 사이의 관계가 일반적으로 확립된다.

그리니치 자오선에서 통용되고 드센 정치적 검열을 당하는 나라 스페인에 알려지지 않은 문학 규범에 따라 글을 쓰려는 그의 각오는 참신한 용기의 소산이다. 이로 말미암아 그는 자신의 존재 자체에 힘입어 점차로 깊이 변모될 민족 공간이 자체의 지체를 따라잡고 실행된 혁명을 이해해야 하는 시기 동안, 전적으로 진가를 인정받지 못하는 처지에 놓인다. 다른 세대가 나타나서 그를 스페인 현대성의 가장 위대한 작가들 가운데 하나로 내세우기 위해서는 10년이나 15년을 기다려야 했다. 그를 자기 세대의 사람들 사이에서 고립시키고 그 어떤 그룹이나 어떤 유파도 형성하지 못하도록 가로막는 이러한 일련의 고독으로 말미암아, 모든 이에 대해, 그리고 모든 이에게 맞서 쟁취된 자유와 여전히 장치적이고 동시에 미적인 어떤 윤리적 필수 요소의 관념이 그에게서 강화된다.

나는 이 나라에서 이전에 쓰이는 문학과 '정신적' 단절을 실행했다고 생각합니다. 하비에르 마리아스, 펠릭스 지 아주아,[76] 솔레다드 푸에르톨라스[77] 같은 젊은 소설가들은 이전 세대보다 훨씬 더 교양이 있어요. 또한 나처럼 전통적인 스페인문학에 대한 존중이 거의 없죠. 그들은 영국, 프랑스, 미국, 러시아 (…중략…) 작가들을 읽으면서 창작의 길로 들어섰고 나처럼 전통과 단절했지요. 이는 선생의 입장이라기보다는 오히려 그들이 인정하는 어떤 품행이나 윤리입니다.[78]

독재의 법에 지배된 이 나라에서 그에게까지 허용된 유일한 전복은 정확히 정치적인 범주의 것이다. 후안 베네트는 문학 독립의 법을 도입하고 정치 영역에 의해 부추겨지는 문제가 소설 창작의 영역으로 암암리에 침투하는 현상에 맞서 특별히 형식과 국제적 본보기의 원용을 우선시한다.

똑같은 논리로 다닐로 키슈는 1970년대에 베오그라드에서 발표된 문학 선언, 『자율성의 교훈』, 유고슬라비아 문학 단체에 관한 대규모의 심층분석에서 "우리의 관례적인 문학에 대한 (형식과 내용에서의) 이 영속적인 간격을 유지하면서, 작품에 절대적인 우월성 또는 심지어 상대적인 우월성조차 보장하지 않을지언정 적어도 현대성, 다시 말해서 비-시대착오를 약속하는 이 거리두기 속에서" 글을 쓸 권리를 부르짖는다. 그가 덧붙인다. "내 책들에서 내가 유럽 및 미국 소설의 경험을 유익하게 활용하는 것은 (…중략…) 적어도 내 나라의 문학 내에서 정전과 시대착오를 끝장내고 싶었기 때문[이다]."[79] 키슈는 "유럽 및 미국 소설"을 미적 규범으로 삼으면서, 임시로 "시대착오"의 형태에 의해 지칭되는 자기 나라의 문학

76 **[역주]** Félix de Azúa(1944~). 스페인의 미학 및 철학 교수, 시인, 소설가, 평론가, 스페인어 번역가. 그는 카스티야어로 작품을 쓴다.

77 **[역주]** Soledad Puértolas(1947~). 스페인의 여성 작가. 2010년부터 스페인 왕립아카데미의 회원이다.

78 J. Benet. 대담 B.

79 D. Kiš, *La Leçon d'automne*, pp.53~54.

실천과 결별하고 국제성의 현재, 다시 말해서 "비-시대착오"라는 임시 범주에 따라 제시되는 "현대성"에 호소한다. 또한 자신의 이야기 기법도 이처럼 "현실주의 소설의 원죄, 심리적 동인과 신의 '관점,' 스스로 낳는 예사로운 생각과 상투적인 말로써 우리나라에서[유고슬라비아에서] 장편소설과 단편소설을 여전히 황폐화하고 시대착오적인, 진부한 해결책과 '기시감'에 힘입어 아직도 우리 비평가들의 찬탄을 불러일으키는 동인"[80]을 피하는 방식이라고 설명한다.

1970년대의 유고슬라비아에서 다닐로 키슈의 상황은 10년 또는 20년 전 스페인에서 후안 베네트가 처한 상황과 정확히 일치한다. 즉 완전히 폐쇄되고 문학에 대한 민족적이고 동시에 정치적인 문제의식에 갇힌 이 나라에서 그는 자신이 말하듯이 "무지한" 지적 상황에 놓인다. 왜냐하면 "지방민"으로서 국제 차원에서 실행된 문학 혁명에 대한 지식으로 무장하고서 게임의 새로운 규칙과 새로운 소설 미학을 강요하는 데 성공하기 때문이다. 하지만 그가 실행하는 단절은 그가 자신을 세우기 위해 '맞서는' 영역으로부터만 이해될 수 있을 뿐이다. 1978년 베오그라드에서 출간된 『자율성의 교훈』[81]은 유고슬라비아 문학 공간의 정밀한 설명이다. 그것은 키슈가 희생자인 소송사건, 즉 그의 소설 『보리스 다비도비치의 무덤』[82]이 표절이라고 고발된 사건에 즈음하여 쓰였다. 당시 다닐로 키슈는 유고슬라비아의 가장 유명한 작가들 가운데 하나, 그의 세대 중에서 국경을 넘어 실제로 인정받은 매우 드문 사람들 가운데 하나, 부러움을

80 Ibid., p.115.

81 Ibid., p.29.

82 D. Kiš, trad. par P. Delpech, *Un tombeau pour Boris Davidovitch*, Paris : Gallimard, 1979.

사고 주변적일뿐더러 자폐적이고 분열된 나라에서 단호하게 반민족주의적이고 세계주의적인 인물이다. 따라서 그의 작품은 국가의 경계 밖으로 나가기 시작하고 여러 언어로 번역된다. 모든 것이 그를 민족주의 지식인들에 맞세운다.

표절에 대한 고발은 20세기의 커다란 문학, 미학, 형식 혁명들 가운데 어떤 것도 아직 와닿지 않은 문학 영역에서만 가능하고 "신빙성 있을" 뿐이다. 국제적인 소설의 현대성 전체를 준거로 하여 쓰인 텍스트를 단순히 유사한 모방작으로 통하게 하는 뭔가를 보기 위해서는 완전히 폐쇄되고 "서구의"베오그라드에서는 언제나 경멸의 의미가 부여된다고 다닐로 키슈가 말하는 형용사 문학 혁신과 무관한 영역이 필요하다. 사실 표절에 대한 고발 자체는 그리니치 자오선에 비해 문학의 "과거"에 위치하는 세르비아의 미적 "지체"를 입증하는 증거이다. 키슈가 "민속 키치", 현실주의, "소시민 키치", "예쁨"이라 부르는 대상은 소설의 신현실주의적 이해를 '한없이' 되풀이할 줄밖에 모르는 자폐적 문학 공간의 순응주의적 실천을 가리키는 또 다른 방식이다.

『자율성의 교훈』을 여는 신랄한 민족주의 비판은 좁은 의미에서 정치적일 뿐 아니라 문학 자율성의 입장을 정치적으로 옹호하는 방식이고 민족주의 영역에 의해 강요된 미적 정전을 인정하지 않으려는 문학적 태도이다. "민족주의자는 본래 무지한 사람이다"[83]라고 키슈가 쓴다. 어쨌든 민족의 전통밖에는 아는 바가 없으므로, 베네트의 용어를 다시 취하건대, 틀에 박힌 사람, 문체 보수주의자이다. 그 "영속적인 간격",[84] "[세르비아] 문학의 신성시된 작품에 대한 [그가 쓴 텍스트의] '미분계수'"[85]는 그의 작품에

83 D. Kiš, *La Leçon d'automne*, p. 29.
84 Ibid., p. 53.
85 Ibid., p. 54.

서 찾아볼 수 있는 형식 자체를 부분적으로 설명해준다. 즉 연대기적으로 시대착오적인 유고슬라비아 문학 공간에서 다닐로 키슈는 국제문학 전체를 준거로 하여 자율적인 문학의 기준을 받아들이게 하려고 투쟁한다.

5. 문학에 대한 지배의 형태

문학 영역에서 종속은 일방적으로 실행되지 않는다. 위계 구조는 단선적이지 않고 중앙집권화되고 단일한 지배의 단순한 도식으로 설명되지 않는다. 문학 공간은 비교적 자율적이라 해도, 그런 만큼 비교적 정치 공간에 종속되어 있기도 하다. 이 본원적 종속의 흔적은 다양하다. 달리 말하자면 세계문학공화국에서 특히 언어를 통해 계속해서 실행되는 다른 지배 원칙, 특히 정치적 지배 원칙을 발견할 수 있다.

문학 행위 자체에 스며들어 있는 이미 설명된 양면성 전체가 여기에서도 발견된다. 즉 언어는 문학적으로 자율적인 도구가 아니라 언제나 이미 정치적인 수단이므로, 문학 영역이 줄곧 정치적 종속에 순응하는 것은 역설적으로 언어 때문이다. 그래서 이를테면 서로 "끼워 넣어진" 지배 형태들은 서로 겹치고 섞이고 숨기는 경향이 있다. 문학적으로 지배당한 공간은 그만큼 더 지배받을 수 있는데, 언어적으로도 그렇고 이와 불가분하게 정치적으로도 그렇다. 정치적 지배는 특히 식민지화에 굴복한 나라에서 또한 자체적으로 문학적 종속을 함축하는 언어적 형태로도 실행된다. 지배는 예컨대 벨기에나 오스트리아 또는 스위스의 경우처럼 정치적이지 않고 오로지 언어적일 때그리고 문화적일 때조차 그런 까닭에 문학적이기도 하다. 하지만 지배는 또한 특수할 수 있다. 다시 말해서 문학의 차원에서만 실행되고 평가될 수 있다. 파리 심급이 갖는 공인의 효율성, 비평가에 의한 판정의 힘, 중심에서 공인된 작가 자신이 서명한 서문이나 번역이집트 작가 타하 후세인의 책에 서문을 쓰고 타고르를 번역하는 지드,[86] 일본 작가 미시마 유키오의 작품을 프랑스에 소개하는 유르스나르[87]의 신성화 효과, 중대한 총서의 위세, 위대한 번역가의 주도적 역할은 이 특수한 지배의 몇 가지 발현이다.

이 모든 지배 형태가 서로 혼동되거나 중첩되거나 은폐될 수 있으므로, 이 책의 목적들 가운데 하나는 이 세력 관계가 또한 정치적 지배 관계의 완화된 형태일 수도 있다는 점을 지적하면서, 그 자체로 식별되거나 제시된 적이 드문 문학적 지배의 특수한 형태를 밝히는 것이다. 하지만 역으로 이는 "중심"과 "주변" 사이의 대립으로 축소된 경제적 지배에 대한 분석의 가장 일반적인 형태를 다시 취하면서 식민지 역사의 결과만 있는 문학적 빈곤국에 제기되는 문제 전체를 제한하거나 민족문학들 사이의 "고도 차이"를 설명하는 경향이 있는 이들이 때때로 저지르듯이 문학적 지배 관계의 문제를 단순한 정치적 세력 관계로 축소해서는 안 된다는 점을 보여주는 것이다. 그런데 이와 같은 공간화는 문학 영역에서 관계에 스며드는 특수한 폭력성을 약하게 만들고 문학적 지배자와 피지배자 사이의 본래 문학적인 대립에 기인하는 불평등과 경합을 은폐하는 경향이 있다. 이 정치적 모델은 특수성으로 인해 중심들의 중심 또는 언어권과 관계가 깊은 지역 중심에 맞선 피지배자의 투쟁을, 특히 문학적 현상과 문학의 미학이 갖는 특수성을 이해할 수 있게 해주지 않는다.

게다가 모델을 더욱 정교하게 만들기 위해서는 문학적 지배의 양면성

86 Taha Hussein, *Le Livre des jours*, Paris : Gallimard, 1947; Rabindranath Tagore, *L'Offrande lyrique*, Paris : Galliard, 1914.

87 M. Yourcenar, *Mishima, ou la Vision du vide*, Paris : Gallimard, 1981.

에 관해 말할 필요가 있다. 그것은 종속의 매우 특별한 형태인데, 이 형태를 통해 작가는 지배받음과 동시에 이 지배를 해방과 정당성의 수단으로 이용할 수 있다. 이른바 "탈식민주의"[88] 비평이 이따금 그렇게 하듯이, 식민지 문화의 유산일 것이라는 이유로, 이미 구성된 문학 형식 및 장르의 강요를 비판하는 것은 문학 자체가 하나의 공간 전체에 공통된 가치로서 물론 정치적 지배로부터 물려받아 강요되는 것일 뿐만 아니라 재적응되어 전형적으로 궁핍한 처지의 작가에게 특수한 인정 및 삶을 획득할 수 있게 해주는 수단이라는 점을 무시하는 것이다.

1) 문학 지역과 언어권

언어권, 세계문학 공간에 속하는 일종의 "부분집합"은 정치와 언어에 의한 지배의 발로이자 물질화이다. 중심 언어의 정치적 전파를 통해, 특히 지배적인 문학 국가이기도 한 식민지 개척 국가는 정치적 극점의 강화를 허용한다. 그러므로 언어또는 언어-문화권은 유럽 국가의 문학 공간에 일어나는 일종의 확산확대으로서 성립되었다. "장밋빛 피부의 정복자들이 기어서 자기 나라로 돌아갔다." 살만 루슈디가 쓴다. "상인들, 마님들, 사장님들이 떠나고 그들의 의회, 학교, 넓은 도로, 그리고 크리켓 게임의 규칙이 남았다."[89] "위대한 장밋빛 시대"가 대부분 언어와 문화의 단일화를 통해 강압적으로 열렸다. 앤틸리스의 시인 에두아르 글리상은 대대적인 식민지 개척운동에 관해 유럽어의 "전파되려는 성향을 환기하는데, 이 성향

88 특히 Florence Harlow, *Resistance Literature*, New York and London, Methuen, 1987 참조.

89 Salman Rushdie, trad. par A. Chatelin, "Le Nouvel Empire à l'intérieur de la Grande-Bretagne", *Patries Imaginaires. Essais et critiques*, 1981~1991, Paris : Bourgois, 1993, p.144.

은 대개 보편적인 것에 대한 일종의 소명을 낳는다".[90] 정복국이 "무엇보다 먼저 수출한 품목은 자기 언어이다." 그가 쓴다. "그만큼 서양의 언어는 매개언어로 여겨졌고 흔히 본국을 대신했다."[91]

각 언어 "영토"는 자기에게 의존하는 문학 저작물을 통제하고 끌어모으는 중심을 포함한다. 오늘날 런던은 (뉴욕이나 토론토와 경합할지라도) 오스트레일리아인, 뉴질랜드인, 아일랜드인, 캐나다인, 인도인, 영어권 아프리카인에게 중심이 된다. 스페인의 지적이고 문화적인 수도 바르셀로나는 여전히 라틴아메리카인에게 주요한 문학적 중심이다. 파리는 요컨대 정치적 지배 관계가 아니라 문학적 지배 관계로 인해 파리와 관계가 깊은 벨기에, 스위스, 퀘벡 작가의 경우와 마찬가지로 아프리카 및 마그레브 작가에게도 중심의 구실을 한다. 베를린은 계속해서 오스트리아, 스위스 작가를 공인하는 으뜸 수도이고 오스트리아-헝가리 제국이 분열된 결과로 생겨난 중앙 유럽 국가와 마찬가지로 북유럽 국가에 대해서도 지배적인 중심이다.

각 언어-문화권은 다른 언어-문화권에 대해 매우 강한 자율성을 보유한다. 즉 그것은 "경제-세계"[92]라는 브로델의 개념을 빌리건대 "문학-세계", 다시 말해서 하나의 동질적이고 자율적이고 중앙집중화된 전체인데, 그 속에서는 (거의) 어떤 것도 작품의 일방적인 유통과 중심이 갖는 공인 권력의 정당성을 의문시하지 않는다. 특수한 판테온, 문학상, 역사의 어느 시기에 중시되는 장르, 정확한 번역, 심지어 내부 경쟁은 주어진 언어 집합에서 문학 저작물에 형식과 내용을 제공한다. 이 집합은 자기 역사와

---

90 Édouard Glissant, *Poétique de la relation*, Paris : Gallimard, 1990, p.35.

91 Ibid., p.31.

92 F. Braudel, op. cit., t.3, 특히 pp.12~70을 볼 것.

고유한 전통에 따라 서로 다른 규범들프랑스어권, 영연방 등을 부과하거나 상정한다. 각 권역의 내부 구조는 뚜렷이 세계 공간의 구조와 똑같은 것이다. 중심에 대한 상징적 거리, 지리적이 아니라 미적 거리에 따라 갖가지 위성국들 사이에 미묘한 위계가 확립된다. 예컨대 영어권에서의 런던과 뉴욕을 비롯한 여러 중심은 정당성의 독점을 위해 서로 맞서거나 세계 공간의 적대적인 두 극점 중에서 하나를 구현할 수 있다. 각 "중대한 장소"는 중심성과 의존하는 언어 영토에 대해 자명한 권위를 강요하려고 할 뿐 아니라 특히 학교, 언어, 문학의 통제를 받는 이 영토들에서 문학적 공인의 독점권을 확립하려고 시도한다.

이처럼 중대한 문학 수도는 다양한 공인 체계를 실행하고, 이에 힘입어 일종의 문학적 "보호령"을 지킬 수 있게 된다. 즉 중심 언어 사용의 양면성 덕분으로 문학 기반의 정치권력을 계속해서 행사한다. 그래서 언어와 문학의 "가벼운" 신식민지 형식 아래에서조차 지배의 영속화는 세계문학권의 (정치적이고 경제적인) 타율적 극점을 공고히 하는 강력한 요인이다.

물론 런던은 문학의 또 다른 수도이다. 이는 문학 자본에 힘입어서일 뿐만 아니라 광대한 옛 식민지 제국 덕분이기도 하다. 런던이 (아일랜드, 인도, 아프리카, 오스트레일리아 등에서) 제공할 수 있었던 인정의 잠재적 범위는 아마 세계에서 가장 넓은 것들 가운데 하나일 것이다. 쇼, 예이츠, 타고르, 나라얀 또는 소잉카만큼 서로 다른 작가들, 즉 영국에 의해 식민지화된 지역에서 온 작가가 런던을 문학 수도로 갖는다또는 가졌다. 광대한 영토로 확장되는 이 문학적 공인 권력이 또한 폭넓은 세계문학의 신용을 런던에 가져다준다. 영국의 수도는 자기 식민지 제국 출신의 작가에게 실제의 문학적 정당성을 언제나 부여한다. 타고르, 예이츠, 쇼 또는 소잉카의 노벨상이 이것의 증거이다. 런던에 의한 공인은 진정한 문학 자격증이다.

이 자격증에 힘입어 인도 작가는 인도나 영국의 권역 내에서 어떤 위치에 있건, 가령 네이폴처럼 영국적 "가치"에 완전히 동화되건, 루슈디처럼 비판적 거리를 두건, 비록 이 문학적 신분 상승에 정치적 속셈이 없지 않을지라도, 국제 차원에서 문학적으로 존재할 수 있게 된다.

『악마의 시』[93]의 주인공들 가운데 하나로서 런던으로 이주한 인도인 살라딘 샴샤에 관해 살만 루슈디는 이렇게 쓴다.

> 정신의 것들 전부 중에서 그는 무엇보다도 영어 민족의 매우 다양하고 무궁무진한 문화를 좋아했고, 『오셀로』, "이 유일한 희곡"으로 말하자면 다른 어떤 극작가가 다른 어떤 언어로 쓴 것이건 작품 전체의 가치가 있다고 (…중략…) 말했고, 과장을 의식했음에도 불구하고 크게 과장한다고는 생각하지 않았고 (…중략…) 자신이 태어난 도시나 그 어떤 다른 도시보다도 이 도시를 선호하면서 이 도시에 사랑을 주었고, 이 도시가 그의 방향으로 바라볼 때 조각상처럼 굳어지고 이 도시를 소유할 사람이기를, 따라서 어떤 점에서는 한, 둘, 셋, 태양 놀이에서 '술래'를 건드리는 어린이가 바라는 정체성을 취하듯이 이 도시가 '되기'를 열망하면서 갈수록 큰 기쁨을 안고 남몰래 이 도시를 향해 서서히 나아갔다. (…중략…) 그곳의 오랜 역사 (…중략…) 피난의 땅으로서, 반항적인 난민 어린이들의 배은망덕에도 불구하고 그곳이 유지하는 역할, 그리고 극진한 환대는 고사하고 대양 건너편 "이주민들의 국가"에 대해 기대한 만인-맞이의 호의적인 담론 없이. 맥카티 위원회가 있는 미국은 호치민에게 미국 호텔에서 요리하도록 허용했을까? 공산주의자에 맞선 맥 카란-발터 법[94]은 덤불 모양의 수염을 기르고 그들의 문간에 서서 국경을 넘고자 기다리는 오늘날의 칼

93 Trad. par A. Nasier, Paris : Christian Bourgois, 1989.

94 [역주] loi Mc Carran-Walter. 1952년부터 발효된 미국의 이민 및 국적법.

맑스 같은 사람에게 무슨 말을 해야 했을까? 오? 런던이여! 대서양 건너편 그 새로운 로마의 맹렬한 확실성보다 런던과 런던의 낡아빠진 장엄함, 새로운 의혹을 선호하지 않는 사람은 어리석을 것이다.[95]

런던이 갖는 매력의 근원에서 파리에 대해 제시된 두 가지 특징이 재발견되는데, 한편으로는 중요한 문학 수도이고 다른 한편으로는 정치적 자유주의의 명성이다.

이론의 여지가 없는 정치적 역량 때문에 런던은 유럽의 수도들을 서로 맞세우는 영속적인 투쟁에서 매우 자주 무기로 활용되었다. 18세기 말과 19세기 초에 문화와 관련하여 프랑스의 지배가 전면적이었을 때 영국은 파리의 모든 경쟁상대에 의해 파리에 맞선 무기로 사용될 수 있었다. 예컨대 독일에서 민족문학의 성립기에 이른바 "전기 고전주의" 세대, 클롭스톡과 특히 레싱의 세대는 프랑스인에 대한 모방따라서 프랑스인의 지배을 끝장내기 위해 영국 모델에 기대자고 제안하면서 1750년과 1770년 사이에 새로운 길을 열려고 시도한다. 셰익스피어 작품이 독일에서 재평가되는 커다란 움직임은 레싱에게서 비롯된다.

그러나 런던은 언어적 권한을 제외하면, 그리고 (옛) 식민지 영토 밖에서는 좀처럼 압도적이지 않다. 최근의 조사가 보여주듯이 런던의 출판사는 매우 적은 문학 번역서를 펴내고 공인의 심급은 영어로 쓰인 텍스트만 상찬한다.[96] 런던의 신용은 언어권의 범위에, 그리고 영어가 쟁취한 지배적인 지위에 기인하지만, 런던의 공인 권력은 언제나 언어따라서 흔히 정치를 토대로 하는 까닭에 완전히 특수하지는 않다. 그러므로 런던의 본질적

95 Ibid., p.433.

96 V. Ganne et M. Minon, "Géographie de la traduction", loc. cit., pp.55~95.

으로 문학적인 신용은 파리의 경우와 똑같은 성격을 띠지 않는다.

오늘날 영어 문화권 내에서 런던과 뉴욕 사이의 경쟁은 영어의 문화적 공간이 매우 분명히 양극화되는 현상을 초래했다. 그러나 미국의 중심이 오늘날 세계 출판업의 확고한 경제적 극점이라면, 아메리카는 정당한 것이라고 보편적으로 인정된 공인하는 문학 권력이 되었다고도 말할 수 있다. 거기에서도 문제 자체는 투쟁의 쟁점이다. 그것에 대답하는 방식은 문제에 관해 입장을 분명히 취하는 이가 차지하는 위치에 달려 있다. 그리고 하나의 문학 자본에 맞서 또 다른 문학 자본을 "걸기" 위해 이 세력 관계를 이용하는 작가가 대단히 많다.

2) 탈식민주의 소설

유럽 국가는 언어를 전파하면서 또한 투쟁을 수출했다. 더 정확히 말해서 중심에서 벗어난 작가는 그 투쟁의 주요한 쟁점들 가운데 하나가 되었다. 중심 국가의 문학 역량은 이제부터 혁신으로, 중심에서 벗어나 있고 보편적으로 인정받는 작가에 의해 중심 국가의 언어에서 일어난 격동으로 측정될 수 있다. 언어그리고 언어와 관계가 깊은 문학 전통의 경우에 이는 지배력을 행사하는 작가를 통해 언어가 현대성을 창안하고 자기 자본을 이처럼 재평가할 능력의 현실태를 "입증하는" 새로운 방식이다. "영연방문학" 또는 "프랑스어권"이라는 개념의 중요성을 이런 식으로 이해할 수 있는데, 이것들은 주변부의 문학적 혁신을 중심의 언어-문화 깃발 아래 회수하고 병합할 수 있게 해준다.

예컨대 영국에서 가장 유명한 문학상인 부커상은 1981년부터 여러 번 되풀이하여 인도 작가 브하라티 무크헤르지[96]의 표현에 따르면 "완전히 영국인은 아닌 이"에게, 이주나 망명 또는 탈식민지화로 인해 작가가 된

이에게 수여되었다. 살만 루슈디의 『한밤의 아이들』[98]이 1981년에 첫 번째로 수상했다. 다음으로 마오리 출신의 케리 흄이 (『태초의 사람들』로),[99] 나이지리아 작가 벤 오크리, 스리랑카 출신의 마이클 온다체, 일본 출신의 가즈오 이시구로가 이 상을 받았다. 오스트레일리아 작가 두 명, 남아프리카공화국 작가 한 명, 그리고 중국 출신의 티모시 모[100]를 포함하여 영국 출신이 아닌 결선 진출자 몇 명이 비평계의 주목을 받을 수 있었다. 비평계가 결과와 원인을 혼동해서 어떤 "새로운" 문학과 심지어 영국의 옛 식민지 제국에서 야기된 어떤 진정한 문학운동의 존재를 추론하는 데에는 이것으로 충분했다.

사실 출판사 편에서는 집단 효과를 내기 위해 공통점이 전혀 또는 거의 없는 저자들을 하나의 똑같은 이름표 아래 모으려는 의지가 있다. 이 라벨 효과는또한 라틴아메리카 "붐"의 예를 볼 것 어떤 문학적 기획의 "새로움"을 정당화하기 위한 가장 효율적인 편집 및 비평 전략들 가운데 하나이다. 어렸을 때 일본인 부모가 해외로 이주한 이시구로는 식민지화로 작가가 된 사람이 아니고 영국과의 관계가 루슈디 같은 인도인의 경우와 전혀 다르다. 벤 오크리는 월레 소잉카처럼 나이지리아인인데, 여왕으로부터 귀족 작위를 받고 완고한 동화주의를 실천하는 네이폴과 마찬가지로, 월레 소잉카는 국제적 인정을 받고 노벨상을 받았음에도 불구하고 결코 신식민

97 [역주] Bharati Mukherjee(1940~2017). 인도 태생의 미국-캐나다 작가. 캘리포니아 대학 영어과 명예교수였다.

98 Salman Rushdie, *Misnight's Children*, Londres : Jonathan Cape, 1981; trad. fr. : Paris : stock, 1983(trad. fr. par J. Guiloineau).

99 프랑스어로 Keri Hulme, trad. par F. Robert, *The Bone People ou les Hommes du Long Nuage blanc*, Paris : Flammarion, 1996.

100 [역주] Timothy Mo(1950~). 영국인 어머니와 홍콩인 아버지를 둔 영국 국적의 소설가. 옥스퍼드의 세인트존스대학에서 공부하고 기자 생활을 하다가 소설가가 되었다.

주의 저자에 속하지 않았다. 마이클 온다체는 "어떤 지방에서 태어나 다른 지방에서 살기로 작심하는 국제 사생아들"[101]에게 관심을 기울인다. 살만 루슈디는 발표한 갖가지 글에서 『한밤의 아이들』이 성공을 거둔 이후에 후기 제국주의의 소산으로 취급되기를 거부했다. 그는 영국의 새로운 분류에 작동하는 지정학적 표상을 최초로 고발한 사람들 가운데 하나이다. "최선의 경우 영연방문학이라 불리는 것은 '엄밀한 의미에서의' 영문학 아래에 놓인다." 그가 1983년에 썼다. "그것은 영문학을 중심에, 세계의 나머지를 주변부에 놓는다."[102] 이처럼 그는 이 모든 작가를 명백한 증거로 갖는 성공한 동화에 의해, 그리고 이러한 동화에 포괄되는 영토의 놀라운 범위에 의해 영국 "문명"의 역량과 광휘를 상찬할 수 있게 해주는 영국 비평의 공인에 대해 이것의 양면성을 내세운다. (나이지리아, 스리랑카, 캐나다, 파키스탄, 앵글로 인디언 등) 이 모든 작가를 영국의 깃발 아래 불러 모으는 일은 부분적으로 영국의 공식 역사에 '맞서' 쓰이는 모든 것을 회수하고 하나로 묶는 이상하고 교묘한 방식이다.

게다가 국가에 의한 공쿠르상 또는 부커상 유형의 공인은 흔히 상업적인, 따라서 이중으로 굴욕적인 규범에 가깝다. 그리고 국가에 의한 문학의 공인을 상업적 성공과 구별하기는 이제 매우 어려운데, 이는 심사위원회가 (대개 직접적으로나 간접적으로 출판사의 이익에 종속된) 미적 규범을 상업적 성공에 맞추었기 때문이다. 그래서 주요한 국내 문학상의 결정권이 (프랑스어권이나 영연방의 이름으로) 옛 식민지 제국 출신의 저자로 확대될 때 공인은 이를테면 3중으로 타율적이다. 즉 상업의 기준과 국가의 규범 그

101 Pico Iyre, "L'Empire contre-attague, plume en main", *Gulliver*, revue littéraire no.11, été 1993, *World Fiction*, p.41에서 재인용.

102 S. Rushdie, "La Littérature du Commonwealth n'existe pas", *Patries imaginaires*, p.82.

리고 신식민주의의 편견에 종속된다.

양면성이 그토록 심해서 출판사, 특히 미국 출판사는 매우 빨리 그 이국취향의 유행에 따라 국제 독자를 위해 새로운 국제 베스트셀러의 비밀을 탐색했다. 인도 작가 비크람 세트[103]의 소설 『예의 바른 소년』[104]의 계획된 성공은 이 현상을 완벽하게 예시한다. 소설가가 전형적으로 영국적이고 동시에 다분히 시대에 뒤진 문학적 수단을 이용하는데도, 프랑스에서만큼 영국에서도 비평계는 이 책을 영어 문학의 쇄신과 심지어 영국 식민지 제국의 "앙갚음"을 보여주는 확실한 징후로 소개했다. 실제로 출판사는 이 책이 "1950년대 인도를 배경으로 제인 오스틴과 디킨스의 위대한 전통에 따라 쓴" 것이라고 확언한다. 옥스퍼드와 스탠퍼드에서 학위를 취득한 이 인도인은 지난 세기의 미적 규범을 응용하고 두드러지게 서양적인 세계관을 부추기면서 "수세대에 걸친 가족 연대기"의 매우 대중적인 형식을 채택했는데, 이는 그가 가장 노골적인 상업적 기준을 전부 채택한다고 말하는 또 다른 방식이다. 이 소설은 문학 "해방"과 식민지화된 옛사람이 문학의 위대성에 도달한다는 점의 징후이기는커녕 반대로 영문학의 본보기가 문화권을 (거의) 전적으로 지배한다는 사실에 대한 반박할 수 없는 증거이다. 문학 자본에 대한 문화적 결정권의 심급과 언어 영토의 범위를 적어도 대부분 구축한 런던과는 달리 파리는 식민지 영토 출신의 작가들에게 결코 관심을 기울이지 않았고 더 낫게는 너무 가까워서 그들의 차이가 인정되거나 상찬될 수 없을 뿐 아니라 너무 멀어서 그저 지각되지 않는 일종의 더 나빠진 지방 작가로 오랫동안 경멸하거나

103 [역주] Vikram Seth(1952~). 영어로 작품을 쓰는 인도 시인, 작가. 『금문교』(1986), 『개구리와 나이팅게일』(1994) 등의 작품이 있다.

104 Vikram Seth, trad. par F. Adelstein, *Un garçon convenable*, Paris : Grasset, 1995.

(잘못) 취급했다. 프랑스는 전형적으로 언어에 기반한 문화적 공인과 관련하여 어떠한 전통도 없고 이른바 프랑스어권의 정치는 파리가 상징적인 영역에서 행사한그리고 일부분 아직도 행사하는 영향력의 흐릿한 정치적 대체물에 지나지 않는다. 옛 프랑스 제국이나 언어권의 가장자리 출신 작가에게 수여된 드문 국내 문학상은 명백한 신식민주의적 동기의 혜택을 입었다.

중심이 여럿인 권역에서 피지배 작가는 언어 및 정치 수도들 사이의 세력 관계를 이용할 수 있다. 런던과 뉴욕, 리스본과 상파울루 같은 두 수도 사이의 경합을 이유로 민족문학의 공간은 실제로 이중 지배에 굴복한다. 이는 작가에게 역설적으로 다른 중심에 맞서 덜 잘 투쟁하기 위해 하나의 중심에 기댈 수 있게 해준다. 가령 캐나다 문학 공간에서 작가는 특히 스리랑카실론에서 태어나 토론토에 정착한 작가 마이클 온다체의 경우처럼 미국 비평의 범주에 통합되기를 선택할 수 있거나 역으로 미국의 공간이 갖는 위력에서, 따라서 미분화 상태로의 해체에서 벗어나기 위해 런던에 기댈 수 있다. 이것은 예컨대 캐나다 여류소설가 마가렛 애트우드 또는 제인 어커트[105]의 경우인데, 그녀들은 미국 전통만큼이나 영국 전통과 대면하여 영어로 쓰인 캐나다 문학을 특징짓는 이중의 간격으로부터 이 문학의 정체성을 세우려고 애쓴다. "캐나다의 역사는 부분적으로 미국에 대한 투쟁의 역사입니다." 애트우드가 말한다. "많은 캐나다인은 굴복하기를 거부한 정치적 망명자였어요."[106] 제인 어커트는 자기 소설 『나이아가라』에서 1889년 나이아가라 폭포에서, 정확히 미국과 캐나다의 국

---

105 **[역주]** Jane Urquhart(1949~). 캐나다의 여류소설가. 첫 번째 소설 『소용돌이(*The Whirlpool*)』(1986)가 1992년 프랑스어로 번역되어(제목 『나이아가라』) 이 작품으로 '가장 좋은 외국책' 상을 받은 최초의 캐나다인이 된다.

106 저자와의 미간행 대담, 1991.11.

경에서 역사가와 시인의 만남을 연출하면서 캐나다의 민족문학사의 탄생을 나름대로 해석한다. 제인 어커트는 1812년 런디스 레인 전투[107]가 벌어진 이 장소를 건국, 다시 말해서 국가에 의한 역사 재적용의 상징으로 만든다. 즉 역사가는 영국의 시각과 동시에 미국의 공식 견해에 맞서 이 전투가 미국의 패주로 끝나는 캐나다의 승리였다는 점을 증명하려고 시도한다. (생각해보라, 미국인들이 우리의 승리를 훔쳤다! 거짓말 같은 일이다. (…중략…) 그들은 자신의 승리가 완전했다고 주장한다!)[108] 젊은 시인은 영국 낭만주의로부터 그에게 전해진 세계관"결코 너는 여기에서 워즈워스의 노랑 수선화를 찾아내지 못할 것이다"[109]과 참신한 미국 풍경 사이에서 망설인다. 게다가 피지배문학 공간에서 생겨난 모든 작품에 내재한 이 건국 의지를 모른다면 어커트 작품의 실제적인 쟁점을 이해할 수 없다. 그러므로 힘겨운 이중 종속의 상황으로 인해 이중 거부의 전략이 실행될 수 있는데, 이 전략은 또 다른 지배자에 맞서 어떤 지배자를 이용하기에 이른다. 캐나다 저자들은 영문학사, 영국 시와 낭만주의의 판테온에 대한 영속적인 참조를 통해 런던이라는 극점을 강화하는 데 일조하는데, 이 극점은 그들의 역사에 속하고 그들에게 미국의 "새로운" 지배력에 맞서 싸울 수 있게 해주는 선진 자본을 제공한다. 영어권의 다른 빈곤한 주역들은 런던에 대한 종속에 맞서 투쟁하기 위해 반대의 메커니즘을 작동하게 하고 뉴욕의 역량을 이용할 수 있다. 이것은 아일랜드인들의 경우인데, 오늘날 그들은 런던의 신식민주의적 영향력에 대한 투쟁 속에서 미국판, 특히 미국 대학의 잠재력 상승

107 1812년 6월 18일 미국은 영국에 대해 전쟁을 선포한다. 이는 미국인이 캐나다를 자신의 영토에 합병할 기회이다. 영국인은 침략의 위협에 맞서 저항하고 서부의 빼앗긴 땅을 되찾으려고 애쓴다. 싸움은 결국 '교착상태'가 된다.

108 Jane Urquhart, trad. par A. Rabinovitch, *Niagara*, Paris : Maurice Naddeau, 1991, p.73.

109 Ibid., p.69.

을 이유로 미국에서 버팀목과 공인을 모색할 수 있다. 정치적이고 동시에 지적인 역할을 하는 아일랜드 공동체의 막대한 존재감은 통상적인 신식민주의 세력 관계의 구조를 변화시킬 수 있게 해준다.

똑같은 논리로 오늘날 브라질에서 찾아볼 수 있는 특수성의 제도화와 인정에 힘입어 문화 및 문학 자원이 빈약한 포르투갈어권의 다른 주역들은 포르투갈어 문법 규범의 정치적이고 문학적인 전복을 제 차례에 요구하기 위해 브라질 극점에 기댈 수 있다. 가령 포르투갈어권 아프리카에서 오늘날 리스본의 영향력에 맞서 문학의 현대성 및 자율성에 이르고 싶어 하는 모든 이는 우선 브라질 시의 역사와 특히 브라질인이 실행한 포르투갈의 포르투갈어가 행사하는 언어적, 따라서 문화적 "속박"에 대한 문제 제기를 내세운다. 포르투갈 출신의 앙골라 작가 호세 루안디노 비에이라[110]와 더 최근에 모잠비크 작가 미아 쿠투[111]는 이제부터 유럽 모델의 영향력을 거부하고 고유한 계보학과 문학사를 구성하기 위해 브라질의 문학 자원을 수단으로 동원한다. "모잠비크 시인들은 특히 포르투갈어를 변형하려고 애씁니다." 오늘날 미아 쿠투가 말한다. "모잠비크에서 우리에게 가장 중요한 시인들은 브라질인입니다. 왜냐하면 브라질인은 우리에게 언어를 거스를 수 있도록 이를테면 '허용'했기 때문이죠. 드루몬드 지 안드라지, 마리우 지 안드라지, 구이마레스 로사, 그라실리아누 라모스 같은 사람과 그밖의 많은 이가 포르투갈어를 쇄신하는 데 성공했어요."[112] 이처럼 아프리카인들은 1920년대에 브라질인에 의해 축적된 가

110 **[역주]** José Luandino Vieira(1935~). 포르투갈에서 태어난 앙골라 작가, 시인, 번역가. 2006년 카몽에스 상을 받는다.

111 Mia Couto, trad. par M. Lapouge-Petorelli, *Terre somnambule*, Paris : Albin Michel, 1994.

112 저자와의 미간행 대담, 1994.11. 작은따옴표는 저자 강조.

용 문학 자본과 포르투갈에 대한 지적 복종을 거부하기 위해 실험하고 비축한 해결책을 오늘날 끌어올 수 있다. 그들은 (포르투갈의 최근 소유물들 가운데 하나였으나) 제 차례에 포르투갈의 지배를 거부하면서 문학의 구호를 자기화하고, 그들에 앞서 똑같은 처지였던 브라질에 대해 특수한 종속을 요구하지만, 민족문학을 만들어내고 참신한 해결책을 새롭게 제시하는 데 성공한다.

이러한 논리에서 프랑스어권 작가들의 입장은 비극적이지는 않을망정 역설적이다. 그들에게 파리는 정치적 및 / 또는 문학적 지배의 수도이고 이와 불가분하게 세계 공간의 모든 주역에 대해서처럼 문학의 수도이므로 그들은 유일하게 파리를 특수한 사교장으로 끌어댈 수 없다. 어떠한 대안도 어떠한 대체 해결책도 자기 민족의 공간으로 후퇴하는 것을 제외하면 라뮈가 그랬듯이 파리를 벗어나거나 파리를 이용하여 미적 일탈을 생각해낼 수 있게 해주지 않는다. 파리의 권력은 프랑스의 보편성에 대한 보편적인 믿음의 이름으로, 프랑스 자체에 의해 촉진되고 독점된 자유라는 가치의 이름으로 끊임없이 부인되고 거부되는 만큼 더 맹렬하고 더 준엄하다. 세계에서 가장 확고한 문학들 가운데 하나의 공헌, 전통, 의무에서 해방된 문학을 어떻게 창안할 수 있을까? 어떠한 중심도 어떠한 수도도 어떠한 심급도 진정한 활로를 제공할 수 없다.

이 진퇴양난에 직면한 작가에 의해 몇 가지 해결책이 어렴풋이 제시되었는데, 그것 가운데 하나가 이른바 "두 프랑스"에 관한 이론적 곡예이다. 프랑스의 이른바 이원성, "식민지를 건설하는 반동적인 인종차별의 프랑스와 고결하고 관대하고 예술과 문학의 어머니이고 해방하고 인권과 시민을 만들어내는 프랑스"[113]에 대한 믿음에 힘입어 오래전부터 지식인이 정치적 예속에 맞서 투쟁할 수 있게 되면서 자유와 문학적 삶에 필요한 문학적 특수성의 관념을 보존할 수 있었다. 오늘날 활로와 전략이 약간 다양화되고 다듬어졌다. 앤틸리스 작가들에두아르 글리상이나 파트릭 샤무아조 또는 라파엘 콩피앙이나 알제리 작가들라시드 부제드라[114]을 포함한 어떤 작가들은 포크너의 본보기를 요구하고, 기니 작가 티에르노 모네넴보[115] 같은[116] 또 어떤 작가들은 라틴아메리카 작가, 특히 옥타비오 파스에 대한 부채를 명시적으로 선언한다. 하지만 그들은 다만 우회할 뿐이다. 포크너, 그리고 또 라틴아메리카 작가 전부는 파리에서 공인되었고, 이들에 대한 요구는 여전히 파리만의 역량과 파리에 의한 문학적 평결의 특수한 위력에 대한 인정이다.

113 Raphaël Confiant, *Aimé Césaire. une traversée paradoxale du siècle*, Paris : Stock, 1993, p.88.

114 **[역주]** Rachid Boudjedra(1941~). 프랑스어와 아랍어로 작품을 쓰는 알제리 작가. 『일광욕』(1972) 이외에도 『고집 센 달팽이』(1977), 『지방에서의 삶』(1997) 등의 소설을 썼다.

115 **[역주]** Tierno Monénembo(1947~). 기니의 작가. 2008년 『카헬의 왕』으로 르노도 상을 받는다. 2012년에는 소설 『흑인 테러리스트』를 펴낸다.

116 저자와의 미간행 대담, 1993년 3월.

제4장 보편의 제조

그러므로 부득이 이 사람은 꼭 유명해지고 싶다면 자신의 재능 봇짐을 수도로 가져가야 하고, 거기 파리의 전문가들 앞에서 봇짐을 풀어야 하고, 감정비를 치러야 한다. 그러면 그를 위해 명성이 제조되는데, 이 명성은 수도에서 지방으로 보내지고 거기에서 흔쾌히 받아들여진다.

로돌프 퇴퍼[1]

파리는 우리 시대의 신성한 장소였다. 유일한 장소. 확실한 정수가 있기 때문일 뿐만 아니라 아마 반대로 수동성을 찾아볼 수 있기 때문이었을 것인데, 이 수동성 덕분으로 온갖 국적의 탐구자에게 파리는 자유롭게 이용할 수 있는 곳으로 떠올랐다. 스페인인 피카소와 후안 그리스에게, 이탈리아인 모딜리아니와 보치오니 그리고 세베리니에게, 루마니아인 브란쿠시에게, 아일랜드인 조이스에게, 네덜란드인 몬드리안에게, 리투아니아의 폴란드인 립시츠에게, 러시아인 아르키펜코와 칸딘스키와 디아길레프 그리고 라리오노프에게, 미국인 칼더와 파운드와 거트루드 슈타인 그리고 맨 레이에게, 체코인 쿱카에게, 독일인 렘브루크와 막스 에른스트에게, 영국인 윈덤 루이스와 T. E. 흄에게 (…중략…) 모든 예술가와 학생 그리고 명명자에게 (…중략…) 파리는 민족의 민속과 정치 그리고 행로에서 해방되고 가족의 취향과 단체정신에서 풀려난 (…중략…) 문화의 국제연맹이었다.

해롤드 로젠버그, 『새로운 것의 전통』

자율적인 비평에 의한 인정의 형태를 띠는 공인은 문학의 경계를 넘는 일종의 통과이다. 이 보이지 않는 선의 통과는 일종의 변형에 대한 복종을 의미한다. 거의 연금술적 의미에서의 변환이라고 말해야 할 것이다. 텍스트의 공인은 보통의 재료에서 "황금"으로의, 절대적인 문학적 가치로의 거의 마술적인 변모이다. 이 관점에서 공인의 심급은 가치와 문학의 현재 및 현대성 사이의 관계 자체로 말미암아 가치, 그렇지만 언제나 유동적이고 끊임없이 이의가 제기되고 논의의 여지가 많은 가치의 수호자, 보증자, 창조자이다. "평가, 중요성 판단이 있으므로, 또한 이 가치를 얻기 위해 치를 의향이 있는 값에 관한 논의가 있으므로 나는 가치라고 말했다." 발레리가 쓴다. "신문의 모든 면에 기재되는 이 시세표에서 어떻게 가치가 여기저기 다른 가치와 경합하는지를 볼 수 있다. 실제로 서로 경쟁하는 가치들이 있다." 문학적으로 혜택을 못 받은 지방에서 유래하는 텍스트의 경우 공인하는 요인에 의해 실행되는 마술적 변모는 성격의 변화, 즉 비존재에서 문학적 존재로의 통과, 비가시성에서 문학 상태로의 이행, 여기에서 문학화라고 불리는 변형이다.

---

1 Rodolphe Töpffer(1799~1846). 스위스 작가. 미간행 노트, 1834~1836, Jérôme Meizoz, *Ramuz, un passager clandestin des Lettres françaises*, Genève, Zoé, 1997, p.168에서 재인용.

1. 수도와 수도의 분신

파리는 문학 영역의 수도일 뿐만 아니라 이 사실로 인해 괴테가 말했듯이[2] "지적 재화의 세계 시장"으로 들어가는 입구, 문학 세계에 대한 주된 공인 장소이다. 파리에 의한 공인은 모든 피지배문학 공간의 국제 저자에게 필요한 방책이다. 즉 번역, 비평적 독서, 찬사와 논평은 그때까지 공간의 한계 바깥에 있었거나 감지되지 않은 텍스트에 문학적 가치를 부여하는 그만큼 많은 판단과 평결이다. (비교적) 자율적인 문학 심급에서 이 판단을 공언한다는 사실만으로 텍스트의 확산과 인정에 실질적인 효과가 생겨난다. 예술의 수도에 의해 드러나는 '효과'는 그토록 강력해서 전 세계의 예술가가 이러한 파리의 우월성을 거리낌 없이 받아들일 뿐 아니라 이로부터 유래하는 놀라운 지적 집중으로 보아 이 예술의 수도는 책과 작가가 판단과 비판 그리고 변환의 대상으로서 비국유화되고 이런 식으로 보편적인 대상으로 변하기 시작할 수 있는 장소가 되었다. 앞에서 문학적 "신용"의 "중앙은행"으로 제시된 파리는 또한 이 사실로 인해 공인의 명소이기도 하다. 즉 파리는 "업적을 인정할" 수 있고 "신망을 높일" 수 있다.

1945년 베케트는 반 벨데 형제, 아브라함과 게라르두스의 전시회에 즈음하여 쓴 『세계와 바지』[3]라는 제목의 텍스트에서 도중에 이따금 이러한 공인 역량의 확실성을 확언한다. 두 작품을 소개하고 이것들의 새로움을 강조하고자 이렇게 쓴다. "아브라함과 게라르두스 반 벨데의 그림은 (…중략…) 파리에 거의 알려지지 않은, 다시 말해서 세상에 거의 알려지

2 J. W. von Goethe, in A. Bermon, op. cit., p.93

3 Samuel Beckett, *Le Monde et le Pantalon*, Paris : Éditions de Minuit, 1989, p.21.

지 않은 작품이다." 그는 몇 년 전부터 파리에 살기로 결심했다. 그 자신 완전히 무명의 처지였다. 그런데도 파리에서 만난 화가 친구들을 위해 프랑스어로 이 텍스트를 썼다. 그것은 자명성의 어조로 진술된 파리의 공인 권력에 대한 인정이다. 파리는 다른 곳에서 전적으로 불가능하고 무시된 작품을 유도하고 산출하고 표창한다. 민족 예술을 확립하려는 경향과 새로운 국가 아일랜드의 정치-종교적 검열을 피하려고 더블린을 떠나는 베케트는 자신이 무슨 말을 하는지 안다. 즉 그의 관점에서 파리는 "순수" 예술의 수도이다. 그는 민족의 의도에 예속된 예술에 맞서 문학의 전적인 자율성을 확언하기 위해 파리로 망명한다.

라르보는 1920년대에 쓴 기사에서 휘트먼이 아메리카에서 무명 시인이라는 사실을 똑같은 방식으로 설명한다. "그렇다, 그는 미국인이다. (…중략…) 하지만 스스로 아메리카의 시인이라고 공언했으므로 미국인이 아니다. 또다시 즉각적인 부인이 뒤따른다. 그는 그르노블에서의 스탕달이나 엑스에서의 세잔만큼 미국에서 진가를 인정받지 못했다. (…중략…) '행복한 소수'의 대부분은 유럽에 살고 있다. 그러므로 유럽에서만 그는 인정받을 수 있었고 실제로 그렇게 되었다."[4] 마찬가지로 폴 드 만에 따르면 아르헨티나 작가 호르헤 루이스 보르헤스는 많은 미국 시와 소설을 카스티야어로 번역했음에도 불구하고 프랑스에서야 비평계에 의해 발견되었고 꾸준히 번역되었다.[5]

더블린에서 배척받고 심지어 금지된 조이스는 파리에서 환영받고 공인된다. 파리는 그를 아일랜드의 민족 작가보다는 오히려 보편적 문학에

4 V. Larbaud, *Ce vice impuni, la lecture. Domaine anglais*, p.215.

5 Paul de Man, "A Modern Master : Jorge Luis Borges", *Critical Writings 1953~1978*, Minneapolis, University of Minnesota Press, 1989, p.123.

혁명을 일으키는 예술가로 만든다. 아일랜드문학 공간에서 강요되는 언어적, 정치적, 그리고 도덕적또는 종교적 부담을 피하려고 조이스는 강력하게 요구된 망명 상태에서 아일랜드 작품을 창작함으로써 역설적이고 겉보기에 모순적인 해결책을 "발견한다".[6] 따라서 라르보는 번역을 통해 조이스를 20세기의 매우 위대한 작가들 가운데 하나로 공인하면서 그를 아일랜드의 지방성과 비가시성에서 빼내서 보편화하기에, 다시 말해서 그를 인정하게 하고 그에게 자율적인 문학 권역에서의 존재를 부여할 뿐 아니라[7] 그를 자신의 민족문학 공간에서 가시적이고 받아들여지고 받아들여질 수 있게 만들기에 이른다. 바로 이러한 관점에서 라르보가 1921년에 다음과 같이 쓴다.

> 『더블린 사람들』, 『젊은 예술가의 초상』을 쓰면서 그는 모든 나라의 지식인이 아일랜드에 대해 존경심을 품도록 아일랜드 민족주의의 모든 위인만큼 했다는 점에 주목할 필요가 있다. 그의 작품은 아일랜드에, 더 정확히 말해서 젊은 아일랜드에 예술적 면모, 지적 정체성을 재부여하고, 아일랜드를 위해 입센의 작품이 노르웨이를 위해, 스트린드베리의 작품이 스웨덴을 위해, 19세기 말에 니체의 작품이 독일을 위해 실행한 것, 그리고 가브리엘 미로[8]와 라몬 고메스 데 라 세르나가 얼마 전에 현시대의 스페인을 위해 실행한 것을 실행한다. (…중략…) 요컨대 제임스 조이스의 작품, 특히 파리에서 조만간 출간될 그 『율리시스』에 힘입어 아일랜드는 상급의 유럽문학에 선풍적으로 들어선다.[8]

6 이 책의 477~482쪽을 볼 것.

7 조이스 이전에 예이츠처럼, 하지만 조이스는 영어문화권 밖에서 공인되므로 더 폭넓게.

8 **[역주]** Gabriel Miró(1879~1930). 스페인 14세대의 작가. 『오헤다의 아내(*La mujer de Ojeda*)』(1901), 『문둥이 주교(*El obispo leproso*)』(1922) 등 많은 작품을 남겼다. 그에 관한 전기도 대단히 많다.

아주 최근에1980도 프랑스로 망명하고 파리에서 공인된 다닐로 키슈는 파리를 문학에 대한 공인의 독특한 중심으로 만드는 (그가 실제로 경험한) 커다란 메커니즘을 매우 단순하게 직관적인 방식으로 설명했다.

> 내가 보기에 파리는 언제나 그리고 더욱더 진짜 장터, 알다시피, 경매 장터인 듯하다. 거기에서는 문화계 사람들이 다른 곳에서, 다른 자오선들 아래에서 생산하는 것을 경매로 판다. (…중략…) 존재하려면 파리를 거쳐야 한다. 스페인어권 아메리카문학은 실존주의, 러시아 형식주의 등등처럼 프랑스인 앞에 존재했다. 하지만 보편적 유산의 등급으로 올라서기 위해서는 파리를 거쳐야 했다. 파리의 요리가 무엇에 소용되는지 명백하다. 이주, 대학, 명제와 주제, 번역, 설명. 요컨대 요리. 이것이 바로 프랑스 문화이다.[10]

그러므로 키슈에게 파리는 시장, 지적 산물이 팔리고 교환되는 특수한 "경매 장터"의 중심이다. 지적 산물은 "보편적 유산"의 지위, 다시 말해서 이 시장에서 인정된 "가치"의 지위에 오르기 위해 자원에 대한 이 공인의 장소를 반드시 거쳐야 한다.

파리는 이중의 기능, 문학적 기능과 정치적 기능으로 인해 또한 국가의 검열에 맞서는 최후의 방책이다. 파리가 역사상 온갖 자유, 정치적 자유, 미적 자유, 그리고 도덕적 자유의 수도로 성립한 사실은 또한 파리를 출판이 자유로운 장소로 만들기도 한다. 1970년대에 다닐로 키슈는 베오그라드의 검열과 고발을 피하려고 파리로 망명했고, 1959년 윌리엄 버로스의 『네이키드 런치』처럼 나보코프의 『롤리타』는 1955년 미국의 검열

9 V. Larbaud, "James Joyce", *Ce vice impuni, la lecture. Domaine anglais*, p.233.
10 D. Kiš, *Le Résidu amer de l'expérience*, p.105.

에 맞서 파리에서 출판되었다.

프랑스의 문학과 지식이 4세기에 걸쳐 축적된 소산을 자기 자신에게로 모으는 사르트르는 대략 1960년대에 믿음, 파리의 "신용" 전체를 거의 자기 혼자에게로 집중시켰다.[11] 정치적 피지배자에게 호의적인 참여 지식인으로서 (포크너, 도스 파소스 등을) 문학적으로 공인하는 가장 유력한 인사가 되기도 했다. 가령 마리오 바르가스 요사는 전 세계에서 파리로 문학적 현대성을 찾으러 온 젊은 지식인에게 사르트르가 어떤 인물이었는지 떠올린다.

> 미래의 독자에게는 우리 시대에 사르트르가 의미하는 바에 대해 정확한 관념을 갖는 것이 볼테르나 빅토르 위고 또는 지드가 그들의 시대에 나타냈던 바를 우리가 온전히 이해하는 것만큼이나 어려울 것이다. 사르트르도 그들과 똑같이 이 기이한 프랑스 제도, 즉 지적 명사, 다시 말해서 자신이 아는 것과 쓰는 것 그리고 심지어 말하는 것을 넘어 권위를 행사하는 어떤 사람, 도덕과 문화 그리고 정치 차원의 큰 문제에서 가장 시시한 문제까지 이르는 주제에 관한 규칙 제정의 권력을 다수의 청중으로부터 부여받는 사람을 구현했다. (…중략…) 그가 말하거나 마음대로 말하게 내버려 둔 것, 또는 생각건대 그가 말할 수 있었을 것이 어느 정도로까지 수천 명의 사람에게 영향을 미쳤고 그들에게서 행동 양식, 대단히 중요한 '선택'으로 변했는지 아는 일은 사르트르의 책을 통해서만 그를 알게 되는 이에게는 어려운 일일 것이다.[12]

---

11 안나 보셰티는 사르트르가 파리에 의해 보유된 온갖 종류의 가용 자본, 철학과 문학 그리고 비평과 정치 자본을 집약한다는 점을 지적했다. A. Boschetti, *Sartre et* Les, Temps modernes. *Une entreprise intellectuelle*, Paris : Éditions de Minuit, 1985.

12 Mario Vargas Llosa, *Contre vents et marées*, pp.104~105.

사르트르의 막대한 공인 권력으로 인해 그는 문학적 현대성을 구현한 일종의 화신이 되었다. 바로 그가 문학의 현재를 가리키면서 문학예술의 경계를 그었다. "사르트르를 읽으면서 우리는 지역주의문학의 테두리에서 빠져나오도록 부추겨졌을 뿐 아니라," 바르가스 요사가 설명한다. "서사 예술의 혁신과 모든 분야에 걸친 다양화, 그리고 가장 큰 자유, 이야기 방식의 가장 큰 복잡성에 관한 정보를 비록 간접적으로지만 얻었다. (…중략…) 1950년대 초에 『자유의 길』의 처음 몇 권과 사르트르 평론은 우리에게 현대문학을 대표했다."[13]

그러므로 윌리엄 포크너의 작품 또한 파리에서 세계적 인정을 받기 시작한다. 알다시피 포크너는 미국에서 매우 힘겨운 데뷔 시기를 보냈다. 『병사의 보수』1926, 『모기들』, 그리고 『사토리스』의 실패1927~1929 이후에 1929년 『소리와 분노』로 지적 명성이 쌓이기 시작한다이 책은 1,789부 팔린다. 『내가 누워 죽어가는 동안』1930 이후 1931년에 이어 1932년 초판이 간행된 『성역』은 그의 첫 번째 "큰" 성공(의 추문)으로서 두 달도 안 걸려서 약 6,500부가 팔린다.[14] 하지만 15년 동안 포크너는 자기 나라에서 여전히 실질적인 무명작가로 남게 된다. 노벨상을 받기 단지 3년 전인 1946년에야, 프랑스에서 공인받은 후에야 말콤 카울리의 선집 『포터블 포크너』에 힘입어 그는 비평계에 의해 미국에서 민족문학의 대가들 가운데 하나로 떠오르고 그의 책들이 다시 팔리게 된다.

반대로 프랑스에서는 그가 매우 일찍 20세기의 매우 위대한 혁신자들

13 Ibid., p.93.

14 Michael Gresset, "Note sur le texte", *Sartoris* et *Le Bruit et la Fureur*, W. Faulkner, Oeuvres romanesques, Paris : Gallimard, 〈Bibliothèque de la Pléiade〉, 1977, t.1, pp.1107·1251~1252.

가운데 하나로 인정받는다. 1931년부터, 즉 『소리와 분노』가 출간되고 2년 후에 모리스에드가르 쿠앵드로가 『신프랑스평론』[15]에 당시 미국에서 출판된 포크너의 여섯 소설에 관한 비평적 연구를 발표한다. 그 시기에는 고작해야 이 미국 소설가에 바쳐진 두 편의 다른 분석, 그리고 미국에서 출판된 두 편의 짧은 평론과 미국 언론에 실린, 절반이 전적인 몰이해를 보여주는 약 12편의 서평이 전부였다.[16] 『내가 누워 죽어갈 때』가 1932년부터 쿠앵드로에 의해 번역되고 발레리 라르보의 서문이 붙지만, 사실 이 소설은 앙드레 말로가 서문을 쓴 『성역』이 1933년에 출판된 이후에야 나오게 된다. 뒤이어 1938년 8월 23일 『소리와 분노』가 갈리마르출판사에서 출간되고, 사르트르의 서평[17]에서 윌리엄 포크너가 20세기의 가장 위대한 소설가들 가운데 하나로 제시된다. 1934~1935년에는 장루이 바로가 『내가 누워 죽어갈 때』를 희곡으로 각색하고, 그 후 1956년에 알베르 카뮈가 『어느 수녀를 위한 진혼곡』을 각색하고 연출한다. 그러므로 이 미국 작가는 프랑스에서 가장 저명한 작가와 비평가에 의해 공인됨으로써야 비로소 1940년대 말에 자기 나라에서 살아생전 인정받기에 이른다. 국제적 인정을 확증하는 그의 노벨상 수상은 파리에 의한 이와 같은 강복의 직접적인 결과이다.

파리의 공공연한 경쟁상대인 브뤼셀 또한 공인 역량을 갖추고 있다. 브뤼셀을 파리의 영향 아래 놓인 수도로 만드는 너무 단순한 평판에 교차로 도시, 유럽의 커다란 수도들에 의해 거부된 아방가르드가 집결하는 중심, 파리에 의해 퇴짜맞거나 무시된 모든 현대 작가를 위한 이를테면 "두

15 Maurice-Edgar Coindreau, "William Faulkner", *NRF* no.19, 1931.6, pp.926~930.
16 Michel Gresset, loc. cit., p.1253.
17 *NRF*, 1939.7, Situation I, Gallimard, 1947, pp.65~75에 재수록.

번째 기회"의 장소라는 더 복잡한 현실을 맞세울 수 있다.[18] 벨기에의 수도는 온갖 은밀하거나 원한 맺힌 민족주의에서 자유로운 만큼 모든 새로움과 모든 현대성에 세심한 관심을 기울인다. 1830년에 "새로 만들어진" 벨기에는 정치적 작위성과 젊은 기운 자체로 인해 낡은 유럽국들을 갈라놓는 매우 오래된 대립에서 풀려난 나라가 된다. 민중문화의 재구성보다 (플랑드르파에서 루벤스까지의) 회화에서 더 많이 끌어오는[19] 국가 전통의 "창안" 외에도 벨기에의 커다란 특이성은 유럽 전체에 대한 살가운 개방에 기인하는 듯하다. 문학의 심급 자체가 민족주의의 추세를 따를 때 브뤼셀은 파리에 맞서 의지할 특수한 곳이 되었다.

가령 1870년부터 매우 격렬한 반독일 정서 때문에 프랑스인이 독일에서 오는 모든 미적 혁신에 눈을 감는 시기에 브뤼셀은 1870년 〈로헨그린〉을 처음으로 공연하면서 바그너를 상찬하고 독일 밖에서 바그너풍의 수도가 된다. 프랑스 오페라의 미적 획일주의로 말미암아 벨기에는 파리에서 거부된 프랑스 작곡가들을 받아들이는데, 그들 가운데 하나인 마스네의 〈헤로디아드〉는 1881년에 처음으로 공연되어 엄청난 성공을 거두게 된다. 뱅상 댕디는 브뤼셀에 정착해서 열렬하게 환대받는다.[20] 1883년에 설립된 젊은 독립 화가들의 집단 "이십 서클"은 온갖 새로운 예술적 제안을 알리기 위해 전 세계의 예술가들을 초대하고 자유롭게 전시하고자 한다. 따라서 "이십 서클 구성원들"은 인정을 추구하는 모든 아방가르드 운동을 브뤼셀로 맞아들여 그것에 최초의 비평적 판단을 제공했으며 잡

18 크리스토프 샤를에 의하면 적어도 19세기의 전반부에는 "프랑스 정부가 위험하다고 판단한 명명자들을 내쫓을 때 런던과 브뤼셀이 두 자유로운 대체 수도, 최후의 피난처이다". C. Charle, *Les Intellectuels en Europe au XIXe siècle*, p.112.

19 *Bruxelles fun de siècle*, Philippe Roberts-Jones(éd.), Paris : Flammarion, 1994, p.59 참조.

20 Ibid., pp.118~125.

지와 기사 그리고 전시를 통해 그것을 이론화하고 정당화했다. 인상주의자와 신인상주의자 그리고 로트레크나 고갱 또는 (살아생전에 구매자가 나타난 유일한 그림을 브뤼셀에서 팔게 되는) 반 고흐가 거기에서 말동무와 숭배자를 만난다. 특히 신인상주의는 벨기에 화가들에게 매우 온전히 받아들여져 명확하게 설명되고 논평받고 공인된다. 『현대 미술』지의 파리 통신원 펠릭스 페네옹은 인상주의에 대한 근본적인 추월로서의 신인상주의에 관한 최초의 이론적 분석을 전개한다.[21]

마찬가지로 벨기에 작가들은 소설 미학에 대한 프랑스 현실주의의 영향을 끝장내기 위해 프랑스에서 일어난 상징주의적 이의제기에 가담하고 플랑드르의 신비주의 신학마테를링크가 뤼즈브루크[22]를 번역한다, 독일의 철학과 시를 통해 이 문학적 혁신을 다시 자기화한다. 그들은 범세계주의다시 말해서 개방성, 두 언어 병용 등에 힘입어 프랑스 작가들의 미적 제안을 발견하고 심지어 앞지를 수 있게 된다. 브뤼셀은 상징주의의 수도가 된다. 즉 매우 일찍 말라르메는 거기에서 이례적인 출판 조건을 얻고「벨기에 친구들을 회상하며」라는 시를 볼 것, 1890년 『피가로』지의 유명한 기사에서 옥타브 미르보에 의해 "발견"되어 거기에서 "새로운 셰익스피어"에 비견되는 마테를링크는 상징주의 연극을 창안하며,[23] 파리의 반순응주의 연출가 뤼녜포는 1893년 벨기에 관객과 비평가 앞에서 마테를링크와 입센 등을 공연함으로써 자신의 상징주의 연극을 알리게 된다.

이처럼 벨기에 예술가들은 프랑스의 몰지각에 맞서 독일 예술가를, 인

21 Ibid., pp.70~85.

22 [역주] John van Ruysbroeck(1293 또는 1294~1381). 플랑드르의 신비 사상가. 그는 라틴어가 아니라 네덜란드 민중어로 책을 썼다.

23 Ibid., pp.128~131.

상주의자로서 인정받은 프랑스 아방가르드에 맞서 공인받지 못한 프랑스 예술가를 편들면서, 장식 예술에 대한 벨기에 지지자들이 1890년부터 표방하는[24] 영국 예술과 라파엘 전파의 화풍을 촉진하면서, 파리 예술 심급의 비중을 회피하고 우회하고 완화하기에 이른다. 유럽의 모든 예술적 창안에 대한 세계주의적 개방성에 힘입어 이 도시는 민족주의적 전제와 적대적인 전통으로부터 멀리 떨어져 19세기 말의 몇몇 커다란 예술적 혁명이 실행되는 작업장이 되었다. 파리가 브뤼셀과 이를테면 "겹치게" 되는데, 파리가 정치적 투쟁과 낡은 국가주의적 대립에 굴복하는 민족 자본의 지위를 되찾으면서 특수성과 자율성을 잃을 때 브뤼셀 또한 예술의 현대성을 열망하여 아방가르드를 공인한다.

2. 문학화로서의 번역[25]

번역은 문학 영역의 주요한 특수 공인 심급이다. 명백한 중립성 때문에 그 자체로 진가를 인정받지 못하지만 "중심 밖의" 모든 작가가 문학 영역으로 접어드는 주된 경로이다. 즉 문학적 인정의 형태이지 단순한 언어 변경, 세계에서 출판물 거래의 용량을 알기 위해 계량화할 수 있을계량화해야 할 순수한 수평적 교환이 아니다. 반대로 번역은 게임 참여자들 사이에서 벌어지는 보편적인 경쟁의 주된 쟁점과 무기, 국제문학 공간에서의

24 Ibid., p.108.

25 여기에서 나는 다만 번역의 매우 특별한 기능을 강조하고 싶다. 이 주제에 바쳐진 문학 연구는 언어 자본과 본질적으로 문학적인 자본 및 이것의 이전이 갖는 특수성 사이의 차이를 고려하지 않아서 이 기능을 간과한 듯하다.

투쟁이 띠는 특수한 형태들 가운데 하나, 가변적인 기하학을 지닌 수단인데, 이 수단의 사용은 번역가와 번역 텍스트의 지위에 따라, 다시 말해서 "원천" 언어와 "표적" 언어의 지위에 따라 다르다.[26] 여기에서 우리는 언어들의 문학적 불균등을 확립했는데, 이로부터 세계문학 게임에 주역으로 참여하는 이들의 불평등이 적어도 부분적으로 유래한다. 그래서 언어들 사이의 이 이전에 관해 채택된 관점은 그것이 실행되는 방향번역하느냐 또는 번역되느냐과 그것이 실현되는 언어들 사이의 관계에 달려 있다. 이 두 가지 요인의 조합이 이 책에서 분석되는 다수의 사례를 결정한다.

가장 전형적으로 빈약한 "표적도달" 언어의 경우에 번역은 "국내로의 번역"[27]으로서 문학 자원을 모으고 이를테면 위대한 보편적 텍스트를 피지배 언어 안으로따라서 빈약한 문학 안으로 들여오고 가용 문학 자본을 돌려쓰는 방식이다.[28] 독일 낭만주의자들의 고전 번역 계획은 19세기 동안 내내 세워진 것으로서, 나중에 상세히 밝힐 터이지만, 이러한 유형의 시도이다. 커다란 문학적 단절의 작품, 중심에서 신기원을 이룬 작품은 흔히 대체로 국제적이고 여러 언어에 능통한 작가들 자신에 의해 번역되는데, 그들은 자신이 속한 문학 공간의 규범과 단절하고자 하면서, 중심의 현대성을 구현한 작품을 자기 언어 안으로 끌어들이려고 애쓴다바로 이런 이유로 그들은 이러한 작품의 지배를 영속시키는 데 이바지한다. 가령 다닐로 키슈는 헝가리 시인들아디, 페퇴피, 라드노티과 러시아 시인들만델스탐, 에세닌, 츠베타예바 그리고 프랑스 시인들코르네유, 보들레르, 로트레아몽, 베를렌, 프레베르, 크노을 세르비아-크로아티아어로 번역한 작가였

26 P. Casanova, "Consécration et accumulation de capital littéraire. La traduction commune échange inégal", *Actes de la recherche en sciences sociales*, no. 144, 2022, pp.7~20 참조.

27 다시 말해서 번역 형태로 이루어지는 외국문학 텍스트의 유입. V. Ganne et M. Minon, "Géographie de la traduction", *Traduire l'Europe*, F. Barret-Ducrocq (éd.), p.58.

28 이 책의 361~368쪽 참조.

고,[29] 베르질리우 페레이라는 사르트르를 포르투갈에 소개한 작가이고, 아르노 슈미트는 독일어로의 조이스 번역 지망자, 보르헤스는 하트 크레인, E. E. 커밍스, 윌리엄 포크너, 로버트 펜 워런의 번역 지망자이고,[30] 나보코프는 루이스 캐럴를 러시아로 번역했고, 20세기 초에 일본인 호리구치 다이가쿠1892~1981는 베를렌, 아폴리네르, 잠, 콕토와 모랑을 일본으로 들여옴으로써 당시에 급격하게 변하고 있던 일본문학 공간에서 진행 중인 모든 미적 규범을 근본적으로 뒤엎는 데 이바지했고, 헝가리 작가 데죄 코스톨라니는 셰익스피어, 바이런, 와일드, 보들레르, 베를렌을 국어로 번역했다. 이 중개인들은 이를테면 큰 수도들의 국제인과는 정반대되는 역할을 맡는다. 변두리를 중심으로 끌어와서 공인하지 않고, 중심의 작품을 번역함으로써 중심그리고 중심에서 공인된 것을 자기 나라에 알린다. 그들은 그리니치 자오선에서 포고된 현대성을 들여와서 알리고, 그래서 공간의 단일화 과정에서 핵심적인 역할을 행한다.

주요한 "원천" 언어들다시 말해서 다른 관점에서 검토된 똑같은 활동의 경우에 "국외로의 번역"[31]으로 이해된 문학 번역은 중심의 문학 자본이 국제적으로 퍼지게 해준다. 또한 작은 나라의 다언어 능통자 덕분으로 문학 대국의 권위와 위세를 갱신하면서 보편성을 주장하는 언어와 문학의 특수한 역량을 알리고 따라서 이런 언어와 문학의 특수한 신용을 높일 수 있게 해준다. 게다가 번역 자체의 반응시간에 지체가 내재한 가운데 중심에서 실행 중인 규범을 퍼뜨린다.

---

29 "Pour DamiloKiš", *Revue Est. Duest internationale*, Georges Feren. czi(éd.), no.3, 1992. 10, p.15 참조.

30 P. de Man, loc. cit., p.123 참조.

31 다시 말해서 국가 텍스트를 다른 언어로 전파하는 활동. V. Ganne · M. Minon, "Géographie de la traduction", loc. cit., p.58 참조.

거꾸로 주요한 "표적" 언어들의 경우에, 다시 말해서 번역이 "대수롭지 않은" 언어나 거의 중시되지 않은 문학에서 쓰인 문학 텍스트를 중심으로 들여오는 것일 때 언어와 문학의 이전은 중심의 자원을 위해 작품을 한데 모으고 돌려쓰는 방식이다. 공인하는 주요한 번역가들의 활동 덕분으로, 발레리가 말하듯이, "보편 자본이 증가한다". 그들이 행사하는 지배로 말미암아 그들은 "노블레스 오블리주"에 따라 토착적이지 않고 자신의 문학 범주에 부합하는 작가의 "발견"을 강요받는다. "대수롭지 않은", "원천" 언어로부터, 다시 말해서 중심의 문학적 언어로 텍스트를 수출하는 활동으로서 검토된 똑같은 작업은 단순한 언어 변화를 훨씬 넘어선다. 사실 그것은 문학으로의 승격, 문학 보증서의 획득이다. 바로 이러한 번역-공인이 여기에서 우리의 관심을 끈다.

그러므로 "문학성"의 개념, 다시 말해서 본질적으로 언어적인 자본과 무관하게 언어에 결부된 문학적 신용의 개념은 문학적 피지배자의 번역을 문학적 가시성 및 존재 쪽으로 길을 열어주는 공인 행위로 여길 수 있게 해준다. 거의 또는 전혀 문학적이라고 인정받지 못하고 고유한 전통을 갖추지 못한 언어로 창작하는 이들은 단번에 문학적으로 공인될 수 없다. 그들의 텍스트가 문학 영역 안으로 곧 들어가게 되는 일은 주요한 문학적 언어로의 번역을 통해 이루어진다. 즉 번역은 (국적 변경이라는 의미에서의) 단순한 "귀화" 또는 어느 언어에서 다른 언어로의 통과가 아니라, 훨씬 더 전형적으로 "문학화"이다. 라틴아메리카의 "붐"에 속하는 작가들은 프랑스어로의 번역과 비평계에 의한 인정으로부터 국제문학 공간에 존재하기 시작했다. 똑같은 관점에서 호르헤 루이스 보르헤스는 자신이 프랑스의 창작품이라고 말했다. 다닐로 키슈의 국제적 인정은 그를 세르비아-크로아티아어의 "그늘"에서 빠져나오게 하는 프랑스어로의 번역-공인과 시기가 일치한다. 타고르에 대한 보편적 인정그의 노벨상 수상은 벵골어에서 영어로의 자기 번역으로부터 시작된다. 자이르 공화국의 지식인이자 작가인 피우스 응간두 응카샤마는 아프리카 작가를 위한 번역-공인의 중심적인 역할을 부인하면서 돋보이게 하고 강조한다.

> 아프리카 작가의 결점은 흔히 문학 텍스트가 관대한 서양에 의해 그 자체로 '신임'을 얻게 될 때만 '가치'를 갖는다고 믿는 것이었다. (…중략…) 마치 아프리카 언어로 창작하는 작가는 다른 언어로, 이 경우에는 식민지 지배자의 언어로 텍스트를 산출할 때부터만 객관적으로 문학 행위에 접근하는 듯이 모든 일이 진행된다. (…중략…) 세계에서 제대로 위임된 번역을·토대로 어떤 도덕적 신용이 그에게 부여될 수 있을 것이다.[32]

피지배 작가의 번역을 문학화로, 다시 말해서 진정한 문학으로의 변모, 지위 변화로 규정함으로써 일률적으로 언어에서 언어로의 단순한 이전으로 이해된 번역 활동들 사이의 동등성이나 더 낫게는 유사성에 대한 믿음 때문에 생겨난 일련의 문제 전체를 해결할 수 있다. 문학으로의 변환은 거의 또는 전혀 문학적이지 않은, 다시 말해서 하찮거나 "언어 시장"에서 인정받지 못한 언어로 작성된 텍스트를 문학 언어에 접근하게 하는 마술적 경계의 통과를 통해 보장된다. 그래서 나는 여기에서 문학적으로 빈약한 지방에서 온 텍스트가 정당한 심급 곁에서 문학으로 부과되도록 하는 번역, 자기 번역, 옮겨쓰기, 지배 언어로의 직접적인 글쓰기 등 모든 활동을 '문학화'로 정의한다. 이러한 텍스트는 어떤 언어로 쓰였건 "번역

32 Pius Ngandu Nkashama, *Littératures et Écritures en langues africaines*, Paris : L'harmattan, 1992, pp.24~30. 작은따옴표는 저자 강조.

되어야" 한다. 다시 말해서 문학성의 증서를 획득해야 한다. 살만 루슈디는 영어로 글을 쓰는 인도 작가인 까닭에 명백히 번역의 문제를 스스로 제기할 필요가 없지만 일종의 본질적인 자기 번역을 환기한다.

> 어원적으로 '번역하다'라는 낱말은 '너머로 데려가다'라는 의미의 라틴어 낱말 '트라두케레'에서 유래한다. 우리는 탄생지 너머로 인도되었다는 점에서 '번역된' 인간이다. 번역에서 뭔가를 상실한다는 점은 일반적으로 인정되나, 나는 거기에서 또한 뭔가를 얻을 수 있다는 생각에 고집스레 매달린다.[33]

문학 텍스트에 대한 변환 및 번역 활동의 계열은 일종의 음계를 이루는 언어-문학적 전략, 문학적 결여와 비가시성을 모면할 수 있게 해주는 연속된 해결책을 나타낸다. 따라서 수많은 작가의 여정에서, 그들에 대한 점차적인 공인의 모든 단계에서 공인 심급에 의한 가시성의 명령에 따라 텍스트 변형의 모든 등급을 알아낼 수 있다. 조이스에게처럼 스트린드베리에게도 중요한 문제는 프랑스어로 번역되거나 글을 쓰는 일이 아니라 문학을 구현하는 언어의 직접적이거나 번역으로 매개된 채택을 통해 문학과 작가 지위에 접근하는 일이다.

33 S. Rhshdie, *Patries imaginaires*, p.28.

3. 언어 게임

프랑스에서 공인받기 위한 스트린드베리의 다양한 시도는 점진적인 문학화 활동에 관한 일종의 패러다임으로 묘사될 수 있다. 1883년부터 망명 시기 동안 파리를 "정복하기로" 결심한[34] 아우구스트 스트린드베리는 문학적 인정에 이를 기회를 실제로 전부 거절하게 된다. 그의 초기 희곡과 중편소설집이 신속하게 프랑스어로 번역되었다. 그런데도 파리에서는 어떠한 반향도 일지 않았다. 이에 그는 우선 자신의 희곡 〈아버지〉에 대한 번역을 스스로 시도했다. 1887년에 앙투안이 방금 테아트르-리브르를 개관했고 스트린드베리는 자신의 희곡을 에밀 졸라에게 읽게 하고 싶었다. 우선, 수많은 경우에서 입증할 수 있을 터이듯이, 자기 번역은 통과를 시도하기 위한 단 하나의 해결책이다. 다음으로 스트린드베리는 조르주 루아조라는 번역가를 만나 그와 협력하게 된다. 도움을 받은 번역은 두 번째 단계로서 이 단계에서 작가는 자기 텍스트의 전환에 매우 적극적으로 나서 자기 텍스트를 다시 쓰려고 애쓴다. 동시에 그는 연극계의 관심을 끌기 시작한다. 1893년 테아트르-리브르에서 앙투안에 의해 『줄리 양』이 연출된 후, 루아조가 번역자로 서명했으나 스트린드베리 자신의 번역을 다듬어 내놓은 『채권자들』이 1894년 뤼녜포에 의해 성공적으로 공연된다. 끝으로, 아마 번역자의 불가피한 중재에 일정 부분 불편을 느꼈을 스트린드베리는 자신이 직접 프랑스어로 쓸 결심을 한다. 몇몇 중편소설과 단편소설을 쓰고 나서 1887년에 그는 『어느 광인의 변명』을

34 Carl Gustaf Bjurström, "Strindberg écrivain français", in August Strindberg, *Oeuvres autobiographiques*, t. II, Paris : Mercure de France, 1990, p.1199(édition établie et présentée par C. G. Bjurström).

집필하는데 거기에서 프랑스 소설가, 특히 모파상의 "경쾌한" 문체와 경쟁하려고 애쓴다.[35] 비평가 게오르그 브라네스의 동생이자 영향력 있는 기자인 에드바르드 브라네스에게 그가 설명한다. "프랑스 작가가 될 의향이 나에게 있다면? 아뇨! 나는 '세계 공통의 언어가 없어서' 다만 프랑스어를 사용할 뿐이고 '글을 쓸 때' 계속해서 그럴 것입니다."[36] 스트린드베리에게 프랑스어는 오로지 문학에 이르는 경사로의 역할을 할 따름이다.[37] 오늘날 그의 프랑스어 번역가 겸 발행인인 카를 뷰스트롬은 심지어 그가 프랑스어에 대한 유별난 취향으로 인해 프랑스어로 글을 쓰기 시작하지는 않았다고 덧붙인다. 이미 독일에서 번역되고 성공적으로 출판된 그의 텍스트가 1895년 파리에서도 출판되는 만큼 그의 전략은 효과적인 것으로 밝혀진다. 『어느 광인의 변명』 이후 10년이 지나 스트린드베리는 1896~1897년에 유명한 『인페르노』를 프랑스어로 써서 1898년 메르퀴르 드 프랑스에서 펴내게 된다. 유명한 작가로 공인받게 될 때야 비로소 프랑스어로의 글쓰기를 단념하게 된다. 달리 말하자면 일단 공인, 다시 말해서 문학적 존재, 가시성이 획득되자 번역은 다시 한 언어에서 다른 언어로의 단순한 이전이 된다. 즉 문학적으로 중심의 바깥에 자리한 지방에서 온 작가는 그때 자기 모국어로의 글쓰기를 재개하고 이러한 유형의 모든 염려를 그만둘 수 있다.

그러므로 1890년대 말에 스트린드베리는 자신이 프랑스어로 글을 쓰는 것인 가장 급진적인 해결책을 채택함으로써 "번역"의 문제를 풀어냈

35 August Strindberg, "lettre à Carl Larsson", 1884. 4. 22, ibid., p.1199 참조.

36 Ibid., p.1203. 작은따옴표는 저자 강조.

37 많은 세세한 사항이 가리키듯이 그는 또한 자신의 사생활을 보호하고 자신의 결혼 이야기를 스웨덴인에게 밝히지 않기를 원했던 것 같다.

다. 거의 같은 시기에 루벤 다리오는 상당히 유사한 해결책을 선택했는데, 이미 살펴보았듯이 그것은 스페인어를 프랑스어화하고 이를테면 "정신의 프랑스어적 표현"의 창조를 통해 두 언어를 융합하는 것이었다. 이러한 "프랑스어적 스페인어"의 실제적 창안에 힘입어 그는 전통의 단계를 벗어났다.

아주 명백히 나보코프도 역시 가장 위대한 "자기 번역가들" 가운데 하나이다. 스트린드베리의 방식으로 그는 점진적으로 번역가에 대한 의존을 거부하고 매개 없이 자기 번역을 스스로 펴낼 수 있기 위해서인 듯 어떤 언어에서 다른 언어로 넘어가게 된다. 알다시피 그는 1938~1939년까지 러시아 작가였다. 그의 가족은 1920년부터 러시아를 떠나 베를린에 정착한다. 1919년과 1921년 사이에 약 백만 명의 사람이 러시아를 떠나는데, 그들 중에는 지식인이 매우 많다. 그리고 베를린은 1920년대 동안 이러한 이주의 지적 중심, 러시아 "수도"가 된다. 이 시기에 바이마르의 독일은 러시아 출판사가 약 40군데를 헤아리고 러시아 신문과 잡지도 매우 많다.[38] 이런 곡절로 젊은 나보코프는 자신의 모국어 외에도 영어와 프랑스어를 완벽하게 구사하는 만큼, 베를린에서 러시아어로 특히 일간지 『룰』과 다양한 잡지에 자신의 초기 텍스트와 시를 발표한다. 그의 첫 번째와 두 번째 장편소설, 즉 『마셴카』1926와 『코롤, 다마, 발레』1928 또한 독일에서 나오게 된다.

그러고 나서 1930년대 초에 파리는 망명 러시아인들의 새로운 수도가 된다.[39] 그리고 러시아 이민의 가장 명망 높은 잡지 『소브레메니 자피스

---

38 Mark Raeff, "La culture russe et l'émigration", *Histoire de la littérature russe : Le XXe siècle*, t. II, *La Révolution et les années vingt*, Paris : Fayard, 1988 참조.

39 1930년대 초 베를린에는 러시아인이 3만 명밖에 남아 있지 않았다. 그리고 그들의 절

키우리 시대의 연보』가 베를린을 떠나 파리에 자리잡고서 나보코프의 새로운 장편소설 『루진 방어』를 3개 호에 걸쳐 싣는다. 그때 비평가 르뱅송이 이 책에 관한 열광적인 기사를 『레 누벨 리테레르』에[40] 게재한다. 즉각적으로 프랑스어 비평에 의한 인정 덕분으로 나보코프는 러시아 망명 공동체의 "민족적" 한계에서 벗어나게 되고 그의 책에 대해 상당히 적대적인 러시아 비평계에 의한 파문을 모면할 수 있게 된다. 일주일 사이에, 그리고 이 장편소설이 러시아어로 온전히 출간되기도 전에 나보코프는 파야르 출판사와 계약을 맺는다.[41]

하지만 그는 생활이 몹시 불안정해서 잡지 『우리 시대의 연보』와 파리의 망명 언론에서 가장 중요한 러시아 일간지 『포슬레드니 노보스티』,[42] 그에게 약간의 돈을 가져다주는 오직 둘뿐인 간행물에 자신의 텍스트를 계속해서 게재한다. 1932년에는 특히 『카메라 옵스쿠라』를 거기에서 간행하는데, 이 작품은 그라세 출판사에 의해 매우 빨리 프랑스어로 다시 나오게 된다.[43] 인정의 역할을 하는 이 프랑스어 번역은 다른 인정을 부추긴다. 즉 그는 자기 장편소설의 스웨덴어판과 체코어판 그리고 영어판을 위한 계약서에 서명한다. 하지만 1935년에 『암실』의 영어판을 다시 읽으면서 그는 그것이 보잘것없다는 사실을 알아차린다.

반은 태어날 때부터 부분적으로 독일인인 까닭에 더 이상 러시아 이주민 집단의 일부분이 아니었다. 반면에 파리에서는 이주민 언론과 출판이 번성했다. 프랑스로 망명한 러시아인들은 대부분 파리에서 살았다.

40 1930.2.15.

41 *La Défense Loujine*의 번역, 즉 *La Course du fou*, Paris : Fayard, 1934.

42 Brian Boyd, trad. par P. Delamare, *Vladimir Nabokov*, t. 1 · *Les Années russes*, Paris : Gallimard, 1992, p.427.

43 *Chambre obscure*, Paris : Grasset, 1934.

그것은 막연하고 형태가 일정하지 않고 날림이고 큰 실수와 누락으로 가득하며, 활기와 열의가 부족하고 그토록 무미건조하고 그토록 밋밋한 영어에 빠져서 나는 그것을 끝까지 읽을 수 없었어요. 자신의 작업에서 절대적인 정확성을 지향하고 거기에 이르기 위해 최선의 노력을 다하고 뒤이어 번역가가 각각이 고약한 문장을 태연히 부수는 모습을 보는 작가에게 이 모든 것은 꽤 견디기 어렵습니다.[44]

그렇지만 나보코프는 영어로 출판될 자신의 첫 번째 기회를 놓치지 않기 위해 이 책의 출판을 체념하고 받아들인다.[45] 하지만 그는 마치 유럽에서 피지배 언어로 글을 쓰고 국가의 버팀목이 없는 소설가로서 문학적으로 존재하기 위해서는 자기 번역 이외의 다른 수단이 없다는 점을 이미 깨닫기라도 한 듯이 다음 책 『착각』을 자신이 번역하겠다고 제안한다.

시오랑, 파나이트 이스트라티, 스트린드베리, 그리고 다른 많은 이처럼 그도 자기 작품을 다른 언어로 다시 쓰는 것을 지독한 시련으로 본다. "자기 작품을 번역하는 일은 끔찍한 시도, 자기 내장을 조사하고 장갑처럼 시험 삼아 끼워보고 가장 좋은 사전이 친구가 아니라 적진이라는 점을 알아차리는 것이죠."[46] 영국의 어느 대중소설 출판사에서 출판될 『착각』은 『암실』만큼 주의를 끌지 않고 지나가게 된다. 하지만 1937년에[47] 그는 마치 러시아어보다 더 폭넓게 퍼진 언어로 자신이 통제한 번역으로부터

44 Vladimir Nabokov, "lettre à Hutchinson & Co, 1935.5.22", Brian Boyd, p.483에서 재인용.

45 그는 1938년에 완전히 뜯어고친 새로운 판을 '어둠 속의 웃음소리'라는 제목으로 내게 된다.

46 V. Nabokov, "lettre à Zinaïda Chakhovskaya vers octobre 1935", B. Boyd, p.485에서 재인용.

47 그는 1937~1940년 프랑스에 정착한다.

더 큰 충실성을 확보할 수 있기를 역설적으로 바라기라도 하는 듯이 『착각』의 영어판을 프랑스어로 번역하겠다는 계약을 갈리마르출판사와 맺는다. 그리고 그가 영어로 집필한 최초의 장편소설, 즉 『세바스티안 나이트의 참된 삶』을 쓰기 시작하는 곳 또한 파리이다. 러시아 작가가 되고 러시아 작가로서 자신의 존재를 뚜렷이 나타내려고 거의 20년 동안 시도한 후에 그는 모든 망명 작가와 똑같은 진퇴양난에 맞닥뜨린다. 1930년대 말에 러시아로 돌아갈 희망이 결정적으로 사라지고, 러시아 이민 공동체만큼 제한되고 분산된 독자를 위해 문필로 먹고살기는 그에게 기대난망이다. 진정한 문학적 존재와 인정에 이르기 위해서는 자신이 아는 두 중대한 문학적 언어 가운데 하나로 자기 번역을 할 필요가 있다. 한때 그는 프랑스에 정착하기를 바라지만, 행정 및 재정상의 곤경으로 생활이 어렵기도 하고, 프랑스어보다는 영어를 더 능숙하게 구사하는 까닭에, 1937년 『신프랑스평론』에 발표한 「마드무아젤 O」와 푸시킨에 관한 평론[48]을 제외하고는 프랑스어로 직접 쓴 것이 전혀 없다.

1940년 그는 미국행을 택하고 영어 작가가 된다. 1941년 미국에서 『세바스티안 나이트의 참된 삶』이 뉴 디렉션 아방가르드 출판사에서 델모어 슈바르츠의 지원을 받아 출판된다.[49] 하지만 문학적 인정과 성공은 여전히 파리에서 그에게 오게 되는데, 1920년대에 제임스 조이스의 민망한 『율리시스』가 도덕적 검열의 일방적 결정에 맞서 파리에서 출간될 수 있게 허용하는 것과 유사한 논리에 따라 그의 작품이 제2언어로 파리에서 두 번째로 출간된다. 1950년대의 청교도적인 아메리카에서 아주 불쾌한

48 "Pouchkine ou le vrai et le vraisemblable."

49 Pierre-Yves Pétillon, *Histoire de la littérature américaine. Notre demi-siècle. 1939~1989*, Paris : Fayard, 1992, p. 231.

도발처럼 보이는 『롤리타』는 미국 출판사 네 곳의 거절 이후 1955년 파리에서 모리스 지로디아스의 출판사 올림피아 프레스의 초록색 표지를 달고 나온다. 프랑스 검열에 쫓기고 소송과 영국 세관으로 인해 지체되고 추문의 성공이라는 후광으로 둘러싸인 이 책은 3년 늦은 1958년에 미국에서 출판된다. 그리고 나보코프는 그때까지 큰 명성 없는 영어 작가에 지나지 않았으나 갑자기 엄청난 국제적 성공을 맛본다. 이러한 여정은 그가 흔히 말하듯이 자신의 두 문학적 언어 각각에 따라 작가로서 "두 생애"를 살지 않았다는 사실을 보여준다. 그는 모든 피지배 명명 작가의 힘겨운 운명을 경험했다. 그들은 모두 문학적으로 존재하고 진정한 창작의 자율성에 이르기 위해, 다시 말해서 통제할 수 없는 번역에 대한 의존을 모면하기 위해 루슈디의 말에 의하면 "번역된 작가"가 되기를 "선택한다".

베케트는 1940년대 말에 어떤 해결책을 채택하게 되는데, 베케트 이전에는 아마 그것을 찾아볼 수 없었을 것이다. 즉 그는 이중 번역을 체계화하게 된다. 그렇지만 더블린에서 온 젊은 영어 작가로서 그가 앞에서 이야기한 모든 단계를 그 이전에 두루 거쳤다는 점을 기억해야 한다. 아일랜드에서 금서로 지정되고 5백 부가 팔린 중편소설집 『차는 것보다 찌르는 게 낫다』1934를 런던의 채토와 윈더스출판사에서 펴내고 시집 『에코의 본질과 잔재』를 자비로 출판하고 1936년과 1937년 사이에 『머피』의 원고를 영국 출판사 마흔두 군데에 보람없이 제안한 후에 — 마침내 이 소설은 1938년 런던의 루틀리지출판사에서 펴내게 되고 1947년 보르다스 출판사를 위해 알프레드 페롱과 함께 베케트가 프랑스어로 옮기게 된다[50] — 다른 구원의 길을 모색한다. 프랑스어로 쓴 시를 『현대』지에 발표

50 Deirdre Bair, *Samuel Beckett*, Paris : Fayard, 1979, pp. 218 · 376 참조.

하고, 전쟁 동안 영어로 「와트」[51]를 집필한 후에는 몇몇 중편소설을 직접 프랑스어로 창작한다. 그러고 나서 1948년 파리에서 대단한 창조의 시기가 그에게 다가오는데, 이 시기 동안 그는 최초의 위대한 텍스트들을 프랑스어로 집필한다. 1946년에는 『메르시에와 카미에』, 『첫사랑』1970년까지 미간행, 『추방당한 사람』, (『끝』이 될) 『스위트』를 쓴다. 1947년에는 여전히 프랑스어로 『몰로이』를 시작하며 1948년에는 『몰로이』를 끝내고 『말론 죽다』를 쓰고 1949년에 수정하고 끝마치는 『고도를 기다리며』의 초고를 작성하고 『이름 붙일 수 없는 것』을 쓰기 시작한다. 이 모든 초기 텍스트에 대해 베케트는 출판되거나 공연될 기회를 얻고 싶다면 반드시 프랑스어로의 글쓰기로 넘어가야 한다는 점을 알고 있었다. 실제로 『고도를 기다리며』, 그리고 로제 블랭에게 헌정되고 1957년 런던에서 프랑스어로 창작된 『승부의 끝』은 베케트에게 문학적 존재에 접근할 수 있게 해주었다. 하지만 거의 표준이 되는 이러한 행로로부터 베케트는 문학사에서 급진성으로 인해 아마 들어본 적이 없을 해결책을 채택하게 된다. 즉 다른 언어에 맞서 어떤 언어를 "선택하는" 대신에 그는 번역된 작가, 하지만 자기에 의해 번역되고 번역가에 대한 의존 속에서가 아니라 언어의 양분兩分 속에서 작업하는 작가로 평생 남으리라고 결심한다. 2개 언어 병용으로 말미암은 이러한 이례적인 작품은 "이중" 작품 쓰기를 고수하려는 베케트의 의지를 가리킨다. 『아무것도 아닌 일을 위한 텍스트들』과 다음으로 『몰로이』부터 그는 자신의 거의 모든 텍스트를 두 언어로영어에서 프랑스어로 못지않게 프랑스어에서 영어로 번역하거나 다시 쓰게 된다.

그러므로 자기 번역의 실천은 (그 무한한 다양성 속에서) 저자에게, 적어도

51 1953년 파리에서 더 올림피아 프레스에 의해 원어판으로 출판되고 나서 1968년 저자가 L. et A. 자비에와 협력하여 프랑스어로 번역하게 되는 소설. Ibid., pp, 389~392 참조.

일부의 저자에게 자기 텍스트의 온갖 변형에 대한 통제를 유지하고 따라서 절대적인 자율성을 요구하는 방식이다. 알다시피 베케트는 결코 또는 매우 드문 경우를 제외하고 자기 작품의 번역을 자기 자신 아닌 다른 이에게 맡기지 않았다. 또한 똑같은 논리로 생각할 수 있듯이 제임스 조이스는 『피네건의 경야』를 통해 단번에 '번역할 수 없는' 텍스트, 다시 말해서 전적으로 자율적이고 언어와 상업 그리고 민족으로 인한 온갖 속박에서 자유로운 텍스트를 제시함으로써 괴롭고 해결할 수 없는 번역의 문제에 대한 예전에 없던 해결책을 아마 찾아냈을 것이다.

통상적으로 고찰되는 그러한 문학사는 세계문학의 공간에서 번역가가 하는 실제적이고 중심적인 역할에 대한 이해를 방해한다. 문학사 연구가에게 제공되는 대안은 도식화하자면 특이한 작가의 특이한그리고 통상적으로 탈역사화된 내력을 선택하거나 민족문학의 전반적인 묘사를 선택하거나 시간의 경과에 따라 같은 텍스트를 해석하는읽는 서로 다른 방식들에 관한 이야기를 선택하거나 하는 데 있으므로, 번역가와 발견자에 의해 실현되는 공인 및 문학화의 작업 자체는 문학 세계의 구조에 관한 전반적인 소묘, 그리고 이 소묘를 특징짓는 세력 관계를 매개로 해서만 감지될 수 있는 만큼, 제임스가 말한 "양탄자의 무늬"처럼 언제나 묵과되거나 무시되거나 그저 등한시되었다. 그렇지만 세계문학 전체를 근본적으로 뒤엎고 일신한 것은 발레리 라르보 같은 사람이 번역가와 격려자 그리고 발견자로서 벌인 비가시적이고 그만큼 엄청난 활동, 그가 포크너, 조이스, 버틀러, 라몬 고메스 지 라 세르나, 그 밖의 많은 이를 프랑스에 소개한 중대한 작업이다. 모리스에드가르 쿠앵드로에 의한 포크너 소설의 대단한 번역을 통해 포크너에 대한 공인과 보편적인 인정이 가능하게 되었다. 그런데도 이 번역은 공식적인 문학사의 장에 존재하지 않는다.[52] 하지만 번역가는 문학 영역의 경계를 "넘는" 데 불가결한 중재자가 된다는 점에서 텍스트에 관한 역사의 핵심 인물이다. 중심의 위대한 번역가는 보편, 다시 말해서 "하나"를 향한, 문학 공간의 단일화를 향한 작업의 진정한 장본인이다.

라르보는 자신의 역할을 "소개자 겸 중재자"로, 성 제롬[53]의 말, 즉 "하나의 유일한 종교, 모든 언어"[54]가 적용될 수 있을 "범세계적 사제단"의 구성원으로 규정한다. 이 단일 종교는 명백히 문학인데, 번역가는 언어의 다양성을 넘어 문학의 단일성을 만들어낸다. 중심의 문학 공간에서 생겨난 위대한 번역가들의 자율성은 언어와 정치의 분할에 대한 굴복을 금지하는 문학의 법에 그들이 매달리는 정도에 따라 정확히 측정된다. 문학 영역에서 진가를 인정받지 못하지만 절대로 필요한 자리를 차지하고 있다는 자각에 따라 발레리 라르보는 번역가의 기능을 재정립하려고 시도했다. 가령 프랑스의 영국학자들, 다시 말해서 2개 언어를 구사하는 번역가로서 한 언어에서 다른 언어로의 통과를 쉽게 만들고 이런 식으로 (상호 인식 및 공인에 바탕을 둔) 두 주요한 문학 공간의 자율화에, 다시 말해서 그것의 점진적인 단일화에 참여한 모든 이의 인상적인 계보를 확립했다.

---

52 다양한 사전에서 라르보는 무엇보다 먼저 '작가'로 언급되고 쿠앵드로는 거명되지도 않는다.

53 이처럼 V. 라르보는 번역가에게 진지하게, 이와 동시에 반어적으로 '수호성인'을 제공함으로써 번역가의 과업을 옹호하려고 시도했다. 그는 성 제롬, 라틴어역 성경의 저자, 성경을 라틴어로 번역한 인물을 선택하면서 그의 번역이 가져다준 문화 충격의 중요성을 강조했다. 제롬은 "히브리어 성경을 서양 세계에 전해주고 예루살렘을 로마에, 로마를 모든 로망어 민족과 연결하는 넓은 구름다리를 놓은 사람이다. (…중략…) 어떤 다른 번역가가 그만큼 엄청난 시도를 잘 수행하여 그만큼 큰 성공을 거두고 시공간적으로 그만큼 폭넓은 결과를 낳았는가. (…중략…) 그리고 그의 말에서 나온 말은 흑인'영가'에서의 밴조 소리로 주 예수를 찬양하고, 라티움 농부의 방언이 파라과이 인디언의 방언과 마주치는 경계에서 기타 반주로 '슬픈 노래'와 '모디나'를 부르며 흐느낀다". V. Larbaud, *Sous l'invocation de saint Jérôme*, p.54.

54 V. Larbaud, *Ce vice impuni, la lecture*, pp.36~37.

> 모든 일을 시작하고 영국 사상에 대한 해석가들의 진정한 협회, (프랑스에만 한정컨대) 자신이 뽑은 대단한 대표자들과 자기 세대의 전문가들 외에도 (…중략…) 샤토브리앙, 비니, 위고, 생트뵈브, 텐, 보들레르, 라포르그, 말라르메, 그리고 마르셀 슈보브 (…중략…) 같은 이름난 작가와 위대한 시인을 망라한 만큼 정말로 진정한 협회를 세운 사람은 바로 볼테르이다. 하지만 볼테르는 (…중략…) 셰익스피어의 위대한 사후 운명을 실현되게 한 사람, 그리고 영국의 지적 생활을 대륙에 연결한 그 비가시적인 다리의 건설자였다. 그가 세운 기록은 깰 수 없다.[55]

자기 번역이 불가능할 때, 번역가는 불가결한 인물이다. 번역가는 거의 알려지지 않고 별로 문학적이지도 않은 언어의 텍스트를 문학 자체의 영역으로 넘어가게 할, 옮길 책임이 있는 분신, 알테르 에고, 대체 저자가 된다. 따라서 저자-번역가 커플, 불가분의 단짝이 식별되는데, 그들은 하나의 작품을 문학에 이르게 하는 데 성공한다. 이 점에 대해 폴란드 작가 비톨드 곰브로비치1904~1969의 사례는 설득력이 있다. 아르헨티나로 망명하여 24년1939~1963 동안 거기에 머무르게 되는 그는 정확히 스트린드베리와 나중에 베케트처럼 자신의 폴란드어 텍스트를 몇몇 친구와 협력하여 스페인어로 번역하는 일로 시작한다. 이에 힘입어 1947년 부에노스아이레스에서 『페르디두르케』와 『결혼』을 발표할 수 있게 된다. 다음으로 특수한 인정을 추구하는 새로운 단계 또는 두 번째 단계로서 그는 두 프랑스인의 도움을 받아 『결혼』을 프랑스어로 번역해서, 폴란드어 텍스트를 마르틴 부버에게 보낸 것처럼, 타자기로 친 원고를 알베르 카뮈와 장루이

---

55 Ibid., pp.31~32.

바로에게 보낸다. 1951년부터는 파리의 폴란드어 잡지 『쿨투라』에 협력한다. 바로 거기에서 그의 장편소설 『대서양 횡단 여객선』이 처음으로 폴란드어 연재소설의 형태로 발표된다. 파리에서의 이 첫 번째 단계에 뒤이어 파리문학연구소에서 (여전히 폴란드어로 된) 책을 "비블리오테크 드 쿨투라" 총서로 펴낼 수 있게 된다[1953]. 그는 문학으로의 접근이 반드시 파리를 거쳐 이루어진다는 점을 알고 있다. "폴란드에서는 내가 몰래 읽히는 것 같아요." 1957년 그가 모리스 나도에게 쓴다. "그나마 좋은 소식이죠. 하지만 모든 것이 파리로부터 시작되기 마련입니다."[56] 당시에 콘스탄틴 젤렌스키는 곰브로비치를 파리로 끌어들이는 중재자, 번역가, 소개자가 된다. 문화의 자유를 위한 회의의 사무국 직원[57] 겸 잡지 『증거』의 편집부 직원으로서 프랑스의 수도에 정착한 젤렌스키는 1950년대에 그의 동국인 카르핀스키 자신이 한 말에 의하면 "곰브로비치의 움직이는 분신"[58]이다. 그는 곰브로비치의 작품을 번역했을 뿐 아니라 그를 위해 서문과 논평을 썼다. 곰브로비치가 자신의 『파리-베를린 일기』에서 쓰듯이 젤렌스키는 "나의 아르헨티나 우리를 부수고 나를 위해 파리 쪽으로 다리를 놓았다".[59] 다른 곳에서 그가 덧붙인다. "외국어로 된 내 책들의 각 판은 '젤렌스키 덕분으로'라는 도장이 찍힌 자국을 틀림없이 지니고 있을 것이다."[60] 1950년대, 그리고 곰브로비치를 알리기 위한 젤렌스키의 첫 시도

56 Maurie Nadeau, *Grâces leur soient rendues*, Paris : Albin Michel, 1990, p.343.

57 Pierre Grémion, *Intelligence de l'anticommunisme. Le Congrès pour la liberté de la culture à Paris(1950~1975)*, Paris : Fayard, 1995 참조.

58 Rita Gombrowicz, *Gombrowicz en Europe. 1963~1969*, Paris : Denoël, 1988, p.16에서 재인용.

59 Witold, Gombrowicz, trad. par A. Kosko, *Journal Paris-Berlin*, t. III bis, *1963~1964*, Paris : Bourgois, 1968, pp.55~56.

60 W. Gombrowicz, trad. par C. Jezewski et D. Autrand, *Journal*, t. III, *1961~1969*, Par-

부터 곰브로비치는 아르헨티나에 살고 있는데도 젤렌스키를 통해 문학적 인정에 이를 기회가 있다는 점을 이해한다.

> 젤렌스키, 그는 누구인가? 그는 아주 멀리 파리에서 나의 시야에 들어왔고 나를 위해 싸우는 중이다. 나는 나 자신인 것, 내가 쓰는 것을 그토록 확실하게, 그토록 객관적으로 확인한 적이 오랫동안 없었다. 아마도 결코 없었을 것이다. (…중략…) 젤렌스키는 폴란드 이민과 마주하여 나를 철저히 보호한다. 파리에서 스스로 만들어낸 상황에 의해 제공받는 성공의 모든 조건과 지적 상류사회에서 증대하는 자신의 위세로 나를 밀어준다. 내 원고를 들고 출판사를 열심히 찾아다닌다. 벌써 소수의 유명인을 나에 대한 지지자로 확보할 수 있었다.[61]

곰브로비치 역시 자기 번역에서 해외에서 대리인 겸 대변인으로 행동하는 일종의 알테르 에고가 되는 번역가-소개자의 중재로 넘어가는데, 곰브로비치의 사례를 통해 알다시피, 번역의 문제는 작가 자신이 직접적으로나 간접적으로 다양하게 개입할 수 있는 일종의 점진적인 출현 과정으로 고찰되고 분석되어야 한다.

만일 작가가 번역을 기대하고 불가피하게 번역가의 중재를 거쳐야 하는 이중의 존재로서 자기 작품의 번역을 수정할 정도로 충분히 표적 언어를 자유자재로 구사한다면, 스트린드베리의 사례에서 살펴보았듯이, 스스로 자기 작품의 번역에 협력하는 일이 매우 자주 일어난다. 특히 조이스의 경우에 그러한데, 조이스는 발레리 라르보에게서 소개자와 번역

is : Bourgois-Nadeau, 1981, p.62.

61 W. Gombrowicz, trad. par A. Kosko, *Journal*, t. 1, 1953~1956, Paris : Bourgois, 1981, p.366.

가 그리고 공인하는 유일한 자를 동시에 찾아낸다. 『더 리틀 리뷰』에 발표된 『율리시스』의 첫 에피소드들을 읽고 열광한 라르보의 이름과 위세, 이 책의 번역을 성공적으로 수행하고 감수하겠다는 그의 제안, 1921년 12월 메종 데 자미 데 리브르 서점에서 여러 차례 되풀이되고 심지어 영어로 번역되어 잡지 『기준』에 게재된 그의 강연, 파리에서의 공인이 다른 곳에서 문학적으로 존재할 수 있게 해준다는 증거에 힘입어 한편으로는 오직 『율리시스』를 원본 버전으로 펴내기 위해서만 셰익스피어 앤드 컴퍼니를 출판사로 변경하겠다는 실비아 비치의 결정, 그리고 다른 한편으로는 『율리시스』의 프랑스어 번역본을 출판하겠다는 아드리엔 모니에의 결정이 유발된다. 앵글로색슨문학 세계에서, 특히 파리의 미국 망명자들 사이에서 이미 명성이 높았음에도 불구하고 1920년대 초에 조이스는 『율리시스』를 출판할 수 없는 처지였다. 즉 그의 텍스트가 지저분한 것으로 여겨졌고 그때까지는 영국과 미국에 의한 검열의 강요에 부딪히는 소규모 출판사들에 의해 간행되었다. 뉴욕 범죄예방협회의 서기관이 이 소설에 대한 최종적인 출판금지 결정을 얻게 되기까지, 이 소설을 에피소드별로 게재한 여러 호의 『더 리틀 리뷰』가 외설 때문에 합법적으로 압수되어 불태워졌다.[62] 그러므로 『율리시스』가 이중으로 출판되는 혜택을 입은 것은 바로 파리의 공인 심급 덕분이다. 하지만 이 책은 어느 위대한 번역가의 결정적인 평결 이후에야 비로소 원어 출판사를 구한다.

이 텍스트에 대한 이와 같은 공인과 예찬에 이바지한 라르보의 중심적이고 적극적인 역할에도 불구하고 조이스는 그에게 일임하기를 거부한다. 발레리 라르보에 의해 감독받은 『율리시스』의 서로 다른 번역가들, 예

62 "Ulysse : Note sur l'histoire du texte", in James Joyce, *Oeuvres complètes*, t. II, Paris : Gallimard, 〈Bibl. de la Pléiade〉, 1995, pp.1030~1033 참조.

컨대 오귀스트 모렐 그리고 또 스튜어트 길버트는 모두 저자의 교정을 받아야 하게 된다. 1929년 아드리엔 모니에에 의해 파리에서 출판된 번역본의 최종 표지에 명확히 밝혀져 있듯이 서로 다른 주역들 사이의 미묘한 위계가 정립되고 동시에 주동적인 역할이 저자에게 맡겨진다. "오귀스트 모렐 씨가 스튜어트 길버트 씨의 조력을 받아 수행하고 발레리 라르보와 저자가 전부 재검토한 프랑스어 완역본." 1929년 베케트의 첫 번째 파리 체류 동안 그에게도 똑같은 감독이 실행되었다. 조이스의 요청에 따라 그는 '집필 중인 작품'의 가장 유명한 대목들 가운데 하나인 「아나 리비아 플루라벨」를 몇 년 전에 더블린의 트리니티 칼리지에서 알프레드 페롱과 협력하여 프랑스어로 번역하기에 열심이었다. 조이스는 이 텍스트에 만족하여 『신프랑스평론』의 다음 호에 게재하기 위해 그것을 인쇄소로 보내려고 준비하는 와중에 우연히 친구 세 명, 즉 필립 수포와 폴 레옹 그리고 이반 골에게 그것을 보여준다. 번역이 조금씩 의문시되면서 전부 재검토되고 수정된다. 그러다가 1931년 5월 『신프랑스평론』 19권에 발표되는데 사무엘 베케트, 알프레드 페롱, 이반 골, 외젠 졸라스, 폴-L. 레옹, 아드리엔 모니에, 그리고 필립 수포가 "저자와 협력하여" 번역한 것으로 나와 있다.[63] 보다시피 프랑스어 번역은 파리의 독특한 공인 역량으로 인해 특별한 자리를 차지한다. 하지만 그것은 역설적으로 프랑스문학이나 프랑스어 자체에 결부된 믿음이 전혀 아니다. 오히려 정반대이다. 조이스도 스트린드베리도 베케트도 가까이에서도 멀리에서도 프랑스의 문학 논쟁에 관심을 기울이지 않는다. 프랑스어 번역의 이 특수한 역할은 18세기

63 필립 수포의 서문에 밝혀져 있듯이 "에콜 노르말의 어학 담당 외국인 강사인 아일랜드인 사무엘 베케트가 이 대학의 교수 자격자 알프레드 페롱의 조력을 받아 수행한 [번역의] 시도"는 폭넓게 재검토되고 변형되었다.

부터 설정되었다. 따라서 영문학이 18세기부터 유럽에서 가장 중요하고 가장 영향력 있는 문학들 가운데 하나이고 유럽문학과 특히 프랑스문학 전체에 큰 영향을 미친다는 점을 아무도 부정할 생각이 없는데도 18세기와 19세기 동안 영문학의 가장 큰 인물은 자신의 텍스트가 프랑스어로 번역되고부터서야 진정으로 인정받았다. 전 유럽에서 셰익스피어는 라 투르뇌르의 번역으로, 바이런과 무어는 피쇼의 번역으로, 스턴은 프레네의 번역으로, 리차드슨은 프레보의 번역으로 읽혔다. 『웨이버리』가 출판된 1814년부터 1832년 월터 스콧의 죽음까지 이 작가의 소설은 발표되자마자 뒤콩프레에 의해 프랑스어로 번역되었고 이 프랑스어판은 그에게 엄청난 세계적 명성을 안겨주었다. 그의 소설은 프랑스어로 배포되거나 프랑스어판에서 중역되거나 했다. 예컨대 1830년부터 『웨이버리 소설』의 시리즈 전부가 프랑스어에서 스페인어로 번역되었다.[64]

4. 보편에 대한 상

문학상은 문학적 공인의 가장 덜 문학적인 형태이다. 즉 문학상이 하는 일은 대개 문학공화국의 한계 바깥에서 특수한 심급의 평결을 알리는 것이다. 그러므로 문학상은 공인 메커니즘의 수면 위로 나타난 가장 명백한 부분, 이를테면 일반 대중용의 공인이다. 그런데 문학 세계의 규범에 따라 상은 국제적일수록 더욱더 특수하다. 그래서 문학예술을 가리키고 그럼으로써 규정하는 가장 큰 문학적 공인은 노벨상이다. 20세기 초에 유

---

64 Alain Montandon, *Le Roman an XVIIIe siècle θn Europe*, Paris : PUF, 1999, p.13 sq.

럽은 점차로 세계적 인정을 얻게 되는 이 공인 심급을 갖춘다. 전 세계의 작가가 그것을 보편성의 증서로 받아들이고 따라서 문학 영역의 가장 높은 공인으로 다 같이 인정한다. 달리 말하자면 국제문학판의 단일화를 거의 보편적으로 이 상에 의해 주어지는 인정보다 더 분명히 가리키는 것은 없다.

그것은 또한 문학 영역의 경계 너머에서 가장 명망 높고 가장 이론의 여지가 없는 상이다. 거의 백 년 전부터 여전히 노벨상은 문학적 탁월성의 거의 확정적인 결정인자이다. 아무도 (또는 거의 아무도)[65] 이 제도가 여기저기에서 불러일으키는 존경에 더 이상 놀라지도 않고 이것이 해마다 한 작가에게 부여하는 세계적 공인의 타당성을 의심하지 않는다. 스웨덴 아카데미에서 알프레드 노벨이 남긴 유지遺旨의 실행을 맡기로 수락함으로써 책임진 기획은 좌초되거나 모든 이에게 경멸받는 "스칸디나비아 지역주의"에 틀어박혔을지도 모른다. 그렇지만 1901년부터 이어진 모든 회의는 놀라운 성과를 달성했다. 스웨덴 심사위원들은 문학적 정당성의 결정자로서 인정되기에 이를 뿐 아니라 세계문학에 대한 공인의 독점권을 보유하기에 성공한다.[66]

민족문학 자본의 축적에서 이 공인이 갖는 중요성은 한국인이 오늘날 이것을 획득하기 위해 캠페인을 벌이는 데에서 여실히 드러난다. 한국 언론은 "노벨상에 대한 집착"[67]을 환기한다. 최근에는 서울의 가장 큰 서

65 이런저런 선택(이것에 의해 오히려 일반인의 높은 평가가 강조되기만 한다)의 적절성에 관해서뿐만 아니라 제도 자체에 관한 몇몇 의례적인 비판이 여기저기에서 엿보인다. 가령 조지 스타이너의 독설, 「노벨상의 추문」("The Scandal of Nobel Proze", *The New York Times Book Review*, 1984.9.30)이 있는데, 이 글의 성마른 문체는 오히려 노벨상의 중요성과 불가피성을 입증한다.

66 1969년에 만들어지고 국제적 작가들의 심사위원회에 의해 수여되는 노이슈타트 상 같은 몇몇 경쟁적 시도가 있었지만, 이 시도에 대해서는 만장일치의 반향이 일지 않았다.

점에서 "미래의 한국 노벨상"[68]을 위한 행사를 목격할 수 있었다. 심지어 이 상의 추구에 바쳐진 잡지의 창간이 이야기되기도 하고, 1927년에 태어난 공식 후보자 박경리가 국가의 기념비적인 인물처럼 보인다. 그녀는 1970년부터 출판된 매우 인기 있는 대하소설 『토지』 14권의 저자이다.[69]

또한 큰 국제적 흐름에서 멀리 떨어져 있는 최하위에 속하고 문학적 준-자급자족 체제에 안주한 중국 작가들이 몇 년 전부터 이 국제적 인정을 획득하기 위해 애쓰고 있다. 2000년에 최초로 중국어 작가가 노벨상 수상자로 선정된다. 그는 프랑스로 망명한 반체제 인사 가오싱젠으로 프랑스 시민권자이다. 하지만 이는 중국 작가들의 요구를 매우 부분적으로만 충족시켰을 뿐이다. 민족 차원에서 중국이 요구할 만한 것이 아니기 때문이다.

노벨상에 대한 요구는 포르투갈어권에서도 거의 똑같은 형태를 띤다. 호르헤 아마두는 최근의 한 대담에서[70] 이렇게 확언했다.

> 나는 단 한 사람도 노벨상을 받은 적이 없는 포르투갈어에 한 번쯤은 노벨상이 수여되어야 한다고 생각합니다. 노벨상이 문학에 남을 만하다고 생각해서가 아니에요. 작가가 노벨상을 만들지 노벨상이 작가를 만들지는 않죠. 하지만 나는 구이마라에스 로사 같은 사람이 노벨상을 받기 전에 죽고 카를로스 드룸몬드 지 안드라지를 비롯하여 위대한 포르투갈 작가들이 노벨상을 받지 못하고 죽은 사실을 슬프게 생각합니다. 포르투갈에는 80여 살 먹은 위대한 시인

---

67 *Korea Herald*, 17 octobre 1995.

68 Nicole Zand, "Prodigieuse Corée", Le Monde, 24 novembre 1995.

69 프랑스어로 *La ferre*, Parism Belford, 1994; 그리고 frad. fr. par K. Soonjai et O.Ikor *Le Marché et le Champ de Bataille*,Paris : Écriture,1997.

70 저자와의 미간행 대담, 1993.9.

이 있는데, 미겔 토르가[71]로 불리는 그는 노벨상을 받고도 남을 사람인데도 받지 못했어요. 통탄할 일이죠. 하지만 나는 그런 일과 아무런 관계가 없습니다. 당신에게 보증할 수 있어요, 나는 그것에 관심이 없습니다.

1998년 포르투갈 소설가 주제 사라마구에게 노벨상이 수여됨으로써 이러한 "불의"가 바로잡히게 되었다.[72] 스웨덴 아카데미는 보편적으로 정당성을 인정받은 공정한 심사위원회로 자임하기 불가능한 상황에 놓인 적이 있는 탓에 이를테면 문학적 우수성의 기준을 엄밀하게 확립하려고 시도하고 민족 및 국제 작가들 사이의 대립을 통해 모든 영역에서 실현되는 보편화 작업을 명백하게 밝히지 않을 수 없었다. 이 아카데미는 보편적 신용에 힘입어 문학적 정당화의 전형적인 심급이 된다. 20세기 초부터 노벨상의 역사 자체는 보편성의 명백한 기준에 대한 점진적인 구상의 역사이다. 내부로부터 볼 때 20세기 초부터 노벨위원회 내에서 찾아볼 수 있는 진정하고 결연한 갈등의 쟁점은 오직 상의 수여를 위한 이런저런 결정적인 기준의 부과 또는 변경이다.[73] 이 역사 전체는 매번 이전의 내부 논쟁의 역사로 인해 문학적 보편에 대한 이해 방식이 풍부해지고 점진적으로 확장되는 과정으로 이야기될 수 있을 것이다.

첫 번째 기준은 정치적이다. 다시 말해서 문학 영역에 관한 가장 타율

---

71 미겔 토르가는 이 대담 후에 죽었다.

72 스웨덴 아카데미는 두 후보, 즉 주제 사라마구와 안토니우 로부 안투네스 중에서 더 "민족적"이고 미학적으로 더 보수적인 후보를 수상자로 선정했는데, 이 점이 좀 아쉬울 수 있다.

73 역사에 관한 정보, 내부의 작동에 대한 언급, 공문서 인용을 위해 나는 스웨덴 아카데미의 회원인 셸 에스프마르크가 *Le Prix Novel*, Paris : Ballant, 1986에서 되짚은 이 상의 역사에 의거했다. 어떤 제도의 이 묘사적이고 회고적인 내부 역사는 대상에 너무 연루된 관계로 분석보다는 오히려 증언으로 가치가 있다.

적인 이해 방식으로부터 결정된다. 가령 완전히 최소화된 첫 번째 정의에 따라 중립성, 1914~1918년 전쟁 이전에 당시의 문학에서 찾아볼 수 있는 민족주의의 "과잉"과 균형을 맞추기 위해, 그리고 특히 외교적 신중의 정치적 명령을 존중하기 위해 소환된 올바른 문학 환경과 정당한 문학예술이 동일시된다. 이러한 이해 방식의 완벽한 예시로서 1914년 심사위원회는 스위스 국적의따라서 중립적이라 여겨지는 작가 칼 스피틀러[74]를 후보로 선정하게 된다최종적으로 그가 상을 받게 되지 않는다. "평화가 이상이었던" 유언자 알프레드 노벨에 대한 존중을 명목으로 1939년 똑같은 조심성 때문에 똑같은 상황이 되풀이된다. 즉 그 해에만 중립국 출신의 작가 세 명, 즉 스위스로 귀화한 헤르만 헤세와 핀란드인 F. E. 실란파아 그리고 네덜란드 시민 J. 호이징가가 후보로 오르게 된다. 이러한 중립성에 함축된 정치적이고 민족적인 성격은 심사위원회의 자율성 부재를 입증하는데, 이 중립성은 이성과 중용을 지니는 예술적 가치로 내세워진다. 물론 이 중립성을, 알프레드 노벨이 자신의 유언장에서 "이상주의"라고 명명하는 것에서, 다시 말하건대 서사 예술과 관련하여 "균형"과 "조화" 그리고 "순수하고 고결한 이념"[75]을 중시하는 일종의 미적 전통 고수에서 고스란히 재발견된다.

1920년대부터는 정치적 사건과 너무 관계가 깊은 이해 방식에서 빠져나오기 위해 다른 종류의 중립성이 중시된다. 노벨상 후보가 될 수 있는 보편적일 수 있는 작품은 이제부터 민족성이 지나치게 두드러지지도 지나치게 표방되지도 않게 된다. 이미 문학적 탁월성은 민족적이거나 민족주의적 요구와 양립할 수 없는 듯하다. 가령 1915년 노벨위원회는 스페인 작가

---

74 [역주] Carl Spitteler(1845~1924). 스위스 작가로서 1919년에야 노벨문학상을 받는다.

75 1901, 1903, 1098년 노벨위원회에 의한 권고 사항의 인용. Kjell Expmark, op. cit., pp.32~33.

베니토 페레스 갈도스의 입후보 자격을 제안하는데, 그가 후보로 받아들여진 이유는 그가 "일반적인 민족주의의 관점을 취하고" 그의 작중인물들이 "뭔가 전형적인 것을 지니고 있어서 스페인에 대해 친숙하지 않은 독자에게도 이해 가능해지기"[76] 때문이다. 반대로 1929년에 독일 시인 아르노 홀츠는 작품의 "너무 독일적인" 성격 때문에 거부된다. "여기에서 우리는 엄밀하게 독일적인 뭔가에 대해 할 말이 있는데, (…중략…) 위원회는 그의 시가 충분히 보편적인 역량에 미치지 못한다고 평가한다."[77] 또한 똑같은 관점에서 1921년 중립성이 아니라 민족주의와 반유대주의에 맞선 적극적인 참여를 명분으로 아나톨 프랑스에게 상이 수여된 점을 이해할 수 있다. "드레퓌스 사건에서 그는 광적인 국수주의에 직면하여 권리를 옹호한 이들의 선두에 섰다."[78]

약간 나중에 내세워진 세 번째 기준은 다른 차원, 즉 작품의 수용이라는 차원을 아우른다. 전 세계에서 상의 성공과 반향을 나타내는 최초의 조짐인 보편성은 만장일치가 되고 노벨상을 받을 만한 작품은 이제부터 가능한 한 폭넓은 독자가 접근할 수 있어야 한다. 가령 1930년에 폴 발레리는 탈락하게 된다. "노벨상의 보편적 성격을 지니는 보상에 그토록 신비적이고 난해한 작품을 추천하는"[79] 일은 불가능하다고 위원회가 평가했기 때문이다. 최대 다수의 취향에 대한 문학적 기준의 이러한 굴복은 세계문학판의 구조를 이해하는 데 절대로 필요한 세 번째 극점, 즉 경제적 극점의 형성을 알리는데, 이 극점은 강력한 내수 시장이 나타나는 모

76 Ibid., p.68.
77 Ibid., p.113.
78 Ibid., p.82.
79 Ibid., p.117.

든 민족 공간에서 중계 지점을 찾아낸다.

20세기 초부터 문학 세계가 확대되는 각 주요한 단계에서 이 모든 경쟁적인 기준에 명백히 국제성으로서의 보편성을 덧붙일 필요가 있었다. 노벨상 심사위원회는 문학에 대한 너무 유럽 중심적인 정의에서 벗어나기 위해 새로운 기준을 고안해야 했다. 새로운 주역, 다시 말해서 새로운 유형의 문학 자본에 대한 개방적 태도는 오랜 망설임의 대상이었다. 정확히 노벨상의 토대를 이루는 문학 이데올로기 자체를 건드리기 때문에 마치 오랫동안 맹점으로 남은 듯했다.

유럽 밖으로 벗어난 최초의 사례가 큰 규모로 빠르게 무르익었다. 그것은 1913년 인도의 위대한 벵골어 시인 라빈드라나트 타고르에게 수여된 상이다. 식민지화된 나라 출신의 이 시인이 제1차 세계대전 직전에 수상자 명부에 오른 일은 이러한 의외의 공인이 사실은 더 심해진 유럽중심주의나 만족한 식민지 지배자들의 자기도취에서 비롯된다는 점을 알지 못한다면 스웨덴 아카데미의 커다란 용기와 예사롭지 않은 독립 정신의 분명한 징후처럼 보일 수 있을 것이다. 실제로 타고르는 인도인으로서가 아니라 런던의 왕립문학협회를 통해 위원회에 출석했고[80] 수상 결정은 사실 저자 자신이 부분적으로 음역한 『기탄잘리』의 영어판에 근거해서만 내려졌다.

미국은 훨씬 나중에 1930년대부터야 싱클레어 루이스 : 1930년 수상, 유진 오닐 : 1936년 수상, 펄 벅 : 1938년 수상 들어왔다. 하지만 논리적으로 유럽의 부속물로 여겨진다. 마찬가지로 아메리카문학의 라틴 분파가 칠레 작가 가브리엘라 미스트랄과 함께 인정받기 위해서는 1945년을 기다려야 할 것이다. 그가 받

80 Ibid., p.250.

은 노벨상은 세계문학판의 확대에 대한 소심스러운 인정에 지나지 않는다. 실제로 매우 전통적이고 유럽의 본보기와 매우 관계가 깊은 시작품이 표창된다. 라틴아메리카 소설의 새로움과 그것이 실행한 단절에 대한 참된 자각을 표시하는 것은 사실 1967년에야 과테말라 작가 미겔 앙헬 아스투리아스에게 수여된 상이다. 1968년까지 유럽인과 아메리카인에게만 문호가 개방되어 있다. 당시에는 어떠한 언어나 국가의 확대도 고려되지 않는다. 그러고 나서 심사위원들이 아시아 쪽으로 눈을 돌려 ("일본인의 특수한 혼을 아주 섬세하게 표현하는")[81] 가와바타 야스나리에게 상을 수여한다.[82] 마침내 매우 뒤늦게 1986년 최초의 아프리카 작가 월레 소잉카가, 그리고 1988년 최초의 아랍 작가 이집트의 나기브 마푸즈가 인정받는다. 세계문학의 인정 및 순환 피라미드에서 노벨상이 차지하는 지배적인 위치는 (예컨대 가와바타의 수상을 통해 일본 소설을 "문학 세계의 흐름"에 통합할 수 있게 하려는 심사위원회의 공공연한 의지에서 명백히 드러나는바) 유럽을 언제나 중심적인 위치에 놓고, 유럽의 판단이 여전히 독점적이었기 때문에, 유럽에서 유래하지 않는 모든 것을 주변부에 눌러놓는 어떤 일반적인 모델을 함축한다. 노벨상의 국제적인 전향에 관해 문제가 매우 일찍1920년대 제기되었는데도 정말로 오랫동안 아무런 움직임이 없었다. 1913년에 타고르가 수상자로 선정된 것은 명백한 예외였을 뿐이다. 서양 밖으로 벗어난 경우는 지난 몇 년까지 드물었고 문학 세계가 확장되는 역사를 정확히 뒤따랐다. 이 점에서 2000년 가오싱젠의 선정은 흥미로운 징후이다. 물론 이것은 그때까지 완전히 내버려진 새롭고 막대한 언어 및 문화

---

81 Ibid., p.242.

82 1994년에야 두 번째로 아시아 작가가 노벨문학상을 받는데, 그는 일본의 오에 겐자부로이다.

권역에 대한 위원회의 개방성을 가리키지만 또한 문학의 그리니치 자오선에서 통용되는 그러한 자율성의 정의와 온전히 일치한다. 겉보기와 반대로 가오는 정치적 반체제인사가 아니다. 오히려 자기 민족문학의 영역에서 여전히 시행되는 규범과 오래전부터 단절한 문학적 반대자이다. 소설가일 뿐 아니라 극작가, 문학비평가, 화가이기도 한 그는 프랑스문학의 가장 위대한 현대 작가들 가운데 몇몇, 미쇼, 퐁쥬, 페렉, 초현실주의 시인들을 중국어로 번역했다. 끝으로 그는 현대 소설의 기법에 관한 평론의 저자인데, 1981년 베이징에서 발표된 이 평론으로 중국 문단에 커다란 논쟁이 유발되었다.[83] 문학이 거의 전적으로 도구화되고 검열을 받아야 하는 나라에서 가오는 서양문학의 혁신과 기법을 원용하고 문학 영역의 "현재"에 통용되는 미적 규범을 자신의 프랑스어 지식 덕분으로 은밀히 발견하여 참조하면서 이 나라에 부재한 자율성의 입장을 다른 이들과 함께 북돋아 베이징에 자리 잡도록 부추긴다. 달리 말하자면 그는 내가 앞에서 "국제" 작가로 명명한 것의 전형이다.[84] 1988년 프랑스로 망명하고 1998 프랑스로 귀화한 가오싱젠은 달리 말하자면 프랑스로 망명한 일개 중국어 소설가에 그치지 않고 자신의 전통을 비전통적인 형식으로 재현하기에 이르는 최초의 작가들 가운데 하나이기도 하다. 가령 그의 소설 『영혼의 산』[85]은 1982년 중국에서 쓰기 시작해서 1989년 프랑스에서 마무리한 작품으로서 형식의 자유에 대한 선언임과 동시에 전통적인 중국의 구체적인 환기이다. 달리 말하자면 노벨위원회는 현대의 중국 역사와 사회를 특징짓는 "민족적" 작품을 표창하기는커녕 이 공간의 자율적

83 2000년 12월 28일 저자와의 미간행 대담 참조.

84 이 책의 180~181쪽 참조.

85 Trad. fr. par Noël · Liliane Dutrait, Éditions de l'Aube, 1995.

인 지대에서 통용되는 기준에 부합하는 작품을 중시했다. 가오싱젠은 (오늘날 문학적 세력 관계의 형세에 비추어 불가피하게 서양적인) 문학적 현대성의 규범을 습득했지만, 또 다른 중국문학의 형식을 중국어로 치밀하게 재구상하려고 애쓴다.

이 모든 기준은 엄밀하게 말하자면 시간 속에서 잇달아 오지도 않고 교대되지도 않았다. 그것들은 공존하고 점차로 변하고 서로 멀리 떨어져 있다고 생각될 때라도 바야흐로 특별한 작품을 옹호하려는 순간에는 대거 돌아올 수 있다. 스웨덴 아카데미가 "문학예술의 선구자"를 수상자 명부에 올리려는 야망을 표방할 때 1945년부터 보편에 관한 최신의 정의가 강구된다. 자율적인 기준을 정립하고 일종의 아방가르드 판테온 또는 "미래의 고전"을 발족하기 위해 최대 다수의 기준을 뒤엎는다. 바로 그때 노벨상 심사위원들의 당당한 비판 활동이 시작된다. 마치 문학 분야에서의 혁신에 관한 성찰 후에 스웨덴 사람들에 의해 포고되고 옹호된 보편성이 민족 아카데미들의 보수적인 국제연합에 맞서, 그리고 문학적 보편의 가장 평준화하는 이해 방식에 맞서 구축되는 듯이 실제로 모든 일이 일어난다. 가령 1948년에는 T. S. 엘리엇이 "현시대의 시를 주목할 만하게 쇄신한 공로로" 뽑히게 되고, 1950년에는 포크너가 아직 일반 대중에게 거의 알려지지 않고 자기 나라에서 거의 무명인데도 "서사 예술의 영역에서 우리 세기의 가장 위대한 실험자"[86]로 인정되기 때문에 상을 받게 된다. 1969년에는 사무엘 베케트가 당시에 완성과는 거리가 먼 작품으로 수상한다. 그리고 1971년에는 파블로 네루다, 1975년에는 에우제니오 몬탈레, 1984년에는 야로슬라프 사이페르트, 1985년에는 클로드

86 K.Espmark, op. cit., pp.139·145~146.

시몽, 1997년에는 다리오 포가 수상자로 선정된 사실을 덧붙여야 할 것이다. 이러한 자율성은 파리의 공인 권력에 대한 노벨상의 구조적 "상보성" 덕분으로 확실해지기에 이른다. 스웨덴 아카데미는 자율적인 활동을 통해 이를테면 파리의 평결을 "배가"하거나 파리의 평결과 겹치고 "법적으로," 다시 말해서 문학의 자율성에 관한 명시적 법칙에 따라 문학 자본에 관한 결정을 밑받침하게 된다. 스웨덴 아카데미가 파리의 판정에 대한 일종의 공식화와 합법화를 실행하면서, 적어도 1960년대까지는 대체로 파리의 평결을 확정하고 추인하고 공표하며 문학의 수도가 갖는 비평 및 편집 심급의 발견을 공인한 것이다. 이는 노벨상 수상자 명부에 프랑스 작가가 대단히 많다는 사실에 의해 입증된다. 프랑스는 14번의 수상으로 여전히 가장 꾸준하게 공인된 국가이다. 특히 포크너, 헤밍웨이, 아스투리아스, 베케트, 가르시아 마르케스 등의 수상이 이것의 증거이다. 그래서 오랫동안 파리에서의 공인은 물론 키플링, 타고르, W. B. 예이츠, G. B. 쇼 등 많은 작가를 공인하고 인정받게 하기에 성공한 런던의 심급과 경쟁하는 가운데, 가장 고귀하고 가장 국제적이기도 한 상에 지원하기 위한 첫 단계들 가운데 하나였다. 노벨상에 대한 사르트르의 수상 거부는 파리에서의 인정과 스웨덴에서의 공인이 갖는 "중복성"의 보충적 방증이다. 그는 세계문학 공간의 독특한 주역들 가운데 하나로서, 파리에 의한 공인 과정에서 핵심적이고 특별히 공인받은 까닭에, 자신의 걸출한 위치와 중복되기만 할 뿐인 상을 받지 않아도 괜찮을 수 있었다.

5. 자민족중심주의

그러나 이러한 공인 심급의 활동은 적극적이고 동시에 소극적인, 양면성을 갖는 작업이다. 실제로 텍스트를 평가하고 문학으로 변환하는 권력은 또한 거의 불가피하게 "판단하는" 이의 규범에 따라 행사된다. 그것은 불가분하게 예찬과 동시에 병합, 따라서 일종의 "파리중심주의화", 다시 말해서 차이를 무시함에 의한 보편화와 관련된다. 공인하는 주요 인물이 사실은 다른 곳에서 온 문학 작품을 보편적 규범으로 확립된 자신의 지각 범주로 축소하고, 그것을 축소하지 않고 이해할 수 있게 해주는 역사, 문화, 정치, 그리고 특히 문학의 맥락 전체를 무시한다. 그래서 문학 예찬의 역사는 또한 문학 지배자특히 파리 사람의 자민족중심주의에, 그리고 문학에 대한 인정 행위 자체 속에서 실현되는 (미적, 역사적, 정치적, 형식적 범주에 의한) 병합 메커니즘에 뿌리가 있는 오해와 몰이해의 긴 연속이기도 하다.[87] 이 점에서 번역 또한 양면성을 갖는 작업이다. 즉 특수한 심급과 이것이 본질적으로 문학 국제연합으로 열려 있다는 점에 의해 제공된 문학 공화국으로의 접근 수단이면서 또한 중심의 미적 범주에 의한 체계적인 병합 메커니즘, 돌려쓰기나 오해 또는 비상식이나 심지어 권위적인 의미 부과의 원천이기도 하다. 보편은 이를테면 중심의 가장 악마적인 고안물들 가운데 하나이다. 문학에서 보편에 대한 독점권의 보유자는 모든 이가 평등하다는 미명 아래 세계의 적대적이고 위계적인 구조에 대한 거부를 명목으로 내세우면서 자신의 법을 따르도록 인류 전체를 소환한다. 보편

87 이 점에서 "유럽중심주의"에 대한 에티앙블의 논쟁과 '외래'문학, '주변'문학, '작은' 문학을 위한 그의 변호가 기억난다. *Essais de littérature vraiement générale*, Paris : Gallimard, 1974 참조; *Comparaison n'est pas raison*, Paris : Gallimard, 1963을 볼 것.

이란 보편의 독점자 자신이 보편과 유사하다는 조건에서 획득되고 모든 이에게 확실하게 이해될 수 있다고 선언하는 것이다.

발레리 라르보에 의한 조이스 인정의 이야기에는 공인 작업의 양면성 전체가 멋들어지게 응축되어 있다. 영국과 미국의 문학 세계가 가장 높은 문학 심급에서 인정받는 작가의 지위에 대한 조이스의 접근 단계를 주의 깊게 지켜보는 가운데, 아일랜드의 비평가 에르네스트 보이드가 "아일랜드문학에 대한 엄청난 무지"와 싱,[88] 조지 무어, 예이츠를 비롯한 "영국-아일랜드의 위대한 작가에 대한 전적인 무지"를 명목으로 라르보를 격렬하게 공격한다. "아일랜드어로 글을 쓰는 것은 현시대의 프랑스 작가가 근대 브르타뉴어로 글을 쓰는 셈일"[89] 것이라고 라르보가 확언한 1921년의 강연을 인용하면서, 보이드는 이 프랑스 비평가의 — 실제로 이 관점에서 명백한 — 몰이해를 강조하고 그의 텍스트를 영어권 문학 내에서 아일랜드문학이 갖는 정체성과 특수성에 대한 공격으로 해석한다.[90] 이러한 "민족적" 주장을 꼭 집어 라르보는 이렇게 대답하게 된다.

『율리시스』라는 보물로 가득 찬 이 홀로 깊숙이 들어간 나는 프랑스의 엘리트 문인들의 엘리트에게 이 책을 알리기에 착수했다. (…중략…) 나의 유일한 장점은 영어권 밖에서, 그것도 '아일랜드에서는' 아직 아무도 이런 말을 하지 않

---

88 **[역주]** John Millington Synge(1871~1909). 아일랜드의 극작가, 시인, 산문가. 켈트 부흥운동의 주도자들 가운데 하나로서 아베이 극장의 설립에 참여했다. 신교도 출신이지만 가톨릭 농민의 세계에 관심을 기울인다. 거기서 아일랜드 이교 문화의 바탕을 되찾을 수 있다고 믿었다.

89 V. Larbaud, *Ce vice impuni, la lecture. Domaine anglais*, p.234.

90 에르네스트 보이드는 자신의 책 『아일랜드 문예부흥』과 1924년 6월 15일의 『뉴욕 헤럴드 트리뷴』에 게재한 글에서 두 차례에 걸쳐 라르보를 공격한다. Béatrice Mousli, *Valery Larbaud*, Paris : Flammarion, 1998, pp.369~370에서 재인용.

았던 때에, 어떤 망설임도 없이 제임스 조이스가 위대한 작가이고 『율리시스』가 매우 위대한 책이라고 말한 최초의 사람이었다는 점이다.[91]

거기에서 민족문학의 시각과 탈역사화 사이의 대립이 매우 드문 직접적인 마주침들 가운데 하나를 가로질러 실감나게 드러난다. 프랑스에 의한 공인은, 따라서 품격을 높이고 국제화하는 것은 물론이고 그러한 작품의 출현을 허용한 것을 모조리 무시하는데, 이러한 공인을 통해 실행된 병합이 거기에서 뚜렷이 보인다. 비국유화된 문학 자본이 이제는 문학 예술에 관한 자신만의 이해방식에 맞춰 텍스트를 비국유화하고 탈역사화한다.

마찬가지로 중심의그리고 대부분 파리의 비평계는 형이상학, 정신분석, 미학, 종교, 사회, 정치의 견지에서 차례차례로 카프카를 해석하면서, 특수한 무분별을 내보인다. 즉 역사에 대한 거의 확고한 무지로 인해 구조적 자민족중심주의의 표명 이외의 다른 어떤 것도 아닌 시대착오를 저지른다. 프란츠 카프카의 작품을 역사의 관점에서 읽어야 한다고 최초로 제안한 사람들 가운데 하나이었던 마르트 로베르는 파리의 비평계가 실행하는 체계적인 탈역사화의 메커니즘을 다음과 같이 멋지게 요약했다.

카프카가 지리와 역사에 의한 모든 결정에서 벗어난 듯이 보였으므로, 사람들이 망설임 없이 그를 입양했다. 뭐랄까 그를 거의 '귀화시켰다'. 그리고 실제로 그것은 우리와 확실히 더 가깝지만 참된 카프카와는 먼 관계만 있는 프랑스적 카프카가 탄생한 일종의 귀화 과정이었다. (…중략…) 그가 살았던 상황에 관한 구체적인 정보가 없는 가운데, 게다가 매우 달게 받아들여진 이 부재로 인

---

91 V. Larbaud, "À propos de James Joyce er de *ulysse*. Réponse à M. Ernest Boyd", *NRF*, 1925.1.1.

해, 이 특이한 상황으로부터 절대적 망명의 관념이 도출되었다. (…중략…) 카프카는 출신의 어떤 흔적도 간직하고 있지 않으므로, 하찮은 현세적 귀속의 어떤 것도 없으므로, 마땅히 그에게 일종의 치외법권을 인정하기에 이르렀다. 이 덕분으로 그의 인격과 작품은 추상적인 것만이 누릴 수 있는 완벽성과 순수성을 갖게 되었는데, 이것이 실제로 존재하는 모습을 대신한다는 점은 부인할 수 없는 사실이다. 이러한 치외법권은 사실상 천상의 특권이다. 즉 어느 곳에서도 오지 않고 모든 이에게 속하는 카프카는 아주 당연히 하늘을 척도로 삼으려는 경향이 가장 적은 프랑스 작가와 비평가에게조차 하늘에서 떨어졌다는 인상을 주었다.[92]

똑같은 논리로 중심에서의 공인은 체계적인 탈정치화, 정치 또는 정치-민족에 대한 정치적으로 지배받는 작가의 모든 요구를 갑자기 차단하는 원칙적인 탈역사화를 실행한다. "크레올성"의 마르티니크 소설가 파트릭 샤무아조와 라파엘 콩피앙이 대상이었던 비평의 축복은 이것의 명백한 증거이다. 달리 말하자면 모든 이에게 중심에서의 인정은 불가피한 자율성의 형식이고 동시에 공인받는 작가의 역사적 실재를 부정하는 자민족중심주의적 병합의 형식이다. 가령 나이지리아 소설가 치누아 아체베는 미국 비평가 라슨[93]에 맞서 들고일어났다. 감비아 소설에 대해 라슨이 몇몇 대목을 대체하면 쉽게 미국 작품으로 통할 수 있다는 이유만으로 보편의 자격을 수여할 수 있다고 주장했기 때문이다.

---

92 Marthe Robert, "Kafka en France", *Le Siècle de Kafka*, Paris : Centre Georges-Pompidou, 1984, pp.15~16.

93 아프리카문학과 특히 C.아체배에 관한 많은 책의 저자.

미국 소설에서, 이를테면 필립 로트 또는 존 업다이크의 소설에서 작중인물과 장소의 이름을 바꾸고 단지 어떻게 되어가는지 보기 위해 그것을 아프리카 이름으로 대체할 생각이 아프리카문학에 대해 말하는 라슨 같은 이들의 정신에 떠오를까? 명백히 그렇지 않을 것이다. 그들은 자신의 문학이 보편성을 갖는다는 점에 관해 꿈에서도 의심을 내보이지 않을 것이다. 서양 작가의 작품이 저절로 보편성을 부여받는다는 점은 자명하다. 다른 작품은 보편성을 쟁취하기 위해 투쟁해야 한다. (…중략…) 보편이라는 단어가 유럽의 편협하고 타산적인 배타주의의 동의어로 더 이상 사용되지 않을 때까지, 그들의 지평이 전 세계를 포함할 정도로 확대될 때까지 아프리카문학에 관한 논의에서 이 단어를 몰아내면 좋겠다.[94]

그러므로 문학적으로 인정받기에 이르기 위해 피지배 작가는 보편에 대한 독점권을 갖는 이들에 의해 보편적이라고 포고된 규범에 순응해야 한다. 특히 자신을 가시적으로 만들 "적절한 거리"를 찾아내야 한다. 인지되기를 바란다면, 차이를 생겨나게 하고 보여줄 필요가 있다. 하지만 너무 벌어진 거리를 제시해서도 표방해서도 안 된다. 또한 그것으로 인해서도 인지되지 않을 것이기 때문이다. 너무 가까워서도 너무 멀어서도 안 된다. 언어적으로 프랑스에 의해 지배받은 모든 작가는 이러한 상황을 경험했다. 라뮈는 파리에 소속된 체하기를 시도하는 한 파리에서 감지되지 않은 채로 남았고 "보 지방민"으로서의 차이를 표방한 후에야 인정받았

94 Chinua Achebe, "Impediments to dialogue between North and South", *Hopes and Impediments : Selected Essays*, New York, Double Day, 1989; N. Lazarus, S. Evans, A. Arnove and A. Menke, *Differences. A Journal of Feminist Cultural Studies*, 1995, vol.7 no.1, p.88에서 재인용. 저자가 번역.

다. 그는 「베르나르 그라세에게 보낸 편지」에서 이 문제를 완벽하게 분석했다. "너무 유사하고 동시에 너무 다르다는 점, 너무 가깝고 동시에 충분하지 않다는 점, 너무 프랑스적이거나 충분히 프랑스적이지 않다는 점이 대체로 보아 내 고장의 운명입니다. 실제로 사람들이 내 고장에 대해 뭔가 알고 있더라도 어떻게 해야 할지 모르거나 하죠."[95] 그리고 누구나 이해하다시피 모든 문학적 이국풍을 초래한 것은 정확히 이 본질적인 자민족중심주의이다. 스페인 작가 라몬 고메스 데 라 세르나에 바쳐진 『신프랑스평론』의 글1924에서 장 카수는 프랑스 비평 심급의 주요한 결점을 명쾌하게 분석했다. "우리는 외국 작가들에게 우리를 놀라게 하라고 요구한다. 하지만 그 방식을 그들에게 거의 가르쳐주려고 한다. 마치 그들의 역할은 그들의 종족 대신 우리의 즐거움에 봉사하는 것인 듯하다."[96]

19세기 말에 이미 프랑스어권 캐나다인은 이러한 난점을 이해했다.

> 우리가 휴론 인디언 언어나 이로쿼이어 인디언 언어를 말한다면, 우리 작가의 저작은 구세계의 관심을 끌 것입니다. 아메리카의 숲에서 생겨난 이 씩씩하고 신경질적인 언어는 외국에 기쁨의 원천이 되는 그러한 날것의 시를 지니고 있을 테니까요. 이로쿼이어 인디언 언어에서 번역된 소설이나 시 앞에서는 사람들이 황홀해하죠. 반면에 퀘벡이나 몬트리올의 식민자가 프랑스어로 쓴 책은 읽을 수고를 하지 않아요. 20년 전부터 프랑스에서 해마다 러시아, 스칸디나비아, 루마니아 소설의 번역이 출간되고 있습니다. 이 똑같은 책들이 프랑스어로 쓴 것이라고 가정해보세요. 그러면 독자가 50명도 되지 않을 것입니다.[97]

95 C. F. Ramuz, "Lettre à Bernard Grasset", *Oeuvres complètes*, Lausanne, Rencontre, 1968, t. 12, p. 272.

96 Jean Cassou, *NRF* no. 131, 1924. 7~12, t. 23, p. 144.

6. 영국과 프랑스에서의 입센

영국과 프랑스에서 입센 작품의 번역과 해석 그리고 공인은 갖가지 이해관계를 맺고 있는 수도와 중개인에 의해 동시에 일어나는 발견과 병합의 좋은 예이다. 런던과 파리에서 입센의 극작 작업에 부여하는 대립적인 의미한 편의 현실주의, 다른 편의 상징주의는 작품의 공인이 언제나 자기 것으로 삼기, 민족-중심의 돌려쓰기임을 보여준다.

헨리크 입센은 1890년과 1920년 사이의 유럽에서 문학 교류의 중심 인물이다. 유럽 연극에서 거의 자기도 모르게 현대성의 상징이 된 그의 작품은 공인하는 이들이 표방하는 문학적 범주와 미적 범주의 산물, 완전히 상반된 격자로부터 해석되고 읽히고 세계의 모든 극장에서 공연된다. 이 작품의 특권적인 해석가라고 자임하는 각 연출가 또는 비평가는 입센의 희곡을 "활용하게" 되는데, 그의 희곡이 내포하는 형식과 문제의식은 민족 공간에서의 위치에 따라, 당시의 유럽 연극 전체를 크게 일신한다. 모든 "발견자"는 스스로 주장하듯이 있는 그대로의 작품을 섬기기는커녕 민족 차원의 논쟁에서 멀리 떨어진 외국 작가를 이용하여 문학 영역에서 주도적인 지위를 차지하려고 시도한다.

그래서 입센은 영국에서, 특히 조지 버나드 쇼를 통해, 그것도 같은 시기에 구체적인 사회 문제로 참신하게 다가서는 현실주의 저자로, 그리고 프랑스에서는 보편적인 시적 상징을 구사하는 상징주의 저자로 해석될 수 있었다. 각 공인 국가에서 그가 인정받고 병합되는 데 이바지한 요소

97 O. Crémazie, "Lettre à l'abbé Casgrain du 29 janvier 1867", *Oeuvres complètes*, Montréal, Beauchemin, 1896; Dominique Combe, *Poétiques francophones*, Paris : Hachette, 1995, p.29에서 재인용.

는 큰 문학 민족과 특히 작품의 역사적 출현 조건을 보려 하지 않는 프랑스 그리고 프랑스를 위한 중개자의 자민족중심주의와 국가에 대한 중재자들의 특별한 민족적 관심사이다.

19세기 후반기에 헨리크는 노르웨이 민족문학의 창시자들 가운데 하나이다. 노르웨이 민족문학의 야망은 그때까지 민족의 지적 저작물을 지방화했던 독일의 지적 후견에만큼 노르웨이가 4세기 동안 겪어야 했던 덴마크 지배의 속박에도 예속되지 않게 되는 것이다. 1830년부터 노르웨이의 민족문학 논쟁은 노르웨이 서부의 방언에 토대를 둔, 그리고 덴마크에 의한 식민지화의 결과인 덴마크-노르웨이어에서 더 멀리 떨어진 만큼 "더" 민족적이라고 여겨진 새로운 언어의 창조라는 문제를 중심으로 펼쳐진다. 지식인과 시인의 추진력에 의해 새로 생겨난 이 '란드스몰시골말', 오늘날 '뉘노르스크' 또는 신-노르웨이어는 이윽고 '리그스몰나라말', 지금의 '복몰책의 말' 곁에서 제2의 공식어로 격상된다. 독일로부터 폭넓게 계승되고 시골의 전통을 미적 관심사의 중심에 놓은 이 "민족 낭만주의"는 1830년대와 1840년대의 새로운 문학에 방향을 제시하게 된다. 노르웨이의 민속학자들은 그림 형제를 뒤따라 민중가요, 설화, 전설, 그리고 민요시를 발굴하기 위해 전국을 누빈다. 1862년에 입센 또한 민담을 수집하기 위해 북부 지방으로 떠나고, 그의 초기 희곡은 "민족문학의 해방"이라는 방향으로 나아가려는 의지가 표출될 결과이다. 입센 이전에 노르웨이 연극은 존재하지 않았다. 그때까지 노르웨이를 독일의 유순한 지방으로 만든 독일의 지적 영향력에 맞서 그는 독일의 무기로 싸우고자 한다. 서로 다른 두 가지 운율에 따라 운문으로 창작되고 두 운율 가운데 하나가 중세 민요시의 방식을 본뜬 「페르 귄트」1867는 이러한 점에서 그 초기 작품들의 절정이자 동시에 결말이다. 즉 낭만주의와 민속주의시대의 대중적 자본과 분위기를 활용하면서 복고적 민족주의를 결판내는 것이었다. 입센은 순응주의와 노르웨이적 편협성에 맞서 글을 쓰고자 한다고, 즉 "국민을 깨어나게 하고 크게 생각하도록 이끌고자"[95] 한다고 천명했다.

하지만 이 국내에서의 성공 이후에 곧장, 20년 동안 이어지게 되는 망명을 위해 몇 년 전에 자기 나라를 떠난 후 1868년에 그는 작품의 전환점을 이루는 희곡 〈젊은이들의 결합〉을 쓰는데, 이 희곡은 당시에 연극 형식의 대가로 여겨진 외젠 스크리브 또는 알렉상드르 뒤마 피스가 구현한 프랑스 극작법의 모델에 따라 쓰인 당대의 산문 희곡이다. 이미 살펴보았듯이 게오르그 브라네스에 의해 덴마크에서 도입된 "현대주의" 또는 '게놈브로트'는 당시 그 1870~1880년 동안에 스칸디나비아 국가에서 미학과 정치의 혁신을 수행한다.[99] 브라네스의 『미학 연구』가 출간된 바로 그 해1868에 입센은 연극에 현실주의를 들여오고 이제부터 프랑스의 문학을 수단으로 활용하여 독일의 속박과 독점적 지배로부터 해방된 노르웨이 민족의 자기표현에 도달하려는 의지를 확언한다.

1) 영국에서의 입센

영국은 프랑스보다 훨씬 앞선 시기에 입센의 희곡을 번역한다. 1879년부터 "선집"이 출판되고 다음으로 1880년에는 연극 비평가 윌리엄 아처가 초기 번역물을 제시한다. 초기 공연은 주의를 끌지 못하고 만다. 1889년에 〈인형의 집〉이 성공을 거두지만, 1891년에 〈유령〉과 〈헤다 가블레르〉1890년 집필가 추문을 일으키고 이듬해 〈건축가 솔네스〉가 비평계에 의

98 Henrik Ibsen, trad. par R. Boyer, *Peer Gynt*, Paris : Flammarion, 1994에서 Régis Boyer가 인용한 구절.

99 이 책의 165~168쪽을 볼 것.

해 혹평받는다. 반순응주의자와 지배적 연극에 대한 반대자의 무리가 당시에 이 노르웨이 작가의 작품을 장려하려고 애쓰는데, 당시에 젊은 비평가였던 G. B. 쇼가 그들 가운데 하나이다. 그 시대에 영국 연극의 아방가르드는 한편으로 독립연극협회의 설립으로 나타난다. 이 협회는 대륙의 새로운 극작가를 영국에 알리기 위해 앙투안의 자유극장을 모델로 잭 토머스 그레인에 의해 1891년에 창설되는데, 이 협회의 첫 번째 작품 『유령』은 항의의 폭풍우를 불러일으킨다. 그리고 다른 한편으로 1904년과 1907년 사이에 할리 그랜빌 바커에 의해 운영된 코트 씨어터로 나타나는데, 그는 입센의 희곡을 연출하고 셰익스피어 희곡의 규범적 제시를 일신하려고 애쓴다. "전복적" 저자로 여겨진 쇼는 초기 희곡의 공연을 코트 씨어터에 일임하고, 거기에서 1904년 〈존 불의 다른 섬〉으로 최초의 큰 대중적 성공을 맛본다. 1891년 그는 〈입센주의의 정수〉를 발표한다. 영국에서 유효하고 여전히 빅토리아 여왕시대의 점잖음으로 나타나는 연극 형식에 대한 정치적이고 동시에 미학적인 반대를 명분으로 쇼는 입센에게서 가능한 연극쇄신의 기수를 본다.

바그너가 그의 음악적 영웅이듯이[100] 입센은 그의 연극 선생, 당시에 런던을 지배하는 연극적 순응주의를 그가 문제 삼을 수 있게 해주는 윤리와 미학의 진정한 본보기이다. 태어난 더블린에서 무일푼으로 떠나온 무명의 음악 비평가 쇼는 영국의 비평계를 격렬하게 비판하기 위해 외국에서 온 혁신에 기댄다. 예컨대 경직된 연극 영역에 "사회" 비판이 부재하고 아카데미풍의 형식과 장르가 되풀이 나타나는 상황에 대해 그는

100 1898년 G. B. 쇼는 「완벽한 바그너 찬미자」를 발표한다. 거기에서 그는 이 작곡가가 1848~1849년 속해 있었던 독일 혁명운동의 무정부주의적이고 사회주의적인 이상에 비추어 〈니벨룽겐의 반지〉를 이야기한다.

1889년 10월 다음과 같이 쓴다.

> 올해는 피네로[98] 씨가 (…중략…) 사회 문제에 신중히 접근했고, 그러고 나서 황급히 사회 문제에서 멀어졌다. 어쨌든 그가 사회 문제를 건드렸기 때문에 희망이 다시 싹텄다. 얼마 지나지 않아 노르웨이 희곡 입센의 〈인형의 집〉이 훨씬 더 강한 파문을 일으켰는데, 이 희곡에서 입센은 똑같은 문제를 다루고 어떻게 그것이 해결되어야 할 것인지가 아니라 어떻게 그것이 막 해결되려 하는가를 밝힌다.[102]

쇼가 바그너와 입센 사이에 끊임없이 실행하는 유비는 영국 예술 공간의 순응주의적 가치를 뒤엎을 수 있게 해주는 그들의 비슷한 처지, 즉 이단적 외국인의 처지에 의해서뿐만 아니라 그들이 영국 비평계에 불어넣는 비슷한 경멸에 의해서도 설명된다. 입센은

> 바그너보다 더 가혹한 대접을 받는다. 이는 불가능해 보이지만, 쉬운 일로 밝혀진다. 적어도 우리는 바그너에 대해 음탕성을 비난하지 않았고 히즈 마제스티즈 씨어터가 〈로헨그린〉의 초연 후에 강제추행죄로 기소되어야 한다고 항의하지도 않았다. (…중략…) 영국인에게 우리는 그가 무지몽매하고 병적이고 반쯤 미친 외설문학가라고, 또한 검열관의 금지에도 불구하고 그의 희곡을 공연하는 이들을 기소하고자 한다고 확언했다.[103]

---

101 인기 있는 보드빌 작가. 얼마 전에 심리극으로 뛰어들었다.

102 G. B. Shaw, trad. par B. Vierne, A. Chattaway · G. Liébert, *Écrits sur la musique. 1876~1950, Paris* : Lafont, 1994, p.386.

103 Ibid., p.1322.

그가 아일랜드인이라는 조건은 그를 중심 바깥에 자리하고 지방주의 자체로 인해 인정받지 못한 작가의 인정에 매우 민감하게 만든다. 이런 곡절로 1889년 런던에서 그리그에 의해 음악화된 〈페르 귄트〉가 초연될 때 쇼는 노르웨이 문화에 대한 국제적 인정의 발단과 동시에 자기 문화관을 척도로 해서만 외국 저작물을 인정할 뿐인 영국의 병합 성향을 분석한다.

> 노르웨이인은 나라가 부유한 사냥꾼이나 외국 낚시꾼을 위한 안식처로만 받아들여지는 불쌍한 사람일 뿐만이 아니라는 점을 중간 정도의 대중이 알아차리기 시작한다. 사람들이 노르웨이인을 훌륭한 현대문학과 매우 흥미로운 정치사가 갖춰진 민족으로 여기기 시작한다. 우리 자신의 문학에 대한 셰익스피어의 지배권 때문에 우리는 각 민족문학이 단 한 사람의 위대한 극작가에 의해 지배된다고 오랫동안 믿게 되었다. 우리는 다른 이들 모두를 아우르는 유일한 중심인물의 관념에 익숙하다. 그러므로 우리는 스칸디나비아에서 솟아오른 이 '현대의 셰익스피어' 헨리크 입센에 대한 온갖 암시를 대단히 흥미롭게 맞아들인다.[104]

쇼는 정치적 입장이 전복적이어서 현실주의와 자연주의, 사회 비판과 영국 연극의 미적 및 도덕적 순응주의에 대한 문제시 쪽으로 나아간다. 이러한 정치적 입장, 그리고 또 졸라와 가까운 앙투안의 자유극장을 참조했다고 주장된 독립극장은 영국 아방가르드에 의한 입센 작품의 독서가 연극 공간의 형세로 인해 "사회적" 이해, 입센 작품의 새로움과 현대성을

104 Ibid., pp.288~289.

유일하게 보증할 수 있는더 나아가 이 노르웨이 극작가의 "현대주의적" 포부와 상당히 가까운 이해 쪽으로 향한다는 점을 분명하게 보여준다.

2) 프랑스에서의 입센

프랑스에서도 입센은 매우 일찍 연극 아방가르드에 의해 병합되지만, 미적 입장의 형세가 그렇게나 달라서 이 노르웨이 작가의 작품이 거의 상반된 견지에서 해석된다. 실제로 입센은 파리 연극계의 문학 논쟁, 한편으로 퇴조하는 자연주의를 두둔하는 자유극장과 다른 한편으로 1893년 뤼녜포가 앙투안에 맞서기 위해 설립하고 그런 만큼 상징주의의 길로 접어드는 작품극장 사이의 대립을 중심으로 구조화된 토론에서 핵심 쟁점이 된다.

우선 앙투안이 1890년에 〈유령〉을, 1891년 4월에는 〈들오리〉를 공연한다. 이 노르웨이 극작가의 미적 선택을 특징짓기 위해 비평계에서 대개 졸라의 이름이 입센과 나란히 언급된다.[105] 하지만 매우 빨리 뤼녜포는 자신의 혁신자 지위를 확고하게 하고 자신의 미적 입장을 명확히 드러내기 위해 입센의 희곡을 낚아채고 그를 상징주의 작가로 변모시킨다. 1892년 12월 자신의 선입견을 확언하면서 〈바다에서 온 여인〉을 소개하고, 이 텍스트의 현실감을 잃게 하는 느린 발성을 연극적 선언으로 여기면서 장중하고 단조로운 연출을 실행에 옮긴다. 여주인공의 역은 마테를랭크 희곡의 연기자인 연극배우가 맡았는데, 여주인공이 "긴 베일을 쓴 이상한 여자, 하얀 유령"[106]으로 변모했다. 이 희곡의 결정적인 성공은 입센의 연극

105 Jacques Robichez, *Le Symbolisme au théâtre. Lugné-Poe et les débuts de l'OEuvre*(Références), Paris : l'Arche, coll., 1957, p.99 참조.

106 Ibid., p.155.

을 프랑스 상징주의에 병합하는 흐름을 공인한 셈이다. 아마 입센은 그가 "세계의 진정한 중심"[107]이라 말한 파리에서 인정받기를 열망한 관계로, 번역과 연출에 신경을 쓰면서도 이러한 돌려쓰기를 받아들인다.

1894년 여름 동안 뤼녜포는 마테르랭크와 상징주의 연극을 스칸디나비아 관객에게 알리고 어떻게 입센이 프랑스에서 해석되는지를 보여주러 스웨덴과 덴마크 그리고 노르웨이로 순회공연을 떠난다. 극단의 도착이 "민족 연극운동에서의 한 사건"[108]으로 환대받지만, 입센에 대한 해석은 폭넓게 비판받는다. 이 "상징주의의 선교사"[109]는 스칸디나비아 관중을 전향시키지 못한다. 그렇지만 비평계는 작품극장이 파리로의 관문이자 인정으로의 접근로임을 알고는 이처럼 프랑스의 풍토에 순화되는 것을 거리낌 없이 받아들인다. 하지만 게오르그 브라네스만은 1897년의 기사에서 뤼녜포의 상징주의적 해석을 비난한다. "노르웨이 극문학의 가장 인간적인 존재에게서 상징을 찾아내는 너무나 강한 경향이 전개된 곳은 프랑스뿐만이 아니다. (…중략…) 그러나 프랑스는 이 비현실적인 해석에서 승리의 영광을 차지한다."[110] 입센 자신은 애매하게 지지의 의사를 나타낸다.

뤼녜포는 또한 1895년에 영국 순회공연을 조직하고, J. T. 그레인의 초청으로 런던의 어느 소극장에서 마테를랭크와 입센을 공연한다. 당시에 런던의 퇴폐파 시인들, 오스카 와일드 예찬자들은 이 벨기에 극작가의 작품에 열광했고 빅토리아 여왕시대의 여론에 의한 대대적인 비난이 그들

107 1893년 1월 4일 『피가로』에 게재된 대담, J. Robichez, ibid., p.157에서 재인용.

108 Ibid., p.272.

109 Ibid., p.276.

110 Ibid., p.288.

에게 집중되었다. 며칠 후에 오스카 와일드에 대한 재판이 열리게 된다. 그래서 비평계는 새로움의 적들에 대해 준엄했고, 마테를랭크에 관해 "벨기에의 셰익스피어"라고 하는 미르보의 말1890이 어김없이 주의를 끌었다. 앞에서 쇼 자신에 의해 언급된 메커니즘, 영문학사의 범주에 따라 입센의 인정을 허용한 메커니즘이 작동했다. 그러나 입센을 영국으로 들여온 윌리엄 아처와 조지 버나드 쇼는 연출의 옹색함"허술한 의상과 가소로운 에피소드"[111]라고 쇼가 쓴다뿐 아니라 "최초로 영국 무대에 마법의 안개처럼 피어오르는 참된 분위기"[112]를 강조하면서 작품극장의 공연을 애매하게 옹호했다.

이 경우에 해석의 대립은 문학 자본의 인정이 중심 밖의 작품을 중심의 관심에 병합하는 대가로 이루어진다는 점을 입증한다. 국제 층위에 다시 놓이고 그럼으로써 중심의 예술적 및 비평적 이해력의 범주를 복잡한 그대로 복원할 수단을 갖춤으로써만 프랑스적 해석의 자의성을 이해할 수 있다는 점은 확실하다. 그리고 알다시피 프랑스의 비평계는 19세기에서 물려받은 도식의 단순한 재현을 통해 계속해서 입센의 상징주의에 관한 문제를 냉정히 제기한다.

111 G. B. Shaw, *Saturday Review*, 1895.3.30; J. Robichez, ibid., p.330.

112 Ibid.

제5장 — 문학의 국제주의에서 상업의 세계화로?

포슈루스트 '값싼, 부자연스러운, 시시한, 빛바랜, 거들먹거리는, 저속한, 요란한, 조악한'. (…중략…) 문학은 '포슈루스트'에 유리한 장소들 가운데 하나이다. '포슈루스트'는 속임수가 명백하지 '않고' 가장하는 가치가 옳건 그르건 간에 예술이나 사상 또는 감정의 가장 높은 층위에 속한다고 여겨질 때 특히 강하고 불량하다. 그러한 책, 이를테면 베스트셀러, '감동적이고 깊이가 있고 아름다운' 소설 등이 일간신문의 문학 부록에서 그토록 '포슈루스트'한 방식으로 비판받는다. '포슈루스트'는 명백히 평범하게 보이는 모든 것뿐 아니라 가식적으로 중요하고 가식적으로 아름답고 가식적으로 지적이고 가식적으로 유혹적인 모든 것의 영역에 속한다. (…중략…) '포슈루스트'의 왕국에서는 책이 아니라 '모든 것을 무조건 믿는 독자 대중, 책의 예고편, 기타 등등'이 '큰 성과를 거둔다'.

블라디미르 나보코프, 『니콜라이 고골리』

우리 시대의 문학 공간이 띠는 형세는 소묘하기 어렵다. 오늘날 우리는 아마 파리에 의해 지배된 세계에서 주로 런던과 뉴욕, 그리고 상대적으로 덜하지만, 로마, 바르셀로나, 프랑크푸르트 등이 문학의 주도권을 놓고 파리와 경쟁하는 여러 중심의 다원 세계로 넘어가는 어떤 전이 국면에 놓여 있을 것이다.

19세기 말부터 문학 수도들 사이에서, 그리고 문학 자본들 사이에서 치열한 싸움이 벌어지는 가운데 이미 파리의 쇠퇴는 불가피한 주제가 되었다.[1] 이 특수한 수도의 문학적 역량이 낳는 객관적인 효과는 각자가 이것에 대해 갖는 믿음 속에서만, 그리고 이 믿음을 통해서만 존재하므로, "쇠퇴"의 징조는 객관적인 보고서의 겉모습을 띠고 나타난다. 그런데 기존 문학 질서의 폐기 통보는 사실 실력행사 또는 권력을 장악하려는 시도이다. 말하자면 문학 질서의 변화는 까다로운 문제로서 모든 주역이 표하는 단호하고 열렬한 견해의 표적이다. 그렇다고 해서 우리는 그만큼 논란이 많은 문제에 관해 무관심을 주장하지 않고, 특히 이 책을 쓰고 오늘날 갈수록 위협받는 "보편의 제작자" 모두의 노력과 쾌거를 조금씩 뒤따른 후에, 문학 세계의 최근 변화에 대한 이해의 수단을 제공하려고 노력할 수 있을 따름이다.

이처럼 오늘날 파리를 유럽의 다른 수도에 그리고 특히 런던과 뉴욕에 맞세우는 경쟁의 진상을 밝히기는 어렵다. 무슨 말을 하건 편들기가 될 것이고 따라서 경쟁 속에서 무기로 활용될 수도 있을 것이다. 분석가에게는 보고서가 자임하는 진실의 지위에 이의를 제기하는 일, 어떻게 그것이 활용되는가를 보여주고 그것의 유효성을 면밀하게 따지는 일만이 남아 있을 뿐이다. 예컨대 오늘날 공간의 매우 다른 지점에서 유래하여 파리의 심급 자체에서 민족 저작물의 정당성에 관해 의혹을 조금씩 불어넣고자 하는 전략이 그토록 확실히 성공을 거두어서 몇 년 전에는 상상할 수 없었던 쇠퇴의 주제가 내부의 논쟁에서, 그리고 소설 자체에서까지 거의 불가피하게 되었다. 바꿔 말하면 이러한 시도를 알아내서 그것이 생겨난 세계 공간에 그것을 다시 들여보낼 수 있을 뿐인데, 그렇게 하는 목적은 내부의 시각에 내재된 근시안을 가능한 한 피하려는 것인데, 내부의 시각이

1 D. Oster-J.-M. Goulemot, *La Vie parisienne*, pp.24~25 참조.

국제적 경생 구조에서 제대로 인정받지 못한 산물을 추정된 민족적 "현실"로 변형시키기 때문이다.

그렇지만 몇 가지 사실은 상황이 보기보다 더 복잡하다는 점을 보여준다. 문학에 대한 신용의 단순한 메커니즘에 기인하는 암묵적인 인정의 관점에서 프랑스의 문학 역량은 여전히 미국에 중요하다. 그것은 철학의 형태를 띤다. 더 정확히 말하자면 문체와 내용의 면에서 문학의 특징을 띠고서 (예일, 존스 홉킨스 등) 대학을 매개로, 그리고 프랑스문학의 권위와 위세에 기대어 확산한다. 실제로 프랑스 철학과 더 폭넓게는 라캉, 푸코, 들뢰즈, 데리다, 리오타르 같은 대단한 지적 인물이 미국 대학의 프랑스어과와 프랑스문학과를 통해 미국으로 들어온다. 그리고 데리다의 "해체"와 푸코에 따른 "권력-지식"의 주제, 들뢰즈에 의해 개진된 "비주류문학"과 리오타르의 "탈-현대성"이 미국 캠퍼스와 '문화연구'의 이른바 비판적 사유에 강력하게 배어든다 해도, 이는 여전히 문학 연구와 문학 비평을 통해서이다. 게다가 철학의 이러한 문학화는 그들의 저서들 가운데 많은 수가 문학과 관계가 매우 밀접하고 일반적으로 문학을 철학 작업에 끌어들인다는 점에서 부당하지 않다. 따라서 미국의 지적 생활에서 프랑스의 중요성은 여전히 프랑스문학의 신용에 기인하는 효과, 물론 우회적이고 은폐되고 역설적인 효과이다. 이는 아마 대서양 너머에서 이 똑같은 지식인들에 대한 공격이 맹렬하다는 점을 적어도 부분적으로는 설명해줄 것이다.

다닐로 키슈[유고슬라비아], 밀란 쿤데라[체코], 토마스 베른하르트[오스트리아], 아르노 슈미트[독일], 카를로스 푸엔테스[멕시코], 마리오 바르가스 요사[페루], 가브리엘 가르시아 마르케스[콜롬비아], 훌리오 코르타사르[아르헨티나], 옥타비오 파스[멕시코], 안토니오 타부키[이탈리아], 폴 오스터[미국], 안토니우 로부 안투네스[포르투갈],

엘프리데 옐리네크오스트리아 등과 같은 중요한 작가에 대한 최근의 인정은 파리의 심급이 갖는 공인 역량의 지속성을 나타낸다. 키슈는 파리에 의해 인정받은 이전 세대의 작가들보다 일반적인 메커니즘을 더 의식하고 세계문학 공간의 구조가 갖는 중요성에 관해 아마도 더 명석할 터인 만큼 1982년에 이렇게 확언한다. "보다시피 여기 파리에서 적어도 나에게는 모두가 문학일 뿐이다. 그리고 파리는 어쨌거나 여전히 문학 수도이다."[2] 파리의 발견 및 공인 기능은 민족문학 작품의 실제적이거나 추정된 쇠퇴에도 불구하고 존속한다는 가설을 그와 함께 제시할 수 있다. 파리는 카탈루냐인, 포르투갈인, 스칸디나비아인, 일본인을 비롯하여 문학적으로 "궁핍하거나" 주변적인 사람들의 수도로 남아 있고 계속해서 문학의 중심에서 가장 멀리 떨어진 나라들의 작가에게 문학적 존재감을 준다.

알다시피 파리의 영화 애호는 파리문학 자본의 직접적인 유산인데 오늘날에도 영화의 영역에서 파리는 인도, 한국, 포르투갈, 멕시코, 폴란드, 이란, 핀란드, 러시아, 홍콩 또는 심지어 미국에서 영화인을 공인하거나 지지하거나 심지어 재정적으로 후원한다.[3] 하지만 이 메커니즘에 작용하는 것은 프랑스 영화 제작물의 현재 위세가 아니다. 사실 전 세계에서 인정된 영화 (및 문학) 자본 덕분으로 파리는 프랑스 영화의 수도가 아니라 여전히 전 세계 독립 영화의 수도이다.

이 점에서 번역 활동은 공인 평결의 활기와 효력을 측정하기 위한 필요불가결한 지표이다. 자율적인 공인번역, 논평, 비평, 상의 정당성과 실제 활동에서 후보자의 수에 따라 수도의 문학에 고유한 신용도를 평가할 수 있

2 D. Kiš, "Paris, la grande cuisine des idées", *Homo poeticus*, p.52.

3 사티아지트 레이, 마노엘 지 올리베리라, 크르지스토프 키에슬로프스키, 아키 카우리스마키, 후 시아오-시엔, 우디 앨런 등에 대한 공인을 볼 것.

다. 유럽의 층위에서 실시된 최근의 조사[4]는 유럽의 다른 나라들 전부로 문학 저작물을 폭넓게 수출하는 영국이 자기 언어권 밖의 외국 저작물에는 가장 덜 개방적이라는 사실을 보여준다. 1990년 영국에서 문학 저작물의 총량에서 국내로의 번역이 차지하는 몫은 3.3%에 불과하다.[5] 물론 이러한 상황은 영어 저자에게 언어를 바꾸지 않고 국제화될 수 있게 해줄 수 있는 매우 강력한 미국 저작물이 중요한 자리를 차지하는 탓이 크다. 하지만 이 조사에 응한 저자들은 거의 "앵글로색슨 시장이 거의 자급자족 체제"[6]라고 말하고, 오늘날 비평계는 외국문학 텍스트에 대한 영국의 지적 폐쇄성이 1950년대와 1960년대에보다 훨씬 더 심하다고 결론짓는다. 예컨대 근년에 들어 쓰인 독일문학은 영국에서 거의 일관된 무관심의 대상이다.[7] "독일의"라는 형용사는 쉽고 대중적이라고 여겨진 앵글로색슨 전통과는 대조적으로 무겁고 유머와 스타일이 없다는 의미를 내포한다. 1950년대에 간행된 위대한 텍스트, "고전"이 된 토마스 만, 릴케, 카프카 또는 브레히트는 비록 멀리 떨어져 있더라도 여전히 뵐, 그라스, 우베 욘존, 페터 바이스 등 마흔일곱 그룹의 작가처럼 준거로 남아 있다. 하지만 오늘날 독일 문화의 몇몇 불가결한 중개자, 흔히 영국으로 망명한 유대인, 전쟁이 끝나고부터 활동적인 박식자나 시인, 번역과 비평가가 사라졌다. 그런데 독일문학의 이미지는 여전히 그들이 전파한 것이다. 오늘날 영국은 독일의 현대성에 관해 거의 40년이나 뒤처진 인식에 머물러 있다. 예외가 있다면 아들 미카엘 호프만이 런던에 살면서 영어 시인

4 V. Ganne et M. Minon, "Géographie de la traduction", *Traduire l'Europe*, p.64.

5 Ibid., p.64.

6 Ibid..

7 Martin Chalmers, "La réception de la littérature allemande en Angleterre : un splendide isolement", *Liber*, no.18, 1994.6, pp.20~22 참조.

으로 인정받는 게르트 호프만, 두 명의 오스트리아인, 페터 한트케와 토마스 베른하르트, 그리고 미국의 여성주의 집단에서 유명해진 동독 여자 크리스티나 볼프이다. 자기 세대에서 가장 중요한 독일 작가들 가운데 하나인 우베 욘존의 『연례 기념일』은 번역자가 쓰길 "몇 년 전 영국에서 출간되었을 때 거의 눈에 띄지 않고 지나갔다".[8]

반대로 스페인, 이탈리아, 포르투갈, 네덜란드, 덴마크 그리고 스웨덴은 많은 책을 수입한다. "그곳들에서 번역된 작품은 저작물의 4분의 1 이상이다. 즉 유럽의 평균보다 월등히 많다유럽 평균은 15%이다." 포르투갈에서는 국내로의 번역 비율이 출간된 저작물의 33%에 맞먹지만, 스웨덴에서는 60%까지 치솟는다. 유난히 높은 이 비율은 이례적인 일이다. 물론 국내 간행 저작물의 미미한 분량 탓일 수 있을 뿐 아니라 스웨덴이 매우 큰 부러움을 받는 노벨상의 나라이고 따라서 스웨덴 아카데미에 의해 인정받고자 애쓰는 세계문학 전체의 교차지점이 된 사실 탓으로 돌릴 수 있다. 번역 텍스트의 이 대대적인 유입은 매우 많은 수출유럽에서 문학적으로 가장 인기 있고 가장 많이 번역되는 언어는 여전히 영어와 프랑스어이다[9]을 동반하지 않는 현상으로서, 유럽 전체에서 이 나라들이 중심으로부터 다소간 크게 벗어나 있다는 지표이다.

프랑스에서처럼 독일에서도 국내로의 번역의 몫은 14%와 18% 사이이다. 즉 번역된 작품은 간행된 작품의 5분의 1과 8분의 1 사이인데, 이는 많은 국외로의 번역을 동반한다는 점에서 문학 권력의 중요한 지표인 막대한 수입 비율을 나타낸다.

똑같은 분석이 미국에 대해서도 유효할 터인데, 오늘날 미국은 실질적

---

8 Martin Chalmers, loc. cit., p.22.

9 V. Ganne et M. Minon, loc. cit., p.67.

으로 어떠한 번역 정책도 없다. 그래서 런던과 뉴욕이 문학 권력의 구조에서 파리를 대체했다고는 확언할 수 없다. 단지 상업적 모델의 일반화와 경제적 극점의 발흥으로 말미암아 이 두 수도는 문학 영역에서 점점 더 큰 중요성을 띠는 경향이 있다는 점을 알아차릴 수 있을 뿐이다. 하지만 너무 도식적으로 언제나 정치적 모델에 따라 파리를 뉴욕과 런던에, 또는 프랑스를 미국에 맞세울 필요는 없다. 미국의 문학소설 작품도 역시 두 극점 사이에서 분할되어 있다. 한편으로 피에르 부르디외가 "제한된 장"[10]이라고 부르는 것에 속하는 모든 텍스트, 다시 말해서 출판에 의한 폭넓은 확산의 회로 밖에서 유지되는 자율적인 "아방가르드" 작품이 있다. 그것은 프랑스에서 비평계와 출판계로부터 폭넓은 관심을 받는다. 라르보, 쿠앵드로, 사르트르 등 이래 포크너와 도스 파소스를 공인하고 나보코프의 『롤리타』를 출판하게 해준 프랑스의 커다란 아메리카 전통은 오늘날 모리스 나도, 마르크 슈느티에, 드니 로슈, 피에르이브 페티용, 베르나르 외프너, 그리고 몇몇 다른 이를 비롯한 다수의 비평가, 번역가, 역사가, 총서 책임자 덕분으로 영속한다. 그들은 비평 선집, 서문, 번역, 막대한 해독과 발견 작업을 통해 여전히 존 호크스, 필립 로스, 존 에드거 와이드먼, 돈 델릴로, 로버트 쿠퍼, 윌리엄 H. 개스, 폴 오스터, 콜먼 도웰, 윌리엄 개디스 등 가장 자율적인 미국문학에 관한 특권적인 대화자이다. 프랑스문학 공간의 가장 덜 자율적인 출판물 유통과 결합한 상업적 소설 작품은 오늘날 어떤 이야기 현대성의 경험을 모방하기에 이르기 때문에 그만큼 더 힘차다. 폭넓게 확산되는 미국 작품 또는 미국화된 작품은 일반적인 소비재를 이른바 국제적인 문학으로 쉽사리 통하게 하기에 이르는 만큼,

10 P. Bourdieu, "Le point de vue de l'auteur. Quelques propriétés générales des champs de production culturelle", *Les Règles de l'art*, pp. 298~390.

공간 전체의 자율성을 크게 위협한다. 오늘날 세계문학 공간에서 문제되는 일은 프랑스와 미국 또는 영국 사이의 대결이나 경쟁이 아니다. 그것은 자율성의 경험을 모방하는그리고 프랑스에서만큼 미국에서도 존재하는 어떤 문학의 확산을 통해 문학적 정당성의 새로운 보유자로 자처하려 드는 상업적인 극점과 프랑스 및 유럽 전역에서처럼 미국에서도 국제 출판물 거래의 위력 때문에 갈수록 위협받는 자율적인 극점 사이의 대립이다. 오늘날 미국의 아방가르드는 유럽의 아방가르드만큼 위협당하고 있다.

현재의 세계문학 공간이 갖는 구조는 실제로 19세기와 20세기 전반기 동안 묘사된 구조보다 더 복잡하다. 종속 지대를 문학적으로 빈곤한 민족 공간로만 축소할 수는 없다. 문학과 정치를 양립시키고 여전히 많은 최근에 국유화된 이 공간에다가 가장 오래된 민족 영역과 가장 자율적인 민족 영역을 포함하여 모든 민족 영역에서 점점 더 강력한 상업적 극점이 나타나고 강화된다는 점을 덧붙일 필요가 있는데, 이러한 상업적 극점은 출판사의 상업 구조 및 전략의 변화와 더불어 배포 구조뿐만 아니라 책의 선택과 심지어 내용을 뒤엎는다.

그런데 각 문학 공간에서 상업적 극점은 민족적 극점의 단순한 변형 또는 그저 민족적 극점의 변모들 가운데 하나라는 점을 지적할 수 있다. 국내 베스트셀러는 주제민족의 전통과 역사 및 (아카데미풍) 형식의 면에서 상업적 성공의 기대 및 요구에 들어맞는다. 라르보에 의하면 민족 작가는 자기 출신국에서 많이 팔리는 현상으로뿐만 아니라 다른 나라의 문인에 의해 무시당한다는 사실로도 특징지어진다.[11] 즉 민족 소설가는 민족 시장을 대상으로 상업 규준에 맞춰 작업하는 자이다. 국제적 성공을 거둔 새로운 소설의 존재는 아마 출판 부문에서 상업적 모델이 일반화되는 경향과 미국의 대중적 규준이 보편화되는 추세가 겹쳐서 생겨난 결과일 것이다. 특히 영화와 출판의 영역에서 미국의 경제적 지배에 힘입어 미국은 할리우드 문화를 토대로 국내 대중소설이것의 패러다임은 예컨대 『바람과 함께 사라지다』일 것이다을 보편화할 수 있게 된다.

오늘날 전 세계에서 출판 활동의 변화가 눈에 띈다. 생산을 획일화하고 가장 혁신적인 작은 출판사를 유통에서 제거하는 경향을 내보이는 항구적인 집중의 움직임이 있을 뿐 아니라 특히 "정보" 산업에서 출판 부문이 줄어드는 현상으로 인해 게임의 규칙이 변한다. 미국의 유명한 독립 발행인 안드레 시프린은 미국의 출판업 풍경을 묘사하면서[12] 대중매체 산업의 재편성뿐만 아니라 이익의 눈부신 증가로 이르는 집중의 증대를 강조했다. 미국과 영국에서 모든 출판사의 평균 이익이 4%를 중심으로 오르내리는데도, "새로운 소유자들은 서적 출판 부문의 이익률이 정기간행물, 케이블 텔레비전 방송, 영화 같은 다른 계열사에 대해 요구되는 이익률과 비슷해지는 데 역점을 둔다". 그가 말한다. "그러므로 목표가 12%에서 15% 사이로 정해졌다. 그래서 단기의 수익성 목표에 이르러야 하는 책의 성격에 근본적인 변화가 일어난다."[13]

유럽에서 곧 상황이 아직 그만큼 극적이지 않을지라도 미국의 경제적 모델이 수입된 탓으로 발행인이 갈수록 더 단기 수익성을 겨냥한다. 물량 회전율의 가속과 권수의 증가[14]는 큰 출판사의 경제를 특징짓는 장기 투

---

11 V. Larbaud, *Ce vice impuni, la lecture. Domaine anglais*, pp.407~408.

12 André Schiffrin, "La nouvelle structure de l'édition aux États-Unis", *Liber. Revue internationale des livres*, no.29, 1996.12, p.2~5.

13 Ibid., p.3.

14 가령 장마리 부베는 다음과 같이 말하는 미국의 발행인 스나이더 리처드 씨를 인용한다. "전혀 출판하지 않는 것보다는 뭐라도 출판하는 것이 더 낫다." *Crise et Mutation dans l'édition française, Cahiers e l'économie du livre*, hors série no.3, ministère de la Culture et de la Frrancophonie, 1993, p.7.

자 정책보다 우위에 선다.[15] 이는 안드레 시프린이 미국을 대상으로 묘사하기도 한 삼중의 집중, 즉 출판사와 배포 회로 그리고 판매망의 집중을 통해 자리잡히는 변화로서, 적어도 부수로 표시되고 덜 오랫동안 처분할 수 있고 약간 더 비싸게 팔리는 책을 더 많이 생산하는 일과 관계가 있다. 그래서 출판과 관련된 의사결정에서 기술자와 상인이 맡는 역할의 증대하는 중요성이 눈에 띈다. 지적 논리와 출판 논리의 분리는 생산의 위기로 이어진다.[16]

생산과 배포의 이 새로운 조직화와 즉각적인 수익성 기준의 체계적인 제시는 대량 소비 시장을 위해 고안된 출판물의 초국가적 유통에 유리하게 작용한다. 물론 유명 베스트셀러의 유통은 언제나 있었다. 하지만 오늘날 새로움은 국제 유통의 용도로 마련된 새로운 유형의 소설이 출현하고 확산한다는 점에 있다. 인위적으로 만들어진 이러한 "세계 소설"에서 움베르토 에코나 데이비드 로지의 소설처럼 검증된 미적 기준과 비결에 따라 가장 폭넓은 확산을 겨냥한 상업 제품이 비크람 세트의 책처럼 이국취향의 모든 검증된 비결을 되찾는 신식민주의 책과 나란히 놓인다.[17] 다채로운 신화 이야기와 고대 고전이 재해석된 "지혜"와 도덕을 널리 대중화하고, 여행 이야기, '여행기'는 신식민주의 소설의 서양판인 모험소설과 짝을 이루어 모든 소설적 현대성의 척도가 된다. 19세기에 창안된 대중소설과 연재소설의 온갖 방식이 다시 우리 시대의 시류에 합류한다. 한 권의 똑같은 책에서 이처럼 음모소설, 탐정소설, 모험소설, 긴박감 넘

15 P. Bourdieu, "Le marché des biens symboliques", *Les Règles de l'art*, pp.202~210 참조.

16 Jean-Marie Bouvaist, op. cit., p.400 참조.

17 *A suitable Boy*, New York : HarperCollins, 1994; trad. fr. par Fr. Adeldtain, *Un garson convenable*, Paris : Grasset, 1995를 볼 것.

치는 경제 및 정치 소설, 여행 이야기, 연애소설, 신화 이야기, 소설에 관한 소설책을 책의 공공연한 주제로 만드는 가식적으로 성찰적인 박학의 소재, 불가피하게 "보르헤스풍인" 현대성 효과을 찾아낼 수 있다.[18] 발행인들 자신에 의해 착상된 이러한 저작물은 출판사가 맡는 역할의 변화로 일정 부분 설명된다. 가령 장마리 부베[19]는 발행인의 선별하는 역할발행인의 책무는 자신에게 오는 원고들을 선별하는 것이었다이 선도자와 및 입안자 역할에 의해 밀려나는 경향을 띤다는 점에 주목한다. 즉 오늘날 출판된 책들 가운데 일부는 주문품이라는 것이다.[20]

그러므로 생산 조건을 변화시키면서 텍스트 자체의 형식을 변모시키는 국제 무역의 강력한 규범으로 말미암아 세계문학 공간의 가장 자유로운 지방이 위협받고 있다. 자율성의 경험을 모방하는 다국적 출판기업이 발전하고 가장 자유로운 문학 생산의 외양을 부여하기에 이르는 그러한 소설이 국제적 성공을 거두어 매우 널리 퍼져나감에 따라 상업적 유통과 무관한 문학의 관념 자체가 위험에 처한다. 오늘날 파리가 문학적 역량의 화신으로서 의문시되는 것은 아마도 국내 생산자로서보다는 자율적인 문학 생산의 자율적인 수도로서일 것이다. 1920년대에 발레리 라르보는 "지적 국제연합"이 식견을 갖추고 필연적으로 자율적인 작은 세계주의 사회의 형태로 도래하기를 소망했는데, 그렇게 되면 전 세계에서 문학적 아방가르드의 위대한 텍스트가 더욱 자유롭게 유통되고 더욱 쉽게 인정받을 수 있게 되면서 민족적 선입견이 잠잠해질 것이지만, 그 국제연합이 이제는 상업적 확산의 절대적인 필요성에 의해 휩쓸려갈 위험에 직면

18 Arturo Pérez-Reverte, trad. par J.-P. Quijano, *Club Dumas ou l'Ombre de Richelieu*, Paris : Lattès, 1993 참조.

19 **[역주]** Jean-Marie Bouvaist. 1933년생으로 프랑스의 서적(출판, 유통, 판매) 전문가.

20 Jean-Marie Bouvaist, op. cit., p.14.

해 있다. 오늘날 형태와 효과가 새로운 국제문학은 분명히 있다. 그것은 거의 출간과 동시에 이루어지는 번역으로 인해 전 세계에서 쉽고 신속하게 유통되며 "비국유화된" 내용이 여기저기에서 오해의 소지 없이 이해될 수 있는 만큼 예사롭지 않은 성공을 거둔다. 하지만 국제주의가 상업적 수출입으로 변한 것도 사실이다.

제2부

문학의 반란과 혁명

나는 사람들이 안 보는 사람이다. (…중략…) 나는 뼈와 살, 신경과 체액으로 된 실재의 사람이며 정신이 있다고까지 말할 수도 있을 것이다. 날 오해하지 마시길, 그저 사람들이 나를 보려고 들지 않기 때문에, 나는 보이지 않는다. (…중략…) 내가 말하는 이 비가시성은 내가 만나는 사람들의 눈이 특별한 체질인 탓이다. 그것은 그들의 내면에 구성된 눈에 기인하는데, 물론 육안을 매개로 해서지만 그들은 이 심안으로 현실을 바라본다.

랠프 엘리슨, 『보이지 않는 사람, 너는 누구를 위해 노래하는가?』

제1장 작은 문학들

> 작은 민족라고 해서 큰 민족보다 기억이 더 짧지는 않고, 따라서 실재하는 자료를 철저히 가공한다. 물론 문학사의 전문가를 위한 일자리가 많지는 않다. 하지만 문학은 문학사의 문제라기보다는 민중의 문제이고, 그래서 순수한 사람에게가 아니라면 적어도 알맞은 사람에게 맡겨진다. 실제로 작은 나라에서 개인이 의식하는 요구는 각자 자신의 차지가 되는 문학의 몫을 알고 떠받치고 이것을 위해 투쟁할, 이것을 알거나 떠받치지는 못할지라도 어쨌든 이것을 위해 투쟁할 준비가 언제나 되어 있어야 한다는 그러한 결과를 초래한다 (…중략…) 이 모든 것으로 말미암아 문학이 나라 전체로 펴지고 정치적 구호에 꼭 달라붙는다.
>
> 프란츠 카프카, 『일기』, 1911년 12월 25일

문학 공간은 위계와 일방적인 지배 관계가 영원히 고정된 불변의 구조가 아니다. 문학 자원의 불평등한 분배로 인해 지속적인 지배 형태가 유발될지라도 끊임없는 투쟁, 권위와 정당성에 대한 이의제기, 거역, 불복종, 그리고 심지어는 세력 관계를 변화시키고 위계를 뒤엎기에 이르는 문학 혁명의 장소가 있다. 이 점에서 유일한 실제적 문학사는 특수한 반란, 실력 행사, 선언, 형식 및 언어 창안의 역사이자 문학의 질서를 뒤흔들어 문학과 문학 영역을 점차로 "만드는" 온갖 전복의 역사이다.

프랑스의 공간을 포함하여 모든 문학 공간은 역사의 어느 한 시기에 지배를 겪었다. 국제문학 영역은 참여하려고 애쓰는 다양한 주역의 투쟁

속에서, 이 투쟁을 통해 구축되었다. 달리 말하자면 세계문학 영역의 역사와 생성이라는 관점에서 문학은 한결같이 독특하지만 불가피하게 집단적인 일종의 창조, 문학 세계의 질서와 문학 세계를 지배하는 세력 관계의 일방성을 변화시키기 위해 사용할 수 있는 해결책, 즉 새로운 문학 장르, 참신한 형식, 새로운 언어, 번역, 대중적 언어 사용의 문학화 등을 전부 만들어내거나 재발견하거나 재적용한 이들에 의한 창조이다.

초판본 『프랑스어의 옹호와 현양』이 출간된 1549년부터 역설적으로 역사적이고 동시에 초역사적인 현상으로 묘사해야 하는 메커니즘을 거의 경험적으로 관찰할 수 있는 것은 아마 그래서일 것이다. 여기저기에서 똑같고 동서고금을 막론하고 한결같은 방식으로 행사되는 "지배 효과"가 있는데, 이것에 대한 인식은 문학 텍스트에 대한 이해의 (거의) 보편적인 수단을 제공한다. 실제로 이 모델은 부차적인 역사적 특성을 고려하지 않고서 완전히 서로 다르고 시공간에서 서로 멀리 떨어진 문학 현상들을 이해할 수 있게 해준다. 중심에서 벗어난 피지배 위치를 점유한다는 사실은 그토록 강력한 효과가 있어서 겉으로는 모든 것에 의해 갈리는 작가들을 서로 접근시키는 일이 가능하다. 그들이 프란츠 카프카와 카텝 야신처럼 또는 C. F. 라뮈와 "크레올성"의 작가처럼 역사적으로 떨어져 있건, 그들이 G. B. 쇼와 앙리 미쇼처럼 또는 입센과 조이스처럼 서로 다른 언어를 사용하건, 그들이 옛 식민지 거주민 또는 단순한 지방민이건 후안 베네트처럼 자기 나라 내부의 망명자 또는 다닐로 키슈와 조이스처럼 문학적 해외 이주자이건, 모두 똑같은 궁지에 놓이고 이상하게도 똑같은 진퇴양난에 대한 유사한 출구를 찾아내며 때로는 특수한 혁명을 진정으로 실행하기에, 거울 속을 들여다보기에, 그리고 중심의 게임 규칙을 뒤엎으면서 인정되기에 이른다.

아마 혁명 효과는 겉보기에 모든 것에서 서로 맞서고 언어 및 문화 전통 전체에 의해 갈라져 있지만 중심 문화 역량과의 유사한 구조적 관계에 포함된 모든 것을 공유하는 작가들을 가까이 놓고 비교할 수 있을 때만큼 크지 않을 것이다. 이는 예컨대 로베르트 발저와 C. F. 라뮈 같은 두 스위스 작가의 경우이다. 같은 해인 1878년에 같은 나라에서, 한 사람은 빌에서 다른 사람은 로잔에서 태어난 그들은 동등한 도정을 경험했는데, 그러한 도정의 효과가 작품 자체에 새겨져 있다. 즉 그들 각자의 문학 수도에서 두각을 나타내려는 시도가 이루어진다. 라뮈는 파리에 정착해서 12여 년 동안 인정받으려고 애쓰고, 발저는 뮌헨과 뒤이어 베를린에서 등단한다. 그러고는 실패, 어쩔 수 없는 귀국, 특수성과 스위스인으로서의 "겸손"에 대한 주장 등이 이어진다. 각자의 전통에 대한 똑같은 단절 관계에 매혹된 두 작가의 의례적 선택이 서로 다른 이유를 설명해주는 것은 아마도 두 스위스 지역 사이의 특수한 "자원"의 차이일 것이다. 즉 라뮈의 "농민" 소설은 보 지방에 문학 전통이 부재한 점에 부분적으로 연원을 두고 있는 반면에, 독일어권 스위스의 오랜 문학사에 기댈 수 있는 발저는 더 세련된 형식을 채택한다.

작가는 단순한 문학적 존재에 접근하기 위해, 그를 단번에 위협하는 그러한 비가시성에 맞서 싸우기 위해 "출현"의 상황, 다시 말해서 문학적 가시성의 상황을 조성해야 한다. 세계의 "주변부"에서 온 작가들에게 창조적 자유가 곧바로 부여되지는 않았다. 즉 그들은 문학의 보편성과 창조 앞에 선 모든 이의 평등 그리고 문학적 가능성의 영역을 전적으로 뒤엎는 복잡한 전략의 창안이라는 명목 아래 언제나 그 자체로 부인된 투쟁의 대가로만 그것을 쟁취했다. 점차로 고안되고 구조의 관성에서 탈취해 낸 해결책은 교묘한 타협의 소산이다. 문학의 궁핍에서 벗어날 상상의 출구는 갈수록 미묘해졌고 문체의 차원에서와 동시에 문학의 "정치"라는 차원에서 방정식의 항들을 변하게 했다.

그러므로 가장 궁핍한 고장의 작품과 문학적 기획 그리고 미학 전체에 의미와 존재 이유를 부여하기 위해서는 문학적 종속에 대한 해결책 전부를 고려해서 일종의 원천 모델을 구축해야 하는데, 이 모델은 (본질적으로 언어와 문체 그리고 정치와 관련된) 일련의 제한된 가능성으로부터 일련의 무한한 해결책을 다시 찾아내고, 문체 분석도 각 민족문학사도 관련지을 수 있게 해줄 수 없었을 작가들을 견주고, 시공간에서 때때로 매우 멀리 떨어져 있을지라도 "친족간의 유사성"에 의해 결합하는 경우들 전체, 문학적 "친족"을 구성하는 일을 가능하게 해준다. 통상적으로 작가들은 민족, 장르, 시대, 언어, 문학운동 등에 의해 분류된다. 또는 진정한 비교문학사의 실행보다 절대적 특이성의 기적에 대한 예찬이 선호되면서 그들을 분류하지 않는 편이 선택되기도 한다. 최상의 경우 몇몇 극단적인 입장이 드러난다. 예컨대 영국 비평계는 오늘날 살만 루슈디에, 다시 말해서 문학적 신제국주의에 대한 명시적인 저항의 태도가 중심의 가치에 동화되어야 한다는 관점에 V. S. 네이폴을 맞세운다. 국제 층위에서 문학 작품을 검토하는 행위는 인접이나 구별의 다른 원칙을 발견하기에 이르는데, 이에 따라 일반적으로 구분되는 것이 가까이 놓이고 으레 모이는 것이 이따금 구분될 수 있게 됨으로써 알려지지 않은 속성이 나타나게 된다.

명백히 이러한 문학 구축의 방식은 현실의 무한한 다양성에 따라 미묘한 변화가 생기고 수정되고 다듬어질 수 있을 어떤 이론의 제안이다. 이는 모든 미적 가능성이 소진되었다고도 이 모델을 통해 예측될 수 있으리라고도 주장하려는 것이 아니다. 우리는 그저 세계의 모든 피지배 작가가 현대성을 고안하기 위해, 다시 말해서 새로운 문학 혁명을 부추기기 위해 재발견하고 동시에 요구해야 하는 일종의 참신한 범위 전체의 문학을 창조하는 데에 문학적 종속이 유리하게 작용한다는 점을 밝히려고 애쓸 뿐이다.

하지만 이미 말했듯이 이 작가들이 문학 영역의 가장 명철한 주역일지라도 그들 가운데 아무도 의식적이고 합리적인 방식으로 공들여 마련된 전략에 따라 활동하거나 작업하지 않는다는 점을 즉각적으로 분명히 하지 않는다면 그들이 접어든 길의 현실성을 해명하지 못할 것이다. 민족문학의 구상에 전념하겠다거나 주요한 문학 언어로 글을 쓰겠다는 "선택"은 결코 자유로운 의도적 결심이 아니다. 민족에 대한 충실성또는 귀속의 "규범"은 그토록 잘 육화되어서 속박으로 체험되는 일이 드물다. 그것은 (문학적) 자기규정의 주요 특징들 가운데 하나가 된다. 달리 말하자면 일반적인 구조를 묘사하는 일과 관련되는데, "중심 바깥의 작가"는 늘 알지는 못하면서 이것의 효과를 느끼고 "중심의 작가"는 곧바로 보편적인 지위를 누리므로 이것에 관심이나 흥미가 전혀 없다.

이 모델은 또한 각 문학 공간의 형성에 관한 연대기를 재구성할 수 있게 해준다. 왜냐하면 나중에 밝힐 터이지만 물론 정치사와 언어 상황 그리고 단번에 보유된 문학 유산에 기인하는 이차적인 변이형 및 차이를 제외하고 초기 문학 형성의 주요한 단계는 늦게 구성되고 민족의 요구에서 생겨난 모든 문학 공간에서 거의 똑같기 때문이다. 문학 역사가에 의해 보통 양도할 수 없는 역사와 민족의 특성으로 체험되고 분석되고 보고되는 것에는 역사 또는 언어의 몇몇 변이형을 제외하고 거의 보편적이고 초역사적인 발전의 차원이 있다. 실제로 세계의 문학판이 형성되고 단일화된 4세기 동안 문학 자원을 만들어내고 모으기 위한 작가의 투쟁과 전략은 다소간 똑같은 논리에 따라 행해지게 된다. 19세기 초부터 분열,

따라서 투쟁이 새로운 형태를 띠었을지라도, 그리고 문학 및 지정학 상황, 미학 논쟁, 정치 갈등의 극심한 다양성에도 불구하고 16세기 후반기의 프랑스문학을 필두로 반란과 문학적 자유의 요구가 띠는 양태를 거의 초역사적으로 묘사할 수 있다.

민족문학 공간의 내부에서 모든 투쟁의 밑바탕을 이루는 두 가지 커다란 전략 "계열"은 한편으로 지배적인 문학 공간에서 애초의 모든 차이를 희석하고 삭제함으로써 이루어지는 통합, 다시 말해서 '동화'이고 다른 한편으로 '분화' 또는 이화, 특히 민족의 요구에 따른 차이에 대한 표명이다. 민족에 의한 요구의 움직임이나 민족의 독립이 대두될 때는 해결책의 이 두 가지 커다란 유형이 매우 명확하다. 그것은 어떤 진퇴양난 앞에 자신이 놓여 있는지 누구보다도 더 잘 알고 있는 "토착민"에 의해 오래전부터 이야기되어왔다. 가령 앙드레 드 리더는 1923년 "우리 시대 플랑드르 문학"을 회상하면서 다음과 같이 썼다.

> 유사한 작은 공간[플랑드르]에서 길을 잃은 몇몇 참된 지식인의 운명을 마음속에 그려보라. 그들은 세계의 나머지와 분리되고 정신의 양식으로 기껏해야 그 향토문학, 그 민속 음악, 그 작은 자국 미술이 있을 뿐이라는 점을 상상해보라. 남쪽 국경 지역에서 라틴 문화가, 동쪽 국경 지역에서 게르만 문화가 우리에게 그렇듯이 보편적인 확산력을 부여받은 강력한 문화에 흡수될 위험과 보잘것없고 메마른 자만 속에 고립될 위험 사이에서 우리의 수로안내인들은 바위에서 바위로 우왕좌왕하면서 작은 배를 잘 몰 줄 알았다.[1]

---

1 André de Ridder, *La Littérature flamande contemporaine*, Anvers, L. Opdebeek-Paris : Champion, 1923, p.15.

앤틸리스 제도의 시인 에두아르 글리상도 똑같은 양자택일을 상당히 비슷한 용어로 표현하면서 거기에 언어의 문제를 덧붙인다. "'유폐 속에서 살기 또는 다른 것에 눈을 뜨기' — 이것은 자기 언어 말하기를 요구하는 모든 민족이 귀착한다고들 하는 양자택일이다. (…중략…) 민족은 제한적인 특수한 상황 속으로의 이러한 유폐 또는 반대로 일반화하는 보편 속으로의 용해 이외에는 달리 언어의 미래가 없다."[2] 그리고 옥타비오 파스는 『현재의 탐색』에서 아메리카문학의 두 가지 커다란 기본 긴장을 환기하면서 이러한 진단을 확인한다. "이 세 가지 문학우선 앵글로아메리카문학, 다음으로 라틴아메리카문학의 두 지류, 즉 스페인어권 문학과 브라질문학은 서로 매우 다르면서도 공통점이 있는데, 그것은 세계주의 경향과 토착성의 경향, '유럽풍'과 '아메리카주의' 사이의 문학적이라기보다는 이데올로기적인 투쟁입니다."[3]

그러므로 궁핍한 처지의 작가들이 문학 세계와 맺는 관계의 특성들 가운데 하나는 그들의 정치사나 민족사 또는 문학사나 언어사가 어떠하건, 그들이 갖가지 형태로 맞서고 해결해야 하는 불가피하고 끔찍한 딜레마에 기인한다. 그들은 자신에게만 속하는 (그리고 나타나는) 이율배반 앞에 놓여 불가피하고 괴로운 "선택"을 실행해야 한다. 즉 자신의 차이를 확언하면서 "하찮은" 문학어로 글을 쓰고 국제문학 영역에서 전혀 또는 거의 인정받지 못하는 민족지역, 대중 등 작가의 힘겹고 불확실한 길을 자신에게 "선고"하거나 자신의 "차이"를 부인하면서 자신이 속한 곳을 "배신"하고 주요한 문학적 중심들 가운데 하나에 동화하거나 해야 한다. 가령 에두아르 글리상은 피지배 국가만의 것이고 그토록 분명히 피지배 국가의 것이어서 다른 국가는 이해하지 못할 정도로까지 외면하는 "표현의 괴로움"

2 É. Glissant, op. cit., p.117.

3 O. Paz, *La Quête du présent*, p.12.

을 환기한다. "우리는 또한 자기 언어에 평온하게 자리하고 누구에 대해서건 '언어로 인한 고뇌'가 어딘가에 존재할 수 있다는 사실을 이해조차 하지 못하고 미국에서처럼 '그것은 문젯거리가 안 된'다고 당신에게 단호하게 말하는 사람들을 발견하고서 놀란다."[4]

라뮈는 예사롭지 않은 통찰력에 힘입어 1935년 『문제들』에서 보통 무의식에 머물러 있고 이제부터 '라뮈의 딜레마'라고 불릴 만할 점을 다음과 같이 고백하고 자신도 그렇다고 인정한다.

> 그것은 내가 스무 살이었을 때 나에게 제기된 딜레마로서 사정이 나와 똑같은 모든 이, 즉 외부인, 중심 밖의 사람, 경계 바깥에서 태어난 이, 언어에 의해 어떤 문화에 묶여 있으면서도 종교나 정치적 소속으로 인해 그 문화에서 이를테면 추방된 이에게도 수가 많든 많지 않든 제기된다. (…중략…) 이 문제가 언젠가는 제기된다. 즉 경력을 쌓고 우선 미적이거나 문학적일 뿐 아니라 사회적이거나 정치적이거나 심지어 사교계와 관련된 규칙 전체에 대해 순응하거나 자기 자신의 차이를 내보일 뿐만 아니라 과장하면서 할 수 있다면 나중에 받아들일지언정 결연히 단절하거나 해야 한다.[5]

여정의 끝에서 아일랜드 역사는 우리에게 패러다임의 구실을 할 것이고 아일랜드문학의 "기적"이 또한 측정 단위의 구실, 그리고 피지배 작가와 문학 영역에 제기되는 문제 거의 전부를 이해하기 위한 "축소 모델"의 구실을 할 것이라는 점을 보여줄 것이다.

---

4 É. Glissant, op. cit., p.122. 작은따옴표는 저자 강조.

5 C. F. Ramuz, "Questions", 1935. *La Pensée remonte les fleuves*, Plon, coll. 〈Terre humaine〉, Paris, 1979, p.292에 재수록.

1. 문학의 궁핍

그러므로 문학 영역을 조직하는 불평등 구조로 말미암아 "큰" 문학 공간은 "작은" 문학 공간에 맞서고 "작은" 나라의 작가는 흔히 견딜 수 없는 비극적 상황에 놓인다. 이 형용사는 여기에서 특수한 의미로, 다시 말해서 문학적으로 "하찮다" 또는 궁핍하다는 의미로만 사용된다는 점을 다시 한번 분명히 하자. 그리고 헝가리의 이론가 이스트반 비보1911~1979[6]가 "동유럽 작은 민족의 정치적 빈곤"[7]을 분석한 방식에 따라 여기에서 나는 피지배 공간의 문학적 "빈곤"뿐 아니라 위대성과 문학적 자유의 발견을 분석하고자 한다.

문학에 대한 보편적인 믿음에 따라 "문학에는 외국인이 없다"[8]라고 아무리 확언해도 실제로 민족에의 소속은 가장 부담스럽고 가장 위압적인 결정 요소들 가운데 하나이다. 그것도 더 지배당하는 국가와 관련되므로 더욱더 그렇다. 리투아니아의 작가 사울리우스 콘드로타스는 민족주의적이지 않은 예술가의 경우를 포함하여 출신이 불가피하게 갖는 일종의 비중을 이렇게 표현한다. "나는 자기 출신에서 빠져나갈 수 없다고 생각합니다." 그가 말한다. "나는 명백히 애국자가 아니고 리투아니아인의 운명에 관심이 없어요. (…중략…) 그렇지만 전적으로 무관하지 않고 리투아니아인이라는 사실에서 벗어날 수 없죠. 나는 리투아니아어를 말하고,

---

6 **[역주]** István Bibó(1911~1979). 헝가리의 법률가, 역사가, 정치학자로서 헝가리 역사에 대한 문제의식과 중앙 유럽 나라들의 특수성에 관해 주요한 글들을 썼다.

7 István Bibó, trad. par G. Kassai, *Misère des petits États d'Europe de l'Est*, Paris : Albin Michel, 1993, p.176.

8 이 책의 63쪽을 볼 것.

또한 리투아니아적으로 사유한다고 믿습니다.”[9] 다닐로 키슈에 의하면 크로아티아의 가장 위대한 작가들 가운데 하나이자 평생의 작품 활동을 통해 “크로아티아적 존재”의 역설을 탐색하고 이해하려고 시도한 미로슬라브 크를레자[10]는 이처럼 일종의 이상한 모순어법으로 정확히 “민족감정”이라 불리는 대상에 대한 일종의 현상학을 수행한다. 특이한 주관적 근심[“감정”]과 집단적[민족적] 소속[“국민”]인 “국적은 추억이다!” 크를레자가 쓴다.

> 그리고 이 구체적인 경우에서 매우 자주 순수한 주관성에 전적으로 순응하는 향수, 오래전에 지나간 옛 젊은 시절에 대한 어렴풋한 기억이다! 연대, 깃발, 전쟁의 추억, 나팔 소리, 군복, 지난날들, 현실보다 훨씬 더 흥미로워 보이는 기억의 극장 전체이다. 국적은 대부분 이승에서 더 나은 삶을 상상하는 개인의 꿈이다. (…중략…) 그리고 지식인에게는 책, 시, 예술작품이 온통 깃든 유년기이고, 읽은 책과 바라본 그림, 연상된 환각, 상투적인 거짓말, 선입견, 그리고 매우 흔히 어리석음에 대한 믿을 수 없을 정도로 날카로운 지각, 또한 말로 표현할 수 없는 빈 페이지의 분량이다! 눈물을 자아내는 애국적이고 감상적인 나쁜 시에서 국적은 여자, 어머니, 유년기, 암소, 방목장, 초원, 우리가 태어난 물질적 상황, 문맹이 서정적인 달빛과 섞이는 지체되고 비참한 가부장적 상태이다. (…중략…) 아이들은 자기 아버지가 전통의 법칙에 따라 배운 것, 자기 민족이 설령 ‘불운하고 짓눌리고’ 포로이고 배신당하고 착취당할지라도 (…중략…)

9 Saulius Kondrotas, *Le Monde-Carrefour des littératures européennes*, 1992.11. N. Zand 와의 대담집.

10 **[역주]** Miroslav Krleža(1893~1981). 크로아티아의 작가로서 장편소설, 단편소설, 드라마, 시, 평론을 썼다. 크로아티아의 가장 중요한 현시대 작가로 여겨지고 있다. 초기에 입센과 스트린드베리의 영향을 받다가 뒤이어 크라우스, 릴케, 도스토옙스키, 프루스트의 영향을 받기도 했다.

'위대하고 영광스러운' 민족이라는 점을 자기 아버지로부터 배운다.[11]

불안정하고 주변적인 자기 위치에 관해 극도로 명석하고 문학적으로 별로 인정받지 못하는 민족에 속해서, 이와 동시에 있는 그대로 이해되지 못해서 괴로운 그 작가들의 고충이나 심지어 특수한 드라마를 중심의 비평계에서 알아보고 이해하는 일은 문학의 보편주의적 재현을 이끄는 통합운동으로 인해서만 가로막힐 뿐이다. "작은 민족, 이 개념은 양적이지 않다." 밀란 쿤데라가 쓴다. "그것은 어떤 상황, 어떤 운명을 가리킨다. 즉 작은 민족은 오래전부터 영원히 여기 있어서 행복한 느낌을 맛볼 수 없다. (…중략…) 언제나 큰 민족의 무지한 오만에 직면하여 존재가 영속적으로 위협받거나 문제화된다. 실제로 작은 민족의 존재가 문제이다."[12] 작가이자 세르비아-크로아티아어 번역가인 자닌 마티용이 강조하듯이 "작은 민족은 큰 민족이 짐작조차 하지 못하는 고통을 겪는다."[13] 이 문학 영역의 작음, 메마름, 주변성, "지체"는 이 영역의 구성원인 작가를 국제문학 심급에서 비가시적이게, 본래의 의미로 지각되지 않게 만든다. 이러한 비가시성과 냉담은 이러한 민족 영역에서 국제적인 위치를 차지하는 탓으로 세계문학의 암묵적이고 준엄한 위계에서 자기 공간의 자리를 정확하게 평가할 수 있는 나라의 작가에게 가장 분명히 드러난다. 이러한 비가시성으로 인해 그러한 작가는 자신의 "작음" 자체를 사유하지 않을 수 없다.

---

11 Miroslav Krleža, trad. par J. Matillon, "Choix de textes", *Le Messager européen*, no.8, Paris : Gallimard, pp.357~358.

12 Milan Kundera, *Les Testaments trahis*, "Le mal-aimé de la famille", Paris : Gallimard, 1993, p.225.

13 Janine Matillon, "Hommes dans de sombres temps : Miroslav Krleža", *Le Messager européen*, p.349.

"그러면 영향력도 표현도 없는 우리는 무엇을 할 것인가?"[14] 보 지방으로 귀향한 라뮈가 한탄한다. "여기 우리 지방은 아주 작아서 당연히 커지는 일이 중요할 것이고, 상당히 평평해서 깊어지는 일이 중요할 것이며, 빈곤해서 부유해지는 일이 중요할 것이다. 전설, 역사, 사건, 기회가 거의 없다."[15] 베케트는 더 격렬하게 1932년의 어떤 시에서 아일랜드를 "치질에 걸린 섬"[16]으로, 그리고 초기 텍스트들 가운데 하나에서 "페스트에 걸린 나라"[17]로 형언하는데, 이는 자기 나라에 대한 불운하고 넌더리 나지만 동일시를 가능하게 하는 관계에 대한 아마 상당히 올바를 관념을 제공한다.

(문학적 의미에서) 혜택을 못 받은 민족에 속하는 구성원이라는 돌이킬 수 없는 이를테면 "존재론적" 사실로 구성될 수 있는 진정한 드라마는 작가의 삶 전체에 자국을 남길 뿐만 아니라 작품 전체에 형태를 부여할 수 있다. 예컨대 시오랑의 글쓰기 형식과 심지어 철학적이고 지적인 계획은 그가 매우 일찍 숙명으로 받아들이는 것, 즉 루마니아의 지성 및 문학 공간에 속한다는 사실로부터만 이해될 수 있을 뿐이다. 그는 1986년 전 세계에서 공인되고 상찬되는 작가가 되었는데도 이렇게 고백한다. "하찮은 문화에서 태어난 사람의 자존심은 언제나 상처받지요."[18] 자신의 "작은" 나라에 대한다시 말해서 "작은" 나라의 지식인이 흔히 그렇듯이 정체성이 우선 민족적이므로 자기 자신에 대

14 C. F. Ramuz, "Besoin de grandeur", *La penée remonte les fleuves*, p.97.

15 "Questions", ibid., p.320.

16 S. Beckett, "Home Olga", L. Harvey, *Samuel Beckett Poet and Critic*, Prinston, Prinston University Press, 1970, pp.296~298에서 재인용; P. Casanova, *Beckett l'abstracteur, anatomie d'une révolution littéraire*, Paris : Éditions du Seuil, 1997, pp.33~85를 볼 것.

17 S. Beckett, *Dream of Fair to Middling Woman*, in L. Harvey, p.338.

18 E. M. Cioran, "entretien avec Fritz J. Raddatz", *Die Zeit*, 4 avril, 1986. Gabriel Liiceanu, Itinéraires d'une vie : E. M. Cioran, suivi de "Les continents de l'insomnie". Entretien avec E. M. Cioran, Paris : Michalon, 1995, p.63에서 재인용.

한 그의 양면 감정은 그를 1930년대에 대천사 미카엘의 군단 또는 "철의 경비대"에서의 파쇼적이고 민족주의적인 참여로 인도하고, 뒤이어 루마니아의 역사적 "변전"에 대한 부인의 몸짓으로서"농민과 함께 우리는 좁은 문을 통해서만 역사 속으로 들어간다"[19] 망명과 자기 민중에 대한 "절망적인 경멸"[20]로 이끈다. 1949년에 집필하고 최근에 발표한 텍스트에서 자신의 파쇼적 젊은 시절을 떠올리면서 시오랑은 이렇게 쓴다.

> 우리, 내 나라의 젊은이들은 무분별한 삶을 살았다. 그것은 우리의 일용할 양식이었다. 유럽의 구석에 자리하고 세계에 의해 멸시당하거나 경시된 우리는 우리에 관해 말하게 만들고 싶었다. (…중략…) 우리는 역사의 표면으로 솟아오르고 싶었다. 즉 우리가 우리의 암담한 조건, 종속적 역사, 하찮은 과거, 그리고 현재에서의 굴욕에 대해 복수할 유일한 수단이라고 생각한 추문을 떠받들었다.[21]

똑같은 작가를 참여에서 불손한 이탈로 인도하는 것은 이를테면 출신의 저주, 거의 번역되지 않는 언어로 글을 쓰고 어떤 웅대한 민족의 "운명"도 열망할 수 없는 처지에 대한 격분, "약자"의 운명에 굴복해야 하는 굴욕이다. 그가 독일에서 돌아온 1936년에 발표한 파쇼적이고 반유대주의적인 저서 『루마니아의 변화』는 존재론적 열등으로 체험된 "루마니아 민족성"에 대한 분개의 끔찍한 고백으로 읽힐 수 있다. 예컨대 그는 이렇게 쓴다.

---

19 E. M. Cioran, *La Transfiguration de la Roumanie*, Bucarest, 1936, G. Liiceanu, p.50에서 재인용.

20 "우리 민중에 관해 어느 때보다 더 나는 어떤 환상도 허용되어서는 안 된다고 생각한다."「오렐 시오랑에게 보낸 편지」, 1979.8.30. G. Liiceanu, oc. pit., p.101에서 재인용.

21 E. M. Cioran, "Mon pays", *Le Messager européen*, no.9, p.67.

"나는 운명이 프랑스와 같고 인구가 중국과 같을 루마니아를 꿈꾼다."[22] 그래서 그의 초기 저서 전부에 편재하는 주제인 "구국"에 봉사한 후 시오랑은 자신을 구원하러 파리로 가게 된다. 자신의 계보와 도정을 잊히게 하려고 원점에서 재출발하고또한 부쿠레슈티에 축적된 지적 자본을 부정하고 자신의 모국어를 포기하게 된다.

역사의 저주로 체험될 수 있는 것은 또한 때때로 언어의 불공정성으로 표현된다. 1930년대의 라틴아메리카문학에 관한 책에서 막스 데로[23]는 고메스 카리요[24]의 발언을 전해주는데, 카리요는 20여 권의 책, 수천 편의 시평을 쓰고 "남아메리카 저자가 주장할 수 있는 최대한의 명성"을 쟁취한 후에 데로에게 이렇게 말했다. "정신이 얼마간 보편적인 작가에게 스페인어는 감옥이에요. 우리는 책을 쌓아 올리고 심지어 독자를 얻을 수 있지만, 정확히 우리는 마치 아무것도 쓰지 않은 듯해요. 즉 목소리가 우리의 쇠창살을 통과하지 못하죠! 대초원의 거센 바람이 우리의 목소리를 앗아갔다고 말할 수도 없어요. 그것보다 더 나쁘죠. 우리의 목소리는 사라지니까요!"[25] 세력 및 불평등 관계가 세계문학의 영역 내에서 매 순간 변하고 바뀐다는 점도 이 지적에 힘입어 덩달아 이해할 수 있다. 가령 1930년대에 라틴아메리카가 국제적으로 인정받는 어떤 문학도 없이 전적으로 주변화되고 중심에서 벗어난 문학 공간이라 해도, 30년 후에는 이 명제가 거의 반전되고 이 대륙은 가장 잘 인정받고 중심에 통합된 피

---

22 E. M. Cioran, *La Transformation de la Roumanie*, p.96; ibid., p.36.

23 **[역주]** Max Daireaux(1882~1954). 프랑스의 소설가, 시인, 신문기자. 스페인어로도 글을 썼다.

24 **[역주]** Gómez Carrillo(1873~1927). 과테말라의 작가. 그의 작품 중에서는 『영원한 그리스』, 『폐허 가운데』, 『일본의 혼』이 유명하다.

25 M. Daireaux, *Littérature hispano-américaine*, p.32.

지배문학 공간들 가운데 하나가 되었다. 소말리아의 소설가 누루딘 파라[26]가 피지배자들 사이에서 지배당하는 작가로서의 자기 정체성을 일련의 "모순적인 부적합"[27]으로 구성된 것이라고 규정할 때 그의 환멸 어리고 현실주의적인 아름다운 표현을 똑같은 관점에서 이해할 필요가 있다. 즉 (문학, 정치, 언어의 면에서) 궁핍한 처지의 이들은 결코 "적합"하지 않은 데다가, 다시 말해서 문학 영역에서 전혀 부합하지 않고 결코 제자리에 있지 않고 편안하지 않은 데다가, 그들의 다양한 부적합은 뒤얽힌 저주, 불행, 분노, 반란의 망을 형성하는 만큼 서로 모순적이다.

세계의 차원에서 문학 관계와 세력 관계를 구조의 관점에서 서술함으로써 문학 영역의 주변부에서 온 작품의 특성을 이해하고 해석하는 수단을 제공하려는 이러한 노력은 창작의 자유에 매혹된 시각을 갖는 모든 이에게 아마 파격적인 것으로 보이게 될 것이다. 하지만 보편적인 시적 영감이 세계의 모든 예술가에게 무차별적으로 축복을 내리리라는 널리 공유된 견해와는 반대로 속박은 작가들에게 불균등하게 가해지고 보편적이고 자유로운 유일 불가분의 문학이라는 공식적인 정의를 충족시키기 위해 은폐되는 그만큼 어떤 작가들을 짓누른다. 궁핍한 처지의 모든 작가를 짓누르는 속박의 폭로는 당연히 보이콧이나 따돌림의 어떤 면도 지니고 있지 않다. 이 폭로는 반대로 그들의 작품이 다른 작품보다 여전히 더 있을 법하지 않고 참신한 문학적 해결책의 창안을 통해 중심에 의해 확립된 문학 규범을 거의 기적적으로 뒤엎으면서 출현하고 인정받기

26 **[역주]** Nuruddin Farah(1945~). 영어로 글을 쓰는 소말리아 작가. 소말리아어, 암하리크어, 아랍어, 영어, 이탈리아어에 능통하다.

27 Naruddin Farah, trad. par J. Bardolph, *L'Enfance de ma schizophrénie*, Le Serpent à Plumes, no.21, 1993, p.6.

에 이른다는 점을 보여주는 것이다.

민족에의 소속을 특히 "작은" 민족의 경우에 "운명"이라고 말해야 한다 해도, 민족에의 소속이 언제나 부정적으로 체험되지는 않는다. 어림도 없다. 민족 결성의 시기 동안 (독재 체제의 권력 장악이나 전쟁의 발발 같은) 심각한 대혼란의 시기에 민족은 양도할 수 없는 것으로서 정치적 독립과 문학적 자유의 조건으로 요구된다. 하지만 역설적으로 아마 가장 국제적인 작가들이 국가에 대한 믿음을 더 이상 떠받들지 않으면서 이 민족감정을 문학적으로 가장 잘 나타낼 것이다. 실제로 그들은 어떤 복잡한 진실을 비판적인 의분의 어조로 내비치는데, 그들만이 민족문학 공간의 안팎에서 차지하는 위치로 인해 이 진실을 증언할 수 있다. 자기 나라와 자국민에 대한 그들의 양면적인 관계와 동시에 모든 민족적 파토스에 대한 극단적인 거부, 폭력성이 그들의 무력한 반란에 상응하는 거부가 비꼼, 미움, 연민, 공감, 반성의 혼합으로 명확하게 나타나는데, 이러한 혼합은 아마 "작은" 나라에서 표면화되는 그러한 민족적 믿음의 문학적 형태에 대한 가장 두드러진 묘사를 제공할 것이다. 따라서 이 고장들에서 문화적 위계의 불가피한 지각과 "작은" 나라를 옹호하고 현양할 필요로 말미암아 비극적 아포리아가 드러난다. 이 냉혹한 소속 때문에 민족 작가는 이러한 아포리아에 붙잡혀 있다. 가령 곰브로비치는 "[자신의] 문학이 위대한 세계문학에 필적한다는 점, 그 문학과 동등하나 다만 인정받지 못하고 저평가될 뿐이라는 점을 입증하려고 노력하는" 폴란드의 망명 지식인들을 비난한다.

> [하지만] 그들은 그런 식으로 미키에비츠를 찬미하면서 자신을 모욕했고, 쇼팽을 극찬하면서 자신이 좀처럼 쇼팽과 어울리지 않는다는 점을 입증했으며, 자

신의 문화를 대단히 즐기면서 자신의 투박한 영혼을 드러내기만 했다. (…중략…) 나는 청중에게 이렇게 말하고 싶었다. '쇼팽과 미키에비츠는 여러분의 편협성을 두드러지게 할 따름입니다. 여러분은 어린이처럼 순진하게 이미 넌덜머리 난 외국인의 귀에 폴란드 춤곡을 들려줍니다. 그것도 여러분 자신에게 다소의 중요성을 부여하고 여러분 자신이 갖는 가치에 대한 그토록 줄어든 자부심을 세련되게 다듬기 위해서만 말이죠. 여러분은 이 영역의 초라한 부모로서 여전히 여러분 자신과 다른 사람들을 압도하려고 애씁니다!' (…중략…) 그 존중 전체, 상투적인 말과 흔해 빠진 생각에 대한 그 열성적인 겸손, 예술 앞에서의 그 숭배, 정식으로 배운 그 관례적인 언어, 그 진정성과 충실성의 부재. 여기에서 맹렬한 비난이 일었다. 하지만 청중이 그처럼 불편과 술수 그리고 거짓말로 얼룩진 이유는 폴란드가 거기에 실재했고 폴란드인이 어떻게 행동할지, 폴란드에 대해 어떤 태도를 채택할지 모르기 때문이다. 실제로 폴란드는 폴란드인을 난처하게 하고 술수로 가득하게 하고 폴란드인의 기질을 앗아가고 폴란드인이 어떤 것에도 성공할 수 없고 경련에 시달리는 듯 오그라들게 될 정도로 폴란드인을 소심하게 만든다. 즉 폴란드인은 폴란드를 더할 나위 없이 구원하고 극도로 찬양하려고 한다. (…중략…) 내 생각에 문화적 영웅과 천재, 정복과 장점을 이처럼 한층 더 높이려는 열정은 선전의 엄격한 관점에서 몹시 어설픈 것이었다. 실제로 반쯤 프랑스적인 우리의 쇼팽과 완전히 우리의 것이 아닌 우리의 코페르니쿠스로 우리는 이탈리아, 프랑스, 독일이건, 영국, 러시아이건 어떤 국가와의 지속적인 경쟁을 생각할 수 없다. 이 방식으로는 우리에게 열등하다는 선고가 내려질 수 있을 뿐이다.[28]

28 W. Gombrowicz, *Journal*, t. I, *1953~1956*, pp.11~15.

1920년대에 크를레자는 똑같은 용어로뿐만 아니라 달리 어쩔 수 없는 사람의 과장되고 절망적인 똑같은 비꼼의 어조로 똑같은 사실을 확인했다.

> 환상에 속은 크로아티아 소시민이 느끼는 감정의 전형적인 약점들 가운데 하나는 그가 자신의 민족적 소속을 감염된 상처로 느낀다는 점, 유치한 사랑으로 인해 나약해진다는 점, 예술 분야에서, 그리고 더 정확히 말해서 시 분야에서 자기 자신을 흔히 과대평가하지만, 이 분야에서 자신을 자랑스럽게 여길 이유가 없다는 점이다. (…중략…) 지체되고 시대에 뒤떨어진 소시민으로서 크로아티아인이 느끼는 자칭 귀족적인 감정에는 사회적 열등 콤플렉스가 배어 있다. (…중략…) 우리는 지방적 후진성의 마지막 계단을 내려오고, 우리의 예지는 낯선 사람들 앞에서 어린이처럼 무분별하게, 노예처럼 천하게 꼬리를 흔드는 강아지이며, 우리는 그런 식으로 비굴하게 굴면서 우리의 모습이 아니라고 우리가 부인하는 것, 즉 무가치의 맹목적 구현이 바로 우리임을 증명한다.[29]

사무엘 베케트와 앙리 미쇼 반민족 기질

작가는 자신의 역사와 본래의 문학 세계를 거부한다 해도 지워지지 않는 출신 민족의 무게를 모면할 수 없는데, 이 무게만이 젊은 시절의 두 텍스트, 하나는 사무엘 베케트가 쓰고 다른 하나는 앙리 미쇼가 쓴 두 텍스트 사이의 만남을 설명해줄 수 있다. 그들은 둘 다 피지배 공간에서 떠나와 각자 자기 언어권의 문학 수도에, 전자의 경우에는 런던, 후자의 경우

29 M. Krleža, loc. cit., p.355.

에는 파리에 정착하고는 자기 자신을 소개하고 알리려고 애쓰면서 일거리와 인정을 찾는 젊은 작가로서 자기 나라의 신생문학을 정리하는 데 관심을 기울인다.

「최근의 아일랜드 시」[30]는 베케트가 런던에 도착한 직후인 1934년 잡지 『독서인』에 발표한 초기 텍스트들 가운데 하나이다. 거기에서 그는 당시의 아일랜드 시에 대한 거의 완벽에 가까운 개관을 제시한다. 그가 필명으로 펴낸 이 텍스트에는 미학과 윤리에 관한 그의 입장, 특히 민속학과 켈트 연구의 길로 나아가는 방침에 대한 그의 거부가 표명되어 있다. 베케트는 자신의 문학적 적을 명확하게 가리킨다. 그가 모조리 거부하는 민족 전통은 예이츠와 함께 생겨나고 1930년대 초에도 대단히 지배적이었다. 그가 다음과 같이 쓸 정도였다. "따라서 우리 시대의 아일랜드 시인을 두 범주로, 즉 다수를 이루는 '고대 애호가'와 예이츠 씨가 친절하게도 바닷가에 쓰러져 숨을 헐떡이고 있는 물고기에 비유하는 나머지 사람으로 나눌 수 있다."[31] 젊은 베케트의 고의로 도발적인 마음가짐은 지배적인 시 생산의 흐름에 역행하는 것이다. 당시에 일흔 살의 예이츠는 아일랜드의 "서정시인들" 가운데 가장 위대하고 십여 년 전에 노벨문학상을 받은 관계로 유명하고 전 세계에서 예찬받는 가장 뛰어난 영어 시인으로, 민족의 영웅 겸 이론의 여지가 없는 국제 저명인사로 여기저기에서 존경받고 있었다. 베케트는 이런 예이츠를 직접적으로나 간접적으로 반복해서 겨냥한다. 불가피하게 반복되는 켈트 민속의 신화적 주제가 비꼼의 대상으로 다가오고 제임스 스티븐스, 파드릭 칼럼,[32] 조지 러셀, 오스틴 클

30 S. Beckett, "Recent Irish Poetry", *Disjecta, Miscellaneous Writings and a Dramatic Fragment*(édité et préfacé par Ruby Cohn), Londres : John Calder, 1983, pp. 70~76.

31 Ibid., p. 70. 저자가 번역.

라크, F. R. 히긴스 등 가장 고결한 아일랜드 판테온이 지칭된다. 민족주의의 분위기에 휩싸이고 켈트 문화를 중시하는 1920년대와 1930년대의 더블린에서 베케트가 「최근의 아일랜드 시」에서처럼 우리 시대의 아일랜드 시를 개관한다는 구실로 전설적인 시를 조롱하는 것은 이단적인 자세이다.

앙리 미쇼는 십 년 더 일찍 유명한 『트랜즈어틀랜틱 리뷰』의 「벨기에로부터의 편지」[33]에서 미국 독자에게 벨기에문학을 소개할 때 정확히 똑같은 능선을 따라간다. 피에르 부르디외가 지적했듯이[34] 플랑드르 회화의 상투적인 재현에서 차용되어 벨기에문학의 토대가 되는 상투적인 표현을 재검토하면서 곧바로 그것을 일반적인 논거라고("외국인은 일반적으로 벨기에를 식탁에서 마시고 먹는 동안 머릿속에 그려본다. 화가는 요르단스에게서, 문인은 카미유 르모니에에게서, 관광객은 '오줌싸개 동상'에서 벨기에를 알아본다.")[35], 이와 동시에 국가의 현실이라고 비난한다. "배, 분비샘, 침, 혈관의 기능은 그들[벨기에인들]에게 의식적인 채로 있는 듯하고 의식적인 쾌락처럼 보인다. 문학으로 표현된 육욕의 기쁨은 그들의 작품에서 주요 부분을 이룬다. 미쇼가 말을 잇길['원문대로'] 나는 (카미유 르모니에, 조르주 에쿠드,[36] 외젠 드몰데르[37])를 소환한다."[38] 여기에서도 언뜻 보아 버릇없는 몇 행으로 벨기에문학

32 **[역주]** Padraic Colum(1881~1972). 아일랜드의 시인, 소설가, 극작가, 아동-청소년문학가. 아일랜드문학 부흥운동의 중심인물들 가운데 하나였다.

33 H. Michaux, "Lettre de Belgique", *The Transatlantic Review*, vol.II, no.6, décembre 1924, pp.678~681; H. Michaux, *Oeuvres complètes*, t. 1, Paris : Gallimard, 1998, pp.51~55 (éd. établie par R. Bellour, avec Ysé Tran)에 재수록.

34 P. Bourdieu, "Existe-t-il une littérature belge? Limites d'un champ et frontières politiques", *Études de lettres*, 1985.10~12, pp.3~6.

35 H. Michaux, "Lettre de Belgique", loc. cit., p.51.

36 **[역주]** Georges Eekhoud(1854~1927). 플랑드르의 프랑스어권 작가로 동성애자이자 무정부주의자이다.

의 몇몇 위대한 저명인사를 다루는 미쇼의 건방짐을 헤아려볼 필요가 있다. 나중에 그의 독특한 자서전적 텍스트들 가운데 하나 덕분으로 알게 될 터이지만 그에게는 (1881년에 창간된) 『젊은 벨기에』와 깊이 관련된 위대한 작가들이 매우 중요했다.[39] 하지만 그는 선구자로 공인된 이 작가들 그리고 곧이어 인용된 베르아랭의 존재를 고려하면서도 우리 시대 문학에 관해서는 반대로 일종의 사막을 이야기한다. "사람 좋고 소박하고 겸허한" 벨기에인의 "성격"을 조롱하면서 그것을 벨기에인의 묘한 열등 콤플렉스로 설명한다.

> 벨기에인은 주장에 대한 두려움, 주장, 특히 말과 글을 통한 주장에 대한 공포증이 있다. 벨기에인의 억양, 프랑스어를 말하는 그 유명한 방식은 이로부터 유래한다. 비밀은 이러하다. 즉 벨기에인은 잘난 체하기 위해 말을 한다고 생각한다. 그래서 가능한 한 말을 안 하려고 하며 하더라도 말이 공격적이지 않고 천진스럽게 들리도록 조심스러워한다. (…중략…) 그러므로 예술에서 느껴진 소박성으로의 상당히 일반적인 회귀는 경이로울 정도로 호의적인 이곳의 젊은 문인에게서 발견되고, 벌써 실행되고 있다. (…중략…) 오늘날 벨기에에서 활동하는 시인들을 나는 기꺼이 소박성의 명인이라 부를 것이고 그들을 거의 전부 예로 들어야 할 것이다.[40]

---

37 **[역주]** Eugène Demolder(1862~1919). 벨기에의 프랑스어 작가. 소설가이자 미술비평가이기도 했다.

38 Ibid..

39 H. Michaux, *Quelques Renseignements sur cinquante-neuf années d'existence*, ibid., p.131. 이 책의 330쪽 참조.

40 H. Michaux, "Lettre de Belgique", loc. cit., p.52.

그러므로 "일반적으로 프랑스와 J. 콕토의 영향을 크게 받"고 흔히 "상투성과 단조로움 그리고 언어의 이완"이 눈에 띄는 시인들의 장에서 미쇼는 열댓 명의 이름을 언급하는데, 이 가운데 자신도 포함된다.

그리고 우리는 젊은 베케트를 재차 생각한다. 그는 에드워드 타이터스[41]와 함께 잡지 『디스 쿼터』를 발행하고 새로운 유럽 시의 선집 『유럽 포장마차』[42]에 베케트의 시 4편을 수록한 미국인 새뮤얼 퍼트넘에게 자신의 약력을 다음과 같이 작성하여 보냈다.

> 사무엘 베케트는 아일랜드의 가장 흥미로운 젊은 작가이다. 트리니티 칼리지더블린를 졸업한 그는 파리의 고등사범학교에서 가르쳤다. 로망어문학의 대단한 전문가, 루드모스브라운과 조이스의 친구로서 조이스의 방법을 자신의 시에 적응하여 독창적인 성과를 얻었다. 이 영향에 힘입어, 프루스트와 역사학적 방법의 영향에 힘입어 서정적 성향으로 자신의 예술에 깊이를 더했다.[43]

자기 자신에 관해 말하기 위한 미쇼의 문체는 더 간결하다. "부당하게 사람들이 앙리['원문대로'] 미쇼를 시인으로 판단했다. (…중략…) 시가 있다면 그것은 사람의 관점에서 참된 모든 설명에 존속하는 최소한이다. 그는 에세이스트이다."[44] 실제로 그는 특히 소설가이자 시인이고 비평가로서 잡지 『르 디스크 베르』의 책임을 맡는 프란츠 헬렌스를 옹호하고 이 잡지에

41 [역주] Edward W. Titus(1870~1952). 폴란드에서 태어난 미국의 수집가, 발행인, 서적 딜러. 제1차 세계대전 이후 파리에서 활동했다.

42 새뮤얼 퍼트넘, 마디아 캐스텔런 단턴, 조지 리베이, 제이컵 브로노프스키에 의해 구성되고 편집된 *European Caravan*. 제1부(프랑스, 스페인, 영국, 아일랜드), New York : Brewer, Carren et Putnam, 1931.

43 S. Beckett, Deidre Bair, *Samuel Beckett*, Paris : Fayard, 1979, pp.123~124에서 재인용.

44 H. Michaux, loc. cit., p.54.

몇몇 기사를 발표하게 된다.

그러므로 이 두 젊은 시인은 아주 이른 시기의 텍스트부터 자신의 민족문학 공간에 대한 똑같은 일반적 거부의 태도, 유사한 비판적 거리, 자기 나라의 문학 심급과 단절하기로 결심한 망명 시인으로서의 여정을 비교하도록 명백히 부추기는 선배에 대한 똑같은 비꼼을 표현한다. 하지만 그들의 공공연한 경멸은 민족문학 공간에 대해 거리두기만큼 완강한 소속을 나타낸다. 즉 가장 국제적인 작가조차 적어도 작품의 생성기에는 아무리 싫더라도 우선 자기 출신 민족의 문학 공간에 의해 규정된다.

2. 정치에 대한 종속

민족 또는 민족주의 형태의 정치화, 따라서 이를테면 "국유화"는 "작은" 문학의 본질적인 특징들 가운데 하나이다. 심지어는 초기의 반란이 일어나고 초기의 이화가 시도되는 시기에 문학과 민족을 연결하는 필연적인 관계의 "생생한" 흔적, 이를테면 증거이다. 예컨대 아일랜드 문예부흥은 알다시피 어떤 면에서 정치적 민족주의운동의 뒤를 이었다. 1891년 아일랜드 민족주의 지도자, 당시에 아일랜드 전체에서 거대한 정치적 희망을 구현한 "위대한 선동가" 파넬의 실추와 자살은 정치적으로 받아들일 만한 모든 해결책을 멀어지게 하면서 특정한 형태의 정치 투쟁의 좌절을 보여주었다. 그러므로 문예부흥은 어떤 지식인 세대의 정치적 환멸을 드러나게 한다. 정치적 민족주의에서 문화적그리고 특히 문학적 민족주의로의 이행은 매우 정치화되고 오래전부터 민족주의 투쟁에 익숙해진 이 나라에서 서로 다른 경로들을 통한 똑같은 목적의 추구처럼 보인다. 더 정확히 말해서 민족 및 정치 문제는 정확히 말해서 중심적인 쟁점이게 되는데, 이로 말미암아 문학 공간이 이윽고 한편으로는 예이츠를 필두로 정치적이라기보다는 "문화주의적인" 신교도 앵글로 아일랜드인과 다른 한편으로는 게일어의 부흥을 위한, 또는 미적그리고 정치적 현실주의를 위한 투쟁에 참여한 더 정치적인 가톨릭 지식인들로 분열될 것이다. 하지만 아일랜드 작가와 관련하여 "작은 문학"에 대한 카프카의 표현을 다시 취하건대 "정치와의 관련"은 거부되건 중시되건 영속적이다.

몇 년 동안 문학운동이 정치 투쟁의 자리를 차지한다. 문학운동은 또한 정치 투쟁에 다른 무기를 제공한다. 어떤 면에서 1916년 부활절 폭동자들은 또한 예이츠와 싱 그리고 더글러스 하이드 텍스트의 열렬한 독자이기도 하다. 무자비하게 진압된 그 저항의 지도자들 가운데 패트릭 피어스 또는 맥 도나를 비롯한 많은 이가 지식인이다. 1934년 조지 러셀은 이렇게 회상했다. "오그래디가 발견하거나 창안한 쿠 훌린[45]에 대한 피어스의 사랑이 얼마나 깊은지 알았던 나."[46] 1916년 부활절의 봉기는 또한 드라마 및 시 창작에서의 전환점을 보여주므로 운동의 연대기 자체는 정치적이다. 당시에 예이츠는 일종의 귀족적이고 정신주의적인 거리두기 속으로 물러난다. 정치성과 동일시된 문학적 현실주의에 맞서 그는 뒤로 물러나 향수에 젖는 데에서 자율성을 모색한다.

아일랜드문학 공간은 정치화가 종속의 정도를 알려준다. 즉 1930년에

---

45 〈얼스터 작품군〉(9~10세기)에서 아일랜드의 신화적 영웅. W. B. 예이츠에 의해 다시 기려졌다. 루구스(Lugus) 신의 아들로 각 손과 발에 손가락과 발가락이 일곱 개이고 각 눈에 일곱 개의 눈동자가 있는 그는 아일랜드 민족이 느끼는 분노와 독립의 화신이다. 이 책의 460~489쪽 참조.

46 Declan Kiberd, I*nventig Ireland, The Literature of the Modern Nation*, Londres : Jonathan Cape, 1995, p.197. 저자가 번역.

도 여전히 유럽의 주요한 문학적 중심에서 멀어지고 다분히 런던의 역사적이고 정치적인 지배 아래 놓여 있는 중심 밖의 공간이다. 더블린 작가들의 문학적 선택은 영국의 심급에 대한 그들의 마음가짐에 의해 대부분 결정되고 게다가 그들의 거리두기, 영국 수도의 미의식 및 비평이 요구하는 바를 따르지 않겠다는 그들의 거부에 의해서도 아일랜드의 문학 논쟁에서 런던의 심급과 규준이 갖는 무게가 온전히 드러난다. 따라서 이 공간의 묘사를 (국경과 문학 공간의 경계를 혼동하는 문학 분석이 대체로 그렇듯이) 더블린에서 전개되는 문학 현상에 제한하는 것은 이와 같은 종속으로 인해 금지된다.

이 궁핍한 공간에서 작가는 민족이나 민중의 주제를 "피해갈" 수 없다. 즉 민족 차원의 모험과 역사 그리고 논쟁을 설령 비판하면서일망정 개진하고 옹호하고 예증해야 한다. 그러므로 대개 자기 나라의 어떤 이념을 옹호하기에 집착하고 민족문학을 공들여 만들어내는 데에 참여한다. 민족문학의 생산에서 민족 또는 민중의 주제가 띠는 중요성은 아마 문학 공간의 정치적 종속에 관한 가장 좋은 척도일 것이다. 그러므로 이 신생문학 공간에서는 문학 논쟁의 대부분이 핵심적인 문제를 중심으로 조직되는데그것도 이 공간이 독립을 쟁취한 시기와 이 공간의 문학 자원이 갖는 중요성에 따라 다르게, 거기에서 핵심적인 문제는 여전히 민족, 언어, 민중, 민중의 언어, 민족에 대한 언어적, 문학적, 역사적 규정에 관한 문제이다. 정치적으로 병합되거나 지배당하는 지역에서 문학은 애국 투쟁이나 저항의 무기이다. "한국이 일본에 의한 합병으로 인해 (1910년에) 주권을 잃었을 때, 이 주권의 회복을 보장하는 고된 책무가 문학에만 전가되었다. 이 사명은 이를테면 문학의 출발점이었다."[47] 작가는 양도할 수 없는 특수성을 정립하거나 언어를 결정하거나 독특한 민족 문화의 실마리를 제공할 책무가 있는 관계로 민족와 민중을 위해 자기 글을 활용한다. 문학은 민족적 그리고 / 또는 민중적이 되고, 민족의 이념에 봉사하며, 문학적 존재와 인정을 지닌 모든 국가의 반열로 새로운 국가를 올려놓을 책임이 있다. 따라서 판테온, 역사, 위엄 있는 창시자 선조 등이 확립된다. "작은 민족은 대가족과 유사하고 즐겨 그렇게 지칭되고자 한다." 밀란 쿤데라가 확인한다. "그러므로 작은 민족이라는 대가족에서 예술가는 다수의 끈으로 다양하게 얽매져 있다. 니체가 독일의 특징을 요란하게 혹평할 때, 스탕달이 자기 조국보다 이탈리아를 더 좋아한다고 공언할 때, 어떤 독일인도 어떤 프랑스인도 기분이 상하지 않는다. 하지만 그리스인이나 체코인이 감히 똑같은 말을 한다면, 그의 가족은 그를 가증스러운 배신자로 여겨 배척할 것이다."[48]

그러므로 민족 투쟁과의 관계는 민족의 새로운 일반대중에 대한 종속, 따라서 자율성의 거의 전적인 부재를 낳는다. 20세기 초의 아일랜드에서 이는 점령당한 아일랜드의 독특한 민족 기관들 가운데 하나로서 수많은 민족주의 투사가 정치적 이유로 빈번히 드나든 아베이 극장의 존속 기간을 구분하는 다양한 "소동"을 설명해주는 것이다. 민족 영웅주의의 신화나 민족 창시의 이야기를 의문시하는 듯이 보일 수 있는 모든 것은 성난 일반대중에 의해 즉각적으로 거부되었고 작가의 자율성 표명은 이로 말미암아 모조리 가로막혔다. 1907년 싱의 희곡 〈서방의 한량〉이 초연된 날 폭력이 난무한 사건에서 자율성의 전적인 부재, 국가의 일반대중과 민족주의 투쟁에 대한 본질적인 종속이 명확히 드러난다. 1923년에도 숀 오케이시의 〈암살자의 그림자〉가 공연될 때마다 관객에게 다음과 같이

47 Kim Yun-Sik, trad. par A. Fabre, "Histoire de la littérature coréenne moderne", *Culture coréenne*, no.40, 1995.9, p.4.

48 M. Kundera, op. cit., pp.226~227.

알리는 짧은 메모가 공연프로그램에 삽입되었다. "공연 중에 들리는 모든 총소리는 시나리오의 한 부분입니다. 관객 여러분은 계속 앉아 있으세요."[49] 1921년 4월 내전의 마지막 발포가 교환되고 겨우 3년 전에 일어난 사건이 무대 위에서 환기될 때 이 희곡이 공연되었다고 말해야 한다. 어쨌든 "현실 효과"는 특수한 연극 기법이 아니라 정치 상황과 직접적으로 곧장 관련된다. 민족 작가의 "민족에 대한 의무"의 자명성을 의문시하면서 대중적 규범에 대해 자율성의 자세를 요구하는 조이스는 아일랜드문학 극장에 맞서 1901년에 작성한 격렬한 팸플릿 「하층민의 날」에서 대중의 취향에 대한 창작자의 종복을 분명히 매우 유감스럽게 생각한다.

> 민중이라는 악마는 저속성이라는 악마보다 더 위험하다. (…중략…) 이제 아일랜드문학 극장은 유럽에서 가장 뒤처진 종족의 평민이 소유한 것일 뿐이다. (…중략…) 온화하고 심하게 도덕적인 하층민이 칸막이 좌석과 회랑에 군림하면서 칭찬의 말을 지껄인다. (…중략…) 예술가는 하층민의 호의를 갈망하면 물신숭배와 '환상에 대한 사랑'의 전염을 모면할 수 있을 것이고, 민중운동에 합류하면 모든 위험을 떠안을 것이다.[50]

쇠퇴하는 오래된 유럽 국가에서는 민족주의가 퇴행적이고 회고적인 반면에 새로운 민족주의는 제국주의의 주요한 정치적 강요에 맞서 구축됨에 따라 대개 정치적으로 전복적이다. (정치적 및 문화적) 민족주의가 형식의 면에서도 내용의 면에서도 서로 동등하지 않고 민족의 오래된 정도

49 D. Kiberd, op. cit., p.218에서 재인용. 저자가 번역.

50 J. Joyce, trad. par É. Janvier, "Le jour de la populace", *Essais critiques*, Paris : Gallimard, 1966, pp.82~83. 작은따옴표는 저자 강조.

에 따라 다르듯이, 20세기 초의 아일랜드에서 싱이나 오케이시 또는 더글러스 하이드처럼 가장 최근의 공간에서 민족의 역할을 요구하는 작가는 이 사실로 인해 관습적이지도 보수적이지도 않은 복잡한 위치를 차지한다. 즉 독립을 요구하기 위해 언뜻 보아 타율적인 수단으로 투쟁한다. 모든 문학 유산, 모든 구성된 전통이 없고 언어, 문화, 그리고 민간 전승과 관련하여 모든 것을 박탈당한 이의 경우에는 (잘못되면 다른 문학 전통 속으로 사라질지언정) 특수한 수단을 쟁취하기 위해 정치 투쟁으로 접어드는 것 이외에 다른 출구가 없다. 이 투쟁에서 주된 무기는 민중과 (추정되거나 선포된) 민중어이게 된다.

정치적 쟁점은 민족과 정치의 절대적 요청에 맞서 문학판의 독립이 확인되고 아일랜드에서 우선 제임스 조이스, 다음으로 베케트처럼 이를테면 공간의 극성을 뒤집으면서 민족 작가를 정치적 종속과 미적 지체 그리고 아카데미즘으로 돌려보내는 반민족 또는 무민족 작가가 나타나는 때에만 방향이 바뀐다.

19세기의 후반기부터 가장 궁핍한 공간의 작가는 실제로 '두 가지 형태의 독립을 동시적으로 쟁취해야' 하는데, 하나는 민족이 존재를 부여받고 따라서 국제적 차원에서 인정받도록 하기 위한 정치적인 독립이고, 다른 하나는 특히 민족어 / 통속어를 강요하고 작품을 통해 문학의 풍부화에 참여하면서 이루어지는 본질적으로 문학적인 독립이다. 우선 국제적인 규모로 실행되는 문학적 지배로부터 풀려나기 위해 가장 새로운 민족의 작가는 정치적 힘, 민족의 힘에 기댈 수 있어야 한다. 이로 말미암아, 어느 정도 문학적 실천을 민족의 정치적 쟁점에 종속시키는 방향으로 이끌린다. 그래서 이러한 나라들에서 문학적 자율성의 쟁취는 우선 정치적 독립, 다시 말해서 민족적인, 따라서 특수하지 않은 문제와 단단히 연결된 문학적 실천을 거친다. 최소한의 정치적 자원 및 독립이 축적될 수 있었을 때 비로소 본질적으로 문학적인 자율성을 위한 투쟁이 수행될 수 있다.

더 오래된 공간에서도 경제 정세와 관련된 이유로 자율화 과정이 갑자기 중단되고 이 사실로 말미암아 지식인에게는 출현하는 민족의 창작자와 똑같은 선택에 직면하는 일이 일어난다. 유럽 자체에서 스페인과 포르투갈이 경험한 그와 같은 군사 독재의 집권 또는 중유럽과 동유럽처럼 문학적으로 덜 오래된 지방에서 일어난 공산주의 체제의 정착도 문학의 "국유화"와 강력한 정치화따라서 주변화라는 똑같은 현상을 초래했다. 프랑코와 살라자르의 오랜 독재 치하에서 스페인과 포르투갈의 문학 공간은 내용과 형식의 검열이나 강요를 통해 정치 심급에 예속되고 직접적으로 병합되었다. 오래된 문학사와 따라서 상대적인 자율성에도 불구하고 문학의 쟁점이 정치적 강요에 직접 종속되었다. 작가가 즉각적으로 수단화되거나 검열에 굴복했다. 미적그리고 정치적 자율성의 표명이 모두 억압되었고, 정치 및 국가 심급의 역사적 분리 과정이 중단되었다. 이러한 상황에서 문학은 반체제인사들 사이에서부터 엄밀히 정치-민족에 의한 규정의 좁은 한계에 다시 갇히게 된다. 그러므로 모든 중재와 모든 독립이 말살되는 거기에서 창작자는 떠오르는 영역을 특징짓는 선택, 즉 민족의 이익을 위해 정치적 문학을 창작하거나 망명하거나 해야 하는 선택 앞에 다시 놓인다.

프랑스에서 1940년과 1944년 사이에 일어나는 일도 똑같은 논리로 이해할 필요가 있다. 실제로 독일에 의한 점령의 시기 내내 프랑스문학 공간은 모든 독립을 급격하게 잃고 검열과 정치적 및 군사적 억압에 갑자기 굴복한다. 몇 달에 걸쳐 쟁점과 자세가 총체적으로 재규정되고 가장 궁핍한 신생 공간에서처럼 민족의 관심사가 문학의 실천에 대한 자율적인 이해를 위해 오래전부터 주변화된 것인데도 (다시) 우선적인 일로 떠오르고 이것을 중심으로 지적 입장이 전적으로 재표명된다. 즉 "신생"문학 내에서처럼 문학의 자율성을 되찾기 위한 투쟁이 민족의 정치적 독립을 위한 투쟁을 거친다. 결과적으로 입장의 명백한 전도가 목격되고 지젤 사피로가 지적했듯이[51] 프랑스 작가들이 전쟁 전에는 가장 자율적이고, 다시 말해서 가장 형식주의적이고 가장 덜 정치적이었으나 1939년부터는 레지스탕스에 참여하여 독일 점령군과 나치 질서에 맞서 국가를 방위하는 이, 다시 말해서 가장 열렬한 "민족주의자"로 변한다. 그들은 자율적인 형식주의를 일시적으로 단념하고 현장의 자율성을 위해 정치적으로 투쟁한다. 거꾸로 전쟁 전에 가장 "민족주의적"이고 가장 덜 자율적인 작가들은 전반적으로 보아 거의 모두 독일 협력하는 편에 줄을 서게 되기도 한다.

예사롭지 않은 이러한 정치적 상황을 제외하면 "작은" 문학 민족 출신의 민족 작가를 가장 많은 것을 갖춘 문학 공간의 "민족 작가또는 민족주의 작가"와 혼동하지 않도록 조심할 필요가 있다. 가장 오래된 문학 공간에서, 예컨대 프랑스에서와 영국에서 영속하는 전통 고수의 강한 경향은 독립

51 Gisèle Sapiro, "La raison littéraire. Le champ littéraire français sous l'occupation (1940~1944)" et "Salut littéraire et littérature du salut. Deux trajectoires de romanciers catholiques : François Mauriac et Henry Bordeaux", *Actes de la recherches en sciences sociales, Littérature et politique*, mars 1996, no.111~112, pp.3~58; G. Sapiro, "Complicités et Anathèmes en temps de crise : mode de survie du champ littéraire et de ses institutions. 1940~1953 (Académie française, Académie Goncourt, Comité national des écrivains)", thèse de doctorat de socilologie, Paris, 1994를 볼 것; Anne Simonin, *Les Éditions de Minuit. 1942~1955. Le devoir d'insoumission*, IMEC Éditions, 1994, 특히 제2장 "Littérature oblige", pp.55~99를 볼 것.

적이라고 평판이 난 이 권역에서조차 여전히 자율성이 매우 상대적이고 민족의 극점이 여전히 강력하다는 증거이다. 문학의 현재가 존재한다는 사실을 작가들이 계속해서 무시한다. 그들은 이 현재에서 배제되어 있고 때때로 이 현재에 맞서 격렬하게 싸우며 과거의 수단으로 "민족" 텍스트를 창작한다. 오늘날 잃어버린 문학의 위대성을 명목으로 시효가 지난 문학 실천에 대한 그리움을 계속해서 공언하는 전통 고수 작가(와 아카데미 회원)의 국제 조직이 있다. 그들은 중심에 위치하고 동시에 변하지 않으며 문학의 현재에 관한 혁신과 창안을 무시한다. 흔히 문학상 심사위원회의 구성원 또는 (민족) 작가 협회의 의장으로서, (특히 공쿠르상 같은 국내문학상을 통해) 현대성에 대한 가장 최신의 기준과 비교하여 가장 관습적이고 가장 "시대에 뒤진" 기준을 만들고 재생하는 데 일조한다. 즉 자신의 미적 범주에 들어맞는 작품만을 공인한다. 오래된 나라에서 민족주의 지식인은 자기 민족의 전통 이외에 다른 어떤 것도 알지 못하므로 정의상 문체의 면에서 틀에 박혀 있다.

프랑스나 영국 또는 스페인의 전통 고수 작가에 고유한 국가 순응주의 및 보수주의는 민족의 자율성을 위한 퀘벡인과 카탈루냐인의 정치 및 문학 투쟁과 아무런 공통점이 없다. 이 협회들에 속하는 작가는 가장 세계주의적인 공간이나 가장 전복적인 공간을 포함하여 자신의 공간에서 어떤 자리를 차지하건 여전히 일정 부분 민족에 대한 충실성의 요구에 메어 있거나 적어도 계속해서 내부 논쟁과 관련하여 자리 잡는다. 무엇보다도 먼저 상징적 민족의 구축에 참여하기를 촉구받는 작가, 문법학자, 언어학자, 지식인은 라뮈가 말하듯이 신생국에 "존재 이유"를 부여하기 위해 제1선에서 투쟁한다.

이처럼 정치와 문학의 극점이 아직 명료하지 않은 이 영역에서 작가는 고유한 의미에서 민족의 "대변인"이 되는 경우가 매우 흔하다. 1960년대부터 케냐의 응구기 와 티옹오가 이렇게 확언한다. "나는 아프리카 작가도 노동자와 농민의 말을 사용하기 시작할 때라고 생각한다."[52] 나이지리아에서 치누아 아체베로서는 자신의 표현에 따라 "정치문학"과 "응용예술"에 헌신하여 자신이 "순수 예술"[53]의 곤경이라 부르는 것을 피할 필요성을 옹호한다. 정치적민족적이고 동시에 미적인 이러한 입장은 신생국에서 작가에게 부여된 역할에 대한 그의 여러 차례 재확인된 이해 방식을 명백히 설명해준다. 그가 1960년대 중엽에 발표한 두 편의 유명한 기사 「교사로서의 소설가」[54]와 「신생국에서 작가가 하는 역할」[55]은 아프리카 지식인에 의해 많이 논의되고 재검토된 글로서 작가가 국가의 교육자 겸 건설자라는 그의 견해를 분명히 보여준다. "작가는 실행되어야 하는 재교육 및 갱생의 책무를 면제받으리라고 기대할 수 없다. 사실은 자기 민족의 선두에 서서 나아가야 할 것이다. 실제로 그는 어쨌든 (…중략…) 자기 공동체의 정곡이다."[56] 그는 자기 자신을 문학의 선구자로 여기는 만큼 필연적으로 민족의 구축에 봉사한다. 따라서 19세기 말 아일랜드에서 아일랜드 민족과 문학의 역사를 연구한 스탠디시 오그래디와 더글라스 하이드처럼 치누아 아체베도 머지않아 자기 나라 역사의 예찬자 겸

52 James Ngugi, "Response to Wole Soyinka's 'The Writer in a Modern African State'", *The Writer in Modern Africa*, Per Wästberg (ed.), New York, Africa Publishing Corporation, 1969, p.56. Neil Lazarus, *Resistance in Postcolonial African Fiction*, New Haven-Londres : Yale University Press, p.207에서 재인용. 저자가 번역.

53 Denise Coussy, *Le Roman nigérien*, Paris : Éditions Silex, 1988, p.491에서 재인용.

54 *Morning yet on Creation Day*, Londres, Heinemann, 1975.

55 *Africa Report*, mars 1970, vol.15, no.3.

56 C. Achebe, "The Novelist as a teacher", loc. cit., p.45; D. Coussy, op. cit., pp.489~490. 저자가 번역.

수탁자가 될 것이다. 1958년과 1966년 사이에 출간된 그의 소설 4부작은 식민지화의 초기부터 독립까지 나이지리아의 역사를 되짚어보려는 야망의 소산이다. 그의 첫 소설 『모든 것이 산산이 부서지다』1958[57]는 아프리카의 드문 베스트셀러들 가운데 하나로서2백만 부 이상이 팔림 최초의 선교사가 이보족 마을의 주민과 맺는 관계를 그려낼 뿐만 아니라 두 가지 대립적인 관점을 동시에 제시하고 설명하기에 성공한다. 즉 정확히 둘 사이, 매개자의 자리에서 그는 아프리카의 현실 및 문명을 영어로 설명한다. 민족 차원의 교육적이고 논증적인 이 현실주의 소설은 나이지리아에 민족사를 돌려주고 민중에게 나이지리아 역사를 가르치는 이중의 야망을 내포한다.

자율성이 없어서 역사가의 역할, 역사의 진실을 알고 옮겨적으며 민족의 으뜸가는 문화유산을 자신의 이야기로 구성하는 이의 역할과 시인 역할이 뒤섞인다. 소설 형식은 역사 이야기와 국가 서사시의 으뜸가는 받침대이다. 카프카가 이미 신생 체코슬로바키아에 관해 이 점을 강조했다. 역사학자의 책무 또한 문학 자본의 확립에 필수 불가결하다.[58]

57 C. Achebe, *Things Fall Apart*, Londres, Heinemann, 1958; *Le monde s'effondre*, Paris : Présence africaine, 1973.

58 앙드레 뷔르기에르와 자크 르벨 또한 프랑스가 실체로 구성되는 과정에서 역사 이야기가 맡는 역할을 강조했다. A. Burguière, J. Revel, *Histoire de la France*, pp. 10~13.

3. 민족 미학

민족 및 민족주의 작가는 자신이 민중에게 제공하는 현실주의의 다른 이름, "환상에 대한 사랑"에서 벗어나기 어렵다고 조이스가 이미 말했다. 그리고 실제로 오늘날 가장 궁핍한, 다시 말해서 가장 정치화된 문학 공간에서 신자연주의, 피토레스크, 프롤레타리아, 사회주의 등 온갖 형태와 변형 그리고 명칭이 붙는 "현실주의"의 진정한 패권에 관해 말할 필요가 있다. 거의 독특한 문학 미학의 이 점진적인 강요는 두 혁명, 즉 문학 혁명과 정치 혁명의 교차점에서 출현했다. 그래서 몇 가지 변이에도 불구하고 "현실주의" 또는 "환상설"의 똑같은 전제가 형성 중인 문학 공간에, 그리고 강한 정치적 검열에 굴복하는 이에게 공통적이다. 신현실주의의 민족적 또는 대중적 해석은 문학에서 모든 종류의 자율성을 배제하고 문학 저작물을 정치적 기능주의에 예속시킨다. 문학적 현실주의의 본질적인 타율성에 관한 보충 증거는 (내수와 특히 국제) 출판 시장의 상업적 규범을 가장 잘 따르는 문학 또는 부차적 문학의 모든 저작물에서도 현실주의가 발견된다는 점이다. 그것은 이를테면 롤랑 바르트가 "현실 효과"라고 부르고 리파테르가 "현실의 신화"라고 명명하는 것의 승리이다.[59] 자연주의는 글과 현실이 일치한다고 착각하게 하는 유일한 문학 기법이다. 이처럼 현실 효과는 어떤 믿음을 초래하는데, 이 믿음은 현실 효과가 권력 수단으로서건 비판의 수단으로서건 정치적으로 활용된다는 점을 대부분 설명해준다. 현실과 허구가 일치하는 궁극적인 지점으로 이해된 "현실주의"는 정치적 이익 및 목표에 가장 가까운 주의이다. 구소련에서 권장한

---

59 R. Barthes, L. Bersani, Ph. Hamon, M. Riffaterre, *Littérature et Réalité*, Paris : Éditions du Seuil, 1982 참조.

"프롤레타리아 소설"은 이러한 문학적이고 정치적인 믿음의 구현일 것이다.[60] 신현실주의 미학 및 / 또는 "민족어"나 "통속어" 또는 "노동자" 언어나 "농민" 언어의 사용에 대한 민족의 격려는 정치가 감독하는 문학 공간에서 작가가 감내하는 문학적 타율성의 전형적인 형태이다.

스페인 작가 후안 베네트는 프랑코 치하의 스페인에서 비견할 만한 상황을 매우 분명하게 묘사한다. 문학이 독재에 완전히 예속되었고 문학의 종속 자체가 체제에 맞서려고 시도하는 지식인들 사이에서만큼 체제에 협력하는 지식인들 사이에서도 신현실주의 미학의 독점에 따라 헤아려질 수 있었다.

> 1940년대에는[61] 사실을 말하자면 '우파'문학, '지복至福'문학이 프랑코 체제, 반대 없는 만장일치를 떠받쳤어요. (…중략…) 1950년대부터 사회적 현실주의, 소련 소설 또는 프랑스 실존주의를 모방하는 '좌파' 현실주의가 시작되죠. 그들은 저항문학을 실행했으나 매우 소심했고 물론 검열 때문이지만 어떤 공공연한 비판도 없었지요. 그들은 졸부, 노동자 계급의 고충 등 당시에는 약간 금기였던 주제에 접근했습니다.[62]

거의 똑같은 관점에서 다닐로 키슈도 1970년대 베오그라드의 어떤 잡지에서 티토주의 유고슬라비아의 문학적 전제를 환기한다.

---

60 Jean-Pierre Morel, *Le Roman insupportable. L'internationale littéraire et la France. 1920~1932*, Paris : Gallimard, 1985 참조.

61 J. Benet, 대담 B.

62 Ibid.

우리 고장에는 딜레마가 없다. 모든 것이 불을 보듯 뻔하다. 즉 책상에 앉아 보통 사람, 우리 고장 특유의 좋은 녀석을 묘사하고 어떻게 그가 술을 마시고 자기 아내를 때리는지, 어떻게 그가 어떤 때는 권력의 편에 서고 또 어떤 때는 권력에 맞서면서 곤경을 모면하는지 서술하는 것만으로 충분하다. 그러면 만사형통할 것이다. 당시에 그것은 생생한 참여문학이라 불린다. 그 원시적인 신현실주의 예술은 혼인, 밤 모임, 장례, 살인, 낙태 등 지방의 관습을 더욱이 자칭 참여의 이름으로, 문명화의 의지와 언제나 참신한 문예부흥의 이름으로 재현한다.[63]

정치 심급 및 문제와 관계가 깊은 이 문학 영역에서 형식주의는 대체로 민족의 문제도 참여의 문제도 더 이상 제기할 필요가 없는 중심 국가용의 사치품으로 여겨진다. "참여문학에서든 아니든 우리 자신이 그토록 자주 권장하는 이러한 이해 방식은 어느 정도로 정치가 피부와 존재의 모든 미세공으로 스며들었고 습지처럼 모든 것에 번졌는지, 어느 정도로 인간이 일차원적으로 바뀌고 미련해졌는지, 어느 정도로 시가 후퇴하고 부자와 '퇴폐파 예술가'의 특권으로 변했는지를 보여준다." 여전히 키슈가 쓴다. "그들은 이 사치품을 즐길 수 있는 반면에 우리는 그렇게 하지 못한다."[64] 유고슬라비아에서 그는 문학 전통과 동시에 정치 및 역사 체제 그리고 소련의 정치적 비중에 의해 강요된 민족문학의 미학이 갖는 자명성을 이렇게 서술한다. 그의 경우에 사회주의적 현실주의는 세르비아인에 대한 러시아의 지배를 배가한다. "그러므로 오늘날 두 신화, 즉 범슬라브주의정교회와 혁명의 신화가 서로 만난다. 코민테른과 도스토옙스

63 D. Kiš, *Homo poeticus*, op. cit., pp.13~14.
64 Ibid., p.27.

키."[65] 문학의 실천이 정치 심급에 순응하는 이 구조적 종속은 특히 오로지 민족적인 것이라 불리는 똑같은 서사적 전제의 반복과 재생산으로 드러난다. 달리 말하자면 정치 참여의 이름으로 실천되는 이 현실주의는 사실 그 자체로 은폐되는 문학 민족주의, 즉 민족 현실주의이다.

예컨대 문학 전체가 민족적인 한국에서는[66] 대부분의 시가 "현실주의적"이라고 확인된다. 가령 신경림 시인은 현실주의 시의 모음집과 동시에 민요 연구 및 모음집을 펴낸다. 시집에서 그는 자기 자신을 "민중" 또는 "대중"이란 말이 가리킬 수 있을 모든 이와 동일시한다. "그는 그들 가운데 하나이다." 파트릭 모뤼스가 쓴다. "그의 역할, 그의 의무는 그들이 표현하는 고통이 무엇이건 그들의 노래와 이야기를 전하는 것이라는 확신이 단단히 자리 잡는다." 그리고 민요로 말하자면 퍼뜨리고 자기 글의 발상을 얻기 위해 녹음기로 수집한다.[67]

카를로스 푸엔테스도 적어도 민족주의, 현실주의, 반형식주의 등 인접한 의미 형세에 따라 1950년대의 멕시코 문학을 매우 유사한 용어로 서술한다. 그가 『소설의 지리』에서 쓰듯이, 멕시코에서 소설은 "세 가지 너무 단순한 요구, 불필요할 뿐만 아니라 소설의 가능성 자체에 대한 교조적 장애로 확립된 세 가지 이분법, 즉 ① 환상에 맞선, 심지어 상상적인 것에 맞선 현실주의, ② 범세계주의에 맞선 민족주의, ③ 형식주의에 맞

---

65 크로아티아인은 이처럼 러시아에 공공연히 복종하는 세르비아인과는 달리 파리를 지적 극점으로 선택할 수 있게 된다. Ibid., p.20.

66 "한국에서 (…중략…) 이러한 민족주의는 총칭적이고 종합적이며 기본적인 용어이다. 우리는 '좌파'이거나 '대중'에 의거하거나 자유주의자나 불교도임이 명확히 드러나기 이전에 민족주의자이다. 더 정확히 말해서 민족주의자-메시아주의자이다." Sin Kyonggnim, traduit, présenté et annoté par Patrick Maurus, relu par Ch'oe Yun, *Le Rêve d'un homme abattu. Choix de poèmes*, "Introduction", Paris : Galliamrd, 1995, p.10 .

67 Ibid., pp.10~11.

선, 예술을 위한 예술과 문학적 무책임의 다른 형태에 맞선 참여"에 응답해야 했다.[68]

그런 곡절로 어떻게 민족 공간에서 생겨난 문학 텍스트의 내용 자체가 세계의 구조 안에서 민족 공간이 차지하는 자리와 깊이 관련되어 있는지를 이해할 수 있다. 출현 중인 문학 공간의 정치적 종속은 문학적 현대성의 기준에 비추어 더 보수적인 기능주의 미학과 이야기나 소설 또는 심지어 시의 형식에 대한 의지로 특기된다. 거꾸로 내가 밝히려고 시도했듯이 가장 문학적인 고장이 갖는 자율성의 정도는 특히 문학적 쟁점의 탈정치화에 따라, 다시 말해서 대중 또는 민족과 관련된 주제의 거의 일반적인 소멸에 따라, 민족 정체성 또는 배타주의의 구상에 따라 참여할 필요성에서 해방되어 사회적이거나 정치적인 "기능"이 없는 이른바 "순수한" 텍스트의 출현에 따라, 그리고 이와 대칭적으로 형식 탐구, 특수하지 않은 모든 쟁점에서 벗어난 형태, 문학에 대한 모든 문학적이지 않은 견해에서 풀려난 논쟁의 진전에 측정된다. 계시받은 예언, 집단을 위한 심부름꾼의 기능, 별로 자율적이지 않은 공간에서 작가에게 부여되는 민족적 '신탁'의 영역 밖에서 작가의 역할 자체가 펼쳐지기에 이른다.

형식에 관한 관심, 다시 말해서 전형적으로 문학적이고 자율적인 관심은 초기의 문학 자원이 축적되고 민족의 특수성이 확립된 후 최초의 국제 예술가들이 현실주의와 깊이 관련된 미학적 전제를 의문시하고 그리니치 자오선에서 인정된 모델과 커다란 미적 혁명에 기댈 수 있을 두 번째 국면에서야 "작은" 문학에서 나타날 뿐이다.

68 C. Fuentes, (trad. par C. Zins)*Géographie du roman*, Paris : Gallimard, 1997, p.14.

4. 카프카 또는 "정치와의 관련성"

자신이 맞서야 하는 언어, 정치, 문화, 미의식 상황의 예사롭지 않은 복잡성뿐만 아니라 이것이 불러일으키는 지적 및 정치적 논란의 정교화 덕분으로 카프카는 아마 모든 "작은" 문학을 똑같은 도식에 따라 사유할 수 있다사유해야 한다는 점, 작은 문학의 위치와 특수한 곤경에 관한 똑같은 이론 덕분으로 다른 작은 문학에서 감지되지 않았던 것이 어떤 작은 문학의 반복되는 특징에 의해 명확해질 수 있을 뿐 아니라 어떤 작은 문학에서 해결된 문제가 다른 작은 문학을 위해 미적 및 정치적 출구를 찾아내는 데 일조할 수 있다는 점을 이해한 최초의 사람들 가운데 하나일 것이다. 19세기 말 프라하에서 생활하는 유대 지식인으로서 카프카는 오스트리아 제국의 민족 문제 및 갈등을 절감했다. 사람들이 일반적으로 제시하고자 한 그와 같은 시간과 역사 밖의 작가이기는커녕, 신생 체코슬로바키아에서, 그리고 이디시어 정치 및 문학운동 내에서 자신이 지켜본 것, 다시 말해서 모든 새로운 민족문학이 출현하기에 이르는 복잡한 메커니즘을 밝힘으로써 자신이 정확히 "작은" 문학[69]이라 부른 현상에 관한 이를테면 자발적인 이론가가 되었다. 민족의 문제는 1850년과 1918년 사이에 오스트리아 제국 전역에서 주요한 정치적 관심사일 뿐만 아니라 모든 지적 및 미적 문제에 배어든다. 따라서 카프카는 1911년 12월 25일 전쟁과 체코슬로바키아 독립 직전에 자신의 『일기』에서 신생 민족문학의 일반적

---

69 '비주류'문학이 아니다. 이 낱말은 마르트 로베르의 어느 번역에서 유래하는데, 또 다른 카프카 번역가 베르나르 로르톨라리는 이 단어를 '부정확하고 편향적'이라고 판단한다. (B. Lortholary, "Le testament de l'écrivain", *Un jeûneur et autres nouvelles*, Paris : Flammarion, 1993, p.35). 카프카는 더 단순하게 'klein(작은)'이라는 말을 사용한다.

인 출현 메커니즘을 밝힐 목적으로 "작은" 문학에 관해 이야기하려고 시도할 때 이디시어문학과 체코어 문학 사이의 명백한 대조로 시작한다. 얼마 전에는 이삭 뢰비가 이끄는 극단이 바르샤바에서 온 덕분으로 이디시어 연극을 발견하고 경탄했다. 그것은 그가 쓰길 "바르샤바에서 현재 이뤄지고 있는 유대문학에 관해 내가 뢰비를 통해 알게 된 바이자 현재의 체코문학에 관해 부분적으로 개인적인 몇 가지 통찰을 통해 내게 드러나는 바이다".[70] 카프카는 체코문학을 "가장 사소한 사항까지" 지켜보았다고 막스 브로트가 명확하게 말하는 데에서[71] 드러나는 것처럼 지난 몇 년간 체코 민족문학의 출현에 관한 카프카의 긴밀하고 열정적인 인식은 그에게 이디시어 텍스트와 희곡의 "민족적" 특징을 이해할 수 있게 해준다.

따라서 그는 형성 중인 나라의 작가가 취하는 불가피하게 정치적인 자세, 자기 입장을 요약하는 분석표에서 언급된 "정치와의 관련성"[72]을 밝히는 방향으로 나아가고, 민족문학의 탄생에 수반되는 모든 정치 현상, 예컨대 "정신운동, 민족 의식 속에서의 (…중략…) 연대, 문학이 민족과 대면해서, 그리고 민족을 둘러싸는 적대적인 세계와 대면해서 민족에 마련해주는 긍지와 지지"[73]를 길게 열거한다. 국가 언론과 서점 상업의 병행 발전, 특히 정치화와 문학에 부여된 정치적 중요성을 강조하면서 "문학 활동을 하는 사람에 대한 존경의 확대, (…중략…) 문학적 사건이 정치적 관심의 대상으로 받아들여진다는 사실"[74]을 환기한다. 카프카가 설

70 Franz Kafka, journal, 24 décembre 1911, *Oeuvres complètes*, t. III, Paris : Gallimard, 〈Bibl. de la Pléiade〉, 1976, p.194 (éd. établie par C. David).

71 Max Brod, trad. par H. Zylberberg, *Franz Kafka. Souvenirs et documents*, Paris : Gallimard, 1945, p.175.

72 F. Kafka, op. cit., p.198.

73 Ibid., p.194.

74 Ibid., p.195.

명하길, 그 작은 나라들에서는 문학 텍스트 자체가 정치와 불가피하게 근접한 상황에서 쓰인다. "개인사"가 재빨리 집단적인 것으로 변한다고 그가 쓴다. "사람들이 오히려 개인사를 정치와 분리하는 경계에 도달하고 심지어는 이 경계를 존재하기 전에 감지하고 이 경계가 더욱 좁혀지고 있는 것을 여기저기에서 발견하려고 노력하기에까지 이른다."[75] 달리 말하자면 사람들이 정치화하려고다시 말해서 "국유화하려고", 주관적인 것"큰" 문학에서 문학적인 것에 귀속된 영역을 집단적인 것으로부터 분리하는 경계를 축소하려고 애쓰므로 모든 텍스트가 정치적집단적 성격을 갖는다. 하지만 카프카가 덧붙이길 "문학이 내부적으로 갖는 자율성의 결과로 (…중략…) 정치에 대한 [문학의] 관계는 위험하지 않다". 그가 더 뒤쪽에서 쓴다. "그 모든 것의 결과로 문학이 나라 전역으로 퍼져나가고 정치 구호에 매달린다." 요컨대 카프카는 프라하에서 이러한 현상을 관찰할 수 있고 뢰비는 카프카에게 바르샤바의 이디시어문학과 정치적 이디시어 옹호 투쟁의 영역에서 일어나는 모든 것에 관해 상세히 이야기하는데, 이러한 카프카가 보기에 새로운 문학은 민족의 요구에 의해서만 존재할 뿐이다. 새로운 문학의 기본적인 특색과 "생동감" 자체는 서로 확립되는 데 이바지하는 두 분야 사이에서 찾아볼 수 있는 이 일정한 본질적 뒤얽힘의 소산이다. 그가 얼마 전에 이해했듯이 바르샤바의 이디시어문학 "작품 전부를 결정하는 민족 투쟁"은 또한 "작은" 나라의 모든 문학적 시도를 결정한다.

물론 이 "작은" 문학은 카프카 세계의 전형적인 중심 문학, 즉 독일문학과의 암묵적인 비교로부터만 그렇게 명명된다. 독일문학은 독일의 문학 유산을 칭하는 매우 분명한 방식대로 "위대한 재능이 많다"라고 말할

75 Ibid., p.197.

수 있으리라는 사실로뿐만 아니라 문학의 자율성을 가리키는 방식대로 "고결한" 주제를 다룬다는 사실로도 특징된다. 실제로 카프카는 새로운 민족문학이 민중문학이기도 하다는 점을 알아차린다. 그리고 강조한다. 이는 그에게 희귀한 통찰력이 있다는 증거이다. 실제로 문학적 "환경"과 특수한 전통 그리고 문학의 고유한 쟁점에 관한 자율성의 부재는 그가 말하듯이 "문학이 문학사의 문제라기보다는 오히려 민중의 문제라는"[76] 점을 설명해준다. 유산, 즉 축적된 역사로 특징되는 "큰" 문학과 대중문화에 의해 정의되는 "작은" 문학 사이의 근본적인 차이를 이처럼 명백하게 밝힘으로써 카프카는 앞에서 언급된 두 가지 유형의 정당성 사이에서 벌어지는 싸움을 확인한다. 그래서 "큰 문학의 내부에서는 아래에서 행해지고 건물의 필수적이지 않은 지하실을 구성하는 일이 여기에서는 벌건 대낮에 벌어진다".[77] 장르와 언어 수준 그리고 작품의 위계에서 일어나는 "높은 것"과 "낮은 것"의 전도는 그에 의하면 "작은" 문학의 본질적인 표지이다"여기저기에서 사람들이 부차적인 주제를 문학적으로 다룸으로써 기쁨을 느낀다".[78]

끝으로 카프카는 작은 나라의 모든 작가가 자기 민족문학과 맺는 복잡하고 불가피한 관계를 환기한다. "작은 나라에서 개인이 민족의식으로 인해 받는 요구는 각자 자신에게 속하는 문학의 몫을 인식하고 떠받치고 설령 인식하거나 떠받치지는 못할지라도 그것을 위해 투쟁하고 어쨌든 투쟁할 준비가 언제나 되어 있어야 한다는 그러한 결과를 초래한다."[79] 따라서 작가는 자신이 통제하지 못하는 자율성을 독단으로 결정할 수 없

76 Ibid., p.196.

77 Ibid..

78 Ibid..

79 Ibid., p.206.

다. 즉 "[자신에게] 속하는 문학의 몫"을 지키기 위해 "싸울" 의무가 있다.

이 모호하고 어려운 텍스트는 공언된 진정한 이론이 아니다. 그것은 종이에 아무렇게나 적어놓은 일련의 짧은 메모에 지나지 않지만, 우리가 뒤에서 제시할 터이듯이 아마 작품 전체의 구상에서 핵심적인 것이 될 그러한 주제에 관한 카프카 자신의 초기 성찰을 형성한다. 어쨌든 이 텍스트의 진정한 가치는 카프카가 차지하는 위치에 기인한다. 이 경우에 그는 증인이자 당사자이다. 달리 말하자면 이디시어 사용을 지지하는 문화민족주의운동을 이삭 뢰비 덕분으로 발견하고 이 운동에 열정적인 관심이 생겨난 까닭에 매우 희귀하고 매우 귀중한 태도를 유지한다. 즉 이론의 관점과 실천의 관점을 동시에 내보인다. 그가 갖는 열광적인 관찰자의 입장으로 인해 명시와 일반화의 시도가 이루어지면서 지배에 대한 문학적 경험을 느끼게 하는 용어들이 내부로부터, 따라서 민감하게 이해된다. 그래서 그의 직관은 이론적 분석을 이를테면 실천으로 완벽하게 "입증하는" 전형적인 예의 구실을 할 수 있다. 또한 문학 영역에서 찾아볼 수 있는 위계 구조의 일반적인 모델을 갖추어서만 알다시피 들뢰즈와 가타리에 의해 길게 설명된 이 유명한 1911년 12월 25일 『일기』 텍스트의 동기를 완전히 설명할 수 있다. 카프카는 "작은" 문학, 다시 말해서 "큰" 문학과의 구조적인 불평등 관계에서 문학 영역에 관해 말할 필요가 있다고 확언한다. 작은 문학을 단번에 정치화된 영역으로 나타내고 거기에서 집필되는 문학 텍스트의 불가피한 정치적이고 민족적인 성격을 강조하는데, 이는 이 성격을 유감스럽게 생각하거나 이 영역에서 생겨난 문학 저작물을 평가절하하기 위해서가 아니라 반대로 이 영역의 본질과 가치 그리고 이 영역을 생성하고 불가결하게 하는 메커니즘을 이해하기 위해서이다.

들뢰즈와 가타리는 이 텍스트를 다시 읽고 문학의 의미를 왜곡하는 조잡하고 시대에 맞지 않은 정치적 도식을 특히 "비주류"문학이라는 매우 모호한 개념으로부터 문학에 적용함으로써 문학적 특수성의 축소를 실행했다. 가령 『카프카. 비주류문학을 위하여』에서 그들은 『일기』의 이 1911년 12월 25일 텍스트에 적힌 카프카의 짧은 메모를 재검토하는 것에 그치고서 카프카가 "정치적 작가"라고 확언한다. ("펠리스에게 보낸 편지들을 필두로 모든 것이 정치적"이라고 그들이 쓴다.)[80] 카프카의 전기작가 클라우스 바겐바흐가 논증한 대로[81] 카프카에게 실제로 정치적 관심사가 있었을지라도, 들뢰즈와 가타리가 카프카에게 돌리는 것일 수는 없다. 그들은 정치에 대한 시대착오적인 이해 방식으로 인해 역사적 오류로 이끌린다. 정치에 대한 자신의 견해를 카프카에게 투사한다. 20세기 초의 프라하에서 카프카에게는 정치가 국가 문제일 뿐인데도 그들에게 정치는 전복 또는 "전복적 투쟁"이다. "모든 문학에 대해 비주류라는 것, 다시 말해서 혁명적이라는 점은 이러한 문학의 영광이다."[82] 그들이 쓴다. "'비주류'는 이제 어떤 문학이 아니라 크다고또는 확고하다고들 하는 문학 내에서 발생하는 모든 문학의 혁명적 상황을 나타낸다."[83] 달리 말하자면 카프카는 진정한 정치적 관심사가 없는, 자기 시대의 예민한 정치적 문제에 관심을 기울이지 않을 정치적 작가일 것이다.

들뢰즈와 가타리는 카프카가 "정치"의 관념에 부여하는 내용을 구체적으로 규정하지 않아서 자신의 입장을 정당화하기 위해 작가에 관한 매우 케케묵은 이해 방식으로 되돌아가야만 한다. 즉 카프카가 정치적이라고,

---

80 Paris : Éditions de Minuit, 1975, pp.75~77.

81 Klaus Wagenbach, trad. par E. Gaspar, *Franz Kafka. Années de jeunesse (1883~1912)*, Paris : Mercure de France, 1967.

82 G. Deleuze, E. Guattari, op. cit., p.35.

83 Ibid., p.33.

하지만 예언적인 어조로 확언한다. 그는 정치를 논할 것이지만 미래에 대해서라는 것이다. 마치 다가올 사건을 예감하고 서술하기라도 하는 듯하다는 것이다. 즉 "시종일관 그는 정치적 작가, 미래 세계에 대한 예언가이다".[84] 그에게서 "창조적 탈주의 선은 정치 전체, 경제 전체, 관료주의와 재판권 전체를 부추긴다. 즉 흡혈귀처럼 그것을 빨아먹어 가까운 미래에 속하는 아직 알려지지 않은 여러 소리, 이를테면 파시즘, 스탈린주의, 아메리카주의 등 문을 두드리는 악마적인 힘의 화신을 그것에 돌려주게 한다. 실제로 표현이 내용에 앞서고 내용을 끌어간다".[85] "이처럼 문학 기계는 다가올 혁명 기계의 뒤를 잇는다."[86] 따라서 그들은 다가올 사건을 예감하고 알릴 수 있는 '점술가' 시인, 예언가 겸 점술가라는 인물을 환기하면서 그저 가장 케케묵은 시적 신화로 돌아간다. 시대착오는 텍스트에 자체의 미적 및 정치적 범주를 적용하는 중심에서 찾아볼 수 있는 문학적 자민족중심주의의 형태들 가운데 하나이다. 들뢰즈와 가타리는 카프카의 경우에, 그리고 그의 범주에서 민족주의가 주요한 정치적 확신들 가운데 하나라는 점을 상상조차 할 수 없는 까닭에 온갖 조각으로, 이것들을 그의 것이라 여기면서, "비주류문학"이라는 정치적이고 비판적인 구호를 새롭게 생각해낸 것이다.

84 Ibid., p.75.
85 Ibid., p.74.
86 Ibid., p.32.

제2장 동화된 이들

> 매우 어린 나이에, 인구가 주민 50만인 트리니다드토바고의 빈곤과 궁핍 속에서 책을 쓰려는 야망이 내게 생겨났다. (…중략…) 그러나 머릿속에서 책이 만들어지지는 않는다. 책은 물질로 이루어진 대상이다. 창작된 물질적 대상의 뒷면에 이름을 새기기 위해서는 출판사와 교정자, 도안가와 인쇄공, 제본공, 서적상, 비평가, 신문과 잡지 (…중략…) 그리고 당연히 구매자와 독자가 필요하다. (…중략…) 이러한 종류의 사회집단이 트리니다드에는 존재하지 않았다. 그러므로 작가가 되어 책으로 먹고살고자 한다면 떠나야 했다. (…중략…) 그 시대에 나에게 그것은 영국으로 떠나는 것을 뜻했다. 나는 주변에서, 가장자리에서 내게 중심부를 나타내는 것처럼 보이는 곳을 향해 여행했다. 그리고 나의 희망은 중심부에 나를 위한 자리가 있으리라는 것이었다.
>
> V. S. 네이폴, 「우리의 보편적인 문명」

중심 밖의 작가가 마주치는 일련의 딜레마와 선택 그리고 창작을 관계적으로, 다시 말해서 서로 불가분하게 규정된 일단의 입장으로 제시하려고 시도한다면, 피지배 민족문학의 정의와 한계라는 반복적인 문제를 다르게 제기할 수단을 갖출 수 있다. 이 방법의 곧바로 실제적인 결과들 가운데 하나는 실제로 망명하거나 동화된, 즉 민족주의자로서 "사라진" 저자들을 재통합하는 것이다. 벨기에프랑스어문학사에서는 우선 민족 창작자들과 민족 정체성을 주장한 이들이 언급된다. 아일랜드문학사가 G. B. 쇼나 베케트를 국가 차원의 파노라마에 포함하기를 망설이듯이 벨기에문학사 또한 마르그리트 유르스나르나 앙리 미쇼를 일반적으로 배제하거나 포함하기를 거부한다. 마치 어떤 문학 공간에 처음부터 속하는 것이 반드시 긍정적인 단언의 방식으로 이루어져야 하는 듯하다. 사실 두 가지 선택 사이의 대립적이기조차 한 관계를 통해, 이것들의 상호적 배척을 통해, 출신국에 의해 야기된 증오를 통해 또는 출신국이 부추기는 애착을 통해 문학 공간 전체의 형성을 이해할 필요가 있다.

똑같은 논리로 민족문학의 공간을 민족의 영토와 혼동해서는 안 된다. 망명 작가를 포함하여 어떤 문학 공간을 특징짓는 입장들 각각을 일관성 있는 전체의 요소로 고려하는 것은 "작은" 문학에 관해 의례적으로 제기되는 가짜 문제를 해결하는 데 일정 부분 도움이 된다. 즉 정치 심급과 관계가 깊은 가장 민족적인 입장과 흔히 후안 베네트나 아르노 슈미트처럼 일종의 내부 망명이나 트리에스테와 파리에서의 조이스, 파리에서의 다닐로 키슈, 런던에서의 살만 루슈디처럼 순수한 망명에 처한 작가가 내보이는 필연적으로 국제적인 자율적 입장의 출현 사이에서 민족문학 공간의 복잡성 전체가 점점 뚜렷해진다.

예컨대 오늘날 사람들이 콜롬비아문학과 콜롬비아 작가에 관해 말하는데, 이는 마치 이 정치-문학 단위가 그 자체로 확인된 현실, 서술 작업을 허용하는 자명한 사실이기라도 한 듯하다. 그런데 가브리엘 가르시아 마르케스1982년 노벨상와 알바로 무티스처럼 국제적으로 상찬된 작가들 사이에서, 헤르만 에스피노사처럼 국제적 인정의 결과인 본보기, 유럽이나 라틴아메리카로의 다양한 망명, 라틴아메리카의 문화 및 언어 전체에의 요구된 소속, 파리의 중요성과 인정된 매개, 쿠바의 정치적 극점을 통한, 가르시아 마르케스에게는 매력적이나 알바로 무티스에게는 메스꺼운 우회, 뉴욕의 매력, 바르셀로나 출판사 및 문학 중개인의 중요도, 스페인 체류,

"붐"의 결과로 라틴아메리카 전역에서 가장 인정받는 작가들의 (문학적이고 정치적인) 경쟁 및 커다란 정치적 논쟁에 강하게 영향받은 민족 작가들 사이에서 콜롬비아문학 공간은 영토의 경계를 넘어서는 일종의 산산조각으로 폭발한 심급, 그들이 만들기에 이바지하는 국경으로 축소할 수 없는 민족문학의 비가시적인 실험실이 된다. 중심에서 가장 멀리 떨어진 문학 공간의 이러한 지리적 폭발과 다양한 종속의 체계는 아마 문학 공간과 정치 국가가 일치하지 않는다는 사실, 다시 말해서 세계문학 공간에서 찾아볼 수 있는 상대적인 자율성의 주요한 징후들 가운데 하나일 것이다.

작가들에 의해 점차로 구상되고 실현되는 이 모든 입장은 떠오르는 각 문학의 역사를 "만든다". 이 점에서 이 모든 입장을 내포하는 공간이 이 모든 입장에 의해 구축되고 뒤이어 점진적으로 단일화된다. 즉 이 각각의 가능성은 이 공간이 생성되는 단계들 가운데 하나이다. 하지만 새롭게 생겨난 입장에 의해 이전의 입장이 무효가 되지도 사라지지도 않는다. 그것 각각은 게임의 규칙을 복잡하게 만들고 변화하게 하며, 문학 자원을 위해 경쟁하고 투쟁하는데, 이는 공간을 "풍부화하기"에 이바지한다. 이 문학적 반란과 전복의 형식을 설명하는 데 따르는 난점 전체는 각 "선택"이 생성의 양상으로나 구조의 요소로, 문학사 서술의 점진적인 움직임으로, 또는 어느 하나의 문학 공간에 공존하는경쟁하는 우리 시대의 입장들 가운데 하나로 동시에 제시될 수 있다는 점이다.

예컨대 동화는 문학적 반란의 "영도"이다. 다시 말해서 정치적으로 그리고 / 또는 문학적으로 궁핍한 지역 출신인 데다가 예컨대 독립과 민족 "차이"에 대한 온갖 요구의 출현 이전에 식민지화된 지역에서 어떤 문학 및 민족 자원도 확보하지 못하는 모든 신출내기 작가의 불가피한 도정이다. 더 나아가 벨기에 작가 앙리 미쇼나 아일랜드 작가 조지 버나드 쇼처럼 지배당하나 특수한 자원을 비교적 갖춘 작가, 이처럼 민족 작가로서의 운명, 폴란드 작가 카지미에시 브란디스가 또한 언급하는 작가의 "애국 의무"를 거부하고 중심의 문학 유산을 거의 "은밀히" 자신의 것으로 여길 수 있는 작가를 위한 가능성이기도 하다. 쇼와 미쇼는 중심의 문학 공간에 속함을 유일하게 가능하게 하는 형식과 내용의 자유에 직접 접근할 권리를 요구한다. 그래서 동화하는 망명은 지배 공간으로의 망명을 채택하는 이들의 "소멸"과 무력화로 인해 그들이 민족문학사에서 대개는 잊히거나 주변화될지라도 피지배문학 공간의 본질적인 상황들 가운데 하나임과 동시에 이와 같은 궁핍한 공간의 성립 단계들 가운데 하나영점이기도 하다.

오래전부터 정치적 동화는 이주민 또는 망명하거나 지배당한 주민이 지배적인 실천을 받아들이는 융합이나 통합 과정, 다시 말해서 종교, 문화, 언어 등에서의 차이나 특성이 점진적으로 소멸하는 과정으로 설명되었다. 가령 영국의 유대인 이디시어 작가 이스라엘 장윌1864~1926은 자신의 긴 중편소설 모음집 『게토의 희극』 가운데 하나에서, "영국화"라는 제목의 작품에서 피지배자가 이를테면 자신의 출신을 잊게 만들려고 애쓰는 그러한 동화 의지의 모호함과 어려움을 온전히 응축하는 놀라운 이미지를 제공했다. 화자가 확언한다. "당신을 3천 년의 족보로 이스라엘의 제사장 아론에 연결하는 친척관계의 치욕을 영국인에게 감추는 많은 방법이 있다." 따라서 솔로몬은 장윌이 쓰길 "히브리어를 영국식으로 불완전하게 발음하고 공동체에서 영어를 말하고 목사처럼 보이는 랍비만을 맞아들이기를 고집함으로써 늘 이채를 띠었다".[1]

목사처럼 보이는 그 랍비는 라뮈가 이해했듯이 대개 억양의 교정 여부에도 달려 있고 인정된 문학 자원이 전무한 많은 작가에게 문학과 문학적 존재로의 유일한 접근로를 나타내는 문학적 동화의 패러다임일지 모른다. 문화 민족주의운동의 출현 이전에 성공하기 위해 런던으로 온 아일랜드 극작가들의 도정도 이런 식으로 이해할 필요가 있다. 알다시피 오스카 와일드와 버나드 쇼는 모두 아일랜드 출신으로 18세기에 희극 장르에서 이름을 날리는 콘그리브와 그의 후계자들, 파커와 골드스미스 그리고 셰리던이 포함된 긴 계통의 계승자이다. 조이스에게 그것은 역사적 종속의 형태로서, 조이스 자신은 이 종속에서 풀려나려고 애쓰게 된다. 가령 그는 자신의 『평론들』 가운데 하나, 와일드에게 바쳐진 평론에서 이렇게 쓴다. "〈인더미어 부인의 부채〉와일드, 1892는 런던 전역을 떠들썩하게 만들었다. 셰리던과 골드스미스에서 버나드 쇼까지 아일랜드 희극작가들의 훌륭한 전통에서 와일드도 그들처럼 영국인에게 인기 있는 어릿광대가 되었다."[2]

『율리시스』의 첫머리에서 조이스가 "아일랜드 예술의 상징"으로 "집안 막일꾼 하녀의 금 간 거울"[3]을 제시할 때 조이스의 이 유명하고 뛰어난 표현 또한 모든 형태의 동화에 대한 거센 거부로 이해해야 한다. 이 이미지는 식민지화되거나 단순히 지배받는 모든 지역의 예술 및 문화 생산물에 대한 일종의 도발적인 정의이다. 문예부흥운동의 탄생 이전에 아일랜드 예술은 단순한 거울이었다. 기억하다시피 기존의 모방에 대한 비난은 뒤 벨레에게서도 발견된다. 플레이아드의 시인이 "성벽 표백일꾼"이라 부른 이들은 우월한 예술의 빛바랜 모방품만을 산출할 뿐이다. 하지만

---

1 Israël Zangwill, trad. par M. Girette. *Comédie du ghetto*, Paris : Éditions Autrement, 1997 (Édition remaniée, augmentée, annotée et postfacée par B. Spire), p.52.

2 J. Joyce, "Oscar Wilde, le poète de Salomé", op. cit., p.242.

3 James Joyce, *Ulysse*, Paris : Gallimard, 1929, p.5 (traduction française intégrale de A. Morel, assisté par S. Gilbert, entièrement revue par V. Larbaud et l'auteur).

조이스는 성미 급한 현실주의자답게 거울에 금을 추가하면서 모방 실천에 대한 거부로 더 멀리 나간다. 아일랜드 예술가는 종속으로 인해 조이스에 의하면 원본의 변형된 복제품 이외의 다른 것을 제시할 수 없다. 게다가 단순한 모방자를 크게 넘어서서 영국인들을 위해 일하는 일종의 하인, 미적 영역에서도 식민지 지배자로부터 통고받은 낮은 신분을 스스로 던져버릴 수 없는 "집안 막일꾼 하녀"이다. 이것은 1920년대 민족주의적 아일랜드에서 굉장히 폭력적인 표현이다. 달리 말하자면 그들을 예속시키는 이들에 의해 그들에게 부과된 규정, 그들에 대한 열등감 어린 규정을 그들은 유일한 정체성으로 받아들인다. 이런 곡절로 왜 동화가 탄생하는 공간의 기본적인 쟁점인가를 이해할 수 있다. 즉 동화는 민족 자원이 전혀 없는 이들이 처음으로 문학에 접근하는 경로임과 동시에 떠오르는 문학 영역에서 "반역"의 특수한 형태이기도 하다. 중심에 동화하는 예술가는 "민족 작가"로서의 모습을 잃고 민족의 문학적 대의를 "저버린다".

1. 네이폴, 보수적 동일화

대영제국의 경계에서 온 V. S. 네이폴의 이야기는 자기 나라에 문학의 전통이 전혀 없는 탓으로 영국인이 "되는" 것 이외의 다른 선택이 없는 작가, 영국의 문학적 가치에 온전히 동화된 작가의 이야기이다. 자신의 역정, 문화, 심지어 피부색, 요컨대 자신의 격차를 환기하는 지울 수 없는 흔적 때문에 겪을 수밖에 없는 온갖 고초, 모순, 아포리아에도 불구하고 그는 이 둘 사이에 머물러 있을 수밖에 없다. 즉 (여왕이 그에게 작위를 수여했을지라도) 완전히 영국인일 수도 완전히 인도인일 수도 없다.

V. S. 네이폴은 영국령 앤틸리스 제도의 트리니다드에서 태어났다. 그는 1880년 무렵 대영제국의 다양한 지역에 흩어져 있는 대농장에 정착시키기 위해 모집되어[4] 피지 제도, 모리셔스, 19세기 말경에 간디가 발견한 인도인 공동체가 형성된 남아프리카, 기아나, 그리고 트리니다드 쪽으로 파견된 계약 농부, 이주 인도인의 후손이다. 작가가 될 생각으로[5] 공부를 계속하기 위해 장학금을 받아 영국에 온 그는 동화되고 통합되어 마침내 가장 완벽한 '영국인다움'을 구현하기 전까지 멈추지 않았다.

네이폴이 제국의 수도에 도착한 후 거의 40년이 지난 1987년에 영국에서 출간된 책 『도착의 수수께끼』[6]는 일종의 자성록, 비장한 심정으로 안정된 자리를 찾아서 보낸 삶에 대한 실망스러운 결산이다. 살만 루슈디는 런던에서 나가는 시기에 이 책에 관해 다음과 같이 쓴다. "이것은 내가 계속된 우울의 어조로 오래전부터 읽은 가장 슬픈 책들 가운데 하나이다."[7] 그가 요구하거나 자신의 것으로 삼거나 구축할 수 있을 트리니다드 고유의 문학 및 문화 전통이 부재한다는 점, 그리고 인도로부터 두 이주 세대에 의해 분리되고 이 역사적이고 지리적인 큰 단절의 결과로 인도와 완전히 동일화될 수 없다는 점은 네이폴을 괴로운 이중 망명의 화신으로 만든다. 이 책에서 그는 다른 이들의 시선 속에서 알아차려진 자신의 특이성으로 끔찍하게 고통을 겪어야 했던 사람의 매서운 명석함을 내보이면서, 그리고 자신의 파리 도착을 이야기하는 라뮈에게로[8] 그를 접근

4 V. S. Naipaul, trad. par Béatrice Vierne, *L'Inde. Un million de révoltes*, Londres, 1990, Paris : Plon, 1992, p.13.

5 V. S. Naipaul, trad. par S. Mayoux, *L'Énigme de l'arrivée*, Londres, 1987, Paris : Bourgois, 1991, pp.127~230.

6 Ibid..

7 S. Rushdie, *Patries imaginaires*, p.164.

8 C. F. Ramuz, *Raison d'être*, Paris : La Différence, 1991[1914] 참조.

시키는 그러한 종류의 냉혹성을 자기 자신에게 적용하면서 트리니다드의 수도 포트오브스페인에서 사우샘프턴까지의 여행을 회상한다. "제국에서 멀리 떨어진 [자기] 고향의 촌사람으로"[9] 온 네이폴은 자신이 인도의 문화 전통을 진정으로 전유할 수 없을 뿐만 아니라 자신의 교육과 출신 그리고 피부색으로 인해 런던의 지적이고 문학적인 관습으로부터 매우 멀리 떨어진 "반쪽짜리 인도인"이라는 점을 알아차린다. "그 반쪽짜리 인도인 세계," — 그가 트리니다드에 관해 쓴다. — "공간과 시간의 면에서 인도로부터 멀리 떨어져 있고 언어를 반쯤 이해하지 못하고 종교도 의례도 깊이 통찰하지 못하는 사람이 보기에 신비로 가득 찬 그 세계, 그 반쪽짜리 인도인 세계는 그가 경험하는 사회의 형태였다."[10]

네이폴은 교육 과정을 마치고 작가로 힘겹게 데뷔한 후 윌트셔 정착을 상기한다. 영국의 이 농촌 지방에서 마침내 그는 "제2의 탄생"을 맞이한 듯이 영국인이 "되고" 풍경과 계절의 순환 그리고 이 나라 사람들의 역사와 삶을 이해하려고 시도한다. "나는 서서히 지식을 획득했다. 그것은 내가 트리니다드에서 어린 시절에 배웠던 식물과 꽃에 관한 거의 직관적인 인식과 비교되지 않았다. 제2의 언어를 배우는 것과 같았다."[11] "바로 그 시기에 나는 그 구체적인 계절을 알아보고 꽃, 나무, 강의 어떤 상태를 그 계절에 연결하기를 배웠다."[12] 어떤 나라에 끼어들고 그곳의 일상적인 "친근감"을 맛보려는 이 열렬한 의지, 그리고 그곳의 역사를 재빨리 파악해서 자신에게 적용하는 이 방식이 부재나 결핍 또는 그에게 그러한 것

9 V. S. Naipaul, L'Énigme de l'arrivée, op. cit., p.169.
10 Ibid., p.144.
11 Ibid., p.43.
12 Ibid., p.249.

으로 느껴지는 것을 얼버무리기 위해서인 듯 끊임없이 상기된다. "나는 이 땅의 늙음, 인간에 의한 이 땅의 전유를 언제나 의식하고 있었다 (…중략…) 이제 나는 영국에 도착한 이래 처음으로 풍경에, 이 쓸쓸한 장소에 온전히 녹아들 수 있었다."[13] 역사가 없고 문학이 없고 전통이 없고 고유한 문화가 없다는 우선 부정적으로 규정된 외국인 신분, 그가 자신의 "불확실한 과거"[14]라고 부르는 모든 상황을 종식시키기 위해 그는 "영국인다움"에 젖어 든다.

따라서 그는 아마 자유 결정에 의한 영국적 세계관, 영국인들보다 더 영국인 같고 더 제국과 영국의 잃어버린 역량을 그들보다 더 그리워한다고 확언하려는 거의 도발적인 의지, 스스로 서양 문명의 소산이라고 공언하는 자긍심을 지니고 있을 것이다. 『뉴욕 리뷰 오브 북스』에 발표된 그의 강연은 대영제국의 가치에 대한 그의 빈틈없는 동일화의 멋진 예시로서 '우리의 보편적인 문명'[15]이라는 제목 자체가 전유의 요구를 전제한다. 두 유형의 식민주의, 유럽 체계와 이슬람 식민지화 사이의 겉보기에 객관적인 비교를 실행하면서 그는 후자를 비난하고[16] 자신이 전자의 소산임에 대해 집착과 자긍심을 확언한다. "그리고 보편적인 문명을 제시해야 한다면 그것은 나에게 주변부에서 중심 쪽으로의 그 여행을 허용한 문명이라고 말하겠습니다." 네이폴은 이 보수적이고 환멸적이고 불가능한 입장을 견지한다. 피부의 낙인으로 말미암아 자기 동포, 영국의 옛 식민지

13 Ibid., pp.30~32.

14 Ibid., p.121.

15 V. S. Naipaul, "Notre civilisation universelle", discours prononcé au Manhattan Institute de New York, *The New York Review of Books*, 1991.1.31.

16 V. S. Naipaul, trad. par N. Zimmermann et L. Murail, *Crépuscule sur l'Islam*, Paris : Albin Michel, 1981을 볼 것.

피지배자에 대한 이러한 종류의 특수한 "배신"을 끊임없이 상기한다.

우선 민족의 독립에 대한 요구에서부터 그에게 영국 유산의 흔적을 인정하게 하는 이 묘하고 서글픈 명석함은 우리 시대의 인도에 관한 그의 복잡하고 괴롭고 힘겹고 모호한 시선에조차[17] 깃들어 있다. 그는 냉정하게 가까이 다가감으로써 다음과 같은 말만큼 역설적이고 참을 수 없는 진실을 표명할 수 있게 된다. "오래전부터 인도의 역사는 정복자들에 의해 기록되었다."[18] 나중에 인도의 민족주의운동에 자양분을 제공하게 되는 조국과 민족 유산 그리고 문화와 문명의 관념 자체가 세계와 역사에 대한 영국적 이해 방식의 결과이다. 또한 그는 어린이였을 때 머나먼 트리니다드에서 "윌리엄 존스 경이 1789년에 번역한 산스크리트어 희곡 샤쿤탈라에 관해 괴테가 한 말"[19]을 알았다.

네이폴이 매우 일찍 간파하듯이 그를 사로잡고 있는 묘한 역설, 연속적인 궁지는 이러한 것이다. 그리고 그의 비관적인 영국관, 목가적인 나라와 오래전의 권세 및 쇠퇴를 말해주는 시골의 작은 성에 대한 그의 보수적인 시선, 영국의 역량에 대해 그가 거의 식민자처럼 느끼는 그리움은 관점의 기묘한 전도와 영국적 세계관에 대해 지지는 하지만 결코 완전히는 동의할 수 없는 그의 입장을 드러내는 그만큼 많은 징후이다. 루슈디가 환기하는 "네이폴의 차분한 환멸"[20]은 그의 탐방 기사에서만큼이나 그

17 시간의 경과에 따라 바뀌고 1962년에 이루어진 그의 첫 번째 여행(『어둠의 환상』, 파리 : 부르구아, 1989), 1975년에 그가 『부서진 인도』(파리 : 부르구아, 1989)를 쓰기 직전의 여행, 끝으로 앞의 책 『인도. 백만 번의 반란』에서 이야기된 1990년의 마지막 여행 사이에서 변화하는 시선.

18 V. S. Naipaul, *L'Inde. Un million de révoltes*, p.439.

19 Ibid., p.446. 18세기의 영국 대학자, 계몽주의의 열렬한 지지자, 콜카타의 벵골 최고법원 재판관으로 임명된 윌리엄 존스는 큰돈을 벌기 위해 인도에 와서 인도의 신성한 전통의 위대한 텍스트를 번역하기 위해 산스크리트어를 배웠다.

의 허구 작품예컨대 『유격대원들』[21]에서도 제3세계 국가에 그 냉소적이고 실망한 시선을 던지는 방향으로 네이폴을 유도하는 요소로서, 그가 "동화된 이" 또는 "배반자"의 신분에서 식민지 피지배자, 철저한 회의주의자의 신분까지 걸쳐 있어서 생기는 결과이기도 하다.

'영국인다움'에 대한 그의 자발적인 추구는 영국 여왕에 의한 작위 수여로 보상되는데, 이로 말미암아 그는 당연히 형식과 문체의 면에서 전혀 혁신하지 않는 방향으로 이끌린다. 그의 정치적 보수주의, 언어학자들이 말하듯이 영국의 정치 및 문학 공간에 대한 일종의 과잉 정정은 또한 그의 모든 글에서 발견된다. 그의 모든 서술과 그의 모든 이야기에서 찾아볼 수 있는 전통성은 이 비장한 정체성 추구에 직결된다. 영국인처럼 글을 쓰는 것은 영국의 규범에 자신을 맞추는 것이다.

2. 앙리 미쇼, 외국인이란 무엇인가?

어떤 관점에서 보자면 앙리 미쇼의 문학은 그가 정치적으로 피지배 공간 출신이 아니라 언어적으로 피지배 공간 출신이라는 사실을 별도로 치면 네이폴의 문학과 상당히 가깝다. 프랑스어권 벨기에는 여전히 프랑스에 언어적으로 종속되어 있다. 벨기에에서 태어난 미쇼는 민족 시인의 운명을 거부하고 프랑스 시인이 되기 위해 자신이 벨기에 출신임을 잊고 잊게 하기를 선택했다. 언어 공동체, 그리고 억양은 별도로 치고 국외의 민족 공동체에 속한다는 외적 징후의 부재는 당연히 중심부의 시인은 공

20 S. Rushdie, *Patries imaginaires*, p.399.

21 V. S. Naipaul, trad. par A. Saumon, *Guérilleros*, Paris : Albin Michel, 1981.

동체로 들어가는 이와 같은 거의 은밀한 통합에 유리하게 작용한다. 발론 사람으로서 앙리 미쇼는 이화의 길, 다시 말해서 지역 정체성 또는 벨기에의 민족 정체성에 대한 요구와 프랑스문학 공간에 동화되는 길 사이에서 선택권이 있었다. 1899년 나뮈르에서 태어난 벨기에인으로서 1925년에야 파리에 정착한다. 그가 1926년의 어떤 시에서 언급하고그는 이 텍스트의 최종판에서 이 언급까지 지우게 된다[22] 시오랑이 털어놓은[23] "유럽 다른 쪽 끝의 'r' 발음"을 연상시키는 억양이 아니더라도 그에게 기묘함의 인정이라는 이점을 부여하지 않고 지방민에 가깝게정의상 너무 가깝게 만드는 소외와 타자성의 상황에 놓인다.

그의 몇몇 시집, 『어떤 펜』1930, 『아시아의 미개인』1933, 『그랑드 카라바뉴 기행』1936, 그리고 『다른 곳에서』1948에서 거리와 간격에 대한 미쇼의 강조, 국가와 민족, 외국인과 토착민에 의한 세계의 분할은 어떤 순수한 시적 초안의 전제를 나타낼 뿐만이 아니다. 억양과 품행 그리고 단순한 존재 방식에 의해 이상한 외국인의 지위로 되돌려지는, 프랑스에 아주 가까운 이웃, 이를테면 완전히 외국인이지 않은 채 외국인이고 어떤 것도 자신을 "다른 사람"으로 특기하지 않은 상태에서 자신의 근접성으로 인해 "똑같게" 되기가 가로막히는 이만이 토착민과 타자 사이의 세계 분할을 생각해낼 수 있다. 민족지 담론에 대한 그의 패러디는 영국에 동화된 다른 아일랜드 "외국인" 스위프트의 계획에 매우 가까운 것으로서 특히 『그랑드 카라바뉴 여행기』에서 분명히 드러난다. 그리고 적어도 프랑스에서는 스위프트의 『여행기』가 갖는 전복적이고 도발적인 위력을 거의

22 Jean-Pierre Martin, *Henri Michaux. Écriture de soi, Expatriations*, Paris : José Corti, 1994, p.288 참조.

23 E. M. Cioran, *Écartèlement*, Paris : Galliard, 1979, p.76.

무시했는데, 이와 마찬가지로 미쇼의 이 『여행기』도 아마 시인의 실제 상황, 외국인이라는 사실 자체에 매혹된 "지방민"에 결부시키면서 읽지는 않았을 것이다.[24]

미쇼는 자신처럼 가짜 파리인이고 1924년 머나먼 우루과이에서 와서 입양으로 프랑스 시인이 되고 당시의 가장 위대한 작가들에 의해 인정받고 모든 주요한 잡지에 시를 발표한 에콰도르 시인 알프레도 간고테나와 함께 1년 동안의 유명한 에콰도르 여행을 떠났다. 이 일주 여행은 에콰도르가 거의 간고테나의 벨기에라는 점을 입증하는 기회일 뿐이었다고 기꺼이 인정한다면, 큰 반향을 불러 일으킨 그 첫 번째 책에서 시적 이국취향의 모든 유혹을 철저하게 떨쳐버리려는 그의 도발적인 의지를 더 잘 이해할 것이다. 프랑스에 대한 그들의 관계와 그들의 격리는 외면에 매혹되었다는 점에서 유사한 이것이 지리적이건 언어적이건 문화적이건 모든 열광, 모든 현실성을 인정하지 않으려 한다. 그들의 이 공통된 의지에 힘입어 미쇼는 중심을 벗어난 자신의 상황을 보편화할 수 있게 된다. 또한 두 언어 병용 덕분으로 그들은 서로 동일시할 수 있게 된다. 즉 발론 사람인 미쇼는 플라망어로 공부했고 젊은 사람으로서 두 언어 모두에서 벗어날 수 있게 해줄 수 있었을 에스페란토어의 미래에 관심을 기울였다. 이처럼 그는 싫어하는 벨기에와 간고테나에게 출생 장소임과 동시에 "문학적 망명"의 땅인 에콰도르 사이에 일종의 동등성을 확립한다.

젊은 앙리 미쇼가 저주 또는 열등으로 본 이 벨기에 소속의 중요성에

---

24 그의 텍스트에서 외국인은 흔히 수상쩍다. "외국인들이 올 때 영토의 경계에서 그들을 수용소의 울타리 안으로 몰아넣는다. 그들은 많은 시험 이후에야 조금씩만 나라 안으로 맞아들여진다." Henri Michanx, Ailleurs, Voyage en Grande Garabagne, Paris : Gallimard, 1948, pp.50~51.

대한 검증을 1959년 로베르 브레숑과의 대담집에[25] 발표된 「59년의 삶에 관한 몇 가지 정보」에서 발견할 수 있다. 미쇼는 몹시 공인받은 시인이 되었을 때 전기적 사실을 내비치는 행위를 몹시 싫어함에도 불구하고시오랑과 공통된 별개의 특징. 어떤 문학 환경에 동화되어 자기 출신을 잊게 하는 데 성공한 망명 시인은 논리적으로 자신이 밟은 변모의 단계를 환기하려고 들지 않는다 유일한 자화상의 몇 가지 구체적이고 간결한 특징을 인정한다. 젊은 벨기에인 시인의 이 자화상에서 그는 자신이 받은 문학 교육, 자신의 관심을 끈 세계주의적 벨기에 잡지의 중요성을 상기시킨다. 하지만 무엇보다도 자신의 벨기에 소속을 떨쳐버리려는 의지에 관해 분명한 의사를 표명한다. 그가 명백하게 밝히길 1922년에 "벨기에를 결정적으로 떠나고"나서 1929년부터 "거슬러 여행한다. 이는 그로부터 조국과 온갖 종류의 애착 그리고 마음속에서 본의 아니게 그에게 달라붙은 그리스나 로마 또는 게르만 문화 또는 벨기에 관습을 몰아내기 위해서이다. 망명 여행."[26]

조국에 대한 이런 명백한 거부는 1920년대에 앙리 미쇼의 도정 전체를 나타내고 초기 텍스트의 소재 자체를 이룬다. 자신에게 증여된 유산을 떨쳐버리고 다른 문화 및 문학 전통을 자신의 소유로 하고 가능한 최선의 결과로서 그 전통과 동일시되기 위한 그의 노력은 자신의 망신스러운 출신을 부인하기 위한 시도와 함께 간다. 우리는 『펜』의 후기에서 그가 가족 및 민족 유산에 대한 거부를 격하게 확언했다는 사실을 기억한다. "나는 내 아버지를 거슬러 (그리고 내 어머니를 거슬러, 내 할아버지, 내 할머니, 내 증조부모를 거슬러) 살았다. 더 먼 조상들은 알지 못하므로 그들에 맞서서는 투쟁할 수 없었다."[27]

---

25 Robert Bréchon, *Henri Michaux, NRF*, 1959. *Oeuvres complètes*, pp.129~135에 재수록.
26 Ibid., p.12.

이런 곡절로 훨씬 나중에 그는 민족으로의 병합을 전부 거부했고 벨기에문학의 선집에 모습을 보이려 하지 않았다. 자신의 이름에 대한 증오는 가족에 대한 반감과 민족에 대한 거부를 포함하는 만큼 그가 짊어지는 저주의 명백한 징후이다. "그는 '저급'이라는 평점을 받을 라벨과 비슷하게 자신이 싫어하고 부끄러워하는 저속한 자기 이름으로 계속해서 서명한다." 그가 「몇 가지 정보」에서 쓴다. "아마 그는 자기 이름을 불만족스럽고 못마땅해도 충실하게 간직할 것이다. 그러므로 결코 긍지를 느끼면서가 아니라 각 작품의 끝에 놓일 이 쇠공을 언제나 질질 끌면서, 승리와 완성의 축소된 감정으로 그것을 이처럼 보존하면서 작품을 창작할 것이다."[28]

3. 시오랑, 루마니아 태생이라는 불이익

주요한 문학 중심에 동화된 작가의 도정은 문학적 지배의 갖가지 유형과 형식을 죽 훑어볼 수 있는 일종의 목록을 제공한다. V. S. 네이폴에게는 문학적 지배로 인해 배가된 정치적 지배가 실행된다. 미쇼는 언어와 문학의 면에서 종속되어 있다. 하지만 E. M. 시오랑에게는 오로지 문학적인 형태의 폭력이 행사된다. 매우 궁핍하고 비교적 새로우나 정치적으로도 언어적으로도 프랑스에 의해 지배받지 않는 문학 공간 출신의 시오랑은 루마니아로부터 멀리 망명하고 프랑스어를 채택하기 위해 자기 언어를

27 H. Michaux, Plume, précédé de *Lointains intérieurs*, Paris : Gallimard, 1938, p.68. 그는 청소년기에 필시 자유의 길을 발견하려는 의지와 출신으로부터의 가능한 해방에 관한 절절한 물음에 사로잡혀 유전 및 계보와 관계가 깊은 문제에 열중했다.

28 H. Michaux, loc. cit., p.17.

버릴 정도로 자기 민족의 명분을 "배반하며", "작은" 나라의 모든 작가가 처하는 운명에서 벗어나기 위해 문학의 수도에 통합되기를 "선택한다".

그는 파리에 도착할 때1937 이미 자기 나라에서 널리 알려진 젊은 지식인이다. 거기에서 4권의 책을 펴냈고 1945년에 두 권의 출간이 이어지게 되는데, 그것 가운데 한 권은 『패배자들의 지침서』라는 상징적인 제목의 책이다. 하지만 프랑스에서 그는 외국인이고 무명이며 번역되지 않고 가난하다. 연장되는 학창 생활을 계속하면서 극심한 궁핍에 시달린다. 이름 없는 하층 프롤레타리아 지식인으로 떨어지는 이러한 종류의 전락으로 인해 유럽의 가장자리에서 작가로서 처음에 경험한 상황에 다시 처한다. 상황이 두 배로 어려워진다. 배가된다. 하지만 프랑스에 도착하고 10년이 지난 후 프랑스어를 글쓰기 언어로 채택하고부터는 개인적 "변모"가 마무리된다. 그에게 이는 그가 증언했듯이 진정한 시련이다. "스무 살에 언어를 바꾸기는 아직 괜찮다. 하지만 서른 살, 서른여섯 살에는 (…중략…) 나에게 그것은 끔찍한 경험이었다. 다른 언어로 넘어가는 일은 자기 언어에 대한 포기를 대가로 해서만 이루어질 수 있다."[29] 시오랑이 프랑스어 작가로 바뀌는 이 (뒤늦은) "재탄생"은 "루마니아적 특성"의 온갖 흔적을 없애는 과정을 거친다. 정당한 권리를 갖고서 프랑스의 문학적이고 지적인 유산에 참여한다고 주장하기 위해, 다시 말해서 루마니아인으로서 느끼는 치욕의 흔적으로 더 이상 얼룩지지 않을 수 있는 특별한 인정을 향유하고 자신의 "타고난 재능"이 민족에의 소속으로 오염될 우려를 떨쳐버리기 위해 시오랑은 자신의 과거를 잊히게 만들어야 한다. 물론 민족주의와 파시즘 사상의 강박관념은 별도로 치고 앙리 미쇼시오랑은 그와 매

29 G. Liiceanu, op. cit., p.114에서 재인용.

우 깊은 관계를 맺게 된다[30]의 행로가 거의 정확하게 재발견된다. 미쇼 역시 자신의 벨기에 억양, 자신의 혈통을 지우려고 애쓰고 가족에 대한 증오와 유전에 대한 경멸 그리고 플랑드르 풍경에 대한 혐오를 공언하면서 온 힘을 다해 프랑스인이 "되고" 출신의 낙인을 없애기를 바란다.

하지만 시오랑이 실행하는 프랑스어로의 전향은 어떤 "문체"의 선택을 통해서만 이행된다. 프랑스어보다는 오히려 라신의 언어또는 "위대한 문체"를 시오랑은 선택한다. 이 문체의 (하이퍼) 고전주의는 실제로 그를 프랑스 문화의 확실한 역량이라는 추정된 단계로 이끌었다. 시오랑은 "순수한" 천재성에 도달하기 위해서인 듯 가장 높은 등급의 보편적 인정에 상응하는 프랑스 언어 및 문체의 상태를 회복하려고 애쓴다. 그리고 문화와 빛나는 고전주의에 대한 이 위계적 이해 방식에서 19세기 말에 해방된 "작은" 유럽국 전부에 대해 그토록 큰 중요성을 지닌 헤르더넓은 의미에서 독일 이론의 흔적을 알아차릴 수 있다. 시오랑의 문체, 다시 말해서 작품 전체를 우리가 이미 살펴보았듯이 특히 독일인에게 경쟁의 의지를 촉발한 "고전주의"의 화신, 루이 14세시대의 프랑스가 갖는 우월성에 대한 18세기부터 이어져 온 믿음의 변형들 가운데 하나로 읽을 수 있다.

그는 프랑스 작가로의 변모, 즉 "변신"의 야망과 역사의 쇠퇴 및 궁지에 대한 강박관념 그리고 역사에 대한 "민족적" 이해 방식으로 말미암아 이중의 문학적 반전을 실행하는 쪽으로 이끌린다. 우선 루마니아에서 프랑스로 넘어가고 다음으로 자신의 동시대인을 기막히게 무시하면서 미적 논쟁 및 혁신을 거의 알지 못하는 상태로 자신의 보수주의 이데올로기네이폴의 경우와 매우 유사한 입장를 더 잘 섬기기 위해 의고체로 돌아간다. 바로 이러한

30 Ibid., p.124. "우리는 매우 친한 친구였다. 심지어 그는 나에게 자기 작품의 유증 수혜자가 되어달라고 요청했으나 내가 거절했다."

활동이 1949년에 (『해체의 개설』에 힘입어) 관심을 끄는 데 성공하고 위대한 민족문학의 징후에 대한 그의 존경평단에서 "20세기의 로슈푸코"라고 말하게 된다과 스스로 쇠퇴한다고 느끼는 지적 역량에 대해 그가 외국인으로서 표명한 경의를 이유로 프랑스에서 일정 부분 공인받는다. 본질적으로 모호한 사유를 중심으로 비평의 오해가 많았다. 마치 과잉 동일시, 역사의 아이러니 탓으로 프랑스인보다 더 프랑스인답게 된 루마니아 작가의 국가적 상상력에 의해 부활한 문학예술의 "위대성"에 관한 가장 인습적인 이미지와 쇠퇴의 두려움에 사로잡히고 민족문학사의 재현 및 문체와 사유에 대한 가장 케케묵은 이해 방식에 안주하는 프랑스인의 문학적 환상 사이의 마주침이 시오랑의 활동을 통해, 세계문학공화국의 역사만이 설명할 수 있는 일종의 착각을 통해 실현되기라도 하는 듯하다.

4. 라뮈, 불가능한 동화

스위스의 젊은 작가 라뮈는 "보 지방의 억양"에 대한 옹호자 겸 『카이에 보두아』의 창간자가 되기 전에 1914년 전쟁 이전의 여러 해 동안 약간은 이전의 앙리 미쇼처럼 파리 문단에 동화하고 비록 스위스 보 지방 출신일지언정 프랑스 소설가가 "되려고" 시도했다. 다시 말해서 프랑스 소설가로서 공인받고자 했다. 그렇지만 인접성 자체로 인해 파리에 통합되기가 어려웠다. 받아들여지기에는 너무 가깝고 사투리 억양으로 프랑스어를 말하고, 다시 말해서 공인 심급에서 보기에 너무 지방적인 데다가 비평 심급의 관심을 불러일으키기에는 너무 멀리 떨어져 있어서, 다시 말해 낯설고 이국적이고 새로워서 몇 년 후 파리에서 배제되고 거부된다.

1914년 자기 나라로 돌아와서는 『존재 이유』를 출간한다. 동화될 수 없는 젊은 지방 시인의 이 비장한 경험이 이야기된다. 『존재 이유』는 그가 스위스로 돌아와 창간한 잡지의 첫 호 겸 그의 친구 에드몽 질리아르 및 폴 뷔드리와 함께 창간한 『카이에 보두아』의 창간 선언이 된다.

라뮈의 여정과 행로를 이해하는 데 중대한 텍스트인 『존재 이유』는 파리의 규범을 뒤집어 놓고 "가치들"의 순서를 바꾸어 놓으려는 그의 의지를 실천에 옮긴 것이다. 즉 그는 과소평가된 특징을 공언된 차이로 바꾸고자 한다. 그러므로 이 "고향으로의 귀환"은 자신의 억양과 품행으로 인한 낙인을 정체성의 요구로 바꾸려는 결심을 나타낸다. 그가 파리 생활을 상기하면서 이렇게 쓴다.

> 나는 거기에 참여하고자 헛되이 노력한다. 거기에서 나는 서투르고 스스로 그렇다는 것을 알아차리지만 나의 서투름은 늘어날 따름이다. 가소롭게 되는 곤경. 더 이상 말할 수 없고, 걸을 수조차 없다. 억양에서나 태도에서나 온갖 사소한 어조 차이가 가장 두드러진 어조 차이보다 더 나쁘고 사람을 훨씬 더 거북하게 만든다. 영국인은 여전히 영국인이다. 영국인은 놀라지 않는다. '명확히 분류되어' 있기 때문이다. 나는 내 주변 사람과 거의 유사하다. 완벽하게 같아지려고 하므로 아주 미세하지만 몹시 눈에 잘 띄는 차이에 좌절할 뿐이다.[31]

중심 출신이 아닌 모든 이가 직면하는 비극과 불가능한 선택에 관해 지극히 명석한 탓으로 그는 20여 년 후 『보 사람의 수기』에서 파리의 적의를 재론한다. 마치 문학의 수도가 "적절한 거리를 유지하지" 않은 모든 이를 받아들일, 다시 말해서 공인하고 인정할 수 없는 듯하다.

파리인이 된 지방민은 거리에서 파리의 겉모습과 파리의 거동을 채택한다. (…중략…) [그는] 본질적으로 지방민으로 보이지 않도록 몹시 애쓴다. 파리는 꽤 적대적이다. 왜냐하면 파리에 속하지 않는 이들, 즉 거동이나 행동 또는 어조나 몸짓을 파리의 것에 맞추지 않는 이들을 사전에 배제하는 듯하기 때문이다. (…중략…) 당신은 그렇거나 그렇지 않거나 한다. 만약 당신이 그렇지 않다면 그렇다는 모습을 보이지 말라. 당신이 눈에 띄게 된다. 이로부터 무슨 일이 초래될지 (…중략…) 당신의 모험은 당신이 은근슬쩍, 하지만 결정적으로 배제되는 결말을 맞이하게 된다.[32]

자신을 잡종적 인물, 가짜 외국인 겸 참된 지방민, 목록이 작성된 어떤 특수성의 명목으로도 받아들여질 수 없는 파리의 영원한 농부로 만드는 이 먼 근접성을 그는 그토록 잘 분석하여 받아들여질 기회를 얻는 데 필요한 거리를 이론화할 정도이다. 앞에서 우리가 말한 "라뮈의 딜레마"는 정확히 공인 심급과 관련하여 마땅히 유지해야 하는 거리에 대한 이와 같은 분명한 통찰력이다. 정확히 말해서 그의 경우에 단호한 단절은 우회하는 것이 불가능하고 그를 동화하려고 하지 않은 파리에 대해 그가 "적절한" 거리를 확립하면서, 다시 말해 "파리와의 차이를 과장하면서" 파리로부터 인정받기 위해 채택하게 되는 거의 의식적인 전략이다.

31 C. F. Ramuz, *Raiosn d'être*, p.29.

32 C. F. Ramuz, *Paris. Notes d'un Vaudois*, p.66.

제3장 반란자들

> 그에게 강요된 수단의 결핍은 그토록 상상하기 불가능해서 모든 신빙성을 벗어나는 것으로 보인다. 언어, 문화, 지적 가치, 정신적 가치의 등급, 누구나 요람에서 받는 이 선물 전부가 그에게 소용될 수 없고 쓸모 있게 되지도 않는다. (…중략…) 어떻게 할 것인가? 그는 도둑처럼 다른 수단을 망설임 없이 낚아챈다. 그를 위해서도 그가 추구하고자 하는 목적을 위해서도 마련된 것이 아니지만, 무슨 상관인가, 그의 손이 닿는 범위 내에 있다. 그는 그것을 자신의 의도에 맞출 것이다. 언어는 그의 언어가 아니고, 문화는 조상의 유산이 아니다. 그 사유 기교, 그 지적, 윤리적 범주는 그의 타고난 환경에 통용되지 않는다. 그가 사용하게 되는 무기는 얼마나 애매한가!
>
> 모하메드 딥, 『불을 훔친 사람』

문학적 전략의 두 번째 커다란 "계열"은 적어도 창시의 시기에는 언제나 문학적이고 동시에 민족적인 분화 또는 이화의 계열이다.[1]

라틴어의 의무적인 사용 및 이탈리아 시와 경쟁하기 위해 프랑스의 플레이아드가 경합을 처음으로 표명하고 정립한 이래 문학 창시자의 전략이 거의 전부 나타난다는 점을 명백한 역사적 변이에도 불구하고 확인하는 일은 몹시 놀랄 만한데, 그것은 문학판의 단일화 과정 동안 내내, 다시

---

1 문학적 이화의 일반적인 움직임 안에서 창설(그리고 문학 유산 구성)의 단계는 이어지는 단계들과 구별되어야 하는데, 이 단계들 동안 민족 공간의 문학적 해방 과정이 시작된다.

말해서 이어질 사백 년 동안 이를테면 변함없는 형태로 재발견될 것이다. 즉 문학 창시자의 주된 책무는 이를테면 "차이를 짓는 일"이다.

문학 저작물이 지배 공간에 전적으로 동화될 수 있는 한, 어떤 특수한 자원도 축적될 수 없다. 라틴어와 그리스어 고전에 대한 번역의 실천에 대해 뒤 벨레가 요청한 대항 조치는 어떤 특유한 혁신도 없이, 다시 말해서 "잉여가치" 또는 내세워지거나 표방된 차이 없이 라틴어 자원을 단순히 프랑스어로 번역하는 작업의 결과는 라틴어가 행사하는 전적인 지배의 영속화였다는 사실의 증거이다. 게다가 우월한 문학 전통을 한마디 말도 바꾸지 않고 답습하는 이 실천은 라틴 유산 자체를 늘리고 이 유산의 명증성을 강화하기만 했다. 달리 말하자면 종속에 맞서 투쟁하고 경쟁 관계를 확립하기 위해서는 차이를 창출하고 이를 통해 문학 공간을 형성해야 한다.

뒤 벨레처럼 "초기 문학 세대"의 모든 지식인은 지배 공간의 희생자로서 이 공간에 의한 문학 병합의 현상과 동시에 스스로 거리와 차이를 창출할 필요를 이해했다. 가령 아일랜드에서 1817년 지식인들의 초기 글 이전에 누군가 이렇게 썼다. "정부도 독자도 토착문학, 아일랜드 저작물에 대한 유감스러운 선입견의 희생물을 전혀 장려하지 않는다. 어떤 재능 있는 동포가 자기 저작물의 출판을 통해 높은 평판에 이른다 해도, 이런 평판을 자기 나라에서가 아니라 영국에서 쟁취했음이 틀림없다. 사실 아일랜드인은 문학과 관련하여 어떤 독립적인 견해도 없다."[2] 그리고 1826년에도 『볼스터즈 매거진』에서 "민족 인재의 해외 유출은 우리나라의 풍부한 지적 자본이 완연히 빈곤화되는 원인이다. (…중략…) 아일랜드에

2 Samuel Burdy, *Histoire de l'Irlande des origines à 1800*, p.567; Patrick Rafroidi, *L'Irlande et le Romantisme*, Lille : Presses iniversitaires de Lille, 1972, p.9에서 재인용.

넘쳐나는 인재의 옮겨심기가 이루어지지 않고 인재를 낳은 땅 자체에서 인재가 이국 식물의 외양을 띠었으리라는 참으로 서글픈 확인".[3] 그러므로 요구된 차이의 전적인 부재는 모든 특수한 저작물이 햇빛을 보고 그 자체로 인정받는 것을 가로막는다. 특수하고 민족적인 것으로 선언되고 확립되는 문학 저작물만이 지배문학 (및 정치) 공간에 대한 작가의 종속을 끝장낼 수 있게 해준다.

그래서 수많은 문학 창시자에게서 대개 격렬한 용어에 의한 똑같은 모방의 선고가 재발견된다. 뒤 벨레가 이미 "왜 프랑스어는 그리스어와 라틴어만큼 풍요롭지 않은지"라는 제목의 장에서 모방하는 시인들을 환기했는데, 그들은 "우리의 그토록 빈약하고 헐벗은 언어를 우리에게 남겼고, 그래서 우리의 언어는 장식과 (이렇게 말할 필요가 있다면) 남의 펜이 필요하다".[4] 그리고 우리는 서로 매우 멀리 떨어진 여러 맥락 및 역사에서 이 주제를 재발견하게 된다. 미국 문화 및 문학에 관한 원칙의 진정한 창시자 에머슨은 「미국 대학생들에의 호소」에서 다음 세대의 창작자들에게 불가결한 일종의 미국 독립 선언문을 진술했다. "모방은 자살행위라고" 공언하면서 그는 이렇게 덧붙였다. "시대마다 쓰여야 할 책이 있다. 더 정확히 말해서 각 세대는 다음 세대를 위한 책을 써야 한다. 지난 시기의 책은 다음 세대에 맞지 않는다. (…중략…) 우리는 유럽의 세련된 뮤즈에 너무 오랫동안 귀를 기울였다."

라틴아메리카 작가의 경우는 똑같은 현상의 확실한 예이다. 즉 19세기 내내, 적어도 1840년대까지 라틴아메리카 작가는 모방문학을 생산했다. 베네수엘라의 지식인 아르투로 우슬라르 피에트리는 1960년대부터 라

---

3 Ibid., p.11.

4 J. du Bellay, *Deffence et Illustration de la langue françoyse*, p.23.

틴아메리카문학 전체의 이를테면 생성 공식이 될 "마술적 현실주의"[5]의 "창안자들" 가운데 하나로서 자신의 평론에서 라틴아메리카에 대한 유럽의 영향을 강조했다. 특히 소설에서 모방이 대대적으로 이루어졌음을 밝혔다. 가령 '사막에서의 두 미개인의 사랑'이라는 부제가 붙고 낭만주의의 가장 세련된 감정적 관습 한가운데에서 서로 사랑에 빠져 괴로워하는 이국적인 인디언이라는 마찬가지로 인위적인 인물을 생경한 풍경의 무대에 세우는 샤토브리앙의 『아탈라』1821는 불가피한 모델이 되어 열대 토착주의의 전통을 형성하는 데 이바지했다. 라틴아메리카에서 이 텍스트의 영향은 그토록 오랫동안 강렬해서 1879년에도 우슬라르 피에트리가 분명히 말하길 토착민의 밀도가 높은 지역에서 살았던 에콰도르 작가 후안 레온 메라가 "에콰도르 인디오에 관한 자신의 시선을 포기하고 샤토브리앙의 잘못된 시각을 그들의 비천한 처지에 투사할 정도이다".

바로 이 점에서 왜 쿠바 작가 알레호 카르펜티에르1904~1980가 1930년대에 하바나에서 선언 텍스트를 발표하여 이러한 지적 종속 상태를 중지시키고 순응적인 모방으로 축소된 문학 생산을 끝낼 필요성을 공언하는지 이해할 수 있다.

> 라틴아메리카에서 어떤 모방의 풍조가 유럽 것에 대한 열광으로 인해 생겨나 우리의 표현 방식을 몇십 년 지체시키는 유감스러운 결과를 낳았다. 19세기 동안 우리는 낭만주의, 고답파, 상징주의 등 구대륙의 온갖 열기에 15년에서 20년 정도 늦게 빠져들었다. 라이식이 테오도르 방빌의 정신적 아들인 것처럼 루벤 다리오는 베를렌의 정신적 아들로 데뷔했다. (…중략…) 인디오들이 우리

5 A. Uslar Pietri, *Insugés et Visionnaires d'Amérique latine*, pp.153~160.

의 풍경과 떼어놓을 수 없는 경이로운 전설을 이야기하는 동안 우리는 후작 부인과 사제이 있는 트리아농을 꿈꾸었다. (…중략…) 현재 아메리카의 많은 예술 영역은 콕토나 그저 라크르텔이 아니라면 지드의 영향 아래에서 존속한다. 이는 우리가 열렬히 맞서 싸워야 하는 악들 가운데 하나이다. 어쩌면 우리의 약점들 가운데 하나라 말해야 할 것이다. 하지만 불행히도 우리가 라틴아메리카의 감수성을 나타내는 독창적인 표현을 산출하기 시작하려면 '유럽과 연결된 다리를 끊자' 하고 말하는 것으로는 충분하지 않다.[6]

이 독창적인 표현을 산출하는 것은 차이를 짓는 것이다. 다시 말해서 특수한 자원을 창출하는 것이다. 문학의 기반은 국가의 기반과 관계가 깊으므로, 처음 세대의 작가는 이러한 문학적 부를 모으고 집중시키기 위해 모든 가용 수단을 이용한다. 이 수단들은 고려된 문학 공간의 초기 유산에 따라 다르게 된다. 단숨에 더 부유해진 문학 공간에서는 풍부화의 경로가 국내로의 번역다시 말해서 신성화된 텍스트들의 번역, 문학 기법과 방식의 수입, 새로운 민족문학 자본의 지정 등 중심의 유산을 다양하게 돌려쓰는 형태를 띤다.

가장 늦게 오고 가장 궁핍한 문학 공간에서 헤르더 이론에 의해 퍼지게 되고 전략과 문학의 격리에 대한 해결책 전체를 변화시키는 중대한 혁신은 "민중"의 관념이다. 이 관념은 헤르더에 의해 시작된 사유 체계에서 이것과 동의어인 민족 및 언어의 관념과 함께 문학 창시자에게 많은 수단을 제공하는데, 그것은 가령 민족의 설화와 전설로 변형된 민담의 수집, 국어를 보급하고 대중적인 내용을 연극의 소재로 활용하고 동시에 전

6 Alejo Carpentier, "América ante la joven litertura europa", *Carteles*, 1931.6.28, La Havane. 저자가 번역.

국적인 규모의 관중을 형성할 수 있게 해주는 민족적이고 민중적인 연극의 창시, (예컨대 그리스나 멕시코의 경우에) 유구한 유산의 표방 또는 문학의 시간에 대한 측정의 문제화 등이다. 이 메커니즘을 다른 이보다 더 잘 이해한 라뮈는 작은 나라의 "차이" 자원을 환기하기 위해 스스로 "자본"이라는 용어를 사용했다. "몇몇 나라는 (…중략…) 차이 때문에만 중요하다. (…중략…) 그런데 이 나라들의 진정한 자본인 차이가 보편적인 환전 및 교환 은행에 나타나도록 활용되기에 이르지 못한다."[7]

1. 문학을 위한 민중의 용도

헤르더 이래로 민족, 언어, 문학, 그리고 민중은 동등하고 서로 대체될 수 있는 용어로 여겨졌다. 이 동일시는 뒤 벨레 이래로 규정된 역사 방정식에 세 번째 항을 덧붙인다. 즉 "민중"이라는 범주가 모든 궁핍한 처지에 놓인 작가의 특히 언어 전략 및 가능성 전체를 현저히 변경하게 된다. 헤르더가 최초로 문학에 대한, 따라서 문학 자본에 대한 새로운 정의를 구상하기 위해 내세운 이 관념은 문학적 정당성의 결정적인 기준으로 남아 있었다. 즉 "민중"은 특수한 차이를 산출하고 확언하는 새로운 방식을 실제로 제공한다.

그런데 헤르더 혁명은 그토록 강력하고 그토록 지속적인 효과를 낳아서 "민중에 대한" 긍정은 민중의 용도가 정치적으로 변함에도 불구하고 d 여전히 문학 공간으로의 접근을 허용하는 독특한 요구였다. 실제로 19세

7 C. F. Ramuz, *Paris. Notes d'un Vaudois*, p.65.

기에 독일 모델은 이 관념의 오로지 민족적일 뿐인 정의를 부과했다. 즉 민족의 영역에 속하는 것이 민중적이었다. 하지만 가장 대립적이지는 않더라도 가장 다양한 명제를 예증하기에 적합한 이 변화무쌍하고 혼란스럽고 모호한 관념은 알다시피 매우 큰 폭의 정치적 부침을 겪었다. 19세기 말부터 (사회 계급으로 규정된) 민중에 대한 사회적 이해 방식이 민족적또는 민족주의적 정의에 덧붙여졌다. 따라서 민중은 적어도 뜻이 두 가지로 해석되는 관념이 됨에 따라 이제 민족의 알짜라 할 만한 신화적 농민에 의해 전형적으로 구현되는 민족 공동체 전체의 다른 이름이었을 뿐 아니라 당연히 이른바 민중 계급으로 축소된 민족 전체의 일부분을 가리키기도 했다. 이 관념들은 전혀 상호모순적이지 않고 오히려 서로 겹치는 것이었다.

"민중문학또는 민중어"이라는 불확실하고 다의적인 관념이 헤르더의 혁명 이래로 국제문학 공간의 정치적 극점에서 문학의 정당성을 밑받침하는 기준과 여전히 일치하므로, 어떤 유구한 문학도 없는 상황에서 이 관념에 힘입어 문학 자원이 축적될 수 있으므로, 두 세기 전부터 국제 공간이 점진적으로 확대된다는 사실로 인해 문학 재화를 갖추지 못한 게임 주역의 수가 끊임없이 증가하므로, 이 관념의 정치적 용도가 서서히 변하는데도 이 관념 자체는 영속화하게 된다. 뚜렷이 서로 다른 정치와 언어 그리고 문학의 맥락에서 작가가 이 관념을 재발견하고 재생산하게 된다. 민중은 작가를 대변인으로 두게 될 구성된 실체가 아니다. 작가에게 민중은 무엇보다 먼저 문학적또는 문학-정치적 구성물, 독특한 용도를 갖는 일종의 문학적 및 정치적 해방의 수단, 자신이 심각한 문학적 궁핍 상태에 있을 때 문학적 차이, 따라서 문학 자본을 생산하는 방식이다. 20세기 초부터 문학계와 지식인 사회에서, 특히 정치적 해방을 위해 투쟁하는 지역의 민족주의 투사에게서 찾아볼 수 있는 공산주의 이데올로기 및 믿음의 확산은 새로운 정치적, 미적, 문학 규범의 출현에 유리하게 작용하는데, 이러한 규범의 이름으로 문학의 "민중적" 성격이 확연히 드러나게 된다.

문학의 민중적 성격에 대한 각 이해 방식과 정의에 따라 특별한 미의식과 문학적 형식이 유발되므로, 출현하는 문학 공간에서 초기의 미적이고 동시에 정치적인 경쟁이 이 관념 자체를 둘러싸고 생기게 된다. 문학 저작물이 아니라 민중과 "민중적" 성격에 대한 "적절한" 규정을 중심으로 초기의 투쟁이 명확해진다. "계급"으로서의 민중을 명목으로 어떤 지식인들은 용어 자체가 정치적이고 여전히 정치적인 상태에 머물러 있는 논쟁의 한가운데에서 일종의 한술 더 뜨기를 실행하면서 민중에 대한 민족주의적 규정의 부과를 거부하고 이를 통해 정치적 반대와 상대적이고 역설적인 문학의 자율성을 자신의 입장으로 내세운다.[8]

아일랜드문학 공간의 형성은 이러한 미학적 단절 및 경쟁을 실감 나게 보여준다. 아일랜드 문예부흥운동은 두 정치-문학적 "시기"의 전환점에서 일어난다. "낭만주의"에서 "현실주의"로의 이행은 또한 민족로서의 민중이라는 관념에서 계급으로서의 민중이라는 관념으로 이르는 의미-정치 변화의 시기이기도 하다. 적어도 이 용어의 모호한 어법은 여러 애매한 용도를 허용한다. 예이츠가 권장한 이상주의 미학에 대한 반대는 우선 농민 현실주의의 형태를 띠는데, 이 형태는 특히 코크의 현실주의자들에 의해 구현된다. 다음으로 민족 투쟁에 참여한 극작가 숀 오케이시는 도시, 노동자, 프롤레타리아 현실주의를 내세우게 된다. 즉 오케이시는 공산주의적 참여를 확언하는 최초의 아일랜드 작가들 가운데 하나이다. 언

8 가령 1920년대의 후반기에 "한국문학은 두 극점을 내보이는데, 하나는 프롤레타리아 문학이고 다른 하나는 전자에 맞서기 위해 성립된 민족주의문학이다". 김윤식, 「한국현대문학사」, 앞의 책, 7쪽.

뜻 보아 미학적이나 실제로는 정치적인 이 새로운 변형은 오늘날 민중-민족적 문학 미학의 최신 변모들 가운데 하나이다.

2. 민족의 설화, 전설, 연극

헤르더의 이론에서 "민중" 및 "민족"의 관념이 "창안되고"부터, 그리고 최초의 "민족"문학 창시자들에 의한 이 관념들의 재해석으로부터 민족 작가들에 의해 채록되고 수집되고 모음집으로 출간되고 변형되고 개작되는 민중의 설화, 이야기, 시, 전설은 최초로 수량화할 수 있는 문학 자원이 된다. 가령 아일랜드 문예부흥에서 시인들이 최초로 행한 시도는 아일랜드 민중의 특수한 정수를 표현하고 아일랜드 민족문학의 "풍요로움"을 보여준다고 여겨지는 '민담'의 재수집, 재평가, 확산으로 요약된다. 예이츠, 레이디 그레고리, 에드워드 마틴, A. E. 포드리그 칼럼, 존 밀링턴 싱, 제임스 스티븐스 등은 바로 아일랜드 민중에게서 찾아볼 수 있는 정수의 대변인으로 알려지고 인정받기 시작했다. 점차로 발굴되고 선양된 이 전통 이야기는 수많은 시, 소설, 서사, 희곡에 모태의 구실을 하게 되고, 역으로 이것들은 전통 이야기의 "문학화" 작업을 모든 범위상징적 또는 토속적 희극, 비극, 드라마에서 완성하게 된다.

19세기 말의 아일랜드처럼 문맹률이 높아지고 전통적으로 기록문화가 별로 풍부하지 않거나 전적으로 존재하지 않는 나라에서 경험적 구전 지식을 글로 옮기려는 시도는 문학을 "창조하고" 이런 식으로 민중의 경험적 지식을 문학적 "부"로 변화시키기 위한 그만큼 많은 수단이다. 이러한 시도는 본래의 의미에서 어려운 연금술 작업이다. 즉 (문화와 언어에 관한) 민중의 경험적 지식, 그때까지 모든 문학적 평가와 무관한 관습과 전통의 의례화된 표현을 문화 또는 문학의 "황금"으로, 문학 세계로의 접근을 가능하게 하는 인정된 "가치"로 변환하는 일이다. 이 특수한 변환은 주로 두 가지 유형의 메커니즘에 기초를 두고 있는데, 그것은 우선 아일랜드의 "문예부흥 지지자들"이 그랬듯이 민중 설화와 민담의 수집이고, 다음으로 같은 운동에서 흔히 찾아볼 수 있는 민족-민중 연극의 확립이다.

19세기의 "문헌학 혁명"과 관계가 깊은 유럽의 민속학적이고 민중주의적인 민족 차원의 폭넓은 수집 이후에 마그레브나 라틴아메리카 또는 흑아프리카에서 탈식민지화 과정에서 생겨난 나라의 지식인과 작가가 민족학자에 의해 새롭게 재해석된 독일 모델에 따라 똑같은 논리로 문학 유산의 구축 작업을 시작했다. 그들 또한 그때까지 모든 민족 또는 문화의 차원에서 도저히 인정받을 수 없었던 민중의 경험적 지식을 그렇게 헤아려보고 보여주고 분석하고 기록할 수 있었다. 이런 식으로 알제리의 많은 소설가가 민족학 활동과 소설 쓰기를 나란히 수행했다. 예컨대 물루드 마므리1917~1989는 소설가이자 인류학자이고 동시에 극작가이다. 우선 『잊어버린 언덕』[9]처럼 코드화된 문학 모델을 재현하는 유명한 소설 저자로서 특수한 문화를 다시 자신의 것으로 만들려고 애쓴다. 같은 시기에 희곡을 쓰고[10] 『베르베르어 문법』,[11] 베르베르 설화집의 간행,[12] 그리고 『옛 카빌리아 시』[13]에 착수한다. 물루드 페라운1913~1962 같은 다른 작가는

9 Paris : Plon, 1952.

10 *La Mort absurde des Aztèques* suivi de *Le Banquet* (pièces de théâtre en 3 actes), Paris : Perrin, 1973; *Le Foehn ou la Preuve par neuf*, Paris : Publisud, 1982; *La Cité du Soleil*, Alger, Laphomie, 1987.

11 *Tellem Chaho!, et Machaho!*, contes berbères de Kabylie, Paris : Bordas, 1980.

12 Paris : François Maspero, 1976.

13 Paris : François Maspero, 1980; *Les Isefra. Poèmes de Si-Mohand-ou-Mhand*, Paris : Mas-

거의 민족학적인 소설 작품을 택한다. 『빈자의 아들』[14]이나 『땅과 피』1953년 민중주의상[15] 같은 소설에서 자연주의적 묘사는 민족학의 이상과 가까운 거의 다큐멘터리 같은 인상을 준다. 동시에 보다시피 민족의 요구는 소설의 연출에서부터 국가 유산을 구성하는 설화와 전설의 열거와 연출이라는 형태 아래 민족의 문학적 "부"의 과시라는 형태를 띤다. 하지만 문학의 축적 과정이 시작되기 위해서는 이 책무를 의식적이고 분명한 방식으로 실행하는 주역이 필요하다. 다시 말해서 의식적으로 이 민중 자본을 문학의 소재로 변형시키는 작가가 필요하다. 가령 브라질 작가 마리우 지 안드라지의 위대한 소설 『마쿠나이마』1928는 저자의 확언에 따르면 "브라질 민속의 선집"[16]이자 뒤에서 자세히 알게 되겠지만 민족 소설이다.

월레 소잉카에 의해 부분적으로 번역된 다니엘 올로룬페미 파군와1903~1963의 요루바 민담도 이러한 견지에서 연구해야 할 것이다. 파군와는 아마 자기 종족의 구비전승을 요루바어로 옮겨적은 최초의 사람일 것이다. 그의 첫 번째 이야기책 『유령이 나오는 숲에서 어느 사냥꾼이 겪은 모험』은 전통 민담 및 우화의 주제와 특히 이야기 기법을 보여준다. 1950년까지 열여섯 번 재판이 나온 이 책은 학교에서와 나이지리아 교양인 독자들 사이에서 급속도로 인기를 얻었다.[17] 그런데 대중적 고전 겸 준-민족학 자료인 이 "순진한" 글은 요루바 전통을 타고났고 특히 "소리와 행동

---

pero, 1969.

14 Paris : Éditions du Seuil, 1954.

15 Paris : Éditions du Seuil, 1953.

16 1926년 판의 미간행 서문, Michel, Riaudel, "Toupi or not toupi. Une aporie de l'être national", *Macounaïma*, édition critique, p.Rivas (éd.), Paris : Stock, 1996, p.300에서 재인용. 이 책의 433~449쪽을 볼 것.

17 Alain Ricard, *Livre et Communication au Nigeria*, Paris : Présence africaine, 1975, pp.40~46 참조.

의 융합"에 관해 말하는 소잉카 자신의 번역과 해설을 통해서만 문학과 민족 유산의 등급으로 높아졌을 뿐이다.[18] 나중에 꾸밈없이 '피진 영어'로 쓰이고 작중인물들의 삶 속으로 난입하는 괴물과 잔인한 유령 그리고 귀신으로 가득한 환상적인 이야기를 떠올리는 아모스 투투올라의 이야기책[19]은 언어의 과잉 정정과 서양 서사 규범의 재현을 통해 인정받으려고 애쓴 첫 세대의 나이지리아 지식인들에 의해 퇴짜맞게 된다. 하지만 우선 월레 소잉카의 관심을 받게 된다. 그가 보기에 아모스 투투올라의 민중어는 서양의 문학적 이해력에 대해 일종의 한계점을 나타냈다. "야만스럽게 직설적인 이러한 종류의 영어는 유럽 비평가들의 약점, 그들이 자신의 언어 앞에서 내보이는 권태와 새로운 자극에 대한 습관적인 추구를 건드린다."[20] 다음으로 나이지리아 작가의 마지막 세대를 대표하는 사람들 가운데 하나로서 그의 소설 『굶주림의 길』[21]이 1991년 런던에서 출간된 이래 평단의 폭넓은 주목을 받은 벤 오크리의 관심을 끌게 된다. 이 책은 우리 시대의 나이지리아에서 가장 현실주의적인 묘사에 파군와와 투투올라의 경우와 매우 유사한 유령과 요정의 세계를 뒤섞으면서 나이지리아 소설의 신현실주의와 떠들썩하게 결별하고 이런 식으로 세계관의 특수성을 나타나게 할 뿐만 아니라, 문화적이고 종교적인 전통과 관계가 깊은 매우 독창적인 새로운 소설의 길을 제시한다. 이 측면에서 자신의 문학적 조상과 유사한 시도를 하는 벤 오크리는 그런데도 신화적 과거에 자리하기를

18 D. Fagunwa et W. Soyinka, *The Forest of a Thousand Daemons*, Édimbourg, Nelson, 1969.

19 영국에서 출간된 이야기책, 『야자술 주정뱅이(*The Palm Wine Drinkard*)』(페이버, 1952). 이 책을 1953년 레몽 크노가 『관목숲의 술꾼(*L'Ivrogne dans la brousse*)』(갈리마르출판사)이라는 제목으로 프랑스어로 번역했다.

20 D. Coussy, op. cit., p.20에서 재인용. 저자가 번역.

21 trad. par A. Weill, *La Route de la faim*, Paris : Julliard, 1991.

거부하고 반대로 과거의 신화를 현재에 대한 묘사와 분석의 수단으로 삼는다.

연극은 구전과 글쓰기를 매개하는 문학 장르로서, 1920년대의 아일랜드나 오늘날의 몇몇 아프리카 나라처럼 문맹률이 높고 문학 자본이 빈약한 지역에서 문학의 (거의) 보편적인 해결책들 가운데 하나이기도 하다. 전형적인 구술 예술인 연극은 민중예술임과 동시에 출현하는 언어의 "규범화" 수단이다. 연극의 실천은 전통적인 민담의 발굴과 중시에 깊이 관련되어 있다. 예컨대 아일랜드에서 민중의 문화적 실천을 코드화되고 정당한 문학 자원으로 바꾸는 방식들 가운데 하나이다. 그것은 글로의 이행을 통해 구어를 고정하고 다음으로 글을 문학화되고 낭독되는 구술성으로 옮기는 일과 관련된다. 달리 말하자면 연극은 대중적인 관객을 탄생하는 민족문학에 직접적으로 절실히 요구되는 민족적인 관객으로 변모시키는 예술이다. 이 장르에서 예이츠가 그러했듯이 작가는 민중적 말투의 구술성을 노리면서도 글과 문학예술의 가장 큰 고결성에 깊이 관련된 모든 자원을 자신의 권리로 요구한다. 그러므로 연극은 또한 정치적 전복과 반대를 조직할 수 있게 해주는 정치적 관심과 요구에 가장 가까운[22] 문학예술이기도 하다. 탄생하는 상태에 있는 많은 문학 공간에서 민중 유산의 수집과 식민지화의 언어와 구별된 민족어의 요구(와 재발견) 그리고 민족연극의 창시는 분리될 수 없다.

20세기 초에 어떤 "작은" 문학, 카프카에 의해 주목된 이디시어문학이 처한 상황을 1970년대와 1980년대에 두 탈식민 작가가 밟은 도정을 비교할 때 연극의 선택과 새로운 민족어에 대한 요구 사이에 직접적이고

22 권위적인 정치 체제로 인해 예술가들에 대한 검열이 심한 나라에서 영화도 똑같은 방식으로 전복을 실행하고 정치를 문제 삼을 수 있다.

본질적인 관계가 감지되는데, 서로 다른 두 언어권에 속하고 연극 쪽으로 방향을 틀려는 (정치적이고 문학적인) 결정과 새로운 민중어의 채택으로 인해 경력이 "둘로 분할된" 듯이 보이는 그들은 알제리 작가 카텝 야신과 케냐 작가 응구기 와 티옹오이다.[23]

이미 살펴보았듯이 카프카는 연극을 통해 그가 스스로 20세기 초 동유럽 유대인의 "민족 투쟁"이라 부른 것과 분리될 수 없는 이디시어와 이디시어 문화를 발견한다. 1911년 폴란드의 어떤 이디시어 극단이 프라하에 왔을 때 그는 이디시어 사용을 지지하는 민족운동과 마주칠 수 있었다. 유대인 배우들이 그에게 새로운 유대 민중문학 선구자의 작품뿐만 아니라 그가 존재하는지조차 몰랐던 유대인의 민족적이고 정치적인 투쟁을 엿보게 한다. 모든 전투적 민족문학의 경우에서처럼 언어와 문학의 형태를 띠기도 하는 이디시어 사용 지지자의 정치 투쟁은 흔히 문맹인 이디시어권 관객을 대상으로 한 연극을 통해 표출되고 유럽과 미국으로 퍼져나간다. 그런데 이디시어 연극, 즉 갖가지 민족 이론에 의해 "참된" 민족문화언어, 전통, 민중의 전설 등로 인정된 모든 속성을 갖춘 살아 있는 민중예술 앞에서 카프카는 열광한다. 그의 심취는 모든 민족운동에서 연극의 영향을 헤아려볼 수 있는 정확한 척도이다. 그의 증언만 하더라도 연극을 통해 민족 이념의 확산이 띠는 형태에 대한 놀라운 이해의 도구이다.

1911년 10월 6일부터, 4일 최초의 작품을 (아마 1910년에도 몇몇 공연을) 관람했을 즈음에 그는 일기에 이렇게 쓴다.

---

23 가령 피우스 응간두 응카샤마는 1960년대부터 우간다에서의 마게레레 순회극장 같은 협회와 단체의 중요성을 지적한다. 이 순회극장 덕분으로 우간다에서뿐만 아니라 케냐에서도 위대한 아프리카어 희곡들이 공연될 수 있었다. Pius Ngandu Nkashama, *Littératrues et Écritures en langues africaines*, p.326.

위대한 이디시어 연극을 보고 싶은 욕망, 왜냐하면 적은 수의 배우와 역할에 대한 그들의 완벽하지 않은 공부로 인해 어쨌든 공연이 타격을 받을 수 있기 때문이다. 마찬가지로 '모든 작품을 결정하는 민족 투쟁의 자세'를 명백하게 줄곧 지정받는 이디시어문학을 알고 싶은 욕망. 따라서 어떤 문학도 설령 가장 억압받는 민족의 문학일지라도 그토록 변함없이 유지하기 어려운 자세.[24]

프라하에 몇 주 체류하는 동안 카프카를 이러한 언어 및 문학으로 입문시키게 되는 사람은 바로 극단장 이삭 뢰비이다. 그러므로 비록 카프카가 이디시어를 알지 못함에도 불구하고 이디시어 연극은 카프카를 정치적이고 동시에 언어적이고 문학적인 해방 투쟁으로 입문시킨다.

이처럼 서로 다른 역사 및 정치의 맥락에서 연극이 재발견된다. 국가가 출현하는 상황에서 연극의 원용은 어떤 역사적이고 문화적인 특수성이 기는커녕 문학 창시자를 위한 거의 보편적인 해결책으로 이채를 띤다고 해도 과언이 아니다. 알제리 작가 카텝 야신1929~1989은 프랑스어로 쓴 소설 『넷즈마』1956에 힘입어 파리에서 문학적 현대성과 형식 탐색의 위대한 작가로 공인받았다. 그러고 나서 1962년부터 알제리 독립의 시기에 형성 중인 알제리문학 공간의 정치적, 미적, 언어적 요구로 전향한다. 망명의 시기 이후에 그는 이전의 문학 활동과 완전히 단절하고 1970년과 1987년 사이에 어떤 극단을 이끌고 알제리를 사방으로 돌아다니면서 새로운 알제리문학의 창시에 참여한다. 하지만 이를 위해서는 일련의 단념을 실행해야 했다. 그는 가장 형식주의적인 소설에서 연극으로 넘어가고, 프랑스어에서 아랍어로 전향하며, 전통의 속박에서 해방된 민족어를 위해 투

24 F. Kafka, Journal, op. cit., p.100. 작은따옴표는 저자 강조.

쟁한다. 그에게 이는 알제리인들의 갖가지 민중어, 아랍어 방언과 타마지그트어로 "그들의 역사를 그들에게 들려주는 일"[25]이다. "알제리에서의 내 상황으로 보아 어떤 정치 문제가 모든 것의 밑바닥에 놓여 있어요. 왜냐하면 나라와 사회가 새로 만들어지고 있기 때문이죠." 그가 확언한다. "정치 문제가 전면에 등장해요. 그리고 정치를 논하는 이는 대중적인 관객, 가장 광범위한 관객을 논하지요. 전달할 메시지가 있으므로, 최대한 많은 사람에게 말을 거는 것이 합당하니까요."[26] 달리 말하자면 연극 형식의 선택은 문학 공간 및 언어의 변화에 직접적으로 깊이 관련된다. 즉 그는 자신에게 가까운 구술적이고 문학적인 형식과 언어에 의해 자국 관객과 접촉하려고 애쓴다.

> 어떻게 문맹을 퇴치할 수 있을까요? 우리가 약간 민중의 머리 위에서 말하고 민중의 관심을 끌기 위해 농간을 부려야 하고 흔히 프랑스를 거쳐야 하는 작가와는 다른 뭔가가 되려면 어떻게 해야 할까요? (…중략…) 이것은 정치 문제입니다. (…중략…) [민중은] 연극 무대 위에서 행동하는 자기 모습을 보고 자기 말에 귀 기울이기 좋아해요. 여러 세기 전부터 평생 처음으로 자기 입으로 말할 때 어떻게 자기를 이해하지 않았겠어요? (…중략…) 『모하메드가 자기 여행 가방을 든다』는 4분의 3은 아랍어로, 4분의 1은 프랑스어로 말해지는 희곡이죠. 그토록 말로 된 희곡이어서 나는 그것을 아직 쓰지조차 않았어요.[27]

---

25 Gilles Carpentier, "présentation", in Kateb Yacine, *Le Poète comme boxeur. Entretiens, 1958~1989*, textes réunis et présentés par G. Carpentier, Paris : Éditions du Seuil, 1994, p.9.

26 Kateb Yacine, "Le Théâtre n'est pas sorcier", entretien avec Jacques Alessandre, op. cit., pp.77~78.

27 Kateb Yacine, op. cit., pp.58·67·74.

케냐 작가 응구기 와 티옹오1938년생도 매우 유사한 도정을 밟았다. 그는 제임스 응구기라는 이름으로 작가 경력을 시작했고 초기 텍스트를 영어로 출간했다. 『흑인 은둔자』는 우간다에서 특히 1962년 독립 축제를 위해 공연된 연극 작품이다.[28] 다음으로 1963년 케냐의 독립 이후에 그는 자신의 아프리카 이름을 다시 취하고 민족 정체성과 민족의 문제를 중심으로 한 일련의 소설을 영어로 발표한다.[29] 그리고 자신의 출신 종족, 기쿠유 사회의 여러 주요한 역사적 순간을 연출한다. 그는 1967년 나이로비 대학에서, 다음으로 우간다의 마케레레에서 가르치는데, 후자에서 아프리카문학 과정을 확립하는 데 이바지한다. 하지만 이 지역에 점진적으로 자리 잡은 가장 극심한 형태의 정치적 폭력, 정치적 검열로 인해 문학 작업의 자율화가 가로막힌다. 매우 빨리 응구기는 케냐 민족주의의 역사적 창시자, 1964년에서 1978년까지 공화국 대통령인 조모 케냐타의 권위주의적 정치 체제를 비난한다. 당시에 그의 참여는 특수하고 과격한 형태를 띤다. 1977년 『피의 꽃잎들』[30] 이후에 그는 "마을 사람"에게 헌신하기로, 일종의 "귀향"[31]을 하기로 마음먹고, 카텝 야신과 똑같은 메커니즘에 따라 어떤 전향을 대가로 자신의 모어인 기쿠유어를 위해 영어를 포기하고 연극에 전념하기로 결심한다.[32] 자기 희곡들 가운데 하나 『응가히

28 Jacqueline Bardolph, *Ngugi wa Thiong'o, l'homme et l'oeuvre*, Paris : Présence africaine, 1991, p.17 참조.

29 런던의 하이네만출판사에서 펴낸 『울지 마라, 아이야』(1964), 『사이의 강』(1965), 『한 톨의 밀알』(1967).

30 Ngugi wa Thiong'o, *Petals of Blood*, Londres, Heinemann, 1977. *Pétales de Sang*, Paris : Présence africaine, 1985.

31 1972년에 그는 '귀향'이라는 제목으로 일련의 평론을 출간했다. Essays in African and Caribbean Literature, *Culture and Politics*, Lodres, Heinemamn.

32 Neil Lazarus, *Resistance in Postcolonial African Fiction*, p.214 참조.

카 응데엔다』[33]의 공연 이후 1977년에 체포되어 감옥에 갇혀 있는 동안 기쿠유어로 소설을 쓰기도 하는데, 연극의 형식에 매우 가까운 이 텍스트는 1980년 런던에서 하이네만에 의해 『카이타아니 무타라바이니』라는 제목으로 출판되고 뒤이어 스와일리어로, 그러고 나서 영어로『십자가 위의 악마』[34] 번역된다.

똑같은 방식으로 퀘벡에서 최초의 독립주의운동이 일어났을 때, 그리고 퀘벡의 종속론자들이 스스로 영어권 캐나다의 심급에 "식민지화되어" 있다고 말했을 때 퀘벡문학 게임의 규칙을 계속해서 전적으로 뒤흔든 것은 어떤 연극 작품, 즉 미셸 트랑블레의 『시누이올케들』이다. 주알어로 쓰이고 1968년에 초연된 이 희곡은 몬트리올의 여성 노동자 무리를 무대에 올린 작품으로서 즉각적인 성공을 거두고 큰 반향을 불러일으켰다. 트랑브레는 단순한 연극적 글쓰기에 의해 주알어, 민족의 기수로 세워진 민중어에 문학의 지위를 부여했다. 이 퀘벡 속어는 연극 무대에서 말해질 수 있다는 점으로 인해 퀘벡의 민중어로서와 동시에 문학어로서 마침내 정당화되었다.

3. 유산의 탈취

설화 및 전설의 재수집과 연극에 의한 공통어의 (인정이기도 한) 확산 옆에 다른 전략이 피지배 작가에게 제공되어 갖가지 역사 및 정치의 맥락

33 *I Will Marry when I Want*, Londres, Heinemann, 1982.

34 Londres, Heinemann, 1982. Jacqueline Bardolph, *Ngugi wa Thiong'o, l'homme et l'oeuvre*, pp.26·58~59 참조.

에서 사용된다. 민족문학 자원은 일정 부분 가용 재화를 돌려쓰고 자기 것으로 삼는 활동으로부터만 새로 만들어지고 모일 수 있다. 그래서 뒤벨레는 고전의 전면적인 모방을 거부하면서 "프랑스" 시인에게 라틴어의 표현법을 프랑스어로 가져와서 자신의 언어를 "풍요롭게 하라"고 조언했다. 그가 사용한 "탐식"과 "전향"의 은유는 문학 공간이 단일화되는 네 세기 동안 특수한 자원을 갖추지 못해서 기존의 문학 유산을 일부분 돌려쓰려고 애쓰는 모든 이가 거의 변하지 않은 형태로 다시 취하게다시 말해서 재발견하게 된다.[35]

문학 자본의 보급은 문학적 기법 및 전문지식의 수입을 통해 실행될 수 있다. 알레호 카르펜티에르가 1930년대에 하바나에서 출간한 텍스트들 가운데 하나를 바로 이러한 관점에서 이해할 필요가 있다. (로베르 데스노스가 쿠바에 잠시 체류하는 동안 그를 도와 독재자 마차도의 체제를 피하게 한 후에) 파리로 망명한 젊은 쿠바인 카르펜티에르는 초현실주의자들과 알게 된다. 그러고 나서 특히 브르통의 "경이"를 자신이 나중에, 우슬라르 피에트리의 "마술적 현실주의" 이후에[36] "경이로운 현실"[37]이라고 부르게 되는 것에 적용함으로써 카리브와 라틴아메리카의 특수성을 모색하려고 시도한다. 하바나에서 잡지 『카르텔레스』에 게재된 기사, 파리에서 발행되고 자신이 편집장으로 일하는 카스티야어 잡지 『이만』1931.4[38]의 창간호에 대

---

35 가령 일본 문화 분석가들 가운데 일부는 일본 문명의 일정한 특징 하나를 규정하기 위해 '식세포 활동'이라는 용어를 제안했다. "이물질을 생포하고 통합하고 소화하는 것은 이 외부로부터의 보급으로 풍부해지면서 자기 정체성을 보존하는 가장 효율적인 방식이다." Haruhisa Kato, *Dialogues et Cultures*, pp.36~41.

36 A. Uslar Pietri, op. cit., pp.153~160.

37 1949년 카르펜티에르는 『이승의 왕국(*El Reino de este mundo*)』 trad. fr. par R. L.-H. Duromd, *Le royaume de ce monde*, Paris : Gallimard, 1954의 서문에서 '경이로운 현실'에 관한 자신의 유명한 이론을 설명한다.

해 논평한 「새로운 유럽문학 앞에서의 아메리카」에서 알레호 카르펜티에르는 『프랑스어의 옹호와 현양』과 정확히 동등하게 라틴아메리카문학에 대한 일종의 창시 선언을 제안한다.

> 모든 예술은 전문적인 전통을 요구한다. (…중략…) 그래서 아메리카의 젊은 이들은 유럽의 현대 예술 및 문학이 드러내는 가치를 철저히 인식할 필요가 있다. 이는 곤란한 모방 작업을 실행하고 많은 이가 그러하듯이 바다 건너의 어떤 본보기에 따라 열의도 특징도 없는 하찮은 소설을 쓰기 위해서가 아니라 분석을 통해 기법의 핵심에 이르고 우리 라틴아메리카인들의 사유와 감수성을 더욱 힘차게 번역할 수 있는 구성 방법을 발견하려고 시도하기 위해서이다. 마음속에 한 대륙의 혼이 고동치는 사람 디에고 리베라[39]가 우리에게 '나의 스승 피카소'라고 말할 때, 이 표현은 내가 방금 설명한 사상에서 그의 생각이 멀지 않다는 점을 우리에게 보여준다. 비록 아메리카에서 우리가 '전문지식의 전통'을 지니고 있지 않을지라도, 모범적인 기법을 알아서 유사한 전문지식을 획득하고자 시도하고 우리의 에너지를 동원해서 아메리카를 가능한 한 강렬하게 나타내는 것, 이러한 것이 다가오는 몇 년 동안 끊임없이 우리의 소신이어야 할 것이다.[40]

알레호 카르펜티에르는 이 대륙의 매우 위대한 소설가들 가운데 하나가 됨으로써 라틴아메리카의 문학 및 예술 자본을 확립하는 선구자였고

38 이 잡지는 당시에 유럽만큼 아메리카 대륙에 영향을 미치는 불경기 때문에 한 호만 나오게 된다. C. Cymerman, C. Fell (éds.), *Histoire de la littérature hispano-américaine de 1940 à nos jours*, p.47.

39 멕시코의 화가(1886~1957), 특히 멕시코 '벽면 화가들' 가운데 가장 유명하다.

40 A. Carpentiere, "América ante le joven litertura europa", loc. cit., pp.175~176. 저자가 번역.

이와 동시에 주창자 겸 주역이었다. 두 문화 사이에서 찢긴 지식인에게 고유한 이와 같은 종류의 통찰력에 힘입어 그는 라틴아메리카의 전적인 예속을 솔직하게 인정한다. 자유 결정에 의한 자율성의 토대가 되는 그의 선언은 새로운 문학 권역의 출현을 가리킨다. 60년 후에 드러나듯이 그 문화 혁명은 정말로 실행되었고, 카르펜티에르의 텍스트는 '스스로 충족되는 예언'으로서, 전 세계에서 정당화되고 인정받는 문학, 네 명의 노벨상 수상자를 배출한 문학, 어떤 집단의 작가 전부에 공통된 문체론을 중심으로 구성됨에 따라 진정한 미적 자율성을 쟁취한 문학을 공언된 그대로 도래하게 했다. 이처럼 다시 자신의 것으로 삼기가 성공한 원인은 초기의 자원을 "돌려쓰는" 데 있는데, 이러한 돌려쓰기 덕분으로 작가들이 경쟁으로 들어갈 수 있었고 연속적인 세대들을 따라서 이 새로운 문학의 해방을 위해 문학 자본을 점진적으로 축적함으로써 미적 예속에서 풀려날 수 있었다. 이 점에서 라틴아메리카의 본질적인 종속을 극복하는 유일한 방법은 안토니우 칸디두에 의하면

> 직접적인 외국 모델이 아니라 이전의 국내 본보기로부터 영향을 받아 일류 작품을 창작할 역량이다. (…중략…) 브라질의 경우에 우리의 현대주의 창작자들은 대부분 유럽의 아방가르드로부터 유래한다. 하지만 1930년대와 1940년대에 다음 세대의 시인들은 카를로스 드루몬드 지 안드라데나 무릴로 멘데스가 끼친 영향력의 소산인 것에서 볼 수 있듯이 이 창작자들로부터 생겨난다. (…중략…) 어쨌든 호르헤 루이스 보르헤스가 글쓰기를 이해하는 새로운 방식 덕분에 풍부하고 인정받은 방식으로 원천 국가에 행사되는 확실하고 독창적인 영향의 첫 번째 사례라고 말하는 것은 가능하다.[41]

달리 말하자면 그 자체가 유산 돌려쓰기로 가능해진 문학의 초기 축적으로부터만 특수하고 자율적인 진정한 문학이 빛을 볼 수 있다.

'경험을 통해' 문화의 기반과 지적 독립을 창시하는 행위로 이해되고 여겨지는 "마술적 현실주의"는 기발한 솜씨 겸 실력행사였다. 1960년대 말에 미학적으로 일관성 있는 어떤 집단의 도래는 국제 비평 심급에서 보기에 그때까지 결정의 중심에서 진가를 인정받지 못한 대륙 차원의 진정한 문학 단위의 관념을 부과했다. 1982년 가르시아 마르케스에게 수여된 노벨상은 몇십 년 전 미겔 앙헬 아스투리아스에 대한 공인1967년 노벨상으로 시작된 그 만장일치의 인정을 확인하기만 했을 뿐이다.

알레호 카르펜티에르의 (활발한) 예언은 곧바로 라틴아메리카 대륙 전체그리고 쿠바를 포함한 스페인어권 섬들와 관련된 문학의 특수성에 대한 요구의 형태를 띠었다. 그리고 보다시피 그가 밟아나간 도정에 따라 모든 일이 전개되었다. 오늘날에도 라틴아메리카 사례의 특성은 민족 공간이 아니라 대륙 공간 안에서 문학 자본이 형성되었다는 점이다. 자기 나라를 떠나 대륙 전체로 이동하는 쪽으로 지식인을 떠메는 정치적 망명을 통해 촉진된 언어적이고 문화적인 단일성 덕분으로 1970년대 초에 이른바 "붐" 작가들그리고 그들의 작품을 펴낸 발행인들의 집단적 전략은 어떤 추정된 라틴아메리카적 "성격"의 소산인 문체의 단일성을 대륙의 차원에서 공언하는 데 있었다. 오늘날에는 라틴아메리카 전체의 층위에서 형성 중인 문학 공간에 관해 말할 수 있다. 즉 지식인과 작가가 국경을 넘어 계속해서 대화하거나 토론하고 정치적이거나 문학적인 태도의 표명이 언제나 국가적이고 동시에 대륙적이다.

41 Antonio Candido, "Littérature et sous-développement", *L'Endroit et l'Envers. Essais de littérature et de sociologie*, pp.248~249.

하지만 몇몇 문학 공간, 특히 탈식민문학 공간이 처해 있는 문화적, 문학적, 그리고 언어적 궁핍 상태에서 이 불가피한 유산 탈취는 비장한 억양을 띨 수 있다. 가령 알제리 작가 모하메드 딥1920~2003은 그러한 나라에서 어떤 특수한 자원도 없는 작가가 상징적 돌려쓰기를 실행해야 할 필요성을 현실주의적으로 절실하게 서술한다.

> 그에게 주어진 수단의 궁핍은 상상하기가 그토록 불가능해서 모든 신빙성을 넘어서는 것 같다. 언어, 문화, 지적 가치, 정신적 가치의 등급, 누구나 요람에서 받는 이 선물들 가운데 어떤 것도 그에게는 쓸모 있을 수 없고 쓸모 있게 되지도 않는다. (…중략…) 어떻게 할 것인가? 그를 위해서도 그가 추구하려는 목적을 위해서도 형성되지 않은 다른 수단을 도둑처럼 망설임 없이 탈취한다. 아무려면 어때, 그것이 그의 손안에 있고, 그는 그것을 자신의 의도에 맞춘다. 언어는 그의 언어가 아니고 문화는 조상의 유산이 아니며 이 사유 기교, 이 지적, 윤리적 범주는 그가 태어난 환경에서 통용되지 않는다. 그가 사용하게 되는 그것은 참으로 모순된 무기이다![41]

4. 텍스트 수입

외국 유산의 병합 겸 전유로 이해된 "국내로의 번역"은 유산을 확대하기 위한 또 다른 수단이다. 이것은 특히 낭만주의시대의 독일에 의해 채택된 길이다. 실제로 19세기 동안 내내 민족과 민중의 발현으로 여겨진

42 Mohammed Dib, "Le voleur de feu", *Jean Amrouche. L'éternel Jugurtha*, Marseille, 1985, p.15.

문학의 "발견"과 제작에서 빗나간 독일인은 이처럼 세 세기 후에 정확히 뒤 벨레와 똑같은 전략을 사용하여 그리스-라틴문학 자원을 자신에게 이로운 방향으로 돌려쓰고 자신에게 부족한 자본을 형성하려고 시도하게 된다. 그리스와 로마의 고대 유산의 원용은 독일인에게 잠재적 부의 엄청난 광맥을 병합하고 "국유화하기" 위해 이를테면 "지름길"로 접어들 수 있게 해준다. 보편적 문학 유산의 거의 명백한 병합으로 고안된 고대 고전의 원대한 번역 계획은 독일어의 영토로 텍스트를 들여오는 것으로 이해되었다.[43] 또한 "현대인들의 라틴어"라는 지위를 프랑스어에서 빼앗고 더 일반적으로는 국제적으로 인정받은 가장 위대한 국가 고전을 그때까지 유일하게 보유하고 있는 가장 유구하고 가장 부유한 문학 국가와 경쟁하기 위한 시도였다. 이러한 야망이 독일 민족의 주요한 책무들 가운데 하나로 내걸렸다는 사실 자체는 경합이 16세기에 뒤 벨레에 의해 시작된 라틴어에 맞선그리고 라틴어로 인한 지속적인 투쟁의 형태를 띠기도 했다는 점을 가리킨다. 낭만주의자는 문학적 패권을 위한 똑같은 투쟁을 똑같은 무기로 계속했다. 즉 고대 고전의 참된 독일어 번역 "계획"[44]을 실천에 옮기면서 또한 유구한 역사의 측면에서도 투쟁하고자 했다. 괴테는 이렇게 쓴다. "갑자기 우리 자신의 저작물과 관계없이 우리에게 낯선 것의 '완전한 전유' 덕분으로 우리는 매우 높은 문화 등급에 이미 도달했다." 그리고 다른 곳에서 뒤 벨레와 놀랍도록 유사한 억양으로 이렇게 말한다. "언

43 탄자니아 공화국의 전임 대통령 율리어스 니에레레(Julius Nyerere)에 의해 셰익스피어가 스와힐리어로 번역된 것 역시 정확히 똑같은 논리로 이해할 수 있다. 그의 『율리우스 카이사르』(1963)와 『베니스의 상인』(1969) 번역이 계기가 되어 수많은 번역이 이루어졌다. Pius Ngandu Nkashama, *Littératures et Écritures en langues africaines*, pp.339~350 참조.

44 A. Berman, *L'Épreuve de l'étranger. Culture et traduction dans l'Allemagne romantique*, p.29.

어의 힘은 외국의 것을 뿌리치는 데가 아니라 그것을 '집어삼키는' 데 있다."[45] 헤르더는 토마스 아브트를 인용하면서 번역가에게 민족적 책무를 부여한다. "진정한 번역가의 목적은 외국 작품을 독자에게 이해될 수 있게 만드는 것 이상으로 높다. 이 목적으로 말미암아 저자의 반열에 자리한다. 그리고 하찮은 소매상에서 실제로 민족을 부유하게 하는 도매상이 된다. (…중략…) 이 번역가들은 우리의 권위 있는 작가가 될 수 있을 것이다."[46] 벤야민 자신은 『독일 낭만주의에서의 예술비평 개념』에서 자명한 사실에 관해서인 듯이 다음과 같이 쓴다. "낭만주의자들의 지속 가능한 낭만적 활동은 로망어의 예술 형태를 독일문학에 '병합'했다는 데 있다. 그들은 온전히 의식적으로 이 형태의 '전유'와 발전 그리고 정화에 노력을 쏟았다."[47]

이처럼 낭만주의시대의 독일 지식인은 독일어를 "보편적인 세계 교환시장"[48]에서 특권적인 매체로 만드는 것, 독일어를 문학어로 만드는 것을 이처럼 책무로 삼았다. 따라서 독일 전통에 없는 유럽의 위대한 보편적 고전, 가령 셰익스피어, 세르반테스, 칼데론, 페트라르카의 작품을 똑같은 방식으로 독일어에 들여와야 했다. 그리고 나서 외국 운율법의 "정복"을 통해, 다시 말해서 독일의 시 형식으로 고결한 전통을 들여옴으로써 독일어에 기품과 "세련미"를 불어넣어야 했다. 알다시피 노발리스는 이

---

45 A. Berman, ibid., p.26에서 재인용. 작은따옴표는 저자 강조.

46 Ibid., p.68.

47 Walter Benjamin, *Der Begriff der Kunstkritik in der deutschen Romantik*, Werke, I, 1, Suhrkamp, Francfort, 1974, p.76. traduction fransaise, trad. par P. Lacoue-Labarthe et A.-M. Lang, *Le Concept de critique esthétique dans le romantisme allemand*, Paris : Flammarion, 1980.

48 J. W. von Goethe, in A. Berman, op. cit., p. 93.

런 식으로 자신의 독일어를 어휘에서까지 프랑스어화하려고 시도했다.[49] 하지만 무엇보다 독일 시어의 "그리스어화"에 관해 말할 수 있는데, 이것은 고대 고전의 번역, 특히 보스에 의한 호메로스 번역『오디세이』, 1781 · 『일리아스』, 1793을 통해 가능해진다. 당시에 모든 문화의 본보기로 여겨지는 것을 언어 자체 속으로, 그리고 문학 형식 속으로 들여오는 이러한 수입에 힘입어 독일어는 가장 위대한 문학어들과 경쟁할 수 있게 된다. 그래서 괴테는 아직 소망일 뿐인 것을 사실인 양 진술한다. "오래전부터 독일인들은 중재와 상호적 인정에 이바지하고 있다. 모든 민족이 자기 상품을 내놓는 시장에 독일어를 이해하는 사람이 있다."[50] 에커만과의 대화들 가운데 하나에서는 어조가 훨씬 더 분명하다.

> 여기에서 나는 프랑스어에 관해 말하지 않겠어요. 그것은 대화의 언어이고 특히 여행할 때 불가결해요. 왜냐하면 모든 이가 프랑스어를 이해하고 모든 나라에서 통역자 없이 프랑스어를 사용할 수 있기 때문이죠. 하지만 그리스어, 라틴어, 이탈리아어, 그리고 스페인어로 말하자면 우리는 이 국가들의 가장 훌륭한 작품을 독일어 번역으로 읽을 수 있는데, 독일어 번역이 그토록 좋아서 이제는 이 언어들을 힘들여 배우려고 시간을 허비할 (…중략…) 어떤 이유도 없어요.[49]

그러므로 독일어로의 막대한 번역 계획이 실행되는 시기에 독일어는 새

49 A. Berman, op. cit., p.33 참조.

50 Strich, *Goethe und die Weltliteratur*, p.47; A. Berman, op. cit., p.92에서 재인용.

51 Trad. fr. par J. Chuzeville, *Conversations de Goethe avec Eckermann*, 〈Lundi 10 janvier 1825〉, Paris : Gallimard, 1988.

로운 보편 언어, 다시 말해서 문학어의 지위를 요구한다.

낭만주의의 사유에서 중심적인 번역 이론의 출현은 이와 같은 논리에서 더 잘 이해된다. 번역 이론은 문학적이고 유구한 지적 역사의 영역에서 투쟁하기 위한 방책들 가운데 하나이다. 실제로 민족의 "부"를 위한 집단 작업을 완성하기 위해서인 듯 논리적으로로 그 똑같은 라틴어와 그리스어 텍스트의 프랑스어 번역을 시대에 뒤진 것이라 선언하고 이를 위해 프랑스어의 경우와는 대조적으로 "진정한" 번역이란 무엇이어야 하는지 이론화할 필요가 있었다. 그러므로 역사 문헌학의 객관적인 발전이 또한 독일인의 국가적 투쟁에서 수단이 되었음은 말할 나위도 없다. 겉보기에 가장 특수한 이론이 국제문학 공간에서 투쟁 수단의 구실을 할 수 있다. 독일의 번역 이론과 이로부터 유래하는 실천은 프랑스의 번역에 대한 일대일 대립을 토대로 성립한다. 같은 시기에 프랑스에서는 특히 고대 텍스트가 충실성에 대한 걱정은 조금도 없이 번역된다. 당시에 프랑스 문화가 지배적인 위치를 차지하고 있는 탓으로 번역가가 자민족중심주의와 몰지각에 물들어 텍스트를 자신의 미의식에 병합하도록 부추겨진다. 슐레겔이 프랑스의 보편주의를 헤르더와 매우 유사하게 문제시하면서 프랑스인에 관해 이렇게 쓴다. "프랑스인들은 마치 자기 나라에서 각 외국인이 반드시 자기 나라의 풍속에 따라 행동하고 옷을 차려입기를 원하는 듯한데, 이렇기에 엄밀하게 말하자면 결코 외국인을 알지 못하는 셈이 된다."[52] 반대로 독일에서는 프랑스의 지적 전통에 반대하기 위해 충실성의 원칙을 이론화하게 된다. 헤르더 자신이 다음과 같이 쓴다.

52 A. W. Schlegel, *Geschichte der klassischen Literatur*, Stuttgart : Kohlhammer, 1964, p.17; A. Berman, op. cit., p.62에서 재인용.

> 그리고 번역? 어떤 경우에도 번역은 미화될 수 없다. (…중략…) 자신의 민족적 취향을 너무 자랑스러워하는 프랑스인들은 다른 시대의 취향에 적응하지 않고 어떤 것이건 이것 쪽으로 끌어당긴다. (…중략…) 하지만 우리 가련한 독일인들은 반대로 '아직 국민과 조국이 없고' 민족적 취향의 횡포로부터 아직 자유로운 까닭에 이 시대를 있는 그대로 보기를 바란다.[53]

더욱이 독일 언어학자와 문헌학자에 의해 도입된 인도유럽어의 비교문법은 게르만어를 라틴어 및 그리스어와 똑같이 유구하고 고상한 언어의 지위로 높일 수 있게 해준다. 게르만어를 인도유럽어족 내에서 적절하게 자리매김하고 다른 언어에 대한 인도유럽어의 우월성을 알아내는 것은 독일 언어학자에게 프랑스어의 지배에 맞서 투쟁하기 위한 전례 없는 수단을 제공하는 것이다. 그러므로 문헌학자는 언어-문학의 유구한 역사에 의해 규정된 정당성의 정확함을 암암리에 시인하면서 독일문학 공간 전체가 개시하는 민족 차원의 경쟁에 과학적 무기를 제공한다. 이는 모든 피지배 주역의 의식 상태가 눈에 띌지라도 프랑스에 맞선 경쟁의 명백한 집단적 계획이 독일에서 실행된다는 말이 아니라 언어 및 텍스트 연구의 막대한 객관적 발전을 촉진하게 되는 문헌학 자체가 출현 시기의 독일문학 및 지식 공간 전체를 구성하는 경쟁에 포함된다는 말이다. 따라서 언어학에 힘입어 독일어는 어떤 유구한 역사에, 따라서 어떤 "문학성"에 이르게 되고 이를 통해 사유 범주와 세계의 위계적 문화 재현들에 따라 라틴어의 수준으로 올라간다. 문학 자본의 두 가지 구성 방식이 조합된 덕분으로 독일어는 새롭게 유력한 유럽문학어의 지위를 재빨리 얻게 된다.

53 J. G. Herder, A. Berman, op. cit., p.69에서 재인용. 작은따옴표는 저자 강조.

이러한 문학 수입을 넘어서, 문화 자원이라고는 대부분 찬란한 고대 문명이집트, 이란, 그리스 등의 자취가 있을 뿐이고 자신의 유산이 주요한 지적 열강에 의해 몰수되는 것을 지켜본 그다지 풍요롭지 않은 공간들은 또한 고유한 자원, 특히 박탈당한 텍스트를 다시 자기 것으로 하고자 애쓸 수도 있다. 이러한 나라들의 많은 지식인에 의해 실행되는 내부의 번역 작업, 이를테면 민족어를 옛 상태에서 현대적인 상태로 바꾸는 작업, 예컨대 고대 그리스어에서 현대 그리스어로의 번역은 유럽의 큰 나라가 모두 오래전부터 보편적이라고 선언하면서 병합한 텍스트가 생겨나는 언어적이고 문화적인 연속성을 표방하면서 그것을 재쟁취하고 "국유화하는" 방식이다. 더글러스 하이드는 게일어 민간 전설의 영어 번역을 통해 아일랜드문학 공간의 풍부화에 크게 이바지했다. 그의 내부 번역은 이를테면 두 언어로 된 자국 자본을 북돋웠다.

헤지라 5~6세기1050~1123 무렵의 수학자, 천문학자, 시인 오마르 하이얌의 『루바이야트』를 이란 작가 사데그 헤다야트[54]가 교정하여 펴낸 책[55]도 똑같은 관점에서 이해해야 한다. 아마 그의 비극적 이야기 하나만으로도 이 나라에서 작가들이 붙들려 있는 끔찍한 상황을 요약할 수 있다. 그들은 문화적으로 강탈당한 나머지 중심에서 이탈된 힘겨운 문학적 삶을 선고받는다. 논평자들에 의하면 "국제적 명성의 특이한 이란 작가"[56]인 사데그 에다야트는 1951년 파리에서 자살한다. 그는 1920년대에 소르본으로

---

54 **[역주]** Sadegh Hedayat(1903~1951). 이란에서 최초로 소설을 쓴 작가, 번역가. 현대 이란의 가장 위대한 작가들 가운데 하나로 여겨진다.

55 Sadegh Hedayat, trad. par M. F. Farzaneh · J. Malaparte, *Les Chants d'Omar Khayam*, édition critique, Paris : José Corti, 1993.

56 M. F. Farzaneh, trad. avec la collaboration de F. Farzaneh, *Rencontres avec Sdegh Hedayat, le parcours d'une initiation*, Paris : José Corti, 1993, p.8 .

유학을 왔고, 1935년과 1937년 사이 인도에서 오늘날 그의 대표작으로 여겨지고 그의 사후 2년 뒤에 프랑스어로 번역된 『눈먼 올빼미』[57]를 쓰고 나서 1940년대 초에 자기 나라로 돌아갔다. "그것은 이란 현대문학에서 페르시아의 고전 작품 앞에, 더 나아가 금세기 세계문학의 위대한 책 앞에 당당히 설 수 있는 유일한 글이다."[58] 카프카를 페르시아어로 번역했을 뿐 아니라 고대 페르시아에 열광한 그는 접근할 수 없는 문학적 현대성과 사라진 국가의 위대성 사이에 사로잡혀 있었다. 즉 "오늘날 폐허가 된 전통, 그리고 전통의 폐허를 통해 현시대를 함께 경험"[59]했다.

하이얌의 텍스트를 대상으로 그가 서양의 역사적 수단으로 실행한 문학적이고 역사적인 분석은 전형적으로 페르시아다운 시선이 없어서 작품을 통일성도 일관성도 없이 유럽의 관심사로 병합하기만 했을 해설자들 대부분의 혼동과 어림셈 그리고 오류에 맞서 "진짜" 작품의 복원을 명분으로 이루어진다. 사데그 헤다야트는 자기 나라의 전통에 맞서고 특히 하이얌의 작품에 대한 박식하고 정당한 해설을 고집하고 이런 식으로 국제문학 시장에서 돋보일 수 있었을 고전들 가운데 하나를 이란문학 공간에서 탈취하는 독일 문헌학 전통의 강요에 맞서기 위해[60] 서양의 범주에

57 Sadegh Hedayat, trad. par R. Lescot, *La Chouette aveugle*, Paris : José Corti, 1953 .

58 Youssef Ishaghpour, *Le Tombeau de Sadegh Hedayat*, Paris : Fourbis, 1991, p.14.

59 Ibid., p.35.

60 1818년 오스트리아 철학자 하머푸르그스탈(Hammer-Purgstall)에 의한 최초의 독일어판이 나왔고, 그 후에 페르시아 주재 프랑스 대사관의 통역관 장바티스트 니콜라가 1857년 산문으로 번역하고 고티에와 르낭이 해설을 붙인 프랑스어판이 출간되었다. 서양에서 하이얌의 명성은 에드워드 피츠제럴드가 75개 사행시를 영어로 번역한 1857년부터 높아지기 시작한다. 이 모음집은 라파엘 전파 예술가들 사이에서 큰 성공을 거두었고 아직도 영어 '고전들' 가운데 하나이다. 많은 수의 다른 번역이 뒤따르는데, 그것은 모두 원고, 원본 텍스트, 그리고 시적 형식이 제각각이다. J. Malaparte, "Note sur l'adaptation des Quatrains", Sadegh Hedayat, op. cit., pp.115~119.

따라 텍스트를 분석한다.

스스로 옮겨적은 줄루족 서사시를 영어로 번역하는 남아프리카 작가 마지지 쿠네네[61]의 작업도 역시 똑같은 메커니즘에서 유래한다.[62] "작은" 민족의 작가에게 이러한 "내부" 번역은 가용 문학 자원을 모으는 방식들 가운데 하나이다.

이 모든 전략은 문학 유산의 구성, 다시 말해서 "잃어버린" 시간을 "벌거나", "따라잡거나", "되찾기"를 겨냥한다. 실제로 유구한 역사의 관점에서는 세력 관계가 가장 해롭다. 문학의 기품은 문학의 계보가 뿌리내리는 유구한 역사와의 의존 관계가 긴밀하다.

그래서 "유구한 역사를 위한 투쟁또는 똑같은 말이지만 역사가 이를테면 중단된 사회의 경우에 "연속성"을 위한 투쟁"은 문학 영역에서 문학 자본을 위해, 문학 자본에 의해 실행되는 투쟁의 전형적인 형태이다. 민족 "연속성"의 형태로, 민족 전체에 고유한 형태로 문학 창시의 유구한 역사를 부르짖는 것은 출현하는 문학 공간에서 정당한 주역으로 두각을 나타내거나 커다란 문학 자원의 소유를 주장하면서 게임에 참여하기 위한 특수 전략들 가운데 하나이다.

가장 오래된 문학적또는 넓은 의미에서 문화적 품격을 갖추고 있다는 신망은 그토록 경쟁이 치열한 지위여서 문학 자본이 가장 많이 갖추어진 국가조차 자기 자리에 이의를 제기하지 못하도록 역사적 우선권을 확실시할 수단을 찾아내기 마련이다. 가령 스테판 콜리니는 19세기 동안 문학 전통과 언어 항구성의 빈틈없는 연속성을 강조하는 영문학사 연구가들을 제시

---

61 **[역주]** Mazizi Kunene(1930~2006). 남아프리카공화국의 시인. 대학에서 아프리카문학을 가르쳤다. 흑백 분리 정책에 맞선 투사이자 아프리카민족회(ANC)의 해외 대표이기도 했다.

62 이 책의 409쪽을 볼 것.

한다. 그가 설명한다. "연속성을 느낀다는 것은 정체성을 규정하고 따라서 옛날의 공적에 대한 자부심을 정당화하기 위한 기본적인 조건이다."[63] 가령 1873년 문학 텍스트 연구의 영국 전문가 스키트는 학생들의 눈이 "영어의 단일성에 관해, 알프레드의 치세부터 빅토리아 치세까지 저자들이 끊임없이 이어진다는 사실에 관해 열려 있어야 하고 영국인들이 역사상 최초로 섬에 침입한 시절에 말해진 언어부터 오늘날 우리가 사용하는 언어까지 본질적으로 '하나'"[64]라고 확언했다.

똑같은 논리로 멕시코나 그리스처럼 비교적 중심에서 벗어나 있지만 불연속과 단절을 넘어 매우 위대한 문화적 과거를 내세울 수 있는 나라는 거기로부터 세계 구조에서 위치를 변경할 수 있는 이익을 끌어내려고 애쓴다. 하지만 현대 멕시코와 그리스는 단지 19세기 동안에 세워졌다는 사실로 인해 문화 자원을 사후에, 깊은 역사적 단절 이후에 자기 것으로 삼았고 따라서 문화 자원을 온전히 요구할 수 없다.

1950년대에 『고독의 미로』에서 옥타비오 파스는 모든 역사적 유산 사이의 잃어버린 연속성을 재확립함으로써, 그리고 특히 콜럼버스 이전의 유산을 스페인에 의한 식민지화의 역사 및 이것이 남긴 사회 구조와 양립시킴으로써 멕시코의 국가 정체성을 기품 있게 밑받침하려고 시도했다. 멕시코의 국가적 고전이 된 이 책에서 무엇보다 먼저 역사의 연속성과 동시에 이 정치적 유산에 대한 비판의 의무를 공언하면서 자기 나라를 정치 및 문화의 현대성으로 이끌려고 노력했다. 거의 40년 후에 노벨상 수락 연설에서도 이것이 멕시코라는 나라와 멕시코 문화의 구성과 미

---

63 Stefan Collini, op. cit., p.359.

64 W. W. Skeat, *Questions for Examination in English Literature : with an Introduction on the Study of Enblish*, p.7; S. Collini, op. cit., p.359. 저자가 번역.

래를 위한 관건이라고 밝힌다.

> 물론 콜럼버스 이전의 멕시코는 수많은 신전과 신이 있는 폐허 더미입니다만, 이 멕시코를 고취하는 정신은 사라지지 않았어요. 그것은 암호화된 언어로 우리에게 신화, 전설, 생활방식, 민중예술, 관습에 관해 말하지요. 멕시코 작가라는 사실은 이 현재가 우리에게 말해주는 것, 이를테면 이 현존에 주의 깊게 귀를 기울인다는 것이죠. 그것을 듣는다는 것, 그것과 함께 말한다는 것, 그것을 해독한다는 것, 즉 그것을 말한다는 것입니다.[65]

"연속성"이란 용어는 또한 멕시코의 다른 위대한 작가, 카를로스 푸엔테스의 펜 아래에서도 나타난다. 아메리카 "발견"만큼 커다란 "단절"의 역사적 사례가 아마 그다지 많지 않을지라도, 『파묻힌 거울』에서 푸엔테스는 대륙 문화 "항구성"을 강조한다.

> 이 유산은 치첸이차와 마추피추의 폐허에서 현대 회화 및 건축에 대한 영향까지 걸쳐 있다. 식민지시대의 바로크 미술에서 호르헤 루이스 보르헤스 또는 가브리엘 가르시아 마르케스 같은 오늘날의 문학 작품까지 (…중략…) 세계에서 이러한 풍요로움을 그렇게 연속적으로 지니는 문화는 별로 없다. (…중략…) 이 책의 초점은 스페인어권 세계의 경제적이고 정치적인 불화, 분열을 밝히고 뛰어넘을 수 있는 문화 연속성의 탐색에 맞춰져 있다"[66]

---

65 O. Paz, *La Quête du présent*, p.15.

66 Carlos Fuentes, trad. par J.-C. Masson, *Le Miroir enterré. Réflexions sur l'Espagne et le Nouveau Monde*, Paris : Gallimard, 1994, pp.11~12.

그리스도 19세기 동안 민족으로 출현하는 시기에 똑같은 논리, 옛 유산을 다시 자기 것으로 함으로써 품격이 높아진다는 논리에 따라, 특히 현대 그리스인은 헬라스의 피가 한 방울도 없을 것이고 슬라브 "종족"에 속할 것이며[67] 현대 그리스인에게 "속하지" 않을 유산에 대해 어떤 특별한 권리도 없을 것이라는 독일인의 (비난 어린) 가설에 대한 반작용으로 민족의 역사적이고 문화적인 통일성을 재구성하려고 시도했다. '메갈레 이데아'의 시대가 도래한 것이다. 정치의 차원에서 "위대한 이념"은 영토와 역사의 연속성을 복원하려고 시도하기 위해 물론 콘스탄티노플을 포함하여 예전에 저명한 비잔틴 조상에 의해 점유된 영토를 자기 민족에 다시 편입시키려는 계획을 고취한다. 이로 말미암아 지식인 쪽에서는 역사와 민속 그리고 언어 연구가 일어나고 작가는 헬라스다움을 "입증하기" 위해 미적 의고주의로 돌아간다. 1860년과 1872년 사이에 역사가 콘스탄틴 파파리고풀로스는 "위대한 이념"의 주장을 역설하기 위해 방대하고 유명한 『그리스 민족사』를 펴내고, 거기에서 그리스 역사의 갖가지 시기, 즉 고대와 비잔틴시대 그리고 현대 사이의 연속성을 "확립한다".

하지만 그리스인은 "유산 돌려쓰기"의 희생자였으므로 경쟁에 뛰어들기가 이를테면 불리하게 되었다. 그리스 고대의 텍스트가 독일어로 "옮겨감"으로써 이미 살펴보았다시피 우선 독일의 유산에, 뒤이어 유럽의 유산에 병합되었고, 따라서 새로운 그리스 국가는 막대한 잠재적 부를 박탈당했다. 당시에 고대 그리스에 관한 전문가와 문헌학자 그리고 역사가는 대

67 Jacques Bouchard, "Une Renaissance. La formation dela conscience nationale chez les Grecs modernes", *Études françaises*, Presses de l'université de Montréal, 1974, no.10, pp.397~410 참조; Mario Vitti, *Histoire de la littérature grecque moderne*, Paris : Hatier, 1989, p.185 sq를 볼 것.

다수가 독일인이었고 그들이 과학과 역사의 이름으로 실행하는 그리스인의 "탈그리스화"는 아마 적어도 부분적으로 독일인이 정확히 이론가인 민족 특수성의 이름으로 유산에 대한 권리를 주장할지 모르는 이들을 떼어놓는 방식이었을 것이다.

유구한 문학사의 선포는 그토록 효율적인 민족 전략이어서 가장 "새로운" 문학 민족조차 거기에 뛰어든다. 예컨대 거트루드 슈타인은 미국문학의 창시에 몹시 관심이 많았던 관계로 『알리스 토클라스의 자서전』에서 이렇게 선언했다.

> 아메리카는 남북전쟁과 뒤이어온 상업 재조직에 기인하는 변화 덕분으로 그때 20세기를 새롭게 시작했기 때문에, 거트루드 슈타인은 언제나 미국에 관해 세계에서 가장 오래된 나라인 듯이 말한다. 그런데 다른 나라는 모두 이제 막 20세기의 삶을 살기 시작하거나 20세기의 삶을 살려고 준비하기 시작하는 반면에, 아메리카는 1860년 무렵에 20세기가 시작되었으므로 세계에서 가장 오래된 곳이다.[68]

여기에서 사이비 삼단논법은 높은 품격의 단순한 자기 선포에 봉사한다. 즉 문학 영역에서 시민권을 얻기 위해 자국의 유구한 역사를 입증할 필요성 앞에서 슈타인은 단순한 실력 행사 이외의 다른 방책을 발견하지 못한다.

조이스는 트리에스테에서 행한 강연들 가운데 하나에서 선행성, 아주 유구한 역사, 따라서 아일랜드의 문화 귀족과 영국의 평민 사이에 존재하

68 G. Stein, trad. par B. Fay, *Autobiographie d'Alice Toklas*, Paris : Gallimard, 1933, p.104.

는 무한한 간격을 온갖 망설임에도 불구하고 부인의 뚜렷한 수사 기법의 형태로 환기한다.

『켈의 책』, 『레칸의 노란 책』, 『던 카우의 책』 같은 옛 아일랜드 책들의 미세화 미술은 영국이 교양 없는 나라였던 시대로 거슬러 올라가고 거의 중국 미술만큼 아주 오래되었다거나 아일랜드는 플랑드르 사람이 최초로 런던에 이르러 영국인에게 빵 만드는 법을 가르치기 전에 여러 세대부터 자체 제작한 직물을 유럽으로 수출했다고 끊임없이 환기하는 데 있는 그 불모의 허풍으로부터 무엇을 기대할 수 있는지 모르겠어요.[69]

하지만 유구한 역사에 대한 "제시"의 난관 앞에서 문학의 정당성을 주장하는 사람들 가운데 일부는 다른 전략을 채택할 수 있다. 즉 시간의 문학적 측정을 거부하면서 경쟁으로 들어가려고 애쓴다. 가령 거트루드 슈타인 이전에, 그리고 똑같은 모델에 따라 월트 휘트먼은 미국 "역사"에 관한 자신의 역설적인 견해, 즉 "미래의 역사"를 강하게 내세우려고 시도했다. 특수한 자원을 축적할 기회를 그에게 부여할 수 있는 어떤 역사적 유산도 이용할 수 없는 상황에서 그는 현대성 저편을 현재에 맞세우고 미래를 통해 더 유리한 조건을 제시하고 후대에 기대어 우리 시대의 가치를 떨어뜨리고자 애썼다. 역사의 배타적인 산물 겸 특권으로서의 현재는 모든 문학적 주도권의 척도로 충분하지 않다고 선언하는 것, 그리고 미래로, 따라서 아방가르드로 자임하는 것은 오래전부터 미국인에 의해 채택된 해결책이었다. 미국인은 런던의 후견을 떨쳐버리려는 의지에 따라 유

69 J. Joyce, "L'Irlande, île des saints et des sages", *Essais critiques*, p. 209.

럽을 과거에 속하고 시대에 뒤졌다고 공언하면서 언제나 유럽의 가치를 낮추려고 애썼다. 작가로서 감지되고 받아들여질 어떤 기회를 얻기 위해 미국인은 스스로 "늦지" 않고 오히려 "이른" 것이라고 자임하면서 유럽에 의해 제정된 시간 법칙에 이의를 제기하고자 했다. 이처럼 "구세계"는 거부되었고 뒤쪽으로 보내졌다. 이미 모든 것이 정해져 있는 눅눅하고 편협한 구세계의 관념이나 이미지에 모든 일이 일어날 수 있는 신세계에서 찾아볼 수 있는 새로움, 순결, 참신한 모험의 관념이나 이미지가 맞서면서 미국문학이나 어쨌든 옥타비오 파스의 전문용어를 다시 취하건대 "유럽주의적" 경향과는 대조적으로 유럽문학 전통의 "아메리카주의적" 몫이 성립하게 된다. '미시시피 계곡의 문학'이라는 제목이 붙은 『노간주나무 열매처럼』[70]의 한 단장에서 월트 휘트먼은 긴 문학 계보의 막을 열면서 (1882년에) 벌써 이렇게 선언했다.

> 정신에는 미국의 어디에서건 영국으로부터 수입되어 모방되거나 복제된 책과 도서관에서 발견되는 시인이 우리 모두의 탐독 대상일지언정 우리 국가와 무관하다는 사실을 분명히 보는 데에는 한순간의 숙고만으로 충분하다. '우리의 시간과 대지에 대한 그것의 양립 불가능성, 많은 페이지에서 엿보이는 속 좁은 옹졸함과 시대착오 또는 부조리를 미국의 관점에서 온전히 이해하기 위해서는 미주리와 캔자스 그리고 콜로라도에 살거나 거기로 여행할 필요가 있다. (…중략…) 영국 섬들의 그 모델과 마네킹이 고전의 소중한 전통을 포함하여 추억거리, 연구 주제일 뿐이게 되는 날이 언젠가 먼 훗날이라도 상관없이 올 것인가? 맑은 공기, 원시의 양상, 한없는 후함과 넉넉함 (…중략…) 이 모두가 우리의 시와 예술에 나타나 일종의 전형을 구성할 것인가?[71]

그리고 정확히 "신세계"를 노래하게 되는 『풀잎』에서 그는 처음의 "헌정사"부터 이렇게 확언한다. "내가 노래하는 것은 현대인이다. (…중략…) 나는 미래의 역사를 꾀한다."[72]

휘트먼의 전략은 이를테면 모래시계를 뒤집어 놓고 자신을 새로움과 참신함의 창시자로 공표하는 데 있다. 그는 절대적인 새로움의 관념 자체로부터 자신의 미국 작가 지위와 미국문학의 특수성을 규정하려고 애쓴다. 즉 "이 모방할 수 없는 미국 지역"은 그가 쓰길 "유럽의, 유럽의 땅과 추억 그리고 기법과 정신의 흔적이나 기미 없는 우리의 것을 완벽한 시의 증류기 안에 (…중략…) 융합할"[73] 수 있어야 한다. 매우 명백하게 중심이 갖는 시간의 척도에 대한 그의 거부는 우선 런던에 대한 종속의 거부, 정치적이고 미적인 자율성의 확언임을 또한 알아차릴 수 있다.

1915년대에 거의 비슷한 상황에 놓인 라뮈는 보 지방으로 돌아와서 다른 전략을 실행한다. 시간적 "핸디캡"을 따라잡을 수 있게 해줄 역사적이거나 문화적인 어떤 유산도 보 지방에 없는 까닭에 역사에 영원을, 문학적 현대성의 현재에 농경의 의례 및 관행, 산과 풍경의 영원한 현재를 맞세우려고 시도한다. 국가나 지역의 특성에 대한 옹호보다 더 기원으로의 결연하고 공격적인 회귀는 대개 중심의 인정 메커니즘 및 기준이 갖는 정당성에 대한 이의제기이다. 중심에서 감지되지 않은 이에게 인정받을 기회를 제공하기 위해 그는 그 기준을 상대적이고 가변적이라고 "평가절

70 Walt Whitman, trad. par J. Deleuze, *Comme des baies de genouvrier. Feuille de carnets* (*Specimen Days*), Paris, 1993.

71 Ibid., pp.340~341.

72 W. Whiteman, trad. par R. Asselineau, *Feuilles d'herbe*, Paris : Aubier-Flammarion, 1972, p.37.

73 W. Whiteman, "Les prairies et les grandes plaines de la poésie", *Comme des baies de genouvrier. Feuilles de carnets*, p.334.

하하고" 그것에 절대적인 부동의 현재를 맞세울 필요가 있다. 본원적 현재의 영원한 가치는 파리의 현대성이 갖는 정의상 일시적인 가치보다 더 "현재적"이라는 것이다. 라뮈는 파리에서 스위스로 여행한 경험을 이러한 의미로 떠올린다.

> 이처럼 나는 삶의 본질적인 두 극점을 갑작스럽게 가까이 놓고 비교할 기회가 있었는데, 그것은 공간에서보다 훨씬 더 시간에서, 거리의 길이에 의해서보다 훨씬 더 세기에 의해 떨어져 있다. 실제로 여기에서는[보 지방에서는] 모든 것이 로마시대나 로마 이전의 시대와 같지 않았을까? 여기에서는 결코 어떤 것도 변하지 않았지만 저기에서는[파리에서는] 모든 것이 끊임없이 변했다. 여기에는 일종의 절대가 있으나 저기에서는 모든 것이 상대적이었다.[74]

달리 말하자면 라뮈는 공간적 거리를 시간적 간격으로 환원시키고 보 지방 공간의 객관적인 지체를 가장 품격 높은 영원성"로마"에 가까운 부동성으로 변모시킨다. 이처럼 고전주의의 (교묘한) 전략을 채택한다. 이른바 "농촌" 소설이 사실인즉 대체로 종속되는 본질적형식적, 미적, 소설적 시대착오라고 선고받지 않도록, 시간에서 빠져나오려고 애쓴다. 역사에도 (경쟁의 대상이라고 주장할 수 없는) 현대성의 부침에도 순종하지 않는 후보, 언제나 이미 현재에 존재하는 시간 밖의 영원한 후보로 굳세게 자임하고자 한다.

74 C. F. Ramuz, *Paris. Notes d'un Vaudois*, p.91. 작은따옴표는 저자 강조.

5. 수도들의 형성

민족문학 자원의 축적에서 필수 불가결한 단계들 가운데 하나는 문학 수도, 상징적 중앙은행, 문학적 신용이 집중되는 장소의 수립을 거친다. 카탈루냐의 진정한 문학 및 "민족"의 수도로 형성된 바르셀로나는 파리처럼, 런던처럼 아마 문학 수도를 구성할 두 가지 특성을 동시에 갖춘다. 바르셀로나의 지적, 예술적, 문학적 자원 구성은 19세기, 그리고 이 도시가 커다란 산업 중심지가 된 시기로 거슬러 올라간다. 현대성을 스페인에 부과하는 데 필요한 거점을 바르셀로나에서 찾아내게 되는 루벤 다리오는 1901년 자신이 유럽으로부터 보낸 시평서 이렇게 확언한다. "지난 몇 년 동안 세계에서 나타나는 이러한 변화, 정확히 '현대적인' 또는 새로운 사유라 불리는 것을 구성하는 변화는 이베리아반도의 다른 어떤 고장에서라기보다는 바로 여기에서[카탈루냐에서] 탄생했고 큰 성과를 거두었다. (…중략…) [카탈루냐인들을] 산업주의자, 카탈루냐 자치주의자, 이기주의자라고 부를 수 있지만, 사실은 그들이 여전히 카탈루냐인이면서도 보편적이라는 점이다."[72] 20세기 초에 바르셀로나는 엘스 카트르 가츠 그룹, 가우디의 건축, 아드리아노 구알의 연극, 필름 바르셀로나의 건립, 에우게니오 도르스의 사상을 경험했고, 이렇게 해서 문화 수도로 성립되었다.

정치의 관점에서 바르셀로나는 또한 내전의 시기에 공화파의 커다란 중심, 독재에 맞선 저항의 장소가 되기도 했다. 카탈루냐는 프랑코 체제

---

75 R. Darío, *España contemporánea*, 1901; Hilda Torres-Varela, "1920~1914 en espagne", *L'Année 1913. Les formes esthétiques de l'oeuvre d'art à la veille de la Première Guerre mondiale*, L. Brion-Guerry (éd.), *1910~1914 en Espagne*, Paris : Klincksieck, 1971, p.1054에서 재인용.

에 의한 억압으로 유난히 고통을 겪었다. 그리고 거기에서 1960년대부터 뒤이어 1970년대에 독재에도 불구하고 비교적 자율적인 지적 생활이 다시 가능해졌다. 매우 많은 출판사가 바르셀로나에 자리 잡았고 당시의 작가, 건축가, 화가, 그리고 시인이 카탈루냐인이건 아니건 이처럼 국내의 지적 역할과 정치적 역할을 축적하는 데 성공한 카탈루냐의 수도로 살러 왔다. 즉 바르셀로나는 프랑코파의 권력에 의해 용인된 일종의 민주적이고 자유주의적인 고립지가 되었다. "1970년대에 바르셀로나는 스페인의 정치적 맥락으로 보아 어느 정도로까지 민주적 창의성을 의미했어요." 마누엘 바스케스 몬탈반[76]이 말한다. "분위기가 마드리드에서보다 더 자유로웠지요. 게다가 스페인 전역과 라틴아메리카에서 가장 중요한 출판 중심지였고 아직도 그렇습니다." 이처럼 바르셀로나는 스페인어권 세계의 문학 수도가 된다. 라틴아메리카 작가 또한 바르셀로나라는 극점에 기대어 정치적으로 굴복하지 않으면서 자신의 문화적 유대를 확언하고 자신의 텍스트를 유럽에 소개할 수 있었다. 가령 스페인의 가장 유명한 출판 대리인 카르멘 발셀스는 바르셀로나에서 전 세계를 상대로 가브리엘 마르케스의 저작권을 팔면서 경력을 시작했다. 뒤이어 그와 카를로스 바랄 같은 몇몇 카탈루냐 발행인의 중재로 라틴아메리카 소설가의 작품이 1960년대와 1970년대에 스페인에서 출판되었다.

오늘날 작가는 이 도시를 문학 자체와 동일시하고 문학화하면서, 이 도시의 소설적 성격을 공언하면서 이 도시에 어떤 문학적 위세, 예술적 존재를 부여하려고 시도한다. 마누엘 바스케스 몬탈반을 이어 에두아르도 멘도사와 카스티야와 카탈루냐의 젊은 작가 무리그들 중 하나가 쿠임 몬조이다가

76 저자와의 미간행 대담, 1991.3.

바르셀로나를 수없이 묘사하고 바르셀로나의 여러 장소와 동네를 환기하면서, 이렇게 거의 의도적으로 바르셀로나로부터 새로운 문학 신화를 구성하면서 바르셀로나를 자신의 소설에 나오는 중심인물들 가운데 하나로 만들려고 노력한다.

조이스도 우선 『더블린 사람들』에서, 다음으로 『율리시스』에서 더블린에 대해 똑같은 방식으로 처신했다. 우리는 문학 신화의 구성에서 파리에 대한 묘사가 맡는 역할을 이미 제시한 바 있다. 이와 마찬가지로 그는 문학적 묘사를 통해 아일랜드의 수도를 치켜세우고 이를 통해 전에 없는 위세를 그곳에 부여한다. 게다가 아일랜드 작가의 관점에서 민족의 수도에 문학적 존재를 부여하는 것은 또한 민족의 장에서 내부 투쟁의 특징을 갖기도 한다. 즉 그는 글쓰기 자체를 통해 미적 입장을 실질적으로 확실히 표명하고 아일랜드문학 공간을 지배하는 "농촌적이고" 민속적인 규범과 단절하기를 바랐다. 오늘날 스코틀랜드 작가들에게서도 똑같은 과정이 전개되고 있다. 불가분하게 정치적이고 동시에 문학적인 견지에서 그들은 스코틀랜드의 노동 수도 "붉은 글래스고"의 명예를 회복시키고 민족주의적 보수주의의 온갖 상투적인 표현과 연결된 전통적인 역사 수도, "개화된 도시"[77] 에든버러에 맞서 글래스고에 새로운 문학적 존재를 부여하고자 한다.

몇몇 민족문학 공간에서 문학 심급의 상대적인 자율성은 두 수도의 현존그리고 대결에서 감지될 수 있는데, 하나는 흔히 가장 오래된 수도로서 정치 영역의 권력과 기능 그리고 자원이 집중되는 곳이자 본보기 및 정치와 민족의 종속에 깊이 관련된 보수적이고 전통적인 문학이 쓰이는 곳이

77 H. Gustav Klaus, "1984 Glasgow : Alasdair Gray, Tom Leonard, James Kelman", *Liber. Revue internationale des livres*, no.24, 1995.10, p.12.

고, 때때로 훨씬 더 새로운 다른 하나는 흔히 외국인에게 개방적인 항구 도시 또는 대학 도시로서 문학적 현대성, 외국 본보기의 기여를 표방하고 그리니치 자오선에서 시대에 뒤진 문학적 본보기의 포기를 통해 세계문학의 경쟁으로 뛰어들기를 권장한다. 이 일반적인 구조에 비추어 바르샤바와 크라쿠프, 아테네와 테살로니키, 베이징과 상하이, 마드리드와 바르셀로나, 리우와 상파울루 사이의 관계를 이해할 수 있다.

6. 작은 민족들의 국제조직

중심 밖의 주역은 특별한 통찰력이 있어서 출현하는 문학 그리고 정치 공간들 사이의 친화성을 알아차리거나 느낀다. 공통의 문학적 궁핍으로 인해 서로를 본보기나 역사적 준거로 여기고 자신의 문학적 상황을 비교하고 선례의 논리를 주장하면서 공동 전략을 적용하기에 이른다. 이러한 논리로 "작은" 민족들의 동맹, 더 정확히 말하자면 작은 문학에 속하는 민족 작가들의 동맹이 구성될 수 있고, 이에 힘입어 작은 민족이나 문학이 중심의 일방적인 지배에 맞서 투쟁할 수 있게 된다. 그런 곡절로 20세기 초에 벨기에는 유럽의 작은 나라를 위한 일종의 본보기가 되었다. 특히 영국의 영향력에서 벗어나려 시도하고 자신의 문화 전통을 강하게 주장하는 아일랜드인은 벨기에의 사례에서 문화와 관련하여 작은 나라가 거둘 수 있는 성공의 증거를 보았다. 벨기에도 역시 언어와 정치 그리고 종교의 면에서 분열되어 있고 프랑스의 문화적 지배 아래 놓여 있는 관계로 두 급진파에 어떤 본보기를 제공했다. 즉 앵글로-아일랜드인은 프랑스어로 글을 쓸지라도 "결코 자신을 프랑스 문인과 혼동하지 않는"[78] 마테를링크나 베르아랭과 동일시할 수 있었고, "아일랜드화의 강화를 주장하는 아일랜드인"은 헨드릭 콩시앙스가 플랑드르어를 되살리려고 시도했기 때문에 그를 본보기로 취했다. 예이츠는 파리에서 마테를링크와 만나 그에게서 아일랜드에 적용할 수 있는 본보기를 보았다. 상징주의의 지도자 겸 이론가, 연극과 시 분야에서의 개혁자로서 파리에서 두각을 나타내면서도 벨기에인임을 숨김없이 표방하고 독일어와 영어 그리고 네덜란드어로 된 책을 읽을 줄 아는 이 플랑드르의 프랑스어권 벨기에인은 민족주의적이지 않은 민족 작가였다.

아일랜드와 노르웨이 사이에도 똑같은 유형의 관계가 성립한다. 노르웨이도 약간 나중에 벨기에처럼 투쟁 중인 갖가지 급진파에 의해 원용된다. 여러 세기 전부터 덴마크인에 의해 강요된 식민지 지배에서 최근에 벗어나 몇몇 작가의 주도로 새로운 언어를 창조하는 작은 유럽국의 본보기가 아일랜드에서 게일어 부흥을 지지하고 "민족적" 성격의 문학 저작물에만 집착하는 가톨릭 국가주의자들에 의해 즉각적으로 재채택된다.[79] 조이스뿐만 아니라 다른 층위에서지만 예이츠를 선두로 유럽 문화에 대한 자기 나라의 개방을 지지하는 아일랜드 지식인들로서는 문학의 자율성이라는 관념을 아일랜드로 들여오기 위해 입센의 작품을 본보기로 활용하게 된다. 즉 그들에게 노르웨이 극작가에 대한 유럽의 인정은 민족문학이 이름값을 하면서 국제적으로 인정받을 기회를 얻으려면 종교적 도덕과 대중의 요구를 통해 강요되는 규준에 굴복하기를 그쳐야 한다는 점을 뒷받침하는 논거이다. 조이스는 매우 일찍아마도 1898년 입센에게 열광

---

78 John Kelly, "The Irish Review", *L'Année 1913. Les formes esthétiques de l'oeuvre d'art à la veille de la Première Guerre mondiale*, p.1028에서 재인용.

79 Ibid..

했고[80] 자신을 이 예술가와 자발적으로 동일시했으며단테에 대한 그의 매혹은 똑같은 형태를 띠게 되고 예술가를 망명에 연결하는 문학 신화에 대한 그의 신념을 강화하게 된다 예술에서 그에게 파넬이 민족의 삶에서 차지한 중심적인 자리를 부여했다.[81] 심지어는 입센의 희곡을 원문으로 읽을 수 있기 위해 덴마크-노르웨이어를 배웠다. 『입센주의의 진수』에서 쇼가 보여준 분석으로부터 폭넓게 발상을 얻고 현대 연극예술의 퇴폐와 입센의 나쁜 영향에 관한 학위논문을 준비하는 어느 동급생과의 토론 후에 작성한 최초의 평론 「드라마와 삶」에서는 영국의 민족 판테온에 맞선 진정한 침해 행위로서 셰익스피어에 대한 입센의 우월성을 애써 논증하기에 집착했고 극예술에서 현실주의의 필요성을 공언했다. 이처럼 입센에 대한 조이스의 찬탄은 정치적 지배에서 최근에 해방된 작은 나라 출신으로서 유럽에 거의 알려지지 않은 언어로 글을 쓰면서 참신한 민족문학의 형식을 발견하고 이와 동시에 유럽 연극 전체를 혁신하면서 유럽 아방가르드의 대변인이 되는 이 극작가와의 어떤 동일시였다. 그래서 『율리시스』를 『페르 귄트』의 더블린판으로 읽을 수 있는 것이다.[82]

조이스의 초기 텍스트들 가운데 하나인 「하층민의 날」은 아베이 극장에서 예이츠가 채택한 연극 정책에 대한 거센 비판이다. 1901년에 쓰인 이 글은 아일랜드문학극장의 아일랜드화 방침, 그리고 문학극장이 되살리고 문학화해야 할 전설 및 전통 보존소로서의 민중에 대한 호소에 이의를 제기한다.[83] 젊은 조이스는 처음 몇 행부터 아일랜드와 노르웨이를

80 쇼의 경우와 꽤 비슷한 이유로.

81 Richard Ellmann, trad. par A. Coeuroy et M. Tadié, *Joyce*, Paris : Gallimard, 1987, t. 1, p.74 참조.

82 Jean-Michel Rabaté, *James Joyce*, Paris : Hachette, 1993, pp.71~72 참조.

83 1901년 10월 예고된 희곡들은 게일어로 쓰인 더글러스 하이드의 드라마 〈꼬인 밧줄

나란히 놓는다. 아일랜드문학극장은 "현대 연극의 불모성과 거짓에 대한 아주 최신의 항의운동"이라고 그가 쓴다. "반세기 전 노르웨이에서 최초의 항의가 일었다. (…중략…) 그런데 민중이라는 악마는 저속성이라는 악마보다 더 위험하다."[84] 입센의 천재성과 현대성에 대한 확언을 통해 조이스는 문학만큼 정치와도 관련된 의고주의적이고 보수적인 태도를 거부할 수 있게 되면서 가톨릭 연극 작품의 민족주의를 멀리하기에 이른다. 가톨릭 연극 작품이 뒤이어 현실주의 미의식을 표방하는 목적은 세계주의적이지 않고 애국적이기 때문이다. 입센에 대한 그의 거리낌 없는 찬탄은 입센의 모든 미적이고 정치적인 입장을 긍정하는 방식이다. 그는 정치적 민족주의에 대해 거리를 유지하는 자신의 태도를 자주 노르웨이 극작가의 태도에 견주게 된다.

1900년이 되자마자 조이스는 입센의 작품을 중심으로 유럽 전역에서 일어난 투쟁의 격렬함과 중요성을 이렇게 요약한다. 그가 회상한다.

> 20년 전에 입센은 『인형의 집』을 썼다. 이 작품은 연극사에서 거의 획기적인 사건이다. 그때부터 입센의 이름이 외국으로 퍼져나갔고 두 대륙을 일주했다. 그의 동시대인들 가운데 누구도 그보다 더 많은 논쟁과 비판을 유발하지 못했다. 어떤 이들은 그를 예언자, 사회 개혁자 (…중략…) 그리고 마침내 위대한 극작가로 여겼다. 다른 이들은 그를 훼방꾼, 실패한 예술가, 이해할 수 없는 신비주의자라고, 그리고 어느 영국 비평가의 특이한 표현을 좇아 '똥을 뒤적이는

(*Casadh an-tSúgáin*)〉, 그리고 예이츠와 무어가 어떤 아일랜드 전설을 토대로 공동 집필한 희곡 〈디아르무이드와 그라니아(*Diarmuid et Frania*)〉였다. R. Ellmann, op. cit., p.113 참조.

84 James Joyce, *Essais critiques*, pp.81~82.

개라고' 격렬하게 공격했다. (…중략…) 일찍이 현대 사상에 그토록 오랜 영향을 끼친 사람이 있었는지 의아스럽다.[85]

달리 말하자면 중심 밖의 작가들에게는 문학 작품을 읽는 특유한 방식이 있다. 그들은 상동과 연관을 감지한다. 자신의 입장으로 인해 유일하게 이것들을 식별할 수 있다. 특히 중심 밖의 작품에 대한 중심 바깥사람의 해석은 중심부의 (탈역사화된) 해석보다 더 "현실주의적"일 (다시 말해서 더 역사에 토대를 둘) 온갖 기회가 있지만 세계의 문학적 지배 구조에 대한 무지로 인해 언제나 잘못 이해되거나 무시당한다.

"작은" 민족의 작가들이 서로에게 기울이는 이러한 상호적 관심은 직접적으로 정치적인 만큼 문학적이다. 더 정확히 말해서 문학적 비교는 정치적 상동에 대한 그만큼 많은 암묵적인 확언이다. 노르웨이와 벨기에가 아일랜드에 대해 준거와 본보기의 역할을 할 수 있었다면 이는 우선 민족의 경험들 사이 체계적인 비교를 수단으로 갖추는 정치적 견해의 견지에서였다. 그래서 알다시피 아일랜드의 어떤 정치 이론가들은 오스트리아 제국 내에서 헝가리가 누린 자율성의 본보기를 아일랜드에 적용하기를 제안했다. 신 페인운동의 창시자들 가운데 하나인 아서 그리시스1872~1922는 오스트리아와의 어떤 협정과 헝가리의 실질적인 자율성으로 귀착된 헝가리 국회의원에 의한 오스트리아 의회 보이콧운동과 민족어 부흥을 위한 노력을 아일랜드에 끌어들이고자 했다.[86]

중심에 의한 지배의 일방성에 맞선 "작은" 나라 예술가들의 명백하게

85 James Joyce, "Le nouveau drame d'Ibsen", *Essais critiques*, p.56.

86 Jean Guiffan, *La question d'Irlande, Bruxelles*, Complexe, 1997, p.77. 오늘날 특히 카탈루냐와 퀘벡이 서로 본보기와 준거의 구실을 한다는 사실도 역시 알려져 있다.

표면화된 동맹은 또한 해방과 인정의 객관적인 효과를 낼 수 있다. 코브라운동의 도정과 역사도 이러한 논리로 이해할 수 있는데, 이 운동은 미술운동도 일정 부분 똑같은 모델에 따라 굴러간다는 가설을 세울 수 있게 해준다. 문학의 수도일 뿐만 아니라 미술의 수도인 전후의 파리에서 끝나가는 초현실주의는 재도약을 시도했고 특히 마그리트를 중심으로 결집한 벨기에 초현실주의자들을 새로이 파문했다. 예술과 국제주의가 낡은 초현실주의 아방가르드에 의해 몰수되고 독점된 상황에 싫증이 난 벨기에와 덴마크 그리고 네덜란드 예술가들크리스티앙 도트르몽, 조제프 누아레, 아스거 요른, 키렐 아펠, 콩스탕, 그리고 코르네유의 소집단이 이탈을 결정하고 파리에서 '본건의 심리를 마쳤다'라는 제목의 선언문, "파리는 이제 예술의 중심이 아니다"라고 도트르몽이 쓰듯이 독립과 새로운 공동체의 설립을 주장하는 당돌한 선언서에 서명한다. "효율성의 정신에 따라 우리는 우리의 민족적 경험에 우리 집단들 사이의 변증법적 경험을 덧붙인다."[87] 따라서 서로 동맹과 연대를 선언하는 세 도시, 엄숙한 미의식으로 덜 가득 찬 예술의 새로운 창의적 중심들, 코펜하겐, 브뤼셀, 암스테르담의 머리글자로 코브라라는 약어가 만들어지게 된다. 파리의 중심성에 대한 급진적인 문제화를 통해 운동의 지리적 확산에 대한 코브라의 강조가 부분적으로 설명될 수 있다. 코브라운동은 파리 심급의 권위적인 중앙집권화와는 대조적으로 이름에서 드러나다시피 현재 실행되고 있는 국제주의의 형상으로 보이고자 한다. 이에 따라 탈중심화와 변혁 활동이 현대성과 자유로 내세워지게 된다. 가령 조제프 누아레는 "자유 실천의 지리"[88]를 환기한다.

문화적 동류성뿐만 아니라 주변부와 중심에서 영원히 거부된또는 허용된

87 Fransoise Lalandem Christian Dotremont, *l'inventeur de Cobrá*, Paris : Stock, 1998, p.112.

88 Richard Miller, *Cobra*, Paris : Nouvelle Éditions françaises, 1994, p.28에서 재인용.

지역이라는 유사한 상황을 서로 인정하는 세 작은 나라의 동맹은 불가결한 파리 아방가르드의 명령에 등을 돌릴 힘을 이 예술가들에게 제공하게 된다. 코브라는 거스른다거나 화가 나 있다고 말하는 것만으로 충분하지 않다. 파리에 맞서고 초현실주의자들에게 맞서고 앙드레 브르통에게 맞서고 파리의 주지주의에 맞서고 미의식 강요에 맞서고, 구조주의에 맞서고, 공산당에 넘겨진 정치적 이의제기의 독점 등에 맞선다.[89] 코브라의 쟁취된 자유는 파리의 정통성에 대한 끊임없는 논쟁 속에서 확연히 드러나게 된다. 미의식을 제한하는 브르통의 심미적 명령에 의도적으로 적대적인 요구, 교조주의에 대한 부정의 요구 자체가 작품은 언제나 열려 있고 언제나 해야 할 경험이라는 관념, 기법 혁신의 증가와 때때로 하찮은 소재빵의 속살, 진창, 모래, 달걀 껍질, 밀랍 등의 원용, 추상과 형상화 사이에서의 선택 거부"추상의 가치를 믿지 않는 추상 미술"[90]이라고 요른이 말한다, 단독성의 숭배에 맞선 집단 작품의 선택과 더불어 통합의 원칙으로 세워진다. 요컨대 코브라는 초현실주의의 교의와 당시 파리에서 인정된 다른 미학적 선택, 즉 칸딘스키나 사회주의적 현실주의1949년 도트르몽과 누아레는 『레 레트르 프랑세즈』와 논쟁한다 또는 몬드리안의 기하학적 추상 기법에 대한 거의 일대일에 가까운 대립 위에서 구축된다.[91] "코브라의 단일성은 구호 없이 이루어지는 것"이라고 도르트몽이 그것도 도발처럼 터져 나오는 원색의 즐거운 확실성을 갖고서 말하게 된다.[92]

"북부 노선"은 코브라의 결정적인 방침이었고 크리스티앙 도트르몽의

89 Ibid, p.107 sq.

90 Ibid., p.49.

91 R. Miller, op. cit., p.15 참조.

92 Ibid., p.17.

도정이 되었는데, 그는 스칸디나비아와 자신이 '얼음 로고'와 '눈 로고'을 창조하는 라플란드에 열광했다. 흔히 이 재확인된 북유럽 문자는 부분적으로 덴마크 화가들의 이론적 진전에 기인한다. 나치 점령군뿐만 아니라 특히 1933년 『추상 미술에서의 상징』[93]을 펴낸 비에르케 페테르센처럼 바우하우스를 통해 발상을 얻은 추상 미술 이론가들의 두드러진 존재감에 대한 저항의 몸짓으로 전쟁 전과 전쟁 동안에 창간된 잡지들이 덴마크에서 1930년대와 1940년대에 회화와 회화적 성찰의 발전에 상당한 영향을 미쳤다. 코브라의 주된 이론가들 가운데 하나였던 요른은 자신의 진중하고 즐거운 대립에 형태와 일관성을 부여하기 위해 이 게르만-덴마크 유산에 기댄다.[94] 잡지 『코브라』의 처음 몇 호부터 민중미술에 쏟아진 관심은 실질적인 창의성과 활력 그리고 보편성의 긍정만큼 복부의 양도할 수 없는 문화적 특수성의 표방이다"민중미술은 국제적일 수 있는 유일한 미술"[95]이라고 요른이 말한다. 몇몇 예외적인 존재를 공인하는 예술 엘리트주의를 거슬러 긍정되는 이 민중적 자유는 아르 브뤼뒤뷔페는 잡지 『코브라』에 의욕적으로 참여한다, 광인과 어린이의 소묘에 스며들어 있는 것과 똑같은 자유이다.

코브라의 공식적인 존속 기간은 짧았다. 창간 후 3년이 겨우 지난 1951년 그룹의 활동을 끝내기로 결정되었다. 각 예술가가 독립적으로 자기 작품을 창작했고 애초의 분노에서 멀리 떨어져 자기 길을 개척했다. 그렇지만 그들에게서 심미적 일관성을 점차로 구축할 수 있게 해주는 것은 실질적인 유대라기보다는 오히려 파리가 강요하는 것에 대한 공통된 거부였다. 중심에 대한 거부를 하나로 아우르고 합리화하는 공동 제안의 점

93 *Musée d'art de Silkeborg et Yves Rivière*, Paris,1980.

94 R. Miller, op. cit., pp.49~50·71~72 참조.

95 Ibid., p.190.

진적인 창안에 힘입어 코브라운동은 점차로 미학 차원의 진정한 존재를 부여받았다. 이 모든 화가가 이윽고 파리에 받아들여지고 출품하게 된다. 그들은 미술과 관련하여 파리의 전능에 맞서 초국가적으로, 그리고 문화적으로 감히 동맹을 맺으려고 했기 때문에, 마침내 파리 비평 심급의 공인을 받게 된다.

제4장 "번역된 이들"의 비극

그들은 세 가지 불가능성나는 이것들을 언어의 불가능성이라 명명하네. 이는 가장 단순해. 하지만 이것들을 전혀 다르게 부를 수도 있을 거야, 즉 글을 쓰지 않을 수 없는 불가능성, 독일어로 글을 쓸 수 없는 불가능성, 다르게 글을 쓸 수 없는 불가능성 사이에서 살고 있었네. 사람들은 거기에 거의 네 번째 불가능성, 글을 쓸 수 없는 불가능성을 덧붙일지도 몰라. (…중략…) 따라서 그것은 사방으로 불가능한 문학이었어.

프란츠 카프카, 「막스 브로트에게 보낸 편지」, 1921.6

글쓰기는 배반이 지뢰처럼 매설된 영역이죠. 나는 구전 시인이 아니라 작가, 그것도 영어 작가, 다시 말해서 내 어머니가 이해할 수 없는 언어로 글을 쓰는 작가가 되면서 어머니를 배반했어요. 그뿐만 아니라 정치적 텍스트의 작가가 되면서 소말리아에서, 어머니 가까이에서 살 수 없게 되었지요. 그러므로 내 어머니의 기억에 기념물로 여겨질 수 있는 책을 써야 한다고 생각했죠. (…중략…) 영어로 글을 쓴 것을 후회합니다. 내가 내 어머니 당신을 다시 만날 수 있기 전에 당신이 돌아가신 것을 후회해요. 내 작품이 내 어머니에게 추도사의 구실을 할 만큼 훌륭하기를 바랍니다.

누루딘 파라, 미간행 대담, 1998.7

언어 문제와의 대결 속에서 중심 바깥 공간의 작가는 문학적 차이를 긍정하는 전략의 완전한 영역이 전개되는 기회를 얻는다. 언어는 구별을 짓는 투쟁 및 경쟁의 주요한 관건이다. 즉 특수한 자원으로서 이 자원에 힘입어서나 맞서서 문학적 지배에서 벗어날 해결책이 나오게 되고, 작가의 유일하고 참된 창작 재료로서 가장 특수한 혁신을 가능하게 해준다. 문학의 반란 및 혁명은 언어에 관한 작업에 의해 창조된 형태로 구현된다. 달리 말하자면 궁핍한 처지의 작가들에 의해 상상된 언어 해결책에 열중함으로써 그들의 가장 세련된 문학 창작과 문체 선택 그리고 형식 창안을 분석하기에, 다시 말해서 텍스트의 내부 분석을 되찾기에 이를 수 있다. 또한 이를 통해 이해하다시피 자신의 궁핍과 종속에 대한 해결책을 발견하도록 "선고받은" 언어 피지배자들 가운데에서 문학의 가장 위대한 혁명가를 찾아낼 수 있다.

우리는 언어가 문학 자본의 주요한 구성요소라는 사실에서 몇 가지 해결책과 이미 환기된 메커니즘을 재발견하게 된다. 아마 이는 이미 언급된 메커니즘과의 유사성으로 인해 필요한 반복과 재언을 강요하게 될 것이다. 그렇지만 우리는 이 메커니즘이 언어에 적용될 때 갖는 특수한 것을 강조하려고 노력했다.

뒤 벨레는 고대 텍스트의 "맹목적인" 모방을 거부하면서 "프랑스의" 시 저작물을 거의 기계적으로 라틴어에 병합하는 행태를 끝장내자고 제안했다. 그가 내세운 가장 중요한 첫 번째 차이는 언어의 차이이다. 그런데 구조적으로 뒤 벨레의 상황에 놓인 작가라면 모두 똑같이 행동할 것이므로, 이것은 세계문학 공간의 형성 과정 전체에서 상수일 것이다. 즉 그는 지배 언어의 본보기에 따라, 그리고 거기에 새겨져 있는 문학적 형태 및 주제로부터 새로운 문학 언어의 지위를 주장할 수 있는 어떤 대안을 제안한다. 프랑스 플레이아드의 해방운동 이후에 헤르더 모델은 민중어의 특수성으로부터 "작은" 민족의 존재권을 정당화하면서 이 메커니즘을 명백하게 밝히기만 했다. 앞에서 이미 말했듯이 이 운동은 19세기의 유럽에서 요구된 민족주의를 훌쩍 넘어서서 영속화되었다. 오늘날에도 출현하는 정치 공간은 대개 언어를 기준으로 정치 영역과 문학 영역으로의 등장을 요구하고 정당화할 수 있게 된다.

모든 문학 피지배자들의 객관적 상황, 다시 말해서 중심에 대한 그들의 언어적이고 문학적인 거리가 무엇이건 그들에게는 언어의 "차이"라는 문제가 제기된다. "동화된 이들"은 언제나 지배 언어에 대한 낯섦과 불안정의 관계 속에서 일종의 과잉 정정을 통해 "억양"의 경우처럼 자기 출신 언어의 흔적을 사라지게 하고 바로잡으려고 애쓴다. 반대로 "이화된 이들"은 사용할 수 있는 어떤 다른 언어가 있건 없건 온갖 수단을 통해 지배 언어의 지배적인 (그리고 적법한) 사용에 대한 변별적 거리를 조성함으로써건 어떤 새로운 민족어잠재적 문학 언어를 발견하거나 재발견함으로써건 차이를 더욱 크게 하려고 애쓰게 된다. 달리 말하자면 언어와 관련한 작가의 (의식적이지도 타산적이지도 않은) 선택은 민족어 정책에 폭넓게 달려 있더라도 큰 문학 민족에서처럼 어떤 민족 규범에 대한 순종적인 복종으로 귀착되지 않는다.[1] 작가에게 언어의 딜레마는 훨씬 더 복잡하고 작가가 가져다주는 해결책은 더 특이한 형태를 띤다.[2]

작가에게 열리는 가능성의 폭은 우선 문학 공간에서 작가가 차지하는 위치와 작가의 모국어또는 민족어가 갖는 문학성에 달려 있다. 달리 말하자면 문학 영역에서 작가의 종속이 띠는 형태에 따라, 다시 말해서 작가

1 Louis-Jean Calvet, *La Guerre des langues et les Politiques linguistiques*, Paris : Payot, 1987 참조.

2 프랑스어권 아프리카에서 언어 상황이 띠는 복잡성과 이것의 문학적 결과에 관해서는 Bernard Mouralis, 특히 chapitre IV. II, "Le problème linguistique", *Littérature et Développement. Essai sur le statut, la fonction et la représentation de la littérature negro-africaine d'expression française*, Paris : Honoré Champion, 1981, pp.131~147 참조.

의 종속이 정치적이거나따라서 언어적이고 문학적이거나 언어적이거나따라서 문학적이거나 또는 오로지 문학적이냐에 따라 작가는 해결책을 채택하고 출구를 찾아내게 되는데, 이것들은 언뜻 보아 서로 매우 가까울지라도 내용과 성공당시 말해서 가시성, 문학적 존재에 대한 접근의 객관적인 기회에서 서로 매우 다르다. 세계문학 공간에서 "작은" 언어는 문학성에 의해 정해지는 주된그리고 완벽하지 않은 네 범주로 분류될 수 있다. 우선 문자가 결정되지 않고 구성되는 중인 구어. 문자가 없으므로 정의상 문학 자본이 없는 이 언어는 국제 공간에서 보잘것없고 어떤 번역의 혜택도 입을 수 없다. 특히 아직 결정된 문자가 없는 몇몇 아프리카 언어 또는 작가의 활동 덕분으로 문학적 지위와 코드화된 문자를 쟁취하기 시작하는 몇몇 크레올어를 예로 들 수 있다. 다음으로 독립의 시기에 민족어가 된 최근의 "창시" 또는 "재창시" 언어카탈루냐어, 한국어, 게일어, 히브리어, 신-노르웨이어 등. 이러한 언어는 화자가 별로 많지 않고 제공할 저작물이 거의 없다. 다국어 구사자가 많지 않고 전통적으로 다른 나라와 교환이 이루어지지 않았다. 그러므로 번역을 부추김으로써 국제적 존재를 획득해야 한다. 뒤이어 문화와 오랜 전통의 언어가 오는데, 이것은 네덜란드어나 덴마크어, 그리스어나 페르시아어처럼 "작은" 나라의 언어로서 화자가 그다지 많지 않고 다국어 구사자에 의해 별로 사용되지 않으며 비교적 적잖은 역사와 신용이 있지만 국경 넘어서는 거의 인정되지 않는다. 다시 말해서 세계문학 시장에서 별로 중시되지 않는다. 끝으로 광범위하게 퍼진 언어가 남아 있는데, 이러한 언어는 내부의 위대한 문학 전통이 있을 수 있지만, 아랍어나 중국어 또는 힌두어 등처럼 국제 시장에서 보잘것없고 거의 인정받지 못하고 따라서 중심에서 지배받는다.

구조의 속박과 민족어또는 모족어의 문학성은 작가의 언어 "선택"을 결정하는 유일한 동인이 아니다. 거기에 국민족에 대한 종속의 정도를 덧붙일 필요가 있다. 이미 말했듯이 출신 문학 공간이 문학적으로 덜 갖추어져 있을수록 작가가 정치적으로 더 종속적이다. 즉 작가가 "옹호와 현양"의 민족적 "의무"에 예속되는데, 작가에게 이 의무는 또한 유일하게 가능한 해방의 길들 가운데 하나이기도 하다. 모든 피지배 작가의 선택은 그들의 문학적 기도 전체, 그리고 그들이 이것에 부여하고자 하는 의미와 맞물린다. 이에 따라 자기 민족어에 대한 그들의 관계는 유난히 까다롭고 애절하고 격정적이다.

그러므로 "작은" 언어의 모든 "문학 필자"는 어떤 형태로건 이를테면 불가피한 번역의 문제에 직면한다. "번역된" 작가인 그들은 비장한 구조적 모순에 사로잡히고 이 모순으로 말미암아 문학 언어로의 번역과 "작은" 언어로의 후퇴 사이에서 선택을 강요받는다. 전자는 그들을 자국 독자와 떼어놓으나 그들에게 문학적 존재를 부여하는 반면에, 후자는 그들에게 비가시성이나 민족문학의 세계로 온전히 귀착된 문학적 존재를 선고한다. 이 매우 실제적인 긴장은 큰 문학 언어로 전향한 많은 시인에게 자기 나라에서 진정한 "배반"으로 비난받는 결과를 초래하고 그들 가운데 많은 이에게 심미적이고 동시에 언어적인 해결책을 찾도록 강제한다. 가령 이중 번역 또는 자기 필사는 문학의 명령과 민족에 대한 "의무"를 양립시키는 방식이다. 모로코의 프랑스어 시인 압델라티프 라아비가 이렇게 설명한다.

> 나는 내 작품을 스스로 아랍어로 번역하거나 번역하게 하지만 언제나 번역에 참여하면서 그것이 우선 대상으로 하는 독자에게, 그리고 그것을 진정으로 낳은 문화권에 그것을 돌려주어야 한다고 확신했다. (…중략…) 이제 기분이 나

아졌다. 내 글이 모로코와 아랍 세계의 나머지 지역에 퍼짐에 따라 아랍 작가로서의 내 '정당성'을 온전히 회복했다 (…중략…) 내 작품이 원본과 무관하게 아랍 텍스트로 판단되거나 비평되거나 평가됨에 따라 나는 아랍문학의 문제에 통합된다.[3]

여기에서 우리는 중심 밖의 작가가 겪는 탈중심화와 격리에 대한 출구를 일련의 보편적인 단계로 곧 제시할 것이고 이러한 단계를 번역이라는 총칭적인 용어 아래 포섭할 것인데, 이 용어는 지배 언어의 채택, 자기 번역, 이중 작품 및 이것과 대칭적인 이중 번역, 민족 및 / 또는 민중 언어의 창시와 격상, 새로운 문자의 창시, (마리우 지 안드라지에 의해 실행된 포르투갈어의 유명한 "브라질화"나 라베아리벨로에 의한 마다가스카르 프랑스어의 창안, 치누아 아체베에 의한 영어의 아프리카화 또는 루벤 다리오가 말한 "정신의 프랑스어적 표현" 같은) 두 언어의 공생을 포함한다. 이 출구들은 일단의 서로 단절되고 분리된 해결책으로서보다는 오히려 불확실하고 까다롭고 비극적인 활로의 연속체 같은 것으로 이해되어야 한다. 달리 말하자면 다양한 출현 양상과 문학적 인정에의 다양한 접근 방식이 서로 분리될 수는 없다. 어떤 경계도 이것들을 진정으로 떼어놓지 않는다. 그리고 같은 작가가 살아생전에 이 가능한 일들 가운데 여러 가지를 연속적으로나 동시에 끌어올 수 있으므로 문학적 지배에 대한 이 해결책들 전체를 연속적인 움직임에 따라 사유할 필요가 있다.

하지만 삼중의 지배, 정치적, 언어적, 문학적 지배에 시달려야 하고 대개 라시드 부제드라, 장조제프 라베아리벨로, 응구기 와 티옹고, 월레 소

3 Abdellâtif Laâbi, *La Quinzaine littéraire*, 1985.3.16~31, no.436, p.51.

잉카처럼 객관적인 2개 언어 병용의 상황에 놓이는 (탈)식민 피지배 작가의 언어 상황은 문학적 효과 속에서까지 예컨대 프랑스어가 시오랑, 쿤데라, 간고테나, 베케트, 스트린드베리처럼 이따금 일시적으로 프랑스어를 글쓰기 언어로 채택하기로 결심하는 유럽이나 아메리카 작가에게 행사하는 특수한 지배에 비견될 수 없다. 오랫동안 식민 지배 아래 놓인 나라 출신의 모든 작가에게, 그것도 그들에게만, 2개 언어 병용은 (통합된 번역으로서) 정치적 지배의 사라지지 않는 기본적인 낙인이다. 알베르 메미는 "식민 피지배자"가 직면하는 모순과 아포리아에 대한 묘사를 통해 모든 피지배 언어로 글을 쓰는 작가의 언어적이고 문학적인 딜레마를 철저히 조장하는 2개 언어 병용의 상황에서 두 언어가 갖는 상징적 가치의 차이를 밝혔다.

> 식민 피지배자의 모어는 (…중략…) 나라 안에서나 민족들 간의 협력에서 어떤 위엄도 없다. 식민지 피지배자는 직업을 얻고 자리를 확보하고 도시에 살고 사교계에 출입하기를 원한다면 무엇보다 다른 이의 언어, 자기 주인, 식민지배자의 언어에 굴복해야 한다. 식민 피지배자에게 깃드는 언어 갈등에서 그의 모국어는 욕된 언어, 짓밟힌 언어이다. 그리고 객관적으로 근거가 있는 이 멸시를 그는 결국 자기 것으로 삼는다.[4]

반대로 문학적으로 그다지 인정받지 못하지만 고유한 전통과 자원을 갖춘 "작은" 유럽어루마니아어와 스웨덴어의 작가인 시오랑이나 스트린드베리에게 프랑스어로의 글쓰기 또는 자기 번역은 문학에 "부응하는" 방식, 그리

4 Albert Memmi, *Portrait du colonisé, précédé de Portrait du colonisateur*, Paris : Corréa, 1957, réédité Gallimard, 1985, p.126(préface de J.-P. Sartre).

고 구조적으로 유럽 주변부의 작가들을 해치는 비가시성에서 빠져나오거나 그들의 문학 공간을 지배하는 민족 규범에서 벗어나는 방식이다.

그러므로 결코 완전히 의식적인 방식으로 실행되지 않는 이 작가들의 전략은 민족어의 문학성, 정치 상황, 민족 투쟁에 대한 참여 정도, 문학의 중심에서 인정받으려는 의지, 이 똑같은 중심의 자민족중심주의와 몰지각, "다른 존재"로 지각될 필요 등이 다 함께 동시에 고려되는 매우 복잡한 미지의 2차나 3차 또는 4차 방정식으로 설명될 수 있다. 중심 밖의 창작자에게만 속하는 이 기묘한 변증법은 문학 영역의 피지배 고장에서 찾아볼 수 있는 언어의 문제를 정서, 주관, 개별, 집단, 정치, 그리고 특수성 등 온갖 차원에서 이해할 수 있게 해준다.

1. "불 도둑들"

앞에서 살펴보았듯이 한 언어의 중심성과 문학적 신용은 번역을 거치지 않고 그 언어로 된 문학 작품을 읽을 수 있는 다언어 구사자의 수로 측정된다. 즉 문학 텍스트가 민족의 권역을 벗어나 중심의 심급에서 번역으로만 읽힐 때, 다시 말해서 문학 중개자 자신이 그것을 원본으로 평가할 수 없을 때 그때 우리는 진정한 "(언제나 이미) 번역된 언어"를 마주하게 된다. 요루바어, 기쿠유어, 아마릭어, 게일어, 이디시어 등을 생각해보라. 누루딘 파라의 소말리아, 에마뉘엘 동갈라의 콩고, 압두라만 와베리의 지부티 공화국처럼 문학적으로 매우 궁핍한 지역에서 문학 세계에 거의 존재하지 않는 언어로 글을 쓰는 소설가는 역설적으로 "번역된 작가"가 됨으로써만 존재하기에 이른다. 따라서 식민지화 때문에 수입된 문학 언어다호

메이의 작가 펠릭스 쿠쇼로[5]의 표현을 다시 취하건대 "교양 있는 외국어"를 채택하지 않을 수 없다. 하지만 이 강요되고 불가피한 언어로 자기 나라와 자기 민족의 옹호와 현양 쪽으로 나아가는 작품을 온전히 공들여 만든다. 이 경우에 식민지 언어의 문학적 사용은 동화의 몸짓이 아니다. 1988년 다음과 같이 확언하는 카텝 야신의 말은 아마 모두에게 들어맞을 것이다. "나는 프랑스인들에게 내가 프랑스인이 아니라고 말하기 위해 프랑스어로 글을 쓴다."[6]

소말리아에서 영어로 글을 쓴 최초의 작가 누루딘 파라가 자기 소설 『영토지도』에서 예컨대 이렇게 말할 때 그들이 놓인 상황의 비장함을 엿볼 수 있다. "정복되고 영원히 정복되게 마련인 우리 가운데 수백만 명, 여전히 전통적인 민족, 게다가 구전의 민족이어야 하는 수백만 명을 생각할 때 내 가슴은 피를 흘린다."[7] 파라의 언어 상황은 유난히 복잡하다. 「내 정신 분열의 유년기」라는 제목의 중편소설에서 그는 식민 피지배자들에게 식민 지배를 받게 된 민족에 속함으로 인해 생겨난 자신의 다언어 구사를 환기한다.

> 집에서 우리는 식민 피지배자들 가운데에서 또 식민 지배를 받은 이 민족의 모어, 즉 소말리아어로 말했다. 하지만 읽기와 쓰기는 다른 언어, 즉 아랍어신성한 코란의 언어와 아마릭어우리의 식민 지배자들이 생각하는 바를 더 잘 알기 위한 그들의 언어 그리고 영어언젠가는 우리를 더 넓은 의미의 세속 세계로 들어가게 해줄 수 있을 언어로 했다. 이러한 이유 때문이라는 것이 나의 추정인데, 한 세기의 모순 한가운데에 태어나 그러한 교육을 받은 나

5 1900~1968. 1940년에 토고인이 되었다. Alain Ricard, *Littératures d'Afrique Noire. Des langues aux livres*, Paris : CNRS Éditions-Kartala, 1995, p.156에서 재인용.

6 K. Yacine, "Toujours la ruée vers l'or", op. cit., p.132 참조.

7 N. Farah, trad. par J. Bardolph, Territoires, Paris : Le Serpent à plumes, 1994, pp.312~313.

에게는 일어나는 일의 의미를 말하고 더 이상 구어 장르가 아니라 문어 장르로 우리의 역사를 기억해두려고 시도하는 것이 부득이했다. 나는 어떻게 우리가 배우는 그러한 세계사의 호명 목록이 내 민족에게 부재하는지 말했다. (…중략…) 그 모든 것을 정신에 간직한 가운데 나는 적어도 소말리아 어린이에게 '다른' 자질, 다시 말해서 '모순적인 일치 현상'으로 이루어진 정체성을 규정하게 해줄 수 있다는 희망을 품고 글을 쓰기 시작했다.[8]

구비전승 문화의 후계자 누루딘 파라는 우선 아랍어 작가가 되었다. 소말리아어는 아주 최근에야 문자 형태로 고정되었다. 그래서 청소년 시절에 그는 아랍어로 빅토르 위고와 도스토옙스키를 발견하고 초기의 자서전적 평론을 쓴다. 하지만 1960년대 타자기를 취득하는 시기에는 영어를 선택하고 이런 식으로 "최초의" 소말리아 작가가 된다.

전혀 다른 역사와 정치의 맥락에서지만 19세기의 아일랜드에서 게일어의 애매한 상황도 똑같은 논리로 이해할 필요가 있다. 언어에 관한 게일어 연맹의 요구는 1890년대 아일랜드문학 공간이 구성되는 데 불가결한 계기로 작용했다. 하지만 게일어는 가톨릭 지식인들에 의해 발굴되고부터 축적된 신용이 그토록 별로여서 독립 이후에 제1의 민족어로 부과됨에도 불구하고 진정한 국제문학의 존재를 쟁취하는 데 성공하지 못했다. 1930년대 말에 게일어를 선택한 아일랜드 작가의 상황은 이렇게 묘사되었다.

8 N. Farah, "L'enfance de ma schizophrénie", op. cit., pp.5~6. 작은따옴표는 저자 강조.

> 그러므로 우리 시대의 게일어 작가는 어떤 다른 작가보다도 이 딜레마 앞에 놓여 있다. 즉 모습을 드러내지 않거나 독자의 마음에 드는 것이 아니라 (…중략…) 독자와 자기 사이에 개입하는 기관의 뜻을 따르거나 해야 한다. (…중략…) 따라서 독창적이고 독립적이고 자유로운 재능이 장애물에 직면하여, 영어로 글을 쓰겠다고 결심하지 않는 한, 대개 그는 문학 생활을 포기하거나 살아가기 위해 번역에 뛰어든다.[9]

왜 많은 게일어 작가와 극작가 그리고 시인이 영어로 "전향할" 수밖에 없었는가를 (또는 거꾸로 왜 오늘날 아일랜드에 그토록 적은 게일어 창작자가 남아 있는가를) 이 관점에서 이해할 수 있다.

마찬가지로 남아프리카의 작가이자 문학 이론가인 냐불로 응데벨레는 조이스를 읽은 후에 우선 문학 언어로 출현 중인 줄루어에 문학적 현대성을 부여하기 위해 "의식의 흐름"이라는 서술기법을 이 언어에 적용하고 전투적 반인종차별 문학이라는 단순한 비난에서 빠져나오려고 시도했다. 따라서 문학적 신용이 거의 없는 언어를 자신이 문학적 현대성의 궁극 지점으로 여기는 것으로, 다시 말해서 그리니치 자오선에서 인정된 규범으로 이끌고자 했다. 하지만 역설적으로 영어 번역으로부터만 문학적 존재를 인정받았을 그러한 시도의 어려움을 재빨리 이해했다. "현대성의 전통"도, 그의 계획을 이해해줄 수 있는 독자도, 그를 공인할 수 있는 문단도 전혀 없었던 탓에 그의 시도는 헛되거나 시대착오적인 것으로 밝혀졌다. 그래서 뒤이어 이 극단적인 시도를 단념한 그는 검은 남아프리카의 특수한 서술방식을 영어에서 직접 찾아내려고 애썼다.[10] 그러므로 오

9 A. Rivoallan, *Littérature irlandaise contemporaine*, Paris : Librairie Hachette, 1939, pp. 7~8.

10 Njabulo Ndebele, "Quelques réflexions sur la fiction littéraire", *Les temps modernes*, no.

늘날 남아프리카의 가장 유명한 흑인 영어 작가들 가운데 하나가 된 그는 "번역"되지만 그렇다고 엄밀한 의미에서 번역의 단계를 거치지는 않는다.[11]

또한 식민지화 또는 문화적이고 언어적인 지배 때문에 피지배 작가는 선택의 여지가 없을지 모른다. 자기 조상의 언어에 숙달하지 못해서 다른 언어로 식민지 관용어법만 쓸 수 있을 뿐이다. 그래서 문학 영역으로 들어가기 위해 자기 자신을 번역한다고 말할 수 있다. 20세기 초 아일랜드의 영어 작가들 가운데 많은 수가 게일어를 몰랐다. 마찬가지로 알제리의 많은 지식인이 아랍어를 모르거나 아랍어에 충분히 숙달하지 못해서 독립의 시기에 아랍어를 글쓰기의 언어로 삼을 수 없었다.

많은 창작자의 경우에 식민지화의 언어를 글쓰기의 언어로 채택하는 일은 자기 나라에 대한 애착과 자기 나라를 문학적으로만큼 정치적으로도 존재하게 만들려는 의지 때문에 문제가 없지 않다. 그들에게 이 전능한 언어는 일종의 "독이 든 선물"이나 돌려주지 않아도 되는 훔친 물건이다. 이러한 종류의 비합법성을 제법 예증하는 "훔친 물건"의 주제는 그 곤란한 입장에 거의 본질적이고 매우 다양한 정치 및 역사의 맥락에서 나타난다. 헤르더의 이론으로부터 상속받은 (하지만 오늘날 민족의 정치 및 문화에 대한 성찰에 그토록 통합되어 그 자체로 느껴질 수 없는) 관념들의 효력은 언어와 민족 그리고 정체성 사이의 필연적인 상관관계를 작용하게 하도록 이끌고 특수하지 않은 언어를 비합법적인 언어로 여기도록 부추긴다. 알제리 작가 장 암루슈는 다음과 같이 확언한다.[12]

479~481, juin-août 1986, pp.374~389; "La nouvelle littérature sud-africaine ou la redécouverte de l'ordinaire", Europe, no.708, 1988.4, pp.52~71.

11 Njabulo Ndebele, trad. par J.-P. Richard, *Fools*, Paris : Complexe, 1992.

식민 피지배자의 상황에 놓여 있을 때 당신은 제공받았으나 정당한 소유자가 아니라 용익권을 가진 자에 지나지 않는 그 언어를 불가피하게 사용해야 한다. 알다시피 식민 피지배자들 가운데 위대한 작품에 빠져들 수 있었던 이들은 모두 귀여움받는 상속인들이 아니라 '불 도둑들'이다.[13]

식민지화된 나라 출신의 지식인은 "정당한 상속인이 아닌 문명으로부터 언어의 혜택"을 "부당"하게 자기 것으로 갖는다. 암브로슈가 말을 잇는다. "따라서 그는 일종의 서출이다."[14] 고유한 언어를 빼앗긴 모든 문학적 피지배자에게서, 특히 뒤에서 알게 될 터이듯이 독일어로 글을 쓰는 체코 유대인으로서 예컨대 알제리 작가가 프랑스어와 맺는 관계처럼 독일어에 대해 박탈과 불법성 그리고 불안전의 관계에 놓이는 카프카에게서 이 언어 도둑질의 관념이 재발견된다.[15] 오늘날 살만 루슈디는 런던의 문학 심급에 통합되고 공인받은 작가이지만, 그의 펜 아래에서도 똑같은 죄의식, 다시 말해서 배반의 주제를 찾아볼 수 있다. "인도 작가는 인도를 새롭게 바라볼 때 약간 죄를 지었다고 느낀다." 그가 쓴다. "우리[인도 작가들] 가운데 영어를 사용하는 이는 영어에 대한 우리의 애매한 태도에도 불구하고, 어쩌면 이러한 태도 때문에, 아마도 우리가 현실 세계에서 전개되는 다른 투쟁, 우리 안의 문화와 우리 사회에 작용하는 영향 사이에 벌어지는 투쟁의 반영을 이 언어 투쟁에서 발견할 수 있는 까닭에 그렇게 한다. 영어를 쟁취하는 것은 아마 우리의 해방 과정을 마무리하는 일일 것이다."[16]

---

12 Jean Amrouche, "Colonisation et langage", *Un Algérien s'adresse aux Français ou l'histoire de l'Algérie par les textes*, Tassadit Yacine (éd.), Paris : Awal-L'Harmattan, 1994, p.332.

13 M. Dib, "Le voleur du feu", op. cit., p.15에서 재인용.

14 J. Ambroche, op. cit., p.329.

15 이 책의 410~417쪽을 볼 것.

셰익스피어의 『폭풍우』는 특히 영어권 나라에서[17] 식민지화와 예속의 메커니즘을 섬세하게 묘사하는 예언적 희곡식민지 지배자의 가장 고결한 문학 자본을 끌어들이고 돌려쓰는 실제적인 사례으로 많이 해석되었다. "독이 든 선물"의 이론은 캘리밴의 말로부터 폭넓게 토론되었다. 주인 프로스페로가 이렇게 확언한다. "나는 너에게 말하기를 가르치느라 힘들었다. (…중략…) 미개인아! 넌 너의 생각을 알지 못할 때, 짐승처럼 재잘거리기만 할 때 나는 네 의도를 표현할 수 있도록 그것에 어휘를 마련해주었다." 이에 캘리밴이 대답한다. "주인님은 제게 말하기를 가르쳤죠. 그런데 제가 그것으로부터 얻은 이익은 고작 저주할 줄 아는 것이에요. 제게 주인님의 언어를 가르쳤으니 붉은 여우가 주인님을 물어가면 좋겠네요!"[18] 이 지배 구조에 기인하는 근본적인 양면성은 모든 작은 민족을 괴롭히는 언어 문제를 둘러싼 토론의 중요성과 격렬한 열정을 설명해준다.

지배 언어의 사용이 역설적이고 모순적이라는 점은 사실이다. 즉 해방을 가져다주는 만큼 소외를 유발한다. 인도에서의 R. K. 나라얀 또는 알제리에서의 물루드 마메리 같은 초기 세대의 창작자들은 흔히 "과잉 정

---

16 S. Rushidie, op. cit., p.28. 그렇지만 아프리카문학의 분석가들이 특기하다시피 영국의 식민 체제에 굴복한 나라에서는 일반적으로 식민지배자의 언어에 대한 작가의 관계가 프랑스에 의해 식민지화된 나라에서보다 덜 긴박한 듯하고 언어 선택의 문제가 덜 비장하게 제기되었다. 원주민 교육에 더 넓은 공간이 열리고 공동체 자체에 의한 원주민 교육의 담당이 강조되면서 예컨대 하우사어로 이슬람문학 작품이 창작될 수 있었고 새로운 키스와일리어 창작이 북돋워진다. 그런데도 상황은 매우 미묘하다. 언어 선택의 문제를 (자신에게) 제기하는 옛 영국 식민지 출신의 작가도 많다. A. Ricard, *Littératures d'Afrique noire*, pp.152~162 참조.

17 예를 들어 Janheinz Jahn, *Manuel de littérature négro-africaine*, Paris : Resma, 1969, pp.229~230에 의해.

18 Shakespeare, trad. par P.Leyris et E. Holland, *La Tempête*, acte I, scène II, *Oeuvres complètes*, Paris : Gallimard, 1959, t. II, p.1485.

정의"[19] 언어를 사용하고 매우 전통적인 문학 형식 및 미의식을 원용한다. (민족의 규범과 중심의 규범에 대한) 이중의 비합법성 때문에 언어와 문학의 가장 전통적인 사용법, 다시 말해서 가장 덜 혁신적인, 따라서 가장 덜 문학적인 실천을 따르는 그들은 카프카의 용어를 다시 취하건대 "민족 투쟁"[20]의 입장을 그들이 글을 쓰고 조직적으로 맞서는 지배 언어의 문학적 사용과 양립시키려고 애쓴다. 그들은 민족어로 출현하는 언어와 잘 어울리고 따라서 민족문학 유산에 동화될 수 있는 문학을 지배의 언어로 생산하려고 시도한다.

하지만 문학 공간이 약간 자율화될 때 주요한 중심 언어들 가운데 하나의 문학적 사용은 피지배 작가들에게 문학 영역에의 직접적인 소속에 대한 보증이 되고 어떤 생산재 전체, 문학사에 고유한 지식과 기량의 전유를 허용한다. 지배 언어로 글쓰기를 "선택하는" 이들은 일종의 특수한 "지름길"로 접어든다. 그리고 단번에 더 "가시적"이게 되므로, 다시 말해서 "풍부한" 언어와 이것에 연결된 미적 범주, 정당한 문학 규범에 더 부합하는 범주를 사용한다는 점으로 인해 국제적 인정을 얻는 최초의 사람들이기도 하다. 이런 곡절로 아일랜드에서 예이츠는 런던의 비평 심급으로부터 매우 빨리 인정을 얻고 이에 힘입어 게일어를 선택한 시인들과는 달리 더블린 자체에서 지도자로 두각을 나타낼 수 있게 된다. 마찬가지로 오늘날 국제적 차원에서 가장 유명한 카탈루냐 작가들은 카탈루냐어로 글을 쓰는 이들, 예컨대 M. V. 몬탈반, 에두아르도 멘도사, 필릭스 지 아수아

---

19 라시드 부제드라는 카텝 야신 같은 몇몇 위대한 예외에도 불구하고 알제리문학을 싸잡아 '교사들의 문학'으로 지칭한다. 저자와의 대담, 1991.11, *Liber*, 1994.3, no.17, pp. 11~14.

20 F. Kafka, "Journomx", op. cit., 1911.10.9, p.100.

등이다. '파트와' 이전에 이미 유명하고 상찬되다가 '파트와'의 희생자가 된 루슈디 자신도 영국에서 가장 인정받는 인도 작가들 가운데 하나이다. 그가 명백하게 인정하듯이 "인도에서 쓰인 작품들 대부분이 영어 이외의 다른 많은 언어로 창작된다. 그렇지만 인도 밖에서는 사람들이 아예 그것에 관심을 기울이지 않는다". 그가 한탄한다. "앵글로-인도인들이 무대의 전면을 차지한다. '영연방의 문학'은 그러한 주제에 관심이 없다."[21]

따라서 중심의 언어는 다양하고 모호한 사용에도 불구하고 불가능한 유산의 저주가 뒤집힌다는 조건에서 새로운 "재산"으로 표방될 수 있다. 조이스도 역시 자기 시대에, 그리고 꽤 최근의 (탈)식민지화 상황에서 영어를 지배의 명백한 징후로서가 아니라 정당한 재산으로 요구했던 것처럼 루슈디도 이렇게 확언한다. "얼마 전부터 영어는 영국인만의 재산이기를 그쳤다."[22] 그에게 "영국의 인도 작가는 그저 영어를 마다할 가능성이 없다. (…중략…) 인도-영국 정체성의 창출에서 영어는 핵심적인 중요성을 띤다. 무슨 수를 쓰더라도 영어를 채택해야 한다".[23] "독립 인도의 어린이들은 영어를 식민지 기원으로 말미암아 돌이킬 수 없이 부패한 언어로 여기지 않는 듯하다. 그들은 영어를 인도어처럼 사용한다."[24]

---

21 S. Rushdie, *Patries imaginaries*, p.86. 루슈디가 또한 강조하듯이 '국제어'가 된 영어의 패권은 이제 어쩌면 무엇보다 먼저 영국 유산의 위업일 뿐만이 아니다. 영어는 이제부터 세계에서 가장 강력한 나라인 아메리카의 언어이기도 하다. 이 모호성으로 말미암아 영국만의 지배에서 벗어날 수 있게 되고 영어와 세계어, '번역된 이들'에서 유래한 새로운 문학과 비국유화된 국제 문화 사이의 양가성이 유지된다.

22 Ibid., p.87.

23 Ibid., p.28.

2. "어둠으로부터 번역된"

주변부의 언어가 (몇몇) 특수한 자원을 보유하고부터 "이중의" 작품을 창작하려고 시도하고 언제나 복잡하고 애절한 둘 사이의 입장을 지탱하기에 이르는 창작자가 이전의 것과 매우 가까운 경로에서 나타난다. 알랭 리카르가 제안한 용어를 다시 취하건대[25] 이 "복식 표기" 작품은 작가의 두 언어, 모국어와 식민지화의 언어로 '동시에' 쓰이고 번역, 옮겨적기, 자기 번역 등의 복잡한 도정을 따른다. 이러한 영속적이고 본질적인 복식 표기는 작품의 토대, 동력, 변증법이 되고 흔히 주제가 되기도 한다.

알다시피 코트디부아르 작가 아마두 쿠루마1927년 코트디부아르에서 태어나 2003년 리옹에서 죽는다는 말린케어를 프랑스어로 옮긴 일종의 번역으로부터 위대한 소설 「독립 무렵」[26]을 썼다.[27] 그의 소설적 시도의 새로움과 전복적 성격은 대부분 프랑스어의 물신화, "올바른 용법"의 존중에 대한 그의 거부, 그리고 말린케 프랑스어에 의한 그의 문학 창조 또는 프랑스어에 대한 그의 "말린케화"라고 부를 수 있을 것에 기인했다.

프랑스어권에서 이 "이중" 표현 방식을 실행한 최초의 사람들 가운데 하나는 아마 마다가스카르의 시인 장조제프 라베아리벨로1903~1937일 것이다. 모든 위대한 프랑스 시인, 고답파와 보들레르부터의 상징주의자찾아내고 떠받드는 독학자 라베아리벨로는 프랑스어와 마다가스카르어 사이의 영속적인 왕복을 통해 자기 작품을 일종의 이중 번역으로 구성한다.

---

24 Ibid., p.81.

25 A. Rocard, op. cit., 특히 pp.151~172.

26 "Editions du Seuil", Paris, 1970.

27 베르나르 마뉘에, 아마두 쿠루마와의 대담, *Notre librairie*, 1987.4~6 참조.

19세기부터 마다가스카르에는 표준화된 문어가 존재했고 이에 힘입어 라베아리벨로를 열광하게 하는 진정한 마다가스카르어 시의 출현이 가능해졌다. 그는 우선 이러한 문화를 북돋을 필요에 따라 많은 기사와 평론을 발표한다. 그러고 나서 고대와 현대의 마다가스카르 작가를 프랑스어로 번역한다『이메리아 고장의 옛 노래』, 1939, 유작. 여기에서 민족문학 자본의 보편적인 구성 전략을 찾아볼 수 있다. 거꾸로, 그리고 똑같은 논리로 그는 보들레르, 랭보, 라포르그, 베를렌뿐만 아니라 릴케, 휘트먼, 타고르를 자기 나라에 소개하고자 애쓰고 발레리를 마다가스카르어로 번역한다. 뒤이어 타나나리브와 튀니스에서[28] 가장 유명해지게 되는 모음집 『거의 꿈 같은』1934과 『어둠으로부터 번역된』1935을 프랑스어로 펴낸다. 이것들에는 "저자에 의해 호바어에서 옮겨적은 시"라는 언급이 딸려 있다호바어는 먼 인도네시아에 기원을 둔 고원 출신의 옛 메리나인 군주들의 문어이다. 비평계는 시인의 공인에 필요한 특이성과 독창성의 자율적인 논리에 따라 그것이 진정한 번역인지, 텍스트의 원본이 무엇인지 수없이 자문했다. 전통문학, 특히 예전에 장 폴랑에 의해 밝혀진[29] 유명한 '아인테니'[30]가 그의 글쓰기에서 중요하다는 것은 명백하다. 그의 글쓰기는 동시에 집단 창작과 개별 창작 사이의 대립을 넘어서고자 한다. 하지만 라베아리벨로는 일종의 새로운 언어, 루벤 다리오의 "정신의 프랑스어적 표현"과 정확히 똑같은 논리에서 마다가스카르어를 프랑스어처럼 쓰는 방식을 창시하고 이런 식으로 서로를 통해 인도되는 진정한 번역 언어의 창안에 노력한 듯도 하다. 라베아리벨로

28 장 앙루슈와 아르망 기베르에 의해 고취된 잡지 *Cahiers de Barbarie*에서.

29 *Les Hain-Teny merinas. Poésies populaires malgaches*(1913), recueilles et traduites par Jean Paulhan, Paris : Geuthner, 2007.

30 [역주] hain-teny. 마다가스카르에서 통용되는 짧은 시 형태의 문학 장르.

는 프랑스어로도 마다가스카르어로도 쓰지 않는다. 다만 한 언어에서 다른 언어로 계속해서 이동할 따름이다. 그의 모음집 제목 '어둠으로부터 번역된'은 모호한 언어에 결부되어 그것의 문학적 존재와 결함을 증명하는 이 불가능한 번역의 멋진 은유이다. 라베아리벨로는 단순한 동화의 길을 계속 가면서 고귀해질 수 있었을 텐데도 대담하게 새로운 책무를 기도함으로써 그러한 기도를 마다가스카르 언어와 시에 대한 배반으로 여기는 민족주의자에 맞섰고 또한 "올바른 용법"과 관습적인 프랑스 시의 규범에도 맞섰다. 즉 프랑스어로 된 마다가스카르의 시(와 언어)를 창안하여 자신의 본래 언어도 그에게 또한 식민지 언어인 문학 언어도 버리지 않기에 이르렀다. 그의 기도는 성공했다. 그의 작품이 상당히 빠르게 인정받았다. 실제로 1948년부터 그는 장폴 사르트르가 서문을 쓴 레오폴드 세다르 셍고르의 『흑인 및 마다가스카르의 새로운 프랑스어 시선집』[31]에 모습을 보였다. 하지만 그는 훨씬 전인 1937년에 자살했고 식민지 행정기관으로부터 프랑스 여행 허가를 결코 얻을 수 없었다.

3. 왕복

다양한 옵션은 서로 분리될 수 없다. 경계선이 때로는 너무 흐릿하기 때문이다. 그래서 똑같은 연속적 계열의 전략을 구성하는 요소로서 분석할 필요가 있다. 줄타기 곡예사에 관해 말하듯이 언어 "불균형"으로 말미암아 까다롭고 동시에 주변적이며 놀랄 만큼 다산적인 그 입장들이 구성

31 *PUF*, Paris, 1948.

된다. 한 옵션 또는 다른 옵션의 선택, 한 언어에서 다른 언어로의 연속적인 변화는 동요, 망설임, 회한 또는 회고의 대상이 될 수 있다. 그것은 단호한 선택이 아니라 정치적이고 문학적인 속박과 작가 경력의 진전국가적 또는 국제적 인정의 정도에 종속된 일련의 가능한 일이다.

피지배 언어가 자율적인 문학의 존재를 갖는다면, 작가는 문학으로의 다양한 접근로를 연속적으로 실험할 수 있다. 가령 알제리 작가 라시드 부제드라는 어느 정도 프랑스어로 쓰고 자신이 아랍어로 번역한 책들, 그리고 또 아랍어로 쓰이고 프랑스어로 번역된 책의 저자이다. 따라서 그의 작품은 복식 표기의 소산이다. 실제로 그는 끊임없이 두 언어 사이에서, 그리고 아마 이것 역시 본질적일 터인데 번역의 긴장 속에서 작업한다. 프랑스어로 집필된 초기 소설 「이혼」과 「일광욕」[32]에 힘입어 널리 인정받게 되었다. 그러고 나서 자신이 나서서 두 번째 소설을 프랑스어에서 아랍어로 옮긴다. 따라서 알제리 독자에 대한 관계가 변한다. 즉 프랑스에 의해 인정받았던 것처럼 자기 나라에서 읽힐 수 있었다. 하지만 알제리에서는 문학 및 사회 규범이 같지 않다. "프랑스어로는 물의를 일으키지 않아요." 그가 설명한다.

> 알제리에서 사람들이 그것을 읽었어요. 내가 그것을 아랍어로 번역했죠. 그때 내가 경전을 의문시했고 코란 텍스트를 두고 말장난을 했다는 등의 끔찍한 항의가 일었지요. (…중략…) 아랍어로는 전복적 풍자 전체가 더 잘 통해요. (…중략…) 나는 프랑스에 있을 때 프랑스어로 글을 썼어요. 사실 프랑스어로 글을 쓰지 않았다면 출판사를 구하지 못했을 거예요. 분명히 말하건대 솔직히 나

32 "Denoël", Paris, 1969·1972.

는 프랑스어가 매우 좋아요. 프랑스어는 내게 엄청나게 도움을 주었지요. 정말이지 나는 프랑스어로 소설 6권을 썼고 국제적 명성을 얻었죠. 프랑스어 덕분으로 내 작품이 열댓 나라로 번역되었어요. 뒤이어 나는 아랍어로 넘어갔지요. 아랍어를 배워 더 이상 프랑스어를 사용하지 않는 세대의 증가와 맞물려 일어난 일이죠. (…중략…) 하지만 나는 프랑스어로의 번역에 참여합니다. 어떤 번역가가 있고 나는 그와 함께 번역에 참여하는데 이 일에 애착을 느껴요. 내가 프랑스어로 글을 쓰던 시기와 마찬가지로 그것은 부제드라의 것이어야 하니까요.[33]

2개 언어 병용을 허용하는 두 언어 사이의 투과성에 힘입어 영속적인 왕복과 언어또는 민족에의 연속적인 재소속이 가능해진다. 이 이중의 언어 상황 속에서 소설의 계호기이 단절 없이 세워진다.

남아프리카의 줄루족 시인 마지지 쿠네네1930~2006의 사례는 부제드라의 경우와 매우 유사하다. 인종차별 정책에 맞선 투쟁에 참여한 작가이자 1960년대 아프리카민족회의의 유럽 및 미국 담당 대표인 그는 줄루족의 전통 시를 수집하고 분석하는 일부터 시작했다. 그러고 나서 자기 작품을 전통적인 형식에 따라 줄루어로 창작하고 영어로 번역했다. 구비전승의 시를 재검토하면서 자기 민족의 기억을 되짚는 서사시를 창작하고 자신의 텍스트를 직접 번역하여 영국에서 펴낸다『줄루족의 시』, 런던, 1970; 『조상과 신성한 산』, 런던, 1982. 17권으로 된 그의 서사시 『위대한 샤카 황제, 줄루족 서사시』는 아마 그의 가장 중요한 작품일 것이다. 줄루어로의 글쓰기와 구전 문화의 형식에 대한 충실성 덕분으로 그는 민족운동에의 참여와 국제적 인

33 저자와의 대담, op. cit., p.14.

정의 필요를 양립시킬 수 있었다. 그의 동국인 안드레 브린크 또한 같은 문학 영역에서 또 다른 주변부 언어인 아프리칸스어의 계승자로서 자기 번역을 선택했다. 이 백인 아프리칸스어 작가는 우선 소설을 아프리칸스어로 집필했다. 그러고 나서 1974년 그의 책 『한밤중에』[34]가 남아프리카 정권에 의해 금서로 지정된 후에는 자기 소설을 직접 영어로 번역하기 시작한다. 즉 영어로 옮아감은 무임승차권일 뿐만 아니라 그 자체로 이미 문학으로의 전향인 만큼 이 자기 번역으로 국제적 인정을 받기 시작한다.

4. 카프카, 이디시어 번역

겉보기와는 달리, 그리고 작품을 중심으로 가장 널리 알려진 비평적으로 확실한 사실과는 반대로 카프카의 문학은 아마 이 똑같은 "사례 계열"에 속할 것이다. 실제로 카프카의 문학적 시도 전체는 서양 유대인의 잃어버리고 잊어버린 언어, 즉 이디시어의 영광을 기리는 고결한 기념물이라고, 또한 유대인에 대한 동화의 언어, 프라하그리고 더 넓게는 서유럽 전체의 유대인을 동화시키면서 유대인에게 자기 문화를 잊게 만드는 데 성공한 이들의 언어, 즉 독일어의 매우 유감스러운 실천에 토대를 둔 작품이라고 말할 수 있다. 카프카의 관점에서 독일어는 그가 매우 분명하게 말하게 되듯이 "훔친" 언어이고, 따라서 독일어의 사용은 그에게 비합법적일 것이다. 이 점에서 그의 작품 전체는 그가 쓸 수 없었던 언어, 즉 이디시어의 "번역"으로 여겨질 수 있을 것이다.

---

34 André Brink, trad. par R. Fouques Duparc, *Au plus noir de la nuit*, Paris : Stock, 1976.

프라하인으로서, 유대인으로서, 그리고 지식인으로서 프란츠 카프카는 정치와 문학에 대해 매우 복잡한 입장을 내보인다. 프라하인으로서는 체코 민족주의에 관한 논쟁의 중심에 놓이고 유대인으로서는 시오니즘 문제뿐만 아니라 동유럽에서의 연맹주의 출현에 맞닥뜨리며 지식인으로는 프라하 서클에 속한 자기 친구들이 실천하는 그러한 탐미주의의 문제의식과는 대조적으로 민족적 참여의 문제의식에 직면한다. 흔히 모순적이지만 분리될 수 없는 이 세 가지 동시적인 입장으로부터 카프카의 위치를 상상할 수 있다. 그는 이 지식과 정치 그리고 문학의 공간들 전부, 즉 체코 민족주의의 민족 수도임과 동시에 문화 수도일 뿐 아니라 당시에 프라하 서클을 형성하는 게르만화된 유대인 지식인이 확연히 두각을 나타내는 도시인 프라하, 중앙 유럽 전체의 문학 및 지식 수도인 베를린, 그리고 또 동유럽의 정치 및 지식 공간, 즉 유대인 민족주의 및 노동운동과 파벌이 출현하고 (이디시어의 사용을 지지하는) 연맹주의자가 시온주의자와 대립하는 영역, 또한 유대인 이민의 새로운 도시이자 러시아와 폴란드에서 이주해온 유대인 주민에게 정치와 문학 그리고 연극과 시의 중심인 뉴욕, 이 세 도시의 정확한 교차점에 자리한다.

19세기 말 중앙 유럽과 동유럽의 유대인들은 이 지역에서 민족 해방의 길을 찾는 다른 모든 민족의 상황과 유사한 상황에 놓인다. 하지만 피지배자들 사이의 피지배자, 추방과 유대인 배척주의의 희생자로서 영토 없이 오명을 쓰고서 유럽 전역에 흩어진 까닭에 어떤 다른 피지배 민족보다 더 자신의 민족(주의) 이론을 구상하고 인정하게 하고 정당화하기 위해 이론과 정치에 엄청난 노력을 쏟아야 한다. 이는 엄청난 차이이다. 시온주의자와 연맹주의자를 도식적으로 맞세우는 이론적이고 정치적인 갈등은 아마 이 극단적인 지배 상태와 이 독특한 상황에서 생겨날 것이다. 즉 전자는 헤르더의 계승자로서 민족의 영토팔레스티나와 동일시되는 진정한 국가의 설립을 지지하고 후자는 디아스포라에 충실한 자치주의적 해결책에 호의적이다.

불가분하게 문학적이고 언어적이며 정치적인 이 지배 상황으로부터 카프카의 입장과 문학적일 뿐 아니라 아마 정치적일민족적일 계획을 묘사할 수 있다. 그는 1911년 말과 1912년 초에 몇 달 동안 폴란드에서 프라하로 온 극단에 의해 공연된 이디시어 희곡을 통해 이디시어 사용 지지자대개 연맹주의자, 더 나아가 세이미스트의 문화 영역과 정치적이고 언어적인 요구를 발견한다. '정통유대주의'를 발견하고부터는 많은 요소에 비추어 보건대 이디시어 사용 지지에, 다시 말해서 세속적인 유대인 민중문화의 구상에 참여하려고 애쓴다.[35] 동시에 우리가 묘사하려고 시도한 본보기에 따라 카프카는 자기 민중과 민족의 완전한 인정을 위해 투쟁하고 유대인 민족문학의 구상에 참여한 창시 작가의 상황에 놓여 있다는또는 자신을 놓는다는 가설을 제시할 수 있다. 따라서 그는 이디시어 유대인 공간의 역설적인 구성원, 이 공간으로부터 비극적으로 거리를 유지하는 구성원, 그리고 출현 중인 이 유대 "민족또는 이 새로운 민족의 인정을 위해 투쟁하는 민족운동"에 도움이 되는 활동적인 작가, 유대 민족 및 문화를 위해 민중 및 민족문학의 창시에 적극적으로 참여하는 작가가 될 것이다.

카프카의 상황을 이해하기 어렵게 만드는 것은 그의 상황이 동시대인의 경우와 정확히 대칭적으로 반대된다는 점이다. 전체적으로 자신보다 더 부르주아적인 지적 영역에서 첫 세대의 지식인인 카프카는 자기 친구

35 여기에서 나는 프란츠 카프카의 텍스트에 관한 역사적이고 문학적인 연구, 내가 다른 곳에서 수행했고 비판적 논의에 필요한 역사적이고 분석적인 '증거'를 제공하는 연구(근간)에 기댄다.

막스 브로트를 비롯한 자신의 패거리와 매우 다르다. 즉 그의 동료가 전부 시온주의자, 국가주의자, 친독파, 헤브라이즘 신봉자, 이디시어 사용을 반대하는 자일 때 그는 사회주의자, 이디시어 사용 지지자, 반시온주의자이다. 그는 폭넓게 동화되고 게르만화된 서유럽 유대인 공동체에 속하면서도 비극적이고 모순적인 상황에 놓여 있다. 즉 이디시어를 모르고 따라서 특히 「만리장성 축조 시에」에서 위대하고 아름답다고 이야기하는 집단 작품에 직접적으로 도움이 될 수 없다. 그래서 동화된 유대 민족을 위해 독일어로 글을 쓰고 동화의 비극을 들려주는 것을 역설적이지만 건너뛸 수 없는 해결책으로 채택하게 된다. 「어느 개의 연구」와 『아메리카』를 이 관점에서 재독할 필요가 있을 것이다. 이것들은 게르만화된 유대인에게 잊어버린알다시피 막스 브로트가 '아메리카'라는 이름으로 출간한 텍스트의 진정한 제목, 카프카 자신에 의해 상상된 제목은 정확히 '실종자'이다[36] 역사에 관한 이야기를 제공하고 민중적이고 세속화된 유대 민족의 존재를 반드시 확언하기 위해 몸소 자신의 용어로 자기 부정 이외의 다른 것이 아닌 동화그 자신이 이것의 소산이다의 혐오스러움을 알리려는 카프카의 거의 민족학적인 의지에 대한 증언 같은 것이다.

달리 말하자면 미래의 유대인 "국가"를 존재하게 하려고 투쟁 중인 사회주의 민족운동에 도움이 되기를 바라는 작가 카프카는 민족의 대의를 지향하는 모든 작가처럼 정치적 예술가가 된다. 하지만 지배 언어를 위해 민중의 언어를 포기하거나 단념하지 않을 수 없다. 그러므로 정확히 민족독립운동의 출현 시기 동안 동화로 인해 이끌려 들어간 종속과 궁핍의

---

36 Claud David, "Notice" de *L'Amérique [L'Oublié]*, Franz Kafka, *Oeuvres complètes*(*Bibl. de la Pléidade*), t. I, Paris : Galliamrd, 1976, p.811 참조. 클로드 다비드는 '루블리에'가 '종적을 찾을 수 없는 사람'을 의미한다고 명확하게 말한다.

상태를 이해하는 바로 그때 자신의 정체성과 특수성을 발견하는 모든 식민지 피지배자의 상황에 놓여 있는 셈이다. 따라서 조이스가 영어로 글을 쓰지만 이 언어를 내부로부터 와해시키려고 결심했듯이 카프카는 독일어로 글을 쓰기로 결심하나 이는 자기 이전에 알려지지 않은 문학과 정치 그리고 사회 문제를 문학적으로 제기하면서 출현하는 이디시어문학에 고유한 범주형성 중인 모든 문학 범주, 즉 이른바 "집단적인" 문학 형식과 장르, 다시 말해서 민담, 전설, 신화, 연대기 등처럼 어느 집단에의 소속을 공유하는 문학 형식과 장르를 독일어로 재발견하려고 시도하기 위해서였다. 정확히 이 점에서 카프카의 작품을 일종의 부인된 이디시어 "번역"으로 읽을 수 있다.

카프카는 프라하의 유대인 독일어 작가들의 상황을 1921년 6월 막스 브로트에게 쓴 유명한 편지에서 묘사하는데, 이 편지는 문화와 언어의 지배 자체 때문에 자기 언어와 문화를 잊도록 할 만큼 그들을 복종시킨 이들의 언어로 쓰고 말하도록 강요당하는 모든 피지배 작가의 상황을 환기하는 예사롭지 않은 요약이다. 이 작가들은 "세 가지 불가능성나는 이것들을 언어의 불가능성이라 명명한다. 이는 가장 단순하다. 하지만 이것들을 전혀 다르게 부를 수도 있을 것이다, 즉 글을 쓰지 않을 수 없는 불가능성, 독일어로 글을 쓸 수 없는 불가능성, 다르게 글을 쓸 수 없는 불가능성 사이에서 살고 있었어". 카프카가 막스 브로트에게 설명한다. "사람들은 거기에 거의 네 번째 불가능성, 글을 쓸 수 없는 불가능성을 덧붙일지도 몰라 (…중략…) 따라서 그것은 사방으로 불가능한 문학이었네."[37] 마찬가지로 카텝 야신도 아랍 작가는 세 가지 불가능성나는 이것들을 언어의 불가능성이라 명명하지만 이것들은 정치적 불가능이기도 하다, 즉 글을

37 F. Kafka, "Lettre à Max Brod", *Oeuvres complètes*, 1921.6, p.1087.

쓰지 않을 수 없는 불가능성, 프랑스어로 글을 쓸 수 없는 불가능성, 아랍어로 글을 쓸 수 없는 불가능성, 다르게 글을 쓸 수 없는 불가능성 사이에서 찢겨 있다고 쓸 수 있었던 것 같다. 그러므로 카프카의 동료들, 프라하 서클의 구성원들은 그에 의하면 독일어로 글을 쓸 수밖에 없지만 그토록 동화되어 고유한 문화를 잊어버렸다는 사실조차 잊어버렸고 독일어로의 글쓰기는 그들이 당하는 지배를 보여주는 명백한 징후였다. 그들은 언어를 통해 자신이 붙들려 있는 본질적인 아포리아에 대한 해결책을 모색하는 모든 피지배 또는 식민 피지배 지식인의 상황에 놓여 있다고 해도 과언이 아니다. 그래서 카프카는 언어의 절도와 비합법성이라는 명료한 주제를 같은 편지에서, 그것도 장 암루슈가 제1세대 알제리 작가에 관해 말할 때와 거의 똑같은 용어로 털어놓게 된다. 유대인 지식인에게 독일어는

> 획득한 적이 없지만 (상대적으로) 서둘러 손을 써서 낚아챈 어떤 외국 재산의 전유[38]이지. (…중략…) 그것은 여전히 외국 재산이야. 그렇지만 어떤 언어적 결함도 찾아볼 수 없을 거야. [그들의 문학은] 사방에서 불가능한 문학, 누군가가 줄 위에서 춤을 춰야 하므로하지만 그는 독일 어린이도 아니었어. 아무것도 아니었어. 그저 누군가가 춤을 춘다고들 말했어. '요람에서 독일 아기를 훔쳐' 이런저런 방식으로 급히 서둘러 분장시킨 집시의 문학이야.[39]

카프카의 『일기』에서 그가 언어의 상충으로 인해 불완전할 수밖에 없

38 독일어 텍스트에서 카프카는 독일어 전유의 세 가지 방식을 구별한다. 하나는 고백된(laut) 것이고 또 하나는 암암리의(stillschweigend) 것이며 마지막 방식은 내면의 투쟁, 작가의 진정한 고통을 대가로 해서만 획득되는 자학적인(selbstquälerisch) 것이다.

39 F. Kafka, op. cit., pp.1086~1087. 작은따옴표는 저자 강조.

는 자기 어머니에 대한 사랑을 설명하는 유명한 구절, 언제나 심리 용어로만 분석되는 이 결여된 모어의 중심적인 자리를 드러내는 경이로운 구절은 사실 이디시어에 관한 그의 성찰에서 직접적으로 유래한다. 그 구절은 뢰비와 이 연극배우의 추억에 할애된 짧은 메모의 한가운데에 나타난다.

> 내가 언제나 내 어머니를 합당하게 능력껏 사랑하지 못한 이유는 오직 독일어가 방해했기 때문이라는 생각이 어제 내게 떠올랐다. 유대인의 어머니는 '무터'가 아니다. 이렇게 부르면 약간 가소롭게 된다. (우리가 독일에 있으므로 '무터'라는 단어는 그 자체로 유대인의 어머니가 아냐.) 우리는 유대인 여자에게 독일 어머니의 이름을 부여하지만, 거기에 모순이 있다는 사실을 잊어버리고 이 모순은 감정 속으로 그만큼 더 깊이 가라앉는다. 유대인에게 '무터'라는 단어는 유난히 독일적이고 자신도 모르는 사이에 기독교적 광채만큼 냉담을 내포한다. 그래서 '무터'라고 불리는 유대인 여자는 가소로울 뿐만 아니라 우리에게 낯설기도 하다.[40]

모어로서와 동시에 외국어로서의 독일어릴케도 이 딜레마를 느끼고 이것에 대한 다른 해결책을 찾아내게 된다는 동화를 통해 자기 것으로 삼은, 다시 말해서 카프카에 의한 성찰의 논리로, 그리고 당시에 유럽 전역의 유대인 사회에서 전개되는 정치 토론의 구체적인 용어로 말하자면 자기 망각과 유대인 문화에 대한 배반의 대가로 수치스러운 도둑질을 통해 얻은 차용 언어이다.

내가 다른 책에서 논증할 작정인 이 해석은 (심리학적, 철학적, 종교적, 형이상학적 등) 이전의 수많은 해석을 배제하기보다는 오히려 포괄하는 것

---

40 F. Kafka, *Journal*, p.114.

으로서 "순수한" 카프카 해석에 익숙한 독자에게는 충격적이고 환멸적이거나 심지어 "불경한" 어떤 것을 지니고 있을지 모른다. 나는 내가 수행한 "역사 탐구"를 통해 카프카를 그의 민족따라서 국제 영역에 끼워 넣게 되면서 본의 아니게 이 해석으로 서서히 기울어졌다.

5. 언어 창시자들

지배 언어와 구별된 민족어의 출현은 우선 정치적 결정에 달려 있다. 어느 특정한 언어가 민족어로 선언될 때 작가는 여차하면 그것을 글쓰기 재료로 선택할 수 있다. 설령 그것이 가능한 언어의 범위에서 극단적인 위치들 가운데 하나, 다시 말해서 정치적이고 문학적인 구별의 큰길들 가운데 하나를 나타낼지라도 이 선택은 또한 가장 어렵고 위험한 길들 가운데 하나이기도 하다. 실제로 특히 아프리카에서 오늘날 형성 중인 공간들에서처럼 19세기 동안 거의 모든 유럽 언어는 민족어로 강요된 지역 방언이었다. "문학적 불가리아어의 토대는 서부 불가리아의 방언이고 문학적 우크라이나어의 토대는 남동부의 방언이며 문학적 헝가리어는 16세기에 다양한 사투리의 조합에서 생겨난다."[41] 노르웨이는 우리가 앞에서 말했듯이 두 국어를 거의 실험적인 상태로 결합한다. 하나는 덴마크에 의한 4백여 년의 지배 후에 덴마크어의 특성을 매우 많이 띠게 된 '복몰책의 말'로서 식민지화의 역사적 표지이고, 다른 것은 나중에 '니노르스크신-노르웨이어'라고 불리게 되는 '란드스몰시골말'로서 국가 독립의 시기에 "참다

41 E. Hobsbawn, op. cit., p.73.

운" 노르웨이 언어의 "창시"를 설파한 20세기 초의 지식인들에 의한 요구의 산물이다. (카탈루냐어나 체코어 또는 폴란드어 등처럼 유구함의 자본이 갖춰져 있는 언어를 포함하여) 문학 시장에서 별로 중요시되지 않는 이 언어들의 문학성 부재는 이것들을 실제로 사용하고 요구하는 작가들의 거의 기계적인 주변화와 그들이 문학 중심에 알려지는 일의 엄청난 어려움을 초래한다. 그들의 언어가 중심을 벗어나고 자원을 갖추지 못할수록 더욱더 그들은 민족 작가가 되지 않을 수 없다. 마치 이러한 길로 접어드는 작가는 국제 정치 및 언어 시장에서와 동시에 문학 시장에서 언어가 갖는 이중의 비가시성과 이중의 비존재로 말미암아 어떤 이중 종속의 효과를 겪어야 하는 듯이 모든 일이 일어난다.

민족어가 "국유화"의 시기에 구비전승만을 갖추고 있거나 게일어의 경우처럼 오래전부터 기록 전통이 중단된 문학 영역에서는 문학 자본, 다시 말해서 기록 전통, 전통적인 문학 형태가 거의 존재하지 않는다. 그래서 엄밀한 의미에서의 문학적 구상에 선행하는 철자법 및 통사론 규범의 확립 작업, 즉 "표준화"[42] 작업으로 말미암아 지식인과 작가는 오로지 새로운 언어, 다시 말해서 새로운 민족에만 봉사하게 된다. 20세기 초의 아일랜드에서 게일어를 선택한 시인과 지식인은 특이한 작품보다 언어의 코드화에 더 주력했다. 게다가 그들의 작품은 영어로 글을 쓰는 동시대인들의 작품보다 훨씬 덜 공인되었다. 이처럼 민족 투쟁에 참여한 작가는 이를테면 무로부터 특수한 문학 자원을 모아야 한다. 따라서 문학적 특수성, 고유한

42 다니엘 바지오니가 규범의 확산과 채택을 가능하게 할 합의에 필요한 상징적 자본화와 관련되는 (…중략…) 규범 확립으로서의 '규범화'와 '문법학자, 문헌학자, 작가 등 언어 전문가의 활동'과 관련되는 '표준화' 사이에 도입하는 구별을 참고할 것. D. Baggioni, *Langues et Nations en Europe*, p.91.

주제, 문학 장르를 철저히 구축할 필요가 있다. 요컨대 문학 시장에서 알려지지 않았거나 별로 시세가 없는 만큼 국제적 정당성을 얻기 위해 즉각적으로 번역되어야 할 어떤 언어의 귀족 증서를 쟁취할 필요가 있다.

우리가 말했듯이 오늘날 자신의 모어인 기쿠유어를 위해 영어의 문학적 사용을 포기한 케냐의 작가 응구기 와 티옹오는 이러한 유형의 문학적 시도로 인해 흥미롭고 극단적인 경우이다. 1970년 이전에는 "시장 문학"[43]에 속하는 몇몇 소책자를 제외하고 이 언어로 된 텍스트는 매우 드물게만 존재했다. 응구기가 최초의 기쿠유어 소설[44]을 썼는데, 이 언어로 된 문학 자료체는 그의 저작물만큼만 증가할 뿐인 듯하다. 자신의 모어[45]를 문학적으로 진흥하려는 그의 의지는 애초의 축적 논리에 분명히 포함된다.

> 언어는 이처럼 연속되는 서로 구분된 세대들의 산물임과 동시에 집단의 경험을 통해 생겨난 이 변모를 반영하면서 이 생활방식, 이 문화를 보유하는 은행가이다. 이미지로 사유하기 위한 방식으로서의 문학은 언어를 활용하고 언어에 구현된 이 역사로부터 (…중략…) 자체의 본질을 끌어낸다. 실제로 우리 케냐 작가는 다음과 같은 문제를 더 이상 회피할 수 없다. 어떤 언어와 어떤 역사에서 우리 문학은 자체의 본질을 끌어내게 되는가? (…중략…) 한 작가가 농민과 노동자에게 말하고 싶다면, 그들이 말하는 언어로 써야 할 것이다. (…중략…) 이러한 선택을 할 때 케냐 작가는 외국어의 지배에 대한 케냐 민족어의

43 A. Ricard, op. cit., p.118.

44 『카이타아니 무타라바이니(*Caithaani Mutharabaini*)』(1980). 스와일리어로 번역되고 나서 저자에 의해 영어로 번역된다. *Devil on the Cross*, Londres, Heinemann, 1982. 이 책의 357~358쪽 참조.

45 케냐의 민족어가 아니다. 1971년부터 케냐는 스와힐리어만이 민족어의 기능을 갖는다고 선언했다. 그전에는 영어와 스와힐리어가 민족어였다.

투쟁이 제국주의의 지배에 맞선 케냐 민족 문화의 더 일반적인 투쟁의 일부분이라는 점을 기억해야 할 것이다.[46]

1983년 "영연방문학"의 문제를 중심으로 한 어느 스웨덴 학술대회에서 살만 루슈디는 응구기를 "공공연히 정치적인" 작가, "참여 맑스주의자"로 소개했다. 그가 급진적인 예술가의 초상을 완성하기 위해 덧붙였다. 응구기는 "그의 번역가가 읽은 스웨덴어판과 함께 자기 작품을 스와일리어로 읽음으로써 영어에 대한 자신의 거부를 표현했다".[47]

이 창작자들이 갇힌 모순은 이를테면 그들이 채택하는 문학 형식에 의해 더 심해진다. 문학적 신용이 없을수록 작가는 민족과 정치의 명령에 더욱더 종속적이고 그리니치 자오선에서 거의 시세가 없는 문학 형식을 더욱더 빌려다 쓴다. 고유한 문학 전통의 부재와 정치 심급에 대한 종속으로 인해 문학과 관련하여 가장 전통적인 본보기가 유지된다. 이처럼 응구기는 기쿠유어로 문학적 허구를 구상하면서 맞닥뜨린 실제적인 문제를 증언했다. 그의 설명에 의하면 성경을 제외하고는 어떤 본보기도 이용하지 않았고 이야기의 구성에서나 "발언자들의 시간 표시"[48]에서 큰 어려움에 마주쳤다.

이 다양한 모순은 특정한 민족어의 강요에도 불구하고 여전히 문학적으로 2개 언어를 사용하는 피지배문학 공간이 많다는 점을 설명해준다. 16세기와 17세기에 문인들 사이에서 라틴어의 확고한 지배로 인해 교육

---

46 Ngugi wa Thiong'o, *Writers in Politics*, Londres, Heinemann, 1981. J. Bardolph, op. cit., pp.163~164에서 재인용.

47 Salman Rushdie, "La Littérature du Commonwealth n'existe pas", *Patries imaginaires*, p.79.

48 A. Ricard, op. cit., p.148.

제도에 의해 제정되고 재생산되는 라틴어 / 프랑스어 병용 현상[49]을 찾아 볼 수 있는 것과 마찬가지로, 많은 문학 공간에서 2개 언어 병용분식 표기은 이 공간들의 종속을 나타낸다. 훨씬 더 낫게는 2개 언어 병용과 복식 표기의 점차적인 소멸, 문학적 예속의 전복을 보여주는 지표에서 언어-문학 해방의 정도와 새로운 민족문학 자원에 대한 전유의 진전을 탐지할 수 있다. 가령 프랑스어와 결부되어 16세기와 17세기 동안 축적되는 문학적 신용은 내가 프랑스어의 "승리"라 부른 것,[50] 다시 말해서 프랑스어의 상징적 재평가와 라틴어의 후퇴나 적어도 부차적인 지위로의 하락이 실제로 점차 분명해지는 현상을 가능하게 했다. 오늘날 알제리에서 프랑스어와 관련한 아랍어, 케냐에서 영어와 관련한 기쿠유어, 아일랜드에서 영어와 관련한 게일어, 스페인에서 카스티야어와 관련한 카탈루냐어또는 갈리시아어의 정치적이고 문학적인 상황을 보여주는 객관적인 지표들, 즉 공식적인 지위, 원어민의 수, 교육제도에서의 위치, 출판된 책의 수, 그 언어로 글쓰기를 선택한 작가의 수 등은 이 나라들 각각에서 언어적이고 문학적인 지배 관계의 정확한 상태를 측정하고 분석할 수 있게 해준다.

작은 유럽국의 경우처럼 중심적이지도 중심에서 벗어나지도 않은 중간의 문학 공간에서 상황은 정도의 차이를 제외하면 매우 궁핍한 지대의 상황과 구조적으로 매우 유사하다. 가장 빈약한 문학의 경우에서처럼 언어-문학적 불평등이 그토록 강력한 효과를 내서 "작은" 언어를 실제로 사용하는 작가에 대한 인정 또는 공인을 객관적으로 가로막을또는 적어도 어렵게 만들 수 있다. 가령 헨리크 스탄게룹1937~1998은 자신의 모국어 덴마크어

49 또는 사회언어학자들의 입장과 규정에 따르면 2개 언어의 동거. D. Baggioni, op. cit., p.55.

50 이 책의 제1부 참조.

에 관해 "미니어처 언어"인 양 말한다. 덴마크 시인 욀렌슐레거의 얼굴은 이 언어적 주변성의 상징이다. 그에게 이 시인들의 나폴레옹은 "생산성이 위고나 발자크 같은 사람만큼 엄청난 만큼 국제어로 글을 쓰기만 했어도 국경을 무시하는 어리석음에 맞서 시인들과 손을 잡을 만했다".[51] 문학 예찬을 주도하는 보편적인 이데올로기와 반대로 "작은" 언어의 작가는 사실상 자신이 주변화되는 것을 알아차릴 수 있다. 가령 브라질의 위대한 문학 비평가 안토니우 칸디두가 특기하듯이 19세기 말에 브라질 소설가 마차두 지 아시스는 문체와 문학의 독창성에 힘입어 국제적인 영향력을 행사할 수 있었을 것이다.

> 서양 언어들 사이에서 우리 언어는 가장 덜 알려져 있고 우리 언어를 사용하는 나라가 오늘날 극소수이고 1900년에는 정치 무대에서 훨씬 더 영향력이 없었다. 이 언어로 글을 썼고 당시에 글을 쓴 가장 위대한 이들과 동등한 두 소설가, 즉 자연주의의 정신에 잘 적응한 에사 지 쿠에이로스, 그리고 마차두 지 아시스는 그런 곡절로 여전히 '주변적'이었다. 후자는 (…중략…) 국제적 영향력을 갖춘 작가였지만 브라질 밖에서는 거의 전적으로 무명이었다. (…중략…) 자국에서의 거의 비대해진 영광에 실망스러운 국제적 명성이 대응했다.[52]

자기 나라의 문학을 재평가하기에 집착한 이 위대한 비평가는 어떻게 보면 이 구조적 배척의 희생자가 된다. 하워드 베커가 주목하듯이 칸디두는 "브라질에 머물렀고 자기 언어로 글을 썼으며 자기 에너지 대부분을 자기 문학에 바쳤는데, 포르투갈어를 사용하지 않는 독자는 (몇몇 저서를 제

51 Henrik Stangerup, *Le Séducteur*, p. 219.

52 Antonio Candido, op. cit., pp. 217~218.

외하고) 그의 문학을 알지 못한다. 이처럼 그의 작업은 외국에 실질적으로 알려져 있지 않다".[53] 정확히 똑같은 관점에서 시오랑은 자신의 서한에서 루마니아 친구들 가운데 하나, 그에 의하면 부쿠레슈티에 살면서 루마니아어로 글을 썼지 않았다면 틀림없이 국제적인 영광을 누렸을 페트레 투테아를 환기한다. "얼마나 뛰어난 사람인가! 만약 파리에 살았다면 비할 바 없이 풍부한 재치에 힘입어 오늘날 세계적인 명성을 얻었을 것이다."[54]

이 중간 공간에서는 또한 2개 언어 병용의 상황이 존재할 수 있다. 예컨대 "민족의" 문화적 특수성을 표방하는 카탈루냐는 카탈루냐어와 카스티야어가 공존하고 경쟁하는 지역이다. 카탈루냐가 언어적이고 문화적인 자율성을 인정받기에 이르고부터 문학의 확산, 배급, 재생산을 결정하는 독립적인 심급이 정립될 수 있었다.[55] 이제부터 바르셀로나에는 카탈루냐어 출판업자들이 교육제도의 "카탈루냐화" 덕분으로 점점 더 늘어나는 "민족적인" 독자를 위해 작품을 펴낸다. 그러므로 어떤 작가들은 카탈루냐어로 글을 쓰고 발표하는 쪽으로 넘어갈 수 있었고 카스티야어의 단계를 거치지 않고 주요한 문학 언어로 직접 번역되기를 바랄 수 있다. 오늘날 세르히 파미에스, 페레 힘레레르, 헤수스 몬카다, 쿠임 몬조 등의 경우가 그렇다. 전문화된 번역가 집단의 출현에 힘입어 문학 저작물이 국제적으로 유통되기 시작하고 문학적인 만큼 정치적인 국제 공간에서 카탈

53 Ibid., Howard S. Becker, "Introduction", p.29.

54 E. M. Cioran, "lettre à Bucur Tincu, 29 décembre 1973", Gabriel Liiceanu, op. cit., p.30에서 재인용.

55 우리가 이미 주목했듯이 엄밀한 정치적 의미에서의 국가가 부재할 때 비교적 자율적인 '민족'문학 공간이 구성되고 단일화될 수 있다. 실제로 19세기 말의 아일랜드, 오늘날의 카탈루냐, 마르티니크 등처럼 강한 문화적 자율성이 있고 민족주의(또는 분리주의) 운동이 펼쳐지는 정치적으로 종속된 몇몇 지역에서 비교적 자율적인 문학 공간의 출현을 감지할 수 있다.

루냐어가 점차로 존재하게 된다. 하지만 비록 카탈루냐어의 길이 점점 더 정당하게 될지라도 카스티야어의 길은 여전히 진정한 대안이다. 게다가 우리가 이미 강조했듯이 카스티야어 소설가는 당연히 더 널리 퍼져 있고 M. V. 몬탈반처럼 추리소설의 형식으로나 에두아르도 멘도사 또는 후안 마르세처럼 바르셀로나의 역사를 환기하는 현실주의 소설의 형식으로 카탈루냐 문화 민족주의의 완화된 해석을 대중용으로 유통되게 하는 만큼 주요한 문학 중심에서 훨씬 더 인정받고 공인된다. 달리 말하자면 이 영역에서 2개어 병용은 똑같은 작품 내에서 사라지는 경향이 있고 이제 특이한 창작자들의 괴로움 속에서 구현되지 않으며 민족문학의 공간 자체에서 언어적 정당성을 위한 투쟁의 형태로 존속한다.

그러나 이 "중간 층위" 공간에서 민족 및 국제 극점은 구별되는 경향이 있고 "민족의" 상황은 의미가 변한다. 형성 국면에서 민족 창작자들은 자율성을 위해 정치적으로 그리고 문학적으로 투쟁했고 그들의 정치화는 우리가 말했듯이 자율성의 역설적이지만 현실적인 형태를 구성하는 반면에 거꾸로 자율화의 도상에 있는 문학에서는 민족 작가가 국제적 개방을 거부하고 문학적 보수주의에, 미적이고 정치적인 폐쇄에 헌신한다. 동시에 국가적 규범과 "의무"에 대한 전적인 굴복을 거부하면서 국제성과 그리니치 자오선에서 공인된 미적 혁신을 표방하는 작가가 나타난다. 또한 이 중간 영역은 국가주의자가 된 국내 작가와 현대주의적인 국제 작가 사이의 대립을 준거로 구조화된 것이라고 도식적으로 설명할 수 있다.

민족-보수주의 작가는 본래 탈중심적이기 때문에, 그리고 문학성이 거의 없는 언어로 또는 매우 주변화된 공간에서 창작하므로 "번역되지 않는" 창작자이다. 즉 민족문학의 공간 밖에서는 존재, 가시성, 인정을 누리지 못하는 만큼 문학적으로 존재하지 않는다. 민족 작가는 자국에서 경력 및 내수 시장을 갖는다. 즉 (자신이 국내적이라고 믿지만 그저 보편적으로 시대에 뒤질 따름인) 상업적 기준에 가장 부합하기도 하는 가장 관습적인 본보기를 자기 민족어로 재생산한다. 수출되지 않으므로 더 이상 아무것도 수입하지 않는다. 즉 정치적 국경 밖에서 펼쳐지는 미학적 혁신, 특수한 논쟁, 이 영역에서 신기원을 이루는 혁명을 무시한다. "번역되지 않는" 만큼 결코 문학 영역에, 다시 말해서 자율성의 관념 자체에 접근하지 못한다. 후안 베네트가 묘사하는 피오 바로하의 초상은 민족 작가에 대한 일종의 극도로 정교한 정의를 제공한다.

> 80년의 삶과 60년의 문학 경력에 걸쳐 그는 지신이 출발한 전제에서 한 걸음도 나아가지 않았다. (…중략…) 작품이 똑같은 출발점에 멈춰 있다. (…중략…) 젊은 시절과 중년 사이에서 현대주의, 상징주의, 다다이즘, 초현실주의가 지나가는 것을 지켜보았으나 펜에 조금의 떨림도 없었다. 브르통, 셀린, 포스터, 두 전쟁 사이의 모든 미국인, 잃어버린 세대, 혁명의 문학은 말할 것도 없이 프루스트, 지드, 조이스, 만, 카프카가 지나가는 것을 지켜보았지만 그들이 지나갈 때 고개를 쳐들지 않았다. (…중략…) 맑스와 프로이트의 사상이 유통되기 시작했을 때 이미 형성된 상태였고 그들에게 경멸만을 내보였다. 항체로 변환되어 1914년의 전쟁에도, 볼셰비키 혁명에도, 독재와 파시즘의 대두에도 깊이 타격을 받은 느낌이 없었다. 이를테면 시간을 초월하게 되었다.[56]

"번역되지 않는" 작가들로 나는 그들 가운데 누구도 결코 어떤 다른 언어로 옮겨 적히기에 이르지 못한다는 점을 가리키고자 하지 않는다. 내가 의미하는 바는 그들이 문학의 현재에 본래 "뒤져" 있어서 결코 국제적 공인에 진정으로 접근하지 못한다는 점이다. 매우 이상하나 설득력 있는 방식으로 우리는 한국의 공식적인 노벨상 후보 작가 박경리의 대하소설 『토지』, 세르비아의 전직 대통령이자 톨스토이를 본보기로 하여 구상되어 자국에서 그만큼 대단한 성공작이 되는 민족 소설의 저자인 도브리카 코지치1921~2014의 작품, 다닐로 키슈가 자신의 『해부학 강의』에서 분석하고 "참한"이라고 형언하는 드라간 예레미치의 작품, 그리고 스페인에서 유명한 미겔 델리베스의 작품 등을 (언제나 "현실주의적인") 문체의 관점에서와 동시에 (언제나 민족적인) 내용의 관점에서 서로 가까이 놓을 수 있다. 민족 작가는 오직 민족적이고 민족주의적이고 보수적이고 전통주의적이고 키슈의 용어를 다시 취하건대 "무지한" 극점의 재생산그리고 다양한, 특히 상업적인 형태의 강화만으로도 세계의 모든 지역에서 번영하기에 성공하지 못한다. 이 모든 "미번역" 작가는 세계문학 공간의 구심력에 맞서고 단일화 과정에 강력한 제동을 건다. 그들은 세계문학의 세분, 분할 쪽으로, 정치-민족에 대한 세계문학의 종속 쪽으로 완전히 돌아선다.

이 똑같은 공간에서 민족 작가와 충돌하면서 민족으로의 폐쇄를 거부하고 국제적 혁신과 현대성의 기준에 호소하는 창작자들 또한 나타난다. 우리가 이미 살펴보았듯이 그들은 중심에서 일어나는 혁신의 수입자, 다시 말해서 "국내로의 번역가"와 동시에 국외로 번역된 이번역을 통해 수출된 이가 된다. 즉 문학 수도들에서 신기원을 이룬 위대한 혁명가와 혁신가에 의해 길러진 그들의 작품은 중심에서 공인하는 이들의 범주와 일치한다. 다닐로 키슈, 아르노 슈미트, 호르헤 루이스 보르헤스 등처럼 그들은 또한 그리니치 자오선에서 매우 멀리 떨어져 있고 전형적으로 매우 궁핍한 문학 공간이 공간 속에서 그들은 예외로 남아 있다에 속함에도 불구하고 번역되고 파리

56 J. Benet, *L'Automne à Madrid vers 1950*, pp.33~34.

에서 인정받는 저자이기도 하다.

바로 이 영역에서 우리는 내가 제1부에서 제시했듯이 "2개 언어를 구사"하거나 다른 언어로 "귀화한" 창작자들과 마주친다. 그들은 자신의 민족어와 모어로 인해 선고받는 무의식적 주변성과 격리로 고통을 겪으므로 주요한 문학 방언들 가운데 하나로 전향한다. 가령 시오랑이나 쿤데라, 파나이트 이스트라티 또는 베케트, 나보코프, 콘래드 또는 스트린베리는 그들이 밟아나가는 도정의 어느 주어진 시기에 일시적으로나 결정적으로, 교대로나 대칭적이고 체계적인 번역으로, 어떤 정치 세력에 의해 강요받지 않은 상태에서 주요한 세계문학 언어들 가운데 하나를 글쓰기 언어로 채택했다. 두 언어, 두 문화, 두 영역 사이의 이 왕복은 식민지나 정치에 의한 지배가 전혀 아니고 오직 문학 세계의 불평등 구조가 갖는 무게에 의해서만 설명될 수 있는 2개 언어 병용또는 복식 표기의 현상이다. 즉 몇몇 언어에 결부되는 믿음의 비가시적인 효력과 다른 언어를 특징짓는 "평가절하" 효과만이 어떤 명백한 위압도 없이 몇몇 창작자가 자기 작품의 언어를 바꾸도록 "강제할" 수 있다.

우리가 살펴보았듯이 시오랑은 부쿠레슈티에서 루마니아어로 몇 권의 책을 펴낸 후에 전형적인 문학 언어, 다시 말해서 문학 영역에 내포된 세력 관계의 가장 오래된 재현에 따라 고전주의의 정수, "루이 14세 세기"의 언어를 되찾고자 했고 따라서 프랑스어 작가로 바뀌었다. 마찬가지로, 하지만 완전히 다른 미학과 정치의 논리에 따라 또 한 명의 루마니아 출신 작가 파울 첼란의 몇몇 해설가는 프랑스어로의 전환을 대량 학살 언어로부터의 해방으로 부르면서 독일어로 독일어에 "맞서" 창작되어 독일어의 구조를 해체하는 그의 시가 "프랑스어로 번역되도록" 쓰였다고 주장할 수 있었다. 이 경우는 글쓰기 과정 자체의 내부 번역일 것이다. 첼란 자신이 『스트레타』1971라는 제목으로 자신의 프랑스어판 시집을 출판할 때 장 데브 및 앙드레 부셰와 긴밀하게 협력했다.[57] 저자로부터 보좌받은 번역인 이 책은 완전히 첼란의 텍스트로 여겨져야 한다. (그렇다고 해서 다른 번역의 유통이 가로막히지 않는다.)

1975년부터 프랑스로 망명한 체코 작가 밀란 쿤데라는 몇 년 전부터 자신의 책을 프랑스어로 집필할 뿐 아니라 더 나아가 1985년부터는 자신이 체코어로 쓴 책의 프랑스어 번역 전체를 몸소 점검하고 수정한 후에 자기 작품의 프랑스어판을 전적으로 인가받은 유일한 판으로 만들려고 결심했다. 따라서 번역의 통상적인 과정을 뒤집는 (그리고 다시 한 번 언어의 변화보다는 오히려 "본질"의 변화가 문제라는 점을 입증하는) 과정을 통해 프랑스어판 소설 텍스트는 원본이 된다. "그때부터 나는 프랑스어 텍스트를 나의 텍스트로 여기고 내 소설을 체코어로부터와 마찬가지로 프랑스어로부터도 번역되게 허용하고 있다." 쿤데라가 쓴다. "심지어는 두 번째 해결책을 살짝 선호하기까지 한다."[58]

6. 문학의 구비전승

앞에서 우리가 식민지 지배 아래 놓인 영토들 전체 가운데 예외적인 경우로 제시한[59] 북아메리카와 라틴아메리카를 포함하여 언어적으로 종

57 Paris : Mercure de France.

58 Milan Kundera, "La parole de Kundera", *Le Monde*, 1993.9.24, p.44.

59 이는 그 지대에서 정치적 독립이 식민 피지배자에 의해서가 아니라 식민지 개척자에 의해 요구되었고 따라서 언어에 대한 관계가 예속이나 강요가 아니라 '정당한' 유산의 성격을 띤다는 사실 때문이다.

속된 지역에서도 비록 작가가 문화와 정치의 전통으로 인해 단 하나의 주요한 문학 언어를 확보하고 있을 뿐이지만 똑같이 독특한 전략이 다른 형태로 재발견된다.

대체 방언이 없는 작가들은 자기 언어 내에서 "새로운" 언어를 고안할 수밖에 없다. 그들은 문학적 사용, 문법적이고 문학적인 교정 규칙의 방향을 바꾸고 어떤 "민중" 언어의 특수성을 긍정한다. "통속어"라는 범주와 관념, 다시 말해서 그것이 규정하고 자기 존재 속에서 정당화하는 민족과 민중에 내재적으로 깊이 관련된 표현 수단이 생기게 되는 것은 바로 "민중"의 두 가지 중대한 표상, 즉 민족과 사회 계급이 맞물리면서이다. 그러므로 이는 하나의 똑같은 언어 내에서 언어적으로나 문학적으로 다를 수 있게 해주는 일종의 역설적인 2개 언어 병용을 재창조하는 일과 관계가 있다. 구전 실천의 문학화를 통해 "새로운" 언어가 이런 식으로 창조된다. 여기에서 우리는 전통 민담의 문학적 변용 메커니즘을 언어의 형태로 재발견한다.

새로운 언어를 채택하는 해결책보다 언뜻 보아 덜 과격한 이 해결책은 사실 다른 출구가 전혀 없는 처지에서 언어가 똑같을 때 정치적 극점에 대해 가능한 한 가장 먼 거리를 두는 방식이다. 중심의 언어 안에 머무르면서 언어 교체를 가능하게 해주는 상황과 똑같은 명백한 단절 상황을 미세한 차이에 의해 재구성하는 일이 가능하다. 보 지방에서 정확히 이러한 해결책을 선택한 라뮈가 권장하듯이 이는 "자신이 갖는 고유한 차이를 과장하는 것"이다. 민중을 기준으로 새롭고 양도할 수 없는 정체성을 확립할 수 있는 다소간 두드러진 차이를 (사용, 발음, 관용어법, 주장된 오류, 사회적이기도 한 언어적 품위 등에서) 구축하려고 이처럼 애쓰는 이들이 많다.

이것은 극작가 J. M. 싱이 아일랜드 농민의 실제적이고 동시에 "문학화된" 언어, 즉 앵글로-아일랜드어를 연극 무대에서 펼치면서 멋지게 열어젖힌 길이다. 이 해결책은 민족어의 민중적 표현에 충실하고 동시에 영어의 언어적 품위 규준과 단절되어 있다. 여기저기에서 구어가 문학 안으로 들어오는 현상은 문학 논쟁의 용어를 뒤흔들고 문학의 현실주의라는 관념을 특수한 수단에 의해 뒤엎는다. 1920년대와 1930년대의 브라질에서, 1920년대의 이집트에서,[60] 1960년대의 퀘벡에서, 1980년대의 스코틀랜드에서, 오늘날의 앤틸리스 제도에서 구비전승은 정치 및/또는 문학의 해방이 현재 실현되고 있다고 서로 다른 형태로, 그리고 다양한 용도로 공언할 수 있게 해준다.

모순적인 입장에서의 이 특수한 출구는 또한 이중 거부의 입장을 견지할 수 있게도 해준다. 싱이 20세기 초의 아일랜드에서 농민을 "혼성" 언어로 말하게 하면서 영어와 아일랜드어 사이에서 선택하기를 거부한 것과 마찬가지로 1989년 파리에서 샤무아조와 콩피앙 그리고 베르나베가 발표한 "크레올성"의 선언은 어떤 양자택일, 중심 밖의 모든 작가를 오랫동안 속박한 "족쇄" 또는 "유럽성과 아프리카성"[61]의 두 항목 사이에서 선택해야 한다는 사실에 대한 거부의 표현이다.

1960년대에 퀘벡인들은 퀘벡 속어에 대한 요구를 통해 "올바른" 프랑스어의 규범만큼 자신들이 '스피크 화이트'라고 부른 영어의 지배력을 거부한다. 퀘벡 속어 joual"슈발"의 퀘벡 민중식 발음을 그대로 옮겨적은 것으로서 틀에 박힌 프랑스어

60 1920년대와 1930년대에 이집트 작가들이 고전어의 탐미주의적 세련미에 맞서 문학과 언어의 현실주의, 따라서 그때까지 이류문학의 생산에만 활용된 이른바 방언 및 민중 아랍어를 문학에 부과하기 위해 벌인 부분적으로 민족적인 투쟁은 정확히 똑같은 용어로, 그리고 똑같은 논리에 따라 제시될 수 있다. *Histoire de la littérature arabe contemporaine*, B. Hallaget H. Toelle(éd.), Arles, Sindbad-Actes Sud, 2007, p.333 sq 참조.

61 Patrick Chamoiseau, Jean Bernabé, Raphaël Confiant, *Éloge de la créolité*, Paris : Gallimard-Presses iniversitaires créole, 1989, p.18.

규범에 대한 간격을 우선 경멸적으로 표시하기 위해 사용된다에 대한 비난을 뒤집으면서, 그것을 다가올 정치적이고 문학적인 독립의 언어적 상징으로 만들기 위해 자신들을 지배하는 두 언어 심급, 즉 오타와의 영어와 파리의 프랑스어에 맞서 자신들의 자율성을 확언하며, 프랑스어 규범에서 풀려난, 따라서 구어적이고 민중적이며 은어적인 언어의 특수한 사용을 공언하면서도 영어의 지배에 맞서 프랑스어의 사용과 특수성을 표방한다. 북아메리카의 "크레올어"로서 요구되고 수많은 영어식 표현과 미국영어의 고유어법을 아우르는 농촌 기원의 이 몬트리올 민중 구어는 1960년대에 (잠정적일지언정) 특수한 문학 언어의 지위를 빠르게 쟁취하며, 프랑스 프랑스어의 지배를 가로막으면서도 정치적으로 프랑스어를 영어의 패권에 맞서 투쟁하는 퀘벡 "민족"의 언어로 내세울 수 있게 해준다. 알다시피 1963년에 창간된 잡지 『파르티 프리』는 퀘벡의 상황을 식민지 억압으로 제시하고 퀘벡의 커다란 문학적이고 정치적인 이의제기운동들 가운데 하나의 확성기가 된다.[62] 다음으로 1964년 파르티 프리 출판사가 앙드레 마조르의 『르 카보숑』과 특히 자크 르노의 『르 카세』를 펴내는데, 이 작품들로 말미암아 퀘벡 속어에 관한 논쟁이 시작되고 특히 문학에 대한 문제의식이 전적으로 새로워질 수 있게 된다. 퀘벡인들은 인습적인 규범에서 멀어지면서 역설적으로 프랑스어를 다시 자기 것으로 할 수 있게 해주는 (신속히 의문시될 운명의) 고유한 표현 방식을 창안했다.

문학 공간이 해방된 정도, 다시 말해서 문학적 쟁점의 "비극유화" 정도에 따라 "민중" 언어의 다소간 자율적인, 다시 말해서 다소간 문학적인 사용이 이루어지게 된다. 하지만 어쨌든지 간에 주요한 문학어의 (거의) 유

62 Écrivains contemporains du Québec, Lise Ganvin et Gaston Miron(éd.), Paris : seghers, 1989, p.15 sq 참조.

일한 사용은 창작자에게 유산의 구성에서 "유리한 입지"를 차지할 수 있게 해준다. 신용이 전혀 없는 새로운 민족어를 창시하는 작가와는 반대로 지배 언어를 물려받는 작가들은 지배 언어를 뒤엎고 지배 언어의 준칙과 용법을 변화시키면서조차 일종의 "자본 돌려쓰기"를 실행하고 지배 언어의 문학적 자원 전부를 얻는다. 문학이 갖는 가치와 신용, 민족 신화와 판테온을 전달하는 것은 바로 지배 언어이고 문학에 대한 믿음은 무엇보다도 먼저 지배 언어와 깊은 관계가 있다. 따라서 그들은 "단계를 건너뛸" 수 있다. 주요한 문학어를 변형시킬지언정 채택하는 작가의 문학적 미의식은 언어에 내재하는 문학 자본에 힘입어 문학성 없는 "새로운" 언어를 장려하는 작가의 미의식보다 단번에 더 혁신적이다. 그래서 중심 언어의 화자그리고 필자인 이 피지배 작가는 비교적 풍부한 문학 공간에 곧바로 속하게 된다.

7. 『마쿠나이마』, 반-카몽에스

흔히 브라질 현대주의의 "영수"로 지칭되는 마리우 지 안드라지의 소설적 기도도 아마 민중 및 국가 언어의 문학 창조라는 똑같은 논리에서 이해해야 할 것이다. 1920년대의 브라질에서 실제로 그는 유명한 『마쿠나이마』를 민족문학의 정립 선언으로 구상하고 이 작품을 통해 포르투갈어의 올바른 사용, 다시 말해서 "카모에스의 언어"와 구별된 브라질 문어를 창시하여 내세운다. 영어의 문학적이고 문법적인 관습을 거부하는 조이스와 똑같은 기세 속에서 그가 선언한다. "우리는 브라질을 브라질화하는 시사적이고 민족적이고 도덕적이고 인간적인 문제에 직면해 있다."[63]

그러므로 브라질어에 의해 전파되고 창조되는 브라질 고유문화에 대한 이 실질적 확언은 포르투갈어에 대한 언어적 종속뿐만 아니라 더 넓게는 유럽 전역에 대한 문학적그리고 문화적 종속과 결별하려는 확고한 의지에서 유래한다. "인내를, 내 형제들이여!" 마쿠나이마가 외친다. "유럽은 끝났다. 나는 아메리카인이고 나의 자리는 아메리카에 있다. 유럽 문명은 아마 우리의 성격을 전부 망가뜨릴 것이다!"[64] 물론 안드라지가 "최초의" 브라질 작가도 아니고 현대주의가 최초의 브라질문학운동도 아니다.[65] 선행하는 오랜 문학사가 있다. 하지만 스페인어권 아메리카의 경우처럼 그때까지 이 역사는 대부분 유럽에서 수입된 본보기를 다소간 간격이 표방되긴 하지만 재현하는 작품으로 성립되었다. 그런데 아드라지가 주된 "이론가들" 가운데 하나 또는 대변인의 구실을 하는 현대주의는 민족문학의 해방을 명백히 요구하는 최초의 운동이다. 마리우 지 아드라지는 정확히 라틴어에 대한 종속에 끝장을 내야 한다고 주장했을 때의 뒤 벨레와 똑같은 상황에 놓여 있다고 말할 수 있다.[66] 그는 현대주의 세대 전체와 함께 민족 "차이"를 표방하고 만들어내면서 동시에 브라질문학 공간을 광범위한 국제 게임으로, 문학 세계의 영역으로 들어가게 하는 최초의 인물이라는 점에서 브라질문학 공간을 창시한 시인이다. 그의 친구 오

63 Mario Carelli et Wallice Noguera Galuão, *Le Roman brésilien*, p.60에서 재인용.

64 M. de Andrade, trad. par J. Thiériot, *Macounaïma*, édition critique, coordinateur Pierre Rivas, Paris : Stock, Unesco, CNRS, ALLCA XX, 1996.

65 안드라지 이전에 특히 호세 지 알렌카르(José de Alencar)가 있었다. 안드라지가 자신의 책을 헌정하고 싶어 한 그는 브라질어를 장려하려고 애썼다. M. Carelli, W. Nogueira Galvão, *Le Roman brésilien*, pp.10~11 참조.

66 1940년대에 이미 민족학자 로제 바스티드가 『마쿠나이마』와 플레이아드의 시도 사이에서 비교론을 시도했다. Roger Bastide, "Macounaíma visto por um francês", *Revista do Arquivo municipal*, no.106, São Paulo, janvier 1946 참조.

스왈드 지 안드라지는 식인 선언문「투피족이냐 아니냐 그것이 문제로다」과 「포에지아 파우 브라질시 나무 브라질」식민지 브라질에서 수출되는 일차 자원이었던 염료 나무의 이름이라는 선언문의 저자로서 이 주제에 관해 의사 표현이 더 분명했다. 이 숲의 은유를 통해 그는 마침내 수출될 수 있는 시를 창작하려는 의지를 다졌다. "단 하나의 투쟁, 그것은 길을 위한 투쟁이다." 그가 자기 선언문에서 쓴다. "떼어놓자 수입 시. 그리고 시 나무 브라질, 수출 시."[67]

현대주의 계획은 정치적이고 동시에 문학적이다. 1922년 상파울루에서 브라질 독립 100주년이 기념되는 행사 겸 브라질 현대주의를 정립하는 본원의 계기로서 유명한 현대미술주간이 열릴 때 시인과 음악가 그리고 화가의 무리가 『루시아데스』 한 권을 엄숙하게 찢어발기고 이런 식으로 포르투갈에 대한 상징적 전쟁을 선포한다.[68] 하지만 그들은 또한 브라질 지식인 대부분이 "공부하러" 가는 파리의 일방적인 문학 지배를 끝장내고 싶어 하기도 한다. 그들에게 프랑스의 본보기는 그토록 압도적이어서 그들은 "자신을 프랑스에 묶어놓는 탯줄을 자르고 싶어 한다". 안드라지가 강조한다. "작가는 파리로 으스대러 가는 대신 자기 보따리를 싸서 돌아와 자기 나라를 발굴해야 한다. 몽마르트르나 피렌체보다는 오히려 우루 프레투나 마나우스를!"[69] 파리 거부의 효력은 이 문학 수도가 브라질인에게 불러일으키는 예사롭지 않은 열광과 매혹에 상응한다.[70] 자신

67 Oswald de Andrade, trad. par J. Thiériot, *Anthrpophagies*, Paris : Flammarion, 1982, p.259.

68 Pierre Rivas, "Modernisme et primitivisme dans *Macounaïma*" in Mario de Andrade, *Macounaïma*, pp.9~15.

69 Gilles Lapouge, trad. par M. Le Moing et M.-P. Mazéas, "Préface", in Mário de Andrade, *L'Apprenti touriste*, Paris : La Quinzaine littéraire-Louis-Vuitton, 1996, p.13.

70 Mario Carelli, "Les Brésiliens à Paris de la naissance du romantisme aux avant-gardes", *Le Paris des étrangers*, pp.287~298 참조.

의 민족문학 공간에 정치적이고 동시에 문학적인 자율성을 부여하기 위해 투쟁하는 창시자 작가의 앞에서 이미 언급된 태도가 여기에서도 발견된다. 즉 차이에 대한 긍정으로서의 창시는 포르투갈에 대한 종속처럼 엄밀하게 정치적이건 파리에 대한 굴복처럼 특수하건 모든 병합론적 회로와의 단절을 요구한다. "우리는 프랑스 정신의 지배와 관계를 끊는 중이에요." 마리우 지 안드라지가 알베르투 지 올리베이라에게 쓴다. "우리는 포르투갈의 문법적 지배를 결말짓는 중이죠."[71]

1928년에 최초로 출간된 『마쿠나이마』는 오래지 않아 위대한 민족문학 고전들 가운데 하나가 된다. 이 유쾌하고 엉뚱하고 도발적인 작품에서 문학 창시의 선언을 특징짓는 온갖 요소가 재발견된다. 안드라지는 포르투갈어의 "브라질화"를 제안하는데, 이것은 매우 정확히 브라질에서 말해지는 언어의 용법을 통해 포르투갈어를 브라질의 것으로 만드는 과정, 포르투갈어의 규범에서 멀어지는 구어의 억양과 기여를 민족 유산 및 예술에 통합하는 과정이다. "나는 포르투갈어 체계를 멀리했어요." 그가 시인 마누엘 반데이라에게 쓴다. "브라질어로 글을 쓰면서도 지방 사투리 어법으로 떨어지지 않기를 바랐지요. 일상 대화에서의 실수, 브라질어에서 찾아볼 수 있는 관용어법과 프랑스어적 표현 그리고 이탈리아어적 표현, 은어, 지방 특유의 어법, 고풍의 표현, 중복 어구를 체계화하고 싶었죠." 그는 특히 자신이 반어적으로 브라질인의 "2개 언어 병용"이라 부르는 것에 반격을 가해야 한다고 주장한다. 실제로 이 나라의 두 언어는 "브라질 구어와 포르투갈 문어"[72]라는 것이다. 16세기와 17세기 프랑스 초

71 M. de Andrade, Lettre à Alberto de Oliveira, no.3, M. Carelli et W. N. Galvão, *Le Roman brésilien. Une littérature anthropophage au XXe siècle*, p.53에서 재인용.

72 M. de Andrade, *Macounaïma*, p.119.

기 자본이 축적되는 역사와 공통된 또 다른 특징이 여기에서 재발견되는데, 그것은 정확하게 구어의 새로운 형태를 원용함으로써 얻을 수 있는 용법의 풍부화, 변화를 가로막는 너무 경직된 문어 규범에서 풀려나려는 의지이다. "항구의 건초 짐꾼들", 다시 말해서 언어의 구술적이고 자유롭고 통속적인 사용에 대한 말레르브의 유명한 호소는 언제나 세심하게 재생산되는 까닭에 언어의 짜임새 자체를 새롭게 할확장할, 강화할 수 없는 문어 본보기의 작위성과 특히 부동성따라서 반복성에 맞서 싸우기 위한 무기로 이해되었다. 『마쿠나이마』에서 문어이고 따라서 죽지 않았다면 경직된 언어인 포르투갈어는 정확히 라틴어와 동일시된다. 상파울루의 주민은 이처럼 "지적 표현이 그토록 경이롭고 풍부해서 말하기의 언어와 글쓰기의 언어가 다르다". 안드라지가 쓴다.

> 상파울루 사람들은 대화에서 표현이 거칠고 토착성이 불순하나 여흥의 대수롭지 않은 말에서만큼 폭언에서도 여전히 가치와 힘을 얻는 미개하고 다면적인 언어를 사용한다. (…중략…) 그들은 펜을 들자마자 투박함을 온통 떨쳐버리고 그때 린네의 라틴 사람이 솟아오르는데, 베르길리우스풍에 아주 가까운 그는 또 다른 언어로 (…중략…) 한껏 대담하게 카몽에스의 언어라는 이름이 붙는 부드러운 방언으로 자기 생각을 나타낸다.[73]

보다시피 전략 또한 「단테… 브루노. 비코… 조이스」[74]에서 영어가 단테의 시대에 유럽에서의 라틴어에 못지않게 사어 아니라면 낡은 언어라고 확언하는 베케트의 전략과 똑같다.

---

73 Ibid., pp.116~117.

74 S. Beckett, "Dante··· Bruno. Vico··· Joyce", loc. cit., p.29.

마찬가지로, 그리고 『율리시스』에서 조이스가 내보이는 논리와 유사한 논리로 민족어로 쓰인 문학에 대한 이 요구는 식민지 도덕주의와 사회 예의의 문화적, 문법적, 성적, 문학적 타부를 깨뜨리려는, 요컨대 문학적 가치들의 지배적인 위계에 대한 존중을 거부하려는 의지와 병행한다. 안드라지가 내세우는 열대 문명 또는 "열대주의"는 공식 문화의 질서를 뒤엎는 "미개성"의 긍정을 요구한다. 1928년의 자기 여행기 첫머리에서 그는 더 유럽적인 상파울루 거주 여성 파울리스타와는 대조적으로 리우 거주 여성 카리오카에 관해 이렇게 쓴다.

> 그만큼 카리오카의 이 발랄한 아름다움 전부는 아메리카의 어떤 새로운 나라, 유럽 문명과 뚜렷한 대조를 이루므로 미개하다고들 형언하는 어떤 문명의 반영이다. 하지만 우리나라처럼 아름답지 않은 나라의 그 모든 이가 미개하다고들 형언하는 것은 사실 재교육의 소산일 뿐이다. 실제로는 브라질이 갖는 매력의 징후이다.[75]

그러므로 『마쿠나이마』는 온갖 형태의 유럽적 근엄함에 맞선 투쟁의 모든 명백한 모순을 감내하는 짐짓 도발적이고 은어적이고 익살스럽고 반문학적인 텍스트이다.

하지만 언어를 "풍토에 길들이는" 것만이 관건은 아니다. 앙드라지는 또한 출현하는 민족문학의 토대를 놓는 모든 작가처럼 기존의 자원을 모아 문화 및 문학 자원으로 바꾸고자 한다. 그런데 그가 민중의 설화, 전설, 의례, 신화를 재발견하고 수집하고 연결하고 문학화하기 위해 원용할 수

75 M. de Andrade, *L'Apprenti touriste*, p.165.

있는 선례로 민족학의 선례만 있을 뿐이다. 달리 말하자면 안드라지는 포르투갈에서 정치적으로그리고 언어적으로, 더 나아가 문화와 문학의 차원에서 유럽으로부터 풀려나려고 애쓰는데도 문화적 특수성을 대신할 수 있을 것을 최초로 제시한 유럽 민족학 연구를 원용할 수밖에 없다. 알다시피 그가 이 텍스트를 쓸 생각을 하게 된 것은 독일 민족학자 코흐그륀베르크의 책 『로라이마에서 오리노코까지―타울리팡 및 아레쿠나 인디오의 신화와 전설』,[76] 마쿠나이마라는 인물이 나타나는[77] 인디오 전설 및 신화 이야기 모음집을 읽은 후였다. 그러므로 민족학, 언어학, 지리 데이터, 학문적 독서와 참조로부터, 여전히 흩어져 있지만 고유한 브라질 문화의 기반을 제공하게 되어 있는 자료의 축적을 통해 아드라지는 브라질에 관한 지식의 "종합"을 제시하고 설명하려는 시도에 매진한다. 이 계획은 브라질 민족을 문화적으로 통합하려는 명백한 의지를 동반한다. 즉 마리우 지 안드라지는 이 나라의 모든 지역, 지리적이고 문화적인 다양성, 특성을 단 하나의 똑같은 텍스트1935년 그는 자신의 책에 관해 "단 하나의 브라질과 단 하나의 주인공"이라고 쓴다[78] 안에 모으려고 애쓴다.[79] "내 관심들 가운데 하나는 지리와 지리적 동물상 및 식물상을 전설적으로 존중하지 않는 것이었다." 그가 분명하게 말했다. "따라서 나는 문학의 관점에 걸맞게 브라질을 동질적인 실체, 지리적인 민족의 개념으로 이해하는 일의 장점을 알게 되었고 이와 동시에

76 Vol. 2, Stuttgart : Stroeker & Schroeder, 1924.

77 Telê Porto Ancona Lopez, "Macounaïma et Mário de Andrade", *Macounaïma*, pp. 242~243 참조.

78 1935년 4월 26일 수사 디 올리베이라에게 보낸 편지, M. Riaudel, ibid., p. 300에서 재인용.

79 이처럼 그는 19세기 말부터 브라질에서 매우 두드러지게 나타난 지역주의문학에 맞서 싸웠다.

창작으로부터 지역성을 가능한 한 배제했다."[80] 지역주의적 현실주의따라서 분할을 피하려고 그는 북부의 전설을 남부에 위치시키고 북동부의 표현 방식에 목동의 표현을 뒤섞고 동물과 식물을 이주시킨다. 하지만 동시에 매우 세련된 이중의 태도를 고안한다. 즉 그때까지 민족학이 독점한 문화유산을 모으고 문화유산의 기품을 명백히 높이면서도 문학적인 방식으로 이 시도 전체의 토대를 부정하고 무너뜨리는 반어적이고 풍자적인 어조를 채택한다.

신화와 전설의 진열을 넘어 "랩소디"라는 부제가 달린 이러한 서술은 브라질에 특유한 어휘에 관해 일종의 목록을 작성할 계기이기도 하다.[81] 흔히 우스꽝스러운 효과를 낳는 (흔히 라블레풍이라고 규정된) 열거를 통해 이 작가는 동시에 전형적으로 브라질답게 되는 용어의 목록을 작성한다. 그것은 처음으로 문학에 사용되기 때문에 안드라지의 방식 덕분으로 민족적이고그것이 "인가받은" 또는 적어도 인정된 어휘 안으로 들어간다 문학적시적인 이중의 존재를 획득한다. "그것은 모든 생물에, 민물 거북 긴꼬리원숭이 아르마딜로-물리타 도마뱀 육지와 나무의 거북, (…중략…) 생쥐와 술래잡기를 하는 도마뱀에, 강의 탐바키 투쿠나레 피라루쿠 쿠리마타에, 둑길의 헬리오르니스 이비스-구아라우나 흰얼굴휘파람오리에 결부되었다. 요컨대 그것은 이 모든 생물에 결부되었지만 아무도 본 적이 없었고 아무도 더 알지 못했다."[82] 거기에서도 거의 보편적인 전략이 관련된다는 점을 지적할 수 있다. 뒤 벨레가 이미 "프랑스 시인"에게 다양한 동업조합에 의해

80 M. Riaudel, loc. cit., p.301에서 재인용.

81 알다시피 약간 나중에 주아옹 구이마라에스 로자(1908~1967)는 자신의 이야기와 특히 위대한 소설 「넓은 관목림－오솔길(Grande Sertão : Veredas)」에서 관목림의 동물상과 식물상을 가리키는 수많은 용어의 열거를 통해 매우 유사한 방식을 내보인다.

82 M. de Andrade, *Macounaïma*, p.54.

사용되는 전문용어, 라틴어에 존재할 수 없거나 동의어조차 있을 수 없고 따라서 프랑스의 실제적인 특수성독창성을 형성하는 "현대" 말을 원용함으로써 "프랑스" 시의 어휘를 풍부하게 하라고 권고했다.

> 내가 그대에게 다시 알려주고 싶은 것은 이따금 학자뿐만 아니라 선원, 주조공, 화가, 지붕이기 일꾼 등 온갖 종류의 노동자와 기술자를 찾아가고 그들의 고안물, 재료명, 도구의 이름, 그리고 그들의 기술과 직업에서 사용되는 용어를 정확히 알아내서 온갖 사물의 그 멋진 비교와 생생한 묘사를 거기에서 끌어내야 한다는 점이다.[83]

『마쿠나이마』가 실로 민족의 야망을 내포한 민족 텍스트라는 가장 분명한 증거는 그것이 이 나라 전역에서 엄청난 성공을 거두게 되지만 그것의 "번역"은 어렵게 유통하게 된다는 점이다. 오늘날 그것은 브라질에서 선발시험 과목에 포함되고 10여 권의 비평서, 해설, 해석과 주석의 대상이며 영화와 연극으로 각색된 고전이다. 심지어는 어느 삼바 학교의 행진 주제가 되기도 했다.[84] 하지만 국경을 힘겹게 통과하게 되고 매우 늦게야 국제적 인정에 다가가게 된다. 이 책이 브라질에서 출간된 해에 발레리 라르보는 프랑스에서 브라질문학의 주요 번역가들 가운데 하나인 장 뒤리오에게 이 텍스트의 번역이 가능한지 알아보라고 요청했다. 1928년 10월 뒤리오가 라르보에게 대답한다. "아뇨, 나는 마리우 지 안드라지에 관해 아무것도 알지 못해요. 당신의 조언에 따라 그에게 편지를 보냈으나 내가 앞에서 말한 바대로 그는 생사불명이에요."[85] 그러므로 안드라

83 J. du Bellay, *La Deffence et Illustration de la langue françoyse*, p.172.
84 M. Riaudel, "Toupi and not toupi, une aporie de l'être national", loc. cit., p.290.

지는 중심의 평결에 순응하기를 거부하고 전적으로 자신의 민족적 책무에만 관심을 쏟는 까닭에 민족 텍스트가 체계적으로 중심에 병합되는 현상을 서둘러 차단하는 일에 몹시 신경을 쓰는 모든 문학 창시자처럼 자기 텍스트의 가능한 번역에 조금도 관심을 기울이지 않는다.[86] 하지만 번역에 대한 그의 기본적인 무관심만 문제가 있는 것은 아니다. 『마쿠나이마』에 대한 유럽에서의 몰이해는 중심의 비평적 자민족중심주의를 보여주는 증거과 대칭을 이룬다. 1970년 이탈리아어 번역과 1977년 스페인어 번역 이후에 브라질에서 그것이 출간된 지 50년이 지난 1979년에 (자크 티에리오에 의한) 최초의 프랑스어 번역이 (로제 카유아와 레몽 크노의 호의적인 견해에도 불구하고) 여러 출판사에 의해 거절된 다음에 드디어 출판된다. 그런데 프랑스어 번역은 늦었지만 합당한 특유의 인정을 얻지 못하고 결국 엄청난 오해에만 휩싸인다. 즉 "붐"의 스페인어권 작가들에게 할애된 어떤 총서로 출판된 이 텍스트는 그들의 이른바 "바로크" 미의식과 명백히 어떤 관계도 없음에도 불구하고 동일시된다.

이 애초의 계획을 이를테면 확대하기만 하는 그의 잇따른 행로는 민족문학 및 문화를 위한 그의 시도가 갖는 진정한 성격을 분명히 보여준다. 실제로 그의 전설적인 이야기가 처음으로 출간된 해인 1928년부터 안드라지는 브라질 민족 문화를 밑받침하고 풍요롭게 할 수 있는 음악, 민속

85 Pierre Rivas, "Réception critique de Macounaïma en France", in M. de Andrade, *Macounaïma*, p.315에서 재인용.

86 정반대로 그의 동국인 오스왈드 지 안드라지는 여러 차례 파리로 여행한 까닭에 알려지고 번역될 기회를 모색했다. 그는 라틴아메리카인들을 '유럽에서의 명성에 목말라 하는 사람'으로 여기는 마틸드 포메스의 경고에도 불구하고 라르보와 만나기에 이르렀고, 번역하게 하기에 성공하지 못한 자기 작품들 이외에도 현대 브라질 저작물을 그에게 소개했다. 예컨대 19세기의 위대한 브라질 소설가 마차두 지 아시스의 작품들이 실린 책 한 권을 그에게 주었다. Béatrice Mousli, *Valery Larbaud*, p.378 참조.

자료의 수집에 몰두한다. 음악학자로서 『브라질 음악 사전』을 위해 민요와 민속춤에 관한 연구를 시작하며 민족음악학 저작물을 정기적으로 발표하고 제1회 민족어 노랫말대회를 조직하고 민족 역사 예술 유산 봉사대의 창설에 참여한다. 또한 1938년에는 클로드 레비스트로스를 지지하여 리우데자네이루에서 민족지학 및 민속 협회를 창설하게 된다.

마리우 지 안드라지는 너무 민족적이어서 브라질을 떠나 유럽으로 여행하기를 언제나 거부하게 된다. 그렇지만 자기도취적인 순진한 민족주의자의 도정을 밟지는 않는다. 반대로 이 이야기의 부제가 가리키듯이 이 "특징 없는 영웅"의 특성은 그가 민족적 가치를 구현하는 민족 "영웅"의 모든 전제를 뒤집어 고안된 "나쁜" 미개인이라는 점이다. 그는 좋은 감정이 없고 게으르고 교활하고 거짓말쟁이이고 허풍쟁이이고 싸움꾼이다. 그의 첫마디는 "빈둥거림이 좋아!"가 된다. 독일 민족학자 테오도르 코흐그륀베르크에 의하면 그는 어떤 타울리팡족 전설에 나오는 인물로서 그의 이름은 '마쿠나쁜'라는 단어와 의미확대 접미사 '이마'로 만들어진다. 그러므로 마쿠나이마는 곧바로 "몹시 나쁜 남자"를 의미한다. 그런데 안드라지는 그가 코흐그륀베르크에 의해 "어떤 특징도 없는 영웅으로" 소개된다는 사실에 강한 인상을 받아 그를 자신이 쓸 이야기의 작중인물 겸 민족의 상징으로 선택한다. 그는 이 말을 "민족성"의 의미로 받아들이고 1926년의 미발표 서문에서 자신의 계획을 이렇게 설명한다.

> 브라질인은 특징이 없다. (…중략…) 그리고 특징이란 단어로 나는 정신의 어떤 현실을 결정할 뿐만 아니라 그보다는 오히려 관습에서 외적 행동에서 감정에서 언어에서 역사에서 거동에서, 악에서만큼 선에서, 모든 것에서 표면화되는 영속적인 심적 실체라는 의미로 사용한다. 브라질인은 고유한 문명도 전통

의식도 지니고 있지 않은 탓으로 특징이 없다. 프랑스인은 특징이 있다. 요루바족과 멕시코인도 마찬가지이다. 그들의 특징에 이바지한 것이 어떤 특유한 문명이건 임박한 위험 또는 매우 오래된 의식이건, 분명한 사실은 그들에게 특징이 있다는 점이다. 브라질인은 그렇지 않다. 브라질인은 스무 살의 청년 같다. 즉 일반적인 성향을 분명히 감지할 수 있지만 아직은 어떤 확언도 할 시기가 아니다. (…중략…) 나는 이러한 것들에 관해 성찰하는 동안 코흐그륀베르크의 독일어에서 마쿠나이마에 우연히 마주쳤다. 마쿠나이마는 놀랍도록 특징 없는 영웅이다.[87]

안드라지의 시도가 갖는 힘은 그의 통찰력에서, 그리고 그의 비판적이고 사색적인 민족주의라 부를 수 있을 것에서 생겨난다. 궁핍한 신생국 출신인 안드라지는 큰 문화국과 동등한 무기로 싸울 수 없다는 점을 알고 있다. 즉 불평등이 강요당하는 것일 뿐 아니라 내면화된다는 점, 그리고 종속의 과거와 특정한 빈곤 그리고 문학 자원의 부재로 말미암아 어떤 민족적 "특징"의 형성, 다시 말해서 어떤 자본의 형성, 민족 문화 자원의 집적, 언어와 문학, 민족적 경애심의 대상에 대한 공동의 믿음이 가로막힌다는 점을 알고 있다. 따라서 불평등다시 말해서 역사, 문화, 문학, 언어의 부재을 일종의 육체적인 기형이라는 형상으로 환기한다. "우리의 영웅은 재채기했고 의젓한 남자, 즉 몸매가 좋고 키가 크고 힘이 세며 야무진 개인의 날렵한 몸을 가진 남자로 변했다. 하지만 그의 머리는 물을 충분히 공급받지 못해서 모양이 영원히 찌그러졌고 엉뚱하게도 얼굴이 포동포동한 아기처럼 보였다."[88] 문학 창시의 선언이 순진한 민족 찬양의 몸짓, 민족 문화

---

87 M. Riaudel, loc. cit., p.304에서 재인용.

88 M. de Andrade, *Macounaïma*, p.35.

를 반드시 드높이겠다는 단순한 의지를 통해 실행되지 않고 민족의 약점과 비굴함에 관한 자기 경멸과 신랄한 질문의 단호한 실천에 새겨진다.

안드라지는 "역설적인 민족주의"를 창안한다. 이것은 어떤 소속 양태로서 다양한 역설과 심지어 아포리아에 토대를 두고 이것들을 의식하지만 궁핍한 민족 출신이라는 저주를 특히 비꼼에 의해 극복하기에 이른다. 자신의 환멸또는 현실주의에도 불구하고 참으로 그는 브라질 민족에게 토대를 제공하려고 시도한다. 마쿠나이마와 그의 두 형제 — 백인, 흑인, 인디오 — 의 은유로 그렇게 하는데, 이들은 브라질의 기본적인 세 민족을 대표하고 피에르 리바에 의하면 "혼혈 브라질의 퇴폐를 한탄하는 이전의 우생학적이고 인종주의적인 신화에 맞서", "다양성이 풍부한 젊은 민족의 활력"[89]을 명확히 드러낸다.

그러므로 어느 날 "나는 칠현금을 연주하는 투피족 인디오이다"라고 씀으로써 자신의 문화적 파열과 개인적이고 집단적인 비극을 굉장히 축약적으로 표현한 사람은 자기 자신이 살아 있는 역설이라고 확언할 수밖에 없었다. 이 점에서 『마쿠나이마』는 오늘날 모든 민족 정립 이야기의 상징으로 여겨질 수 있을 것이다. 즉 민족적이고 동시에 민족학적이고 현대주의적이고 반어적이고 환멸적이고 정치적이고 문학적이고 명철하고 의지 중심적이고 반식민주의적이고 반지방주의적이고 자기 비판적이고 전적으로 브라질적이고 문학적이고 반문학적인 이 다양하고 복잡한 문학적 기도는 출현하는 궁핍한 문학에 내포된 본질적인 민족주의의 가장 강도 높은 표현이다.

그러므로 이러한 이화의 길은 작가에게 자신의 차이를 내걸 수 있게

89 P. Rivas, "Modernisme et primitivisme dans Macounaïma", in M. de Andrade, *Macounïma*, p. 11.

해주는 어떤 중심의 언어를 "민족적"이고 때때로 방언의 형태로 "민중적"이고 문학적인 견지에서 다시 자기 것으로 삼는 행태이다. 문학적또는 경우들에 따라 문학-국가적 지위에 오르는 통속 구어의 이러한 표방은 이화의 형태와 정도가 무엇이건, 즉 단순한 억양 차이이건 지역주의이건 방언이나 크레올어이건 명확히 드러난다. 이처럼 구어의 문학화는 독특한 정체성을 나타낼 수 있게 해줄 뿐만 아니라 문학적이고 언어적인 품위, 정치와 언어 그리고 문학에 대한 지배를 통해 강요된 불가분하게 문법적이고 의미론적이고 통사론적이고 사회적인또는 정치적인 교정의 기존 코드를 문제시하고 정치적이고국가로서의 민중이 사용하는 언어 동시에 사회적이고계급으로서의 민중에 사용하는 언어 문학적인 격렬한 단절을 부추길 수 있게 해준다. 특히 외설 또는 조잡성합법적인 문학의 비평가들이 "저속성"[90]이라 부르는 것의 언어적 특색을 원용하는 행위는 어떤 단절 의지와 특정한 폭력의 실행을 표현하는 것으로서 작가에 의해 가장 많이 사용되는 기법들 가운데 하나이다.

알다시피 월트 휘트먼은 영국의 문학 규준과 결별하기로 결심하여 시의 형식뿐만 아니라 『풀잎』에서 고어, 신조어, 은어, 외국어, 그리고 당연히 아메리카주의를 받아들임으로써 영어 자체를 뒤흔들어놓는다. 게다가 미국 소설의 탄생은 1884년 마크 트웨인의 『허클베리 핀』이 출간됨에 힘입어 영어로의 글쓰기에서 구비전승이 "발견됨"과 동시에 이루어진다고 확언할 수 있다. 즉 통속어의 노골성, 폭력성, 반순응주의를 통해 영국의 문학 규범과 결정적인 결별이 이루어졌다. 미국 소설은 문어의 굴레와 영문학의 품위 규범에서 해방된 어떤 특수한 언어의 표방을 통해 차이를 새로 만들어냈다. 알다시피 헤밍웨이는 이 책에 관해 다음과 같이 썼다.

90 Angela Mac Robbie, "Wet, wet, wet", *Liber. Revue internationale des livres*, no.24, *Écosse, un nationalisme cosmopolite?*, octobre 1995, pp.8~11 참조.

"현대 미국문학은 전부 『허클베리 핀』에서 비롯한다. (…중략…) 아메리카에서 쓰인 모든 것은 거기에서 유래한다. 이전에는 어떤 것도 없었다. 그 이래로 그만큼 훌륭한 것은 하나도 없었다."[91] 『허클베리 핀』에 힘입어 미국의 문학 세계와 독자는 진정한 "미국적인 성격"과 구비전승 그리고 특수성, 따라서 '용광로'의 온갖 방언적 형태에 근거하는 차이, 영국인이 물려준 언어에 대한 즐거운 우상 파괴적 변형을 주장할 수 있었다.

똑같은 방식으로 1984년에 나타난 스코틀랜드 소설가들에 관해 "글래스고 유파"라 말할 수 있었던 이유는 그들이 민족적 요구의 특수한 형태이기도 한 통속어의 명백한 사용을 공유하기 때문이다. 즉 스코틀랜드 민족주의운동과 관계가 깊은 이 작가들은 스코틀랜드 "민족"의 특수성으로 단정된, 그것도 헤르더 이후로 오래전부터의 전설과 민족의 정수를 보존하는 것으로 이해된 민족의 농민적이고 목가적인 표상에 맞서 단정된 노동자 언어에 문학적 존재를 부여하려고 애쓴다. 예컨대 제임스 켈만이 끌어들인 대단한 전복은 이 민중적이고 도시적인 언어가 그의 소설로 급진적으로, 다시 말해서 배타적으로 유입된 결과이다. 켈만은 소설에서 민중에게 발언권을 부여할 때부터 글투와 말투를 바꾸어야 한다는 규약의 일축을 선택했다. 따라서 화자가 문학적 "탁월성"으로 자신을 표현하는 반면에 문학의 "고결성"과 관습은 이른바 구어체를 대화에만 한정한다. 켈만이 말하길 이러한 규약은 문학의 사회적 기능에 내재한 어떤 전제를 근거로 갖는데, 이 기능에 의하면 "독자와 작가는 같다. 이야기와 똑같은 목소리로 자신을 표현한다. 음성언어로 대화하는 그 빌어먹을 프롤로들

---

91 Ernest Hemingway, traduit par J. Delpech, *Les Vertes Collines d'Afrique*, Paris : Gallimard, 1949, p. 22.

과는 다르다".[92] 이러한 규약을 거슬러 그는 자기 소설 『버스 안내원 하인즈』[93]에서 글래스고의 리듬과 방언을 옮겨적고 예컨대 자신의 동국인 톰 레너드와는 달리 음성기호를 거치지 않고 쉼표와 인용부호를 없앰으로써 대화와 서술 사이의 등가성을 두드러지게 드러낸다. 켈만은 문학의 품위에 부합하지 않는 용어가 자신의 텍스트에 매우 빈번하게 사용됨에도 불구하고 자신의 언어가 "조잡"하거나 "외설적"이라고 규정되는 것을 과장된 말투로 거부한다. 즉 민족과 사회의 위계를 문제시하므로 고상한 말과 상스러운 말 사이의 구별 또한 무너뜨린다. 특히 영어 안에 머무르면서 스코틀랜드의 특수성으로 명확히 드러나는 통속어의 과시와 표방을 통해 사회적이고 동시에 "민족적인", "차이"를 새로 만들어낸다.

언어의 문제는 문학 공간 형성의 동력, 언쟁과 경쟁의 쟁점이 된다. 브라질의 문학사 연구자들은 언어와 용법 및 어휘에서 전형적으로 브라질다운 언어를 창시하려는 여러 세대의 시인과 소설가에 의해 재주장된 의지에 관한 성찰이 민족문학과 민족문학 영역을 형성하는 기본적인 동력, 촉매제였다는 점을 지적했다. 언어 그리고 언어의 용법과 형식에 관한 규정 자체가 초기의 내부 투쟁에 내용을 부여한다. 새로운 표현 방식은 논쟁의 쟁점이 되고 이 쟁점을 중심으로 공간 전체가 조직되고 통일된다. 1930년대 브라질에서 조르주 아마두와 마리우 지 안드라지 사이의 대립은 이러한 유형의 통일 투쟁을 특징짓는다. 조르주 아마두는 직접적으로 정치적인 관점에 따라 자신의 초기 소설에서 민중의 길을 모색했다.[94] 즉

92 Duncan McLean, "James Kelman interviewed", *Edinburgh Review*, no.71, 1985, p.77. *Liber*, no.24, p.14에서 재인용.

93 Edinburgh, Polygon, 1984.

94 Alfredo Almeida, *Jorge Amado : Politica e Literaura*, Rio de Janeiro, Campus, 1979 참조.

1932년 공산주의 청년단에 가입하고 1932년 말, 1933년 초 그가 말하길 상파울루의 몇몇 출판사에서 번역으로 출간되기 시작한 소비에트 "프롤레타리아 소설"의 영향 아래 자신의 초기 소설들 가운데 하나 『카카오』를 쓴다. 그러고 나서 브라질 북동부에서 농민과 서민계급의 비참한 삶을 이야기할 수 있게 해줄 소설적 수단을 모색하는 중에서도 여전히 프롤레타리아 소설에서 물려받은 신자연주의적 기법을 충실히 따른다. "우리에게 결정적이었던 사건은 1930년 혁명이에요. 그것은 현대주의가 갖고 있지 않은 브라질의 현실에 관한 관심과 우리가 지니고 있으나 현대주의 작가는 도저히 지닐 수 없는 민중 의식을 나타냈죠."[95] 그는 불가분하게 정치 혁명이기도 한 문학 혁명을 브라질에 끌어들이고자 했다. "우리는 현재주의적이 아니라 현대적이고자 했어요. 즉 브라질적이면서 보편적인 성격을 갖는 브라질문학을 위해 투쟁했지요. 우리가 겪었고 '우리의 현실로부터 발상을 얻어' 이것을 바꾸는 역사상의 시기에 밀착된 문학을 위해서 말이죠."[96] 그러므로 아마두는 브라질 현대주의의 선택을 거부한다. 그에게는 이것이 "부르주아"문학의 징후로 보이고 이것에 의한 형식의 혁신이 민중의 "진정성"을 당연히 내세울 수 없는 까닭에 부자연스러운 듯하기 때문이다. "『마쿠나이마』의 언어는 창안된 언어이지 민중의 언어가 아니죠. (…중략…) 현대주의는 형식의 혁신이었지만, 사회적 관점에서는 대단한 것을 가져다주지 않았어요."[97] 알다시피 싱은 20세기 초 더블린에서 똑같은 용어로 격렬하게 공격받았고 민중의 거짓된 언어를 연극의 무대로 가져온다고 비난받았다. 즉 민중의 언어가 민족 규범의 관점에서

95 Jorge Amado, *Conversations avec Alice Raillard*, Paris : Gallimard, 1990, p. 38.

96 Ibid., p. 20. 작은따옴표는 저자 강조.

97 Ibid., pp. 42~43.

옳지 않은 것으로, 이와 동시에 민중을 정치적으로 나타내려는 관점에서 받아들여질 수 없는 것으로 여겨져 거부되었다.

브라질의 경우는 똑같은 언어의 내부에서부터 작가에 의해 긍정된 언어적 단절이 진정한 문학그리고 민족의 독립에 이를 수 있다는 점을 보여주는 사례들 가운데 하나이다. 이러한 간격은 민족 정체성으로 주장된 "차이"를 보여주고 실질적으로 드러낼 수 있게 해준다. 브라질은 1920년대에 "현대주의"로부터의 분리를 근거로 자율적인 문학으로서의 존재를 확보하기에 이르렀다. 이 분리는 끊임없는 언어 투쟁을 정당화하는 데 이바지한 결과로 이러한 언어 투쟁에 의해 교대되었고 이를테면 정치적으로 강화되었다. 즉 맞춤법을 포함하여 포르투갈어와 본질적으로 다른 브라질어에 대한 요구가 이러한 격변을 근거로 폭넓게 이루어졌다. 이 격변으로 인해 문자언어에 의한 표현의 규칙이 (산문에서와 사전에서) 줄곧 뒤흔들렸다. 이 점에서 『마쿠나이마』에서 안드라지에 의해 (다시) 발견된 구비전승따라서 자유은 브라질의 언어적이고 문화적인 특수성에 대한 인정에서 가장 중요한 단계들 가운데 하나이다.

8. 스위스의 크레올성

(민중의) 구비전승이 문학의 해방과 특수성을 이해하는 수단으로 요구되는 현상에 힘입어 '선험적으로' 모든 면에서 분리되는 작가들이 서로 연결된다. 즉 문학사가 서로 다른데도 세계문학 공간에서 매우 가까운 위치를 차지한다. 가령 두 통속어, 즉 어떤 지방어와 어떤 크레올어의 문학적 사용 및 전환을 요구하는 두 가지 문학 선언을 항목별로 비교할 수 있

다. 이 선언들은 두 가지 독특한 방식으로 프랑스문학 공간에 의해 지배되고 70여 년의 간격으로 차이를 명확히 드러내는 작가들에게서 나온다. 하나는 프랑스어권의 스위스인으로 문학적으로정치적으로는 아니다 프랑스문학 공간에 의해 지배되는 지방, 보 지방에 속하는데, 이 지방에서는 모든 문학 저작물이 그때까지 프랑스의 문학 저작물에 병합되었으므로 어떤 문학 유산의 형성도 아직 가능하지 않았다. 그는 우리가 말했듯이 1914년 『카이에 보두아』의 창간호 『존재 이유』를 펴내는 라뮈이다. 다른 이들은 앤틸리스 제도 사람으로서 오랫동안 식민지 지배를 받았고 정치적으로 독립하지 못한 떠오르는 문학 공간, 마르티니크 출신이다. 장 베르나베와 파트릭 샤무아조 그리고 라파엘 콩피앙은 라뮈가 보에서 발표한 선언 이후 75년이 지난 1989년에 『크레올성 예찬』을 펴낸다.

라뮈는 파리에서 작가로 인정받기에 실패한 후 고향으로 돌아가서 보 지방의 "차이"를 정당화하기에 집착한다. 앤틸리스제도의 작가들로서는 프랑스의 문학 규범과 동시에 자신의 선배 에메 세제르에 의해 출범된 네그리튀드에 의한 시 및 문학 혁명에 맞서기 위해 "크레올" 정체성을 분명하게 내보인다. 그들의 첫 번째 공동 행위는 보통 자기 고장의 통속어와 결부된 낙인을 뒤집어보고 조야하거나 부정확하다고 선고받은 것을 긍정적인 차이로 주장하는 것이다. 샤무아조와 콩피앙 그리고 베르나베처럼 라뮈도 지방어와 크레올어가 우선 이것들을 사용하는 이, 프랑스어의 규범을 강요받은 희생자 자신에 의해 오랫동안 멸시받고 조롱당하고 웃음거리가 된 언어였다고 강조한다. 한편으로 "전형적인 보 지방 말"로서, 다른 한편으로 "엉터리 프랑스어"로서 그것들은 언제나 희화화의 대상으로서 한편의 작가들에게는 "우리 자신의 비방에 대한 낡은 방어물"이었고[98] 다른 한편의 작가에게는 조롱거리였다. "우리의 지방어는 민첩성, 선명성, 과단성, 정직성우리가 '프랑스어로' 글을 쓸 때 정확히 우리에게 가장 부족한 자질들 이외에도 그토록 많은 흥취를 지니고 있다." 라뮈가 쓴다. "그 지방어를 우리는 마치 우리 자신을 부끄러워하는 듯이 오로지 조잡한 희극이나 소극에서만 되돌아볼 뿐이다."[99]

그들은 또한 그때까지 구어밖에 없었던 통속어에 표기법, 다시 말해서 문법의 체계화와 동시에 문학적 존재를 부여하고자 한다.[100] "오 억양이여! 너는 우리의 말에 있다." 라뮈가 쓴다. "그리고 지시 너로구나. 하지만 너는 아직 우리의 문어에 있지 않다. 너는 몸짓에 있고 거동에 있다."[101] 앤틸리스 제도의 작가들로 말하자면 통사법, 문법, 어휘, 가장 적합한 표기법프랑스어의 관례에서 멀어졌을지라도, 억양, 리듬, 약동감, 시학의 측면에서 "크레올어의 습득"[102]이 필요하다고 선언한다.

문학 형성 및 성립의 시기에 세계의 (거의) 곳곳에서처럼 최초의 행위는 민중의 구전 문화를 다시 자기 것으로 취하는 것이다. "앤틸리스 제도의 문학은 아직 존재하지 않는다." 마르티니크 작가들이 자신의 선언 첫머리에서 확언한다. "우리는 전-문학 상태에 있다."[103] 그래서 구비전승과 민중의 구전 문화의 원용은 그 새로운 문학의 받침돌이 된다.

> 민담, 속담, '티팀', 동요, 가요 등을 공급하는 구비전승은 우리의 예지이고 이 세계에 대한 우리의 해석이다. (…중략…) 그렇다, 우선 (복원된 역사 연속성과 일

---

98 J. Bernabé · P.Chamoiseau · R. Confiant, *Éloge de la créolité*, p.41.

99 C.-F. Ramuz, *Raison d'être*, p.56.

100 요구된 "언어"로서의 크레올어와 "지방어"로서의 보두아어 사이의 지위 차이는 아마 프랑스어의 규범에 대한 독자성의 정도 차이에 지나지 않을 것이다.

101 C. F. Ramuz, *Raison d'être*, p.55.

102 J. Bernabé, p.Chamoiseau, R. Confiant, *Éloge de la créoliteé*, p.45.

103 Ibid., p.14.

체를 이루는) 이 문화적 연속성이 없다면 집단 정체성이 확연히 드러나기 어려운 만큼 이 연속성을 재확립하기 위해 구비전승으로 돌아가야 한다. '우리의 민중적 정수에 대한 주요 표현'을 부여하기 위해서는 그저 거기로 돌아가기만 하면 된다. '요컨대 우리는' 우리의 구비전승에서 찾아볼 수 있는 전통적인 형세에 뿌리를 내리면서도 쓰인 것의 현대적 요구에 조금도 저촉되지 않는 '문학을 구축할 것이다.'[104]

라뮈에게 이것은 보 지방 통속어의 "참모습"을 복원하는 일이다. 어떤 지방과 어떤 풍경에서 "유래하는" 새로운 "문체"의 창시자로서 라뮈는 민중의 실제적인 보두아어 용법을 문학으로 옮겨적기를 표방한다. 그가 1920년대에 실행하는 (그리고 문학사에서 셀린에게만 귀착되는) 문체의 혁신은 소설적 허구에서 "민중"에게 발언권을 주고 소설의 전개에서 말하는 주체, 심지어 화자의 지위를 민중에게 부여하는 데 있다. 그의 책에서 민중의 말은 대화에서 객관화될 뿐만 아니라 서술 자체에 통합된다. 소설가 제임스 켈만이 1980년대의 스코틀랜드에서 재발견한 형식적, 언어적, 미적, 그리고 사회적 시도를 정치적 입장은 예외지만 거기에서 다시 찾아볼 수 있다. 라뮈는 클로델에게 보낸 어느 편지에서 자신의 확고한 기법을 설명한다. 거기에서 통속어에 대한 문학적 거리두기의 문제를 이렇게 요약한다.

소설을 구실로 수많은 저자가 민중민중에서 살아남는 것과 이 민중의 언어를 경멸하고 동시에 격찬합니다. 민중의 언어에서 모든 것이 생겨나고 민중의 언어로 모

104 Ibid., pp.34~36. 작은따옴표는 저자 강조.

든 것이 돌아가고 민중의 언어가 잘못될 수는 없으므로, 민중의 언어는 유일하게 중요합니다. 하지만 소르본의 그 탈주자들은 민중의 언어를 따옴표 안에 넣어서만, 다시 말해서 핀셋으로만 만지면서 사용합니다.[105]

라뮈와 크레올 작가들은 또한 자기 고장의 "편협성"에 대해 똑같은 견해를 공유한다. 보 지방의 작가에게서 이 견해는 고장뿐만 아니라 풍경에 대한 재평가의 형태를 띤다. "우리 고장은 아주 작다." 그가 쓴다. "하지만 다행이다. 그래서 나는 우리 고장 전체를 장악하고 한눈에 파악한다. (…중략…) 그리고 이처럼 전체를 한눈에 조망함으로써 우리 고장 그리고 우리 고장의 '말투'[106]와 특징에 대한 이와 같은 이해에 더 쉽게 도달한다. 그때 나머지는 모두 내버려 두기만 하면 된다."[107] "우리의 세계는 아무리 좁더라도 우리의 정신 속에서 드넓고 우리의 가슴 속에서 무궁무진하다." 앤틸리스 제도 작가들이 쓴다. "그리고 우리를 위해 언제나 인간을 보여준다."[108] 아무리 경멸받거나 제대로 평가받지 못하거나 문학 자원이 없을지라도 나라와 민족의 고유한 가치에 대한 긍정은 중심에 의해 제정된 규범에 맞서 싸우는 방식, 문학적 존재와 평등에 대한 권리를 주장하는 방식이기도 하다. 라뮈의 농민처럼 가장 비천한 대상과 존재가 정당한

105 C. F. Ramuz, lettre à Paul Claudel, 22 avril 1925, *Lettres 1919~1947*, Etoy, les Chantres, 1959, pp.174~176. J. Meizoz, "Le droit de mal écrire", *Actes de la Recherche en sciences sociales*, no.111~112, mars 96, p.106에서 재인용.

106 마찬가지로 덴마크 소설가 헨리크 스탄게룹은 파리로 떠나는 문학 비평가를 자기 문학과 역사의 주인공 뮐러로 만드는데, 이 주인공이 "덴마크 말투"를 찾아서 파리로 가는 목적은 독일에 의한 지배의 질곡에서 해방된 새로운 덴마크문학을 세우는 것이다. H. Stangerup, *Le Séducteur*.

107 C. F. Ramuz, *Raison d'être*, p.64.

108 J. Bernabé, p.Chamoiseau, R. Confiant, *Éloge de la créolité*, p.41.

문학적 대상으로 승격하는 모습을 보려는 그들의 공통된 욕망을 이런 식으로 이해할 필요가 있다. 크레올 작가들도 똑같은 관점에서 자신이 "창안하게" 되는 문학은 "편협하고 빈곤하고 무익하고 저속하고 문학적 계획을 풍부하게 하기에 부적격한 어떤 것도 우리의 세계에 존재하지 않는다는 점을 원칙으로 상정한다"[109]고 확언한다.

『카이에 보두아』의 현장감독과 크레올성의 장인들은 반이론주의의 관점에서도 재발견된다. "그래서 통상적인 테러리즘은 탁월한 이론주의를 떠받쳤다. 둘 다 짧은 가요를 아무리 하찮을지라도 망각에서 구해낼 역량이 없었다." 크레올화 지지자들이 쓴다. "주지주의 숭배에 젖고 우리의 구비전승에서 뿌리로부터 완전히 차단된 우리의 세계는 그런 것이었다."[110] 텍스트와 언어의 전통 고수에 맞서 "감수성"과 "감동" 그리고 사물로의 회귀를 선택하는 행태가 라뮈에게서도 발견된다. "하지만 우리는 우리의 주지주의와 마침내 결별한다. 그것이 이렇게 불린다 해도, 내가 생각하듯이 본능을 날뛰게 풀어줄 것인가?"

그들은 또한 지역주의에 대한 거의 똑같은 거부, 그리고 자폐라는 비난에 대한 체계적인 방어를 주장한다. 라뮈는 다음과 같이 쓴다.

> 요즈음 '지역주의'에 관해 말이 많다. 우리는 그 '민속' 애호가와 아무런 공통점이 없다. 이 단어앵글로-색슨 단어는 우리에게 그 내용만큼 불쾌한 듯하다. 우리의 관습, 풍습, 믿음, 옷차림새 (…중략…) 지금까지 우리의 열렬한 문학 애호가가 유일하게 관심을 보인 이 사소한 것들은 모두 우리에게 중요하지 않을 뿐 아니라 유난히 의심받기 쉬운 듯하다. (…중략…) 우리가 보기에 특수한 것은 단지

109 Ibid., p.40.

110 Ibid., p.35.

출발점일 수 있을 뿐이다. 우리는 일반적인 것에 대한 사랑을 통해, 그리고 일반적인 것에 더 확실하게 도달하기 위해 특별한 것으로 나아간다.[111]

하지만 설령 그가 부인의 수사법에 따라 모든 민족문학의 창시 계획을 물리칠지라도 똑같은 논리가 적용된다는 것을 알아차릴 수 있다. "'민족문학'이고자 하는 모든 포부를 내버려 두자." 그가 쓴다. "그것은 너무 그리고 충분하지 않게 주장하는 것이다. 민족어가 있고 '우리에게 우리의 언어가 없을' 때에만 이른바 민족문학이 있는 까닭에 너무 주장하는 것이고, 그래서 우리를 '돋보이게' 한다고 우리가 주장하는 요인은 우리의 단순한 '외적 차이'인 듯한 까닭에 충분하지 않게 주장하는 것이다."[112] 하지만 그는 자신에게 문학적 낙인으로 지칭되는 경계를 요구하려고 한다. 이는 참신한 태도를 "창안하고" 전면적인 병합프랑스인이 되는 것 또는 비존재스위스인이면서 "지방민"으로서 주변화되는 것의 교대를 피할 수 있게 해주는 어떤 위치를 발견하기 위해서이다. 샤무아조와 베르나베 그리고 콩피앙으로 말하자면 그들은 이렇게 선언한다. "우리는 몇몇 사람이 구별하는 듯한 향토주의 또는 자기중심주의의 일탈 현상을 거부한다. 무엇이 우리를 구성하는가에 대한 선결되어야 할 절대적인 이해 없이는 세계로 열린 진정한 창이 존재할 수 없다."[113] 그리고 보편적인 것에 도달할 필요성을 프랑스가 강요하는 질서에 대한 추가적인 굴복으로 여기면서 그들은 어떤 "다원성"의 구성을 가정하는데, 여기에서 다원성이란 세계에서 중심 밖의 지

111 C. F. Ramuz, *Raison d'être*, p.67. 이 마지막 문장을 어떤 고백으로 읽을 수 있다. 그러면 보 지방은 그저 파리에 이르기 위한 우회로가 된다.

112 Ibid., pp.68~69. 작은따옴표는 저자 강조.

113 J. Bernabé, p.Chamoiseau, R. Confiant, *Éloge de la créolité*, p.41.

역과 양립하는 어떤 보편성일 것이다.

> 크레올문학은 보편적인 것, 다시 말해서 서양의 가치에 대한 위장된 동조를 조롱할 것이다. (…중략…) 우리의 특성에 대한 이와 같은 탐색으로 말미암아 (…중략…) 세계의 자연스러움이 결국 되돌아오고 (…중략…) 회절하지만 보답받는 세계의 기회, 여러 보호받는 다양성의 의식적인 화합, 즉 다원성이 보편성에 맞선다.[114]

두 선언을 함께 읽으면 개별 연구라면 아마 놓쳤을 자명한 사실이 나타난다. 완전히 서로 다른 역사 상황에, 그리고 명백히 비교할 수 없는 문학 영역에 놓인 라뮈와 크레올 소설가들은 거의 똑같은 용어로 말해지고 똑같은 수단을 사용하는 미적 단절을 부추긴다. 그렇지만 유사성을 더 분명히 나타나게 하기 위해서는 몇 가지 차이와 불일치가 강조되어야 한다.

두 선언 사이의 첫 번째 차이는 프랑스어권 스위스가 겪는 순전히 문학적인, 하지만 덜 격렬하고 위압적이지 않은 지배를 마르티니크에 행사되는 정치적 지배로부터 분리하는 차이인데, 마르티니크에서는 정치적 지배가 문학적 지배를 유발한다. 달리 말하자면 한편으로 라뮈는 민중-문학 언어의 표방과 어느 정도 창시를 통해 문학의 해방을 정당화하려고 애쓴다. 다른 이들은 어떤 정치-문학적 장악에서 벗어나려고, 또한 너무 노골적으로 정치적인 양자택일을 거부하려고 애쓴다.

다른 주요한 불일치는 문학 자원의 막대함에 기인한다. 세제르에 의해 출범되고 중심에서 인정받고 공인된 네그리튀드의 혁명부터 진정한 앤

114 Ibid., pp.51~55.

틸리스문학사, 다시 말해서 고유한 문학 유산이 구성된다. 따라서 이른바 "크레올성"운동은 문학 및 정치의 역사에 기댄다. 그들의 문학적 표명은 어떤 특수한 투쟁과 세계 차원에서 획득된 역사적 인정을 근거로 한다.

반대로 라뮈는 기존의 민족적지역적 본보기 없이, 따라서 어떤 자본도 없이 전적으로 무로부터또는 거의 무로부터 자신의 위치를 새로 만들어내는 만큼 내부의 진정한 문학사를 근거로 삼을 수 없다. "이러한 것이 (우선) 돌아온 우리의 처량한 결산이다." 그가 쓴다. "어떤 본보기도 없다. 어떤 확실성도 없다. 우리 주위에, 사람들 사이에 결코 모델이 없다. 우리의 배후에도 모델이 없다. 그때까지 이 고장에서 어떤 활력을 보여준 모든 이가 '국경을 통과한 후에야, 우리를 버리거나 더 단순히 망각한 후에야' 비로소 참된 성공과 자기 긍정으로 올라섰다는 점을 알아차리지 않을 수 없었다."[115]

이와 같은 애초의 위치 설정으로부터 작품과 작가의 도정이 똑같은 변화를 겪는다. 75년 여의 시간적 간격을 두고 이 두 선언의 작가들은 이로부터 똑같은 효과를 보게 된다. 즉 그들은 처음에 중심의 정당성을 거부했지만또는 거부한다고 주장했지만, 독립 선언은 중심과의 실제적인 거리두기와 결정적인 단절을 초래하지 않고 역설적으로 그들이 파리의 심급에서 식별되고 인정받을 수 있게 해준다. 10년 후에 라뮈의 작품이 베르나르 그라세에 의해 출판되고 이에 힘입어 그는 프랑스에서의 국제적 인정을 획득한다. 언어와 관련하여 그의 위치 설정은 활발한 비평적 논쟁의 대상이 된다. 그가 "서투른 글쓰기"로 비난받는 유명한 『C. F. 라뮈에 대한 찬반』이 1926년에 출간된다.

엇비슷하게 파리의 비평계는 크레올성의 대변인들이 언어적이고 정치

115 C. F. Ramuz, *Raison d'être*, p.43. 작은따옴표는 저자 강조.

적인 단절의 용어로 피력한 구상을 문체론과 의미론 영역의 단순한 혁신으로 변모시켰다. 그들에 대한 중심에서의 인정은 그들의 문제의식을 파리에서 다시 자기 것으로 취하는 대가로 이루어졌다. 어떤 "문학의 정치"를 주장하려는 그들의 의지는 그들이 "프랑스문학"의 범주 안으로 들어감으로써 이를테면 무력화되었다. 파리에서 예컨대 공쿠르상 심사위원회를 비롯하여 소설 미학의 가장 보수적인 장소로까지 진입한 앤틸리스 소설의 "발견"은 이러한 글쓰기의 고유한 크레올 차원을 받아들일 기회가 아니라 민족어의 위대성과 정수를 예찬하고 식민지화에서 유래한 작가가 영국의 모델에 따라 인기와 성공에 이른 점을 기뻐할 기회였다. 콩피앙도 샤무아조도 초기에 그랬듯이 크레올어로 글을 쓰고 자기 고장에서 책을 내는 것에 관해 더 이상 말하지 않는다. 그들은 카리브해의 출판사에서 파리의 가장 명망 높은 출판사로 넘어갔고 모든 프랑스어 사용자가 읽을 수 있는 어떤 크레올화된 프랑스를 글쓰기의 언어로 채택했다.

그렇다고 해도 역시, 알아차릴 수 있다시피, 어떤 주요한 문학 언어 내에서 언어 차이의 표방을 통해 두각을 나타내려는 이러한 의지는 문학의 질서를 뒤엎는, 다시 말해서 그리고 불가분하게 미의식, 문법, 정치, 사회, 식민지 등의 질서를 문제화하는 중대한 길들 가운데 하나이다.

제5장 아일랜드 패러다임

성벽을 축조한 무렵에 이미, 또한 그 이후로 오늘날까지 나는 민족들의 비교 역사에 거의 외곬으로 몰두했다. 거의 이 수단을 통해서만 핵심에 이를 수 있는 몇몇 문제가 존재한다.

프란츠 카프카, 「만리장성의 축조 시에」

1900년에서 1914년까지의 시기는 더블린 유파, 즉 예이츠, 무어, 조이스, 싱, 그리고 스티븐스의 시기였다. 이 작가들의 감정은 반영국적이었다. (…중략…) 그들에게 영국은 전형적인 속물의 나라였고, 그들이 게일어로 글을 쓸 수 없었으므로 그들의 목적은 앵글로-아일랜드어와 프랑스어의 어떤 혼합물로 폭발물을 마련하여 런던의 거물들을 폭신한 안락의자에서 펄쩍 뛰어오르게 할 수 있을지 알아내는 것이었다.

시릴 코놀리, 「더 이상 작가가 아니기 위해 해야 하는 것」

세계문학 공간에서 중심 밖의 작가가 택하는 한없이 다양화된 전략 전체, 주요한 "사례 계열"의 일반적인 소묘, 우리가 여기에서 방금 다시 그린 소묘를 통해 현실의 복잡성이 온전히 파헤쳐진다고는 주장할 수 없다. 이것은 자기 중심성의 자명성에 갇혀 중심 밖의 모든 창작자의 불운과 모순 그리고 난관을 상상조차 할 수 없는 이에게 이것들을 흘끗 보게 하는 것일 뿐만 아니라 중심에서 떨어져 있다는 사실의 포로가 되어 자신이 사로잡힌 세계적 종속 구조에 대해 부분적인 시각만을 지니고 있을 뿐인 이에게 그것 전체를 보여주는 것이기도 하다.

하지만 각 사례를 동시성과 동시에 연속의 관점에서 제시할 수 있어야 했을 것이다. 각 문학 공간의 구체적인 서술이 불가능하므로, 그리고 너무 추상적인, 그래서 자의적으로 보일 우려가 있는 서술을 피하려고 나는 아일랜드의 경우를 전체적으로 분석하고 싶었다. 여기에서 아일랜드의 경우는 "모형" 또는 "축소 모델"이라는 플라톤적 의미에서 패러다임으로 구실한다. 따라서 다른 환기된 경우들 각각을 온전히 설명하기 위해 해야 했을 것을 이해하게 해줄 수 있을 것이다.

약 40년1890~1930에 걸쳐 펼쳐지는 아일랜드문학 부흥운동의 역사는 실제로 작가가 지배의 질서를 뒤엎으려고 시도하기 위해 생각해낸 출구 전체의 총체성과 구조적 경쟁을 연대순으로 그리고 공간적으로 설명할 수 있게 해주는 사례로 우리에게 다가온다. 즉 아일랜드 부흥운동은 문학의 질서에 맞서 성공한 반역의 역사이다. 일관성 있게 재구성된 이 역사는 또한 우리의 생성 모델을 위한 패러다임이기도 하다. 왜냐하면 가능한 모든 것, 모든 언어적, 정치적 해결책, 쇼의 동화에서 조이스의 치외법권까지 모든 단계의 입장이 거기에 들어 있고 (이전과 이후의) 문학적 반역 전체를 다시 유발하고 이해할 수 있게 해주는, 그리고 완전히 서로 다른 역사 상황과 문화 맥락을 비교하여 분석할 수 있게 해주는 일종의 이론적이고 실천적인 모태를 제공하기 때문이다.[1]

아일랜드 사례의 특수성은 공간 출현과 문학 유산 구성의 과정이 상당히 짧은 기간에 걸쳐 모범적인 형태로 실현된다는 사실에 기인한다. 실

---

1 아일랜드문학 공간은 또한 모든 지배 형태를 누적하는 드문 특성을 보여준다. 모든 유럽문학처럼 그것은 단번에 비교적 자금을 갖춘 공간이지만, 경제적이고 문화적인 식민지화의 온갖 특징을 내보이는 식민지화된 공간이기도 하다.

제로 아일랜드문학 세계는 중심의 문학과 결별하는 단계그리고 상태을 겨우 몇십 년의 기간에 모두 거치면서 중심 밖의 공간 내에 제공되는 미적, 형식적, 언어적, 정치적 가능태의 모범적인 형상을 그려낸다. 유럽 자체에서 8백여 년 동안 식민지 상황으로 말미암아 정체된 이 나라는 민족 문화가 최초로 요구되는 시기에 어떤 고유한 문학 자원도 소유하지 못했지만, 20세기의 가장 커다란 문학 혁명들 가운데 몇몇이 나타난 곳은 바로 아일랜드이다. 따라서 아일랜드의 "기적"이라 할 만한 근거가 충분하다. 그러므로 아일랜드의 경우는 공시성, 다시 말해서 어느 한 시기에 문학 공간에서 찾아볼 수 있는 총체적 구조와 통시성, 다시 말해서 역사상의 몇몇 부차적인 차이를 제외하고 거의 보편적으로 관찰할 수 있는 어떤 과정을 따르는 이 구조의 생성을 하나의 똑같은 움직임 속에서 파악할 수 있게 해준다.

연극과 시에 관한 예이츠의 계획, G. B. 쇼의 런던 망명, 오케이시의 현실주의, 조이스의 대륙 망명, 아일랜드의 "탈영국화"를 위한 게일어 옹호자들의 투쟁에 비추어 볼 때 우리는 특이한 역사의 독특하고 특수한 경우보다는 오히려 거의 보편적인 문학의 구조 및 역사에 대한 일반적인 소묘에 직면해 있다. 따라서 이 "작은" 문학에서 찾아볼 수 있고 카프카에 의해 분석된 그러한 "정치와의 관련", 미의식과 정치 사이의 이상하고 복잡한 관계, 문학 유산의 집단적인 축적 작업, 말하자면 국제 공간으로 들어가기 위한 필수조건, 그리고 이 새로운 문학의 점진적인 자율화를 가능하게 하는 점차로 실현된 문학적 고안이 갖는 역사적 필연성을 온전히 느낄 수 있을 것이다. 아일랜드문학은 아마 문학의 질서를 뒤엎은 최초의 커다란 성공 사례들 가운데 하나일 것이다.

1. 예이츠, 전통의 발견

아일랜드 부흥운동은 1890년과 1930년 사이에 아일랜드를 "새로 만들어낸다".[2] 민중과 민족의 유산을 발굴하고 문학을 "민중 혼"의 표현으로 구성할 책무를 작가에게 부여하는 이전의 낭만주의를 재해석하면서 대부분 앵글로-아일랜드인으로 구성된 지식인의 무리, 우선 W. B. 예이츠, 레이디 그레고리, 에드워드 마틴, 조지 무어, 다음으로 조지 러셀이른바 A. E., 파드릭 컬럼, (예이츠가 파리에서 만난) 존 밀링턴 싱, 제임스 스티븐스는 구전 문화로부터 민족문학을 "만드는" 시도에 참여한다. 즉 켈트 민담과 전설을 수집하고 옮겨적고 번역하고 다시 쓴다. 민중의 이야기 또는 전설을 시나 연극에 의해 문학화하고 품위 있게 만드는 그들의 집단적 시도는 두 주요한 방향으로 나아간다. 하나는 게일어 전통의 커다란 이야기 연작에서 아일랜드 민중을 구현하는 등급으로 높아진 영웅의 발굴과 연출이고 다른 하나는 이에 부수된 것으로서 "민족혼"의 보존소이자 게일어 지상주의의 수단인 목가적 농민의 환기이다. 쿠훌린이나 데어드레이는 아일랜드 민중 또는 민족의 위대성을 차례로 구현한다. 특히 1878년과 1880년 사이에 런던에서 출간된 스탠디시 오그래디의 선구적 저서 『아일랜드 역사—영웅시대』는 연극이나 이야기로 수없이 재개되고 각색됨으로써[3] "부흥운동" 작가에게 최초의 전설 레퍼토리로 구실을 했다. 즉 쿠훌린 전설의 이 판본은 수많은 문학적 재연의 대상이 되었고 따라서 이

2 D. Kiberd, *Inventing Ireland. The literature of the modern nation*, pp.1~8 참조.

3 레이디 그레고리는 1902년 『무르셈나의 쿠훌린(*Cuchulain of Muirthemne*)』을 출간하게 된다. 데어드레이 전설은 예이츠와 A. E. 그리고 싱에 의해 연극으로 각색되었고 제임스 스티븐스는 이것을 이야기로 만들었다.

인물은 민족 영웅주의의 본보기로 굳건히 세워졌다.[4]

예이츠의 초기 텍스트는 우선 일종의 게일어 황금시대를 복원하는 민담이다. 『아일랜드 농민의 동화와 민간설화』1888는 아일랜드에서 민담을 퍼뜨리고 기품 있게 하는 데 폭넓게 이바지한다. 1889년에는 『오이진의 방랑기』가 출간된다. 『캐서린 백작부인과 다양한 전설 및 서정시』, 뒤이어 평론과 이야기 그리고 묘사의 모음집인 유명한 『켈트의 황혼』각각 1892년과 1893년에 나온다도 착상이 똑같다. 누구나 알아차릴 수 있듯이 문학 자원이 없는 공간에서 작가의 첫 번째 방책은 헤르더의 이론이 퍼지고부터 문학에 대한 민중적 규정 쪽으로 돌아서고 민중문화의 실천 형태를 모아서 특수한 자본으로 바꾸는 일이라는 우리의 가설이 여기에서 입증된다. 문학은 우선 민간 전설과 민담 그리고 민속의 저장소로 정의된다.[5]

문학과 민족적 레퍼토리의 확립에 관심을 기울이고 또한 궁핍한 나라에서 청중의 형성에 신경을 쓰는 모든 지식인처럼 예이츠도 매우 빨리 연극 쪽으로 나아간다. 1899년과 1911년 사이에 그는 "민족"문학 실행의 특별한 수단과 동시에 아일랜드 민중을 대상으로 한 교육적 도구로 이해된 아일랜드 연극을 창출하기에 전념한다. 예이츠를 중심으로 에드워드 마틴과 조지 무어를 결집하는 아일랜드문학극장이 1899년부터 설립된다. 거기에서 1902년 유명한 『캐서린 니 훌리한』[4]이 예이츠의 연출로 무대에 오르게 되고, 그러고 나서 예이츠와 조지 무어는 오시안 전설 작품군의 이야기 『디어머드와 그라니아』를 연극으로 각색하려고 애쓰게 된

---

4 D. Kiberd, op. cit., p.133 sq 참조.

5 Ibid., pp.99~114.

6 아일랜드의 상징인 캐서린(Cathleen)이라는 전설상의 인물과 1798년 킬랄라(Killala)에 프랑스인이 상륙한 사건의 기억을 연결했다. A. Rivoallam, *Littérature irlandaise contemparaine,* Paris : Hachette, 1939, pp.1~15 참조.

다. 1904년 아일랜드문학극장은 아베이에 자리 잡고서 모두 아일랜드문학의 고안에 공공연히 참여하는 싱, 레이디 그레고리, 파드릭 컬럼의 희곡을 소개하게 된다. 가령 싱은 애런 제도의 언어를 사용하고 한동안 예이츠와 공동으로 작업한 레이디 그레고리는 킬타탄 방언[7]으로 희곡을 쓴다. 이러한 문학 창조의 명백한 의도는 적어도 처음에는 민중에게 호소할 수 있는 새로운 아일랜드문학의 토대를 다지는 것이다. 1902년 예이츠는 이렇게 쓴다. "1870년대 초의 러시아운동처럼 우리 운동도 민중으로의 회귀이다." 그리고 『켈트의 황혼』에서는 다음과 같이 쓴다. "민중예술은 참으로 사유의 최상층들 가운데 가장 오래된 것이다. (…중략…) 그것은 모든 위대한 예술이 뿌리를 내리는 토양이다."[8]

민족문학 자료체를 생성하는 폭넓게 집단적인 이 첫 번째 단계 후에 예이츠는 더블린에서 민족시의 화신 같은 인물이 된다. 그는 아일랜드문학 부흥운동의 주창자 겸 지도자 그리고 신속하게 공식 국가 기관이 된 아베이 극장의 설립자이다. 그의 선도적인 문학 활동을 통해, 다시 말해서 이 최초의 문학적 축적 덕분으로 아일랜드는 고유한 문학적 존재를 주장할 수 있었다. 나중에 1923년 문학 창시의 "공식성"과 특히 문학적 "차이", 다시 말해서 문학적 존재에 대한 인정을 확실히 증명하기 위해서인 양 예이츠는 노벨문학상을 받게 된다.[9]

하지만 그는 적어도 1916년의 봉기 이후로 온건하고 신중한 태도를 내

---

7 킬타탄어는 레이디 그레고리가 머무른 갤웨이 고을의 농민 사투리이다. 이 사투리는 엘리자베스시대나 존 1세시대의 고어, 그리고 또 기저의 게일어 표현법을 간직하고 있는 영어이다. Kahleen Raine, "Yeats et le Nô", in W. B. Yeats, trad. par P. Leyris, *Trois Nô irlandais*, Paris : Corti, 1994 참조; A. Rivoallan, op. cit., pp.31~36을 볼 것.

8 K. Raine, ibid., pp.12~13에서 재인용.

9 D, Kiberd, op. cit., pp.115~129.

보이는 탓으로 양면적인 인물, 아일랜드문학의 창시자와 동시에 그를 매우 빨리 공인한 런던 문단에 가까운 작가가 된다. 1903년부터 갓 생겨난 아일랜드 국립극장은 더블린에서 얼마 전 공연한 희곡 다섯 편의 레퍼토리를 런던에서 다시 공연했다. 평단의 일치된 공인과 어느 영국 후원자의 도움에 힘입어 예이츠는 더블린 비평계만이 그에게 제공할 수 있었을 명성을 얻을 수 있게 된다. 하지만 이와 동시에 자신이 멀리한다고 주장하는 중심에 대한 자신의 종속을 이 사실 자체로 인해 드러냈다.

2. 게일어 연맹, 민족어의 재창조

아일랜드 부흥운동의 초기 신교도 장본인들이 아일랜드문학 "유산"을 중시하고, 다시 말해서 그것에 문학적 가치를 매우 분명히 부여하고 새로운 민족문학의 정립을 영어로 제안하는 시기에 영향력 있는 한 무리의 학자와 작가가 영국 식민지 개척자의 언어적이고 문화적인 지배를 끝장내기 위해 민족어를 진흥하려고 애썼다. 1893년 특히 신교도 언어학자 더글러스 하이드와 가톨릭 역사가 에오인 맥 네일에 의해 창설된 게일어 연맹'콘라드 나 가이요지'의 목적은 영국 군인이 쫓겨나는 시기에 아일랜드에서 영어를 말살하고 18세기 말부터 사용이 현저하게 줄어든 게일어를 다시 들여오는 것이었다. 나중에 1916년의 반란을 주도하게 되어 있는 패트릭 피스나 파드릭 오코네르 같은 게일어 옹호자는 일반적으로 정치적이고 민족주의적인 활동에 개신교 지식인보다 훨씬 더 적극적으로 참여하는 가톨릭 지식인이었다.[10]

언어에 대한 요구는 완전히 새로운 생각이었다. 어떤 민족주의적 정치

지도자도 오코넬도 파넬도 이 요구를 정치적 주제로 삼지 않았다. 그렇지만 문학운동이 정치적 절망에서 생겨난 것과는 달리 게일어에 대한 요구는 문화 해방운동에 대한 일종의 정치화였다. 아일랜드어는 적어도 18세기 초부터 지적 창조 및 소통의 언어가 더 이상 아니었을지라도 1840년까지 아일랜드인 절반 이상에 의해 여전히 말해졌다. 1847년의 대기근으로 인해 주변화된 언어가 되어 이 나라의 가장 가난한 사람들 가운데 약 25만 명의 농민에 의해 사용되었다. 19세기 후반기부터 아일랜드어는 "가난한 이들의 언어, 그들의 가난을 나타내는 명백한 징후"[11]가 되었다. 그때부터 언어와 민족에 대한 요구는 당시에 정치 지도자들이 영어, 아일랜드인의 아메리카 이주에 유리하게 작용할 수 있는 사업과 현대성의 언어를 배우라고 운동을 벌였기 때문에 그만큼 더 일종의 가치 전도, 문화 전복이었다.

게일어 연맹의 성공은 그토록 신속해서 예이츠는 게일어 옹호자와 "외교적 동맹"을 맺어야 했고 일찍이 게일어로 공연된 최초의 희곡, 더글러스 하이드가 코나하트 지방의 민속 이야기에서 끌어온 『카사드 안 추가인새끼줄』을 매우 일찍 1901년 10월 무대에 올렸다. 1907년 조이스는 망설이긴 했을지라도 트리에스테에서의 강연들 가운데 하나인 「아일랜드, 성인들과 현자들의 섬」에서 이 연맹의 성공을 다음과 같이 증언한다.

> 게일어 연맹은 이 언어가 다시 살아나도록 최선을 다했지요. 연방주의 기관지를 제외하고 모든 아일랜드 신문이 기사들 가운데 적어도 하나의 제목을 아일랜드어로 붙어요. 대도시들 사이의 교신이 아일랜드어로 이루어지고 초등학교

---

10 Ibid., pp.133~154; A.Rivoallan, op. cit., pp.75~84.

11 D. Kiberd, op. cit., p.133. 저자가 번역.

과 중학교 대부분에서 이 언어를 가르치고 대학에서는 이 언어가 다른 현대어, 예컨대 프랑스어나 독일어 또는 이탈리아어나 스페인어와 똑같은 등급으로 높아졌어요. 더블린에서는 도로명이 두 언어로 쓰여 있죠. 이 연맹이 음악회와 토론회 그리고 저녁 모임을 조직하는데, 그런 자리에서 누구라도 '비엘라'다시 말해서 영어만 말하는 이는 후음의 쉰 억양을 내보이는 다수 한가운데에서 어쩔 줄 몰라 물 밖의 물고기만큼 불편해하죠.[12]

최초의 아일랜드어 소설, 파드릭 오코네르의 작품과 패트릭 퍼스의 텍스트를 비롯하여 그 시대부터 게일어로 쓰인 몇몇 작품에도 불구하고 이 언어의 문학적 지위는 여전히 모호했다. 실제의 언어적 실천과 (거의 세 세기 동안 중단된) 진정한 문학 전통 그리고 독자 대중이 없는 탓으로 "아일랜드화하는 아일랜드인"은 우선 문법 규범과 맞춤법 확립의 기술적인 작업을 계속하고 교육제도 안으로의 게일어 도입을 위해 싸워야 했다. 아일랜드어에 의한 문학 실천의 주변성과 인위성으로 인해 번역이 그토록 필요해져서 게일어를 선택하는 작가는 단번에 역설적인 처지로 떨어졌다. 즉 아일랜드어로 글을 쓰고 실제의 독자 없이 무명으로 남아 있거나 영어로 번역되고 영국 심급과의 언어적이고 문화적인 단절을 부인하거나 해야 했다. 그래서 더글러스 하이드는 가장 역설적인 상황에 놓이게 된다. 즉 게일어로 된 아일랜드 민족문학을 위해 투쟁했는데도 어떤 점에서는 "앵글로-아일랜드어 부흥운동의 창시자",[13] 다시 말해서 영어로 된 아일랜드문학의 창시자가 된다. 주요한 서사시 작품군을 설명하고 분석하며 번역된 긴 인용을 제시하는 『아일랜드문학사』와 2개 언어로 된 모음집 『코

12 J. Joyce, "L'Irlande, île des saints et des sages", *Essais critiques*, p.188.

13 D. Kiberd, op. cit., p.155.

나하트의 사랑 노래』를 포함하여 그의 텍스트는 실제로 아일랜드어를 모르는 부흥운동 작가 모두에게 전설적인 목록의 구실을 하게 된다.[14] 게일어 옹호자는 상황과 투쟁이 식민지 언어와 다른 민족어를 선택하는 모든 국내 작가의 경우와 일치한다. 즉 "작은" 언어의 부과를 위한 투쟁은 우선 정치-민족의 쟁점과 깊이 관련되어 있고, 이 명제는 19세기 말의 체코슬로바키아, 헝가리, 노르웨이, 1970년대의 케냐, 1930년대의 브라질, 1960년대의 알제리 등에서 입증된다. 이 투쟁은 정치의 심급 및 기준을 따르는 어떤 문학의 구상 자체를 함축한다. 그것은 차이에 대한 확언의 기본적인 계기이자 동시에 특수한 유산을 형성하는 원래의 계기이다.

그래도 역시 게일어 연맹에 의해 명백히 권장된 아일랜드의 "탈영어"[15]와 민족어를 재평가하고 전파하려는 의지에 힘입어 또한 탄생하는 아일랜드문학에 대한 신교도 지식인의 영향력과 미의식에 대한 이의제기가 정착한다. 단순한 게일어 요구는 문화적이고 정치적인 토론의 성격을 변화시켰다. 즉 아일랜드를 영국에 연결하는 문화적 관계의 성격, 독립적인 민족 문화의 정의, 민족 문화와 국어 사이의 관계가 마침내 문제로 제기될 수 있었다. 이에 따라 영어와의 단절은 문화적 독립의 요구이자 텍스트(와 희곡)이 런던의 평결에 종속되는 것에 대한 거부였다. 게다가 아일랜드에 고유한 언어가 민족 문화 및 문학의 구성 자체를 명분으로 진흥되어야 하는데도 제대로 인정받지 못한다는 선언에 힘입어 가톨릭 작가는 문학적 민족주의를 자기 것으로 다시 취하고 아일랜드의 문학 생산 및 미의식에 대한 예이츠와 대다수가 신교도인 제1세대 "부흥운동가"의 주도권을 문제시할 수 있게 된다. 언어와 관련된 요구는 민족과 민중의

14 op. cit., p.155~165

15 Ibid., pp.133~135.

이름으로 행해지고 신교도 지식인에게 민족 문화의 소유에 대한 독점권을 인정하지 않을 수 있게 해주는 일종의 한술 더 뜨기였다.

두 가지 문화적 선택지영어 또는 게일어의 장점 비교에 관한 논쟁은 오랫동안 계속되었고, "아일랜드화하는 아일랜드인"과 "영국화하는 아일랜드인" 사이의 분열과 경쟁을 영속화하면서 아일랜드문학의 창시 단계 전체에 깊은 자국을 남겼다.[16] 전자는 정치와 관계가 깊은 문학 활동으로 아일랜드에서만 인정받았고, 후자는 런던의 문학 동아리에서 폭넓은 인정을 매우 빨리 맛보았다.

3. J. M. 싱, 기록된 구어

아일랜드 작가를 결정할 수 없는 선택으로, 게일어냐 영어냐 하는 선택으로 내모는 분명한그리고 정치적이거나 정치화된 양자택일을 거부하면서 J. M. 싱은 자신의 희곡에 아일랜드 농민과 걸인 그리고 떠돌이의 입말을 도입했는데, 당시에 이는 유럽에서 전례가 없는 시도이다.[17] 이 언어, 그의 작품을 프랑스어로 옮긴 번역가가 말하듯이 "문어가 금지된 일상 구어에서 얻어낸" 앵글로-아일랜드어, 두 언어를 뒤섞는 이러한 종류의 "크레올어"는 "훌륭한 영어도 훌륭한 아일랜드어도 아니라 두 언어의 합류점에서

16 John Kelly, "The Irish Review", *L'Année 1913. Les formes esthétiques de l'oevre d'art à la veille de la Première Guerre mondiale*, p.1024를 볼 것; Luke Gibbons, "Constricting the Canon : Versions of National Identity", *The Field Day Anthology of Irish Writings*, S. Deane, A. Carpentier, J. Williams (eds.), Londonderry, Field Day Publications, 1991, t. III, pp.950~955를 볼 것.

17 Des Maxwell, "Zrish Drama. 1899~1929 : The Abbey Theater", *The Field Day Anthology of Irish Wrinting*, t.II, pp.465~466.

생겨난 창조물"[18]이었다. 언어 안에서 어떤 언어를 새로 만들어내는 일, 굳어버리고 생기 없고 경직된 문어의 용법을 단순히 거부함으로써 자유롭고 참신하고 현대적이고 엉뚱한 새로운 언어를 창안하는 일로부터 구상된 문학의 진정한 자율성을 지지하는 모든 이처럼 싱도 앵글로-아일랜드어로 희곡을 쓰는 방식을 고안해낸다. 그럼으로써 영어가 제공하는 형식을 가능성과 너무 철저하게 관계를 끊지 않으면서도 "영국"문학의 규범과 규준을 따르지 않고자 한다. 예이츠는 농민 사투리를 연극과 시의 언어로 사용한다는 사실에서 찾아볼 수 있는 전복적이고 용감한 측면을 강조했다. 하지만 문학과 연극에서 싱에 의해 재창조된 통속어가 문학이나 국가에서 차지하는 지위의 문제는 애매한 용어로 제기되었다. 1907년 아베이 극장에서 『서양 세계의 한량』이 초연될 때 초래된 추문은 부분적으로 이 모호함에 의해 설명된다. 즉 이 작품은 "거짓"이기, 따라서 충분히 현실주의적이지 않기 때문이거나 너무 현실주의적이고 산문적이기, 따라서 통상적인 연극 미학과 상반되기 때문이거나 해서 비난받았다.

게다가 싱은 탐미주의와 말라르메식 추상 기법뿐 아니라 사회비판으로 이해된 입센주의도 거부함으로써 명백하게 온건한 현실주의 연극 쪽에 자리했다.

> 도시의 현대문학은 소네트, 산문시, 삶에 대한 깊이 있는 일반적인 관심에서 여전히 멀리 떨어져 있는 매우 부자연스러운 책 한두 권으로만 풍요를 제공할 뿐이다. 우리는 한편으로 이러한 문학을 창작하는 말라르메와 위스망스가 있고, 다른 한편으로 음울하고 쓰라린 작품으로 삶의 현실을 다루는 입센과 졸라가

18 Françoise Morvan, "Introduction", John Millington Synge, traduit, présenté et annoté par Françoise Morvan, *Théâtre*, Paris : Babel, 1996, pp.16~17.

있다. 연극에서 현실을 발견할 수 있어야 하지만 또한 현실에 감춰져 있는 찬란하고 야생적인 것에만 현존하는 (…중략…) 기쁨도 발견할 수 있어야 한다.[19]

4. 오케이시, 현실주의의 저항

예이츠의 미적 선택은 게일어 사용 지지자에 의해 비판받을 뿐만이 아니다. 그것은 또한 시적 드라마에 적대적이고 현실주의 미학을 지지하는 가톨릭 영어 작가의 떠오르는 세대에 의해 문제시되기도 한다. 애초부터 아일랜드문학극장이 설립되는 시기에 이미 에드워드 마틴이나 조지 무어 같은 (무엇보다 입센주의에서 생겨난) 현실주의 연극의 옹호자에 의해 예이츠에 대한 이의가 제기되었다. 그리고 아베이 극장에서 예이츠에 의해 권장된 상징주의 미학의 강한 흔적과 커다란 영향에도 불구하고 심미적 양면성은 여전히 원칙이었다. 즉 예이츠의 작품이 성가를 높이게 되는 것과 동시에 파드릭 컬럼과 레이디 그레고리는 "소극"이나 "풍속 희극" 또는 시골풍 드라마와 같은 부류에 속하는 희곡을 내세우게 된다.

다음으로 1912년과 1913년부터, 특히 1916년의 단절 이후에 예이츠가 더블린 연극계와 거리를 두고서 일본의 노로부터 발상을 얻은 엄숙하고 현실감 없는 극작법 뒤로 숨어들고 시를 통해 과거와 고백을 예찬하는 반면 아베이 극장에는 현실주의 미학이 굳건히 자리를 잡는다. 새로운 세대의 가톨릭 작가는 우선 "농촌 현실주의"를 채택하면서 예이츠의 친구들이 즐겨 제시하는 전설과 전원의 세계와 우직하게 대립각을 세운다.

19 J. M. Synge, *Le Baladin du Monde occidental*, p.167.

가령 "코크의 현실주의자들"과 특히 아베이 극장을 오랫동안 이끌게 되는 T. C. 머레이와 레녹스 로빈슨은 농민적 영감을 추구한다. 그러고 나서는 특히 숀 오케이시의 영향 아래 더 정치적인 도시 현실주의 쪽으로 돌아선다. 정확히 이 전환기에 "민중"이란 어휘가 정치적 변모를 겪는다. 우리는 이 어휘의 변화를 거의 객관적으로 추적할 수 있다. 즉 1920년대에 이 단어의 오래된 헤르더식 의미가 민족과 농민의 가치에 깊이 연관되어 영속화하지만, 러시아 혁명과도 깊이 관련되어 유럽에서 공산당이 득세하는 흐름 속에서 민중과 "프롤레타리아" 사이의 공언된 새로운 등가성이 확연히 드러나면서 헤르더 사상에서 생겨난 민중 미학의 자명한 이치를 변화시키기 시작한다.

이 새로운 유형의 민중 현실주의를 아일랜드에 강요하는 것이 바로 숀 오케이시의 작품이다. 신교도 출신이지만[21] 매우 가난한 집안에서 태어난 오케이시는 사회와 미의식의 측면에서 개신교 부르주아지보다 아일랜드 가톨릭에 더 가깝다. 독학자, 활동적인 조합운동가로서 1914년 어떤 군대식 사회주의 집단아일랜드 시민군의 일원이 되지만 같은 해에 사직하고 상당히 빨리 은둔하여 영웅 신화와 민족 신화의 양면성과 위험을 보여주면서도 민족주의를 찬양하게 되는 희곡을 쓴다. 그 또한 자신의 공산주의 참여를 확언하는 최초의 아일랜드 작가들 가운데 하나이기도 하다.[21] 그의 초기 희곡, 〈총잡이의 그림자〉와 〈캐서린 리스텐스 인〉은 1923년에 창작된다. 이듬해에 공연된 〈주노와 공작〉은 엄청난 성공을 거둔다.

---

20 사실 존 케이시라는 이름으로 태어났지만 자기 이름을 숀으로 바꾸고, 그러고 나서 자기 성을 오케이시로 바꾼다. 이와 같은 "아일랜드화"는 민족주의 투쟁에 더 완벽하게 자신을 동일시하고 통합하기 위해서이다.

21 특히 *Douce Irlande adieu,* Paris : Le Chemin vert, 1989, pp. 219~221 참조.

예이츠가 이 작품에 "연극을 위한 새로운 희망과 새로운 삶"이라고 경의를 표한다. 아일랜드가 독립하고 이제 막 3년이 지난 1926년에 공연된 〈쟁기와 별〉은 영국 압제자에 맞선 저항의 가짜 영웅에 대한 냉혹하고 즐거운 비판이다. 공연이 폭동으로 변하고 숀 오케이시는 영국으로 망명할 수밖에 없게 된다. 정확히 말해서 이 희곡은 유명한 1916년 부활절 봉기, 민족의 전설에서 건국 신화로 여겨진 사건을 무대에 올리고 혁명적 투쟁의 즉흥성과 동시에 무엇보다 영국 압제자의 뒤를 이을 준비가 되어 있는 가톨릭교회의 비중과 막대한 힘을 공격한다.[22]

그의 작품이 불러일으킨 엄청난 소동에도 불구하고 오케이시 "유파"의 도시 및 정치 현실주의는 아일랜드 극작가 대다수에 의해 계승되었다. 민중 혼의 본질로 우뚝 선 농민의 이상화와 미화로 여겨진 신낭만주의에서 우선 농촌과 관련되고 뒤이어 도회풍과 문학 및 정치의 현대성에 깊이 연관된 현실주의로의 변화는 이를테면 민중 미의식의 역사와 연속을 압축한다.

오케이시의 특별한 경우, 예이츠와 싱의 경우는 내가 밝히려고 시도했듯이 모든 출현하는 문학에서 연극이 차지하는 중요성을 정확히 예증한다. 하지만 다른 곳에서와 마찬가지로 거기에서도 공연 작품 각각에 내포된 미의식, 언어, 형식, 내용은 입장을 다양화하면서 공간을 단일화하는 데 이바지하는 투쟁과 갈등의 대상이다. 1930년대의 브라질에서 조르주 아마두가 프롤레타리아 정치 소설을 선택하고 "민중"의 관념에 대한 사회적 규정을 중시하듯이 숀 오케이시는 정치적이고 민중적인 현실주의 연극을 선택한다.

---

22 Ibid., pp.168~177.

5. G. B. 쇼, 런던으로의 동화

중심축에서 벗어난 탄생하는 모든 문학 영역처럼 아일랜드 공간 또한 국경 밖에서 펼쳐진다. 1856년 더블린에서 태어난 조지 버나드 쇼는 당시에 런던 연극계의 큰 인물이다. 그는 예이츠 이후 2년이 지나 노벨문학상을 받고 아일랜드에 고유한 공간의 출현 이전에 아일랜드 작가의 표준적이고 의무적인 행로, 즉 19세기 말부터 명백히 아일랜드의 민족적 대의에 대한 배반으로 여겨진 런던으로의 망명을 구현한다.

쇼는 "부흥운동가"와 똑같은 문학 공간에 그토록 분명히 속해서 우상을 파괴하는 조이스의 소설적 시도에 대해서만큼 예이츠의 민속적이고 정신주의적인 비합리주의에 대해서도 이성의 이름으로 반대 의사를 표시한다. 이처럼 예이츠와 조이스로부터 똑같이 거리를 두는 그도 역시 영국의 규범을 뒤엎으려고 애쓴다. 하지만 아일랜드의 민족적이거나 민족주의적인 가치는 거부한다.[23] 가령 〈존 불의 두 번째 섬〉1904은 단호하게 반예이츠적인 희곡이다. 하지만 쇼는 조이스의 문학적 계획에도 똑같이 반대했다. 가령 실비아 비치가 연재물로 발표된 텍스트의 몇몇 발췌분을 동봉하면서 『율리시스』의 출판이 가능하도록 예약에 참여하라고 그에게 요청했을 때 1921년 그녀에게 보낸 답장에서 이 책을 기껏해야 애매하게 칭찬했다. "친애하는 부인, 연재물로 발표된 『율리시스』의 여러 발췌본을 읽었습니다. 문명의 역겨운 양상을 혐오스럽지만 정확한 방식으로 그렸더군요. (…중략…) 아마 부인께는 예술일 것입니다만 (…중략…) 제게는 흉측한 현실입니다."[24] 그러므로 쇼는 자신이 보기에 문학의 요구와 반대

23 D. Kibers, "The London Exiles : Wilde and Shaw", The Field Day Anthology of Irish Writing, t. II, op. cit., p.372sq 참조.

되는 듯한 현실주의적 묘사를 예술의 지위로 올리기를 거부할 뿐만 아니라, 아일랜드인으로서 그것에 예술적 관심을 가져야 할 터인데도 그렇게 하기를 꺼린다.

하지만 쇼는 아일랜드를 위한 민족주의적 요구의 필요성과 정당성을 인정하고 유럽 전역에 비해 아일랜드가 지적으로만큼 경제적으로도 궁핍하고 뒤져 있다는 점을 끊임없이 강조한다. 아일랜드의 고통을 영국 탓으로 전가하면서 영국 제국주의와 아일랜드 민족주의에 대한 이중의 거부를 밝힌다. 또한 민족 "차이"를 깃발로 내세우기를 거부고 대신에 전복적 사회주의에 대한 신념을 내세운다. 가령 그의 연극에서 실행되는 사회 및 정치 비판은 정치적 이율배반의 지양에 대한 확언이다. G. B. 쇼는 문학 저작물을 "지방화하는" 민족적이거나 민족주의적인 문제의식 속으로의 유폐를 거부한다. 그가 아일랜드의 역사적 지체, 그리고 독립의 요구로 경직된 이 나라의 지적 후진성으로 서술하는 모든 것은 그가 영어 문학의 유일한 모국으로 여기는 런던의 정확한 경계 밖에 놓인다. 그에게 중심으로의 통합은 자유로운 미의식과 비판에 대한 관용의 확실성을 나타내는데, 원심의 인력과 민족적 자기주장 사이에서 분열된 더블린 같은 "작은" 민족 수도는 이것을 보장할 수 없다. 그러므로 몇몇 작가가 자기 나라를 떠나 어떤 문학 수도로 향하는 명분은 역설적으로 문학의 비국유화, 어떤 국가의 특수성에 글쓰기가 병합되는 현상, 말하자면 규정되지 않아 고통받거나 지적으로 흡수되는 중인 작은 민족을 특징짓는 병합에 대한 거부이다. "민족에 대한 배반"이라 하는 비난으로부터 자신을 지키기 위해 쇼는 더블린에 맞서 런던을 "선택하지" 않았다고 설명했다. 그에

24 G. B. 쇼가 실비아 비치에게 보낸 편지(1921.6.11), R. Ellmann, *James Joyce*, pp.137~138에서 재인용.

게 런던은 중립 장소였다. 그는 런던에 대한 충실도 런던에의 소속도 맹세하지 않았다. 런던은 그에게 문학적 성공과 자유를 보장했을 뿐 아니라 비판 활동을 수행할 온갖 여지를 남겼다.

여기에서 "동화된" 작가라 불리는 이들, 다시 말해서 어떤 대안도 없어서 또는 "작은" 문학의 미의식 강요에 굴복하기를 거부하기 때문에 미쇼나 시오랑 또는 네이폴처럼 문학 중심들 가운데 하나에 통합되기를 "선택하는" 이들의 도정이 쇼의 경우에서 재발견된다.

6. 제임스 조이스와 사무엘 베케트 또는 자율성

제임스 조이스를 부추기게 되는 단절은 아일랜드문학 공간이 구성되는 최종 단계이다. 온갖 문학 계획, 논쟁, 실행된 방식, 요컨대 그보다 앞선 모든 이에 의해 축적된 문학 자본에 기대어 조이스는 문학의 거의 절대적인 자율성을 발견하고 천명한다. 무척 정치화된 이 공간에서, 그리고 그가 『율리시스』에서 말하듯이 "너무나도 아일랜드적이게" 될 우려가 있었던 아일랜드 부흥운동에 맞서 순수하게 문학적인 자율성의 극점을 강력히 표명하기에 이르고, 이에 따라 아일랜드문학 전체를 일정 부분 정치적 지배에서 풀려나게 하고 인정받게 만드는 데 이바지한다. 매우 일찍 그는 레이디 그레고리의 민속학적 시도를 비웃었다. "이 책에서 '민중'이 문제인 곳곳에 그의 몹시 혐오스러운 노쇠로 인해 나타나는 것은 예이츠 씨가 자신의 가장 성공적인 책 『켈트의 황혼』에서 그토록 세련된 회의주의와 함께 내보인 똑같은 계열의 정신이다."[25] 1901년부터 그는 문학 자율성의 상실과 자신이 대중의 일방적인 강요로 여기는 것에 대한 작가의 굴종을 명분으로 예이츠와 마틴 그리고 무어의 연극적 시도를 격렬하게 비판했다. "이 탐미주의자는 우유부단한 존재이다. 타협적인 본능으로 인해 예이츠 씨는 자존심 때문에라도 틀림없이 멀리했을 시도와 긴밀하게 연결되었다. 마틴 씨와 무어 씨는 그다지 독창적인 작가가 아니다."[26]

아일랜드에서 문학 자율성의 문제는 언어의 전복적 사용과 이것에 깊이 관련된 민족과 사회의 코드를 통해 제기된다. 조이스는 게일어 사용 지지자와 영어 사용 지지자를 맞세우는 불가분하게 문학적이고 언어적이고 정치적인 논쟁을 나름대로 압축하고 해결한다.[27] 그의 문학 작업 전체는 영어를 아일랜드어에 녹아들게 하는 매우 섬세한 활동의 경향을 띠게 된다. 즉 그는 식민지화의 이 언어에 모든 유럽어의 요소를 통합할 뿐만 아니라 영국의 품위 규범을 뒤엎는다. 그리고 자기 민족의 전통에 따라 외설 또는 분뇨 담론의 말투를 사용하여 『피네간의 경야』에서 이 전복된 지배의 언어를 거의 외국어로 만들 정도로까지 영어의 전통을 조롱하고 흐트러뜨린다. 이런 식으로 런던과 더블린 사이의 위계를 뒤흔들고 아일랜드 고유의 언어를 아일랜드에 다시 제공하려고 애쓴다. "내 재능의 핵심은 문학적이건 전혀 다른 성격의 것이건 영어의 관례에 대한 내 반란의 결과이다." 어느 날 그가 쓰게 된다. "나는 영어로 글을 쓰지 않는다."[28]

비록 다음 세대에 속하지만 조이스는 어떤 점에서 "부흥운동가" 똑같은 목적을 추구했고, 우선 텍스트 대부분이 1904년과 1905년 사이에, 다시 말해서 아베이 극장이 설립된 바로 그 시기에 집필된 『더블린 사람들』

25 J. Joyce, "L'Ame de l'Irlande", *Essais critiques*, p.123.

26 "Le jour de la populace", ibid., p.82.

27 D. Kiberd, op. cit., pp.327~355 참조.

28 The Joyce we know, Ulick o'connor (éd.), Cork, Mercier Press, 1967, p.107.

과 뒤이어 『율리시스』에서 아일랜드 자본을 전형적인 문학 현장으로 변화시킴으로써, 문학적 묘사를 통해 품위를 높임으로써 문학적 지위를 부여하려고 애썼다. 하지만 이 단편집에서 이미 문체의 수단과 미학적 결의가 예이츠의 상징주의와 동시에 이것에 맞서는 농촌 현실주의를 밑받침하는 문학적 전제로부터 완전히 단절되어 있다. 조이스가 도시와 도회풍에만 기울이는 관심은 단번에 농촌의 민속과 관계가 깊은 전통의 길을 따르는 것에 대한 거부와 아일랜드문학을 유럽의 "현대성" 안으로 들어가게 하려는 의지의 표시이다. 『더블린 사람들』에서 이미 "부흥운동가"의 문학 논쟁에 참여하는 것에 대한 조이스의 거부가 공언된다. 이 도시 현실주의를 통해 그는 아일랜드에 대한 묘사를 "산문화하고" 과장된 전설적 영웅주의에서 문학을 빼내서 더블린 현대성의 저속하나 참신한 농담으로 돌아가려고 애쓴다. 그가 자신의 단편집에 관해 이렇게 명확히 밝힌다. "나는 대부분 철저하게 진부한 문체로 썼어요."[29] 그는 부흥운동 창시자의 계획을 쇼가 이미 강조한 아일랜드의 지적이거나 예술적인 만큼 정치적인 "지체"[30]와 대칭을 이루는 의고주의적 미의식으로 치부한다. 조이스가 이 첫 번째 단편집을 출판하는 데 따른 엄청난 어려움을 설명해 주는 것은 명백히 아일랜드에서 지배적인 문학 미학과의 이 완전한 단절이다.[31]

그러므로 이 입장은 어떤 이중 거부, 즉 영국의 문학 규범에 대한 거센 거부와 더 나아가 구성 중인 민족문학의 미적 공헌에 대한 배척의 소산

29 J. Joyce, lettre à Grant Richards 5 mai 1906, *Essais critiques*, p.102.

30 J. Joyce, "L'Irlande, île des saints et des sages", op. cit., pp.202~204.

31 Benoît Tadié, "Introduction", in James Joyce, Gens de Dublin, Paris : Flammarion, 〈GF〉, 1994, pp.7~34를 볼 것.

이다. 조이스는 식민지의 종속 상황과 관계가 깊은 너무 단순한 양자택일, 즉 민족 해방이냐 런던의 위력에 대한 굴복이냐의 양자택일을 넘어선다. 이런 곡절로 한편으로는 "광신자와 교조주의자가 성가시게 끼어드는" 문학, "민족주의적 사고방식"[32]과 다른 한편으로 아일랜드 연극을 "유럽에서 가장 뒤처진 종족의 평민에게 속하는 것"이 되도록 내버려 두면서 "요정과 전설에 빠져드는"[33] 이들을 동시에 비난한다. 달리 말하자면 한편으로 문학을 민족주의적 선전 도구로 변화시키는 가톨릭 작가, 다른 한편으로는 문학을 민간 전설의 옮겨적기로 축소하는 신교도 지식인에 맞선다.

그의 이중적인 맞섬은 공간과 문학에 새겨진다. 즉 런던의 규범과 동시에 더블린의 규범을 거부하면서 조이스는 문학의 창작에 필요한 치외법권을 요구한다. 그가 겉보기에 모순적이고 온전한 의미에서 탈중심적인 이 입장을 강하게 내세우려고 시도하게 되는 것은 정치적 중립의 장소이자 국제문학의 수도인 파리에서다. 조이스는 전형적으로 문학적이거나 "문학의 정치와 관련된"[34] 계획에 따라 파리에서 본보기를 길어내기 위해서가 아니라 억압의 언어 자체를 뒤엎기 위해 파리로 우회하게 된다. 런던의 유명한 작가 겸 비평가인 시릴 코놀리[35]는 조이스가 접어든 우회의 영국판이다. 우리가 이미 지적했듯이 민족을 중시하는 예이츠의 방식을 조이스의 방식과 동일시하면서 그가 이렇게 쓴다.

---

32 J. Joyce, "Un poète irlandais", Essais critiques, op. cit., p.101.

33 J. Joyce, "Le jour de la populace", ibid., pp.81~82.

34 그의 연장된 망명(그리고 다른 아일랜드 예술가 다수의 망명)을 설명해주는 이유들 가운데 1921년 이후 이 나라에 들어선 가톨릭 검열, 매우 엄격한 미적 규범과 도덕적 금기를 예술가에게 강요한 검열의 작용을 무시해서는 안 된다.

35 그도 역시 아일랜드 출신이지만 신교도 집안에서 태어났다.

> 1900년에서 1914년까지의 기간은 더블린 유파, 즉 예이츠, 무어, 조이스, 싱, 스티븐스의 시기이다. 이 작가들은 감정적으로 영국에 반대한다. (…중략…) 그들에게 영국은 속물의 나라였고, 그들은 게일어로 글을 쓸 수 없었으므로 그들의 목적은 앵글로-아일랜드어와 프랑스의 어떤 혼합물로 폭발물을 마련하여 런던의 거물들을 폭신한 안락의자에서 펄쩍 뛰어오르게 할 수 있을지 알아내는 것이었다. 그들은 모두 파리에서 살면서 프랑스 문화에 접근했다.[36]

코놀리는 또한 런던에 맞서 시작된 문학 "전쟁"에서 파리와 더블린의 자리를 정확히 밝힌다. "새로운 특권 지식인들에 대한 공격에서 파리는 30년 전 그들의 선임자들에 맞서 더블린이 취한 입장을 견지했다. 거기 실비아 비치의 작은 서점에서 역모자들이 만났고 여러 부의 『율리시스』가 다이너마이트 빵처럼 쌓였다가 치밀하게 계산된 임무를 띠고서 오데옹 길을 따라 흩어졌다."[37]

아일랜드문학사는 제임스 조이스로 완결되지 않았다. 그는 다만 문학의 치외법권에 대한 자신의 요구를 통해 아일랜드문학 공간에 현시대의 형태를 부여했을 뿐이고, 이 공간이 파리로 통할 수 있게 함으로써 더블린으로의 유폐냐 런던에 의한 "배반"이냐 하는 식민지의 양자택일을 거부하는 모든 이에게 출구를 제공했다. 세 군데의 수도, 즉 런던, 더블린, 파리에 의해 형성되고 삼사십 년에 걸쳐 창안되고 동시에 구성되고 닫힌 지리적이라기보다는 오히려 미적인 이 삼각구도에 따라 아일랜드문학이 그에 힘입어 구성되었다. 예이츠는 더블린에서 최초의 민족문학의 입장

36 Cyril Connolly, trad. par A. Delahaye, *Ce qu'il faut faire pour ne plus être écrivain*, Paris : Fayard, 1992, p.51.

37 Ibid., p.87.

에 근거를 제시했고, 쇼는 런던에서 규범에 맞는 위치, 영국의 요구로 전향한 아일랜드인의 위치를 차지했으며, 조이스는 파리를 아일랜드인의 새로운 진지로 구축하고 민족시의 요구와 동시에 영문학 규범에의 복종을 배제하면서 양자택일을 거부하고 상반되는 것들을 양립시키기에 성공했다.

더블린, 런던, 파리라는 세 도시에 의해 규정된 문학 구조의 소묘는 1890년과 1930년 사이에 "창안된" 그러한 아일랜드문학의 특수한 역사 전체를 요약하고 아일랜드의 모든 문학 지망생에게 다양한 범위의 미적 가능성, 참여, 입장, 선택을 제안한다. 중심이 여럿인 이러한 형세는 아일랜드 작가의 품성과 세계관에 너무 잘 융합되어서 오늘날 아일랜드 북부의 데리 주에서 1939년에 태어나 아마 가장 위대한 현시대 아일랜드 시인일 것이고 자신이 공부한 벨파스트 대학에서 여러 해 동안 교수를 역임한 후 아일랜드 남부에 정착하기로 결심함으로써 자기 나라에 추문을 불러일으킨 셰이머스 히니[38]도 프랑스 언론에 발표된 어떤 대담에서 자신에게 제공된 선택을 정확히 똑같은 용어로 설명한다.

> 만일 내가 조이스와 베케트처럼 파리에 가서 살았다면 진부한 생각에 순응하기만 했을 거예요. 만약 내가 런던으로 떠났다면 그것은 야심적이나 정상적인 행동으로 여겨졌을 것입니다. 하지만 위클로로 가는 일은 의미로 가득한 행위였어요. (…중략…) 내가 국경을 통과하자마자 나의 사생활은 공적 영역으로 떨어졌고 신문은 나의 몸짓에 관해 논설을 써댔지요. 웃기는 역설이죠![39]

38 셰이머스 히니는 1995년 노벨문학상을 받았다.

39 *Libération*, 24-11-88.

이 역사적인 창시의 삼각구도에 오늘날 뉴욕을 덧붙일 필요가 있다. 뉴욕은 미국의 아일랜드 사회를 가로질러 방책과 동시에 공인의 강력한 극점을 나타낸다.

조이스 이후 베케트는 아일랜드문학 공간의 구성과 해방 과정이 완결되는 일종의 마무리 단계를 상징한다. 이 민족문학 공간의 역사 전체가 그의 도정에 현존하고 동시에 그의 도정 속에서 부정된다. 즉 그가 민족, 언어, 정치, 미의식에의 그러한 뿌리박음을 모면하기 위해 실행하는 작업을 재구성하는 조건으로만 실제로 그의 작품에서 그 역사 전체를 발견할 수 있을 뿐이다. 달리 말하자면 베케트의 형식 작업이 갖는 "순수성" 자체, 모든 외적 결정과의 점진적인 무관련성, 거의 절대적인 자율성을 이해하기 위해서는 그를 형식과 문체의 자유에 이르게 하고 그를 더블린에서 파리로 이끄는 겉보기에 가장 우발적이고 가장 외적인 도정과 분리할 수 없는 행로를 되짚어볼 필요가 있다.

그러므로 1920년대 말의 더블린에서 문학을 열망하는 젊은 작가로서 베케트는 아일랜드문학 공간의 이 3극 형세를 이어받는다. 실제로 이와 같은 세 "주요한" 도시에 부여된 중요성에 강한 인상을 받을 수밖에 없다. 더블린, 런던, 파리 사이에서 벌어지는 베케트의 이동은 민족적이고 동시에 국제적인 이 공간에서 자기 자리를 찾아내기 위한 그만큼 많은 문학적 도정과 미학적 시도이다. 특히 20년의 간격을 두고 베케트는 조이스와 똑같은 처지에 놓이는 까닭에 정확히 똑같은 길로 접어들고, 그에게 기대어 자신의 취향과 혐오를 정하고 정당화하며, 자신의 찬탄과 거부, 단테에 대한 자신의 예찬과 켈트 예언가에 대한 자신의 불신이나 풍자를 재발견한다.

당시에 자신이 보기에는 민족주의가 강요한 규범에 대해 가장 높은 단계의 자유를 상징하는 조이스에 대한 열정적인 찬탄으로 인해 마비되고 특히 파리에서 조이스에 의해 창시된 입장의 위력에 크게 감명받은 탓으로 베케트는 전쟁의 시기까지 자기 자신을 위해 창조적인 해결책을 찾아낼 수 없게 된다. 조이스의 소설 창안은 그가 고려할 수 있는 유일한 길이다. 하지만 모방이나 단순한 추종주의라고 비난받고 특이한 문학을 계획할 여력도 없고 자신이 거주할 도시를 선택할 수도 없는그는 더블린에서의 은거와 이 또한 모방적인 파리로의 망명 사이에서 매우 오래 망설인다 절망적인 궁지에 몰린 나머지 베케트는 자신이 처해 있는 심미적이고 실존적인 아포리아에 대한 해결책을 매우 오랫동안 찾아 헤맨다.

그는 조이스가 이미 쟁취한 자율성에서 떨어져 나가고자 애쓰는 만큼 자기 선배의 흔적을 다른 길로 뒤쫓을 방법을 모색한다. 동시에 자신이 물려받은 모든 아일랜드문학 자원과 조이스에 의해 도입된 혁신에 기대어 더 독립적인 새로운 입장을 구상하고자 한다. 그러므로 그에게는 아일랜드문학판 내부의 투쟁으로 말미암아 강요된 문학적 양자택일에서 벗어날 필요가 있었다. 다음으로 그는 자신이 악셀 카운에게 보낸 어떤 독일어 편지에서 조이스의 시도에 관해 말하면서 "말의 신격화"[40]라고 부른 것, 다시 말해서 말의 위력에 대한 믿음의 선택을 배제해야 했다. 끝으로 그는 새로운 현대적 형식을 마음껏 실현하기 위해 조이스를 넘어 또 다른 예술 계보에 자리를 잡아야 했다.[41] 베케트에 의한 가장 절대적인 문학 자율성의 창시는 아일랜드문학사의 역설적인 결과, 아일랜드문학 공간

---

40 S. Beckett, "German Letter of 1937", *Disjecta*, pp.52~53, 이자벨 미트로비차에 의해 독일어로부터 번역됨, in Bruno Clément, *L'Oeuvre sans qualités. Rhétorique de Samuel Beckett*, Paris : Éditions du Seuil, 1994, pp.238~239.

41 Pascale Casanova, op. cit., pp.117~167 참조.

의 역사 전체로부터만 인지하고 이해할 수 있는 가장 높은 단계의 문학적 전복 및 해방이기도 하다. 베케트의 작업에서 찾아볼 수 있는 "순수성" 자체, 모든 외적 결정과의 점진적인 무관련성, 기묘하고 형식주의적인 특성을 이해하기 위해서는 그의 자유 획득에서 형식과 문체의 자유로 이르는 경로를 역사적으로 되짚어보아야 한다.

7. 문학 공간의 생성과 구조

가장 폭넓게 공유된 역사의 재현에 의하면 민족의 특수성, 문학적 사건, 특이한 작품의 출현은 어떤 것이건 자기 이외의 다른 어떤 것으로도 축소될 수 없고 세계의 전혀 다른 사건과 비교될 수 없는데, 이러한 역사의 재현과는 반대로 아일랜드의 경우는 지배에 대한 문학적 출구의 보편적인 범위 거의 전체를 이를테면 "순수한" 형태로 망라한다는 점에서 하나의 "패러다임"이다.

제안된 모델은 추상적인 요소로 구축된 '선험적인' 이론이 아니고 어떤 특별한 문학의 형성 과정에 직접적으로 적용된다는 점을 내보이려고 여기에서 제시하고 분석한 아일랜드의 사례는 또한 여러 가지 근거에서 매우 중요하다. 그것은 우선 각 문학 계획이 형식 자체에 비추어 똑같은 문학 공간 내에서 유사하거나 경쟁적인 다른 계획 전체로부터만 그 자체로 이해될 수 있을 뿐이라는 점을 증명한다. 동시에 가장 형식주의적인 선택일지라도 단자의 관점에서 설명할 수 없다. 다음으로 그것은 어떻게 그리고 왜 매 순간 아일랜드문학판 전체를 현시대에 공존하고 경쟁하는 입장들 각각으로부터 묘사할 수 있는지 설명할 수 있게 해준다. 끝으로 그것은 각각의 새로운 길이 문학 공간에 나타나고 확연히 드러나면서 문학 공간을 형성하고 통일하는 데 이전의 모든 문학 공간과 함께 이바지한다는 점을 보여주는 방식이다.[42]

말인즉슨 내가 여기에서 제시한 헐벗은 처지의 작가에 의해 열린 갖가지 길에 대한 분절된 서술 덕분으로 믿을 수 있게 되는 것과는 반대로 이 특이한 해결책은 거의 보편적인 연대기에 포함된 어떤 문학 공간의 특수한 역사에서 복원되는 경우에만 의미를 띤다. 가령 베케트와 조이스 사이의 관계사는 (순수한 관념의 순수한 하늘에서 창작되는 어떤 문학에 대한 믿음의 체계에서 도입된) 절대적인 특이성의 문제의식으로 축소되는 만큼 통상적으로 제자의 예술적 종속을 논증하는 데 있다.[43] 그런데 조이스가 (1950년대부터) 베케트의 원숙기 작품에 부재한다 해도, 그는 여전히 그의 심미적 입장과 선택에서 핵심적이다. 즉 베케트는 조이스에 의한 창안의 후예, 물론 역설적이고 암묵적이고 그 자체로서 부인되지만 실재하는 후예이다.

알다시피 탈식민주의에 관한 이론가는 아일랜드를 자신의 일반적인 모델 안으로 끌어들이고 에드워드 사이드가 말하듯이 아일랜드를 "탈식민 세계 안에" 재정립하기를 제안했다. 이 새로운 비평의 관점에서 보자면 문학은 식민주의와 문화 지배의 주요한 수단, 순수 비평을 통해 언제나 부정되는 수단일 것이다. 에드워드 사이드는 (『오리엔탈리즘』에서, 더 나

42 이러한 방향으로 나아가는 최근의 연구를 여기에서 특기할 필요가 있다. János Riesz, "La notion de champ littéraire appliquée à la littérature togolaise", *Le Champ littéraire togolais*, János Riesz et Alain Ricard (eds), Bayreuth, Bayreuth African Studies, pp.11~20 참조.

43 또는 아일랜드문학 공간의 작가들을 서로 관련짓는 연구는 '영향'이라는 불확실한 관념만을 근거로 한다. Marthe Fodasky Black, *Shaw and Joyce : « The Last Word in Stolentelling »*, Gainesville, University of Florida Press, 1955, 참조.

아가『문화와 제국주의』에서)[44] 그가 말하길 '신비평'과 해체주의 비평이 갱신하는 내적 명증성과 결별하기 위해 특히 19세기와 20세기 초의 프랑스 소설과 영국 소설에서 작용할 정치적 무의식의 묘사로부터 문학과 문학 현상을 새롭게 정의하려고 애쓴다. (플로베르, 제인 오스틴, 디킨스, 새커리 또는 카뮈 등의) 이 소설들의 구조와 주제에서 독자의 예사로운 위치가 뒤바뀐다는 점에 비추어 그가 "대위법적"이라고 부르는 독서를 통해 식민지 제국과 식민지 피지배자들의 끈질기지만 언제나 눈에 띄지 않는 현존을 감지할 때부터, 세계에서 문학과 (정치적) 사건 사이의 근본적인 단절의 가설을 이제는 세울 수 없을 것이다. 어떤 식민지 표현의 현존은 문화적 지배 관계의 현실을 특기한다는 점에서 그때까지 은폐된 문학의 정치적 진실을 드러낼 것이다. 사이드는 자신이 제국의 "역사 경험"이라 부르는 것이 식민의 지배자와 피지배자 모두에게 공통된다는 점을 고려하여 문학 논쟁을 국제화하고 유일한 식별 기준으로서의 언어나 민족의 단절을 거부하여 식민화와 나중에 제국주의의 경험을 통해 재해석된 문학사의 등급과 분류를 확립하는 커다란 장점이 있다.

그러므로 공동 저서『민족주의, 식민주의, 문학』에서 사이드는 "탈식민화와 혁명적 민족주의의 위대한 민족주의적 예술가들 가운데 하나"[45]로 서술된 W. B. 예이츠라는 인물에게 집착했고, 프레데릭 제임슨은 문학적 "현대주의"와 특히 조이스가『율리시스』에서 실행한 형식 탐구가 "제국

44 Edward Saïd, trad. par C. Malamoud, *L'Orientalisme. L'Orient créé par l'Occident*, Paris : Éditions du Seuil, 1980; *Culture and Imperialism*, New York, Alfred A. Knopf, 1993; trad. fr. par P. Chemla, *Culture et impérialisme*, Paris : Payard-Le Monde diplomatique, 2000.

45 E. Saïd, "Yeats et la décolonisation", in Terry Eagleton, Fredric Jameson, Edward Saïd, trad. par S. Troadec, G. Emprin, P. Lurbe, J. Genet, *Ntionalisme, colonialisme et littérature*, Lille, Presses universitaires de Lille, p. 73.

주의"라는 역사 현상과 직접적으로 관련된다는 점을 제시하려고 애썼다. 즉 그가 쓰길 "[문학적] 현대주의의 종언은 세계 제국주의 체계가 고전적인 형태로 재구축되는 것과 동시에 발생하는 듯하다".[33] 달리 말하자면 그들은 오랫동안 지배당한 나라의 정치사와 새로운 민족문학의 출현 사이에 관계가 있다는 사실을 최초로 알아차렸다. 따라서 갖가지 나라에서 나타난 작품과 갖가지 역사적 맥락을 "제국주의"라고 명명하는 것의 모델에 따라 관련지으려고 애쓰면서 매우 새로운 유형의 비교 연구를 촉진했다. 사이드는 가령 예이츠의 초기 시를 칠레 시인 파블로 네루다의 시와 비교한다.[47] 마찬가지로 제임슨만큼 사이드도 사이드가 『문화와 제국주의』에서 "안락한 자율성"이라 부르는 것, 다시 말해서 시와 더 넓게는 문학에 대한 순수하고 탈역사화된 해석의 명증성을 명백히 거부한다. 그들은 조이스의 『율리시스』처럼 가장 형식주의적인 작품을 포함하여 문학의 실천을 다시 역사화하기를, 다시 말해서 다시 정치화하기를 각자 나름대로 주장한다. 똑같은 관점에서, 그리고 똑같은 비평적 전제로부터 엔다 더피도 조이스의 이 소설을 "민족"의 관점에서 해석하자고 제안했다. 이 소설은 단순한 "민족의 알레고리"를 연출하고 20세기 초 아일랜드의 이데올로기 및 정치 투쟁에 이야기의 형태를 부여할 "탈식민 소설"이라는 것이었다.[48]

하지만 문학의 특수성을 제쳐놓는 일종의 이론적 생략이 매번 일어난다. 사이드의 경우에 "제국의 정치와 문화 사이의 연관은 놀랍도록 직접적이다".[49] 즉 그는 문학을 정치로 귀착시키면서 각 작품의 미의식과 문학

46 F. Jameson, "Modernisme et impérialisme", ibid., p.45.
47 E. Saïd, loc. cit., p.87.
48 Enda Duffy, *The Subaltern Ulysses, Minneapolis*, University of Minnesota Press, 1994.
49 E. Saïd, *Culture and Imperialism*, p.8. 저자가 번역.

적 형식 그리고 축소할 수 없는 특이성이라는 결코 해결될 수 없을 문제를 내적 비평으로 떠넘긴다. 이 비평가들은 정치, 이데올로기, 민족, 문학 차원의 쟁점을 매개하는 민족 및 국제문학 공간을 조금도 고려하지 않기 때문에 문학 현상을 정치사의 연대기로 너무 심하게 낮춘다. 가령 예이츠와 네루다를 비교할 수 있는 것은 그들을 배출한 두 문학 영역 사이의 비교와 이 영역에서 그들이 차지하는 위치의 분석으로부터일 뿐이다. 마찬가지로 우리가 여기에서 제안한 분석은 아일랜드 정치 영역의 사건 연대기로부터만 조이스의 『율리시스』에 대한 "정치적" 해석을 시도하는 것을 금한다. 점진적으로 자율화되고 자체의 고유한 리듬, 특수한 연대기를 갖추고 정치 영역에 부분적으로 종속하는 어떤 문학 공간이 있다 해도, 우리는 1914년과 1921년 사이에, 말하자면 『율리시스』가 집필된 시기에 아일랜드에서 전개되는 정치적 사건과 조이스의 텍스트가 일대일로 상응한다는 생각에 동조할 수 없다. 엔다 더피가 바라듯이 소설의 "이야기 전략"과 그 시기 동안 아일랜드에서 생겨난 갈등에 작용하는 힘 사이의 "상동 관계"를 알아차릴 정도로까지 비교 연구를 밀고 나갈 수는 더더욱 없다.

제6장 ——— 혁명가들

> 내 재능의 핵심은 문학적이건 전혀 다른 성격의 것이건 영어의 관례에 대한 내 반란의 결과이다. 나는 영어로 글을 쓰지 않는다.
>
> 제임스 조이스

> 아주 오랜 세월 동안 올바른 민족어가 아직 존재하지 않았다. 한편으로는 라틴어, 다시 말해서 죽은 언어, 다른 한편으로는 통속어가 있었다. (…중략…) 목적이 달성되었고 기어코 모든 것이 예전의 통속어로 표현된다. 그리고 오늘날 정확히 문학에서도 그렇다. 전반적으로 문학 언어와 정확한 민족어 사이의 분리, 구분이 없었다. (…중략…) 목적은 즐거움을 유발하는 것이지 언어의 순수성이 아니다. 따라서 그들은 어떤 방식이라도 사용할 수 있고 실현이 가능한 모든 것을 실현할 수 있다. 모든 것, 단연코 모든 게 허용된다! 그러므로 언어 규범을 존중할 어떤 의무도 없다. (…중략…) 너는 정확한 민족어를 옹호해야 한다는 생각을 그친다.
>
> 카탈린 몰나르, 「드라랑」

반란, 다시 말해서 문학적 "분화"의 초기 효과가 느껴질 때, 그리고 초기 문학 자원이 정치적으로나 문학적으로 요구되고 자기 것으로 삼아질 때 어떤 새로운 문학 공간의 형성과 통일을 위한 조건들이 하나로 합쳐진다. 민족문학의 유산이 비록 최소의 것일지라도 축적될 수 있었다. 바로 이 단계에서 제임스 조이스 같은 "두 번째 세대"의 작가들이 나타난다.

즉 이제부터 그 자체로 구성된 민족문학 자원에 기대면서 그들은 문학의 민족적이고 민족주의적인 모델에서 빠져나오고 자율성, 다시 말해서 자유의 조건을 발견하게 된다. 달리 말하자면 최초의 민족 지식인들이 민족 특수성을 구성하기 위해 문학의 정치적 관념을 준거로 삼았다면 새내기들은 다른 유형의 문학과 문학 자본을 민적으로 존재하게 하려고 국제적이고 자율적인 문학 규범을 참조하게 된다.

이러한 관점에서 라틴아메리카의 경우는 본보기가 된다. 이른바 "붐"의 시기, 다시 말해서 아스투리아스에게 노벨상이 수여된 이후 라틴아메리카 대륙의 작가가 국제적으로 인정받게 된 시기는 자율성 요구의 시작을 나타낸다. 라틴아메리카 소설가들이 공인과 미적 특수성에 대한 인정을 받게 되면서 알퐁소 레예스1889~1959[1]가 히스파노아메리카문학의 "하녀" 소명이라 부른 것을 함께 모면하고 순수한 정치적 "기능주의"를 거부할 수 있게 된다. 스페인어권 아메리카의 문학은 존재하기 위해 밋밋한 현실주의와 기념적 국가주의 그리고 교조적 참여의 장애를 극복해야 했다. 카를로스 푸엔티스가 확언한다. "보르헤스, 아스투리아스, 카르펜티에르, 룰포, 오네티[2]부터 히스파노아메리카 소설은 현실주의에 대한, 그리고 현실주의의 코드에 대한 위반을 통해 발전했다."[3] 1970년대부터, 다시 말해서 "붐"의 전제에서부터 이 초국가적 문학 공간 내에서 민족적이고 정치적인 명분을 위한 문학을 지지하는그 시기에 대개 쿠바 체제와 가까운 이들과 문학의 자율성을 신봉하는 이들 사이의 논쟁이 자리 잡는다. 이러한

---

1 **[역주]** Alfonso Reyes(1889~1959). 멕시코의 작가, 철학자, 신문기자, 번역가, 외교관.

2 **[역주]** Juan Carlos Onetti(1909~1994). 우르과이의 작가. 독재 정권에 의해 투옥되었다가 스페인으로 망명한다.

3 C. Fuentes, "Le roman est-il mort?", *Géographie du roman*, p.23.

논쟁의 출현 자체가 당시에 시작되는 자율화 과정의 주요한 지표이다. 1967년부터 훌리오 코르타자르는 러셀 법정의 구성원으로서 카스트로주의 또는 산디노주의 혁명가들을 편들면서도 문학의 자율성을 요구했다. 이에 따라 두 차례의 쿠바 여행 끝에 쿠바 잡지 『아메리카의 집』의 편집장에게 보낸 편지에서 다음과 같이 썼다.

> 그 두 차례의 여행 후에 프랑스로 돌아왔을 때 더 잘 이해하게 된 두 가지가 있어요. 한편으로 사회주의를 위한 투쟁에의 개인적이고 지적인 참여고요. 다른 한편으로 내가 작가로서 해야 할 작업은 내 존재 방식이 결정짓는 방향을 뒤따를 것이고, 이러한 참여를 반영하는 일이 어느 시기엔가 일어날지라도 실질적으로 역사의 시간과 공간을 넘어서는 소설을 쓰도록 지금 나를 이끄는 똑같은 심미적 자유를 이유로 그렇게 할 거예요. 대중을 위한 예술의 전도사와 신봉자를 낙담하게 할 위험을 무릅쓰고서 나는 계속해서 그 '크로노프'입니다. 자신의 즐거움이나 개인적인 고통을 위해 글을 쓰니까요. 여기에는 어떤 양보도 없고 사실상의 '선험적 여건'으로 이해된 의무, '라틴아메리카'나 '사회주의'를 위한 의무도 없어요.[4]

온전한 의미에서 "중심 밖에 자리한" 이 "두 번째 세대" 작가들은 위대한 문학 혁명가가 된다. 즉 문학의 기존 질서를 변화시키기 위해 특수한 무기로 싸운다. 그런 만큼 문학의 그리니치 자오선에서 가장 잘 허용된 문학 형식, 문체, 코드를 혁신하고 뒤엎음으로써 현대성의 기준과 따라서 세계문학 전체의 실천을 대폭 변화시키고 일신하고 심지어 전복시키는

---

4 C. Cymerman · C. Fell, *Histoire de la littérature hispano-américaine de 1940 à nos jours*, pp.13~14에서 재인용.

데 이바지한다. 조이스와 포크너는 그토록 커다란 특수한 혁명을 실행해서 문학의 시간을 재는 척도가 근본적으로 변했다. 그들은 이 영역 안으로 들어간다고 주장하는 모든 작품을 평가할 수 있게 해주는 측정 수단, 지표가 되었고 다분히 아직도 이러한 측정 수단이자 지표이다.

이 국제적 창작자들은 갖가지 역사와 맥락에서 실험되고 구상되어 진정한 국제 유산, 중심 밖에 자리한 주역이 최우선으로 사용하는 비축된 특수 전략을 점차로 구성했다. 지배에 대한 온갖 새로운 해결책으로 형성된 자본이 다소간 세계 곳곳에서 재사용되고 재발견되고 요구되는 덕분으로 피지배 작가가 문학적 반란과 해방의 길을 세련되게 다듬고 복잡하게 만들 수 있게 된다. 모든 피지배자에게 문체와 언어 그리고 정치와 관련된 해결책의 차용과 사용을 허용하는 이 세계문학 유산의 축적 덕분으로 오늘날 작가에게는 문학적 불평등의 문제에 대한 (심미적, 언어적, 형식적) 해결책을 각 문화 상황에서, 각 언어적이고 국가적인 맥락에서 재발견하기 위해 이용할 수 있는 일정 범위의 여러 가능성이 있다. 다리오, 파스, 키슈 또는 베네트처럼 그때까지 자신에게 알려지지도 허용되지도 않았던 문학의 풍요성과 가능성을 찾으려고 (이해하려고, 흡수하려고, 쟁취하려고, 가로채려고) 중심으로 가는 이는 "작은" 민족에게서 문학 자본이 구성되는 과정을 촉진하는 데 이바지한다. 기억하다시피 옥타비오 파스는 게임에 참여할, 다시 말해서 중심의 시간성에 접근할 필요성을 이해하고서 현재를 "찾아 떠나고", "현재를 자기 땅으로 가지고 돌아오리라"[5] 결심했다. "현대풍은 해외에 있었다." 그가 또한 이렇게 쓴다. "그것을 '들여오는' 것이 우리에게 필요했다."[6] 그들에게 없는 주요한 자원은 시간이다. 따라서

5 Octavio Paz, *La Quête du présent*, p.20.

6 Ibid., p.23. 작은따옴표는 저자 강조.

그들은 민족 작가처럼, 하지만 다른 형태로 "지름길" 전략이건 여기에서 내가 "시간 가속기"라 부르는 것이건 원용하게 된다. 공간의 주변부 출신인 위대한 문학 개혁자는 국제문학 공간의 확대 과정 동안 최초의 성공한 혁명들 이래 축적된 초국가적 "이단자" 유산 전체를 점진적으로 원용하게 된다. 가령 자연주의 혁명, 초현실주의, 조이스 혁명 또는 포크너 혁명은 각 시대에 서로 다른 공간과 역사적이고 정치적인 맥락에서 문학적으로 중심 밖에 자리한 이들이 처해 있는 종속 관계를 변경하기 위한 수단을 그들에게 제공하게 된다.

최초의 문학적 반란을 일으키는 민족 작가가 민족 전통의 문학적 본보기에 기대듯이, 거꾸로 국제 작가는 민족에 갇히지 않기 위해 이러한 종류의 문학적 해결책을 끌어온다. 국제 작가는 그리니치 자오선에서 통용되는 가치를 원용함으로써 국제 혁명들에 대해 그때까지 폐쇄적이었던 어떤 공간에서 자율적인 극점을 창조하고 따라서 그 공간을 통일하는 데 이바지한다. 동시에 "작은" 문학에서 가장 자율적인 작가는 우리가 밝혔듯이 대개 번역가이기도 하다. 즉 문학적 현대성의 혁신을 번역해서 직접적으로나 자기 작품에 의해 간접적으로 들여온다. 역사상 평가절하된 많은 자본을 지닌 나라에서 국제 작가는 중심의 현대성을 들여오는 사람이자 동시에 내부 번역가, 다시 말해서 자국에서 민족 자본을 촉진하는 자이다. 가령 우리가 말했듯이 오마르 하이얌을 현대 페르시아어로 새롭게 번역한 사데그 헤다야트는 카프카를 페르시아어로 번역한 사람이기도 하다.[7]

위대한 혁명가는 일단 공인되고 나면 궁핍한 공간 출신의 작가들 가운

---

7 Youssef Ishaghpour, *Le Tombeau de Sadech Hedayat*, Paris : Fourbis, 1991, p.10.

데 가장 전복적인 이들이 돌려쓰고 모든 문학 혁신가가 초국가적 자원으로 통합한다. 가령 조이스는 아일랜드문학 공간 내에서 최초로 자율성의 상황을 빚어낸 작가임과 동시에 문학적 종속에 대한 심미적이고 정치적이며 특히 언어적인 해결책의 창안자이다. 문학 공간의 주변적인 나라에서 진정한 문학 해방자로서 내세워진 위대한 혁신자의 국제 계보, (입센이나 조이스 또는 포크너처럼) 보편화된 위인과 고전적 작가의 판테온이 있는데, 중심 밖의 작가는 이것을 중심의 문학사와 국내 또는 식민지 판테온의 관습적인 계보에 맞세운다.

중심 밖의 작가는 피지배자로서의 통찰력을 공간의 모든 자율적인 미학적 혁신에 대한 인식에 결합하면서 문학 영역 전체와 똑같은 외연을 갖는 여러 가능성을 이용할 수 있다. 이러한 국제 자원의 구성 덕분으로 가능한 기법의 범위를 크게 확대하고 문학적 사유 불가능성을 물리친다. 게다가 일단 중심에 의해 공인되고 보편적인 고전 작가로 선포되면 자신의 역사성과 깊이 관련되는 면모와 전복의 위력을 일부분 상실하는 위대한 문학 이단자, 위대한 특수 혁명가의 계획이나 도정을 유일하게 재발견하고 재현할 수 있다. 위대한 전복적 작가만이 자신과 똑같은 상황에 놓여 보편적인 문학의 산출 방법을 발견할 줄 알았던 모든 이를 역사 자체에서, 즉 문학 공간의 지배 구조에서 요구하고 인정할 줄 안다. 따라서 베케트와 조이스가 단테에 대해 그렇게 했듯이, 헨리 로스가 조이스에 대해, 또는 후안 베네트가 포크너에 대해 (…중략…) 그렇게 하게 되듯이 중심의 고전 작가들에 대해 새롭고 특수한 이용법을 제안하면서 이 작가들을 자신에게 이로운 방향으로 돌려쓴다.

조이스나 포크너[8] 같은 혁명가는 문학적 궁핍자에게 중심으로부터의 거리를 줄이기 위한 특수하고 새로운 수단을 제공한다. 형식과 문체에 대한 혁명가의 위업에 힘입어 문화적, 문학적그리고 흔히 경제적 궁핍의 징후를 문학 "자원"으로 바꾸고 가장 높은 현대성에 이르는 것이 가능해진다는 점에서 혁명가는 대단한 시간 가속기이다. 문학에 부여된 정의와 한계를 근본적으로 변화시킴으로써조이스의 경우 비속한 것, 성적인 것, 분뇨 담론, 말장난, 도시적 배경의 진부성, 포크너의 경우 궁핍, 시골풍, 가난 혁명가는 자신만의 방식으로 그때까지 문학적 현대성에 대한 모든 접근이 배제된 중심 밖의 주도자를 게임에 참여할 수 있게 해준다.

1. 단테와 아일랜드 작가들

이 모든 전복적 재활동의 패러다임은 아마 아일랜드 작가들연속적으로 조이스와 베케트 그리고 히니에 의한 단테의 사용일 것이다. 그들은 아일랜드 시인의 세계주의적이고 반민족주의적인 대의를 위해 이 토스카나 시인의 특히 고결한 작품을 수단으로 다시 갖춘다. 『통속어에 관하여』에서 단테가 설명하는 언어-문학 계획, 문학 언어와 민족어의 관계라는 문제에 구체적으로 직접 직면한 작가만이 이해하고 지각할 수 있는 계획에 이를테면 현재의 의미를 다시 부여함으로써 조이스와 베케트는 차례로 이 토스카나 시인의 전복적 위력을 재발견하고 알아보고 내세웠다.[9] 단테는 아일랜드 공간에서 가장 국제적인 작가의 투쟁을 위한 자원과 동시에 무기가 된다.

---

8 여기에서 나는 몇몇 이단적 계보의 매우 부분적인 연구만을 제안한다. 특히 (키슈를 포함하여) 중심과 중심 밖의 매우 많은 작가에 의해 대가로 주장된 호르헤 루이스 보르헤스를 여기에 덧붙여야 할 것이다.

9 P. Casanova, "Usages politiques et littéraires de Dante", *Beckett l'abstracteur*, pp. 64~80 참조.

단테에 대한 조이스의 열광은 잘 알려져 있다. 그는 18세부터 "더블린의 단테"[10]라는 별명을 얻었고 평생 토스카나의 이 위대한 망명객을 자신과 동일시했다. 하지만 작품에 대한 찬탄과 깊은 인식으로 그들의 동등한 입장을 주제화하고 명백하게 밝히게 되는 이는 바로 베케트이다. 실제로 1929년 초 몇 달 동안 조이스를 위해 그는 『진행 중인 작품에 대한 검토』, 당시에 '진행 중인 작품'이라는 총칭적인 제목으로 다양한 잡지에 단편의 형태로 발표되는 조이스의 작품에 대한 영국 문단의 거센 비판에 대한 대응으로 조이스에 의해 착상된 모음집 맨앞에 실린 자신의 텍스트를 집필한다. 「단테… 브루노, 비코…」[11]는 단테의 『통속어에 관하여』가 제공하는 세련된 수단으로 문학에 관한 조이스의 계획을 언어, 다시 말해서 정치의 차원에서 옹호하는 글이다. 완곡한 영어 반대 선언이자 "게일어 사용을 지지하는" 아일랜드인에 대한 공격인 베케트의 이 텍스트는 문학에 대한 영어의 지배에 맞선 일종의 전쟁 기계이자 동시에 문학과 언어 그리고 정치에 대한 조이스의 계획에 관한 설명이다. 어떤 "유명한 통속어"를 밑받침하기 위한 단테의 제안에 기대는 베케트의 논증은 명쾌하다. 베케트는 『피네간의 경야』를 주도하는 계획이 영어에 대한 굴복의 거부라는 점을 "입증한다". 그가 보기에 단테가 모든 이탈리아 방언의 종합일 어떤 이상적인 언어를 제안했듯이 이와 마찬가지로 조이스도 모든 유럽어의 종합 같은 것을 창조하면서 영어의 언어적이고 정치적인 지배에 대한 새로운 해결책을 창안하리라는 것이다.

베케트 자신은 벨라쿠아라는 단테풍의 인물을 초기 텍스트에서부터

---

10 R. Ellmaun, op. cit., t Ⅰ, p.98.

11 Samuel Beckett, *Disjecta. Miscellaneous Writings and a Dramatic Fragment*, loc. cit., pp.70~76.

나타나게 하는 만큼 여전히 단테의 작품에 충실하게 된다. 그리고 이는 아일랜드에서 통용되던 민족 규범에 대한 거부를 전형적인 문학의 방식으로 나타내는 똑같은 과정이라는 점을 이해할 수 있다. 즉 먼지를 털어내고 가장 국제적인 아일랜드 창작자들의 동시대인이 된 단테는 새로운 중요성을 띤다. 다시 역사적으로 다루어지기 때문에 아일랜드문학의 창시자들 가운데 하나가 되고 민족 현실주의의 편협한 한계에 굴복하기를 거부하는 모든 이단자, 모든 자율적인 이, 모든 아일랜드인의 정당한 유산에 포함된다.

특히 아일랜드인에 의한 이 단테 원용을 통해 세계문학 공간이 형성되고 단일화되는 과정의 예사롭지 않은 연속성을 엿볼 수 있다. 거의 6백년의 간격을 두고서 조이스와 베케트는 토대 텍스트, 특수한 해방에 대한 최초의 요구, 당시의 "라틴어 질서"에 맞선 최초의 반란에 현재의 의미를 다시 부여한다. 뒤 벨레 또한 단테를 비라틴어 시 형식의 창안자로 내세웠는데, 뒤 벨레처럼 조이스와 베케트도 동등한 상황에 놓여 있는 탓으로 단테를 다시 발견하여 특수한 해방의 수단으로 만든다. 세계문학 공간의 구성 과정에서 어떤 핵심적인 텍스트의 문학적이고 동시에 정치적인 이용은 이를테면 세계문학 공간이 출현할 수 있게 해준 것으로서 우리가 여기에서 제안한 발생론적 모델의 타당성을 입증한다. 조이스와 베케트는 역사적으로 매우 다르면서도 구조적으로 매우 유사한 지배 상황으로부터의 출구를 모색하는 가운데 세계문학 공간의 출현 및 발생 과정을 이행하고 마무리한다. 즉 고리를 잇고 라틴어 "표현"에 대한 연마된 무기의 제조자를 다시 찾아내어 그 작품의 전복적 성격을 온전히 되살리려 자신의 혁명 과업을 위한 깃발로 삼는다.

2. 조이스 계열, 아르노 슈미트와 헨리 로스

『피네간의 경야』는 문학이나 가독성의 관념 자체를 문제시하는 극한의 책이고 조이스 이후로는 누구도 이 길에 접어들 수도 더 나아갈 수도 없으리라고 말하는 것이 일반적이다. 이러한 중심에서의그리고 특히 파리에서의 해석, 다시 말해서 오로지 형식주의적인 해석은 아일랜드에서 조이스가 처한 역사적 상황을 무시하고 『율리시스』만큼 『피네간의 경야』가 순수하고 순전히 형식적인 시도이기는커녕 문학적이고 정치적인 종속 상태에서 빠져나오기 위한 선언 겸 계획으로서 비코[12]의 반보편주의 이론만큼 단테의 본보기에 기댄다는 점을 모르는 처사이다. 베케트가 밝히고 논증하듯이 '진행 중인 작품'은 국제문학 공간에서 지배받는 영토의 작가가 겪는 구조적 딜레마에 대한 세련된 해결책을 제시한다. 그래서 동등한 위치를 차지하는 다른 작가, 예컨대 오늘날 남아프리카에서 응자불로 응데벨레, 전후 독일에서 아르노 슈미트, 영국과 인도에서 루슈디, 1920년대 뉴욕에서 헨리 로스는 조이스의 시도를 이해하면서 자신의 수단을 통해 이 길로 접어들게 된다.

1) 루네부르크 황야에서의 제임스 조이스

전후 독일에서 아르노 슈미트1914~1979는 정확히 1920년대 아일랜드에서 조이스와 똑같은 태도를 채택한다. 이는 그들의 입장이 동등하기 때문이다. 슈미트는 유사한 상황에 놓여 이를테면 똑같은 문학 혁명을 재창

12 지암바티스타 비코(1668~1744), 국가의 형성과 발전 그리고 쇠퇴를 연구하기 위해 비교 방법을 활용하는 나폴리의 역사가, 법률가, 철학자. 그는 게르만 문화권에서 멀리 떨어진 작가와 지식인에게 헤르더의 분신 같은 역할을 한다.

시한다. 더 나아가 그가 자신의 심미적 단절을 훨씬 더 멀리 밀고 나갈 수 있게 해주는 일종의 고결한 선례를 이 아일랜드 작가의 작품과 태도에서 비록 뒤늦게 부인하는 식으로지만 찾아내기 때문이다.[13]

제임스 조이스가 문학에 관한 자신의 계획을 아일랜드의 민족주의문학과는 대조적인 것으로 규정했듯이 슈미트는 우선 독일에 맞서, 그리고 독일의 지적 전통 전체에 맞서 형성된다. 독학자로서 뒤늦게 문학의 길로 들어선 그는 47그룹의 창시 작가들과 같은 세대에 속한다는 사실 이외에도 독일에 대한 도발적인 불신을 공유한다. 전쟁 직후에 하인리히 뵐, 우베 욘존, 알프레드 안데르슈에게 이론적이고 허구적인 글들 한가운데에 정치를 놓고 나치즘의 지적 근원과 독일 민주주의 공화국의 거짓된 명증성에 관해 의문을 품도록 이끎으로써 아르노 슈미트는 반대로 이 똑같은 민족 비판을 언어 분야로 이르게 하고 모든 명백한 정치 담론을 거부하여 어떤 "문학의 정치"를 제안하는 쪽으로 떼밀린다. 47그룹에 의해 촉진된 문학의 "혁신" 전체가 현실주의의 방향으로, 그리고 언어가 박탈된 "정치적" 작업의 방향으로 실행되는 것, 사르트르를 본보기로 탐미주의의 게르만 전통에 맞서 싸우기 위한 실행과는 반대로 아르노 슈미트는 사실상 언어와 소설 형식에 대한 체계적인 비판을 시도하는 유일한 사람이다.

조이스처럼 슈미트도 당시의 독일 민족 문화를 특징짓는 보수주의 및 탐미주의와 단절되어 있고 이와 동시에 47그룹이 하는 정치 비판에 동조

13 모든 친화성이나 심지어 슈미트에 대한 조이스의 모든 영향에 대한 부인은 비평계에 의해 끊임없이 다시 주장될 것이다. 따라서 비평계는 자신에 대한 해설자들이 부과하는 '조이스 모방자'라는 범주에 포함되기를 정당하게 거부한 이 독일 작가 자신의 언명에 기대어 문학 영역의 암묵적인 규칙들 가운데 하나, 즉 작가는 온전한 '독창성'을 증명할 수 없으면, 다시 말해서 역사적 '순수성'의 증서를 부여받을 수 없다면 '위대'하다는 말을 들을 수 없다는 규칙을 따르기만 한다.

하지 않는다. "여기에서 나는 '독일 작가'라는 명칭에 반대한다." 그가 부르짖는다. "어느 날 이 멍청이들의 국가는 이 명칭으로 나를 회유하려고 애쓸 것이다."[14] 조이스처럼 그도 전형적인 문학 분야를 비판하고 이중 거부의 입장을 내세우기 시작한다. 독일에서는 유일하게 그가 이 입장을 오랫동안 견지하게 된다. 그는 더블린 출신 소설가의 작품에 열광한 나머지 1960년부터 『피네간의 경야』을 번역하고 주석을 다는 작업에 착수할 것을 고려한다. 하지만 어떤 출판사도 선뜻 나서기를 꺼리게 된다. 유럽의 현대성과 형식의 아방가르드를 이해하는 이 수단은 그가 영어 문학과 친근한 덕분으로 갖게 된 것으로서 그를 전후 독일의 현실주의에 합당한 문체와 서술에서 벗어날 수 있게 해준다.

언어와 민족주의적 위계에 맞선 반란에서 형제와도 같은 조이스와 슈미트는 똑같은 상황에 놓인다. 조이스처럼 슈미트도 민족의 미적 본보기와 대립하는 입장을 채택한다. 진지함에 맞서 가벼움과 유머 그리고 소극을, 시에 맞서 산문과 범속함을 찬양한다. 그의 텍스트 모음집 『장미와 대파』[15]의 제목이 그에게만은 자기 시학의 놀라운 요약이다. 즉 뒤집힌 상투적 표현과 전도된 시에 의해 가장 미세하고 가장 모호한 감각이 구체적으로 표현되면서 문학의 가장 범속한 서술이 일신된다. 서정성과 형이상학에 맞서 풍자가 권장된다. "모든 작가가 현실의 쐐기풀을 두 손으로 넉넉히 움켜쥐기를. 그들이 우리에게 모든 것, 즉 검고 끈적끈적한 뿌리, 살모사 같은 청록색 줄기, 같잖고 눈부시고 요란스러운 꽃을 내보이기를

14 Claude Riehl · André Warynski, "Arno Schmidt, 1914~1979, Vade-mecum", *Arno Schmidt, L'OEil de la lettre*, juin 1994, p.10에서 재인용.

15 Arno Schmidt, trad. par D. Dubuy, P. Pachet · C. Riehl, *Roses et Poireau*, Paris : Maurice Nadeau, 1994.

(…중략…) 모든 비평가에게 유리하게. 일이 다 된 거나 다름없다!"[16]

조이스가 『피네간의 경야』에서 자율적인 문학 언어를 요구했듯이 아르노 슈미트는 독일어의 일신된 구두법, 단순화된 맞춤법을 위해, 그리고 출판사와 인쇄소에 조판과 관련된 자신의 혁신을 관철하기 위해 투쟁한다. "이는 독창성이나 온갖 간난을 무릅쓴 노력의 격렬한 요구가 아니라 (…중략…) 작가가 갖는 도구의 필요한 진전, 필요한 정련과 관계가 있다."[17] 그는 "둘"과 "2" 사이의 차이를 표현의 주축으로, 그리고 미묘한 휴지를 지속이 증가하는 순서에 따라 자유의 상징 자체로 만든다. "우리에게 이 자유를 주지 않는다면 우리는 그것을 탈취할 것이다! 실제로 그것은 필요하다. 마땅히 띠어야 할 모습을 언어에 부여하는 데 필요하다. 현실을 갈수록 더 많은 암시의 힘으로 갈수록 더 잘 재현하는 데 싫증을 내지 말자."[18] 요컨대 그는 관례와 공식적인 규범에서 해방된 어떤 문학 언어의 사용, 글쓰기와 작가를 위한 어떤 자율적인 도구의 실제적인 고안을 요구한다. 그래서 그는 출판사를 통한 출간을 확실히 단념하고 『금으로 가장자리를 꾸민 저녁』[19]을 포함하여 자신의 최근 책을 타자로 친 텍스트의 형태로 펴내게 된다. 그리하여 책의 제작을 모든 단계에서 통제할 수 있었다.

조이스를 본받아 그는 또한 가장 위대한 민족 작가로 여겨지는 괴테에 대한 불신과 괴테의 시에 대해서가 아니라 산문에 대한 거부를 자신의 모든 책에서 공언한다. "괴테는 고유한 형태가 없고 죽 같은 관례적인 산

16 Ibid. ; Arno Schmidt, traduit par J.-C. Hémery·M. Valette, Scène de la vie d'um faune, Paris : Bourgois, 1991, p.45.

17 Ibid., "Calculs", p.188.

18 Ibid., p.198.

19 A. Schmidt, trad. par C. Riehl, *Soir bordé d'or*, Paris : Maurice Nadeau, 1991.

문으로"[20]나아간다. "괴테에게서 산문은 예술적인 형태가 아니라 잡동산이이다."[21] 독일문학에서 누구나 인정하는 괴테의 주도권을 비난하면서 그는 비란트, 푸케, 티크, 베젤 등 "부차적인 작가"를 다시 전면에 세운다. 그리고 특히 민족에 의해 정해진 위계, 텍스트에 "민중"의 판단을 부과하는 위계에 맞서 자신의 전적인 독립을 부르짖는다. "민중이 너에게 갈채를 보내면 내가 무슨 잘못을 저질렀지? 하고 자문하라!" 그가 쓴다. "너의 두 번째 책에 대해서도 그런다면 펜을 쐐기풀밭에 던져라. 결코 위대한 작가가 되지 못할 테니까. 민중을 위한 예술?! 이 구호는 나치당원과 공산주의자에게 넘겨라."[22] 이러한 자율성의 입장은 조이스의 입장과 거의 일대일로 똑같다. 조이스는 아베이 극장의 일탈에 이렇게 항변했기 때문이다. "예술가는 때때로 민중에게 호소할 때, 거리를 두는 데 신경을 쓴다. 민중의 악마는 저속성의 악마보다 더 위험하다."[23]

제임스 조이스와 아르노 슈미트는 그들 이전의 누구도 감행하지 못한 일을 했다. 즉 민족에 의한 금지와 불가피한 문제에 용감히 맞서면서 자신의 언어와 문법, 불연속적인 서술"일련의 뒤죽박죽 반짝거리는 스냅사진"[24]을 완강하게 내세웠고 민족 판테온의 위계를 뒤엎었다. 슈미트와 조이스 사이의 유사성은 곧 알게 될 터이듯이 포크너를 후안 베네트나 라시드 부제드라 또는 마리오 바르가스 요사에 연결하는 유사성처럼 유비적일 뿐만 아니라 역사적이고 더 나아가 특히 구조적이다. 즉 그들은 각각의 민족 공간에서 똑같은 자리를 차지했는데, 이에 힘입어 기존의 똑같은 문학적 가치

20 A. Schmidt, *Roses et Poireau*, p.165.
21 A. Schmidt, *Scène de la vie d'un faune*, pp.115~116.
22 A. Schmidt, trad. par C. Riehl, *Brand's Haide*, Paris : Bourgois, 1992, p.46.
23 J. Joyce, *Essais critiques*, p.81.
24 A. Schmidt, *Scènes de la vie d'un faune*, p.10.

를 뒤엎을 수 있었다. 둘 다 민족어를 불신하는 관계로 엄청난 비꼼을 환하게 드러내고 문학 언어를 일신하고 대단한 문학 혁명을 성공적으로 실행할 수 있게 된다.

2) 브루클린에서의 율리시스

1920년대의 아메리카에서 이디시어권 중앙 유럽의 유대인 이민 2세대로서 지성이나 문학 차원의 자원이 전혀 없는 가운데 뉴욕의 이스트 할렘에서 극빈층의 삶을 사는 젊은 헨리 로스 조이스의 『율리시스』를 발견한다. 이 작품은 그에게 진정한 계시이다. 그는 이 책을 파리에서 불법으로 반입한 어느 젊은 여자, 뉴욕대학의 문학 교수를 통해 이 책이 거의 우연히 자신에게 도달했다고 자신의 자전소설 『거센 흐름에 휩쓸려』의 세 번째 권에서 상세하게 이야기했다. 물론 그것은 실비아 비치가 출간한 판본, 그가 밝히길 "파란 표지에 제목이 없는 가제본 책, 조이스의 『율리시스』 한 부"[25]였다. 이처럼 로스는 문학 공간의 구조와 문학적 현대성의 "고안"과 확산에서 파리가 맡는 역할을 다시 한번 확인한다. 이 책은 문학 소모임과 뉴욕 대학생들 사이에서 이미 유명했다. 로스는 너무 가난해서 거기에 속하지 않았다. "그것을 읽은 드문 이들은 마치 불가사의와 초현대의 수혜자로 옹립되기라도 한 듯이 진정한 영광으로 둘러싸인 듯했다." 그가 쓴다. "이 책을 안다고 밝히기만 해도 지적 아방가르드의 절정으로 올라서기에 충분했다."[26]

---

25 Henry Roth, *A la merci d'un courant violent*, t. III, *La Fin de l'exil*, Paris : Éditions de l'Olivier, 1998, p.85. 이 소설에서 헨리 로스는 이라 스티그먼이라는 이름의 삼인칭으로 등장한다.

26 Ibid., p.88.

즉각 헨리 로스는 조이스의 소설이 문학적 현대성에 접근할, 다시 말해서 자신의 비참한 일상을 문학의 "황금"으로 변화시킬 독특한 수단을 자신에게 제공할 수 있다는 점을 이해한다. 그리고 그가 쓴 열광적인 대목을 언제나 부정된 "경제적" 실상, 문학 창조에 대한 그만큼 많은 고백으로 읽을 필요가 있다.

『율리시스』는 평범하고 비천한 찌꺼기를 문학적 보물로 변화시킬 수 있다는 점, 그렇게 하려면 어떻게 해야 하는지를 그에게 보여주었다. 어떻게 불운의 찌꺼기를 모아 예술 영역에서 이용할 수 있게 만들 것인지 가르쳐주었다. 그러므로 블룸과 디덜러스가 돌아다니는 더블린이란 도시의 난삽한 다양성과 이라가 그토록 잘 아는 할렘 부근, 그리고 그의 기억에 인상의 저장고로 간직되는 이스트 사이드 부근 사이에 다른 무엇이 있었을까? (…중략…) 우라질! 『율리시스』의 작중인물들 가운데 누구와 비교해서도 뒤지지 않을 만큼 많은 외설스러움, 불결함, 퇴폐, 불운을 그는 지니고 있었다. 하지만 언어, 그렇다 언어가 그의 치욕적인 삶과 수치스러운 생각을 귀중한 문학으로, 그토록 찬양된 『율리시스』 같은 것으로 신기하게 변모시킬 수 있었다. (…중략…) 적막하게 늘어선 지저분한 건물, 배추 썩는 냄새가 때때로 뒤섞이는 양잿물 냄새를 발산하는 음산한 통로 그리고 또 층계의 닳은 모서리, 입구의 찌부러진 구리우편함, 리놀륨이 깔린 손상된 계단, 일 층 층계참 앞의 작은 창문 등등, 이로 말미암아 '연금술적 변환'의 권리가 부여되지 않았을까? 이로써 문학의 영역에서 자산이 쌓이기 시작한다면, 글쎄, 어느 온갖 누구와도 비교할 수 없을 정도로 부유했다. 즉 그의 영역은 고철 장수의 창고였다. 그가 아무 생각 없이 저장고에 간직하는 그 많고 많은 더러운 인상은 모두 변환이 가능했다. 비루함이 고결함으로, 주철 덩어리가 금괴로.[27]

그는 당시에 자신에게 제공되었던 미국문학의 가능성, 그때까지 자신이 이용할 수 있었던 모든 본보기를 빠짐없이 말한다.

> 아니, 너는 모든 돛을 다 편 배를 타고 남쪽 바다의 섬 쪽으로 물살을 가를 필요도, 『바다의 늑대』에 나오는 어떤 인물처럼 망루 돛대의 돛을 말아 올리러 갈 필요도, 머나먼 클론다이크강에서 금을 찾을 필요도, 헉 핀과 함께 뗏목을 타고 미시시피강을 내려갈 필요도, 새로운 신문이 5'센트'에 팔리는 야생의 서부에서 인디언과 싸울 필요도 없었다. 너는 아무 데도 갈 필요가 없었다. 모든 것이 거기에, 할렘에, 맨해튼 섬에, '할렘과 저지 시티 부두 사이의 어디든지' 너의 눈앞에 있었다. (…중략…) 언어는 마법사, 철학자의 돌이었다. 언어는 연금술의 한 형식이었다. 가난을 예술의 반열로 높이는 것은 언어다. (…중략…) 그는 얼마나 엄청난 발견을 했는가! 이라 스티그먼, 그는 가난, 슬픔, 비장감, 상실에서 '마브킨'[28]이었다. 그가 바라보는 여기저기에 보물, 아직 캐내지 않았고 따라서 그의 것인 감정할 수 없는 보물로 가득 찬 창고가 있을 따름이었다. 그것은 저속했다. 하지만 문학적이었다. 이라는 그것을 사용할 권리의 대금을 비싸게 치렀다.[29]

헨리 로스는 문학으로의 "변모"라는 원칙을 거의 있는 그대로 드러낸다. 이미 살펴보았듯이 이 단어는 하찮지 않다. 즉 그의 경제 어휘보물, 자산, 황금, 가치, 감정할 수 없는는 문학화 메커니즘의 현실을 문학적 완곡어법이 관례적으로도 전혀 사용되지 않는 가운데 분명히 밝힌다. 로스는 또한 여기에서 문학 유산또는 자본이라 명명된 것의 실제적인 기능을 제시하기도 한

27 Ibid., pp.102~103. 작은따옴표는 저자 강조.

28 mavkhin. '영리한 (사람)'을 의미하는 히브리 단어.

다. 헨리 로스가 자신의 영역을 다시 자기 것으로 삼고 자신의 특수한 경제적 궁핍을 문학의 계획으로 전향시키고이것은 그가 쓰는 단어이다 이 여권과 이 형식 자원을 갖춰 문학 영역에 관한 가장 현대적인 문제의식으로 들어가기에 이르는 것은 오로지 (언어, 문학, 정치, 역사 차원의) 전혀 다른 세계에서 태어난 어떤 작가의 입장과 그의 입장 사이에서 찾아볼 수 있는 동등성의 인정으로부터, 그리고 이 창작자가 그에게 내보이는 본보기에 기대면서일 뿐이다. 따라서 그는 조이스의 『율리시스』를 처음으로 읽었을 때 느낀 경이로움에 관해 다음과 같이 쓴다.[29]

> 날들이 지나감에 따라, 그가 읽고 토론함에 따라, 어떤 이상한 확신이 그의 마음속에서 명확히 드러났다. 즉 그가 조이스의 기질에 대해 어떤 친화성을 겸허하게 지각하고 조이스의 방법에 대해 불확실한 소질을 느끼는 것처럼, 조이스의 본보기가 조잡하나 유사한 모양으로 그의 마음속에 새겨졌다. 많고 많은 통로가 아무리 어렴풋할지라도 이라는 조이스가 탁월한 전문가인 이러한 종류의 영역, 즉 점묘화를 떠올리게 하는 이 똑같은 종류의 현실에서 '마브킨'이라는 감정이 일었다. 그에게는 이 영역을 환기하는 실마리, 이것을 인정할 수 있게 해주는 지지물이 있었다. 그는 이것에 민감했다. 왜? 그는 자신이 왜 그런지 몰랐다.[30]

그가 조이스에 의한 계시 후에 쓰는 소설, 1934년의 『잠이라 하자』[31]는 실패하게 된다. 저자의 매우 탈중심적인 입장, 당시의 미국문학 공간이 놓인 상황과 문학적 현대성의 증서가 수여되는 장소 사이의 간격이 아마 너

29 H. Roth, op. cit., pp.104~105.

30 Ibid., p.101.

31 프랑스어로 trad. par L. Rosenbaum, *L'Or de la Terre promise*, Paris : Grasset, 1989.

무 컸을 것이다. 이를 입증하는 증거는 30년 후에 이 소설이 백만 부 이상 팔렸다는 사실, 30년이 지나 이루어진 이 소설의 재발견과 공인이다.

3. 포크너 혁명, 베네트, 부제드라, 야신, 바르가스 요사, 샤무아조

조이스와 함께 포크너는 아마 일찍이 문학 영역에서 일어난 가장 위대한 혁명들 가운데 하나, 이로 인해 소설에서 초래된 전복의 범위로 보아 자연주의 혁명에 비견될 만한 혁명을 실행한 작가일 것이다. 하지만 중심에서, 그리고 아주 특별히 파리에서 이 미국 소설가에 의한 기법상의 혁신은 형식주의적 창조로만 이해되고 공인될 뿐인 데 반해 문학 영역의 중심 밖에 자리한 나라에서는 해방의 용도로 쓰였다. 이제부터 포크너는 다른 누구보다도 더 피지배문학 공간의 국제 작가들에게 명백한 "레퍼토리"에 속한다. 여전히 정치와 미의식 그리고 문학의 궁지였던 것에 대한 문학적 해결책을 그가 찾아냈기 때문에 그들은 국가에 의한 규칙의 부과로부터 빠져나가려고 애쓴다.

중심의 비평계에 의해 병합되고 그의 작품에서 찾아볼 수 있는 이러한 전복의 측면을 궁핍한 처지의 작가가 중심에 의한 문학적 공인의 독점으로 말미암아 무시할 만큼 그토록 탈역사화된 조이스보다 훨씬 더 포크너는 위대한 문학 혁명가들 사이에서도 문학 영역의 가장 높은 층위에 속하는 가장 인정받은 이들 가운데 하나이면서 또한 중심 밖에 자리한 나라의 모든 작가가 자신과 동일시할 수 있는 사람이기도 하다. 그는 어마어마한 "시간 가속기"이다. 왜냐하면 가장 궁핍한 나라의 소설가에게 세계 가장자리의 가장 마뜩잖은 현실에 적당한 미적 형식을 부여할 가능성을 제공하면서 지체라는 주변부의 저주를 풀리게 하기 때문이다.

이 미국 소설가의 작품이 갖가지 문학적 시도를 하나로 묶는 데 성공하고 매우 다양한 지평에서 온 소설가에 의해 40년 전부터 인정받는 이유는 아마 일반적으로 양립할 수 없는 속성들이 거기에 모여 있기 때문일 것이다. 세계에서 가장 강력한 국가의 시민이고 파리에 의해 공인된 포크너는 그런데도 자신의 모든 소설어쨌든 초기의 소설에서 이른바 "저개발국" 전체의 현실과 정확히 일치하는 인물, 풍경, 사고방식, 그리고 역사, 요컨대 주술적 사고방식에 예속되고 가족이나 마을의 울타리 안으로 축소된 어떤 낡아빠진 농촌 세계를 그려낸다. 발레리 라르보는 이러한 해석을 곧장 부인하긴 하지만 『내가 누워 죽어가는 동안』에 붙인 자신의 유명한 서문에서 포크너의 초기 작품이 "농촌 소설소설 장르의 위계에서 아마 가장 낮은 등급일 장르"의 꼬리표를 달고 프랑스에 다다랐다는 점을 확인한다. "아주 잘된 번역으로 미시시피강의 주에서 우리에게 오는 농촌 풍속의 소설이 여기 있다. (…중략…) 『내가 누워 죽어가는 동안』은 확실히 관심을 끌 만한 더 많은 요소를 보여주고 내 생각에는 서점에서 독자의 편의를 위해 '농촌 소설'이라는 꼬리표를 붙이는 책 대부분보다 훨씬 더 높은 미적 가치를 지니고 있다."[32]

이처럼 그는 그때까지 규범화된 서술 현실주의에만 맞을 듯한 이 조잡한 농촌 세계를 소설적 현대성으로 이끈다. 즉 난폭하고 성경의 신화를 지니고 대개 형식 위주의 아방가르드에 연결된 도시 현대성과 전적으로 대립하는 어떤 부족 문명이 20세기에 형식의 차원에서 가장 대담한 시도들 가운데 하나에서 특별히 우대받는 대상이다. 포크너는 많은 불우한 나라의 작가가 갇히는 모순을 자신의 계획 자체에 의해 해결하고, 강요된 문학적 위계의 저주를 그치게 한다. 그는 경이로운 가치 전도를 실행하고 그때까지 문학의 현재에서, 즉 형식적 현대성에서 배제된 문학의 누적된 지체를 갑작스레 메운다. 스페인 작가 후안 베네트는 아마 그를 이해한 최초의 사람들 가운데 하나일 것이지만, 그의 뒤를 이어 앤틸리스 제도에서 남아메리카나 아프리카를 거쳐 포르투갈까지 넓은 의미의 "남반구"에 속하는 모든 작가가 그를 인정했다. 그들에게 포크너는 자신의 문화유산을 전혀 부정하지 않고 문학의 현재에 접근할 가능성을 보여주는 작가였다. 언어, 시대, 문명의 차이에도 불구하고 중심 밖의 작가에게 즉각 드러나는 유사성에 힘입어 그들은 그를 정당한 선구자로 내세울 수 있게 된다. 알다시피 조이스에 대해서도 포크너에 대해서도 동일시 메커니즘은 똑같다. 그들의 작품은 궁핍한 처지의 작가가 직면하는 딜레마와 곤경을 완전히 새롭고 대단한 방식으로 해결하는 만큼 동등한 상황에 놓인 창작자에 의해서만 감지될 수 있을 뿐이다. 그러나 조이스는 대체로 매우 불우한 도시 세계 출신의 소설가에게 요구되는 반면 포크너는 케케묵은 문화 구조를 지니고 도시화가 거의 진전되지 않은 나라 출신의 작가에게 인정받는다.[32]

1) 스페인 레온에서의 포크너

"윌리엄 포크너는 내가 작가로서 존재하는 이유였어요. 그는 나에게 평생 가장 큰 영향을 주었지요."[33] 포크너에게 빚을 졌다는 후안 베네트의 선언, 이 미국 소설가의 작품과 계통을 함께한다는 그의 인정, 모든 이 중

---

32 Valery Larbaud, "Préface", William Faulkner, trad. par M.-E. Coindreau, *Tandis que j'agonise*, Gallimard, 1934, p.1.

33 J. 베네트, 저자와의 미발표 대담. 대담 A.

에서 글쓰기의 대가로 선정된 이 작가에게 그가 보내는 절대적인 찬탄은 문학의 유통망이 내보이는 복잡성에 대한 놀라운 예증이다. 일반적으로 "영향"의 언어로 해설되는 이러한 선택 친화력은 관념의 하늘에 예정되어 있는 만남과 아무런 관계가 없다.[34]

포크너의 소설은 1950년대의 스페인으로 베네트에게 이른다. 시간적으로나 공간적으로나 매우 먼 길이었다. 미시시피강에서 마드리드까지의 여행에 20년이 걸렸다. 그 경로는 우연과 아무런 관계가 없다. 즉 파리를 거친 것이다. 베네트는 포크너를 프랑스어로 읽는다. 그가 말하길 이는 이 나라나 이 언어에 특별히 매혹되어서가 아니라 그 시대에는 프랑스어를 말하고 읽을 수 있는 능력이 세계 전역의 문학에 대한 접근의 보증이었기 때문이다. 그는 미국 소설의 현대성을 발견한다. 이는 그저 미국 소설에 특별히 경도되어서가 아니라 누구보다도 포크너가 오래전부터 프랑스 비평계의 가장 높은 심급에서 소설적 현대성의 토대를 놓은 이들 가운데 하나로 선정되기 때문이다. 파리가 차지하는 각별한 자리로 말미암아 베네트는 프랑스에 의한 승인을 전적으로 신뢰할 수밖에 없고 포크너의 작품을 이미 공인된 위대한 소설가의 작품으로 받아들인다. 하지만 이 작품다른 작품보다는 오히려 이 작품이 그에게 불러일으키는 계시의 효과는

34 예컨대 문체의 유사성, 그리고 클로드 시몽의 작품에 대한 비교는 프랑스 독자가 어김없이 행하고 미뉘 출판사의 상표에 의해 조장되는 것으로서 사실 관점의 오류이자 프랑스 중심의 해석이다. 베네트는 초기 글을 쓸 때 누보로망에 대해 잘 알지 못했거나 무관심했다고 강조한다. "아뇨, 누보로망은 나에게 그다지 중요하지 않았어요. 무엇보다도 윌리엄 포크너에 대한 독서가 나에게 글쓰기의 모든 가능성을 일깨웠죠. 물론 뒤이어 프랑스의 누보로망 작가, 그리고 독일, 영국, 남아메리카 작가를 읽었죠. 하지만 난 이미 성숙했고 이 작가들의 영향을 받기에는 너무 많은 책을 썼어요."(대담 A). 그러나 국제 문화에 따라 변하는 소설의 어떤 상태로 말미암아 서로 다른 장소와 맥락에서 매우 유사한 계획이 생겨날 수 있다. 클로드 시몽 또한 자신을 윌리엄 포크너의 후예라고 공언한다.

명백히 겉보기에 모든 것이 갈라놓는 두 세계, 즉 포크너가 본 미국의 남부와 베네트의 관점으로 본 스페인 레온 사이의 놀라운 일치에 기인한다. 베네트는 자신이 엔지니어와 작가로서 경력을 시작한 사실을 이야기하면서 이렇게 설명한다.

> 나는 나 자신이 그다지 잘 알지 못하는 어떤 지방, 즉 스페인 북서쪽, 칸타브리아 산의 남쪽, 레온에 살았어요. 당시에 매우 낙후되고 주민이 별로 없는 지방이었죠. 아무것도 없었어요. 도로도 나 있지 않았고 전기도 들어오지 않았지요. 뭐든지 해야 했어요. 나는 스페인의 가장 가난하고 가장 외진 지방으로 많은 여행을 했어요.[35]

『내가 누워 죽어가는 동안』의 프랑스어판에 붙인 서문에서 포크너의 미국 풍경을 묘사하기 위한 발레리 라르보의 용어도 거의 똑같다. "독자는 그 드넓은 평야의 순전히 농업적인 성격, 대도시의 부재, 나쁜 도로망과 질 낮은 통신 서비스, 중앙 유럽이나 서유럽의 농민과 농장주 그리고 소작인 대부분보다 훨씬 더 힘겹게 살아가는 듯한 경작지 소유 주민의 낮은 밀도에 어김없이 큰 충격을 받을 것이다."[36]

너무 단순하고 너무 모호한 "영향"의 낡은 관념은 포크너와 베네트 사이의 만남을 설명하기에 적절하지 않다는 점을 분명히 알아차릴 수 있다. 베네트는 영감을 주는 작품과 관련하여 특히 자신의 독창성을 주장하려고 애쓰는 "영향 아래의" 작가 대다수가 그러듯이 자신이 포크너에게 빚지고 있다는 사실을 은폐하거나 내색하지 않기는커녕 자신의 관련성을

35 J. 베네트, 대담 B.

36 V. Larbaud, "Préface", op. cit., p.II.

과시하고 가능한 유사성을 명백히 존중하는 가운데 끊임없이 강조한다.[37] 그는 자신의 "차용"이 갖는 본질을 더 잘 이해시키려고 하는 듯이 자신의 빚을 공공연히 알린다. 즉 상응하는 현실을 이야기하기 위해 본래 유사한 요소를 실용적으로 (예컨대 미적으로만이 아니라) 사용한다. 두 세계 사이의 인정된 유사성은 문체적이거나 구조적인 요소의 실제적인 재현을 내포하는데, 이에 힘입어 문학 "기법"의 전면적인 모방이 배제된다. 물론 우리는 서술의 복잡성, 시간의 비-선형성, 연대순의 혼란 등은 말할 것도 없이, 포크너가 자신의 책에서 행동을 요크나파토파 고을에 한정했듯이 자신의 모든 소설을 "레지온" 지방에 위치시키려는 베네트의 의지를 눈여겨보았다. (게다가 둘 다 자신의 허구적인 지방에 관한 구체적인 지형도를, 포크너는 말콤 카울리의 선집 『휴대용 포크너』[38]를 위해, 그리고 베네트는 1983년 출판된 『에룸브로사스 란자스』[39]에서 제시했다.) 모리스에드가 쿠앵드로는 이 미국인의 작품을 미국의 남부에만 연결할 자치주의적 해석을 멀리하기 위해 『야생종려나무』에 붙인 자신의 서문에서 "포크너 작품의 진짜 무대는 영원한 신화, 특히 성서가 대중화한 신화의 무대"[40]라는 사실을 강조하고 뒷부분에서 "윌리엄 포크너라는 위대한 원주민, 오래된 신화에 봉사하는 자"[41]를 환기한다. 베네트도 역시 신화를 원용하지만, 이는 전혀 다른 문화적 맥락을 암시하기 위해서이다. 그는 자신의 모든 소설에서 일종의 연대순

37 심지어 그는 자신의 허구 텍스트 자체에서 몇몇 대목을 인용하기까지 한다. 가령 "'규칙적으로 잘 울리고 그 슬프고 쓸쓸한 체념으로 물든 비현실적인'(포크너) 소리로 개들이 서로 부르고 찾았다.", *Tu reviendras à Région*, Paris : Éditions de Minuit, 1989, p.384.

38 New York, Viking, 1946.

39 Madrid, Alfraguara, 1983.

40 M.-E. Coindreau, "Préface", William Faulkner, trad. par M.-E. Coindreau, *Les Palmiers sauvages*, Gallimard, 1952, p.4.

41 M.-E. Coindreau, op. cit., p.5.

탐색을 수행하기 위해서인 듯 민간 신화와 신앙, 조상 전래의 미신과 관습을 뒤섞는다. 고대 신화을 심지어 부정확하거나 암시적인 방식으로 동원하면서 칸타브리아산에서 고립 생활을 영위하는 농부의 사유 구조를 치켜세우고 보편화한다. 가령 『너는 레지온으로 돌아올 것이다』의 첫머리를 장식하고 귀신처럼 편재하는 어떤 산지기가 감시하는 미로처럼 위협적인 산은 미궁 같은 모든 하데스와 모든 지옥을 끈질기게는 아니지만 환기하고 그 이상한 새들, "등에 끔찍하고 투창을 당돌하게" 찔러넣으면서 사람을 공격하는 "타락한 맹금류"는 어떤 악순환의 수호자를 상기시킨다. 그리고 신앙, 공포, 전설을 강조하면서 케케묵은 쟁점을 위해 모호한 싸움에 열중한 그는 자기 고장의 후진성과 저개발에 관한 어떤 길고 복잡한 성찰에 공을 들인다. "그리고 저기 도랑에서 죽었다, 무기를 온통 동원해서 오래된 모욕을 빙자하여 이 산의 접근 불가능성을 침해하고 이 산의 저개발을 둘러싼 비밀을 밝히려고 시도한 사람이."[42] 주술적 사유의 원용은 민족 문화의 가장 순수한 흔적을 간직하는 곳으로 취급된 농촌 세계의 이상화와 아무런 관계가 없다. 반대로 그것은 아마 포크너의 상기 작업에 의해 가능하게 되었을 어떤 기묘한 자기성찰을 통해 스페인의 지체 또는 정체에 관한 정치적이고 역사적인 질문의 기초가 되는 것이다.

포크너 읽기를 통해 얻은 자유에 힘입어 실제로 베네트는 스페인에 고유한 문제를 다시 찾아낼 수 있게 된다. 그리고 민족의 케케묵은 구조를 간파하려고 시도하는 모든 분석, 겉보기에 수수께끼 같고따라서 엄밀하게 문학적이고 실제로는 아마 역사적이고 민족지와 관련되는 모든 분석을 바로 이러한 관점에서 이해할 필요가 있다. 따라서 그는 예컨대 "전설에서 이야

42 J. Benet, *Tu viendras à Région*, p.122.

기되듯이 토르스의 바다에서 높은 파도에 휩쓸리는 시도니우스 왕의 머리 (…중략…) 그리고 자기 아버지의 시신에서 배를 가르는 젊은 아비자의 광기 (…중략…) 정당한 권력을 잃지 않기 위해 퇴폐와 의고주의 쪽으로 이끌리는 어떤 비천해지고 희망 없는 마음의 행로를 결정하게 되는 광기"[43]를 환기한다. 마찬가지로 후안 베네트는 내전에 관한 도발적인 관점을 단호하게 제안한다. 그의 책에는 스페인인의 유배에 관한 그토록 많은 작품의 출발점에 있던 그러한 영웅 신화의 어떤 흔적도 없다. 베네트는 스페인의 지성계에서 모든 태도 결정을 밑받침하는 전형적인 신성불가침의 주제에 자신의 첫 번째 책부터그리고 이 주제는 그의 거의 모든 소설에 어떤 형태로건 현존하게 된다 정면으로 접근한다. 전쟁으로 향하는 완전히 새로운 그의 시선은 역사가의 시선이다. 어조는 공정한 진단과 묘사의 어조이다. 똑같이 전쟁의 무분별에 휘둘리는 공화주의자와 민족주의자는 어느 한쪽도 지지받지 못한다. 공화주의자인 아버지가 공화파 군대에 의해 마드리드에서 죽임을 당했으므로 아마 자전적 요소에 뿌리를 내리고 있을 그의 환멸적인 관점 또한 문학 규범과 전적으로 단절되어 있을 수밖에 없었다. 가령 그는 『너는 레지온으로 돌아올 것이다』에서 자신의 계획을 분명히 알린다. "레지온을 둘러싼 내전의 전개는 여러 가지 점에서 반도 전체의 사건에 대한 더 느린 리듬의 축소 패러다임이라는 점이 이해되기 시작한다."[44] 그리고 뒷부분에서 레지온 지방에서 공화주의자들이 참여한 활동을 서술하면서 이렇게 쓴다. "그녀는 공화주의자였다. 부주의로 깜박해서 그렇게 되었다. 호전적인 혁명가였다. 매우 오래된 억압의 질서에 대한 보복을 추구해서가 아니라 불길하고 곤란한 본래의 조건에서 생겨난 자

43 Ibid., p.295.

44 Ibid., p.104.

질, 곧 용기와 순진함 때문에 그런 것이었다."[45] 내전을 스페인의 저개발[46]이 띠는 수많은 변형 가운데 하나로, 가장 케케묵은 관행과 신앙에 순종하는 나라의 결연하고 동시에 어쩔 수 없이 겪는 고립의 가장 끔찍한 결과들 가운데 하나로 여기는 그는 1967년 프랑코 장군 치하인데도 독재의 도래에 관한 역사의 논리를 확증된 사실로 제시한다. 가령 레지온의 저주받은 산을 지키는 누마에 관해 이렇게 쓴다.

> 그는 넘겨주는 것이 전혀 없다. 하지만 적어도 진전을 조금도 허용하지 않는다. 그와 함께하면 구원이 없다. 그에게서 어떤 미신을 보지 말라. 그것은 자연의 변덕도 내전의 결과도 아니다. 아마 어떤 종교의 조직적인 과정 전체가 성장과 결합하여 반드시 그것으로 귀착할 것이다. 즉 비겁하고 이기적이고 조잡한 민족은 언제나 불확실성보다 억압을 더 좋아한다. 전자는 부자의 특권인 것 같다.[47]

2) 알제리에서의 포크너

스페인 언어와 문화에 대해 후안 베네트가 한 것과 똑같은 유형의 작업을 아랍어로 시도하는 라시드 부제드라도 역시 포크너의 유산을 요구한다. 이는 알제리 소설의 "민족" 문제를 일신하고 너무 단순한 언어의 양자택일프랑스어로 또는 아랍어로 쓰기에서 빠져나가기 위해서이다. 그는 식민지화

45 Ibid., p.105.

46 "Trois Dates, la Guerre civile espagnole. Questions de stratégie", trad. par M. de Lope, *La Construction de la Tour de Babel*, Noël Blandin éditeur, 1991, pp.71~98에서 그는 스페인 군대의 '예정된 지체'를 환기한다.

47 J. Benet, *Tu Reviendras à Région*, p.293.

의 결과인 학교 교육의 전통으로 말미암아 가질 수 없었던 소설의 현대성을 원용한다. "나는 내 나라가 현대적이기를 바랍니다." 그가 어느 대담에서 설명한다.

> 그런데 현재로서는 그렇지 않아요. 그리고 나의 문학에서 실제로 나는 글쓰기의 현대성에, 현시대의 작가이건 아니면 아방가르드 작가이건 내가 보기에 세계에서 현대성을 만든다고 여겨지는 작가에게 매혹되지요. 포크너는 오래전에 죽었으나 소설의 현대성을 창시했으므로 그런 작가들 가운데 하나이죠. 그리고 클로드 시몽도 포함돼요. 클로드 시몽의 모든 소설은 페르피냥 지방이 무대입니다. 이 작은 도시 또는 이 작은 마을로부터 시몽의 세계 전체가 펼쳐지죠. 똑같이 포크너 또한 미시시피주의 아주 작은 도시 제퍼슨으로부터 모든 작품을 썼어요. 나 역시 그런 면에서는 그들에게 뒤질 것이 없죠. 나는 그것을 남방소설이라 부릅니다. 나 또한 이 남방 소설의 일부분을 이루고 그것의 일부분이길 바랍니다. 나를 클로드 시몽에 접근시키는 요소는 남방이죠. 오늘날 내가 알제리에서 1990년대의 여자들에 관해 말하듯이 그는 1930년대에 여자들에 관해 말하니까요. 정확해요. 유폐와 더위 등을 생각해 보세요. 그 모든 것은 나의 세계, 내가 태어난 세계와 똑같은 세계예요. 포크너도 역시 그렇죠. 남방, 벌레, 모기, 그 모든 것이.[48]

클로드 시몽 자신이 포크너에게 빚을 졌다고 고백했는데, 이러한 클로드 시몽에 대한 참조는 미국의 유산에 대한 전유 과정을 배가하는 방식이다. 자연주의의 케케묵은 수단 없이 어떤 나라의 현실을 표현할 수단을 제공하는 소설의 현대성에 대한 요구는 문학과 미의식의 완전한 자율성에 대한 표명을 내포한다. 즉 부제드라는 알제리 작가의 정치적 병합을 거부하고 또 다른 영역, 문학의 영역에서 정치를 다시 찾아낸다. 이는 반대로 탐미주의적 탈정치를 의미하지 않는다. 아랍어를 안으로부터 뒤엎고 종교 및 사회생활과 관계가 깊은 언어의 자명성과 이 언어에 대한 전통적 존중을 뒤흔들려는 의지는 민족문학의 실천을 크게 일신한다. 부제드라는 어떤 문학의 실천을 안으로부터 변화시키기 위해 중심 작가의 무기1920년대의 아일랜드에서 조이스에게만큼 오늘날 알제리에서 부제드라에게 아마 부과하기 어려울 사회적이고 종교적인 품위의 전복를 이용하는데, 이 문학은 어떤 서사 모델 일반적으로 채택함으로써 식민주의에서 해방된다고 생각하나 학교에서 배운 "훌륭한" 프랑스어 "글쓰기"의 본보기를 물려받은 어떤 구조의 반복에 지나지 않는다. "우리는 교육적인 교사 문학을 지니고 있죠 (…중략…) 알제리 작가는 상황을 객관적이고 외적이고 사회학적이고 인류학적인 방식으로 바라봐요. 또한 식민지화를 통해 도움을 받았고 거기에 가두어지기조차 했고 갈채를 받았다고도 말해야 해요. 그리고 이 교사 문학은 가르치기를 바라고 교훈을 주고자 하지요."[49] 그에게 문제는 "특히 '신성성'을, 틀리건 맞건 민족에 의해 신성하다고 여겨지는 바를 의문시하는 것"이다. "그것은 여러 참신한 것을 아랍어로 말하는 일이에요."[50] 프랑스에서 출판된 그의 두 번째 소설 『일광욕』이 아랍어로 번역될 때 "당시에 그것은 알제리에서 엄청난 추문이었어요." 그가 말을 잇는다.

> 바로 내가 신성한 텍스트를 의문시했기 때문이었지요. 우리가 어렸을 때 코란 텍스트에 관해 하는 말장난, 모든 알제리, 아랍, 모슬렘 어린이가 초등학교 다

48 저자와의 대담, op. cit., 1991.11, p.13.

49 Ibid..

50 Ibid., p.11.

닐 때 하는 말장난을 내가 한 탓이었죠. 그러므로 모든 전복적인 측면, 전복적인 풍자는 아랍어로 할 때 더 효과적이에요. (…중략…) 나는 이 언어를 뒤엎어요. 우리가 이 언어를 뒤엎었다는 점은 우리에게 중요해요. 그것이 그토록 신성화되고 그토록 수로에 처박혀 있는 만큼, 그것을 뒤엎는 것은 좋은 일이죠.[51]

1975년 카텝 야신은 포크너를 자신의 유일한 본보기로 삼고 두 나라 사이의 비교를 통해 자신의 중요성을 설명하는 경향이 있는 중심의 비평 담론에 미묘한 변화를 주려고 애쓰면서도 부제드라와 똑같은 용어로 자신의 의견을 표명한다.

카뮈를 예로 들자. 카뮈 또한 명백히 작가이지만 알제리에 관한 그의 책은 부정확하고 공허하게 울린다. (…중략…) 포크너로 말하자면 그는 내가 가장 싫어하는 유형의 인간을 대표한다. 포크너는 미국 출신의 식민자, 백인 청교도이다. (…중략…) 다만 포크너는 천재적이다. 그는 문학의 도형수이다. (…중략…) 내가 글을 쓰는 시기에 알제리가 일종의 남아메리카, 미국의 남부였다는 점, 백인이 그처럼 소수이고 문제가 그토록 상당히 비슷했다는 점에 비추어 그는 나에게 영향을 미치지 않을 수 없었다. 하지만 포크너의 영향이 제시된 방식은 자의적이다. 물론 출판사는 표지에 그의 영향을 써넣는다. 포크너는 매우 유명하므로 그것이 유행이다. 그것은 편리했다. 하지만 포크너의 영향을 설명할 필요가 있다. 내가 방금 몇 마디로 설명했듯이 사람들이 그것을 설명한다면 모든 것은 제자리로 돌아간다.[52]

---

51 Ibid., p.12·14.

52 K. Yacine, "Le génie est collectif", propos recueilis par M. Djaider·K. Nekkouri-Khelladi, 4 avril 1975, *Kateb Yacine. Éclats de mémoire*, textes réunis et présentés par O. Corpet et A.

3) 라틴아메리카에서의 포크너

이 미국 소설가는 또한 이른바 라틴아메리카 "붐"의 작가들이 표방한 문학 해방의 기수가 되기도 했다. 알다시피 그의 작품은 가브리엘 가르시아 마르케스가 수도 없이 증언했듯이 마르케스에게 매우 중요했다. 더 나아가 페루 작가 마리오 바르가스 요사에게도 그랬다. 요사는 포크너 텍스트가 갖는 창시의 성격을 강조한다.

> 나는 미국 소설가, 특히 '잃어버린 세대'의 소설가, 포크너, 헤밍웨이, 피츠제럴드, 도스 파소스, 이들 중에서 누구보다도 포크너를 읽었어요. 내가 젊은 시절에 공부한 저자들 가운데 그는 나에게 여전히 살아 있는 드문 사람들 가운데 하나예요. 나는 포크너를 다시 읽으면서 결코 실망한 적이 없어요. 때때로 헤밍웨이의 경우에 그렇기도 했지만 말이죠. 그는 내가 실제로 손에 펜을 들고 적어가면서 읽은 최초의 소설가예요. 그의 기법에 마음이 사로잡혔던 거죠. 이 소설가의 작품은 내가 정신적으로 재구축하려고 시도한 최초의 것이었어요. 그의 글에서 예컨대 시간의 구성, 공간과 연대기의 교차, 이야기의 단절, 그리고 모호성, 수수께끼, 신비, 깊이의 효과를 새로 만들어내기 위해 갖가지 모순적인 관점에 따라 사건을 이야기하는 그의 능력을 파악하려고 시도했죠. 그래요, 그가 20세기의 위대한 소설가들 가운데 하나라는 점 이외에도, 포크너에게서 기법이야말로 내게 경탄을 불러일으켰어요. 나는 그의 작품을 읽는 것이 나와 동시대인인 라틴아메리카 작가에게 매우 유익했다고 생각해요. 포크너가 묘사하는 현실, 즉 미국 남부와 어떤 점에서 상당히 유사한 어떤 현실, 이를테면 우리의 현실에 적용할 수 있는 귀중한 묘사 기법 일습을 제공하기 때문이죠.[53]

Dichy avec la collaboration de M. Djaider, Paris : IMEC éditions, 1994, pp.61~62.

53 Mario Vargas Liosa, trad. par Demeys, *Sur la vie et la politique*, entretiens avec Ricardo A.

바르가스 요사가 강조하는 "지정학적" 유사성은 베네트와 부제드라가 알아차리는 것과 다름없다. 이것은 구조의 친화성을 보여주는 증거이다. 이에 따라 포크너는 소설의 현대성에 일조한 판테온의 가장 저명한 구성원들 가운데 하나라는 막연한 찬탄의 대상이 아니라 가장 현대적인 미의식을 가장 케케묵었다고 정평이 난 사회 구조 및 풍경과 양립시킬 수 있게 해주는 어떤 특수한서술, 기법, 형식 차원의 해결책의 선구자, 창안자가 된다.[54]

4. 문학 언어의 창시를 향하여

작가의 종속에서 (상대적일지라도) 독립으로 이르는 오랜 역사에서, 문학의 자유와 특수성에 대한 점진적이고 창의적인 노력을 가능하게 해주는 문학 자원의 그 느린 축적 과정 동안 가장 불확실하고 가장 어려운또한 가장 드문 투쟁은 언어를 둘러싸고 벌어지는 투쟁이다. 언어는 작가에게 불가분하게 정치적 수단이자 민족의 깃발이고 재료인 만큼, 본질적인 모호성 자체로 인해 언제나 민족이나 민족주의 또는 민중주의의 목적을 위한 도구로 여겨질 수 있다. 정치와 민족의 심급에 대한 이러한 본래의 종속으로 말미암아 세계문학공화국의 가장 자율적인 영토에서 작가가 구실삼을 수 있는 유일한 소속과 종속의 공언 무한히 보편적으로 되풀이된 "나의 조국은 나의 언어다"라는 구호의 형태를 띨 것이다. 작가의 출신이 어

Setti, Paris : Belfond, 1989, pp.19~20.

54 라틴아메리카 소설가 대부분에다가 오늘날 '크레올' 소설가, 파트릭 샤무아조와 라파엘 콩피앙 그리고 에두아르 글리상을 덧붙여야 할 것이다. 그들은 포크너와의 관련성, '아메리카 크레올 소설' 공동체에의 소속을 표방한다. 저자와 파트릭 샤모아조의 미간행 대담, 1992.9.

디이건 거의 변함이 없는 이 구호는 민족과 관계가 깊은 언어를 요구하면서 가장 독립적인 고장에서 정치적 민족주의를 몰아내고 거부하는 명백하고 경제적인 방식이다.

그래서 글쓰기와 작가의 해방을 위한 최종 단계, 작가의 마지막 독립 선언은 아마 어떤 자율적인 언어, 다시 말해서 전형적으로 문학적인 언어의 자율적인 사용에 대한 확언을 거칠 것이다. 이 언어는 문법이나 심지어 맞춤법에 따른 교정의 규칙 알다시피 이것은 국가에 의해 강요된다 가운데 어떤 것도 지키지 않을 것이고 문학적 창조 자체에 의해 강요된 요구만 따르기 위해 가장 즉각적인 가독성, 가장 평범한 소통에 대한 공동의 요구에 굴복하기를 거부할 것이다.

조이스는 최초로 『피네간의 경야』에서 선조성과 즉각적인 가독성 그리고 "문법성"의 명령과 결별했고 다언어에 의한 창작을 통해 어떤 특수한 언어의 사용과 도래를 확언했다. 아르노 슈미트는 이 행로에서 그를 뒤따라 특히 같은 페이지에 여러 이야기가 공존하는 『금으로 가장자리를 꾸민 저녁』에서 인쇄상의 뒤엎기에 의해 서술의 순서를 변화시켰다.

아주 최근에는 프랑스에 살면서 글을 쓰는 헝가리 여성작가, 카탈린 몰나르가 이 방향에서 새로운 제안을 내놓았고 민족어에 대한 특정 침해를 벌였다. 그녀는 민족, 다시 말해서 정치에 따른 전제를 명백히 의문시한다. 언어의 질서에 대한 복종의 토대가 이것에 있기 때문이다. 그러면서 그녀는 어떤 음성언어 다시 말해서 문어이자 동시에 구어인 언어 를 반어적이고 동시에 전복적인 방식으로 제안하고 그것을 통해 문학 언어가 지녀야 하는 문학적 자율성을 이론화한다.

아주 오랜 세월 동안 올바른 민족어가 아직 존재하지 않았다. 한편으로 라틴어, 다시 말해서 학술어와 다른 한편으로 민족어가, 다시 말해서 통속어가 있었다. (…중략…) 목적이 달성되었고 기어코 모든 것이 예전의 통속어로 표현된다. 그리고 오늘날 정확히 실로 문학에서도 그렇다. 전반적으로 문학 언어와 정확한 민족어 사이의 분리, 구분이 없었다. (…중략…) 목적은 즐거움을 유발하는 것이지 언어의 순수성이 아니다. 따라서 그들은 어떤 방식이라도 사용할 수 있고 가능한 모든 것을 실현할 수 있다. 모든 것, 단연코 모든 게 허용된다! 그러므로 언어 규범을 존중할 어떤 의무도 없다. 너는 정확한 민족어를 옹호해야 한다는 생각을 그친다.[55]

아마 베케트는 오늘날 어떤 문학 언어의 창안에서 가장 멀리 나아간 사람일 것이다. 일찍이 문학에서 상상된 가장 자율적인 실현 매체를 창작했기 때문이다. 파리로 망명한 아일랜드인이라는 위치와 작품이 갖는 (두 방향으로 자기 번역된) 두 언어의 성격은 아마 언어와 서술의 통상적인 자명성을 의문시하기 위한 가장 효과적인 동력이었을 것이다. 어떤 철저한 자율성에 대해 갈수록 엄밀하고 분명한 탐구를 실행함으로써 그는 작가가 대해 처하게 되어 있는 종속의 온갖 형태, 예컨대 정치적 의미에서의 민족은 물론이고 더 나아가 민족문학의 역사에 고유한 논쟁, 국가 문학 공간에 의해 강요된 미적 선택, 끝으로 언어 자체, 즉 정치의 심급에서 부과하고 작가를 민족어의 규범에 복종시키는 일단의 규범 및 규칙과 결별하기에 이른다.

브람 반 벨데의 회화에 대한 베케트의 열광적인 관심을 이런 관점에서 이해할 필요가 있다. 즉 문학의 구상적인 문제의식에서 벗겨 나는 베케트

55 Katalin Molnár, "Dlalang", *Revue de littérature générale*, 96-2, Digest, Paris : POL(페이지에 번호를 부여하지 않았음).

는 회화에서 추상화의 문제를 끌어온다. 이런 식으로 회화 예술에서 가장 위대한 혁명들 가운데 하나를 문학으로 옮겨놓고 통상적으로 문학예술의 토대가 되는 전제를 뒤집어엎는다. 현실주의적 구성에 대한 조이스의 전복 작업을 이어받으면서 소설의 서술에 대해 기반이 되는 모든 "현실 효과"를 점차로, 그리고 갈수록 급진적으로 의문시한다. 우선 공간적이고 시간적인 그럴듯함의 전제, 다음으로 작중인물과 심지어 인칭대명사를 거부하면서 전통적인 재현의 규범에서 해방된 순수하고 자율적인 문학을 창안하려고 애쓴다. 이 해방은 새로운 언어적 도구의 사용 또는 즉각적인 가독성의 특수하지 않은 속박과 무관한 새로운 언어의 사용을 전제로 한다.

문학의 추상화를 위해 "기법적" 도구를 창출하기 위해서는 의미 작용, 다시 말해서 서술, 재현, 연속, 묘사, 배경, 작중인물 자체에서, 그렇다고 유기적 결합의 부재를 체념하고 받아들이지는 않으면서, 벗어날 수 있게 해주는 참신한 문학적 재료를 창안할 필요가 있다. 요컨대 어떤 자율적인 또는 적어도 작가에 의해 일찍이 상상된 가장 자율적인 문학 언어를 창출할 필요가 있다. 문학의 자율성에 이르기 위해 의미를 가능한 한 최대로 잠잠하게 하는 것이 베케트의 내기, 문학사에서 가장 야심적이고 가장 터무니없는 내기들 가운데 하나이다. 아마 『최악 쪽으로』[56]에서 절대적 자급자족의 글쓰기에 대해 그가 품은 대단한 계획의 귀결을 볼 수 있을 것이다. 거기에서 그는 자신의 고유한 구문, 어휘, 저절로 정해지는 문법을 산출하고 심지어 자체만을 근거로 쓰일 수 있는 텍스트의 순수한 공간 논리에 호응하는 단어를 창출한다. 아마 거기에서 베케트는 문학의 추상화

56 S. Beckett, trad. par Édith Fournier, *Cap au pire*, Paris : Éditions de Minuit, 1991; *Worstward Ho*(영어판), Londres, John Calder, 1983을 볼 것.

에 이르렀을 것이다. 언어의 순수한 실현 매체가 창안되었다. 이것은 자체 이외의 다른 어떤 것으로도 위임되지 않으므로 완전히 자율적이다.

문학을 최후의 종속 형태에서 떼어내기 위해 베케트는 공통어의 관념 자체와 결별한다. "말 아닌 것"[57]의 문학을 찾아 떠난 그는 아름다움의 재료를 공들여 만들어내고 따라서 아마 가장 자유로운 문학 언어, 다시 말해서 말의 의미 자체에서 풀려난 문학을 창안한 사람일 것이다. 베케트는 영어로도 프랑스어로도 쓰지 않는다. 그는 자신만의 미적 문제의식으로부터 아마 가장 완전한 몰이해 속에서일 터이지만 진정으로 자율적인 문학 혁명을 최초로 완수한다.

57 S. Beckett, "German Letter of 1937", op. cit.

세계와 문학이라는 바지

고객 하느님은 세계를 엿새 걸려 창조했소. 그런데 당신은 여섯 달 걸려서도 나에게 바지 하나 만들어줄 수 없잖소.

양재사 하지만 손님, 세계를 보고, 당신의 바지를 보세요.

사무엘 베케트 『세계와 바지』에서 재인용

베케트는 카프카처럼 자신도 문학적으로 "불가능"하다고 평가하는 어떤 문학에 대한 전통적인 재현을 피하려고 애쓰는 한편으로 전쟁 말기에 매우 짧게 미술 비평을 수행했다. 반 벨데 형제의 작품을 설명하고 돋보이게 하려고 애쓰면서 비평과 관련하여 모든 가능한 길을 열거했다.

엄밀한 의미에서의 비평에 관해 말하지 말자. 가장 좋은 비평, 프로망탱 같은 사람, 그로만 같은 사람, 맥그리비 같은 사람, 자우어란트 같은 사람의 비평, 그것은 아미엘에서 유래한다. (…중략…) 아니면 레싱처럼 일반 미학을 한다. 그것은 매력적인 일이다. 아니면 바사리와 『하퍼스 매거진』처럼 뒷이야기를 한다. 아니면 스미스처럼 체계적인 목록을 만든다. 아니면 불쾌하고 어수선한 수다에 망설임 없이 빠져든다.[1]

1 Samuel Beckett, *Le Monde et le Pantalon*, pp.8~9.

비평에는 도대체 무엇이 남아 있을까? 아마 정확히 말해서 세계와 문학이라는 바지 사이의 그 잃어버린 관계를 되돌리는 일, 결코 서로 만나지 않고 평행하게 존재하도록 선고받은 두 영역 사이의 관계를 끈질기게 다시 이어가는 일일 것이다. 실제로 오래전부터 문학 이론은 역사와 절연했다. 양립할 수 없게 된 이 두 항목 사이에 하나를 선택해야 한다고 주장되었다. 롤랑 바르트는 이 문제에 바쳐진 어떤 글에 「역사 또는 문학」[2]이라는 제목을 붙이지 않았는가? 그리고 문학사를 하는 것은 바로 텍스트, 즉 고유한 의미에서의 문학을 포기하는 것이라고 주장되었다. 예외로서의 저자와 도달할 수 없는 무한으로서의 텍스트는 문학 행위의 정의 자체와 불가분하다고 선언되었고 역사는 문학예술의 순수한 형태를 포괄하는 하늘로 충분하게 높이 오를 수 없다고 비난받고서 배제되거나 축출되거나 성스러운 문학의 언어로 말하건대 파문당하는 결과를 낳았다.

그러므로 이 두 영역, "세계"와 "문학"은 공통의 척도가 없다고 선언되었다. 이에 대해 롤랑 바르트는 심지어 두 대륙을 환기했다.

> 한편으로 세계가 있다. 세계에는 정치, 사회, 경제, 이데올로기 현상이 우글거린다. 다른 한편으로 작품이 있다. 홀로인 모습의 작품은 여러 의미 작용이 '동시에' 관여하므로 언제나 중의적이다 (…중략…) 몇몇 신호가 변하고 몇 가지 묵인이 강조되기는 하지만 한 대륙에서 다른 대륙으로 넘어갈 수 있다. 하지만 요컨대 이 두 대륙 각각에 관한 연구는 자율적으로 발전한다. 두 가지 지리는 그다지 일치하지 않는다.[3]

---

2 Roland Barthes, "Histoire ou littérature", *Sur Racine*, Paris : Éditions du Seuil, 1963, pp.145~167.

3 Ibid., p.148.

이 두 영역 사이의 관계 확립에 대한 보통 극복할 수 없다고 여겨지는 장애는 로랑 바르트에 의해 환기된 "지리"로 인한 장애이자 특히 시간에 의한 장애이다. 즉 문학 이론가와 문학사 연구자가 말하길 표현 양식은 똑같은 리듬으로 변하지 않고 통상적인 세계의 연대기로 환원할 수 없는 또 "다른 시간성"[4]에 의해 지배받는다. 그런데 "차이 연대기"[5]의 문제를 전도시키고 문학의 시간, 다시 말해서 자체의 법칙과 지리 그리고 특수한 연대기에 따라 구조화된 영역의 출현 양태에 대한 묘사가 가능해 보였다. 이 영역은 일상 세계와 분명히 "분리되어" 있지만 일상 세계에 대해 '비교적' 자율적일, 즉 대칭적으로 말하자면 '비교적' 종속적일 뿐이다.

하지만 베케트가 쓰길 "움직이고 달아나고 돌아오고 흐트러지고 다시 정돈되는" 것 전체의 역사를 어떻게 해석할 것인가? "서서히 변화하는 이 평면, 진동하는 이 윤곽, 사소한 것으로 인해 깨지게 되어 있고 사람들이 바라봄에 따라 흐트러지고 재형성되는 이 균형에 관해 무슨 말을 할 것인가?" 그가 덧붙여 말한다. "무게 없고 힘이 없고 그림자 없는 이 세계에 관해 어떻게 말할 것인가? (…중략…) 그런 것이 문학이다."[6] 그가 말을 잇는다. 게다가 "어떻게 변화를 나타낼 것인가?" 특수한 변화를, 형식, 장르, 문체의 변화뿐만 아니라 문학에서의 단절과 혁명을? 무엇보다 가장 특이한 작품을 '시간 속에서' 그것의 특이성이 조금도 부정되지 않고 축소되지 않는 가운데 어떻게 이해할 것인가? 예술은 베케트가 강조하길 "예술의 한계가 돌파되기를 기다린다".[7]

---

4 M. Fumaroli, *Trois Institutions littéraires*, Paris : Gallimard, 1994, p.12.

5 Antoine Compagnon, *Le Démon de la théorie*, Paris : Éditions du Seuil, 1998, p.239.

6 S. Beckett, *Le Monde et le Pantalon*, p.33.

7 Ibid., pp.10~11.

이 책에서 표명되고 전개된 제안은 문학을 시간적 대상으로 만드는 것이다. 이는 문학을 세계의 사건 계열로 귀착시킴으로써가 아니라 문학을 역사의 시간 안으로 끼워 넣음으로써, 그리고 어떻게 문학이 역사의 시간에서 점차로 빠져나와 역방향으로 자체의 시간성을 구성하는지 밝힘으로써 이루어진다. 여기에서 나는 바지와 세계 사이의 관계가 무엇보다도 저이 밑 민족과 관련되어 있다고 주장하기를 시도했는데, 어떻게 문학이 느린 자율화 과정을 통해 뒤이어 통상적인 역사 법칙에서 벗어나는지 제시하는 일은 아마 역설적으로 이 본래 역사적인 관계를 복원함으로써 가능할 것이다.

달리 말하자면 세계와 문학 사이에는 분명히 시간의 비틀림이 있다. 문학은 "세속의" 시간에 직접 종속되지 않는다. 하지만 바로 (문학의) 시간에 힘입어 문학은 (세속의) 시간에서 풀려날 수 있게 된다고 덧붙여야 할 것이다. 더 정확히 말해서 가만히 생각하건대 문학에 고유한 시간성의 출현 양태에 관한 구상은 문학의 문학적 역사를 구성하는 방식들 가운데 하나일 수 있을 것이다. 이와 동시에 문학은 역사로 귀착할 수 없는 대상으로, 그리고 역사의 대상으로, 하지만 역사성이 엄밀하게 문학적인 대상으로 모순 없이 정의될 수 있다. 우리가 여기에서 문학 공간의 생성으로 명명한 문학의 자유가 끊임없는 투쟁과 경쟁 속에서 문학에 부과된 모든 외래의 한계정치적, 민족적, 언어적, 상업적, 외교적에 맞서 천천히, 힘겹게, 창출되는 그 과정이다.

그러므로 시간의 이 비가시적이고 은밀한 척도를 온전히 설명하기 위해서는 어떻게 문학의 시간이 출현하면서부터 자체의 법칙을 갖춘 문학 공간이 구성되는가를 제시할 필요가 있을 것이다. 이 공간은 민족 공간들 사이의 관계투쟁, 경쟁 속에서 구축되고 통일되며 오늘날 전 세계로 확대되어 있는 만큼 "국제적"이라고 말해질 수 있다. 세계 공간의 구조, 바르트가 세계 공간의 지리라고 명명하는 것도 역시 시간적이다. 즉 각 민족문학 공간 각각따라서 각 작가은 공간이 아니라 시간 속에 자리 잡는다. 문학의 그리니치 자오선에서 측정되는 문학의 시간이 있는데, 이것과 관련하여 각자의 자리가 중심에 대한 시간적 거리에 따라 평가될 수 있으면서 세계의 미학 지도가 그려질 수 있을 것이다.

이 공간의 불평등 구조에 대한 초보적인 소묘의 직접적인 결과는 작가에 대한 가장 일반적인 묘사, 유대도 역사도 없는 고독한 존재를 통용되지 않게 만드는 것이다. 각 작가가 이 공간에 (그것도 불가피하게) 자리한다면, 이는 그가 다른 모든 공존하는 위치와의 관계 속에서만 존재한다는 것을 의미한다. "우리는 시간 속에서 자리를 차지한다고 모든 이가 느낄 뿐 아니라," 프루스트가 『되찾은 시간』의 끝부분에서 쓴다. "아무리 단순한 사람이라도 우리가 공간에서 차지하는 자리를 헤아려볼 터이듯이 시간 속의 자리도 어림잡아 헤아려본다."[8] 작가는 심지어 문학의 시공간에 두 번, 즉 한번은 작가를 배출한 민족문학 공간의 위치에 따라, 그리고 한번은 민족문학 공간에서 작가가 차지하는 자리에 따라 위치가 정해진다.

이로부터 내 시도의 어려움이 생겨났다. 매 순간 안경을 바꾸고 하찮은 세부 사항으로 보일 수 있는 것을 통해 전체적인 개요를 설명하고 가장 일반적인 것으로 보일 수 있는 것 쪽으로 우회하면서 가장 특이한 것을 이해하게 하는 것이 계획 자체에 전제되어 있었기 때문이다. 때때로 나는 프루스트가 자기 작품 전체의 구성을 처음으로 시도할 때 마주친 오해를 『찾아서』의 끝부분에서 떠올릴 때 환기하는 것을 생각해곤 했다.

---

8 M. Proust, *Le Temps retrouvé. A la recherche du temps perdu*, Paris : Gallimard, 1954, t. VIII, p. 440.

> 이윽고 나는 몇 가지 초안을 제시할 수 있었다. 아무도 거기에서 어떤 것이건 이해하지 못했다. 진실에 대한 나의 지각에 호의적인 이들조차 (…중략…) 실제로 매우 작고 각각이 하나의 세계인 것을, 그것이 먼 거리에 위치하므로, 알아보기 위해 망원경을 사용했을 때, 반대로 '현미경'으로 그것을 발견했다고 나에게 축하했다. 내가 커다란 법칙을 탐색하는 거기에서 사람들은 나를 세세한 것의 발굴자로 불렀다.[11]

가장 가까운 것과 가장 먼 것, 미시적인 것과 거시적인 것, 특이한 작가와 드넓은 문학 세계 사이의 이 왕복은 텍스트의 내적 해석을 텍스트 출현의 외적 상황과 분리하지 말아야 한다는 뜻을 함축한다.

하지만 이는 불평등한 시간 기금을 비롯하여 문학 게임 주역들의 불평등에 대한 고려를 전제한다. 가장 유구한[10] 문학 공간은 또한 가장 부유한 문학 공간, 이론의 여지가 없는 지배를 행사하는 문학 공간이다. 역사에서 해방된 "순수하고" 순전히 자율적인 문학의 관념은 가장 유구한 문학 공간을 가장 최근의 문학 공간다시 말해서 문학 영역 안으로 가장 최근에 들어온 문학 공간 으로부터 떼어놓는 거리로 말미암아 문학 세계 전체에 보편적인 것으로 부과된 역사적 창간물이다.

더 일반적으로 역사와 특히 문학 공간의 불평등 구조에 대한 부정은 가장 빈약한 문학 공간을 본질적으로 구성하는 심미적이고 정치적인 범주를 고려하기 어렵게 만드는 장애물들 가운데 하나이다. 달리 말하자

---

9 M. Proust, op. cit., p.434.

10 더 정확히 말해서 가장 이른 시기에 경쟁 속으로 들어간. 이 점에서 인도, 중국, 일본, 이란 또는 아랍어권 국가는 지배국이 아니다. 이 나라들은 늦게 문학적 경쟁과 정치 및 문학 측면에서의 종속 상황 속으로 들어갔다.

면 이 단순한 거부 때문에 세계 공간의 주변부에서 이루어진 많은 문학적 시도를 이해하거나 심지어는 그 자체로 인정하기가 금지된다. "순수" 비평은 심미적 범주가 텍스트에 투사된다. 순수 문학의 극점에서 민족과 정치의 범주는 무시될 뿐만 아니라 문학의 정의 자체에서 단번에 배제된다. 가장 유구한 자원에 힘입어 문학이 (거의) 모든 종속 형태로부터 풀려날 수 있게 된 곳에서, 특수한 자민족중심주의의 형태 때문에 문학 세계의 위계 구조, 다시 말해서 게임 참여자들의 실제적인 불평등이 무시되고 거부된다. 정치적 종속, 내부 번역, 민족과 언어에 대한 관심, 문학의 시간 속으로 들어가기 위해 유산을 구성할 필요, 문학공화국의 주변부에서 생겨난 문학 작품의 계획과 형식을 부추기는 이 모든 특수한 속박, 이 모든 단호한 명령이 문학의 규칙을 정하는, 다시 말해서 가치 판단을 내리는 이들에 의해 부정되고 동시에 무시된다. 그래서 중심 밖의 작품은 문학적이지 않은 것으로, 다시 말해서 순수 문학의 순수한 기준에 부합하지 않은 것으로 온전히 거부되거나 공인의 원칙 자체로 세워진 엄청난 오해의 대가로 (드물게) 인정받거나 한다. 즉 자민족중심주의의 무지에 의해 보증된 병합론이 문학 공간들의 위계 구조, 경쟁, 불평등에 대한 거부로 인해 공인또는 파문으로 보편화된다.

카프카의 사례는 이러한 자민족중심주의가 대개 시대착오의 형태를 띤다는 점을 보여준다. 그에 대한 공인이 전적으로 사후에 이루어지는 만큼 이 시대착오는 카프카가 텍스트를 창작할 수 있었던 문학(과 정치 그리고 지식) 공간과 그의 작품에 대한 "수용"의 공간을 벌려놓는 거리에 기인한다. 1945년 이후 그를 현대성의 창시자들 가운데 하나로 공인하는 문학 영역 안으로 들어가면서 그는 동시에 자신의 민족적이고 문화적인 특징을 모두 잃는다. 그것이 보편화 과정 때문에 은폐된다. 문학의 그리니치 자오선에서, 다시 말해서 문학의 현재텍스트를 전유하는 각 지적 세대에 다시 현시대적이 되는 현재에 통용되는 기준, 즉 자율성, 형식주의, 다의성, 현대성 등이 그에게 적용된다. 하지만 그의 입장과 계획에 대한 역사화에 비추어 그는 정확히 반대로 아마 피지배 민족의 작가였으리라는또는 스스로 그렇다고 생각했거나 그런 작가로 살았으리라는 점이 드러난다. 이러한 이유에서 논리적으로, 그리고 우리가 조금 전에 확립한 모델에 따라, 그가 불확실한 정체성의 끊임없는 "탐색"에 자기 작품을 바쳤다고 생각할 수 있다. 그는 특정한 민족문학의 구성에 참여했고 텍스트로 자기 민족의 해방과 "민족성"에 대한 자신의 접근에 이바지하고자 했다. 하지만 큰 문학 민족의 자민족중심주의 비평이 강요하는 문학적 위계의 자명성으로 인해 문학에 대한 이러한 유형의 시도를 문학에 대한 가장 고결한 관념에 걸맞은 것으로 인정하기가 곤란해진다.

그런 만큼 여기에서 국제성과 역사성을 기반으로 제안된 모델의 구축, 그리고 특히 16세기부터 역사적으로 정립된 민족과 문학의 관계에 대한 인식을 통해 중심 밖의 작가가 문학에 대해 세우는 계획에 존재 이유와 심미적이고 정치적인 일관성을 돌려주려고 시도했다. 문학적 세계의 지도가 확립되고 큰 문학 민족을 작은 문학 민족과 분리하는 이분법이 분명히 알려진 덕분으로 틀림없이 중심의 비평에 내포된 무의식의 범주를 객관화하는 것이 가능했을 것이다. 그리고 아마 공인의 시기에 가장 분명히 나타나고 카프카, 입센, 야신, 조이스, 베케트, 베네트 등 서로 다른 창작자들의 경우에서 재현되는 부인 메커니즘을 간파하는 것이 가능했을 것이다. 그들은 서로 매우 다른 도정을 밟았을지라도 모두 다 문학적 계획에 관한 엄청난 오해에 힘입어 보편적으로 인정받고 문학적 보편의 "제조"라는 문제를 모범적으로 제기한다.

물론 이는 카프카에 대한 보편적인 공인에 이의를 제기하려는 것이 아니다. 아마 그는 예사롭지 않은 탐색과 유지할 수 없는 입장 때문에 문학적 재현의 통상적인 코드를 뒤엎고 특히 유대인의 정체성을 사회적 운명의 불가피성으로 검토함으로써 어떤 보편적인 질문을 가장 극단적인 강도로 제기하는 문학을 창시할 수밖에 없었을 것이다. 하지만 중심에서의 인정에 원칙적으로 탈역사화가 뒤따르는 까닭에 의도적인 무지의 요구를 근거로 보편화가 조장된다. 그리고 아마 문학적 계획의 극단적인 독립주의를 이해하는 조건에서만 문학적 계획의 보편성을 떠받치는 참된 원칙에 접근할 수 있을 것이다.

어떤 과정에서 보자면, 이 책의 야망들 가운데 하나는 모든 중심 밖의 주변부의, 궁핍한, 지배받는 작가를 위한 일종의 결정적인 무기가 되는 것이다. 나는 뒤 벨레, 카프카, 조이스, 포크너의 텍스트에 대한 나의 해석이 문학 영역에 대한 접근의 불평등성이라는 현실을 부인하는 중심 비평의 자병성, 강요에 맞서 싸우기 위한 수단일 수 있기를 바란다. 중심에서 벗어나는 보편성이 있다 그것은 역사상 갖가지 형태를 띠지만 그래도 네 세기 전부터 세계의 여기저기에서 작가들에 대해 효과를 덜 내지 않는 보편적인 지배이다. 뒤 벨레에서 예이츠와 다닐로 키슈 그리고 베케트를 거쳐 카텝 야신에 이르는 문학적 수단, 투쟁, 요구, 선언의 믿을 수 없는 항구성은 나 자신이 발견하고 깜짝 놀란 바로서 틀림없이 문학 세계의 모든 "후발주자"로 하여금 문학사에서 가장 명망 높은 작가들 가운데 몇몇을 선구자로 내세우고 특히 작품의 형식이나 언어 또는 정치-민족적 관심까지 정당화하도록 부추길 것이다.

게다가 『프랑스어의 옹호와 현양』의 초판이 나온 1549년부터 가장 위대한 특수 혁명, 모든 문학적 실천을 대폭으로 뒤엎고 시간과 문학적 현대성의 척도를 바뀌게 하는 데 이바지하는 혁명들이 일어나는 것은 알다시피 중심 밖의 작가들 사이에서이다. 나는 루벤 다리오, 게오르그 브라네스, 마리우 지 안드라지, 제임스 조이스, 프란츠 카프카, 사무엘 베케트, 윌리엄 포크너 등이 실행한 혁명을 생각하고 있다. 이 책이 독자를 위해, 그리고 심지어는 독자에 의해 만들어지기를 바라면서 『찾아서』의 끝부분에서 프루스트가 썼듯이 쓸 수 있으면 좋겠다.

> 나는 내 책을 (…중략…) 생각했는데, 내 책을 읽을 이들, 나의 독자들을 생각하면서라고 말하는 것은 심지어 부정확할 것이다. 실제로 내 책은 오로지 콩브레의 안경원 주인이 구매자에게 내보인 것과 같은 일종의 돋보기일 것인 만큼 그들은 내 생각이지만 나의 독자가 아니라 자기 자신의 독자일 것이고, 내 책 덕분으로 그들의 손에는 자기 마음속을 읽을 수단이 쥐어질 것이다. 따라서 나는 그들에게 나에 대한 칭송이나 비방이 아니라 다만 그것이 바로 맞는지, 그들이 자기 마음속에서 읽는 말이 정말로 내가 쓴 말인지 나에게 말해달라고 요청하고 싶다.[11]

11 M. Proust, op. cit., pp.424~425.

역자 후기

불문학을 전공한 문학 연구자로서 나는 여태껏 텍스트의 정확한 해독 또는 해석 작업을 해왔다고 생각한다. 심지어는 작가를 배제하고 독자로서의 자기 자신을 작가로 여길 정도로까지 작품 또는 텍스트 자체를 중시했다. 모름지기 작가는 자기 작품에 대해 거리를 둘지언정 마치 집 나간 자식인 양 염려의 끈을 놓지는 않는 듯한 만큼, 이러한 작가 배제의 태도는 엉뚱한 측면이 없지 않다. 하지만 자식이 부모에 대해 으레 그런 것처럼, 그리고 르네 샤르가 노래하듯이 작품 또는 텍스트는 저자에게서 떨어져나오고는 저자에게 전혀 신경을 쓰지 않는다. 시나 소설로서는 너무나도 당연히 관심과 사랑을 작가에게서가 아니라 독자에게서 받고 싶을 터이기 때문이다. 또한 프루스트는 자기 작품이 작가의 마음속이 아니라 독자의 마음속을 읽을 '돋보기'라고 역설한다. 설령 어떤 작품에서 작가의 모습이 역력히 비춰 보인다 해도 지당하게도 그것조차 결국에는 독자에게로 귀착하게 되어 있다는 것이다. 샤르와 프루스트의 합당한 지적에 비추어 볼 때 텍스트는 저자와 무관한 하나의 자율적인 실체인 셈이다. 그러므로 텍스트 내적인 분석 및 해석의 활동을 크게 잘못된 것이라고 볼 수는 없을 것이다.

그렇다고 텍스트나 작품에 온전히 갇혀 있어도 곤란할 것이다. 헨리 제임스의 「양탄자의 무늬」에 등장하는 비평가처럼 작품을 '절대적인 예외'라거나 자기 밖의 어떤 것과도 관련이 없는 '완벽한 단일체'라고 너무 신성시하거나 작품의 비밀을 작품 내에서만 찾을 수 있는 신비한 어떤 것으로 여기는 태도는 대체로 난해성으로 이어져 문학 비평의 본질을 적게나 크게 벗어난 일탈일 확률이 높을 뿐 아니라 작품에 대해 공정하지 않은, 달리 말하자면 너무 낮거나 너무 높은 평가로 이어지기 일쑤이기 때문이다. 가령 모리스 블랑쇼의 『카프카에서 카프카로』를 읽어보면 카프카라는 작가의 됨됨이에서 어두운 측면, 즉 양심의 갈등, 고독의 필요, 번뇌, 죽음에의 매혹이 강조되는데, 그렇다면 카프카의 유대인 풍 유머, 짓궂은 면모, 오스트리아와 독일과 체코 그리고 유대민족에의 사중 소속 등은 도외시될 수밖에 없고 따라서 블랑쇼의 카프카는 밀란 쿤데라가 『배반당한 유언』에서 말했듯이 "소설의 역사에서 멀리, 예술에서 매우 멀리" 떨어져 세 명의 약혼녀와 아버지라는 "전기의 '미니-미니-미니 맥락'에서" 해석된 카프카일 뿐이다. 게다가 카프카의 작품에는 없는 난해성으로 인해 당최 무엇을 말하려는 것인지 종잡기가 힘들고 책 전체의 내용이 제목처럼 일종의 동어반복으로 생각될 지경이다.

또한 연구 분야의 경계를 넘어 여러 분야를 아우르는 것은 창의성을 높이기 위해 권장할 만한 일이지만 그렇다고 해서 문학 연구를 다른 분야, 예컨대 철학이나 예술 분야에 종속시키는 것은 반대의 경우와 마찬가지로 지양해야 할 것이다. 카프카의 경우를 계속해서 예로 들자면 질 들뢰즈와 펠릭스 가타리는 『카프카—비주류문학을 위하여』에서 카프카의 사유를 심하게 왜곡한 듯하다. 카프카의 어느 편지에서 언급된 '작은' 문학petite littérature을 '비주류'문학littérature mineure로 살짝 바꾸어 카프카의 문학을 미래의 혁명에 이바지할 문학, 다시 말해서 "가까운 미래의 '악마적인 권력'을 앞질러 보여주는 수단"으로 규정하는데, 이러한 의미의 이른바 '비주류'문학은 매우 매력적인 메시지를 전파하지만, 그런 만큼 들뢰즈와 가타리가 카프카의 작품에서 끌어내어 카프카에 대한 문학적 이해를 돕는 사유라기보다는 오히려 카프카의 작품에 덧씌운 그들 자신의 사유라는 의심이 들지 않을 수 없다. 물론 카프카의 작품에서 투쟁의 정치사상을 충분히 읽어내는 일은 충분히 가능하다. 하지만 조지 오웰이나 일부의 사회주의적 현실주의 작가에게서처럼 쿤데라가 지적하듯이 "삶이 정치로, 정치가 선전으로 축소"되지는 않는다. 게다가 카프카가 미래를 예견하고 소설을 쓰지도 않았다. 본의 아니게 "현재와 미래의 커다란 사회적 기계"를 분해해서 보여주게 될 수는 있었겠지만, 이러한 기계의 묘사는 오로지 훨씬 더 넓은 국제적 맥락, 이를테면 헨리 제임스가 말한 '양탄자의 무늬' 배후에 놓여 있는 세계문학판, 더 좁게는 유럽문학판의 형세에서 연유할 따름이다. 『카프카—비주류문학을 위하여』라는 저서는 카프카 문학의 해석에 새로운 지평을 열어젖힌 측면이 없지 않고 분야의 경계를 넘나드는 장점이 분명히 엿보이긴 하지만, 카프카의 문학을 철학적 사유의 입증 수단으로 삼은 점은 문학 작품으로서의 매력을 무시하는 처사라고 생각한다. 달리 말하자면 질 들뢰즈와 펠릭스 가타리의 카프카 해석은 '작은' 문학에 대한 카프카의 일기 텍스트에 관해 '역사상의 오류'를 대가로 실행된 시대착오적인 것이다. 파스칼 카자노바는 그들의 해석에 굳세게 맞서 '비주류'문학보다는 '작은' 문학이 더 정확하다는 점을 제시한다. 이 체코 작가를 당시의 언어-정치 상황 속으로 다시 집어넣음으로써 카프카의 작품을 철저하게 문학 또는 문학 비평의 관점에서 해석하고자 한다. 사실 설명의 독점권은 누구에게도 없는 법이다. 그러므로 성공을 거두었으나 어쩐지 불만족스럽거나 문학에서 과도하게 멀어진 편향적인 해석, 그리고 명망 높은 지식인이나 대학인에의 현혹은 경계해야 해야 마땅하다.

그런데도 여태까지 나는 블랑쇼나 들뢰즈 등에게 매혹당하고 그들의 사유 방식을 맹목적으로 추종했다. 더 일반적으로 말하자면 오로지 중심부의 경향을 좇아가기에 여념이 없었고 따라서 언제까지나 아류일 수밖에 없었다. 그들에게 맞서 투쟁하고 경쟁함으로써 문학 연구 및 비평의 현대성 또는 파스칼 카자노바가 말한 "그리니치 자오선"을 쟁취하는 일은 생각조차 하지 못했다. 나의 경우를 일반화하는 것은 틀림없이 오류일 것이다. 하지만 나로서는 부정적인 성격 탓인지 나의 좁은 안계를 고려하면서도 그것이 현실일지 모른다는 걱정에 사로잡힌다. 그저 단순한 모방에 그치거나 더 나쁘게는 텍스트의 의미를 정확히 파악하지도 못하고 모방조차도 제대로 하지 못하면서 중심부의 이론을 단편적으로 남보다 더 빠르게 수입해서 이만하면 됐다는 어설프고 두루뭉술한 모습으로 이솝우화의 까마귀처럼 처신하는 이가 적지 않은 탓이다. 그러면 다가오는 미래에는 사정이 좋아질까? 나보다 젊은 세대가 나와는 달리 투쟁과 경쟁을 통해 문학 연구의 '현재'를 쟁취하여 창의적인 연구의 첫 발걸음을 디딜 날이 오기를 간절히 바라지만 지금으로서는 회의적인 생각이 앞선다. 이와 같은 염려스러운 상황은 문학 창작의 영역도 마찬가지가 아닐까. 내가 잘 모르는 분야여서 성급하게 판단할 수는 없지만, 그저 번역, 그것도 영어로의 번역을 통해 중심에서의 인정만을 바라는 성급한 태도를 보일 뿐, 중심과의 대결 의식과 이를 통해 경쟁력 있는 작품을 창작하겠다는 다부진 결의는 찾아보기 어렵기 때문이다.

『세계문학공화국』은 초국가적 문학 공간의 점진적인 출현과 단일화라는 가설을 입증하고자 한다. 이를 위해 저자는 문학적으로 궁핍하고 문학을 민족 투쟁의 요구에 예속시키는 주변부 민족의 작가, 예컨대 치누아 아체베, 마리우 지 안드라지, 사무엘 베케트, 후안 베네트, 보르헤스, 파트릭 샤무아조, 루벤 다리오, 윌리엄 포크너, 월터 휘트먼, 카를로스 푸엔테스, 에두아르 글리상, 헨리크 입센, 나보코프, 제임스 조이스, 프란츠 카프카, 다닐로 키슈, 앙리 미쇼, 살만 루슈디, 네이폴, 샤를페르디낭 라뮈, 월레 소잉카, 조지 버나드 쇼 등이 중심부의 권력에 맞서 자기만의 문학 언어를 찾아내고 중심에서 경쟁할 만한 작품으로 인정을 받는 역사를 추적한다. 달리 말하자면 이 저서는 유럽에서 러시아를 거쳐 미국과 중남미 그리고 일본과 아프리카로 확장된 세계문학 공간의 역사이다. 그런데 주변부의 주변부라고 말할 수 있는 우리나라에는 이와 같은 성취에 이르렀다고 언급할 만한 작가나 작품이 없는 것 같다. 그 이유는 파스칼 카자노바의 견해에 비추어 보건대 세계문학 공간의 불평등 구조에도 불구하고 이 공간의 형세 또는 추이를 알아내고 이것에 들어맞는 '양탄자의 무늬'를 발견하여 독창적인 작품을 창작함으로써 일종의 문학 혁명을 이룩한 작가가 없었기 때문이다.

이 책의 저자 파스칼 카자노바는 2000년 서울국제문학포럼에 참석했다. 이 포럼에서 그녀는 '문학 세계화의 길, 노벨문학상'이란 제목으로 발표에 나섰는데 한국을 아일랜드에 견주면서 세계문학판에서 한국이 대단한 성과를 거둘 수 있으리라고 언급했다. 이는 한국문학의 가능성에 대한 너무 높은 평가라고 생각한다. 실제로 문학의 관점에서 아일랜드는 파스칼 카자노바가 이 책에서 세계문학의 패러다임이라 일컬었을 정도로 아주 짧은 기간 동안 커다란 업적을 이뤄낸 국가이다. 아일랜드인으로서 1923년 예이츠, 1925년 버나드 쇼, 1969년 베케트, 1995년 셰이머스 히니가 노벨문학상을 수상했을 뿐 아니라 제임스 조이스가 『더블린 사람들』, 『율리시스』, 『피네간의 경야』란 작품으로 이 수상자들보다 더 큰 세계적인 명성을 구가하고 있다. 언뜻 보기에 한국과 아일랜드는 파스칼 카자노바가 지적하듯이 침략당하고 식민 지배를 받고 이에 항거하고 분단의 아픔을 겪는 등 역사적으로 유사한 경험을 했다. 하지만 조이스와 베케트 같은 작가가 한국에서는 나오지 않았고 앞으로도 나올 일이 없을 듯하다. 물론 한국문학에서도 훌륭한 작가와 좋은 작품이 많았을 것이고 세계문학 공간의 지배 언어로 진즉에 번역되었더라면 세계적으로 주목을 받았을 수도 있었겠지만 그래도 우물 안의 개구리처럼 국내에서의 명성에 평안히 안주할 뿐 죽을 각오로 투쟁과 대결에 나서는 작가는 없었고 아직도 없지 않나 하는 생각이 든다. 그러므로 한국을 아일랜드에 빗댄 것은 파스칼 카자노바가 한국문학판의 실정을 잘 모르고 한국인에게 듣기 좋은 말을 한 것이 틀림없다.

파스칼 카자노바의 견해는 유럽중심주의의 측면이 다분하다고 말해도 과언이 아닐 것이다. 왜냐하면 사실상 세계문학 공간이 최초로 성립된 것은 유럽에서이기 때문이다. 『세계문학공화국』은 지배 언어, 즉 프랑스와 영어로 글을 쓴 작가를 중심으로 서술되고 파리와 런던이 세계문학의 수도 또는 중심, 즉 공인 심급으로 등장한다. 오늘날에도 여전히 주변부의 작가나 작품이 세계문학판으로 들어오려면 프랑스어나 영어로 번역되고 파리나 런던의 평단에 의해 인정받아야 한다. 하지만 프랑스와 영어, 파리와 런던이 처음부터 지배 언어, 중심의 공인 심급이지는 않았다. 가령 뒤 벨레의 『프랑스어의 옹호와 현양』1549이 출판된 시기에 프랑스어는 라틴어의 지배에 저항하고 단테와 보카치오 그리고 페트라르카의 언어, 즉 토스카나어와 경쟁하면서 점차 지배 언어가 되었다. 영어 또한 프랑스와의 대결과 경쟁 속에서 세계문학 공간에서 지배력을 넓혀 갔다. 오늘날에는 상업의 세계화와 미국의 패권으로 인해 프랑스어와 영어 사이의 세력 관계가 역전된 듯도 하다. 19세기에 근대 민족국가가 성립하면서부터는 독일어도 헤르더의 혁명 이후로 이러한 언어들의 세력 다툼에 끼어들었고 20세기 중엽에 이르러서는 중남미 작가들, 특히 마술적 현실주의 작가들에 힘입어 스페인어, 포르투갈어도 이러한 경쟁에 합류했다. 이 과정에서 파스칼 카자노바가 주목한 것은 중심부의 언어와 문학에 대한 투쟁을 통해 주변부의 이른바 '작은' 문학이 세계문학판에 당당히 자리를 잡았고 이러한 과정에서 점점 더 넓은 세계문학 공간이 단일한 '세계문학공화국'으로 성립되어 간다는 점이다. 요컨대 파스칼 카자노바는 오히려 카프카, 베케트, 마르케스, 카텝 야신, 에밀 시오랑, 치누아 아체베 등의 주변부 문학이 치열한 투쟁을 통해 문학의 현대성 또는 그리니치 자오선을 쟁취함으로써 세계문학판에 새로운 바람, 즉 문학의 혁신과 혁명을 일으켰다는 점을 줄기차게 강조한다. 이 점에서 그녀의 견해는 유럽중심주의의 측면보다는 오히려 주변부를 중시하는 측면이 더 강하다고 볼 수 있다. 그렇지만 오늘날에도 여전히 프랑스어와 영어가 지배력을 갖추고 있는 것이 현실이다. 아무리 제임스 조이스가 자신은 영어로 글을 쓰지 않았다고 주장해도, 아무리 베케트가 자기 번역을 통해 2개 언어(영어와 프랑스어) 작가로 인정받을지라도 그들의 작품이 결국은 현실적으로 영문학이나 넓게는 영어권 문학에 포함되기에 이른다. 요컨대 이처럼 역사적 사실에 중점을 두느냐, 아니면 주변부 작가에 의한 문학의 혁신을 통해 초국가적 문학 공간이 확장되고 단일화된다는 저자의 입장에 방점을 찍느냐에 따라 파스칼 카자노바의 주장에 대해 유럽중심주의라고도 그렇지 않다고도 말할 수 있다. 그런데 옮긴이로서는 아무래도 그녀가 유럽중심주의에 갇혀 있지 않다는 쪽으로 견해가 기운다. 국제문학판이 구성되는 과정에서 주변부의 '작은' 문학이 투쟁의 진지로 구실을 한다는 점 때문이다. 그리고 그녀가 사회학자 부르디외에 의해 시작된 발상을 이어받아 문학을 상징 자본으로 여김으로써, 이에 따라 문학을 사회-역사 상황의 구체적인 쟁점과 연결함으로써 언어들 사이와 국가들 사이의 불평등으로 인해 형성된 국제문학 공간에 대한 전망의 견지에서 문학 비평의 재정립 가능성을 탐색하는 개척자의 정신을 내보이기 때문이다. 그런 만큼 한국문학이 어떤 방향으로 나아가야 할 것인지에 관해 심각하게 고민하는 이라면 주변부 작가들이 벌인 역사적 투쟁에 관한 파스칼 카자노바의 기록에서 어떤 돌파구를 발견할 수 있을 것이다.

언제부터 파스칼 카자노바는 이처럼 일종의 전복적 사유를 갖게 된 것일까? 그녀의 창의적 행로에 대한 이해의 실마리는 부르디외의 '상징 자본'도 브로델의 '불평등 구조'도 폴 발레리의 '문학 자산'도 발레리 라르보의 '국제지식인조직'도 아니다. 그것은 그녀가 어떤 상황에 맞서 새로운 문학 비평 및 교양을 빚어내려고 투쟁해야 했는가에서 찾아볼 수 있다. 그녀는 1981년 22살에 라디오 방송 프랑스 퀼튀르의 파노라마 프로그램에서 외국문학 담당자로 일하기 시작해서 2010년 노동 계약에 관한 경영진과의 의견 충돌로 해고될 때까지 죄디 리테레르, 마르디 리테레르, 아틀리에 리테레르 순으로 이름이 바뀐 좌담 프로그램을 진행했는데, 현시대 문학의 생생한 경향을 알리기 위한 이 파격적인 프로그램은 그녀가 없었다면 어둠 속에 묻혔을 프랑스 및 외국문학 작품을 소개했다. 파스칼 카자노바의 접근 방법은 소설이나 이야기이건 시 또는 장르가 확정되지 않은 작품이건 텍스트가 내포하는 차원이라면 어떤 것이건, 특히 정치적 차원을 소홀히 하지 않는 것이었다. 특히 창의성, 위험과 참신한 형식, '작은' 문학, 진가를 인정받지 못한 저자, 잊힌 작품 등이 좌담의 주요한 대상이었다. 요컨대 "통상 말이 없거나 눈에 잘 뜨이지 않는 이들에게 발언권을 주려는 결의, 독립성의 유지"가 진행자 파스칼 카자노바의 원칙이었다. 이로 말미암아 그녀는 방송국 내에서 지지자를 잃었고 상업성을 고려하기는커녕 많은 외국 작품을 포함하여 잘 나가지 않은 책에 관해 말하고 이 프로그램에서 띄우지 않아도 잘되는 이른바 인기 도서는 등한시한 관계로 출판업계의 지원도 받지 못했다. 그녀는 자신이 이 좌담 프로그램 활동을 가리켜 "고독의 비평"이라고 칭했을 만큼 점점 고립무원의 처지로 내몰렸다. 쉽게 알아차릴 수 있다시피 이는 그녀가 출판사와 문단의 이해타산에서 자유로운 문학 비평의 책무를 성실히 수행했다는 사실을 반증한다. 이런 이유로 프랑스 퀼튀르라는 주요한 공인 심급 내에서 그녀는 서적상, 출판인, 문학상의 심사위원 또는 전문 비평가의 영향을 자발적으로 받아들이는 동료들과는 뚜렷이 구별되었다. 그렇지만 이러한 상황에도 불구하고 25년이 넘는 세월 동안 상호적 찬탄의 서클과 맞섰을 뿐 아니라 방송국 경영진의 압박을 이겨내기 위해 싸웠고 많은 문학 생산자가 젖어 있는 가식과 그들의 막후에서 행사되는 다양한 상징적 폭력 그리고 이 폭력을 행사하는 주동자들의 비밀을 폭로했다. 피에르 부르디외를 만나 박사논문을 준비하는 시기에도 그들을 떨쳐버리고 그들이 그녀에게 불러일으키는 번민을 해소하기 위해 애썼다. 그녀에게 프랑스 퀼튀르는 오랫동안 전쟁터였다. 이 라디오 방송국은 교양인의 세계인 듯했지만, 사실 교양인이라고 무자비하지 않은 것은 아니었다. 그녀는 청취자의 수가 줄어들면서 이 세계에서 버티기가 점점 더 어려워졌다. 이 바닥의 게임 규칙을 거부하는 그녀로서는 매우 빨리 사라질 수밖에 없었다. 약간 어리숙해서 무슨 일이 일어나는지 분명히 이해하지 못한 덕분에 역설적으로 오랫동안 버틸 수 있었다.

파리의 사회과학고등연구원 박사과정에서 부르디외를 지도교수로 만난 일이 파스칼 카자노바에게는 행운으로 작용했다. 그의 강의를 들으면서 문학에 대한 신비주의를 거부하고 현실주의적 태도를 확고하게 갖추었다. 스스로 성찰하기를 배웠을 것이고 관심이 작가들의 책에서 그들의 행로로 옮겨갔다. 그로부터 후안 베네트와의 대담에 대한 착상을 제공받고 라시드 부제드라, 클로드 시몽, 에드워드 사이드 같은 작가로 관심의 폭을 넓히게 되었다. 문학예술에 관한 부르디외 이론을 입증하기 위해 노력하고 과학성을 지향하면서 통상적인 비평에 대해 거리를 두고 투쟁할 수 있게 되었다. 그렇지만 그녀 자신이 방송프로그램을 진행하면서 산업과 시장에 대한 문학판의 자율성과 비평의 자율성을 위해 싸운 경험이 부르디외와의 만남보다 더 『세계문학공화국』의 집필 방향이나 관점에 결정적인 영향을 미쳤을 것이 분명하다. 그래서 단순한 이론 적용이 아니라 투쟁이 관건으로 떠올랐던 것이 아닐까.

『세계문학공화국』은 정치 공간에 종속되고 동시에 이 종속으로부터 풀려나기 위해 투쟁해 온 문학 영역의 역사이다. 전기적이지 않은 이러한 문학의 현재진행형 역사화는 일종의 초국가적 반주류 자본의 창출을 통해 진정한 문학적 전복을 실행한 여러 혁명가를 보여준다. 그리고 문학과 정치 사이에서 짜이는 복잡한 관계를 새롭게 조명할 뿐만 아니라 우리 시대의 가장 위대한 작가들에 관한 완전히 새로운 해석을 제안한다. 가령 베케트가 아일랜드문학 공간에서 차지하는 자리에 관한 파스칼 카자노바의 역사적 분석은 베케트의 작품에 관한 형이상학적이거나 존재론적인 해석을 거부하고 베케트가 수행한 탐색의 형식주의적 특징을 제시할 수 있게 해준다. 1999년에 나온 『세계문학공화국』부터 실제로 그녀는 역사와 사회학으로부터 발상을 얻은 연구자로서 언어와 민족 층위에서의 온갖 불평등한 세력 관계로 형성된 국제문학 공간의 관점에서 새로운 비평의 가능성을 재정립하고자 한다. 한편으로 '중심의 비평'은 대개 민족의 층위에서 성립된 문학 비평으로서 '해석의 억측'에 빠지기 쉽다. 그녀는 이것을 좋지 않게 바라본다. 다른 한편으로 국제문학 비평은 그녀가 지향하고 요구하는 것이다. 이것은 비평을 다르게 사유하는 일로서 전자의 작동을 판독하고 이해하는 일이 필요하다. 이는 중심 비평의 무의식을 범주별로 객관화하거나 문학 대국들의 비평적 자기민족중심주의에 의해 강요된 문학의 위계를 고발하는 일이기도 하고 또한 사회학에 기대어 연구 대상의 통상적인 의미에 내포된 자명성과 편견을 떨쳐버리는 일이기도 하다.

그녀는 『분노한 카프카』2011에서 이 주제에 관한 성찰을 계속하면서 특수성과 자율성에 기대어 어떤 분야에도 종속되지 않은 별도의 완전한 사회과학으로서의 문학 비평을 인정받게 하기를 바란다. 피에르 부르디외의 어휘와 세계관을 계승한 그녀는 암묵적으로 프랑스 대학에서 형성될 수 있었던 학문 규범에 맞서, 외부의 이해득실, 예컨대 경제적이거나 정치적인 이해관계에 더 예속된 타율적인 비평 형태에 맞서 성장한다. 도덕적인 담론이나 탐미주의적인 담론처럼 노골적으로 정치화된 타율적인 피지배 담론과는 정반대로 카자노바의 비평 담론은 지배받을지언정 자율적인 극점에 자리하고 거기에서 전복적이지만 형식에 관해 염려하는 경향을 내보인다. 또한 보편주의를 구실로 주변부의 문학을 병합하려고 드는 자민족중심주의를 비난하고 지구촌 전체로 확대될 '세계문학공화국'의 수립 계획을 실천에 옮기기 위해 특수한 도구를 고안한다. "문학의 그리니치 자오선"이 한 가지 예인데, 그녀에게 이것은 기존의 비평 담론에 넘쳐나는 시간의 은유에 대해 거리를 두는 데 소용된다. '시대에 뒤진'이라는 형용사나 '현대성' 같은 관념과는 달리 본초 자오선의 이러한 원용은 공간과 시간을 마주칠 수 있게 해준다. 즉 그리니치 자오선은 실제로 지리 좌표를 단일화함과 동시에 시간 좌표의 조직을 겨냥하면서 세계 각지의 문학을 가늠하는 기준의 구실을 하기에 이른다. 또 다른 도구로서 문학 공간의 관념은 그녀가 문학 비평을 재정립하기 위해 다루는 또 하나의 결정적인 수단이다. 그녀는 문학 공간을 국제 층위와 민족 층위로 이중화하고 두 층위 사이의 상동 관계를 진단함으로써 문학 공간의 구조와 기능을 복원하고자 한다. 이 관념은 문학 작품을 해독하기 전에 거기에서 작가가 차지하는 위치를 정하기 위한 문학판의 개념과 친화성이 있어 보인다. 그녀는 베케트와 카프카 같은 특이한 경우에 기대어 이 문학 공간의 이중 구조를 소묘한다.

파스칼 카자노바는 『세계문학공화국』으로 기존 해석이나 비평의 권위에 대한 독자의 해방을 겨냥한다. 가령 카프카의 문학 작품은 허구라는 우회로를 통해 온갖 형태의 권위와 상징적 지배를 널리 알리고 규탄함으로써 독자에게 해방으로 향하는 길을 뚫도록 도움을 줄 날카로운 무기가 된다. 비판을 위한 일종의 무기, 중심 밖 주변부의 궁핍하고 지배받는 모든 작가에게 소용될 무기로 이 책을 제공하려는 의도가 읽힌다. 그녀는 뒤 벨레, 카프카, 조이스, 포크너 등의 텍스트에 대한 자신의 해석이 문학 영역에 대한 접근의 불평등이라는 현실을 부정하는 중심 비평의 자명성이나 강요에 맞서 투쟁하기 위한 수단일 수 있기를 바란 듯하다. 그녀가 말을 걸고 싶어 하는 독자들은 그녀가 방송에 초대할 수 있었던 작가들과 유사하다. 요컨대 그녀가 자기 책의 독자로 염두에 둔 이들은 문학판의 지배받는 진영에 속한다. 이는 오랫동안 그녀가 프랑스 퀼튀르에서 자율성의 수호자로서 지배받는 문학을 옹호하고 현양한 것과 무관하지 않을 것이다.

파스칼 카자노바는 지적 행보가 다른 문학 연구가들과 대비되는 만큼, 그리고 고등사범학교 출신도 아니고 철학 교수 자격자도 아니며 제도화된 대학에 자리를 잡지도 못한 관계로 문체가 대학에서 산출되는 현행의 글 대다수와는 다르다. 뭔가 확고하고 날카로운 비판의 인상을 준다. 이러한 비판적 글쓰기는 체험된 시간과 함께 예리하게 버려졌음이 틀림없을 것이다. 그녀의 사유는 일반적으로 주의 깊고 세심하고 엄밀해 보인다. 2000년대 초에 세계문학에 관한 대학의 논쟁이 활발하게 일었는데, 여기에 카자노바의 『세계문학공화국』이 촉매로 작용했다. 이 책이 주요한 참고문헌으로 떠오르고 잠재적인 문학 전략의 목록으로 여겨진 것이다. 이 책에서 그녀는 텍스트를 사회-역사의 좌표에 다시 놓음으로써 시대착오적 독서를 피하고 민족과 정치의 틀을 제시하면서도 엄밀한 역사화 또는 역사를 통한 접근을 실행한다. 또다시 카프카 작품을 예로 들자면 예언적 독서와는 반대로 창작 당시의 정치화된 공간으로 다시 집어넣는다. 그리고 카프카의 문학적 계획의 중심에 자리한 사회적이고 정치적인 비평을 실행한다. 이를 통해 카프카문학에 대한 해석을 제한하는 시대착오적 비평의 폭력을 밝혀낸다. 그녀에 따르면 카프카가 참여한 내적이고 동시에 외적인 전복은 격렬한 정치적 비난을 거친다. 이 피지배문학 이론가는 이러한 전투 충동을 통해 작품이라는 무기, 가장 날카롭고 가장 가공할 무기를 갖추어 '큰' 문학에 대해 외로운 전쟁을 수행하고 '작은' 문학의 위치에 관해 성찰한다.

파스칼 카자노바의 비평적 글쓰기는 형식이 특이하고 짜임새가 강렬한 데다가 활기차다. 그녀의 글은 결코 임시변통의 수단, 어중간한 조치가 아니다. 필치가 생생하고 논쟁적이다. 명령, 일반화, 뚜렷한 분극화가 적지 않다. 예컨대 확증된 사실을 증폭하는 과장의 형용사가 많이 쓰인다. 오해에 대해 굉장하다는 용어를 쓰거나 문학 혁명에 대해 막대하다고 말하거나 거부를 전적이라는 말로 형용하거나 문학의 위계에 대해 자명성을 띤다고 말거나 베케트의 새로움이나 문학에 대한 믿음을 말할 때 엄청나다고 하거나 아일랜드문학 공간에 대해 전적인 현재성이 있다고 말한다. 이처럼 단호해 보이는 평결은 대학 글쓰기의 표준에서 멀다. 하지만 이는 주제에 대한 그녀의 흔히 긴밀한 인식에 기인한다. 25여 년 동안 방송국의 좌담 프로그램에서 주변부 문학에 대한 풍부한 경험을 얻은 덕분이기도 할 것이다. 이처럼 그녀의 문체는 무기력한 아카데미즘과 반대되는 성격을 갖는다. 그런 만큼 해방의 충격을 주고 발상의 원천으로 작용할 수 있다. 이는 문학에 관해 말하는 그녀의 타부 없는 명석하고 솔직한 방식, 그리고 그리니치 자오선으로부터 적절한 거리를 두면서도 가장 위대한 문학 혁명, 문학의 실천을 모조리 뒤엎고 시간과 문학 현대성의 척도를 변화시키는 데 일조하는 중심 바깥의 작가에 대한 그녀의 폭넓은 관심과 깊은 애정 덕분이다.

1999년 출간되어 10여 개 언어로 번역되어 여전히 문학 연구의 장에 강한 파급력을 미치고 있는 『세계문학공화국』은 세계문학 공간이라는 드넓은 전쟁터에서 진지를 구축하고 싸워나가야 할 방향을 설정하는 데 필요한 논리와 무기를 제공한다. 이는 파스칼 카자노바가 문학 비평가 겸 문학 사회학자로서 밟아나간 투쟁적 도정에서 작가나 문학 연구자를 민족 또는 국제문학판의 상대적인 자율성의 문제, 언어들 사이와 문화들 사이의 불평등 및 세력 관계의 문제, 번역의 상징 경제 또는 상징 자본 이전移轉의 문제에 주목하게 하기 때문이다. 그녀는 또한 지배의 무게와 관련하여 미망을 타파하는 분석을 제안하고 피지배 작가의 전복 및 창안 역량을 상찬하며 진정한 상징적 혁명의 수행에 깊은 관심을 보인다. 그럼으로써 문학을 헤게모니에 대한 저항의 형식으로 제시한다. 이해득실을 떠나 사리사욕이 없는 방식으로 연구를 수행하고 학문과 문화의 자율성을 옹호하기 위해 행동하는 연구자였지만, 제도권의 인정을 받지 못한 탓으로, 오히려 그런 덕분으로 이 저서를 통해 폭넓게 인정받게 된다. 실제로 그녀의 이 책은 여러 가지 점에서 선구적인 만큼이나 많이 인용되며 치열하고 생산적인 논쟁에, 이론적이고 경험적인 연구에 발상을 제공할 여지가 있다. 비교문학의 계보에 속하는 책으로서 비교문학에서 사유하지 못한 것, 비교문학의 빈틈을 메꾼다. 더 나아가 경제와 정치 그리고 민족의 속박에 얽매여 있으면서도 이 속박으로부터 자유로운 국제문학판이 출현하고 확대된 역사를 서술하는 이 저서는 작품과 모델이 원어나 번역으로 유통되면서 고유한 공인 심급노벨상이라는 가장 대표적인 심급을 갖춘 세계문학공화국의 형성을 예견하고 고취한다. 이 공화국을 구성하는 언어와 문학은 불평등하다. 가장 유구하고 가장 확고한 프랑스, 독일, 영국, 러시아 언어와 문학은 다른 언어들로 번역되고 세계 정전으로 들어간 작품의 수로 측정이 가능한 문학 자본의 축적을 이루었고, 이에 따라 세계의 여러 지역 사이에 언어와 문학 차원의 불평등, 지배-피지배 관계가 성립되었다. 이러한 세력 관계로 말미암아 모든 '작은' 문학의 작가는 보편주의 또는 지배하는 이들의 특권과 민족주의 또는 지배받는 문학을 위한 방책方策 사이에서 찢길 수밖에 없다.

이러한 현실 속에서, 그리고 세계문학의 공간이 점점 더 상업적으로 바뀌는 상황 속에서 중심 바깥의 한국문학 작가와 한국의 문학 연구자는 무엇을 해야 할 것인가? 파스칼 카자노바의 『세계문학공화국』로부터 울려 나오는 메시지들 가운데 하나는 작품 창작의 계기로 구실을 하는 '양탄자의 무늬'가 세계문학 공간에 대한 형세 판단에서 비롯한다는 점이다. 바둑판에서처럼 문학판에서도 형세 판단이 가장 중요한 관건이라는 생각이 드는데, 이는 헨리 제임스가 암시하듯이 세계문학판에 대한 안목이 없이는 어떤 새롭고 독창적인 작품도 창작할 수 없기 때문이다. 그리고 문학이라는 바지를 하느님이 6일에 걸쳐 창조한 세계처럼 날림으로 또는 부실하게 만들어 내지 말아야 한다는 메시지도 들려오는데, 이를 위해서는 목숨을 건 괴롭고 성실한 언어 투쟁이 필요하다고 생각한다. 그래야만 세계문학 공간에서 무언가를 쟁취할 수 있을 것이다. 문학 연구자도 역시 중심부의 연구 경향을 모방하고 추종하는 데에만 그치면서 편안하고 안정된 생활만 추구할 것이 아니라 국제문학판에 대한 형세 판단을 게을리하지 않는 가운데 이와 동시에 문학 텍스트를 대상으로 정확한 분석과 해석을 실행하는 데 조금의 허술함도 없도록 분투해야 한다고 생각한다. 그래야만 모방과 추종의 길에서 벗어나 창의성과 독립의 길로 접어들어 중심부의 최상위 연구자들과 어깨를 나란히 할 수 있을 것이다. 하지만 지금의 나로서는 단테에게처럼 "세계가 하나의 조국"이기는커녕 세계문학 차원의 형세를 판단함과 동시에 텍스트를 정확하게 분석하고 해석하는 이제야 과제로 다가온 이 일조차 버겁게만 느껴진다.

이 번역의 저본底本으로 삼은 책은 Éditions du Seuil에서 2008년도에 펴낸 개정판이다.

2024년 7월

이규현